Michael Ridpath

ABSTURZ

ROMAN

Aus dem Englischen von
Andrea Fischer

| Hoffmann und Campe |

Die Originalausgabe erschien 2005 unter dem Titel »On the Edge«
im Verlag Michael Joseph/Penguin, London.

1. Auflage 2006

Satz: Pinkuin Satz und Datentechnik, Berlin
Druck und Bindung: GGP Media GmbH, Pößneck
Printed in Germany
ISBN (10) 3-455-06318-7
ISBN (13) 978-3-455-06318-9

HOFFMANN
UND CAMPE

Ein Unternehmen der
GANSKE VERLAGSGRUPPE

Für meinen Vater Andrew

Prolog

Ruhig beobachtete Alex Calder, Oberleutnant der Royal Air Force, wie der Tornado mit einer Geschwindigkeit von 800 Stundenkilometern in knapp hundert Meter Höhe über die Landschaft von Herefordshire hinwegschoss. Calders linke Hand ruhte auf dem Gashebel, die rechte lag in seinem Schoß. Die Maschine nahm minimale Korrekturen an Kurs und Höhe vor, die ihr das Geländefolgeradar TFR in der Flugzeugnase vorgab. Grün, golden und braun flogen die sonnenbeschienenen Felder und Äcker unter Calder hinweg, und etwas weiter rechts glitt der einsame Schatten des Tornados über den Boden – ein treuer, geisterhafter Gefährte.

Ein hoher Fabrikschornstein kam in Sicht, mit siebzig Meter Höhe überragte er ein Zementwerk – ein weißer Schandfleck in dieser Landschaft. »Wegepunkt B«, verkündete aus dem hinteren Teil des Cockpits Jacko, der untersetzte Navigator aus Liverpool. Der Tornado ruckte nach links und folgte den Instruktionen auf der Kassette, die Jacko zuvor im Besprechungszimmer der 13. Schwadron am Luftwaffenstützpunkt Marham einprogrammiert hatte. »Keine Meldung auf dem RHWR.«

Fünf Wegepunkte waren auf die Kassette programmiert, und darüber hinaus rechneten Calder und Jacko auch noch mit dem Besuch von ein paar Jagdflugzeugen. Der RHWR, der Radarwarnempfänger, würde anzeigen, wenn die Jäger auftauchten und mit ihrem Radar nach dem Tornado Ausschau hielten, natürlich nur, wenn sie es eingeschaltet hatten. Sonst würden sich die Männer auf ihre Augen verlassen müssen.

Schnell kamen die braunen Flanken der walisischen Hügel näher. Über ihnen lag eine Wand aus schiefergrauen Wolken.

»Achtung, Jacko«, warnte Calder, dann ruckelte der Tornado über den ersten Höhenkamm. Trotz fünf Jahren Erfahrung als

Navigator litt Jacko noch immer an der Luftkrankheit. Die Bewegungen im hinteren Teil der Maschine wirkten sich verheerend auf seinen Magen aus, besonders im TFR-Flugmodus.

Das Flugzeug gehorchte dem Bordcomputer, wann immer der ihm befahl, einem Hindernis auszuweichen, das sich auf dem Geländefolgeradar zeigte. So hüpfte es über Höhenzüge und fädelte sich durch Täler. Selbst nach einem Jahr im Tornado fiel es Calder schwer, dabei nicht manuell einzugreifen.

Es ging über den Kamm eines baumbestandenen Hügels, und schon lag das erste Ziel vor ihnen: der Damm eines lang gezogenen Sees. Calder übernahm das Steuer und näherte sich der Staumauer mit einem Abstand von rund hundert Metern, damit der Luftbildinterpreter auf dem Stützpunkt das bestmögliche Bild bekam. Das Infrarotvideo des Tornados lief, und als sie über den Damm hinwegflogen, sprach Jacko eine Beschreibung des Bauwerks aufs Band. Auf dem Rückflug nach Norfolk würde er es bearbeiten und direkt nach der Landung zusammen mit den Kommentaren aus dem Cockpit den Luftbildinterpretern übergeben.

Bald hatten sie den Damm hinter sich gelassen. Weiter ging es zum nächsten Ziel, tiefer in den walisischen Bergen. Calder liebte diese Art zu fliegen: In hundert Meter Höhe vermittelten die steilen Berghänge das Gefühl des freien Falls. Calder konzentrierte sich auf die Hügel draußen, die er als kleine grüne Markierungen auf seinem Head-up-Display sah. Nur gelegentlich warf er einen Blick auf die elektronische Landkarte im Cockpit.

»Hey! Sechzig Grad links!«

Augenblicklich drückte Calder den Hebel so weit er konnte nach vorn und zog das Flugzeug sechzig Grad nach links. Sein Anti-G-Anzug drückte ihm auf Bauch und Beine, um der Schwerkraft entgegenzuwirken, die durch Drehung und Beschleunigung entstand. Der Tornado flog tief, drehte sich flach an die Berge.

»Unbekanntes Objekt auf vier Uhr, sinkend, zirka fünf Meilen Entfernung.«

Calder schaute kurz auf seinen RHWR und sah die Radarspur des Jagdflugzeugs. Es musste eine F-3 vom Stützpunkt Coningsby sein. Die Jägervariante des Tornados versuchte, nah genug heranzukommen, um ihre Wärmesuchrakete abzuschießen. Die F-3 war deutlich schneller als die GR.1A von Calder und Jacko. Über offenem Gelände hätten sie keine Chance gehabt, aber in den Bergen konnte es ihnen gelingen, das Jagdflugzeug abzuschütteln, ehe es auf die nötige Entfernung herankam, um seine Rakete zu zünden. Bei all den Wundern der modernen Elektronik hatte die Wissenschaft noch kein Gerät erfunden, das durch Fels blicken konnte.

»Direkt hinter dem Berg da links ist ein Tal, das im rechten Winkel verläuft – da können wir sie abhängen!«, rief Jacko.

Calder zog das Flugzeug scharf nach links und brachte es zwischen dem Bergkamm und dem nächsten Tal immer weiter in Seitenlage. Den höchsten Punkt des Kammes, wo der Jäger sie möglicherweise entdecken konnte, versuchte er, so schnell und so tief wie möglich zu passieren. Die Maschine flog jetzt kopfüber; unter Calder schoss das Heidekraut dahin. Dann zog er den Knüppel zurück, die Nase des Jets zeigte nun in Richtung Tal. Die Maschine drehte sich wieder in Normallage. Vor sich erblickte Calder einen mäandernden Fluss, an dessen grünem Ufer Schafe grasten. Eine Straße führte in ein kleines, schiefergraues Dorf mit einer Kapelle. Und vor dem Dorf stand ein Flugzeug in der Luft. Ein einmotoriger Hochdecker: eine Cessna.

Natürlich stand sie nicht auf der Stelle, es sah nur so aus. Was bedeutete, dass sich die beiden Flugzeuge auf Kollisionskurs befanden.

»Verdammt, was macht der denn da?«, rief Calder. Es war Wahnsinn, mit einer Zivilmaschine so tief zu fliegen, und hier, mitten auf der Spielwiese der Tornados, war es ganz besonders gefährlich. Um ein anderes Flugzeug zu entdecken, es als mögliches Kollisionsrisiko zu identifizieren, sich für ein Ausweichmanöver zu entscheiden und das Leitwerk entsprechend auszurichten, brauchte der Pilot eines Jets zehn Sekunden. Bei einer Geschwindigkeit von knapp 1000 Stundenkilometern legte man in zehn Sekunden rund drei Kilometer zurück. Die Cessna war nicht mehr als einen Kilometer entfernt.

Calder drückte den Gashebel nach vorn und zog den Steuerknüppel nach hinten. Die Cessna wurde immer größer. Die Nase des Tornados hob sich, aber es war zu spät. Knapp links neben dem Cockpit rammte die Cessna Calders Jet. Er fuhr zusammen. Es gab einen lauten Knall, der Aufprall erschütterte den Tornado.

»Feuer!«, rief Jacko.

Calder sah zur Seite. Es fehlte ein Stück der linken Tragfläche, Flammen umzüngelten das Triebwerk auf der Backbordseite. Rote Signalleuchten blinkten, Sirenen heulten, der Tornado teilte seiner Besatzung mit, dass etwas nicht stimmte. Das war den beiden bereits bekannt. Die Hebel in Calders Händen waren nutzlos. Das Flugzeug ging wieder in die Horizontale, dann sackte es in den Sinkflug. Das Feuer breitete sich aus.

Es gab nur eine Entscheidung, die man Calder für so einen Fall beigebracht hatte. Er machte sich bereit.

»Fertig zum Ausstieg! Fertig zum Ausstieg!« Calder griff nach dem schwarz-gelben Hebel zwischen seinen Beinen. Die Nase des Tornados neigte sich bereits nach unten. »Drei, zwei, eins … Eject! Eject!«

Doch in dem Moment, als er den Hebel betätigen wollte, blickte Calder hoch. Das Dorf vor ihm wurde mit alarmierender Geschwindigkeit größer. Er sah einen asphaltierten Platz, über den kleine Gestalten liefen – ein Schulhof. Direkt vor ihm.

Er nahm die Hand vom Hebel und zog den Steuerknüppel kräftig nach hinten. Hinter ihm wurde das Kabinendach abgesprengt; Jacko schnellte in die Luft. Sofort brauste kalter Wind durch das nun offene Cockpit. Der Tornado reagierte nicht auf Calders Steuerbefehle, mit aller Kraft zog er den Knüppel nach hinten, fast hätte er ihn herausgerissen. Dann tat sich etwas, ein bisschen, und wie durch ein Wunder hob sich die Nase des Tornados. Nun zeigte sie statt auf den Schulhof auf eine Bergflanke in ungefähr anderthalb Kilometer Entfernung. Noch sechs Sekunden.

Zwei Sekunden lang hielt Calder den Knüppel fest, dann war er überzeugt, dass das Flugzeug nicht ins Dorf stürzen würde. Er riss am Hebel.

Die Gurte strafften sich. Aber es geschah nichts. Eine halbe Sekunde lang, für Calder eine Ewigkeit, fürchtete er, den Schleudersitz zu spät ausgelöst zu haben. Dann blitzte es hell auf, die Raketen unter seinem Sitz zündeten. Das Fixiersystem drückte ihm die Arme in die Seiten. Er wurde emporkatapultiert, in den Luftstrahl des Flugzeugs, eine Wand, die sich mit 800 Stundenkilometern bewegte. Calder hörte eine Explosion, der Tornado schlug auf dem Felsen auf. Dann öffnete sich der kleine Bremsschirm und stoppte Calders trudelnden Fall.

Einen Augenblick später schwebte er am Hauptschirm nach unten. Er spürte ein Zwicken im Rücken. 200 Meter weiter brannte der Tornado. Die Flammen umzüngelten das Schwadronzeichen auf der riesigen Heckflosse, den Kopf eines Luchses. Calder sah zur Schule hinüber, sie war unversehrt. In der Ferne brannte auf einem Feld jenseits des Dorfes ein kleineres Feuer. Die Cessna. Der arme Kerl hatte keinen Schleudersitz gehabt, dachte Calder.

Irgendetwas stimmte nicht mit seinem Rücken.

Der steile, felsige Abhang kam auf Calder zugesaust. Da er nach dem Öffnen des Fallschirms langsam zu Boden geglitten war, kam die Geschwindigkeit, mit der er nun stürzte, sehr überraschend für ihn. Ihm blieb kaum Zeit, die Füße zur Landung zusammenzudrücken. Dann prallte er auf einen Felsen und fiel ins Vergessen.

Erster Teil

1

Die Schlittschuhfahrer glitten über die kleine Eisbahn am Broadgate Circle. Unermüdlich drehten sie ihre Runden gegen den Uhrzeigersinn – leichtfüßig, elegant, schwerfällig oder stolpernd. Ein groß gewachsener junger Mann im Nadelstreifenanzug machte seine ersten vorsichtigen Versuche. Er hatte Mühe, sich länger als ein paar Sekunden auf den Beinen zu halten. Unsicher umklammerte er den Handlauf. In seiner Unwissenheit versuchte er, sich im Uhrzeigersinn gegen den Strom zu bewegen. Vor ihm trennte sich die Menge, hinter ihm schloss sie sich wieder. Er stürzte abermals, blinzelte ins Flutlicht. Als er sich umschaute, begriff er, was er falsch gemacht hatte, rappelte sich auf und folgte den anderen.

Im warmen Alkoholdunst von *Corney and Barrow*, der halbkreisförmigen Bar über der Eisbahn, saß Calder und trank einen Schluck Champagner. Er grinste, denn er wusste genau, wie dem Mann zumute war. In den ersten zwei Monaten des Jahres war auch er gegen den Strom geschwommen: Er hatte italienische Anleihen gekauft, während alle verkauften. Dann hatte er aufgegeben, seine Meinung geändert und auf die Schnelle zwei Millionen Euro gemacht. Vor einer halben Stunde hatte er den Deal abgeschlossen. Zwei Millionen waren nicht viel – Calders Team hatte im vergangenen Jahr über 40 Millionen Gewinn erzielt –, aber es war ein Anfang. Eine Flasche Champagner war es allemal wert.

»Hey, das sieht lustig aus. Wollen wir es auch mal versuchen?«

Calder drehte sich zu Jen um, seiner neuen Mitarbeiterin. »Heute nicht. Vielleicht ein andermal.« Er zuckte, als der Mann im Anzug erneut hinfiel. Das Eis war bestimmt hart. Fast meinte Calder, es in seinem empfindlichen Rücken spüren zu können. Als er vor acht Jahren den Schleudersitz im Tornado betätigt hatte, war ein

Rückenwirbel gebrochen, eine recht häufige Verletzung bei Piloten, die das Flugzeug auf diese Art verlassen mussten. Mittlerweile war sie verheilt und machte sich kaum noch bemerkbar, auch beeinträchtigte sie ihn nicht beim Steuern eines Flugzeugs, doch war seine Wirbelsäule lädiert und durfte nie wieder einem derartigen Manöver ausgesetzt werden. Also Schluss mit den Tornados. Calder hätte auf Transportmaschinen umsteigen können, aber das war nichts für ihn, weshalb er die Royal Air Force um seine vorzeitige Entlassung gebeten hatte.

Unschlüssig hatte er es Kommilitonen aus Cambridge gleichgetan und war in die City of London gegangen. Es war ein guter Entschluss gewesen: Er war ein ebensolches Naturtalent im Wertpapierhandel wie zuvor beim Fliegen, und es dauerte nur wenige Jahre, bis er ein Gespür für Märkte und Risiken entwickelt hatte, das ihm und seinem Arbeitgeber eine Menge Geld einbrachte.

Immerhin lebten er und Jacko noch, im Gegensatz zu dem Piloten der Cessna, einem dreißigjährigen Unternehmer aus Swansea mit 200 Flugstunden Erfahrung: genug, um wagemutig zu werden, aber nicht ausreichend, um unerwartete Situationen zu meistern. Der Mann war tief über den Hof seines Onkels geflogen, hatte aber der örtlichen Flugverkehrskontrolle nicht mitgeteilt, was er im Schilde führte. Wahrscheinlich war ihm klar gewesen, dass man es ihm verbieten würde.

»Angst, dass du den Kürzeren ziehst?« Herausfordernd grinste Jen Calder an.

»Kannst du denn Schlittschuh laufen?«

»Aber klar. Als Kind sind wir im Winter jeden Tag nach der Schule zum Feuerwehrteich hinter unserem Haus gegangen und haben Eishockey gespielt. Das war herrlich. Die Jungs haben immer ganz schön blöd geguckt.«

»Na, bei mir würdest *du* den Kürzeren ziehen.« Calder war bisher nur wenige Male auf dem Eis gewesen, aber überzeugt von seinen sportlichen Fähigkeiten. Mit Jen würde er sicherlich Schritt halten können.

»Meinst du, weil ich ein Mädchen bin?«

»Äh …« Calder merkte, dass er rot anlief. Genau das hatte er gedacht, aber er wollte es nicht aussprechen.

Sie grinste ihn an. »Schon gut. Heute lasse ich dich noch mal davonkommen.«

Jennifer Tan war Amerikanerin mit chinesischen Vorfahren. Den chinesischen Einfluss konnte man zwar noch sehen, aber nicht mehr hören. Jen war in einem wohlhabenden New Yorker Vorort aufgewachsen und hatte ihren Abschluss am Massachusetts Institute of Technology gemacht – allerfeinste Ostküste.

Sie trank einen Schluck Champagner. »Das ist das Dumme an diesem Land: Es gibt keinen vernünftigen Winter. Ihr braucht hier klaren blauen Himmel und richtigen Schnee, nicht diese trübe graue Suppe.« Sie erschauderte. »Das macht einen richtig fertig.«

»Du wirst dich schon dran gewöhnen«, sagte Calder.

»Komisch, wieso muntert mich das nicht auf?«

»Ach, komm, so schlimm ist London nun auch wieder nicht.«

»Nein, du hast Recht.« Jen lächelte ihn über ihr Champagnerglas hinweg an. »Ich mag zum Beispiel meine Arbeit. Zum ersten Mal seit langer Zeit freue ich mich sogar darauf, morgens ins Büro zu gehen.«

»Ich habe geahnt, dass ich dich nicht hart genug rannehme«, sagte Calder. »Aber du machst dich gut. Nicht mehr lange, und du ziehst die großen Fische an Land.«

Argwöhnisch musterte Jen Calders Gesicht. Sie suchte ein Zeichen von Unaufrichtigkeit, fand aber nichts. Calder wusste, dass sie klug war. Schnell hatte sie die Grundsätze der Arbeit begriffen. Calder leitete den Proprietary Desk von Bloomfield Weiss in London, einer großen amerikanischen Investmentbank. Seine vierköpfige Mannschaft durfte auf allen Rentenmärkten der Welt für das Konto der Bank handeln. Es waren umfangreiche Transaktionen, komplizierte Geschäfte, meistens sehr profitabel. Calder gehörte zu den erfolgreichsten Tradern bei Bloomfield Weiss, er war ein aufsteigender Stern am Händlerhimmel und genoss den Ruf, hohe Risiken einzugehen und damit gutes Geld zu machen.

Auch Jen hatte das Potenzial, groß herauszukommen, doch fehlte ihr noch eine wichtige Eigenschaft: Selbstsicherheit. Deshalb bemühte sich Calder, sie vorsichtig und subtil aufzubauen. Als sie zu seinem Team stieß, war ihr Selbstbewusstsein arg lädiert gewesen. Calder war bereit, ein paar Monate abzuwarten, um zu sehen, ob sie sich wieder fing. Wenn sich die Situation bis zum Sommer nicht gebessert hatte, würde sie gehen müssen. Jedes Jahr bot sich nur eine begrenzte Anzahl von Möglichkeiten, auf den Rentenmärkten großen Gewinn zu machen. Calder brauchte entschlossene Mitarbeiter, die diese Chancen wahrnahmen.

»Oh, nein«, stöhnte Jen. »Schau mal da hinten!«

Calder drehte sich um. Einige Tische weiter war eine andere Gruppe von Bloomfield Weiss eingetroffen. Auch dort wurde Champagner getrunken. Ein Mann mit hellen Locken, blassem Kindergesicht und einer unauffälligen Brille schenkte die Gläser ein. Er sah aus, als sei er der Jüngste, war aber der Chef – Justin Carr-Jones.

»Einfach nicht beachten«, sagte Calder.

»Geht nicht«, gab Jen zurück. »Komm, wir setzen uns an einen anderen Tisch.«

»Es ist keiner mehr frei«, sagte Calder. Es wurde langsam voller. »Außerdem darfst du dich von Carr-Jones nicht vertreiben lassen.«

Jen rückte mit dem Stuhl herum, damit sie den Kollegen nicht sehen musste. »Ich habe keine Lust auf den Kerl.«

Calder fand ihre Einstellung unprofessionell, doch er riss sich zusammen. »Stimmt, er ist ein Idiot. Aber bei Bloomfield Weiss gibt's jede Menge Idioten. Man muss lernen, mit ihnen zu leben.«

»Wahrscheinlich hast du Recht«, sagte Jen zweifelnd. Sie trank einen Schluck Champagner. »Stört dich das nicht?«

»Was?«

»Dass wir mit einer Menge Idioten zusammenarbeiten.«

Calder dachte nach. »Nein, eigentlich nicht«, sagte er. Immerhin war er ihr Chef. Aber er spürte, dass Jen aus seinem Tonfall schloss, was er wirklich dachte.

»Ich hätte damit rechnen müssen, als ich zu euch kam«, sagte sie. »Bloomfield Weiss hat einen schlechten Ruf.«

»Ach, ich weiß nicht. Sicher, die Bank ist bekannt für ihre aggressiven Methoden, aber es gibt doch auch viele anständige Leute, die einem sofort helfen würden.« Calder konnte Jens skeptischem Blick nicht ausweichen. »Wenigstens war es mal so.« Er seufzte. »Vielleicht hast du Recht. Die Dinge ändern sich. Manchmal habe ich das Gefühl, dass die Drecksäcke langsam die Oberhand gewinnen.«

»Wie Justin Carr-Jones?«

»Zum Beispiel.«

»Fragst du dich nicht manchmal, warum du noch da bist?«

Calder schüttelte den Kopf. »Es ist überall das Gleiche«, sagte er. Von seinem Ziel, Jen zu motivieren, war er ziemlich weit entfernt. »Bloomfield Weiss ist immer noch das beste Rentenhaus am Markt. Es gibt keinen besseren Ort, um sein Handwerk zu lernen.«

Jen lächelte, aber Calder merkte, dass sie ihm nicht glaubte.

Matt und Nils, die anderen beiden Kollegen aus Calders Team, beendeten ihr Gespräch über das Spiel von Manchester United in der Champions League am Abend, stellten ihre Gläser ab und verabschiedeten sich. Calder hob die Champagnerflasche an, sie war leer. Er hatte noch keine Lust, die gemütliche Bar zu verlassen und sich auf den Weg zu seiner leeren, kalten Wohnung zu machen. Seit Nicky ausgezogen war, wirkte sie noch verlassener. Er warf Jen einen Blick zu. »Trinkst du noch eine Flasche mit?«

Sie nickte, und ihre Begeisterung kam Calder durchaus echt vor, auch wenn es möglich war, dass sie blieb, weil er der Chef war. Sie machten sich über die zweite Flasche her und bekamen langsam einen Schwips.

Als Calder den letzten Rest einschenkte, merkte er, dass jemand bei ihnen am Tisch stand.

Er sah auf. Es war Carr-Jones. Calder wusste, dass Carr-Jones nur selten trank und ihm der Alkohol schnell zu Kopf stieg. Sehr schnell. Schon nach wenigen Gläsern konnte dieses Vorbild an Selbstdisziplin die Beherrschung verlieren.

»Guten Tag gehabt, Zero?«, drängte sich Carr-Jones mit schwerer Zunge ins Gespräch.

»War nicht schlecht«, erwiderte Calder. Den Spitznamen »Zero« hatte er vor zwei Jahren nach einem besonders erfolgreichen Deal mit Zero-Bonds bei Bloomfield Weiss bekommen. Calder spürte, dass Jen neben ihm erstarrte. »Und, wie läuft's bei dir? Man sieht euch nicht oft feiern.«

»Perumal hat eben ein Geschäft abgeschlossen.« Carr-Jones wies mit dem Kinn auf einen schmalen Inder mit fast schwarzer Haut, der bei Carr-Jones' Leuten saß und strahlte. »Der Deal war ein richtiger Elefant. Ein riesengroßer, fetter Elefant. Mit riesigen Ohren und einem dicken Elefantenschwanz, gerade groß genug für … ach, was weiß ich … riesengroß halt.«

»Toll«, sagte Calder.

Carr-Jones leitete die Derivateabteilung. Derivate sind höchst komplizierte Finanzinstrumente, deren Wert durch Formeln bestimmt wird, die auf den Bewegungen verschiedener Finanzmärkte basieren. Carr-Jones' Team erzielte enorme Gewinne, indem es Derivate an Kunden verkaufte, die keinen blassen Schimmer von diesen Produkten hatten. Selbst wenn er in Alkohollaune war und übertrieb, musste ein derartig großer Deal Bloomfield Weiss enorm viel Geld eingebracht haben. Mindestens zehn Millionen.

Carr-Jones schwankte und grinste dabei, auf seinen sonst blassen Wangen prangten zwei grellrote Flecken. »Du hättest uns nicht verlassen sollen, Jen«, sagte er.

Wütend funkelte Jen ihn an. »Ich bin aber froh, dass ich's getan habe. Und wenn ihr noch so große Elefanten schießt.«

»Hast Recht, ist bestimmt besser so für dich. Anleihen und Renten passen eher zu dir.«

»Was soll das heißen?«, gab Jen zurück.

»Ach, nichts«, sagte Carr-Jones mit gespielter Unschuld. »Ich habe dir nur zugestimmt, mehr nicht. Zum Glück sind die Zahlen bei euch nicht so komplex.«

»Ich hatte keine Probleme mit den Zahlen«, protestierte Jen.

»Nein, natürlich nicht.«

»Tu nicht so gönnerhaft! Ich habe einen Abschluss in Statistik vom MIT«, protestierte Jen. »Das weißt du genau.«

Calder hob die Hand, um sie zu beruhigen. »Lass sie in Ruhe, Justin«, sagte er leise. Es war sinnlos, sich mit jemandem zu streiten, der so betrunken war wie Carr-Jones. »Sie macht sich wirklich toll bei mir. Sie wird mal ein hervorragender Trader.«

»Das freut mich«, gab Carr-Jones zurück. Er wollte etwas trinken, aber sein Glas war leer. Prüfend hob er die Flasche auf dem Tisch vor Calder und Jen. »Macht ihr euch einen schönen Abend?«

»Ja, danke«, sagte Calder, der ebenfalls langsam die Geduld verlor.

»Bumst du ihn?«, fragte Carr-Jones Jen.

»Was?«, gab sie perplex zurück.

»Ich habe gesagt: Bumst du ihn? Mit Sicherheit. Das seh ich dir an. Ich sag doch, der Job passt zu dir.« Er grinste, als freue er sich über eine Neuentdeckung.

Jen wurde rot. »Wie kommst du darauf?«

»Ach, erzählt man sich so. Weiß doch jeder.«

»Was weiß jeder?«

»Das mit dir und Zero. Hey, mir ist das egal. Wenn du damit klarkommst …«

Jen öffnete den Mund und wollte etwas sagen, ließ es aber sein. Hastig schob sie den Stuhl nach hinten, griff nach Mantel und Tasche und verließ mit gesenktem Blick das Lokal. Das glatte schwarze Haar verbarg ihr verstörtes Gesicht.

»Jen!«, rief Calder und wollte ihr hinterherlaufen. Aber er musste erst hinter dem Tisch hervorkommen, und als er im Raum stand, war sie bereits verschwunden.

»Was sollte das, verdammt noch mal?«, fuhr er Carr-Jones an.

Der zuckte mit den Achseln. »Zu empfindlich, die Frau. War sie schon immer.«

Calder packte Carr-Jones am Kragen und zog ihn zu sich heran. Carr-Jones wehrte sich, aber Calder war größer und weitaus kräftiger. Fast hätte er sein Gegenüber hochgehoben. Carr-Jones' Augen weiteten sich hinter der Brille.

»Ich weiß, dass du stinkbesoffen bist, aber das war wirklich nicht nötig«, zischte Calder durch zusammengebissene Zähne. »Morgen früh entschuldigst du dich bei ihr, verstanden?«

»Aber …«

Calder zog den zitternden Kollegen noch näher heran. »Ob du das verstanden hast?«

Carr-Jones nickte.

»Und jetzt verpiss dich!« Calder schubste ihn von sich. Schon kam der Wirt herbeigeeilt.

»Die Herren wollten gerade gehen«, sagte Calder und warf Carr-Jones' treuem Gefolge viel sagende Blicke zu.

Das Derivate-Team verließ das Lokal.

Während Calder seine Kreditkarte hervorholte, um die fünf Flaschen Champagner zu bezahlen, musste er an Jens Frage denken.

Warum arbeitete er immer noch mit diesen Idioten?

Als das Taxi vor Jens Wohnung in Chelsea hielt, hatte sie ihre Fassung zurückgewonnen. Es hatte zu regnen begonnen. Das Taxi parkte einen Meter vom Bordstein entfernt neben einer riesigen Pfütze. Jen sprang über sie und erreichte trockenen Fußes den Bürgersteig, wurde jedoch nur einen Augenblick später von einem vorbeirauschenden Bus durchnässt. Sie nahm den uralten Fahrstuhl in den fünften Stock und tauschte einen finsteren Blick mit der alten Dame aus der Wohnung gegenüber. Sie hieß Mrs. Pinney, wie Jen auf ihren Briefen gelesen hatte. Einen Monat lang hatte Jen sich bemüht, freundlich zu sein. Schließlich hatte sie aufgegeben, als die Frau auf ihr lockeres »Hi, Mrs. Pinney, wie geht's?« zusammengezuckt war und sich, etwas über schlechte Manieren murmelnd, in ihre Höhle zurückgezogen hatte. Was hatte sie der Alten bloß getan, fragte sich Jen. Lag es an ihrer chinesischen Abstammung? Oder daran, dass sie aus Amerika kam? Oder lediglich an ihrer Freundlichkeit? Jen wusste es nicht. Aber sie begann, eine Abneigung gegen Mrs. Pinney zu entwickeln. Und je frustrierter sie im Laufe des Winters von der Arbeit heimkehrte, desto stärker wurde diese Abneigung, bis Jen Mrs. Pinney beinahe hasste.

Sie öffnete die Tür zu ihrer kleinen Wohnung. Es regnete in Strömen. Im gelben Licht prasselten die Tropfen auf den winzigen Balkon vor dem Wohnzimmerfenster. Als Jen die Vorhänge zuzog, piepste ihr Handy. Es war eine SMS von ihrer Mutter in den Staaten, die ihr mitteilte, Vivienne würde um 15.30 Uhr New Yorker Zeit mit ihren drei heißesten Aktientipps in einem der Kabelfernsehsender auftreten. Jen sah auf die Uhr. Es war 20.33 Uhr. Sie holte sich eine Dose Pringles aus der Küche und schaltete den Fernseher ein.

Und schon erschien Vivienne, ihre telegene ältere Schwester, Aktienanalystin bei einem großen New Yorker Börsenmakler, auf dem Schirm. Sie war in den letzten Monaten wöchentlich mit ihren Anlagetipps im Fernsehen aufgetreten. Jetzt lobte Vivienne die Investmentqualitäten eines Herstellers von Installateurbedarf. Widerwillig musste Jen zugeben, dass Vivienne auf eine anziehende Art sprach; es wirkte, als wisse sie, wovon sie rede. Dabei war Vivienne nicht sehr intelligent. Sie war nicht mal halb so schlau wie Jen. Offenbar war dies jedoch ihren Eltern immer irgendwie entgangen. Vivienne hätte Meteorologin werden sollen, dann hätten ihre Vorhersagen wenigstens gelegentlich gestimmt.

Jen musste an die Worte von Justin Carr-Jones denken. Wie konnte er ernsthaft glauben, dass sie etwas mit Alex Calder hatte? Natürlich mochte sie Alex: Seitdem sie für ihn arbeitete und nicht mehr für Carr-Jones, war alles viel besser geworden. Alex war rücksichtsvoll und fair, und er hörte zu. Er war sehr gut in seinem Bereich, genau wie Carr-Jones, aber anders als der alte Chef erklärte er ihr auch, wie es funktionierte. Und sie musste zugeben, dass er mit seinen ruhigen, nachdenklichen graublauen Augen und der kleinen v-förmigen Falte auf der Stirn irgendwie niedlich aussah. Auch sein wohl geformter, durchtrainierter Körper war attraktiv. Alex strahlte eine Kraft und Stärke aus, die ihn von den langweiligen Tölpeln an den Terminals unterschied. Aber Jen hielt sich etwas zugute auf ihre professionelle Einstellung: Niemals würde sie mit ihrem Chef ins Bett gehen.

Es war nicht dieser Vorwurf, der sie verletzt hatte, sondern die

Vorurteile, die dahintersteckten: dass Jen niemals so gut wie ihre männlichen Kollegen sein würde, dass sie nur wegen ihres Aussehens so weit gekommen war, dass ihr Hauptvorzug für Bloomfield Weiss darin bestand, Sex zu signalisieren, und zwar allein aufgrund ihres Geschlechts. Sie konnte sich noch gut erinnern, dass Carr-Jones sie, kurz nachdem sie im vergangenen Jahr in die Firma eingetreten war, gebeten hatte, abends mit ihm und ein paar wichtigen Kunden auszugehen. Sie trafen sich in der Lobby. Jen trug einen 2000 Dollar teuren Armani-Anzug. Carr-Jones hatte sie nur kurz gemustert und ihr dann aufgetragen, sie solle nach Hause gehen und sich einen Rock anziehen, einen kurzen, und dann zu ihm und den Kunden ins Restaurant kommen. Zu ihrem späteren Bedauern hatte Jen gehorcht.

Carr-Jones schien alle Frauen so zu behandeln. Die andere Kollegin in seiner Abteilung, eine dralle Blondine namens Tessa, hatte sich mit seiner Art arrangiert, ja sogar ihren Vorteil daraus gezogen. Das konnte Jen nicht. Erschwerend kam hinzu, dass Carr-Jones einen zweijährigen Aufenthalt in Tokio hinter sich hatte. Die asiatischen Hostessen, die sich um seine Kunden kümmerten, hatten großen Eindruck auf ihn gemacht. Jen glaubte manchmal, er würde sie gern als seine folgsame Geisha sehen. Als sie an den Proprietary Desk wechselte, hatte sie gehofft, Carr-Jones entkommen zu sein, aber er arbeitete nur wenige Meter weiter, und seine anzüglichen Bemerkungen ließen sie immer noch vor Empörung und Scham rot anlaufen.

Aus 5000 Kilometer Entfernung lachte Vivienne sie an. Mit der Fernbedienung schaltete Jen das Lachen aus und legte eine CD ein. Früher hatte sie Rap nicht ausstehen können, doch nachdem sie einige Monate in London lebte, kaufte sie ein Album von Eminem, dann noch eins und schließlich ein drittes. Sie hörte es gern laut, ließ die zornigen Texte über sich hinwegrauschen.

Ihr gefiel nicht, wie sie sich entwickelte: Sie wurde verbittert, aggressiv, negativ. Völlig negativ. Sie hatte keine Freunde in London, nur eine Anwältin, die sie vom College kannte und deren Arbeitszeiten genauso unberechenbar waren wie die von Jen. Das

Wetter hier war schrecklich, die Nächte waren lang, die Handwerker versprachen immer wieder neue Termine, kamen aber nie, und die Arbeit war ein Albtraum. Jen hätte Mrs. Pinney am liebsten umgebracht, ebenso wie die Radiomoderatorin, die sich allmorgendlich diebisch über die trüben Wetteraussichten zu freuen schien. Unglaublich, dass sie zu Calder gesagt hatte, es wäre besser geworden, seit sie für ihn arbeitete! Wem machte sie etwas vor? Doch nur sich selbst.

So war sie nicht immer gewesen. Als sie nach dem Studium bei Bloomfield Weiss in New York anfing, war sie optimistisch und voller Elan. Sie hatte hart arbeiten und erfolgreich sein wollen, ohne dabei auf den Spaß zu verzichten. Sie mochte Derivate, es bereitete ihr Freude, auch noch die kompliziertesten Transaktionen in ihre Bestandteile zu zerlegen und neu zusammenzusetzen. Darin war Jen wirklich gut. Deshalb hatte man sie auch als Belohnung zu Justin Carr-Jones nach London versetzt, zu einem der umsatzstärksten Mitarbeiter von Bloomfield Weiss.

Sie sollte sich Carr-Jones' Anzüglichkeiten nicht so zu Herzen nehmen. Er war betrunken gewesen und wusste nicht mehr, was er sagte. Er war ja nicht einmal mehr ihr Chef. Jen wusste, was ihre Eltern sagen würden: Beachte ihn einfach nicht, Jen. Wer hart arbeitet, wird irgendwann die Ernte einfahren. So wie ihr Vater, der in den siebziger Jahren mit einem Universitätsabschluss in Teilchenphysik aus der Volksrepublik China nach Amerika ausgewandert war und jetzt als einer der weltweit führenden Experten für Mikrowellenfiltertechnik galt. Selbst bei Vivienne hatte es funktioniert; trotz mittelmäßiger Examensnoten verdiente sie an der Wall Street mehrere hunderttausend Dollar pro Jahr. Es war sinnlos, darüber zu lamentieren; sie sollte sich einfach in die Arbeit stürzen und den anderen zeigen, was eine Harke ist.

Aber Jen war nicht nur chinesischer Herkunft, sie war auch Amerikanerin. An ihrer geisteswissenschaftlich orientierten Schule in den Hügeln von West-Massachusetts hatte man ihr beigebracht, dass Frauen das Recht haben, genauso behandelt zu werden wie Männer. Mehr noch: Frauen hatten die Pflicht, Gleichbehandlung einzufordern. Es war keine Schwäche, sich zu beschweren, es zeugte von Stärke. Männer wie Carr-Jones würden schwache Frauen so lange ausnutzen, bis die starken für ihre Rechte eintraten.

Verflucht, dachte Jen, was er tat, war schlicht und einfach falsch. Damit sollte er nicht durchkommen.

Es wäre besser gewesen, wenn Jen auf ihre Eltern gehört hätte. Dann hätte sie sie vielleicht noch einmal wiedergesehen.

2

Calder saß an seinem Arbeitsplatz und koordinierte Informationen aus verschiedenen Quellen. Vor ihm befanden sich vier Flachbildschirme, auf denen jeweils mehrere Fenster geöffnet waren. Sie zeigten Brokerpreise (grün auf Schwarz), Excel-Tabellen (rot und blau auf Grau), Nachrichten von Bloomberg (orange auf Schwarz) und von Reuters (schwarz auf Beige), ein Handelsbuch, seine Mailbox, einen Webbrowser und Terminpreise von Börsen auf drei Kontinenten in Echtzeit. Zahlen blinkten und leuchteten, manchmal piepste es sogar, wenn sie sich änderten. Hin und wieder knisterte einer der beiden Lautsprecher, und es folgte eine knappe Mitteilung. Über den einen war Calder mit den Rentenhändlern verbunden, mit denen er die meisten Geschäfte machte, über den anderen konnte er mit den Handelsplätzen von Bloomfield Weiss sprechen, die über ein halbes Dutzend Zeitzonen in der Welt verteilt waren.

Bei der Royal Air Force hatte Calder gelernt, Informationen schnell zu verarbeiten. Außer den in Jets üblichen Fluginstrumenten hatte sein Tornado über ein Head-up-Display verfügt, das ständig in Grün Zahlen und Buchstaben in sein Sichtfeld schrieb, außerdem eine elektronische Landkarte, ein Geländefolge-E-Scope und ein Radarwarnsystem. Hinter ihm hatte ein Navigator gesessen, der unablässig Daten von seinen Geräten ablas. Und draußen sausten Erde und Himmel mit 800 Stundenkilometern vorbei. Dadurch hatte Calder gelernt, Informationen zu sortieren und sich in Sekundenbruchteilen zu entscheiden. Jetzt konnte er sich mehrere Stunden Zeit lassen, aber einfacher waren die Entscheidungen dadurch nicht.

Von oben grinste Homer Simpson auf Calder hinunter. Die Puppe aus Schaumgummi war schwer gezeichnet, weil er sie schon unzählige Male gegen die Wand geworfen oder sogar getreten hatte. Calder konnte Homer Simpson nicht ausstehen. Eines Morgens war er zur Arbeit gekommen, und da saß Homer hinter dem Bloomberg-Bildschirm und glotzte ihn an. Calder hatte die Puppe in den nächsten Papierkorb gestopft, doch nach dem Mittagessen hockte das Ding wieder auf seinem Platz. Calder nahm Homer sogar mit nach Hause und versenkte ihn in der Mülltonne, jedoch vergeblich. Einer seiner Kollegen musste eine ganze Wagenladung Homer Simpsons gekauft haben. Irgendwann gab er es auf.

Calder wusste genauso wenig wie Homer, was mit den italienischen Staatsanleihen los war. Irgendjemand verkaufte. In großem Stil. Der Unbekannte war bereit, weit runterzugehen. Kaum hatte sich der Markt ein wenig erholt, verkaufte der Kerl noch mehr. Calder hörte sich um; man war der Ansicht, der Verkäufer sei Jean-Luc Martel, ein Hedgefonds-Manager, der in einem abgelegenen Nest in den Rocky Mountains zu Hause war. Auf jeden Fall baute er eine gewaltige Position auf.

Hedgefonds gehören zu den kompliziertesten Konstruktionen in der Finanzwelt und bedienen sich kurzfristig auf jedem beliebigen Markt: Renten, Aktien, Devisen, Öl, Schweinehälften, sogar Wetter. Oft sind es nur kleine Unternehmen, die sich damit zufrieden geben, für geringe Gewinne Marktdifferenzen auszugleichen, aber einige agieren in großem Umfang. Zu denen gehörte Martels Fonds: Er verkaufte italienische Staatsanleihen im Wert von 100 Millionen Euro, die ihm nicht gehörten, in der Hoffnung auf einen gewaltigen Gewinn, wenn der Preis fiel und er sie zu einem niedrigeren Kurs zurückkaufte.

Aber das machte keinen Sinn. Italienische Staatsanleihen, auch BTP genannt, waren bereits günstig zu haben, ihr Preis lag weit unter dem der entsprechenden Papiere Frankreichs oder Deutschlands. Sicher, der italienischen Wirtschaft ging es sehr schlecht. Alarmiert durch das plötzliche Erstarken der französischen und deutschen Ökonomie und aus Angst, der Drache der Inflation könne aus seinem zwanzigjährigen Schlaf erwachen, hatte die Europäische Zentralbank die Zinsen in den vergangenen zwölf Monaten mehrmals erhöht. Italien hatte genug Probleme; das Land befand sich in einer Rezession, die Arbeitslosigkeit stieg stark, das Haushaltsdefizit war gewaltig – hohe Zinsen waren das Letzte, was Italien brauchen konnte.

Aber das Land konnte nichts dagegen tun. Es gehörte zur Eurozone, seine Schulden wurden in derselben Währung beziffert wie die von Frankreich, Deutschland und den anderen Staaten, Italiens Zinsen wurden von der Europäischen Zentralbank in Frankfurt festgelegt. Es gab keinen Ausweg. Ein paar wagemutige Ökonomen und ein in Ungnade gefallener früherer Finanzminister hatten die italienische Regierung aufgefordert, aus dem Euro auszusteigen, aber das war völlig absurd. Bei der Euro-Einführung hatte Bloomfield Weiss sogar mehrere juristische Gutachten in Auftrag gegeben, die sich einig gewesen waren, dass das Ausscheren eines einzelnen Staates undenkbar war. Die Zusage, den Europakt nicht zu verlassen, war in den Verträgen von Maastricht und Amsterdam und somit im europäischen Recht verankert. Es stand über den Rechtssystemen der einzelnen Mitgliedsstaaten. Italien war auf den Euro angewiesen und der Euro auf Italien.

Und solange Italien zur Eurozone gehörte, mussten die italienischen Staatsanleihen ungefähr im Bereich ihrer französischen und deutschen Äquivalente liegen.

Gerade hatte der italienische Premierminister aufgrund einer Korruptionsaffäre seinen Rücktritt erklärt, die regierende Mitterechts-Koalition war auseinander gefallen. In gut einem Monat sollte es Neuwahlen geben. Wahlen brachten Unruhe in die Rentenmärkte. Aber in Italien wurde ständig gewählt; Calder sah keinen Grund, warum diese Wahl etwas Besonderes sein sollte.

Er kontrollierte seine Monitore. Die BTPs waren billig. Sollte er noch ein paar kaufen und riskieren, sich die Finger zu verbrennen? Calder spürte einen dumpfen Schmerz am Ende seiner Wirbelsäule. Die alte Verletzung warnte ihn: Sei vorsichtig!

Er sah sich nach Jen um, vielleicht konnte sie ihm einen Rat geben. Sie war noch nicht da. Calder schaute auf die große Uhr neben dem Bloomfield-Weiss-Logo an der Wand. Halb zehn. Reichlich spät. Sehr spät für einen Handelsraum.

»Matt? Hast du was von Jen gehört?«

»Nein«, sagte Matt und tippte weiter Zahlen in den Computer ein.

»Nils?«

Der dicke Däne schüttelte den Kopf. Er telefonierte. Für einen Trader war es selbstverständlich, mindestens drei Gespräche gleichzeitig zu führen.

Calder runzelte die Stirn. Carr-Jones, dieses Arschloch. Nachdem Calder Jens Selbstbewusstsein mühsam aufgebaut hatte, war es Carr-Jones gelungen, es innerhalb von fünf Minuten zu zerstören. Jen musste ihn vergessen, sonst würde sie für Calders Abteilung nie wieder von Nutzen sein. Und das wäre schade.

Calder sah zur Derivategruppe ein paar Tische weiter hinüber. Carr-Jones hatte den Telefonhörer am Ohr. Er machte einen ruhigen, beherrschten Eindruck, seine Manschettenknöpfe glänzten in den rosa Hemdsärmeln, seine Krawatte war fest gebunden, die Hose auf Bundfalte gebügelt. Er wirkte so jung, als ginge er noch zur Schule. Man hätte ihm ohne weiteres abgenommen, ein achtzehnjähriger Klassensprecher an einer Privatschule zu sein. Soweit Calder wusste, war Carr-Jones auf einer Gesamtschule in Südwales gewesen. Darauf deutete nichts mehr hin. Durch eine sonderbare Laune der Architekten standen die Schreibtische der Derivategruppe ein wenig abseits von den anderen. Das vermittelte ein Gefühl von Distanz, das die Gruppe zu kultivieren versuchte. Die Derivatehändler hielten sich für die Elite der Londoner Niederlassung von Bloomfield Weiss, für die innovativen Finanzjongleure des 21. Jahrhunderts und – was am wichtigsten war – für die Leute, die den dicksten Profit machten.

Was sogar stimmte. Im ersten Jahr, als Carr-Jones zurück in London war, hatte sein Team einen Gewinn von 132 Millionen Dollar gemacht. Eine fast obszöne Summe.

Calder stand auf und ging zu Carr-Jones hinüber, der jedoch weitertelefonierte und ihn ignorierte. Calder wartete.

Schließlich legte Carr-Jones auf.

»Justin, kannst du dich an gestern Abend erinnern?«

»Ich kann mich erinnern, dass du handgreiflich geworden bist«, gab Carr-Jones zurück.

»Weißt du noch, was du zu Jen gesagt hast?«

»Wenn es dir nichts ausmacht, würde ich gern weiterarbeiten«, erwiderte Carr-Jones und wollte zum Hörer greifen.

»Du hast versprochen, dich bei ihr zu entschuldigen.«

Carr-Jones tippte eine Telefonnummer ein. »Du hast mich bedroht.«

»Du warst betrunken.«

Carr-Jones lehnte sich in seinem Stuhl zurück, den Hörer ans Ohr gedrückt. »Du ebenfalls, denke ich. Und deshalb will ich auch vergessen, was du getan hast. Ah, hallo, Klaus«, sagte er und wechselte augenblicklich in den glatten Ton des Verkäufers. »Wie geht's?« Er warf Calder ein kurzes Lächeln zu und wandte sich ab.

Calder schüttelte den Kopf und begab sich wieder an seinen Schreibtisch. Jen hatte Recht. Warum arbeitete er mit solchen Idioten zusammen?

Sie kam zehn Minuten später, wie immer in einem weißen Oberteil und einem eleganten schwarzen Hosenanzug. Vorsichtig stellte sie ihre schmale Aktentasche neben den Schreibtisch, setzte sich, ohne die Jacke auszuziehen, und schaltete die Monitore ein. Sie strahlte Ruhe und Entschlossenheit aus.

»Morgen, Jen!« Calder lächelte.

»Tut mir Leid, dass ich zu spät bin.«

»Schon okay. Wenn du die Märkte gecheckt hast, möchte ich mal kurz mit dir über Italien reden. Da stimmt wieder was nicht.«

»Gut«, entgegnete sie, ohne den Blick von den Bildschirmen abzuwenden.

Calder sah sie an. »Alles in Ordnung?«, fragte er. Er hatte ein mulmiges Gefühl.

Jen schaute ihn an. »Können wir kurz sprechen?«

»Klar.«

»Unter vier Augen?«

Calder runzelte die Stirn und führte Jen in einen der kleinen verglasten Besprechungsräume abseits des Großraumbüros. Die

Zimmer wurden gelegentlich für Kundengespräche genutzt. Meistens dienten sie zur Planung interner Manöver, zur Erfindung und Verbreitung von Gerüchten, dort machte man Politik, wurden Verschwörungen angezettelt, Karrieren vernichtet. Calder hasste diese Räume. Besorgt stellte er fest, dass Jen ihre Aktentasche mitnahm.

Sie setzten sich an einen kleinen Tisch. »Schieß los«, sagte Calder.

»Ich will eine Beschwerde gegen Justin Carr-Jones einreichen«, sagte Jen.

Calder erschrak. Das war keine gute Nachricht. »Eine offizielle Beschwerde?«

Jen wühlte in ihrer Aktentasche und zog einen grünen Hefter mit der Aufschrift *Bloomfield Weiss – Vereinbarungen für ein menschliches Miteinander* hervor. Wieder zuckte Calder zusammen. Sie schlug eine Seite mit einem gelben Post-it-Zettel auf: *Teil II: Sexuelle Belästigung und Diskriminierung.*

»Hier steht, dass ich die Beschwerde zuerst meinem direkten Vorgesetzten vorlegen muss. Das bist du.«

»Lass es lieber, Jen.«

»Hier!« Sie reichte ihm ein Blatt Papier. Calder überflog es. In knappen Worten war darauf der Vorfall vom vergangenen Abend beschrieben. Außerdem behauptete Jen, es sei der letzte in einer Reihe ähnlicher Zwischenfälle gewesen. Sie forderte Konsequenzen. Ihre markante Unterschrift beendete den Bericht.

Langsam ließ Calder das Blatt auf den Tisch sinken. »Das meinst du doch nicht ernst, Jen.«

»Ich will, dass Justin Carr-Jones in seine Schranken gewiesen wird.«

»Das glaube ich dir. Aber das wird nicht klappen.«

»Warum nicht, verdammt noch mal? Du warst doch dabei. Du hast gehört, was er zu mir gesagt hat.«

»Ja, ich war dabei. Und ich bin mit dir einer Meinung, dass er sich völlig danebenbenommen hat. Aber das hier«, Calder schob ihr das Blatt zu, »wird alles nur schlimmer machen.«

»Wieso?«

»Weil Carr-Jones in London den größten Umsatz macht und fast den größten in der ganzen Bank! Du weißt ganz genau, dass er ein Arschloch ist. Der macht Hackfleisch aus dir. Danach bist du erledigt. Und ich kann dir nicht im Geringsten helfen.«

Bestürzt sah Jen Calder an. »Das glaube ich nicht! Ich dachte, gerade du würdest mich auf jeden Fall unterstützen.«

»Ich werde dich unterstützen, Jen. Du hast eine große Zukunft in dieser Firma vor dir, wenn du als Trader mit mir arbeitest. Du verfügst über Köpfchen und besitzt die nötige Intuition, ich werde dafür sorgen, dass du eine gute Ausbildung bekommst. Carr-Jones kann dich nicht aufhalten, es sei denn, du gibst ihm die Gelegenheit dazu. Und das hier ist eine solche Gelegenheit.«

»Du nimmst ihn bloß in Schutz.«

Calder atmete tief durch. »Ich nehme ihn nicht in Schutz. Ich sehe das nur ganz objektiv ...«

»Will sagen, ich sehe es nicht objektiv?«, fuhr Jen ihn an.

»Will sagen, du hast eine unglückliche Entscheidung getroffen, von der ich dich abbringen will.«

»Du willst nicht, dass ich die Kumpanei unter euch Männern störe.«

»Bitte, Jen, das ist ungerecht, und das weißt du genau. Ich kann mit Carr-Jones reden. Damit er sich entschuldigt.«

»Er wird sich niemals entschuldigen.«

»Vielleicht kann man ihn zwingen.«

»Und wenn, dann würde er es nicht ehrlich meinen. Ich will, dass er einen Denkzettel bekommt. Einen offiziellen.«

»Das wird nicht funktionieren.«

»Ich möchte, dass du meinen Brief an die Personalabteilung weiterleitest.«

»Das mache ich nicht.«

»Hier steht«, sagte Jen und tippte auf den Folder vor sich, »dass ich mich direkt an die Personalabteilung wenden soll, wenn mein direkter Vorgesetzter nicht entsprechend reagiert.«

Calder warf einen Blick auf das Blatt, dann auf Jen. »Tut mir

Leid. Ich werde dir nicht dabei helfen, deine Zukunft zu ruinieren. Geh damit zur Personalabteilung, wenn du willst. Aber ich rate dir dringend davon ab.«

Jen war wütend. Ohne ein weiteres Wort klappte sie den Hefter zu und schob ihn zusammen mit dem Brief in ihre Tasche. Kurz darauf saß sie an ihrem Schreibtisch und telefonierte mit der Personalabteilung, um einen Termin zu vereinbaren. Calder sah zu Carr-Jones hinüber, der ebenfalls telefonierte, blind für das, was um ihn herum vor sich ging. Dieses Schwein. Calder bewunderte Jens Mut, sich mit ihm anzulegen. Wenn auch nur die geringste Chance bestünde, Carr-Jones tatsächlich einen Denkzettel zu verpassen, hätte er Jen sofort unterstützt. Aber eines wusste Calder sicher: Diese Chance gab es nicht.

Als Jen ihre Aktentasche nahm und zum Termin mit der Personalabteilung ging, überkam Calder ein Gefühl von tiefer Schwermut. Er konnte nicht mit ansehen, wie eine Mitarbeiterin mit ihrem Potenzial sich ihr eigenes Grab schaufelte.

3

Jean-Luc Martel streckte seine langen Glieder und drehte sich in seinem 4000 Dollar teuren Ledersessel von den chaotischen europäischen Rentenmärkten zur Fensterfront herum. Die Sonne, noch hinter den Bergen im Osten verborgen, streckte ihre ersten, zart rosafarbenen Fühler über die schneebedeckten, baumbestandenen Hänge der Tetons und warf zaghafte Strahlen in das dunkel leuchtende Blau des Himmels. In diesem Teil der Rocky Mountains, eingezwängt zwischen den Bergen, lag am Ufer des Snake River die Stadt Jackson Hole im Schlummer. Martel fing gern früh an, wenn an den Märkten in London und Frankfurt bereits gearbeitet wurde, der Tag in Wyoming aber noch nicht begonnen hatte.

Vor zwanzig Jahren hatte er die muffige Pariser Finanzwelt hinter sich gelassen und war ein Jahr später zu den turbulenten Märkten von New York aufgebrochen. Nach zehn Jahren hatte er das Gefühl, sie zu beherrschen. Selbst die gnadenlos profitorientierte Investmentbank, für die er damals arbeitete, empfand er als zu zögerlich. Deshalb hatte Martel seinen eigenen Fonds gegründet, um von den Rocky Mountains aus auf den Börsen der Welt Geld zu verdienen. Er war erfolgreich, unglaublich erfolgreich. Wer 1994 eine Million Dollar in Martels Teton Fund investiert hatte, war jetzt um fast 20 Millionen Dollar reicher. 1998 hatte er den Yen leer verkauft und im selben Jahr mit den Hedgefonds-Katastrophen Geld gemacht. 1999 war er auf der NASDAQ-Blase ganz nach oben geritten und 2001 tief in den Keller gefallen. 2003 hatte Martel Öl verkauft, zwei Monate vor dem Einmarsch in den Irak. All das hatte er mit geborgtem Kapital getan, dem Treibstoff, der aus einem Marktplus von einem Dollar zehn Dollar Gewinn für den Teton Fund machte.

Martel sah sich selbst als Philosoph und hatte eine eigene Theorie entwickelt, die er als Verhaltensevolution bezeichnete. Gern zitierte er Francis Galton, Daniel Bernoulli, Charles Darwin und Richard Thaler, allerdings in durchaus ungewöhnlichen Zusammenhängen. Er vertrat die Auffassung, mit Grundwerten zu handeln. Während andere Trader darunter die Stärke eines einzelnen Unternehmens oder eines Marktes verstanden, meinte Martel damit die Grundzüge des Menschen, die Vielfalt menschlicher Charakterzüge, die einen Markt ausmachten: Gier, Angst, Euphorie, Panik. Aber seinen obersten Grundsatz hatte Martel bereits als junger Mann beim Pokern gelernt: Der Spieler mit den tiefsten Taschen gewinnt.

Durch seine Erfolge war er zwar in der Finanzwelt wohl bekannt, der breiten Öffentlichkeit jedoch nicht. Das frustrierte ihn. Er war der beste Investor, den es gab. Das sollte die ganze Welt zu würdigen wissen. Es gab zwei Männer, die seinen Ehrgeiz beflügelten: Warren Buffett und George Soros. Buffett mit seiner Art, die Hände in den Schoß zu legen und nebenbei Milliarden zu scheffeln, war unerreichbar für Martel. Mit George Soros hingegen konnte er gleichziehen, ihn gar überholen.

Soros war nicht mehr aktiv, galt aber immer noch als bester Hedgefonds-Investor der Welt. In den Achtzigern und Neunzigern hatte sein Quantum Fund enorme Gewinne realisiert. Als sein größter Coup galt, dass er 1992 erfolgreich gegen die Bank of England spekuliert und dabei eine Milliarde Dollar gemacht hatte. Damals mussten die Märkte das britische Pfund sogar vom europäischen Wechselkursmechanismus ausschließen.

Wie Soros hatte auch Martel osteuropäische Vorfahren: Seine Großeltern waren zu Beginn des 20. Jahrhunderts von Polen nach Frankreich ausgewandert. Als Kind hieß er noch Młotek mit Nachnamen, doch als Jean-Luc zwölf war, hatte der Vater den Namen in Martel geändert. Wie Soros war auch Martel Philosoph. Wie Soros war er brillant. Bald würde er die Welt davon überzeugen.

Vielleicht würde es schon in Kürze so weit sein. Der Teton

Fund war mit italienischen Staatsanleihen im Wert von vier Milliarden Euro short gegangen, und täglich verkaufte er mehr. Martels Gewinn bei diesem Geschäft lag bereits bei 20 Millionen Euro, doch er rechnete mit noch mehr in den folgenden Monaten. Short gehen war eine seiner Spezialitäten: Martel hatte eine feine Nase für sinkende Börsenkurse und verkaufte rechtzeitig, um die Aktien oder Anleihen auf ihrem niedrigsten Wert zurückzukaufen.

Martel spürte ein leichtes Summen an der Hüfte und warf einen Blick auf seinen BlackBerry, den er immer am Gürtel trug. Er hatte eine Nachricht von Walter Lesser, einem Hedgefonds-Manager in New York. Die meisten Hedgefonds-Manager kommunizierten mit Hilfe dieser Geräte. Sie waren ihnen lieber als E-Mails, weil sie den Empfänger sofort erreichten und keine Spuren hinterließen. So konnte keine Börsenaufsicht irgendetwas nachweisen.

Hey, Jean-Luc. Verkaufst du immer noch BTPs?

Martel grinste und ließ die Finger über die kleinen Tasten des BlackBerry fliegen.

Ja. Da ist noch lange nicht Schluss.

Kurz darauf:

Angeblich kann Italien nicht aus Euro aussteigen. Verfassungswidrig.

Martel antwortete:

Angeblich. Aber ich kenne einen Juraprofessor in Mailand, der das anders sieht. Willst du sein Gutachten lesen?

Mit wachsender Erregung wartete Martel. Zu seinem Ärger akzeptierten die einflussreichen Hedgefonds-Player ihn noch nicht ganz als einen der ihren. Walter gehörte nicht zu den Großen, hatte aber täglich Kontakt mit ihnen. Wenn Martel Walter auf seine Seite ziehen konnte, würde der es seinen Freunden erzählen, und Martels Geschäfte würden noch mehr an Fahrt gewinnen.

Es dauerte eine geschlagene Minute, bis die Antwort kam:

Schick es mir!

Martel grinste und sah die Papierberge in seinem Büro durch. Früher war dieser Raum einmal eine edle Suite mit dicken Teppichen und teuren Kunstobjekten gewesen, inzwischen hatte Martel ihn mit seiner grenzenlosen Energie in ein wildes Durcheinander verwandelt. So gut wie jeder Zentimeter der Wände war mit Zeitungsausschnitten, Fotos, Comics und Aphorismen bedeckt, daneben Wandtafeln und Flipcharts mit einem Pfeilgewirr, das Handelsstrategien darstellen sollte. Fußboden und Tische waren zu 90 Prozent mit Papier bedeckt, nur in einer Ecke lagen ein Medizinball und einige Gewichte. Die Informationen über Italien türmten sich auf einem niedrigen Glastisch und dem Teppich daneben. Martel zog das Gutachten des Juraprofessors hervor, das auf einem Stapel neben einer von seiner Frau getöpferten Indianervase lag, kritzelte eine kurze Notiz darauf und legte es auf den Schreibtisch seiner Assistentin. Auf dem Weg zur Tür warf er einen kurzen Blick auf das Porträt seiner Frau, das an der Wand gegenüber hing, eine Oase der Ruhe inmitten des Chaos. Es war ein herrliches Gemälde, seine Frau sah wunderschön aus. Vielleicht sollte er den Künstler beauftragen, auch ihn hier bei der Arbeit zu malen, in seinem Büro auf dem Dach der Welt? In dem Moment, als er das Geschäft seines Lebens machte. Das war eine Überlegung wert.

Martel starrte auf den großen Flachbildschirm, der seinen Schreibtisch dominierte. Die Preise italienischer Anleihen waren markiert, sie bewegten sich unablässig. Martel wusste, dass es Zeitverschwendung war, die Zahlen zu beobachten, aber an einem Vormittag wie diesem konnte er einfach nicht anders.

Plötzlich blitzte der Preis des führenden BTP auf und fiel um einen Dreiviertelpunkt. Martel checkte die Nachrichten bei Bloomberg. Tatsächlich, es gab eine neue Meldung:

Massimo Tagliaferi, Führer der konservativen Demokratischen Nationalpartei, gibt bekannt, dass der ehemalige Finanzminister Guido Gallotti ihn im Wahlkampf unterstützt. Gallotti propagiert einen Ausstieg Italiens aus dem Euro.

Tagliaferi, der umtriebige Inhaber eines der größten italienischen Industriekonzerne, war ein Außenseiter bei den kommenden Wahlen, dennoch: Zum ersten Mal sagte eine ernst zu nehmende italienische Partei das Undenkbare. Das schwächte die italienische Euro-Mitgliedschaft noch stärker. Der Rentenmarkt bekam kalte Füße, Martels Geschäft zog an.

Martel drückte auf die Sprechanlage. »Hey, Andy! Komm mal her!«

Kurz darauf stand ein junger Mann mit breitem Grinsen in Martels Büro. Er war bereits ein außerordentlich pfiffiger Trader.

»Hast du die Nachrichten gesehen?«

»Ja. Und ich habe gerade mit Walter Lesser gesprochen. Er hat Interesse.«

»Nehmen wir den Gewinn mit?«, fragte Andy. »Wir müssten knapp 100 Millionen im Plus sein.«

»Ob wir den Gewinn mitnehmen?«, wiederholte Martel und blickte seinem Mitarbeiter ins Gesicht. »Was glaubst du wohl?«

Andy überlegte. Ihm wurde klar, dass er einen Fehler gemacht hatte, aber es gab kein Zurück. »Na ja, wir machen uns doch gut, da dachte ich …«

Martel stieß sich mit dem Stuhl vom Schreibtisch ab und sprang auf. »Du hörst mir nicht zu, oder?« Er begab sich auf seine Lieblingsstrecke entlang der Fensterfront. Dort lag kein Papier. Martel war etwas über zwei Meter groß, mit wenigen Schritten hatte er den Raum durchmessen. Trotz seiner 45 Jahre war er gut in Form. Sein gebräunter Körper war durch frische Luft und Sport gestählt, in seinen dunklen Locken fanden sich nur wenige graue Strähnen. Martel war so energiegeladen und kräftig wie ein Mann mit Mitte dreißig.

»Wir versuchen hier nicht, ein paar lausige Millionen zu machen. Gelegenheiten wie diese gibt es nicht jeden Tag. Das hier ist der Deal des Jahrhunderts. Der Deal des Jahrtausends. Italien geht in die Knie. Die Wirtschaft ist am Ende, die Regierung ist platt, der Rentenmarkt ist im Sack. Es dauert keine zwei Monate mehr, dann steigt Italien aus dem Euro aus.« Martel sprach hastig, gestikulierte wild mit den Armen. Andy erwartete stets, Martel würde einen Papierstapel umstoßen, aber es ging immer gut. Plötzlich hielt Martel inne und starrte Andy mit seinen großen braunen Augen an. »Und weißt du, was mit italienischen Staatsanleihen passiert, sobald die Leute das mitbekommen?«

Andy war 29 Jahre, hatte einen Master in Business Administration und an der Wall Street einmal einen siebenstelligen Jahresbonus eingefahren. Er schaute zu dem großen Franzosen auf. Dabei schoss ihm durch den Kopf, dass er es hasste, wie ein Fünfjähriger behandelt zu werden. Aber er hatte Martel schon öfter in einer solchen Stimmung erlebt. Es war das Beste, auf ihn einzugehen. »Dann fallen die Preise.«

»Natürlich fallen die Preise. Noch weiter. Kennst du das Petersburger Paradox?«

»Nein«, sagte Andy. Bestimmt hatte Martel es ihm schon einmal dargelegt, aber er hatte nicht zugehört.

»Das ist eine Theorie, die alles erklärt.« Martel begann eine weitschweifige Abhandlung über das Petersburger Paradox von Bernoulli. Es handelte von dem Problem, exponentiell wachsende Profite zu bewerten. »Verstehst du?«, sagte er, als er fertig war.

»Ja«, entgegnete Andy, auch wenn er nicht begriff, welche Bedeutung das für den Preis von BTPs im 21. Jahrhundert haben sollte.

Martel drehte sich zu dem schneebedeckten Berg um, der im Licht der frühmorgendlichen Sonne glitzerte. »Was machen wir also?«

Auf diese Frage wusste Andy eine Antwort. »Wir verkaufen weiter.«

»Genau. Bis morgen will ich zwei Milliarden Euro short sein!«

»Zwei Milliarden! Bei dem Volumen machen wir uns den Markt kaputt!«

Martel drehte sich um. »An die Arbeit, Andy.«

Andy machte sich an die Arbeit.

Martel lächelte in sich hinein. Andy war ein guter Trader, er hatte nur ein Problem: Er wusste nicht, wann man massiv einsteigen musste. Es gab nur sehr wenige Menschen, die genug Urteilsvermögen und gleichzeitig den Mut besaßen, das zu tun. George Soros natürlich. Und Jean-Luc Martel.

Zögernd klopfte es an der offenen Bürotür.

»Hey, Vikram, da bist du ja wieder!«

»Bin gestern Abend angekommen.«

Vikram Rana war Martels Derivatehändler und einer seiner treuesten Gefolgsleute. Vikram war in Indien geboren, fühlte sich aber von ganzem Herzen als Amerikaner. Mit seinen ein Meter neunzig war er nur zehn Zentimeter kleiner als sein Chef. Durch viele Stunden im Sportstudio hatte er sich eine breite Brust und einen flachen Bauch antrainiert. Seine Haut war nicht viel dunkler als Martels Skibräune, er hatte blitzende schwarze Augen. Zudem war Vikram äußerst geschickt, er gehörte zu den wenigen Menschen, die intelligent genug waren, um die kompliziertesten Derivate zu verstehen und mit diesem Wissen die anderen Player am Markt mit ihrer Gier und Sorglosigkeit zu bedienen.

»Das heißt, wir haben's geschafft?«, fragte Martel.

»Ja.«

»Ein Riesendeal war das.«

Vikram lächelte und ließ seine weißen Zähne aufblitzen. »Sie haben es geschluckt. Wir haben sie am Haken. Ein dicker Fisch.« Vikrams amerikanischer Akzent klang weitaus echter als Martels. Er hatte hart daran gearbeitet.

Seine französische Aussprache war Martel schnurz. »Wissen die bei Bloomfield Weiss, was sie tun?«

Vikram zuckte mit den Schultern. »Ich denke schon. Ich hatte mit einem Inder namens Perumal zu tun. Den hat nur eines interessiert: wie viel Provision er mit dem Geschäft macht. Nach meinen Berechnungen 15 Millionen Dollar.«

»Keine Sorge«, sagte Martel. »Wenn wir sie damit am Haken haben, in Ordnung. Letztlich werden wir ein Vielfaches davon verdienen. Also, was genau haben wir gekauft?«

»Es ist ziemlich kompliziert und nennt sich IGLOO. Das ist die Abkürzung für *Italian Government Lira Obligation Option*, eine Anleihe, die in zwanzig Jahren ausgezahlt wird, wenn Italien beim Euro bleibt. Steigt Italien jedoch aus, werden wir nach einem Jahr ausgezahlt, und der Rückzahlungspreis basiert auf einem Vielfachen der Abwertung der neuen italienischen Währung gegenüber dem Euro. Außerdem bekommen wir einen ausgesprochen hohen Coupon, wenn die italienischen Zinsen über einen bestimmten Punkt steigen.«

»Das heißt, wir verdienen ein bisschen Geld, wenn italienische Anleihen fallen, und machen das große Geschäft, falls Italien aus dem Euro aussteigt?«

»Genau.«

»Wer emittiert das Papier?«

»Egal, jeder große Kreditgeber. Die ersten IGLOO-Scheine werden, glaube ich, vom Weltentwicklungsfonds ausgegeben. Für den ist es eine günstige Möglichkeit, 200 Millionen Euro in die Kasse zu bekommen. Er übernimmt nicht das italienische Risiko, das sichert Bloomfield Weiss woanders für ihn ab.«

»Hausnummern?«

»Gestern Abend im Flugzeug bin ich die Zahlen durchgegangen. Wenn Italien aus dem Euro aussteigt und die neue Währung so fällt, wie wir erwarten, machen wir mit 200 Millionen Einsatz 400 Millionen Dollar Gewinn.«

»Und wenn Italien bleibt?«

»Dann bleiben wir auf einer zwanzigjährigen Euro-Anleihe sitzen, die ein halbes Prozent bringt. Dann würden wir ungefähr 150 Millionen verlieren.«

»Aber davon trägt Bloomfield Weiss 80 Prozent?«

»Ja. Ich habe gesagt, nur ein Prozent weniger, und ich gehe woandershin.«

»Super, Vikram, hervorragend«, sagte Martel und rieb sich die Hände. Vikram hatte gute Arbeit geleistet. Bloomfield Weiss würde dem Teton Fund 80 Prozent des Geldes zum Kauf dieser IGLOO-Scheine leihen. Entsprechend würde Martel nur das Geld für 40 der 200 Millionen IGLOO-Scheine aufbringen müssen, die er kaufen wollte. Wenn alles nach Plan verlief, würden aus den 40 Millionen Dollar 400 Millionen werden, das Zehnfache des Einsatzes.

Und wenn es schief ging? Darüber dachte Martel nicht nach. Das stand nicht zur Debatte.

Er sah aus dem Fenster auf die große Felswand der Teton Range und auf den deutlich abgesetzten Gipfel des Grand Teton am östlichen Ende, um den sich immer neue Wolken formierten. Geologisch gesehen waren die Berge jung; eine Verwerfung hatte sie aus dem flachen Bett des Snake River gedrückt. Sie strahlten eine Kraft aus, eine Art urzeitlichen Magnetismus, der Martel fesselte und seine kühnsten Entscheidungen beflügelte. Er hatte den Teton Fund in diesem Nest in den Bergen gegründet, um in der reinen Luft Abstand zu den Weltmärkten und einen klaren Blick zu haben. Und das war für einen erfolgreichen Hedgefonds unabdingbar. Heutzutage waren Informationen durch Fiberoptik und Breitbandkabel in Sekundenbruchteilen an jeder beliebigen Stelle des Planeten. Ausschlaggebend war jedoch, was man aus ihnen machte.

3000 Kilometer östlich lag New York mit seiner wahnwitzigen Finanzwelt, und noch ein paar tausend Kilometer weiter war Europa. Martel musste grinsen, als er an die Finanzminister, die Mitarbeiter der Zentralbank und die Bürokraten dachte, die noch nicht gemerkt hatten, dass die Zukunft ihres geliebten Euros in seiner Hand lag.

Das Telefon klingelte. Er hob ab.

Es war seine Sekretärin, die offenbar gerade eingetroffen war.

»Jean-Luc, Lawrence Baldwin vom *Wall Street Journal* ist in der Leitung. Willst du mit ihm sprechen?«

»Aber sicher«, sagte Martel und setzte sich. Es war Zeit, der Welt mitzuteilen, was er vorhatte.

4

Im Besprechungsraum der Personalabteilung standen Topfpflanzen und bequeme Sessel, an der Wand hingen Bilder mit beruhigenden Motiven. Dennoch war die Atmosphäre angespannt. Außer Calder waren fünf Personen anwesend: Jen, Carr-Jones, Linda Stubbes, Leiterin der Personalabteilung, Benton Davis, Leiter des Londoner Büros, und Tarek al-Seesi, Leiter der Rentenabteilung in London und Calders direkter Vorgesetzter.

Linda reichte allen Anwesenden Jens Brief. Calder nahm ihn entgegen, ohne ihn zu lesen. Er misstraute Linda Stubbes, gerade weil sie Personalchefin war. Die Personalabteilung befasste sich von Natur aus mit all den Seiten des Berufsalltags, mit denen Calder nichts zu tun haben wollte: Einstellungspolitik, Gehälter, Bonuszahlungen, Umstrukturierungen, Entlassungen. Er wusste, dass viele Angestellte von Bloomfield Weiss jedoch förmlich darin aufgingen, und Lindas Job war es, die Verhandlungen, die Meuchelmorde und Ränkeschmiede drum herum zu koordinieren. Dennoch musste Calder zugeben, dass Linda in einer Welt, in der Loyalität immer seltener wurde, sehr zuverlässig war. Vor zwanzig Jahren war sie zur Londoner Niederlassung von Bloomfield Weiss gekommen und hatte sich auf ihre jetzige Machtposition hochgearbeitet. Damals hatte die Firma lediglich eine Etage des Gebäudes neben der Börse belegt.

Benton Davis war ebenfalls schon sehr lange bei Bloomfield Weiss. Er war Amerikaner, ein großer, athletischer Schwarzer Ende vierzig, der schon seit zehn Jahren in London lebte. Stets tadellos gekleidet, bewegte er sich in höheren Sphären als die Bank mit ihrer profanen Geldscheffelei. Doch um sich Opernkarten, das nette Haus in Holland Park, edle Kleidung und das »Cottage« auf Martha's Vineyard leisten zu können, brauchte man hohe Bonuszahlungen, und das vergaß Benton nicht einen Moment lang. Auch wenn »Direktor der Niederlassung London« eindrucksvoll klang, hieß es jedoch nichts anderes, als dass Benton hinter den großen Umsatzträgern wie Calder und Carr-Jones lag. Wenn es um den Bonus ging, war das nicht unbedingt zuträglich.

Der dritte Vorgesetzte im Raum, Tarek al-Seesi, war mit Calder befreundet und besaß mit ziemlicher Wahrscheinlichkeit eine ganze Wagenladung von Homer-Simpson-Figuren. Er war der dritte Sohn einer saudischen Kaufmannsfamilie und ein geschickter Makler. Bevor er im vergangenen Jahr zum Leiter der Rentenabteilung befördert wurde, war er Chef des Proprietary Desk gewesen. Er und Calder hatten ein starkes Team abgegeben: Calders Aggressivität ergänzte sich hervorragend mit Tareks Feingefühl und Intuition. Die beiden respektierten einander; Calder hatte viel von Tarek gelernt, ihm fehlte nun der frühere tägliche Gedankenaustausch.

Tarek arbeitete noch immer am Aufbau einer politischen Basis. Calder war ihm unterstellt, ebenso wie alle anderen Rententrader und Verkäufer in Europa, nur Carr-Jones nicht. Die Londoner Derivateabteilung unterstand direkt der Derivateabteilung in New York. Obwohl Benton Davis offiziell der Chef war, entzogen sich die wirklich wichtigen Mitarbeiter seiner Autorität. Macht und Einfluss bei Bloomfield Weiss verschoben sich ständig, wie an einem Königshof des 15. Jahrhunderts. Aber während zur Zeit der Rosenkriege letztlich der Anführer der stärksten Armee das Sagen hatte, so war es bei Bloomfield Weiss derjenige, der den größten Profit erzielte.

Und das war Justin Carr-Jones.

»Ich habe euch alle herbestellt, um mit euch über die von Jen in diesem Brief erhobenen Vorwürfe zu sprechen«, begann Linda. »Sehr oft können Probleme dieser Art in einem persönlichen Gespräch bereinigt werden. Damit erspart man sich eine eingehende Untersuchung, die für alle Beteiligten unangenehm werden kann.« Während Linda das sagte, schaute sie Jen in die Augen. Jen hockte auf der Stuhlkante, die Beine zusammengepresst, die Hände im

Schoß gefaltet, die Aktentasche neben sich. »Vielleicht erzählst du uns, was passiert ist?«

»Es steht alles in dem Bericht«, sagte Jen. »Justin hat behauptet, ich würde mit Alex schlafen. Das fand ich äußerst beleidigend. Besonders da es nur die letzte von vielen Bemerkungen ähnlicher Art war.«

»Moment mal, das war doch in einer Bar, oder?«, warf Benton Davis ein.

»Ja.«

»Das heißt, es war nicht auf dem Firmengelände von Bloomfield Weiss?«

»Meines Wissens ist das in so einem Fall unerheblich«, sagte Jen mit Seitenblick auf Linda.

Linda nickte fast unmerklich.

»Und du hattest etwas getrunken?«, fuhr Benton Davis fort.

»Ja.«

»Justin auch? Und Alex Calder?«

»Ja«, sagte Jen.

»Du bist Trader, stimmt's? Ist das nicht ein Spruch, den man beim Arbeiten alle naslang hört?« In Bentons Stimme lag eine Spur von Abscheu. Er kam aus der kultivierten Welt des Finanzmanagements und tauchte nur selten auf dem Parkett auf.

»Allerdings«, sagte Jen. »Aber das heißt ja nicht, dass es in Ordnung ist.«

Calder warf Linda Stubbes einen Blick zu. Bei Benton Davis' Fragen wurde ihr zunehmend mulmig, doch hielt sie den Mund. Immerhin gehörte sie zu den wenigen, die ihm direkt unterstanden.

»Hast du nicht ein wenig überreagiert?«

»Das glaube ich nicht«, sagte Jen mit belegter Stimme. Benton war ein imposanter Mann, und dies war einer der wichtigsten Momente ihres Lebens.

»Ich bitte dich! Wir leben im 21. Jahrhundert. Als Trader bei Bloomfield Weiss muss man einstecken können, das weiß jeder. Okay, ich hab gehört, dass du in den letzten beiden Jahren Schwierigkeiten gehabt hast, du hast den Schnitt bei den Derivaten nicht geschafft, aber das musst du wirklich vergessen. Lass dich davon nicht aus dem Konzept bringen. Vielleicht wäre es besser, wenn du die Beschwerde fallen lässt, dir ein paar Wochen freinimmst, und wenn du wiederkommst, schauen wir mal, was wir für dich tun können.«

»Nein!«, sagte Jen und wurde rot im Gesicht. »Bevor ich von New York hierher versetzt wurde, kam ich wirklich gut klar. Ich wäre in der Derivategruppe gut zurechtgekommen, wenn Justin es gewollt hätte. Aber er ist mir bei jeder Gelegenheit in den Rücken gefallen. Er hatte es auf mich abgesehen.«

»Ich verstehe ja, dass du frustriert bist«, sagte Benton. »Jeder hat mal eine schlechte Phase. Aber dadurch solltest du dich nicht zu so einer kleinlichen Rache hinreißen lassen.«

»Das ist keine Rache!«, rief Jen, eine Oktave zu hoch. Alle schauten sie schweigend an. Sie hielt inne. Verschränkte die Hände. Ihr Kinn bebte. Calder sah, dass ihr Tränen in die Augen traten. Er hätte sie gern in den Arm genommen, hatte aber Angst, dass das alles nur noch schlimmer machen und Jens Schwäche offenbaren würde. Er wollte sich eigentlich heraushalten, doch jetzt musste er etwas sagen.

»Jens Aussage ist klar und deutlich. Vielleicht sollten wir uns lieber anhören, was Justin dazu zu sagen hat.«

Benton runzelte die Stirn. »Momentan versuchen wir noch, Wege zu finden, um eine Untersuchung zu vermeiden.«

»Vielleicht wäre Justin bereit, sich zu entschuldigen«, schlug Calder vor.

»Das ist nicht nötig«, sagte Benton.

Calder überhörte ihn. »Justin?«

Carr-Jones rührte sich nicht. »Ich muss mich für nichts entschuldigen.«

»Bestreitest du, behauptet zu haben, Jen würde mit mir schlafen?«

»Ich bestreite und bestätige überhaupt nichts«, gab Justin zurück. »Ich weiß nur eines: Das hier ist eine unglaubliche Zeitverschwendung für uns alle. Das steht in keinem Verhältnis.« Er sah auf die Uhr. »Also, ich weiß nicht, wie es bei euch aussieht, aber ich hab noch ein paar Geschäfte abzuschließen. Können wir das hier zu Ende bringen?«

»Du wirst deine Beschwerde also nicht zurückziehen?«, sagte Benton Davis zu Jen.

»Nein, werde ich nicht«, antwortete Jen. Obwohl sie sich bemühte, nicht die Kontrolle zu verlieren, hatte sie feuchte Augen. »Es kommt mir vor, als würdet ihr alle mir die Schuld geben. Das ist doch verrückt … Ich bin doch nicht diejenige, die etwas getan hat … ich …« Sie blinzelte. Langsam rollte ihr eine Träne die Wange hinunter. Jen wischte sie nicht zur Seite. Vielleicht hoffte sie, es würde niemand bemerken.

Schweigen machte sich breit. Jen saß noch immer aufrecht da, den Blick auf Linda Stubbes' Schuhe gesenkt. Auf ihren Wangen glühten rote Flecken. Die Träne lief ihr in den Mundwinkel, sie berührte sie mit der Zungenspitze.

»Hormone«, sagte Carr-Jones. »In ein, zwei Tagen hat sie sich wieder eingekriegt. Beachten wir es einfach nicht und machen uns wieder an die Arbeit.«

Jen schniefte und hob trotzig den Blick. Linda Stubbes sah Carr-Jones wütend an. »Diese Bemerkung war völlig unangebracht«, sagte sie.

»Kann sein. Aber du weißt, dass es stimmt«, antwortete er mit einem arroganten Grinsen.

»Linda«, sagte Tarek, seine erste Äußerung bei diesem Gespräch. »Es sieht so aus, als würden wir hier keine Einigung erzielen. Justin hat klargestellt, dass er sich nicht entschuldigen will, und Jen will ihre Anschuldigung offenbar nicht zurückziehen.« Alle richteten die Augen auf Jen, die den Kopf schüttelte. »Was bedeutet das?«

»Die Richtlinien bei sexueller Belästigung sind eindeutig«, erwiderte Linda. »Wir leiten eine offizielle Untersuchung ein.«

»Danke«, sagte Jen mit einem kleinen Lächeln.

Benton Davis sah Linda stirnrunzelnd an, Carr-Jones hob die

Augenbrauen, aber die Personalchefin schrieb konzentriert in einen Block, der auf ihren Knien lag. »Wenn Alex einverstanden ist, würde ich vorschlagen, dass du bis zum Ende der Untersuchung nicht allzu viel Zeit im Büro verbringst. Wie schon gesagt, solche Situationen können schwierig sein.«

Calder nickte, Jen ebenfalls.

Die erste Runde hatte sie gewonnen. Aber Calder bezweifelte, dass sie bis zum Ende durchhalten würde.

»Benton? Hier ist Simon Bibby.«

»Ah, Simon, altes Haus, wie läuft's bei dir?«, fragte Benton Davis lächelnd. Es war ein falsches Lächeln. Ein Gespräch mit Simon Bibby, dem in New York ansässigen Engländer, der die weltweite Rentensparte leitete, war niemals komisch.

»Ich habe gerade mit Justin gesprochen«, sagte Bibby. »Ich will, dass du dieses Problem mit Jennifer Tan aus der Welt schaffst.«

»Verstehe«, sagte Benton. »Ich habe mich heute Morgen mit ihr unterhalten und vorgeschlagen, dass sie sich das Ganze noch mal überlegt.«

»Es gibt Gerüchte. Leipziger Gurney Kroheim sind auf der Suche nach einer Derivategruppe. Die zahlen erste Sahne. Und haben's auf Justin abgesehen. Wenn er akzeptiert und sein Team mitnimmt, haben wir hier ein Loch von mindestens hundert Millionen Dollar in der Bilanz.«

»Hm, das wäre heftig.«

»Allerdings«, sagte Bibby. »Können wir die Frau nicht einfach rauswerfen? Sie ist doch sowieso nicht besonders gut, oder?«

»Stimmt. Vermissen würde sie keiner. Ich kümmer mich darum, Simon.«

»Tu das. Es sähe nämlich gar nicht gut aus, wenn wir den umsatzstärksten Mitarbeiter in London wegen einer vermasselten Aktion der Personalabteilung verlieren würden. Gar nicht gut.«

»Mach dir keine Sorgen. Ich kümmer mich darum.« Bentons Stimme war tief und beruhigend. »Hör mal, Simon, ich wollte dir noch Bescheid sagen wegen der Mondrian-Ausstellung. Ich war letztens in der Tate Modern und hab sie mir angesehen, sie ist wirklich ziemlich gut. Ich habe gehört, sie geht nächsten Monat nach New York …«

Als Benton ein gemurmeltes »O Gott« hörte, verstummte er. Die Leitung war tot. Er runzelte die Stirn und legte den Hörer auf. Dann schloss er die Augen. Langsam waren die Fähigkeiten nicht mehr gefragt, mit deren Hilfe er so manches Geschäft abgeschlossen hatte. Benton war der Meister des kultivierten Gesprächs, des subtilen Hinweises, des höflichen Vorschlags. Mit seiner tiefen amerikanischen Stimme, in die er den einen oder anderen Anglizismus streute, und mit seiner Kenntnis der britischen Kultur hatte er die englischen Angestellten verzückt. Glyndebourne, Covent Garden, Lord's, St. Andrew's und die Polofelder von Windsor kannte er wie seine Westentasche. Aber das britische Establishment veränderte sich. In Amerika ausgebildete Betriebswissenschaftler lösten die Edelleute mit ihrer Herrenclub-Mentalität ab. Plötzlich war Benton zu alt – dabei war er noch keine fünfzig.

Es hatte Gerüchte gegeben, er solle zurück nach New York versetzt werden, an den Trading Desk, damit er das Vertrauen reicher Schwarzer aus den amerikanischen Großstädten gewann. Bei dem Gedanken schauderte es Benton. Denn wenn man ihn schickte, würde er gehen müssen. Er brauchte das Geld.

Er betätigte die Gegensprechanlage. »Stella, könntest du bitte Linda Stubbes sagen, sie soll hochkommen?«

Zwei Minuten später saß Linda auf der anderen Seite des riesigen Schreibtischs in einem bequemen Stuhl.

»Ich wollte nur kurz mit dir über das Problem Jennifer Tan sprechen«, begann Benton.

»Ja?«

»Ein Jammer, dass wir eine Untersuchung einleiten müssen.«

»Das ist leider unvermeidlich. Es lag doch heute Morgen klar auf der Hand: Es besteht nicht die geringste Chance, dass die beiden sich gütlich einigen.«

»Können wir nicht …«, Benton zögerte, »keine Ahnung, können wir sie nicht einfach loswerden?«

»Nein, Benton, das können wir nicht. Mit so was könnten wir ganz schnell am Pranger stehen. Wenn es vor Gericht ginge, könnte uns das Hunderttausende kosten. Und dann die schlechte Publicity. Ich habe mit unseren Anwälten gesprochen, und die sagen, wir müssen uns unbedingt an die Vorschriften halten.«

»Aha. Gut. Also, wenn du darauf bestehst, dann gibt es natürlich eine Untersuchung. Vorschriftsgemäß. Aber ich habe gerade mit New York gesprochen. Wir dürfen Justin auf gar keinen Fall verstimmen.«

»Darüber hätte er besser nachgedacht, bevor er das sagte.«

»*Angeblich* sagte.«

»Im 21. Jahrhundert können wir uns keine Banker leisten, die Frauen auf diese Art behandeln.«

»In diesem besonderen Fall können wir es uns nicht leisten, auf so einen Banker zu verzichten, Linda. Habe ich mich klar genug ausgedrückt?«

Linda sah ihren Chef an. Sie kannte solche Situationen. Sie wusste, wie man damit umging. »Ja.«

»Wunderbar«, sagte Benton lächelnd. »Dann ist ja alles bestens.«

Justin Carr-Jones machte sich an die Arbeit. Er sah den Ärger kommen, war aber überzeugt, damit umgehen zu können. Das Wichtigste war jetzt, die Truppen zu formieren. Ein Dutzend extrem intelligenter, extrem habgieriger junger Männer und eine junge Frau versammelten sich um ihren Chef.

»Wie ihr wisst, wird Ende des Monats der Bonus ausgezahlt. Und wie ihr ebenfalls wisst, war unser letztes Jahr hervorragend. Dank Perumal und den IGLOO-Scheinen haben wir auch dieses Jahr wieder gut vorgelegt. Ich denke also, ihr könnt euch alle auf gute Nachrichten freuen. Ich möchte euch noch mal erinnern, dass ich es richtig finde, Einzelne zu belohnen, aber auch das Team als Ganzes. Ich glaube, das Einzigartige an der Derivategruppe und einer der Gründe für unseren Erfolg ist, dass wir immer zusammenhalten.«

Er lächelte in dienstbeflissene Gesichter.

»Des Weiteren möchte ich euch mitteilen, dass Jen Tan beschlossen hat, wegen eines kleines Vorfalls vorgestern im *Corney and Barrow* Beschwerde gegen mich einzureichen.« Alle starrten zu Jen hinüber, die einige Meter weiter an ihrem Tisch saß, außer Hörweite. »War 'ne alberne Sache, nichts Besonderes, ich hab nur die Beziehung zwischen ihr und Zero angesprochen, die ja sehr eng ist, wie ihr alle wisst.« Er zwinkerte und freute sich über das Gekicher seiner Mitarbeiter. »Es könnte sein, dass die Personalabteilung euch in den nächsten Tagen Fragen stellt. Sie führt eine Untersuchung durch. Ich denke, ihr wisst, wie ihr zu antworten habt.«

Er schaute jeden Einzelnen an, um zu sehen, ob sie verstanden hatten. Alle nickten.

Als Nächstes ging er zum Büro von Tarek al-Seesi, das neben dem Handelsraum lag. Tarek und Carr-Jones behandelten sich gegenseitig mit Respekt und Zurückhaltung. Sie mochten sich nicht besonders, doch genauso wenig wollte der eine den anderen zum Feind.

»Ein Jammer, dass Jen Tan diese Beschwerde eingereicht hat«, sagte Carr-Jones.

»Ein Jammer, dass sie Grund dazu hatte«, erwiderte Tarek.

»Ach, da war doch nichts. Sie hat das fürchterlich aufgebauscht.«

Tarek hob die Augenbrauen und ließ seine abgegriffenen Gebetsperlen durch die Finger gleiten.

»Ihrer Karriere wird das nicht unbedingt nutzen«, fuhr Carr-Jones fort. »So was ist selten hilfreich. Schade, dass du ihr das nicht vermitteln konntest.«

»Zero hat versucht, es ihr auszureden.«

»Hm. Und wie siehst du das?«

Tarek antwortete nicht sofort. In der Hektik auf dem Parkett von Bloomfield Weiss hatte er den Wert der Langsamkeit erkannt. Er war ein schlanker Mann mit schütter werdendem Haar und buschigem Schnauzer. Er sah zwar aus, als sei er mindestens Mitte vierzig, war aber erst fünfunddreißig. Tarek war als hervorragender Makler bekannt, als König des Basars, doch tatsächlich hatte er weitaus subtilere Fähigkeiten, als um den Preis zu feilschen. Er besaß eine hoch entwickelte Intuition und eine gute Menschenkenntnis. Außerdem hatte er seinen Doktor in internationalen Beziehungen an der Johns Hopkins University in Washington, D.C., gemacht.

Eine Weile klackerten die Gebetsperlen. Carr-Jones saß da und wartete.

»Ich denke, wenn sie es so will, dann hat sie ein Recht, gehört zu werden«, sagte Tarek schließlich.

Carr-Jones grinste. »Natürlich hat sie ein Recht darauf.« Er erhob sich. »Ach, einer von meinen Leuten hat letzte Woche etwas in einer deutschen Zeitung gelesen. Die deutsche Polizei sucht einen Mann namens Omar al-Seesi. Zuletzt wurde er in Hamburg gesehen. Gehört scheinbar zu diesen Al-Qaida-Aktivisten.«

Tarek nestelte an den Perlen herum.

»Kein Verwandter von dir, oder?«

Tarek schaute Carr-Jones ins Gesicht. Seine sanften braunen Augen verrieten nichts.

»Keine Sorge«, sagte Carr-Jones. »Ist wahrscheinlich nur ein Zufall. Ich glaube eh nicht, dass irgendjemand bei Bloomfield Weiss in New York deutsche Zeitungen liest. War nur eine kleine Meldung. Ist auch besser so. Du weißt ja, wie empfindlich die Amerikaner momentan beim Thema Terrorismus sind.«

Tarek seufzte. »Danke, dass du reingeschaut hast, Justin.«

»Keine Ursache.«

Als Carr-Jones den Raum verließ, murmelte Tarek eine lange, befriedigend vertrackte Beleidigung auf Arabisch, die von Carr-Jones' Vorfahren mütterlicherseits, verschiedenen anatomischen Eigenschaften und einem Kamel handelte.

Justin blieb stehen. »Was war das gerade?«

»Man könnte sagen, eine Art Gebet«, erwiderte Tarek mit einem kleinen Lächeln. »Schwer zu übersetzen.«

Als Carr-Jones fort war, fragte sich Tarek, ob seine Mutter

wusste, dass ihr missratener jüngster Sohn nun in Hamburg lebte. Er beschloss, ihr nichts zu sagen. Omar hatte der Familie in den vergangenen Jahren schon genug Kummer bereitet.

5

Demokratische Nationalpartei von Tagliaferi holt in jüngster Meinungsumfrage auf. Plant angeblich Allianz mit Lega Nord.

Zum zwanzigsten Mal an diesem Morgen sah sich Jean-Luc Martel die Meldung an. Das waren wirklich gute Nachrichten für ihn: Die Lega Nord war eine rechtslastige Partei aus der Lombardei und forderte die Unabhängigkeit des italienischen Nordens. Im Parlament war die Lega Nord das Zünglein an der Waage. Würde Tagliaferi eine Allianz mit ihr eingehen, vergrößerte das seine Gewinnchancen, da die Meinungsumfragen schon jetzt eher zu seinen Gunsten ausfielen. Geschickt machte er sich die antieuropäische Haltung der Regierung zunutze. Die Mitte-links-Koalition, stramme Europa-Befürworter, lieferte einen nur schwachen Wahlkampf. Auf einmal wurde die Möglichkeit von Italiens Euro-Austritt öffentlich in italienischen Zeitungen diskutiert, auch wenn die meisten Kommentatoren sie für eine Schnapsidee hielten. Normalerweise hätten italienische Anleihen nachgeben müssen. Aber die Kurse hatten sich nicht bewegt.

Martel hatte einen schlechten Tag. Genau genommen eine schlechte Woche. Nachdem italienische Anleihen infolge der Nachricht, Gallotti unterstütze Tagliaferi, kurz nach unten ausgeschlagen waren, hatten die Kurse beharrlich angezogen. Langsam, unerbittlich und nachhaltig. Martel hatte ein Gefühl für den Markt entwickelt, und hier sah es aus, als beginne gerade eine langfristige Aufwärtsbewegung, was nicht gut für ihn war. Der Markt fing sich, jeden Tag stieg er um einen Viertelpunkt. Und Martel war short. Unglaublich short.

Seine unrealisierten Verluste im Italiengeschäft beliefen sich momentan auf 500 Millionen, und sie stiegen weiter. Er war gezwungen gewesen, all seine Positionen auf anderen Märkten zu schließen, um die Verluste in Grenzen zu halten.

Martel warf einen Blick auf eine Meldung aus dem *Wall Street Journal*, die auf dem ihm nächsten Papierstapel lag. »Adler aus kleinem Nest in Rocky Mountains attackiert Euro«. Der Artikel zeichnete ein schmeichelhaftes Bild von ihm, ganz im Stil der Zeitschrift. Martel fand, er habe schlüssig für Italiens Ausstieg aus dem Euro argumentiert. Aber niemand schien seine Meinung zu teilen.

Eigentlich hatte er Walter Lesser nicht wieder nerven wollen, aber jetzt hielt er es nicht länger aus. Er schickte ihm eine Nachricht.

Walt, hast du Gutachten von ital. Juraprof. bekommen?

Die Antwort ließ einige Minuten auf sich warten.

Ja. Danke.

Martel atmete tief durch und tippte:

Und? Reagierst du?

Nun kam die Erwiderung schnell:

Nein, bin nicht überzeugt.

Merde! Wenn Walter Zweifel hatte, dann waren auch seine Hedgefonds-Freunde unschlüssig. Plötzlich spürte Martel ein heftiges Ziehen im ganzen Körper. Es begann im Bauch und fuhr ihm wie ein elektrischer Schlag bis in Finger- und Zehenspitzen. Vielleicht hatten Walter und seine Freunde doch irgendetwas vor.

Martel rief Alberto Mosti an, seine Kontaktperson bei Harrison Brothers in Mailand, und fragte: »Sind dir irgendwelche Hedgefonds-Aktivitäten bei den BTPs aufgefallen, abgesehen von unseren?«

»Nein, Jean-Luc. Nichts.«

Martel ignorierte die Antwort. »Ich habe nämlich mit Walter Lesser gesprochen.«

Ein Seufzer kam durch die Leitung. »Tut mir Leid, Jean-Luc. Du weißt doch, wie diese Hedgefonds-Leute sind: allesamt Geheimniskrämer.«

Martel verlor die Geduld. »Jetzt hör mir mal zu! Allein bei diesem Trade habe ich Milliarden von Euro bei euch reingepumpt. Dafür erwarte ich Informationen! Ordentliche Informationen!«

»Aber das Vertrauen unserer Klienten …«

»Schwachsinn, Alberto. *Ich* bin euer bester Kunde!«, schrie Martel. »Ab sofort behandelst du mich wie deinen besten Kunden! Wie deinen einzigen Kunden! Sonst mache ich keinen einzigen Deal mehr mit euch. Und nicht nur das. Ich setze gegen euch, wann immer mir irgendwas über euch zu Ohren kommt. Ich mache euch fertig! Verstanden? Ich mache euch lang!«

»Ja, Jean-Luc. Tut mir Leid, Jean-Luc. Ist ja in Ordnung.«

Alberto klang ernsthaft verunsichert. Gut so.

»Okay, Alberto. Ich freue mich, dass wir das geklärt haben. Also: Wer kauft sonst noch?«

Schweigen.

»Alberto?«

»Angeblich will die Banca d'Italia über einige große italienische Banken BTPs kaufen lassen. In großem Umfang.«

»Wann?«

»Morgen, übermorgen.«

Martel schloss die Augen.

»Jean-Luc? Willst du reagieren? Ein paar Positionen schließen?«

Martel warf den Hörer auf die Gabel.

Die italienische Regierung wehrte sich. Sobald die Banken anfingen, Anleihen zu kaufen, würde es erst richtig losgehen. Das heftige Reißen in Martels Magen begann von neuem. Begleitet wurde es von einer Verhärtung der Schultermuskulatur und einem schnelleren Herzschlag: Er bekam Angst.

An guten Tagen dachte Martel, er verstände die Märkte. An schlechten glaubte er, lediglich Glück zu haben.

Der erste wirklich große Schachzug des Teton Fund war 1998 der Leerverkauf von Yen gewesen. Der Yen war immer weiter gestiegen, aber Martel hatte verkauft. Er verkaufte an jeden, der etwas haben wollte. Bis er kein Geld mehr hatte. Seine Broker verlangten Margenzahlungen, tägliche Nachschüsse, um seine Verluste abzudecken. Zwei Tage bevor er nichts mehr hätte überweisen können, war der Markt auf seine Richtung eingeschwenkt. Nach einem Monat stand er da wie ein Genie. Vielleicht war er ein Genie. Oder er hatte einfach nur Glück gehabt.

Ein Jahr später war er auf der Internet-Blase ganz nach oben geritten. Er hielt länger an den High-Tech-Aktien fest, als es die meisten anderen Hedgefonds für sinnvoll erachteten, und fuhr einen Riesengewinn ein. Ende 1999 wurde er dann selbst bärig und begann zu verkaufen. Internet-Aktien zu verkaufen war damals ein unglaublich schlechtes Geschäft. Um die Aktien loszuwerden, musste Martel sie sich irgendwo leihen, was zunehmend kompliziert wurde. Anfang 2000 sah es wieder einmal so aus, als würde er aufgeben und seine Amazons, eBays und Pricelines zu deutlich höheren Preisen zurückkaufen müssen, als er vorher für sie bekommen hatte. Dann hätte er seine Ranch aufgeben und Wyoming verlassen müssen. Aber wieder hatte der Markt nachgegeben und war nach unten gerutscht, und der Teton Fund überlebte und konnte weiter short gehen.

Mit dem Irak 2003 war es ein Kinderspiel gewesen. Der Preis von Rohöl war in die Höhe geschnellt, weil man befürchtet hatte, die Vorkommen im Nahen Osten könnten durch einen schwer einschätzbaren Konflikt ernsthaft in Mitleidenschaft gezogen werden. Aber Martel war überzeugt, dass die Amerikaner den Krieg mit links gewinnen würden, deshalb hatte er Rohöl leer verkauft, tankerweise. Zwei Monate später zogen amerikanische Soldaten in Bagdad ein, der Ölpreis fiel, und Martel hatte Millionen gewonnen. Hunderte von Millionen.

Aus diesen Erfahrungen zog Martel seine Lehre: Er hatte immer

Recht und musste sich manchmal mit Gewalt Zeit verschaffen, um das zu beweisen. Jetzt war es wieder so weit.

Aber wenn er sich irrte? Wenn der Euro so unerschütterlich war, wie offensichtlich jeder Rententrader in der Welt zu glauben schien? Wenn er bei den letzten drei Gelegenheiten schlichtweg Glück gehabt hatte und jetzt einfach mal Pech haben sollte?

Ihm wurde schlecht.

Selbstzweifel lagen bei ihm in der Familie. Sein Vater war Beamter im Pariser Finanzministerium gewesen, ein gebildeter, intelligenter Mann, der darunter litt, nicht befördert zu werden. Martel erinnerte sich an Gespräche beim Essen, wenn seine Eltern die Schuld bei der polnischen Herkunft des Vaters suchten, gegen die die Franzosen angeblich Vorurteile hegten. Seine Eltern änderten sogar den Familiennamen: vom polnischen »Młotek« zum altfranzösischen »Martel«. Beides bedeutete dasselbe, »Hammer«, nur klang der französische Name deutlich besser in den Ohren ihrer Nachbarn.

Die Mutter hatte früh erkannt, dass ihr schlaksiger Sohn begabt war, und ihn gefördert, wo sie nur konnte. Er war ein guter Schüler geworden und hatte sich einen Platz als Mathematikstudent an der elitären École Normale Supérieure erkämpft. Doch obwohl er durchgehend beste Noten in den Prüfungen errang, hatte er das Gefühl, dass weder seine Lehrer noch seine Freunde seine Fähigkeiten angemessen zu würdigen wussten. Er war überzeugt, dass es mit seinem polnischen Ursprung zusammenhing. Er blieb den Menschen nicht verborgen, trotz der Namensänderung. Wenn Martel sich mit diesen Selbstzweifeln quälte, argwöhnte er auch manchmal, dass die anderen ihn nicht mochten, dass man ihn für großspurig, arrogant und unbeholfen hielt. Gelegentlich fragte er sich sogar, ob die Selbstzweifel der eigentliche Stolperstein für die Karriere seines Vaters gewesen waren, schließlich arbeiteten im französischen Finanzministerium sehr viele Menschen mit osteuropäischen Namen.

Nach einem langweiligen Jahr im Trade-créat-Department einer französischen Bank hatte er Paris den Rücken gekehrt und war nach Amerika gegangen. Er hatte eine Business School in Wharton besucht und anschließend bei einer der besten Investmentbanken angefangen. Dort vermied er eine Versetzung nach Paris und blieb in New York. Dann entdeckte er die Märkte, oder die Märkte ihn. Der Erfolg seiner größeren Wagnisse hatte ihn von der Wall Street hierher gebracht, in dieses Tal hoch oben in den Rockies.

Angeblich waren Menschen, die in die Berge gingen, vor etwas auf der Flucht. Wenn das stimmte, dann machte er das Allerbeste daraus.

Martel schloss die Augen und atmete mehrmals tief durch. *Courage, mon brave.* Es war noch nicht Zeit, aufzugeben. Schon öfter war es ihm körperlich schlecht gegangen, er hatte es jedes Mal überstanden. Er musste einfach nur durchhalten.

Martel rief Andy und Vikram zu sich ins Büro und besprach mit ihnen die Lage. Er wollte noch mehr BTPs leer verkaufen. Das war leichter gesagt als getan. Der Teton Fund war bereits mit italienischen Regierungsanleihen in Milliardenhöhe short gegangen. Der Fonds musste sich Anleihen borgen, normalerweise bei Investmentbanken oder Brokern, um die Transaktion durchzuführen. Das Problem war: Jeder Broker setzte eine Kreditlinie fest, wie viele Anleihen er dem Kunden lieh, und der Teton Fund hatte überall seine Kreditlimits ausgeschöpft. Er bekam nichts mehr.

Es gab nur noch eine Möglichkeit, die Position zu vergrößern: noch mehr IGLOO-Scheine bei Bloomfield Weiss kaufen.

»Wie viele?«, fragte Vikram.

»600 Millionen.«

Vikram stieß einen Pfiff aus. »Damit wären wir bei 800. Ich weiß nicht, ob sich Bloomfield Weiss darauf einlässt.«

Einer der vielen Vorteile der IGLOO-Scheine war, dass man sich dafür nirgends Staatsanleihen borgen musste. Aber leider war der Teton Fund davon abhängig, dass Bloomfield Weiss ihm Geld zum Kauf neuer Scheine lieh.

»Ich kenne doch die Investmentbanken«, sagte Martel. »Bei den

Provisionen für diesen Deal schaffen sie es immer, die Aufstockung durch ihre Risikokontrolle zu pauken.«

Vikram lächelte. »Ich rufe Perumal an.«

Martel war noch immer angespannt, als er die fünf Kilometer aus der Stadt hinaus zu seiner Ranch fuhr. 1994 hatte er drei Millionen Dollar für das Anwesen bezahlt, jetzt war es ein Vielfaches wert. In den letzten zehn Jahren hatten sich in der Umgebung von Jackson Hole viele sehr reiche Menschen angesiedelt, die es mit dem Leben in der Natur ernst meinten – ein Run auf Einsamkeit und Privatsphäre. Teton County hatte das höchste Pro-Kopf-Einkommen im Land, und es stieg weiter. Jackson Hole war eine reiche Cowboystadt geworden. Die hervorragenden Möglichkeiten zum Wandern, Fischen, Floßfahren und Reiten und die anspruchsvollsten Skigebiete Amerikas hatten das Tal zur Spielwiese reicher Männer gemacht.

Martels Ranch war aus Holz und Flusssteinen gebaut und lag inmitten von fünfzehn Hektar sehr teuren Landes am Ufer des Snake River, direkt zu Füßen der Tetons, inmitten von Espen- und Kiefernwäldern. Was Martel an seiner Ranch am meisten liebte, war der Blick auf die Berge. Sie schienen so nah, als müsse man nur über den Fluss springen, um sie zu berühren. Über 2300 Meter ragten sie in den Himmel auf.

Martel parkte den Range Rover in der Garage und ging zu seiner Frau. Sie saß im großen Zimmer vor einem knisternden Kaminfeuer und las. Mit einer Hand fuhr sie sich durch ihr schweres, honigblondes Haar. Als Martel eintrat, schaute sie auf. Ihre blauen Augen leuchteten, ihre Wangen glühten im Widerschein des Kamins, ihr warmes Lächeln zog ihn an. Trotz des schrecklichen Tages, der hinter ihm lag, trotz des Drucks auf seiner Brust, auf seiner Lunge, in seinen Eingeweiden, besserte sich seine Laune.

Nach sechs Jahren Ehe war Martel noch immer sehr verliebt in seine Frau.

Sie hatten sich in Hamilton auf den Bermudas kennen gelernt, wo sich Verwaltung und juristischer Sitz des Teton Fund befanden.

Cheryl arbeitete als Buchhalterin für die Firma, die die Bücher des Hedgefonds prüfte. Vom ersten Moment an hatte sie Martel in ihren Bann gezogen. Sie war so jung, so unschuldig, so natürlich und unantastbar, so verdammt amerikanisch. Martel hatte schon mit vielen Frauen geschlafen, schönen und weniger hübschen, aber keine war wie Cheryl gewesen. Einer der Wirtschaftsprüfer hatte etwas an der Rechnungsführung des Teton Fund zu beanstanden gehabt, Martel hatte die Einwände vom Tisch gewischt, aber Cheryl in ihrem schicken Hosenanzug hatte nicht lockergelassen. Sie hatte Martel mit einer Ernsthaftigkeit attackiert, die ihn betört hatte.

Diese Frau musste er einfach haben.

Sie wohnte damals in New York. Bei seinem nächsten Aufenthalt dort lud er sie zum Essen ein. Sie lehnte ab. Oper? Nein. Skifahren in Jackson Hole? Auf gar keinen Fall. Aber Martel gab nicht auf. Er wusste, dass sie ihn hinhielt. Er spürte, dass sie ihn mochte, er spürte, dass seine französische Herkunft, sein Alter, seine Erfahrung, sein Reichtum sie faszinierten; bald würde sie ja sagen. Aber sie hatte einen Freund in Wisconsin. Außerdem sei es nicht richtig – er war schließlich Klient ihrer Firma.

Irgendwann gab Cheryl nach. Martel lud sie zusammen mit ihrem Chef und dessen Frau zum Abendessen auf eine Yacht ein, die er im New Yorker Hafen gechartert hatte. Er becircte Cheryl und gab den perfekten französischen Gentleman. Als er sie am Ende des Abends bat, in der folgenden Woche mit ihm allein im *Le Cirque* essen zu gehen, hatte sie nicht mehr ablehnen können.

Sechs Monate später war Martel jenseits von gut und böse. Es stellte sich heraus, dass Cheryls sexueller Appetit ebenso gesund war wie sie. Sie trieb ihn zur Weißglut, weil sie sich weigerte, ihn zu bestimmten gesellschaftlichen Anlässen zu begleiten. Dann suchte sie die Beziehung mit dem Argument zu beenden, sie wolle nicht die Geliebte eines reichen Mannes sein. Martel bat sie, zu ihm nach Jackson Hole zu ziehen; sie erwiderte, sie könne ihre Arbeit nicht im Stich lassen. Martel hatte keine Wahl. Er machte ihr einen Heiratsantrag. Aber Cheryl hatte die Wahl. Da war ja noch die Religion: Er war katholisch, sie lutherisch. Es dauerte drei Monate, bis sie ja sagte.

Anfangs hatte Cheryl sich in Jackson Hole wohl gefühlt. Sie hatte Ski fahren gelernt und war schnell recht gut darin geworden. Mit Begeisterung ritt sie im Sommer auf ihrem Pferd durch die Landschaft. Und Martel ließ ihr ein Töpferatelier einrichten, wo sie ihrer Leidenschaft frönen konnte, Krüge und Vasen im indianischen Stil zu fertigen. Er schlug ihr sogar vor, eine Galerie in der Stadt zu eröffnen, aber sie lehnte ab, sie hielt sich für nicht gut genug. Martel wäre bereit gewesen, Fremde heimlich dafür zu bezahlen, in Cheryls Geschäft zu kommen und ihre Werke zu kaufen, egal wie gut oder schlecht sie waren, aber das wusste auch Cheryl. Daher gab es keine Galerie, sondern einen Lagerraum auf dem Anwesen, in dem sich Hunderte von Schalen und Krügen stapelten.

Martel bückte sich, um ihr einen Kuss zu geben. Er roch ihr Parfüm, vermischt mit dem süßen Duft des Pinienholzes im Kamin.

»Liebling, du bist ja ganz verspannt«, sagte sie.

Martel nickte und ließ sich in einen Sessel fallen. Cheryl legte das Buch zur Seite und schwang die Füße von der Couch. Sie trug eine enge Jeans und ein hellblaues T-Shirt. Dann trat sie hinter ihn und begann, seine Schultern zu massieren.

»Ah! Das tut gut.«

»Schlechten Tag gehabt?«

»Kann man wohl sagen«, brummte Martel. Er legte großen Wert darauf, Cheryl nicht in das einzubeziehen, was er tagsüber trieb. Nicht weil sie es nicht verstehen würde. Ganz im Gegenteil, sie würde es so gut verstehen, dass sie eine Heidenangst bekäme.

»Du solltest wirklich aufhören«, sagte sie. »Der Stress ist nichts für dich.«

»Nächstes Jahr vielleicht.«

»Warum nicht jetzt?« Ihre Hände hielten inne. Martel hätte sie am liebsten gebeten weiterzumachen, aber er wusste, dass es besser war, sie nicht zu bedrängen und zu hoffen, dass sie von selbst wieder begann. »Du hast mehr Geld, als wir jemals ausgeben können.

Es gibt so viele Dinge, die du tun könntest. Beispielsweise Geld für das Museum sammeln. Immer nur spenden reicht nicht.«

Cheryl saß im Vorstand des National Museum for Wildlife Art, ein Aufsehen erregendes Bauwerk einige Kilometer nördlich von Jackson. Dort wurde Tier- und Naturmalerei ausgestellt. Das Museum lag Cheryl sehr am Herzen. Martel bemühte sich, ihr Engagement ernst zu nehmen, auch wenn er der Meinung war, wenn man ein Bild von einem Büffel gesehen hatte, kannte man alle.

»Das verstehst du nicht«, sagte er. »Ich sitze da im Moment an so einem Geschäft. Wenn das klappt … wenn das funktioniert … dann wissen endlich alle, dass ich der Meister des Hedgefonds bin.«

Cheryl lachte.

»He! Ich verlange mehr Respekt von meiner Frau«, protestierte Martel und griff mit seinen langen Armen nach ihr. Sie ließ sich über die Rückenlehne nach vorne ziehen. Mit einem dumpfen Aufprall landeten beide auf dem Teppich. Er küsste sie, sie kicherte. Langsam entkleideten sie sich vor dem Feuer. Als Martel ihre blasse Haut im Feuerschein schimmern sah, spürte er Begierde in sich aufsteigen. Er küsste sie leidenschaftlich. Aber es tat sich … nichts.

Sie machte weiter, tat ihr Bestes, um seine Lust neu zu entfachen, sie kannte unglaubliche Tricks, aber es war sinnlos. Das wussten beide.

Irgendwann gab sie auf. Sie sammelte ihre Kleidungsstücke ein und zog sich wieder an.

»Es tut mir Leid, *mon ange.*«

»Du solltest mal mit jemandem darüber sprechen. Es gibt Medikamente …«

»Das geht bald wieder.«

»So läuft das jetzt schon seit sechs Monaten. Nur weil du so verdammt stolz bist. Du musst dich nicht schämen. Ist doch egal, wenn du nicht der tolle französische Liebhaber bist!«

»He, früher hast du vor Lust geschrien«, protestierte Martel getroffen.

»Man wird leider nicht schwanger, ohne vorher miteinander zu schlafen«, sagte Cheryl. »Viel haben sie mir in Wisconsin vielleicht nicht beigebracht, aber das weiß ich genau.«

»Warte noch ein bisschen!«

»Dieses Problem wird sich nicht von selbst erledigen«, sagte sie und schlüpfte in ihre Jeans. »Du musst etwas unternehmen, damit sich was ändert.«

Sie zog ihr T-Shirt an und stapfte in ihr Atelier hinüber. Die Tür schlug sie hinter sich zu.

Martel lag nackt auf dem Teppich. Seine zerknitterte Unterwäsche war nur wenige Zentimeter von ihm entfernt. Wieder begann sein Magen zu rebellieren.

6

Calder kuppelte aus und ließ den Maserati noch ein paar Meter die Heath Street in Hampstead hinaufrollen. Von seiner Wohnung bei Parliament Hill war es nicht weit bis zum Haus seiner Schwester in Highgate, dennoch brauchte er im sonntagmorgendlichen Verkehr zwanzig Minuten durch das Nadelöhr der Heath.

Der Vier-Liter-Motor des Maserati brummte frustriert vor sich hin. Es war ein Modell aus den frühen Neunzigern, ein Ghibli Cup, berühmter für seine Motorleistung als für sein Aussehen. Calder war es egal. Noch immer sehnte er sich nach dem Gefühl von Geschwindigkeit und Kraft, das er in Jets erlebt hatte. Manchmal kam er diesem Gefühl noch nahe, wenn er den Maserati auf freier Strecke so richtig trat. Ihn begeisterte, dass schnelle Kurvenfahrten die Geschicklichkeit des Fahrers forderten, ebenso wie das Wissen, genug Power unter der Haube zu haben, um alle anderen Autos stehen zu lassen, auch wenn er mit nur zehn Stundenkilometern über den Asphalt kroch.

Aber die Elektrik war ein hoffnungsloser Fall. Starten ließ sich der Wagen momentan zum Glück ohne Schwierigkeiten, doch Calder wagte nicht, die Fenster herunterzulassen, aus Angst, er würde sie nicht wieder hochbekommen. Es stand wieder mal ein Ausflug zur Spezialwerkstatt in Hertfordshire an.

Calder hatte eine schlimme Woche hinter sich. Nicht unbedingt, was die Börse betraf. Aus der Sache in Italien hatte er sich so weit wie möglich herausgehalten; er wusste, dass er nichts davon verstand. Aber Linda Stubbes hatte mit ihrer Untersuchung begonnen.

Ihr Gespräch mit Calder hatte ihm eine gewisse Vorstellung von Carr-Jones' Abwehrstrategie vermittelt. Calder hatte Linda geschildert, was in der Bar passiert war. Er hatte es noch gut in

Erinnerung. Dann hatte Linda ihn gebeten, genau zu wiederholen, was Carr-Jones zu Jen gesagt hatte.

»Und, bumst du ihn?«, zitierte Calder.

Linda schrieb die Worte auf ihren Block und zeigte sie Calder. »Bist du ganz sicher, dass du das gehört hast?«

»Ja«, sagte Calder.

»Hm.« Linda betrachtete das Geschriebene. »Weil ... Justin und Jen behaupten nämlich etwas anderes.«

»Ach ja?«

»Nach Jens Aussage hat Justin gesagt: ›Und, vögelst du ihn?‹«

»Na, kann schon sein«, sagte Calder. »Vögeln, bumsen, das ist doch dasselbe.«

Linda runzelte die Stirn. »Vielleicht. Aber es zeigt, dass eure Erinnerung an den Abend leicht voneinander abweicht.«

»Ach, ich bitte dich, Linda. Was behauptet Justin denn, gesagt zu haben?«

Sie warf einen Blick auf ihren Block. »Bumst ihr beide?«

»Wo ist der Unterschied?«

»Er behauptet, er hätte es zu dir gesagt. Er meint, er hätte dich aufziehen wollen. Wenn er überhaupt jemanden hätte beleidigen wollen, dann dich, aber auch nur im Spaß.«

»Das stimmt nicht«, sagte Calder. »Er hat definitiv Jen angesprochen. Er hat es ihr vorgehalten. Es war eine Beleidigung, von wegen Spaß.«

»Aha.« Gewissenhaft notierte Linda alles. Aber Calder sah schon, worauf es hinauslaufen würde. Am Ende der Untersuchung würden sein und Jens Wort gegen die Behauptung von Carr-Jones stehen, niemanden beleidigt zu haben. Calder vermutete, als Nächstes würde Carr-Jones versuchen, ihn als Zeugen unglaubwürdig zu machen. Das Ganze entwickelte sich zu genau der Art von strategischen Winkelzügen, die Calder hasste und Carr-Jones meisterhaft beherrschte.

Calder und Jen hatten kaum miteinander gesprochen. Lindas Vorschlag folgend, verbrachte sie wegen der laufenden Untersuchung nur wenig Zeit in der Firma. Sie musste sich zur Verfügung halten, falls die Personalabteilung mit ihr sprechen wollte, aber mit der täglichen Arbeit hatte Jen momentan nichts zu tun. Sie wirkte reserviert und verärgert. Calder hatte mehrmals versucht, mit ihr zu sprechen, aber sie hatte ihn jedes Mal abblitzen lassen. Er hatte das Gefühl, dass sie auf Distanz zu Bloomfield Weiss ging, ihn eingeschlossen. Er war enttäuscht, dass sie ihn wie die anderen Kollegen behandelte, konnte es aber verstehen.

Irgendwann erreichte der Maserati trotz Stop-and-go-Verkehrs das Haus von Calders Schwester. Es war ein großes, frei stehendes Gebäude an einer Straße voll großer, frei stehender Häuser. Anne und ihr Mann William lebten erst seit sechs Monaten hier. Sie hatten es von einer gewaltigen Auszahlung gekauft, die William von der Risikokapitalfirma erhalten hatte, in der er Teilhaber war. Anne arbeitete nicht mehr: Sie war eine Anwältin mit großer Zukunft gewesen, hatte sich aber nach der Geburt des zweiten Kindes aus dem Berufsleben ausgeklinkt.

Calder parkte am Straßenrand. In der Auffahrt standen drei Wagen: der Jaguar seines Schwagers, der Jeep seiner Schwester, ein Wagen für Frauen mit Durchsetzungsvermögen, und ein alter roter Volvo. Calder erschrak.

Er klingelte, einen Strauß Iris im Arm. Anne öffnete die Tür, und er betrat die Kampfzone, stieg über zwei Puppen, das Plastikgemüse eines Einkaufsladens und die verlorene Schiene einer Holzeisenbahn.

»Die sind aber schön, Alex«, sagte seine Schwester, nahm ihm die Blumen ab und umarmte ihn. »Komm mit in die Küche.« Sie sah genauso derangiert aus wie der Flur: Das schwarze Haar stand in alle Richtungen ab, sie trug einen Jeansrock und eine bunte Wollstrickjacke.

»Anne! Du hast mir nicht gesagt, dass er auch da ist.«

»Ich wollte ja sicher gehen, dass du nicht absagst«, gab sie zurück und holte eine Vase aus dem Schrank. Die Küche war noch in gutem Zustand. Sie musste die Vorbesitzer Zehntausende von Pfund gekostet haben. Die Familie Varcoe trieb hier noch nicht lange genug ihr Unwesen. Durch das Fenster sah Calder den umzäunten Swimmingpool am Ende des Gartens, er wirkte völlig deplatziert in der grauen Februarnässe.

»Das ist ungerecht. Natürlich wäre ich trotzdem gekommen.«

»Ach, wirklich? Beim letzten Mal, als ich euch beide eingeladen habe, bist du zu Hause geblieben.«

»Das war etwas anderes. Ich musste kurzfristig nach New York.«

»Mensch, bist du wichtig!«

Calder seufzte. »Okay. Ich gebe mich geschlagen.« Er streckte sich. »Los geht's!«

Er folgte seiner Schwester ins Wohnzimmer. Dort stand Annes Ehemann William, ein Mittdreißiger, dem langsam die Haare ausfielen, und unterhielt sich mit einem groß gewachsenen Mann mit zerfurchtem Gesicht und einem dichten Schopf weißer Haare.

»Hallo, William«, grüßte Calder. »Hallo, Vater!«

»Alex!«

»Möchtest du etwas trinken?«, fragte William. Er und Calders Vater tranken hellen Sherry.

»Ja. Hast du Bier da?«

William ging eines holen. Im Nebenzimmer quengelte ein Kind, es war Phoebe. Anne sah nach ihr, Vater und Sohn waren allein. Calder hatte seinen Vater seit mehr als einem Jahr nicht gesehen. Er wollte auf keinen Fall, dass diese Begegnung so endete wie die letzte.

»Mensch, die Kleine wickelt Annie wirklich um den Finger«, sagte sein Vater.

»Sie ist echt ganz schön anstrengend«, gab Calder zu. Phoebe war vier Jahre alt und äußerst gerissen. Mit Vorliebe machte sie ihrer Mutter das Leben schwer. Calder gegenüber benahm sie sich wie ein kleiner Engel, aber bei ihren Eltern war sie ein Monster. William ging ihr, wenn möglich, aus dem Weg, aber Anne rieb sich dabei auf.

»Sie verwöhnen die Kleine zu sehr.«

»Vater, seit meiner Kindheit hat sich einiges geändert«, sagte Calder, um seine Schwester zu verteidigen.

»Das ist Quatsch. Ich habe ständig Kinder bei mir in der Praxis. Man merkt sofort, welche gut erzogen sind und welche nicht. Das hat nichts mit Geld oder sozialer Stellung zu tun, das kann ich dir sagen. Ganz im Gegenteil.«

Dr. Calder rollte das »r«, wie es die Menschen oben an der schottischen Grenze taten. Manchmal hatte Calder das Gefühl, der Akzent werde immer breiter, je weiter sein Vater nach Süden reiste. Calders schottischer Akzent war, wie bei Anne, mit der Zeit und auf die Entfernung deutlich schwächer geworden.

Anne kam zurück, eine heulende Phoebe auf dem Arm. »Zeig's mal dem Opa«, flötete Anne.

Phoebe hielt ihrem Großvater ein kaputtes Plastikpony hin. Er nahm es und zwinkerte Phoebe mit seinen grauen Augen zu, ein Lächeln, ganz für sie allein. »Und wie heißt das kleine Pferdchen?«, fragte er mit seiner rauen, warmen Stimme.

Phoebe hörte auf zu weinen. »Popsy.«

»Popsy? Was für ein schöner Name!«, log ihr Opa voller Inbrust. Er hätte jeden Gebrauchtwagenverkäufer in die Tasche gesteckt. »Und jetzt lauf und hol deiner Popsy etwas Hafer.«

»Dem Popsy! Popsy ist ein Junge. Und am liebsten isst er Chicken Nuggets.«

»Na, das ist ja toll«, sagte Dr. Calder. »Dann gib ihm eine Extraportion Ketchup von mir.«

Glücklich zockelte Phoebe in den Flur, wo das Plastikgemüse des Kaufmannsladens herumlag. Anne schüttelte den Kopf. »Ich weiß nicht, wie du das schaffst, Vater. Du, Alex?«

»Nein«, erwiderte Calder und unterdrückte einen irrationalen Zorn. Es war lächerlich, aber er war eifersüchtig auf das kleine Mädchen. In ganz Kelso, dem kleinen Ort in den Scottish Borders, wo Dr. Calder als Arzt praktizierte, war er für sein Lächeln und seine netten Worte bekannt, nur Calder konnte sich nicht erinnern, von seinem Vater einmal so angelächelt worden zu sein. Wahrscheinlich das letzte Mal vor dem Tod seiner Mutter. Einen Moment lang ärgerte er sich, weil er überhaupt Anstoß daran nahm. Er war jetzt vierunddreißig. Schon vor vielen Jahren hatte er beschlossen, dass er auch ohne die Anerkennung seines Vaters zurechtkam.

»Schade, dass Nicky nicht mitgekommen ist«, sagte Anne.

»Hm.« Calder sah seine Schwester kurz an. »Sie ist letzten Monat ausgezogen.«

Überrascht riss Anne die Augen auf. »Oh. Das tut mir Leid, Alex. Was ist passiert?«

»Du meinst, ob sie Schluss gemacht hat oder ich? Sie. Sie meinte, ich würde sie nicht genügend beachten. Das Problem war, dass wir beide immer so lange arbeiten mussten. Sie hatte ihre Schichten umgelegt, um ein paar Tage freizubekommen, damit wir zusammen nach Paris fahren konnten, und dann musste ich kurz vorher absagen. Fand sie nicht gerade toll. Es wäre die letzte Chance gewesen, meinte sie.«

Mitfühlend strich Anne Calder über den Arm. »Ich weiß, wie sehr du sie gemocht hast.«

Calder zuckte mit den Achseln und versuchte, gleichgültig zu wirken. Aber er hatte Nicky wirklich gemocht. Hatte sie sogar geliebt, auch wenn er dummerweise nie dazu gekommen war, es ihr zu sagen. Und Nicky hatte Recht: Er hatte sie als selbstverständlich hingenommen. Seit ihrem Auszug war das Leben ganz schön trostlos geworden. Er hatte sich mehrmals bei ihr gemeldet, aber sie hatten nur wenige Worte miteinander gewechselt, und Nicky war über seine Vorschläge hinweggegangen, es noch einmal zu versuchen. Er fragte sie, ob er in dem Atelier vorbeikommen könne, das sie in Tufnell Park gemietet hatte, aber sie wollte nichts davon hören.

»Schade«, sagte sein Vater. »Das war das Mädchen, mit dem du zusammen warst, als wir uns das letzte Mal gesehen haben, nicht? Eine nette Frau. Ich hatte das Gefühl, dass sie mal eine gute Ärztin wird.«

»Das wird sie bestimmt«, sagte Calder. »Sie ist auf jeden Fall sehr engagiert.«

Das Essen verlief angenehm, abgesehen davon, dass Phoebe sich weigerte zu essen, was auf ihrem Teller lag. Ihr kleiner Bruder Robbie hingegen stopfte alles begeistert in sich hinein. Calder mochte Robbie. Die hyperaktiven Mätzchen seiner Mutter und seiner Schwester schien er mit belustigtem Abstand zu verfolgen. Calder hoffte, dass er das Leben auch in Zukunft so unterhaltsam finden würde.

Als die Teller fortgeräumt, die Kinder beschäftigt waren und die Erwachsenen Kaffee tranken, kam das Gespräch auf Williams Arbeit. Seine Firma, Orchestra Ventures, hatte gerade in einen Betrieb investiert, der aus Knochenmark menschliches Gewebe züchtete, das irgendwann Herzschrittmacher überflüssig machen könnte. Dr. Calder war fasziniert und stellte William Fragen, die dieser nicht beantworten konnte. Leider war William zu stolz, um zuzugeben, dass nicht er, sondern einer seiner Kollegen der Medizinspezialist war. Stattdessen erfand er Antworten. Dr. Calder ertappte ihn dabei, blieb aber höflich.

Er trank einen Schluck Kaffee und musterte seinen Sohn. »Es ist gut zu hören, dass ihr Finanzleute zur Abwechslung mal etwas Sinnvolles tut, findest du nicht, Alex?«

»Ja«, sagte Calder geistesabwesend.

»Und was hast du in der letzten Woche so gemacht?«

Es war eine einfache Frage: Der Vater interessierte sich für die Arbeit seines Sohnes. Nur Calder wusste, dass viel mehr dahintersteckte.

»Ich habe Anleihen gehandelt, Vater.«

»Was bedeutet das?«

»Ach, das willst du doch gar nicht wissen.«

»Aha. Du meinst also, es ist ein bisschen zu kompliziert für die schlichten Gemüter dieser Welt?«

»Nein, natürlich nicht«, sagte Calder. Er trank einen Schluck Kaffee. Sein Vater musterte ihn.

»Na gut. Ich habe italienische Staatsanleihen gekauft. Dann habe ich sie wieder verkauft.«

»Und dabei hast du Geld verdient?«

»Ja. Zwei Millionen Dollar. Oder Euro. Ist mehr oder weniger dasselbe.«

»Zwei Millionen!« Dr. Calder starrte seinen Sohn an. »Du hast also lediglich ein paar italienische Anleihen gekauft, nichts getan, sie wieder verkauft und dabei zwei Millionen Dollar verdient? Das ist mehr, als die meisten Leute in ihrem ganzen Leben haben.«

»Wahrscheinlich. Auch wenn es über hundert Millionen Anleihen waren, nicht nur ein paar.«

»Das finde ich unglaublich. Du hast aus Geld noch mehr Geld gemacht. Ist das nicht reines Glücksspiel?«

»Nicht ganz«, sagte Calder. Er bemühte sich, ruhig zu bleiben. »Man nennt es ›investieren‹. Kapital dort zu platzieren, wo es gerade am meisten gebraucht wird.«

»Die unsichtbare Hand des Adam Smith«, sagte William, um seinen Schwager zu unterstützen.

Dr. Calder lächelte seinen Schwiegersohn an. »Ich finde, wenn du Geld in eine Firma investierst, die die Überlebenschancen von Herzkranken verbessern will, dann schaffst du Kapital dorthin, wo es am meisten gebraucht wird. Aber das tust du nicht, Alex, oder?«

»Die italienische Regierung hat das Geld genauso dringend gebraucht«, gab Calder zurück.

»Aber hast du nicht gesagt, du hättest die Anleihen wieder verkauft? Also, vor zwei Wochen hat Italien das Geld gebraucht, und jetzt nicht mehr?«

Calder überlegte, ob er die Rolle der Preisfindung auf den Finanzmärkten erörtern sollte, doch ihm fehlte der Mut.

»Es ist Geldgier, stimmt's?«, sagte Dr. Calder. »Reine Gier.«

»Wir versuchen, Geld zu verdienen. Dafür werden wir bezahlt.«

»Ich verstehe es wirklich nicht«, sagte der Arzt. »In London gibt es Tausende von euch jungen Leuten, und ihr schiebt euch gegenseitig Anleihen und Aktien zu, oder wie die Dinger heißen, und jeder, der bei euren kleinen Spielchen mitmacht, bekommt Hunderttausende von Pfund dafür. Und was bringt dieses Spielchen Nützliches hervor? Nichts. Null. Jedenfalls nichts, was ich erkennen kann. Wohingegen im Rest des Landes normale Menschen ihrer normalen Arbeit nachgehen, Waren herstellen, sich gegenseitig helfen oder bedienen und dafür einen angemessenen Lohn bekommen. Ich möchte mir gar nicht vorstellen, was dein Großvater dazu gesagt hätte.«

Calder starrte seinen Vater an und verkniff sich eine Antwort. Calders Großvater und Urgroßvater waren Diener der Church of Scotland gewesen, harte Männer mit unerschütterlichem Glauben.

»Und womit spielt ihr eure kleinen Spielchen, hm? Mit den Ersparnissen der kleinen Leute. Aber das juckt euch nicht. Ob ihr gewinnt oder verliert – ihr bekommt ja euer Geld.«

»Das Land nimmt Milliarden von Steuergeldern in der City of London ein«, sagte Calder.

»Durch Wettbüros auch. Und mit Alkohol und Zigaretten. Aber das bedeutet ja nicht, dass Alkohol und Nikotin gute Sachen sind.«

»Vater, das hatten wir doch alles schon mal.« Es gelang Calder nicht, seinen Unmut zu verbergen. »Ich mag meine Arbeit und mache sie gut. Ich kann Risiken kalkulieren. Ist das nicht Grund genug, es zu tun?«

Dr. Calder schüttelte den Kopf. »Ich weiß nicht, was deine Mutter oder ich falsch gemacht haben. Es sollte doch bessere Beweggründe im Leben geben als Spielsucht und Gier, oder?«

Calder spürte, wie die alte Wut in ihm hochstieg. Mit sechzehn Jahren, ein Jahr nach dem Tod seiner Mutter, hatte er sich entschlossen, im Abitur nicht Naturwissenschaften zu wählen, wie sein Vater es wünschte. Er war nicht nach Edinburgh, sondern auf eine englische Universität gegangen und hatte statt Medizin Geschichte studiert. Als er Pilot bei der Royal Air Force wurde, hatte er mit dem Missfallen seines Vaters gerechnet, aber das war nichts im Vergleich zu der Verachtung, die sein Vater ihn spüren ließ, als er bei Bloomfield Weiss anfing.

Calder war seinen Weg gegangen, angetrieben von dem tief sitzenden, übermächtigen Wunsch, immer das Gegenteil von dem zu tun, was sein Vater erwartete. Der Arzt hatte eine klare Vorstellung von der Welt und der Rolle, die sein Sohn darin spielen sollte. Calder war durchaus nicht immer anderer Meinung, manchmal bewunderte er sogar die Einstellung seines Vaters, aber darum ging es bei ihren Auseinandersetzungen gar nicht.

»Natürlich besteht mein Leben aus mehr als Spielsucht und Gier«, sagte Calder ungewollt laut.

»Ach ja? Und was hielt – wie hieß sie noch gleich – Nicky davon?« Calder meinte, im Gesicht des alten Mannes ein schwaches Grinsen zu erkennen, als ob er sich freue, seinem Sohn eins auszuwischen.

Das war zu viel für Calder. Das Grinsen brachte das Fass zum Überlaufen. »Hör zu«, sagte er und ließ seiner Wut freien Lauf, »das ist *mein* Leben. Damit mache ich, was *ich* will. Solange ich denken kann, versuchst du mir vorzuschreiben, was ich zu tun habe. Aber nicht mit mir. Ich habe früher nicht auf dich gehört, und ich werde es auch in Zukunft nicht tun.«

»Ich will doch nur, dass du dein Talent nicht vergeudest.«

»Das stimmt nicht! Du hast eine feste Vorstellung von der Welt, natürlich sehr edel, keine Frage, und da soll ich reinpassen. Tue ich aber nicht. Ich mache das, was mir gefällt und was ich kann, auch wenn das deinen hohen moralischen Ansprüchen nicht genügt. Was ich mache, ist nicht verboten. Es schadet niemandem.«

Dr. Calder schüttelte den Kopf. »Was für ein Leben du führst, ist deine Sache. Tu, was du für richtig hältst.«

»Darauf kannst du Gift nehmen, du scheinheiliger, nervender …«, schrie Calder und konnte sich gerade noch zusammenreißen, um nicht »alter Knacker« zu rufen. Alle sahen ihn schweigend an. Mist. Calder hatte sich geschworen, die Sticheleien seines Vaters zu ignorieren. Er holte tief Luft. »Tut mir Leid, Anne. Wenn es dir nichts ausmacht, fahre ich jetzt. Ich hab noch einiges zu Hause zu tun.«

»So einfach kann man nicht vor der Wahrheit davonlaufen«, sagte der Arzt.

»Vater!«, rief Anne.

»Schon gut, Anne. Es musste ja so kommen«, sagte Calder leise und versuchte, seinen Vater nicht böse anzusehen. »Danke fürs Essen. War schön, dich zu sehen. Dich auch, William.«

»Ich bringe dich noch zur Tür«, sagte Anne.

Sie verließen das Esszimmer. Calder schob den Kopf ins Spielzimmer, um sich von den Kindern zu verabschieden. Anne holte seinen Mantel.

»Tut mir Leid, das mit Vater«, sagte sie. »Er ist wirklich zu weit gegangen.«

»Tut er immer«, sagte Calder. »Aber ich ja auch. Ich weiß, dass ich mich nicht drüber aufregen sollte. Ich will eigentlich nur, dass er mich so akzeptiert, wie ich bin, mit allem, was dazugehört.«

»Irgendwann tut er's vielleicht«, sagte sie.

»Kann sein«, erwiderte Calder mutlos.

Anne begleitete ihn zum Wagen. »Ich mache mir Sorgen um ihn, Alex.«

Calder sah seine Schwester fragend an. »Wieso? Ist er krank?«

»Nein. Aber irgendetwas stimmt nicht. Letzten Monat sind wir hochgefahren zu ihm, und es fehlen verschiedene Dinge im Haus.«

»Was denn?«

»Wertvolle Sachen. Mums Schreibtisch. Die Landschaftsbilder von Cadell. Die Großvateruhr. Die Kerzenständer. Und der größte Teil von Mums Schmuck.«

»Was? Bist du dir sicher?«

»Als ich gemerkt habe, was alles fehlt, habe ich in ihrer Schmuckkassette nachgesehen. Sie ist so gut wie leer.«

»Hast du ihn darauf angesprochen?«

»Ich habe ihn nach der Standuhr und den Bildern gefragt. Er meinte, die Uhr wäre ständig kaputtgegangen. Und die Cadells hätten ihm noch nie gefallen.«

»Das stimmt nicht.« Francis Cadell war ein schottischer Farbenkünstler, der in den letzten zwanzig Jahren in Mode gekommen war. Die Landschaftsbilder waren Szenen aus dem Tweed-Tal in der Nähe von Eildon Hills, ein Ort, den ihr Vater über alles liebte.

Dessen Großvater hatte die Bilder in den zwanziger Jahren direkt vom Künstler gekauft. »Und Mums Schmuck?«

Anne nickte.

»Er versetzt die Sachen, weil er Geld braucht.«

»Das vermute ich auch. Aber er ist doch nicht knapp bei Kasse, oder? Ich meine, er hat doch die Praxis, von der lebt er schon seit Jahrzehnten. Und er gönnt sich so gut wie nichts, das wissen wir doch genau.«

»Seltsam.«

»Könntest du ihn darauf ansprechen?«

»Ich bitte dich, Anne! Du hast doch gesehen, was eben los war.«

»Ich weiß. Aber mir sagt er es nicht. Du willst es zwar nicht glauben, aber er respektiert dich.«

»Ach, das ist doch lächerlich!«

»Nein, ist es nicht. Es stimmt. Und ich mache mir wirklich Sorgen um ihn.«

»Also, was mich angeht, kann der alte Knacker zur Hölle fahren«, sagte Calder. »Tut mir Leid, Annie. Ich weiß, du bist eine gute Tochter, und das ist auch schön so. Aber ich höre mir seine Beschimpfungen nur bis zu einem bestimmten Punkt an.«

Doch auf der Heimfahrt bereute Calder seine Worte. Er machte sich Sorgen um den alten Herrn. Und irgendwie hatte sein Vater Recht. Calder dachte über die letzten Wochen nach: seine stümperhaften Versuche auf den gestörten Rentenmärkten, Carr-Jones' Beschimpfung von Jen, die manipulierte Untersuchung bei Bloomfield Weiss, die Trennung von Nicky. Von Nicky abgesehen, war alles irgendwie irreal.

Aber Calder wollte verdammt sein, wenn er zuließ, dass sein Vater ihm vorschrieb, wie er zu leben hatte.

Mit einem Stich im Herzen dachte er an seine Mutter. Wenn sie noch lebte, wäre alles gut. Sicher, sein Vater war immer schon ein Moralapostel gewesen, doch bevor Calders Mutter bei einem Autounfall ums Leben gekommen war, waren die Wärme und Liebe, die er unter seiner rauen Schale verborgen hielt, öfter zum Vorschein gekommen. Calders Mutter hatte immer zu den Kindern gehalten und einen Weg gefunden, die strengen Vorschriften ihres Gatten zu umgehen. Die Kinder hatten sich darauf verlassen können, dass der Arzt ein Auge zudrückte. Und dann war sie gestorben. Die zwölfjährige Anne hatte sich Nacht für Nacht die Augen ausgeweint, Vater und Sohn hingegen vergossen tapfer und mannhaft keine Träne. Auf keinen Fall Gefühle zeigen. Eine Eisschicht legte sich über die Familie.

Calder konnte nicht leugnen, dass er sich in gewisser Weise für den Tod seiner Mutter verantwortlich fühlte. Genauer gesagt: Sie war gestorben, weil er nicht getan hatte, was er hätte tun sollen. Hätte er gehorcht, wäre sie noch am Leben. Seit beinahe zwanzig Jahren zerbrach er sich den Kopf über Ursache und Wirkung, Verantwortung und Schuld. Er konnte keine zufrieden stellende Antwort finden. Seine Mutter hatte ihn damals gebeten, mit dem Bus von der Schule nach Hause zu fahren, aber er war noch einmal zurück in die Klasse gegangen, weil er seine Hausaufgaben vergessen hatte. Dadurch verpasste er den Bus. Er rief seine Mutter von einer Telefonzelle aus an, und sie ließ alles stehen und liegen, um ihn abzuholen. Sie hatte nicht viel Zeit, sie musste rechtzeitig wieder zurück sein, um Anne vom Musikunterricht abzuholen. Deshalb fuhr sie zu schnell durch die schmale Straße. Ein Landarbeiter, der sich zu Mittag drei große Bier gegönnt hatte, fuhr mit seinem Lastwagen ebenfalls zu schnell. In einer blinden Kurve stießen sie zusammen. Calder wartete bis acht Uhr abends in der Schule, dann wurde er von der Mutter eines Freundes abgeholt.

Er schlug auf das Lenkrad des Maserati und wiederholte zum tausendsten Mal in seinem Leben dieselben Worte: *Hätte ich doch nur …*

7

Calder beobachtete, wie Jen durch den mit weggeworfenem Papier übersäten Handelsraum zu ihrem Schreibtisch ging. Sie hatte eine stolze, aufrechte Haltung, ihr Gesicht war unbewegt.

Calder ahnte nichts Gutes.

»Und?«, fragte er, als sie sich hinsetzte.

»Sibirien«, flüsterte Jen, ohne ihn anzusehen.

»Was?«

»Sie schicken mich nach Sibirien.«

»Was soll das heißen?«

»Ich will nicht darüber sprechen.«

Calder warf einen kurzen Blick zu den Derivatehändlern, die so taten, als seien sie schwer beschäftigt. Verstohlen beobachteten sie Jen. Carr-Jones war nicht da, wahrscheinlich hörte er sich gerade selbst das Ergebnis der Untersuchung an.

Calder stand auf. »Los!«, sagte er. »Komm mit!«

»Wohin?« Jen sah ihn fragend an, noch immer gefasst, aber kurz vor dem Zusammenbruch.

»Nach draußen.«

Sie folgte ihm. Ohne ein Wort zu wechseln, verließen sie das Gebäude und überquerten Broadgate Circle bis zum Exchange Place, einem Platz am östlichen Ausgang des Bahnhofs Liverpool Street. Sie setzten sich auf einen Marmorblock, der neben der großen Bronzeskulptur einer knollenförmigen Frau stand. Mit seliger Einfalt blickte sie in den Himmel. Es war kalt, aber ein paar blasse Sonnenstrahlen stahlen sich über das Dach des Bahnhofs und schienen den beiden ins Gesicht. Nur wenige Menschen waren unterwegs. Man hörte das Lärmen von Baumaschinen, immer neue Häuser wurden aus dem Boden gestampft, entkernt, saniert.

»Erzähl schon!«, forderte Calder sie auf.

»Es waren nur Linda und Benton da. Linda hat geredet. Anschließend wollten sie mit Carr-Jones sprechen. Sie hätten die Untersuchung abgeschlossen. Carr-Jones habe sich unangemessen verhalten, aber es sei keine sexuelle Belästigung gewesen.«

»Das heißt, sie unternehmen nichts?«

»Er bekommt eine ›mündliche Verwarnung‹, was auch immer das heißt.«

Calder seufzte. »Das tut mir Leid, Jen. Es ist einfach ungerecht.«

»Allerdings«, sagte Jen.

»Und was ist mit Sibirien?«

Jen sah ihm in die Augen und versuchte zu lächeln, aber es gelang ihr nicht. »Ach, das ist das Beste an der Sache. Dank Carr-Jones' ›unangemessenem Verhalten‹ können wir nicht mehr im selben Haus arbeiten. Einer von uns muss gehen. Rat mal, wer!«

»Nach Sibirien?«

»Na gut, nach Moskau. Da scheint eine Stelle frei zu sein. Linda will, dass ich sie nehme.«

»Was? Mich hat niemand danach gefragt!«

»Ich will nicht nach Moskau. Es ist so ungerecht, dass *ich* gehen muss!«, rief Jen. Eine Träne lief ihr über die Wange. »Ich kann nicht mehr. Tut mir Leid, die ganze Zeit habe ich mich zusammengerissen, damit ich nicht weine, aber es geht nicht. Es macht mich so wütend. Und noch schlimmer, ich fühle mich absolut wertlos.«

Jetzt flossen die Tränen. Calder wollte sie trösten, aber Jen schob seinen Arm weg.

»Seit ich in London bin, geht alles schief. Ich dachte, es würde mir hier gefallen, aber ich fühle mich richtig mies. Früher dachte ich, ich hätte was auf dem Kasten, jetzt denke ich, ich bin ein Hohlkopf. Eigentlich hätte ich hier die besten Chancen gehabt. Ich bin intelligent, ich komme mit den Kunden klar, und auch wenn Carr-Jones das bestreitet, war ich gut mit den Derivaten. Aber seitdem ich mich nicht mehr von Arschlöchern wie Carr-Jones beschimpfen lassen will, wann immer er Lust dazu hat, habe ich mir praktisch mein eigenes Grab geschaufelt.«

»Das stimmt doch nicht«, sagte Calder. »Du hast eine große Zukunft.«

»Aber nur, wenn ich Leute wie ihn ignoriere, oder?«

Calder schwieg.

»Stimmt's?«

Calder nickte. »Du musst realistisch sein, Jen. So ist es für Frauen in der City. Woanders ist es noch schlimmer. Bei den Finanzmaklern, da muss man sich Sprüche anhören wie ›Los, Süße, zeig uns deine Titten‹.«

»Soll das eine Aufmunterung sein?«

»So ist es halt. Du und ich können daran nichts ändern.«

»Wirklich nicht? Es ist aber nicht gut so. Wir sollten versuchen, etwas daran zu ändern.«

»Ich habe dir ganz am Anfang gesagt, dass es sinnlos ist, sich mit Carr-Jones anzulegen.«

»Ja, stimmt. Aber ich konnte nicht anders. Irgendwann muss sich jemand so einem Schwein wie ihm in den Weg stellen. Schade, dass du zu feige bist.«

Gespielt gleichgültig zuckte Calder mit den Schultern. Doch ihre Worte trafen ihn. Er hatte schon manche Beleidigung einstecken müssen, aber Feigling hatte ihn noch niemand genannt.

Eine Zeit lang saßen sie schweigend da, Jen trocknete ihre Tränen, und Calder dachte über das nach, was sie gesagt hatte. Ein Mann und eine Frau setzten sich neben sie auf den Marmorblock, nestelten hektisch an einer Zigarettenschachtel herum, zündeten sich je eine Kippe an und sogen den Tabakrauch tief ein.

Jen richtete sich auf und atmete tief durch. »Los, gehen wir wieder rein.«

Wortlos liefen sie zu Bloomfield Weiss zurück. Auf Jens Stuhl hockte ein dämlich grinsender Homer Simpson. Ein gelber Zettel klebte auf seiner Stirn. Jen nahm die Puppe hoch. Zwischen Homers Beine war ein Schlitz geschnitten, darin steckte etwas Längliches. Jen zog es heraus. Es war ein Tampon, der mit einem Filzstift rot angemalt war.

Jen sah zu den Derivatehändlern hinüber. Feixend beobachteten sie, was passierte. Jen warf Homer samt Tampon in den Mülleimer. Ihr Gesicht verzog sich, Tränen schossen ihr in die Augen.

»Jen«, sagte Calder und wollte sie trösten.

»Lass mich in Ruhe!«, rief Jen schluchzend und stieß seinen Arm fort. Sie riss ihre Tasche an sich und rannte aus dem Großraumbüro. Justin Carr-Jones kam ihr entgegen.

Calder hob den gelben Zettel auf, der zu Boden geflattert war. Darauf stand mit rotem Stift geschrieben: »Vorsicht, Hormone!«

Er sah ihr nach. Sie hatte Recht: Sie war mutig, er war ein Feigling. Mit lautem Jubel begrüßte Carr-Jones' Truppe ihren Anführer.

Was für Idioten.

Calder holte den Tampon aus dem Müll und ging zu Carr-Jones hinüber.

»Der lag auf Jens Stuhl.«

Carr-Jones' Grinsen verschwand. »Bah, wie eklig«, sagte er. Jemand hinter ihm kicherte. »Und du glaubst, das war einer aus meinem Team?«

»Was meinst du denn?«

Carr-Jones verzog keine Miene. »Ich werde mit meinen Leuten reden.«

»Tu das. Und wenn einer von deinen Leuten noch mal so was macht, dann stopf ich ihm den hier in den Arsch.«

Es hatte den Anschein, als wollte Carr-Jones eine neunmalkluge Bemerkung machen, aber als er Calders Gesichtsausdruck sah, überlegte er es sich anders. »Überlass das ruhig mir«, sagte er, so sachlich er konnte.

Calder marschierte davon und machte sich auf die Suche nach Tarek. Als der Calders Miene sah, steuerte er sofort auf seine Bürotür zu. Calder folgte ihm.

»Einer von Carr-Jones' Spatzenhirnen hat das hier auf Jens Stuhl gelegt, es steckte in dieser dämlichen Homer-Simpson-Puppe.« Calder warf den Tampon auf Tareks Schreibtisch.

Angewidert sah Tarek den Tampon an, berührte ihn aber nicht. »Wo ist Jen?«

»Nach Hause gegangen.«

»Ich werde mit Carr-Jones reden.«

»Gut. Wusstest du übrigens, dass sie nach Moskau versetzt werden soll?«

Tarek nickte.

»Das wurde nicht mit mir abgesprochen. Ich bin dagegen.«

»Zero, setz dich«, sagte Tarek. Calder zögerte, dann gehorchte er. »Jetzt mal der Reihe nach. Überleg doch mal: Die beiden können auf keinen Fall mehr zusammen arbeiten, nach dem, was Jen getan hat …«

»Was Jen getan hat? Wohl eher nach dem, was Carr-Jones getan hat.«

»Na gut. Nach dem, was Carr-Jones getan hat. Jedenfalls muss einer von beiden gehen. Und zwar Jen. Carr-Jones ist länger in der Firma, aber der eigentliche Grund ist, dass er mehr Geld reinbringt. So ist das eben. Ist ja nichts Neues.«

»Aber diesmal nicht.«

Tarek hob die Augenbrauen.

»Tarek, wir können Carr-Jones nicht davonkommen lassen. Jen ist eine intelligente Frau, sie wird mal ein guter Trader werden, sie braucht nur wieder Selbstvertrauen. Lass sie noch sechs Monate hier. Wenn sie sich dann nicht gefangen hat, kannst du sie immer noch nach Moskau schicken.«

Die Perlen klackten in Tareks Händen. Er überlegte. »Die Art, wie Jen behandelt worden ist, gefällt mir genauso wenig wie dir«, sagte er. »Aber sie hat sich selbst keinen großen Gefallen getan, als sie sich mit Carr-Jones anlegte. Im Moment müssen du und ich hoffen, dass sie überhaupt bei Bloomfield Weiss bleiben kann. In einer anderen Stadt kann sie noch mal von vorn anfangen. Wenn sie wirklich so gut ist, wie du behauptest, dann wird sie sich durchsetzen und in ein paar Jahren wieder in New York sein, *inschallah*. Aber du siehst doch ein, dass sie hier nicht bleiben kann.«

»Aber warum ausgerechnet Moskau?«

»Russland kommt gerade in Schwung. Moskau ist eine unserer am schnellsten wachsenden Niederlassungen.«

»Ich bitte dich, Tarek! Die Sache stinkt zum Himmel! Wir beide kennen uns schon lange. Ich bitte dich als Freund, Jen nicht zu versetzen. Es ist falsch.«

Tarek musterte Calder, überlegte. Calder wartete. Auf Tarek würde er den ganzen Tag warten.

Plötzlich grinste Tarek reumütig. »Na gut. Ich seh mal, was ich tun kann. Aber ich kann dir nichts versprechen. Carr-Jones hat Freunde ganz oben.«

Calder wusste, dass Tarek ihm nicht weiter entgegenkommen konnte. »Danke«, sagte er. »Ich hoffe, es tauchen keine neuen Homers mehr auf.«

Tarek rang sich ein gequältes Lächeln ab. Aber als Calder das Büro verließ, fragte er sich, warum sein normalerweise unerschütterlicher Freund so besorgt wirkte.

Am nächsten Morgen erschien Jen spät im Büro. Sie hatte eine Sporttasche dabei.

»Hallo, Jen«, begrüßte Calder sie.

Sie beachtete ihn nicht, öffnete die Tasche und begann, ihre persönlichen Sachen aus den Schubladen zu räumen.

»Was machst du da?«

»Keine Sorge. Ich nehme nur meine Sachen mit. Du kannst gern die Daten von meinem Computer verwenden.«

»Hör auf damit, Jen«, sagte Calder.

»Ich war gestern beim Anwalt. Ich klage auf erzwungene Kündigung und sexuelle Diskriminierung. Anscheinend habe ich gute Karten. Carr-Jones wird büßen. Und wenn Bloomfield Weiss weiter zu ihm hält, wird die Bank auch büßen.«

»Jen, Jen! Jetzt mach mal halblang! Wenn du das durchziehst, dann gibt es kein Zurück mehr. Dann ist es so gut wie ausgeschlossen, dass du in dieser Branche noch mal einen Job bekommst, jedenfalls bestimmt keinen, der so gut ist wie dieser hier.«

»Ich soll nach Moskau, Zero.«

»Daraus wird nichts. Das werde ich verhindern. Tarek setzt sich für dich ein.«

»Tarek? Von dem habe ich gestern nicht viel gehört.«

»Ich habe mit ihm gesprochen.«

»Ich glaube, mit dem hat schon vorher jemand anders gesprochen.«

Sie war so gut wie fertig. Ihre Tasche war voll. Ein einsames Blatt segelte zu Boden. Calder hob es auf: Es war die Kopie eines Faxes an Perumal, einen Mitarbeiter der Derivateabteilung. Es ging um IGLOO-Scheine.

»Was ist das?«

»Das habe ich gestern im Kopierer gefunden«, sagte Jen. Sie riss Calder das Blatt aus der Hand, knüllte es zusammen und warf es in den Papierkorb.

»Ist es nicht wichtig?«

»Doch, hoffentlich«, sagte Jen.

Einen letzten Versuch hatte Calder noch. »Bitte bleib! Wenn du die nächsten Monate überstehst, hast du hier gute Chancen. In ein paar Jahren erinnert sich keiner mehr daran.«

Jen zog den Reißverschluss der Sporttasche zu. »Du kapierst es einfach nicht, Zero, was? Ich will nirgends arbeiten, wo Arschlöcher wie Carr-Jones mit solchen Sachen durchkommen. Mir ist egal, wie viel Geld man hier verdient. Ich muss mir das nicht antun. Auf Wiedersehen. Wir treffen uns vor Gericht.«

8

Der kleine Mann trieb Martel in den Wahnsinn. Martel saß reglos da, wie er versprochen hatte, lautlos fuhr der Pinsel über die Leinwand. Es war die Art, wie dieser Zwerg alle paar Minuten innehielt und Martel anstarrte. Der Maler war ein ungepflegter, dunkelhäutiger Amerikaner mit wirrem Haar und unrasiertem Gesicht. Er hatte helle kleine Augen, die Martel kritisch musterten und ihm bis in die Seele zu sehen schienen. Langsam bekam Martel Angst, der Künstler, der Cheryls unschuldige Schönheit so treffend dargestellt hatte, könne einen wesentlichen Charakterzug in ihm erkennen, der besser unerforscht blieb.

Anfangs hatte er es für eine gute Idee gehalten, sich porträtieren zu lassen. Jetzt war ihm die Sache aus den Händen geglitten. Am liebsten hätte Martel dem Mann sein Geld gegeben und ihn mit dem nächsten Flugzeug nach New York zurückgeschickt.

Der italienische Rentenmarkt marschierte immer noch nach oben. Besonders frustrierend war, dass die Nachrichten exakt das meldeten, was Martel vorausgesagt hatte. Die Wirtschaft Italiens brach zusammen. Die Börse war abgeschmiert, Fabriken machten dicht, die Arbeitslosigkeit galoppierte. Die Staatsfinanzen standen vor dem Kollaps. Das Haushaltsdefizit war über den Wert hinausgeschossen, der mit den europäischen Finanzministern im vergangenen Herbst vereinbart worden war, das Finanzministerium war an die Grenzen der Kreditaufnahme gestoßen. Die Wochenarbeitszeit von Angestellten im öffentlichen Dienst wurde gekürzt, manche bekamen kein Gehalt mehr ausgezahlt. Müllabfuhr, Feuerwehr, Automobilindustrie und Krankenschwestern streikten, Eisenbahnen und Flugzeuge würden in der nächsten Woche ungenutzt herumstehen. Die Presse war sich einig, dass die Zinsen gesenkt werden mussten, aber die Europäische Zentralbank reagierte nicht. Sie hatte Angst vor einer Inflation in Frankreich und Deutschland. Die Rate war bereits auf fünf Prozent gestiegen und lag damit deutlich über der Zielmarke der EZB. Im Gegenteil: Die kurzfristigen Zinsen im Euroraum waren gerade zum siebten Mal innerhalb von zwölf Monaten auf nun 8,5 Prozent erhöht worden, ohne dass der italienische Rentenmarkt reagiert hätte.

Massimo Tagliaferi und sein Gefolgsmann, der ehemalige Finanzminister Guido Gallotti, tönten, Italien käme nur dann aus der Krise, wenn es aus dem Euro aussteige. Aber die Demokratische Nationalpartei lag gute drei Wochen vor der Wahl noch immer auf Platz drei der Umfragen. Die Europäische Kommission wehrte sich, warnte vor den Folgen, falls ein EU-Mitglied aus der Einheitswährung aussteigen sollte. Es war gesetzlich nicht vorgesehen, und wenn auch nur ein Mitgliedsstaat das Recht missachtete, würde die Kommission mit Sanktionen, Subventionsstreichungen, ja, mit dem Ausschluss aus der EU reagieren.

Am schlimmsten war, dass französische und deutsche Banken auf Druck ihrer Regierungen begonnen hatten, BTPs zu kaufen, um Spekulanten wie Martel in die Knie zu zwingen. Nach dem Beitrag im *Wall Street Journal* waren mehrere Artikel über ihn in der europäischen Presse erschienen; die meisten zeichneten ein unvorteilhaftes Bild von ihm. Der allgemeine Tenor lautete: Die EU würde nicht zulassen, dass gewissenlose Spekulanten wie er ihre Währung zerstörten.

Martel war am Boden. Seine unrealisierten Verluste beliefen sich nun auf knapp eine Milliarde Euro – er war so gut wie pleite. Es war genau wie 1998, als er verzweifelt Margenzahlungen von einem Broker zum nächsten geschoben hatte, um seine Yen-Position zu stützen. Nur dass es diesmal um noch größere Summen ging. Wenn diesmal die Musik verklang, wenn er keine Deckung mehr hatte, würde es einen spektakulären Knall geben. Nichts würde vom Teton Fund übrig bleiben, er würde von der Bildfläche verschwinden. Als sich die Märkte gegen Martel bewegten, hatte er reagiert wie immer: Er hatte weitergezockt. Bis die Kasse leer war.

Er studierte die Cash-Flow-Prognosen auf seinem Schreibtisch. Noch drei Wochen musste er durchhalten, bis zur Wahl. Ökonomisch gesehen war es Unsinn für Italien, im Europakt zu bleiben. Die Wahl war der Tag der Wahrheit.

Plötzlich sprang ihm ein Problem ins Auge, ein riesiges Problem: die IGLOO-Scheine.

Martel fluchte, griff nach der Tabelle und trat gegen die Staffelei. Der Maler war klug genug, nichts zu sagen.

Die rund zwanzig Makler und Analysten des Teton Fund arbeiteten zusammen in einem Großraumbüro, das mit der modernsten Technik ausgestattet war, sodass sie direkten Zugang zu digitalen Informationen über alle Märkte der Welt hatten. Vikram verfolgte blinkende Ziffern auf einem seiner drei Flachbildschirme.

»Was ist das hier für eine Zahl?« Martel wies auf die Tabelle.

Vikram beendete sein Gespräch und legte das Telefon zur Seite. »Das ist meiner Schätzung nach die Summe, die wir Bloomfield Weiss am Monatsende als Deckung für die IGLOO-Scheine nachschießen müssen.«

Bis zum letzten Arbeitstag des Monats, dem 27. Februar, war nur noch eine Woche Zeit.

»Aber das kann nicht sein, oder? Da steht, dass wir 150 Millionen Euro auftreiben müssen. Die haben wir nicht.«

Vikram sah seinen Chef an und zuckte mit den Schultern. »Die IGLOO-Scheine sind so verdammt kompliziert, dass sie jeden Monat neu valuiert werden, und zwar am Monatsletzten. Ich habe die Zahlen eingegeben und errechnet, dass wir beim heutigen Stand des Marktes 150 Millionen im Minus sind. Bloomfield Weiss wird auf unserer Nachschusspflicht bestehen.«

»Stimmt diese Zahl auf jeden Fall?«

»Nein. Es hängt alles davon ab, wie die Volatilität eingestuft wird. Und der Trick, dass der Rückzahlungspreis auf der Währung basiert, die den Euro in Italien ablöst – wie auch immer die heißen wird, es gibt sie ja noch nicht –, macht das Ganze natürlich noch komplizierter. Ich habe so gerechnet, wie ich es tun würde, wenn ich bei Bloomfield Weiss wäre. Und das ist das Ergebnis.«

Martel blies die Backen auf. »Du weißt, dass wir das Geld nicht haben. Wir könnten eventuell 20 oder 50 Millionen zusammenkratzen, aber 150? *No way.* Das ist nicht drin. Dann wäre Schluss, *game over.* Da würde nichts übrig bleiben. *Rien. Nada.*« Martel unterstrich seine Ausführungen mit schnellen Armbewegungen, die beinahe Vikrams Assistentin getroffen hätten. Sie duckte sich.

Unglücklich nickte Vikram. Auch seine Ersparnisse waren im Teton Fund. »Ich weiß. Aber es gibt keinen anderen Weg.«

»Es muss einen geben!«, schrie Martel und schlug mit der Faust auf Vikrams Tisch. Ein Kästchen mit Bleistiften und Kugelschreibern fiel zu Boden. Alle Mitarbeiter im Raum starrten ihn an.

Vikram sah in Martels weit aufgerissene Augen. »Ich kann nicht zaubern, Jean-Luc. Wenn der Markt bis nächste Woche nicht aus dem Quark kommt, sind wir am Ende.«

Wütend starrte Martel seinen Angestellten an. Vikram war ein kluger, ehrgeiziger Mann, aber er hielt sich an die Regeln. In Situationen wie dieser musste man seine eigenen Regeln machen. Martel versuchte, es Vikram zu erklären. »Ich habe dir schon zigmal gesagt, dass der Schlüssel zum Erfolg ist, im Spiel zu bleiben. Dies ist eine klassische Martingale-Situation: Solange wir im Boot bleiben, werden wir gewinnen. Du musst kreativ sein. Wenn du es nicht kannst, mach ich es.«

Martel begann, vor Vikrams Tisch auf und ab zu gehen. »Gut. Denken wir nach.«

»Okay«, sagte Vikram müde.

»Wer ist verantwortlich für die Neubewertung? Bloomfield Weiss oder jemand anders?«

»Bei so komplizierten Transaktionen bekommt man nur einen Preis bei Bloomfield Weiss.«

»Gut. Und die errechnen den Wert mit ihrem eigenen Rechenmodell?«

»Ja.«

»Und dieses Rechenmodell hängt allein von den Daten ab, die man eingibt?«

»Ja.«

»*Bon.* Dann müssen wir dafür sorgen, dass sie die richtigen Daten eingeben.«

Vikram schüttelte den Kopf. »Das hätten wir vielleicht vor ein paar Jahren machen können, aber jetzt nicht mehr. Diese Investmentbanken haben heute ganze Abteilungen, deren einzige Aufgabe darin besteht, sicherzustellen, dass die Preise in ihrem System real und nicht fiktiv sind. Verhaltensvorschriften, Risiko-Management, Kreditkontrolle, millionenteure Computerprogramme. Die kann man nicht umgehen. Und wenn man es versucht und dabei erwischt wird, gibt es Riesenärger.«

Martel blieb stehen und grinste. »Vikram, man kann jedes System umgehen. Dahinter sitzen immer Menschen. Und die sind gierig. Mit den richtigen Anreizen korrumpiert man jedes System.«

Vikram schloss die Augen. Er wusste, was als Nächstes kommen würde.

»Ich will, dass du heute Nachmittag ins Flugzeug steigst und den richtigen Mann mit den richtigen Mitteln lockst.«

9

Perumal war zu früh. Er konnte tun, was er wollte, er kam immer zu früh. Besonders wenn er nervös war.

Er ließ den Blick durch das höhlenartige Restaurant schweifen, das einmal eine Bank gewesen war. Das Geklapper der Teller bildete eine Wand aus widerhallenden Geräuschen. Aber der Laden war ›in‹. Coole, schwarz gekleidete Kellner und Kellnerinnen servierten Bankern in edlen Anzügen schicke pazifisch-französische Küche auf Designer-Tellern. Perumal war sich sicher, dieses Restaurant würde Vikram gefallen.

Vikram Rana war wie aus dem Nichts aufgetaucht und innerhalb von Wochen zu Perumals bestem Klienten geworden. Bloomfield Weiss in New York betreute den Teton Fund zwar auf dem Rentenmarkt, die dortige Derivateabteilung hatte aber noch nie mit Martel zu tun gehabt. Als Vikram völlig unerwartet anrief, war Perumal der Glückliche am anderen Ende der Leitung gewesen. Nach dem IGLOO-Deal hatte Carr-Jones versucht, den Kunden zu übernehmen, aber Perumal hatte ihm davon abgeraten. Das sei eine indische Connection. So zarte Bande seien schnell erschüttert.

Natürlich stimmte das nicht. Vikram war durch und durch Amerikaner. Perumal nahm an, dass er aus einer hohen Kriegerkaste im Norden Indiens stammte. Perumals Familie gehörte einer niederen Kaste an und kam aus dem südlichen Bundesstaat Kerala. Bei ihren Treffen verloren Vikram und Perumal kein Wort über den gemeinsamen Subkontinent ihrer Vergangenheit.

Die große Frage war: Konnte Perumal noch so einen Elefanten wie den IGLOO-Deal erlegen?

»Ah, Perumal, tut mir Leid, dass ich zu spät bin.«

Vikram war elegant in einen italienischen Anzug mit Seidenkrawatte gekleidet. Mit seinen eins fünfundachtzig überragte er Perumal, und man sah trotz des Anzugs, dass Vikram durchtrainiert war. Sofort stellte sich bei Perumal ein Gefühl der Unterlegenheit ein. Ich bin mindestens so gut wie dieser Kerl, versuchte er dieses Reflexes Herr zu werden, setzte sich und griff nach der Speisekarte. Bei den landesweiten Abschlussprüfungen in Indien hatte er zu den besten zehn Prozent gehört und einen Platz am Indian Institute of Technology in Madras bekommen. Seine Eltern konnten ihm keine gute Ausbildung bezahlen, er musste sie sich im Wettstreit mit zehn Millionen anderen erkämpfen.

»Bisschen laut hier, was?«, sagte Vikram und schaute sich um.

»Ja, tut mir Leid. Sollen wir woanders hingehen?«, fragte Perumal und machte Anstalten aufzustehen.

Vikram lächelte ein wenig herablassend. »Nein, nein. Jetzt sind wir hier. Ist schon okay.«

Die Kellnerin kam. Perumal bestellte eine Vorspeise, ein schweres Hauptgericht und eine Flasche Wein. Sein Gast begnügte sich mit einem Salat und einer Flasche Mineralwasser.

Perumal versuchte es mit etwas Small Talk. »Meinst du, die implizite Volatilität wird so hoch bleiben?«, fragte er.

Vikram runzelte die Stirn. Perumal überlegte, ob es besser gewesen wäre, eine Bemerkung über das Wetter oder über Vikrams Flug zu machen. Dann erwiderte der Gast zu seiner Erleichterung: »Ich denke, bis zum Sommer bleibt sie so. Die Vola des Dollar treibt alles andere an. Aber ich denke, die tatsächliche Vola wird deutlich unter der impliziten liegen.«

Während Perumal die Vorspeise aß, sprachen sie über die Vertracktheit von Optionspreismodellen. Alles lief gut für Perumal.

Dann folgte eine Pause. Und schließlich stellte Vikram die Frage, auf die Perumal gehofft hatte.

»Ich wüsste gern, ob du dir etwas für uns einfallen lassen könntest. Etwas eher Ungewöhnliches.«

»Wir können es versuchen«, sagte Perumal, und sein Puls beschleunigte sich.

»Wir haben die Wechselbeziehung zwischen Ölpreis, Yen, Gold

und Wetter studiert. Wir sind der Meinung, dass man die Kursunterschiede nutzen kann. Aber wir müssen es richtig groß aufziehen, damit es was bringt.«

»An was genau hast du gedacht?«, fragte Perumal und bemühte sich, nicht allzu eifrig zu klingen.

Daraufhin beschrieb Vikram in epischer Breite das wohl komplizierteste Derivategeschäft, von dem Perumal je gehört hatte. Er lauschte aufmerksam und überlegte dabei, wie Bloomfield Weiss die Risiken verteilen konnte. Für die Derivategruppe von Bloomfield Weiss waren komplizierte Deals immer gut. Sie bedeuteten eine Fülle undurchsichtiger Formeln, mit denen man dem Kunden bei einem Geschäft ein paar Millionen Euro abzwacken konnte, ohne dass er es merkte. Vikrams Transaktion bot unzählige Möglichkeiten.

»Und? Könnt ihr so was?«, fragte Vikram schließlich.

»Sicher können wir das. Als du sagtest, es muss groß aufgezogen werden, woran dachtest du da?«

»Etwa eine Milliarde.«

»Dollar?«

»Natürlich.«

Eine Milliarde! Carr-Jones würde begeistert sein. Und er, Perumal, würde den Deal machen. Sie würden die Abteilung Risiko-Management, bei Bloomfield Weiss zuständig für die Überwachung solcher Geschäfte, überzeugen müssen, noch mehr Risiko im Hinblick auf den Teton Fund einzugehen, aber das konnte Carr-Jones erledigen.

»Die Kapazitäten sind da.«

»Hervorragend«, sagte Vikram und ließ seine Zähne sehen. »Sobald ich zurück in Jackson Hole bin, schicke ich dir ein paar schriftliche Einzelheiten über das Geschäft, das mir vorschwebt.«

»Schön, ich freue mich schon«, sagte Perumal. »Redest du sonst noch mit jemandem darüber?« Seine Frage sollte beiläufig klingen, war aber entscheidend. Es war natürlich einfacher, hohe Provisionen zu fordern, wenn Bloomfield Weiss nicht mit anderen Investmentbanken im Wettbewerb um den Preis stand.

»Ich wüsste nicht, warum«, sagte Vikram. »Ihr habt das mit den IGLOO-Transaktionen hervorragend gemanagt, wir sind überzeugt, dass wir euch vertrauen können.«

»Natürlich«, sagte Perumal.

»Wo wir gerade von den IGLOO-Scheinen sprechen: Die müssen wirklich schwer zu valuieren sein. Wo doch die Rückzahlung an eine Währung gebunden ist, die es noch gar nicht gibt.«

»Eigentlich nicht«, sagte Perumal. »Es ist zwar schwer, das Modell in die Verwaltungssysteme zu integrieren, aber für uns haben wir ein Modell entwickelt, mit dem wir gut klarkommen.«

»Sie müssen nächste Woche neu valuiert werden, oder?«

»Ja. Im Moment seid ihr leicht im Verlust.«

»Ja?«

»O ja. Du hast doch gesehen, wie stark der italienische Rentenmarkt angezogen hat. Auch wenn es völlig unlogisch ist. Aber ich bin überzeugt, dass der Deal für euch letztlich gut ausgeht.«

Vikram stocherte in seinem Salat herum. »Hm. Stimmt. Wir sehen dieses Geschäft aufs ganze Jahr hin. Wir finden es schade, dass es monatlich neu valuiert wird.«

»Das müssen wir leider«, sagte Perumal und stopfte vergnügt große Fleischstücke in sich hinein. »Aber unser Risiko-Management wird höchstens verlangen, dass ihr Deckung nachschießt. Wenn es nach denen ginge, würden die Scheine täglich neu bewertet, aber dafür sind die IGLOOs zu exotisch.«

»Hm.« Vikram kaute an einem Salatblatt. »Ich glaube, uns wäre am liebsten, wenn sie überhaupt nicht neu valuiert würden.«

Perumal legte die Gabel auf den Teller. »Das tut mir Leid. Aber das muss ich tun.«

»Verstehe. Aber könntest du sie nicht al pari oder zu 99 ½ oder so bewerten?«

»Aber unser Modell …«

»Euer Modell sagt das, was ihr ihm vorgebt.«

Perumal nahm die Gabel wieder auf. Jetzt verstand er, was Vikram meinte. Er wollte, dass Perumal falsche Zahlen in das hauseigene System eingab, lediglich drei oder vier Ziffern falsch eintippte. Aber die Konsequenzen konnten weitreichend sein. Der Teton Fund würde keinen Verlust aufweisen und an Bloomfield Weiss kein Geld zum Ausgleich der Verluste nachschießen müssen. Wenn es niemand merkte, war alles gut. Aber wenn es jemals herauskam …

Es hatten schon Menschen ihren Arbeitsplatz verloren und waren mit Schimpf und Schande aus der City gejagt worden, nur weil sie Derivate falsch valuiert hatten.

»Ich glaube nicht, dass ich das tun kann, Vikram«, sagte Perumal. »Wir haben strenge interne Kontrollen.«

»Ach«, sagte Vikram, und all seine Freundlichkeit war plötzlich verflogen. »Ich dachte, dass du solche Formalitäten …«, er zögerte, »… umgehen könntest. Ist doch schließlich nur eine Valuierung. Wenn die Scheine reif sind, wissen wir, ob wir Geld gewonnen oder verloren haben. Und wenn wir verloren haben, schießen wir auch nach.«

»Tut mir Leid«, sagte Perumal.

»Mir auch.« Vikram erhob sich. Die Serviette blieb auf dem Tisch liegen. »Und ich dachte, Bloomfield Weiss wäre an uns interessiert.«

»Rufst du mich an wegen des Yen-Öl-Gold-Geschäfts?«, fragte Perumal.

Vikram hielt die Frage für keiner Antwort würdig. Er schickte sich an, das Restaurant zu verlassen, zögerte aber noch einmal kurz. »Wenn dir doch noch einfallen sollte, wie du mir helfen kannst, ruf mich im Hotel an. Ich bin im *Strand Palace.*«

»Mache ich«, sagte Perumal. Er sah zu, wie sein bester Kunde das Restaurant verließ. Da hockte er nun mit seinem halb verzehrten Essen, einer Dreiviertelflasche Wein und der Rechnung. Er setzte sich wieder und goss das Glas randvoll.

Was nun? Er konnte auf keinen Fall tun, was Vikram verlangte. Oder doch?

Vielleicht besprach er es mit seinem Chef. Dafür waren Vorgesetzte schließlich da. Doch nachdem Perumal eine Zeit lang darüber nachgedacht hatte, wusste er, dass es eine sehr schlechte Idee war. Carr-Jones mit einzubeziehen würde das Risiko beträchtlich steigern. Dann wäre es kein einfacher Tippfehler mehr, sondern ein ausgewachsenes Verbrechen. Nicht mal Carr-Jones wäre mit so etwas einverstanden. Was noch schlimmer war: Carr-Jones würde erfahren, dass Perumal auf ein milliardenschweres Dollargeschäft verzichtet hatte. An einem solchen Deal konnte die Derivateabteilung locker zehn Millionen verdienen.

Wenn es bloß irgendeine Möglichkeit gäbe, das Geschäft durchzuziehen. Dann würde der Teton Fund der einträglichste Kunde der Derivategruppe werden, wahrscheinlich in der gesamten Londoner Filiale. Es gab zwar keine Möglichkeit, Carr-Jones aus der Sache rauszuhalten, dennoch würde Perumal einen dicken Brocken vom Gewinn abbekommen. Und Bloomfield Weiss wusste, wie man Umsatzriesen zu behandeln hatte.

Perumal konnte immer noch nicht glauben, dass er bei Bloomfield Weiss gelandet war. Seine Familie, besonders seine Mutter, war unglaublich stolz auf ihn gewesen, als man ihm vor ein paar Jahren diese Stelle angeboten hatte. Nicht mal sie hatte erwartet, dass er so schnell aufsteigen würde. Ihr älterer Bruder, Onkel Achappan, war nach zehn Jahren in Saudi-Arabien als reicher Mann zurückgekehrt. Er hatte ein großes Haus mit Swimmingpool und mehreren Großbildfernsehern gekauft. Mit den Bonuszahlungen von Bloomfield Weiss könnte Perumal seinen Onkel bald in den Schatten stellen. Ja, er wollte seiner Familie einen Teil des Geldes schicken. Hunderttausend Dollar hielten in Kerala sehr, sehr lange.

Was würde ihm seine Mutter raten? Sie war eine aufrichtige Frau, die ihn zur Ehrlichkeit erzogen hatte, aber sie würde bestimmt einen Ausweg wissen. Sein Vater vielleicht nicht; seine Mutter wies gern darauf hin, dass ihrem Mann, einem Beamten im Erziehungsministerium, der nötige Grips fehle, um das große Geld zu verdienen.

War das, was Vikram verlangte, durchführbar? Durchaus. Alle möglichen Systeme mussten umgangen werden, Kollegen aus der Kreditabteilung wollten beschwichtigt, das Risiko-Management musste hinters Licht geführt werden. Aber Perumal konnte das. Es war schon fast unmöglich gewesen, das IGLOO-System zu programmieren, die Valuierung würde Perumal selbst vornehmen müssen. Wenn das Risiko-Management ihn um Hilfe bat, würde er irgendetwas Wissenschaftliches vorschieben. Würde behaupten, er hätte ein Jump-Diffusion-Modell entwickelt. Das müsste reichen. Perumal wirkte ehrlich. Man würde ihm glauben.

Der Einzige, der ihn durchschauen könnte, war Justin Carr-Jones. Er hatte ein Auge für so etwas und spürte, wer in seiner Gruppe große Risiken einging. Das war ein Problem.

Dann lächelte Perumal. Nein, es war kein Problem, es war die Lösung. Carr-Jones konnte zwar nicht einen seiner Trader dabei unterstützen, wie der das System manipulierte. Aber er konnte wegsehen. Für die Provision aus einem großen Elefanten-Deal würde er beide Augen zudrücken.

Perumal griff zu seinem Handy und fragte die Auskunft nach der Nummer des *Strand Palace.*

10

Zu Linda Stubbes' großem Entsetzen war Calder entschlossen, seine Aussage nicht bei den firmeneigenen Anwälten von Bloomfield Weiss, sondern bei Jens Rechtsanwältin zu hinterlegen. Stephanie Ward war eine große, schlanke Frau, die ihr Büro in der Nähe des Tower hatte. Sie war ausgesprochen penibel; es dauerte volle zwei Stunden, bis sie sich auf eine Aussage geeinigt hatten. Calder wollte hundertprozentig sichergehen, dass seine Version der Ereignisse in keiner Weise verzerrt wurde.

Bei Bloomfield Weiss wurde das Thema Jen gemieden – gefährliches Terrain. Im falschen Moment das Falsche zu sagen, damit konnte man sich den größten Ärger einhandeln. Einfach den Mund halten, schien die Devise zu sein.

Calder versuchte mehrmals, Jen zu erreichen. Er wollte nicht, dass sie glaubte, er sei wie alle anderen und melde sich nicht. Aber sie hatte immer den Anrufbeantworter eingeschaltet, und obwohl er mehrmals Nachrichten hinterließ, rief Jen nie zurück.

Er bekam einen anderen Anruf: von Tessa Trew, der einzig noch verbliebenen Frau in Carr-Jones' Derivategruppe.

»Ich muss mit dir sprechen«, flüsterte sie und tat sehr geheimnisvoll.

Calder sah zu ihr hinüber, keine zehn Meter entfernt. Sie schaute in die andere Richtung, zum Fenster auf der anderen Seite des Büros.

»Weshalb?«

»Kann ich jetzt nicht sagen.«

»Gut. Wo wollen wir uns treffen?«

»Nicht hier. Wie wäre es mit dem *Midas Touch* in Soho? Heute Abend um neun?«

»Okay, bis dann.«

Im *Midas Touch* am Golden Square trafen sich die Kreativen von Soho. Um neun Uhr war es rappelvoll. Calder erblickte Tessa sofort in einer Ecke. Sie rauchte eine Zigarette und trank etwas, das wie Bailey's aussah.

»Möchtest du noch einen?«, fragte Calder.

Sie lächelte ihn mit großen roten Lippen an. »Gern«, sagte sie. Tessa war eine stattliche Frau, blond und vollbusig, allerdings ohne Kinn. Sie war nicht attraktiv, nicht einmal sexy, sondern wirkte eher wie eine dralle Kellnerin. Man hatte den Eindruck, man könne eventuell im Hinterzimmer ein bisschen mit ihr fummeln.

Sie und Carr-Jones waren ein sonderbares Team. Tessa hatte in Tokio für ihn gearbeitet, wo sie erfolgreich gewesen waren. Matt behauptete, er habe sie flüchtig gekannt, als sie in Oxford studierte; damals sei sie eine übergewichtige Mathematikerin aus Somerville mit mausgrauem Haar gewesen. Er hatte sie nicht wiedererkannt, als sie nach London zurückversetzt wurde. Calder nahm an, dass die veränderte Tessa Carr-Jones' Vorstellungen von einer Frau im Finanzsektor entsprach. Bei einer bestimmten Sorte Mann konnte sie mit ihren plumpen Reizen und ihrer Schläue Geschäfte machen. Calder hatte keine Ahnung, ob sie tatsächlich mit ihren Kunden schlief, nahm aber an, dass die Illusion das Entscheidende war.

Mit einem Bailey's für sie und einem Bier für sich kehrte er an den Tisch zurück. »Danke, dass du gekommen bist«, sagte sie.

»Bist du schon lange da?«, fragte Calder.

»War eine harte Woche«, sagte Tessa und warf das blonde Haar nach hinten. »Du verstehst?«

Calder trank einen Schluck Bier. »Ja.«

Unsicher grinste sie ihn an. »Du bist süß, weißt du. Ich kann verstehen, dass Jen dich mag.«

»Tut sie doch gar nicht«, entgegnete Calder.

»Oh doch, ganz bestimmt«, widersprach Tessa mit einem schiefen Grinsen. »Ich hab gesehen, wie sie dich anguckt. Frauen merken so was.« Tessa legte ihre Hand auf Calders und beugte sich vor. Er konnte ihr tief in den Ausschnitt sehen.

Calder zog seine Hand zurück. Tessa zuckte mit den Achseln und leerte ihr Glas. »Würdest du mir noch einen holen?«

»Sicher?«, gab Calder zurück.

»Ach, bitte. Ich muss dir etwas sagen. Etwas, was du wissen musst. Aber ich gehe ein Risiko ein. Justin will nicht, dass ich mit dir spreche. Du weißt, dass es nicht gut ist, sich mit ihm anzulegen. Hol mir doch bitte noch was zu trinken.«

Calder zuckte mit den Schultern und ging zur Theke. Er war gespannt, was sie ihm zu erzählen hatte.

Tessa trank einen Schluck. »Ich will mit dir über Jen reden. Und über Justin. Sie haben sich nie sehr gut verstanden, weißt du.«

»Weiß ich«, sagte Calder frustriert.

Tessa schüttelte den Kopf. »Nein, nein, nein. Die beiden mochten sich nicht.«

»Hi, Tessa!«

Erschrocken schaute Tessa auf. Calder drehte sich um und sah zwei jüngere Trader aus der Derivategruppe an der Theke stehen.

»Scheiße«, zischte Tessa Calder zu. »Was haben die denn hier verloren? Wir müssen abhauen.«

»Zu spät«, sagte Calder. »Komm, seien wir höflich.«

»Nein!« Schwankend richtete Tessa sich auf und steuerte auf den Ausgang zu. Sie nahm nicht den direkten Weg, sondern stieß torkelnd mit mehreren Gästen zusammen. Belustigt beobachteten die Kollegen sie. Calder folgte ihr und grinste den beiden Männern freundlich zu.

Tessa stolperte auf den Bürgersteig. »Schon besser«, sagte sie. »Los, suchen wir uns einen anderen Laden.«

Calder war unschlüssig. Er hätte gern gewusst, was Tessa ihm zu berichten hatte, aber sie war kaum noch in der Lage, sich auf den Beinen zu halten.

»Hey, da ist ein Pub«, sagte sie und zeigte in eine Seitenstraße. Sie trat auf die Straße und fiel hin. »Oh, Scheiße«, murmelte sie. Calder half ihr auf die Beine.

»Wäre es nicht besser, wenn du nach Hause gehst?«, fragte Calder.

»Ja«, sagte sie. »Kaffee. Wir trinken einen Kaffee bei mir.«

»Ich glaube, du gehst besser allein nach Hause.«

»Nein, nein«, erwiderte Tessa. »Du sollst mitkommen. Ich muss mit dir sprechen.«

»Nein, besser nicht. Ich hole dir ein Taxi.«

Tessa lachte. »Hast du Angst, dass ich mich auf dich stürze?«

»Nein«, sagte Calder.

»Hast du doch!« Tessa schien sich zusammenzureißen. »Keine Sorge, ich bin völlig harmlos. Klar, ich bin ein bisschen beschwipst, aber ich muss dir unbedingt erklären, was los ist. Komm mit zu mir, trink einen Kaffee dann kannst du ja wieder gehen.«

»Na gut«, seufzte Calder.

Er winkte ein Taxi heran und nannte dem Fahrer die Adresse in Pimlico, die Tessa ihm zuvor gegeben hatte. Der Fahrer zögerte und warf Tessa einen zweifelnden Blick zu, ließ sie dann aber doch einsteigen.

Während der Fahrt sprachen sie nicht miteinander. Tessa sah aus, als würde sie sich jeden Moment übergeben. Aber sie schafften es ohne Zwischenfall zu ihrer Wohnung, und Calder half ihr mit den Schlüsseln und der Treppe.

Im Wohnzimmer ließ sie sich aufs Sofa fallen. »Kannst du Kaffee machen?«, lallte sie und wies in Richtung Küche. »Schwarz, ohne Zucker.«

Calder tat, wie ihm geheißen. Irgendwann fand er zwischen den schmutzigen Tellern und Tassen neben der Spüle eine Dose mit löslichem Kaffee. Als der Wasserkessel kochte, erklang Musik aus dem Wohnzimmer. Travis, dachte er. Es war ein Fehler gewesen, Tessa zu begleiten. Calder glaubte nicht, dass sie noch in der Lage war, sinnvolle Sätze von sich zu geben. Er wunderte sich über ihre Verfassung. Er hatte sie immer für eine lebenslustige Frau gehalten, die hin und wieder mal einen über den Durst trank, nicht für eine Alkoholikerin. Er fragte sich, wie oft sie wohl völlig abgefüllt nach Hause kam.

Mit den zwei Tassen ging er zurück ins Wohnzimmer. In der Tür blieb er stehen. Der heiße Kaffee schwappte ihm über die Hände.

Tessa lag fast nackt auf dem Sofa, lediglich mit einem String bekleidet. Ihre breiten, blassen Brüste ruhten auf ihrem Bauch. Die Kleidung war im Zimmer verstreut. Sie hatte die Augen geschlossen und atmete mit einem sanften, rhythmischen Pfeifen.

Calder fluchte vor sich hin und stellte die Tassen ab. Er suchte ihr Schlafzimmer, riss die Decke vom Bett und legte sie schnell über die nackte Tessa. Sie räkelte sich und zog die Decke bis unters Kinn.

Als Calder die Tür hinter sich geschlossen hatte, blieb Tessa noch eine volle Minute liegen. Dann setzte sie sich auf und legte den Kopf in die Hände. Sie war wirklich betrunken, aber sie wusste genau, was sie tat. Sie hatte es die ganze Zeit gewusst. Mit der Bettdecke um den Körper stolperte sie zum Telefon und wählte eine Nummer.

»Justin? Er ist gerade gegangen. Es hat alles geklappt.«

11

Am nächsten Morgen war Tessa nicht an ihrem Platz. Calder wunderte sich nicht: Sie hatte bestimmt einen gewaltigen Kater und deshalb freigenommen.

Nils, Matt und er hatten viel zu tun. Nils Gunnarsons Spezialgebiet war der Handel mit europäischen Unternehmensanleihen. Darin war er ziemlich gut, aber wie viele Angestellte von Bloomfield Weiss hatte er eine übersteigerte Meinung von seinen Fähigkeiten. Er war Ende zwanzig und hatte kurzes blondes Haar, ein Doppelkinn und einen dicken Bauch von der typischen Bankerkost – Bier und Essen vom Lieferservice. Sein Akzent war eine seltsame Mischung aus gutturalem Dänisch und Broker-Cockney. Er war ein leidenschaftlicher Spieler, der mit Vorliebe auf Fußball wettete. In flauen Geschäftszeiten diskutierte er mit Matt komplizierte Strategien von Spread-Betting, Wetten auf den Verlauf von Aktienkursen.

Es gab Gerüchte auf dem Markt, der Finanzdirektor von United European Energy wolle abtreten. Der Aktienkurs, der bei ungefähr 90 lag, begann zu rutschen. Nils sprach mit dem für die Branche zuständigen Analysten über die Aktien von UEE. Vielleicht ergab sich eine Möglichkeit.

Calder diskutierte gerade mit Nils darüber, als er an der plötzlichen Anspannung seines Kollegen merkte, dass jemand hinter ihm stand. Er drehte sich um. Es war Carr-Jones.

»Hast du kurz Zeit, Zero?«

»Ja. Worum geht's? Willst du dich jetzt doch entschuldigen?«

»Ich habe gerade mit Tessa gesprochen.«

»Und, hat sie einen dicken Schädel?«

»Allerdings.« Carr-Jones warf Nils, der aufmerksam lauschte, einen kurzen Blick zu. »Sie hat mir etwas erzählt über gestern

Abend, was ich sehr beunruhigend finde. Es macht sie ziemlich fertig.«

»Wenn sich deine Leute mitten in der Woche die Kante geben, dann würde ich sagen, ist das euer Problem.«

»Ich glaube, das Problem liegt eher bei dir, Zero.«

»Wieso das?«

»Sie will sich nicht offiziell beschweren. Jedenfalls noch nicht. Sie will noch mal drüber nachdenken.«

»Über was will sie sich beschweren?«

Carr-Jones hob die Augenbrauen.

»Das ist doch vollkommen lächerlich!«, rief Calder. »Ich habe sie nach Hause gebracht. Als ich Kaffee gekocht habe, ist sie eingeschlafen. Ich hab sie zugedeckt und bin gegangen.«

Carr-Jones saß auf Jens Stuhl und senkte die Stimme, damit Nils nichts verstehen konnte. »Sie sagt, als sie aufwachte, hätte sie nichts mehr angehabt.«

»Soll das eine Falle sein?«, sagte Calder. »Denn wenn ja, wird es nicht funktionieren. Ich habe Tessa nichts getan, und das weiß sie ganz genau.«

»John und Derek haben euch gesehen. Sie sagen, Tessa wäre betrunken gewesen und ihr hättet euch zusammen ein Taxi genommen.«

»Wie gesagt, sie war voll wie eine Haubitze. Ich habe sie nach Hause gebracht.«

»Wie edel von dir«, sagte Carr-Jones. »Ich weiß, dass Tessa eine attraktive Frau ist, und sie ist bekannt für ihre … nennen wir es mal Offenheit, aber ich glaube, da hast du etwas falsch verstanden.«

»Ich bitte dich, Justin. Ich verspüre nicht die geringste Lust, in den Genuss von Tessas Offenheit zu kommen, das kannst du mir glauben.«

»Sie weiß nicht, was sie tun soll. Sie hat mich um Rat gefragt. Ich habe gesagt, sie soll sich ein paar Tage freinehmen und es sich gut überlegen. Sie ist vernünftig genug, um zu wissen, dass eine offizielle Beschwerde sowohl dir als auch ihr große Schwierigkeiten machen kann. Andererseits ist sie psychisch völlig im Eimer. Sie fühlt sich erniedrigt.«

Calder sah Carr-Jones in die Augen. »Wenn ich in Jens Prozess als Zeuge auftrete, dann werde ich die Wahrheit sagen. Mir ist egal, was für lächerliche Behauptungen Tessa sich ausdenkt.«

Carr-Jones stand auf. »Denk drüber nach, Zero. Denk einfach drüber nach.«

Wütend schaute Calder Carr-Jones hinterher.

»Was war das denn?«, fragte Nils scheinbar beiläufig.

»Das willst du nicht wissen«, sagte Calder. »Glaub es mir.«

»Vielleicht solltest du doch auf ihn hören.«

Calder und Jen saßen in einer schicken Bar in Chelsea, nicht weit entfernt von Jens Wohnung. Calder hatte auf ein Treffen bestanden. Er wollte ihr erzählen, was während ihrer Abwesenheit bei Bloomfield Weiss geschehen war, und ihr zeigen, dass er auf ihrer Seite stand.

»Was meinst du damit?«, fragte er.

»Versteh mich nicht falsch«, sagte Jen. »Ich finde es toll, was du machst.« Sie schenkte ihm ein schwaches Lächeln, das erste Zeichen von Zuneigung, seit sie sich vor zehn Minuten hier getroffen hatten. Calder war erschrocken, als er sah, wie deprimiert Jen war. Es war kein Leben in ihr, kein Funkeln der Wut oder der Freude. Ihre Mundwinkel zeigten nach unten, ihre sonst so strahlenden Augen waren matt. Das schwarze Haar wirkte strähnig und glanzlos. Obwohl sie nicht mehr zur Arbeit ging, trug sie ihren schwarzen Hosenanzug, aber sie trat nicht mehr selbstsicher auf. »Carr-Jones wird dich fertig machen, genau wie mich.«

»Ich denke, ich komme klar«, sagte Calder. »Ich meine, Tessa kann nichts beweisen, denn es ist ja nichts passiert. Außerdem mache ich Umsatz. So was vergisst man bei Bloomfield Weiss nicht.«

»Habe ich etwa kein Geld reingebracht?«, fragte Jen.

Calder zuckte mit den Achseln. »Das kommt noch«, sagte er.

Jen schnaubte verächtlich. »Ich bitte dich! Glaubst du ernsthaft, dass ich in der Branche noch mal ein Bein auf die Erde bekomme?«

»Du bist doch gut.«

»Du brauchst mich nicht aufzumuntern. Du bist nicht mehr mein Chef.«

Calder ließ sich von Jens Verbitterung nicht beeindrucken. Sie hatte guten Grund dazu, aber er wollte sich nicht von ihr die Laune verderben lassen. »Firmenpolitik war für mich schon immer ein Buch mit sieben Siegeln«, sagte er.

»Carr-Jones ist ein Meister auf diesem Feld.«

»Ich weiß. Wenn es bloß eine Möglichkeit gäbe, sich an ihm zu rächen. Wenn man ihn erpressen könnte, so wie er's mit mir versucht.«

»Ihn erpressen?«

»Ja. Darum geht's doch bei der Geschichte mit Tessa.«

Jen schwieg. Sie dachte nach.

»Was ist?«, fragte Calder.

»Nichts.«

»Weißt du etwas, was wir gegen Carr-Jones verwenden könnten?«

Kurz leuchtete etwas in Jens Augen auf. Dann schüttelte sie den Kopf. »Nein, ich wüsste nichts.«

»Los, erzähl!«

»Es gibt nichts zu erzählen.« Trotzig sah Jen ihn an.

Calder trank einen Schluck aus der Bierflasche, Jen von ihrem Wein.

»Wie läuft dein Fall?«, fragte er.

»Gut. Meine Anwältin kennt sich aus. Sie meint, wir hätten gute Chancen, besonders wenn du bei deiner Aussage bleibst. Anscheinend kommen nur sehr wenige Fälle letztlich vors Arbeitsgericht. Es ist teuer, und es kann für beide Parteien schlecht ausgehen. Sie glaubt, dass Bloomfield Weiss mir einen Vergleich vorschlagen wird. Mehrere Hunderttausend. Sie meint, ich soll darauf eingehen.«

»Aber du willst nicht?«

»Nein. Ich will das Arschloch vor Gericht sehen.«

»Ich werde allen, die es wissen wollen, die Wahrheit sagen.«

Jen sah in ihr Glas. »Danke«, flüsterte sie.

»Du siehst nicht gut aus«, bemerkte Calder.

»Mir geht's auch nicht gut.« Sie atmete tief durch. »Ich fühle mich einsam, mir geht's schlecht, ich hasse London, ich hasse Bloomfield Weiss, ich hasse Investmentbanken.«

»Warum fährst du nicht für ein paar Tage weg?«

»Bis zum Prozessende kann ich London nicht verlassen. Außerdem ändert sich nichts, nur weil ich wegfahre.«

»Hast du keinen, mit dem du reden kannst?«

»Nein. Meine Eltern haben nicht mehr mit mir gesprochen, seit ich ihnen erzählt habe, was ich vorhabe. Sie sind der Meinung, ich würde meine teure Ausbildung aufs Spiel setzen. Die haben sie nämlich bezahlt. Ich kenne hier fast niemanden. Nur eine Freundin, mit der ich auf der High School war, aber die arbeitet so viel, dass wir uns so gut wie nie treffen können.«

»Wie heißt sie?«

»Sandy. Sie arbeitet für eine amerikanische Anwaltskanzlei. Ihr Leben ist nicht viel aufregender als meins. Und meins ist entsetzlich langweilig.«

»Du kannst mit mir sprechen, wenn du willst.«

Jen antwortete nicht. Sie sah aus, als wolle sie mit niemandem reden.

»Was hast du vor, wenn alles vorbei ist?«, fragte Calder.

»Weiß nicht«, sagte Jen. »Was soll ich machen? Mich stellt keiner mehr ein, weder hier noch an der Wall Street. Für mich ist Schluss.«

Calder wollte Jen trösten, wusste aber nicht, wie. Sie suhlte sich in ihrem Elend und konnte sich nicht aus eigener Kraft daraus befreien. Calder bezweifelte, dass die Auseinandersetzung mit Carr-Jones ihre Laune heben würde.

»Warum einigst du dich nicht mit Bloomfield Weiss außergerichtlich und gehst mit dem Geld zurück in die Staaten? Da hast du doch Freunde. Du bist eine intelligente Frau. Du findest einen neuen Job, bestimmt etwas viel Besseres als bei Bloomfield Weiss.«

»Du meinst also, ich soll aufgeben?«, fragte Jen leicht empört.

»Ich finde, du solltest London verlassen und von vorn anfangen. Ich bin realistisch.«

»Realistisch! Toll, dein Realitätssinn! Die Realität sieht so aus, dass Carr-Jones mein Leben ruiniert hat. Und dafür wird er büßen.« Sie leerte ihr Glas. »Ich muss los.«

»Jen …«

»Ich hab gesagt, ich muss los.«

Wie erwartet, trat der Finanzdirektor von UEE zurück. Er gab zu, dass es in der Bilanz Unregelmäßigkeiten bei den langfristigen Verträgen gegeben habe. Leider beliefen sie sich auf eine Milliarde Euro, mehr als erwartet. Alle boten ihre UEE-Aktien an, aber es gab keine Käufer. Einige Kunden von Bloomfield Weiss wollten verkaufen, aber der Corporate Desk wurde nichts los. Ob der Proprietary Desk eventuell einspringen könne?

Calder sprach mit Nils. Nils war der Ansicht, UEE würde trotz des gewaltigen Lochs in der Bilanz genug Cash herauspumpen, um im Laufe der nächsten drei Jahre bequem die Schulden zu bedienen.

»Sollen wir kaufen?«, fragte Nils.

»Was meinst du?«

»Wenn wir sie für unter 65 bekommen, machen wir ein richtiges Schnäppchen.« Nils' Augen glänzten.

»Gut. Wir bieten 60 und warten ab, was passiert.« Calder unterstützte gern die Entscheidungen seiner Leute. Das machte sie selbstsicher. Er vertraute ihnen.

»Wie viele kaufen wir?«

Calder barg das Gesicht in den Händen. Er war plötzlich müde. Normalerweise hatte er Spaß daran, seine Meinung zu vertreten und Millionen für Bloomfield Weiss zu riskieren. Normalerweise war er vorsichtig. Er ging nur wohl überlegte Risiken ein.

Calder wusste nicht genau, was bei UEE los war. Es war durchaus möglich, dass der Konzern noch mehr schlechte Verträge für fünf Milliarden hatte. Nils hatte gut recherchiert, aber es gab noch Lücken. Es war klüger, sich vorerst zurückzuhalten: zwei Millionen kaufen und abwarten, was passierte.

Aber Calder war sauer. Carr-Jones, Jen, Linda Stubbes, Tessa, alle trampelten auf ihm herum. Er hatte das Gefühl, sich nicht wehren zu können. Nicky war fort. Seine Gewinn-und-Verlust-Rechnung war bisher miserabel. Er musste etwas tun, damit seine Pechsträhne abriss, er musste ein wenig Schwung in den Laden bringen. Was würde passieren, wenn er ein paar Millionen Verlust machte? Wenn sich das schwarze Loch bei UEE auf eine Milliarde Euro belief und Nils' Analyse zutraf, würden die Aktien in null Komma nichts wieder bei 90 stehen und ein Vermögen bringen. Es war Zeit, ein Risiko einzugehen.

Calder grinste seinen Kollegen an. »Okay, wir stopfen uns die Taschen voll.« Sie kauften 10 Millionen zum Preis von 60. Dann noch einmal 10 Millionen. Dann 25. UEE hatte 100 Millionen Aktien offen. Mittags gehörten Calder und Nils 80 Millionen davon. Der Preis war auf 65 gestiegen, aber außer Bloomfield Weiss kaufte niemand.

Tarek kam herüber. »Was machst du da, Zero?«

»Ich kaufe UEE. 60 ist ein guter Preis.«

»Wirklich?«

»Ja.«

»Du lehnst dich ganz schön weit aus dem Fenster.«

»Das mache ich nicht zum ersten Mal, oder?« Tatsächlich hatte sich Calder schon des Öfteren mit seinem guten Riecher weit vorgewagt. Und viel Geld damit verdient.

Tarek musterte seinen Freund. »Gut. Aber jetzt ist Schluss.«

Sie hörten auf. Nils wirkte sehr nervös. Calder schien unbesorgt. Im Moment war es ihm völlig egal, ob er die ganze Charge verlor. Es wurde weiter verkauft. Der Kurs fiel auf 55. Calder saß bereits auf einem Verlust von knapp 6 Millionen Euro. Er kaufte weitere 20 Millionen.

Wieder tauchte Tarek auf. »Könntest du bitte mal kurz in mein Büro kommen, Zero?«

Calder folgte ihm.

»Was machst du da für eine Scheiße?«, sagte Tarek, als Calder die Tür hinter sich geschlossen hatte. »Ich habe gesagt, es wird nicht mehr gekauft.«

»Ich mache hier gerade ein verdammt gutes Geschäft.«

»Nein, machst du nicht. Du spekulierst ohne Sinn und Verstand.«

»Nils hat recherchiert.«

»Seit wann kaufst du Giftmüll für 100 Millionen Euro, ohne selbst zu recherchieren?«

»Die Sache ist in Ordnung. Ich hab ein gutes Gefühl. Ich stehe hinter Nils. Was ist los? Vertraust du mir nicht mehr? Ich bin schon öfter Risiken eingegangen.«

»Nein, Zero, ich vertraue dir nicht. Heute nicht. Ich habe dir gesagt, du sollst nichts mehr kaufen, und du hast es ignoriert. Wenn es schief geht, sackt der Kurs um 40 Punkte ab. Das sind 40 Millionen Mäuse. Bis morgen Abend bist du auf 50 Millionen runter.«

»Tarek, was soll das? Du bist mir noch nie in den Rücken gefallen.«

»Jetzt schon.« Tarek hielt Calders wütendem Blick stand. Seine freundlichen braunen Augen schauten leicht bekümmert.

Jetzt verstand Calder: Er verlor die Bodenhaftung, und Tarek hatte es gemerkt. Calder atmete tief durch. »Okay«, sagte er.

Tarek musterte ihn lange und gründlich. »Es geht um Jen, nicht wahr?«

»Nein.«

»Du bist sauer über das, was mit ihr passiert ist.«

»Allerdings«, sagte Calder.

»Und das beeinträchtigt dein Urteilsvermögen.«

Calder zuckte mit den Achseln und drehte auf dem Absatz um. An der Tür hielt er inne. »Warum setzt du dich nicht für sie ein? Du weißt, dass sie reingelegt wurde.«

»Wenn ich du wäre, würde ich sie in Ruhe lassen, Zero.«

»Du bist aber nicht ich.«

Tarek schaute noch immer bekümmert. »Du bist ein hervorragender Trader«, sagte er. »Normalerweise. Aber was Taktik angeht, bist du eine Katastrophe. Diese Sache hier geht weit über deinen Horizont hinaus, und ich weiß nicht, ob ich dir noch helfen kann. Glaub mir, Jen ist verloren. Pass auf, dass sie dich nicht mit nach unten zieht. Denn sie geht unter, so viel ist sicher.«

12

Das kleine Mädchen quietschte vor Vergnügen, als Onkel Juri aufstehen wollte. Sie war eine Prinzessin und er ein wilder Drache, der sie vor dem guten, aber äußerst langweiligen Prinzen Wladimir gerettet hatte. Die Kleine fand es herrlich, wenn ihr Großvater die alten Märchen verdrehte.

Mit ihren kleinen Fäusten griff sie in sein kurzes Haar und befahl ihm, sich wieder hinzulegen. Sofort sank Onkel Juri auf die Knie und rollte sich zur Seite. Dabei kitzelte er sie, und sie lachte aus vollem Hals.

»Ruhe da hinten!«, rief es aus der Küche. Es war die Großmutter der Kleinen, Onkel Juris Frau. »Du machst das Kind ganz verrückt.«

Onkel Juri ging auf die Knie und legte den Finger auf die Lippen. Das Mädchen schwieg, aber kaum passte die Kleine nicht auf, kitzelte Onkel Juri sie von neuem.

Er war kein richtiger Onkel. Konnte er gar nicht sein, weil er keine Geschwister hatte, zumindest waren ihm keine bekannt. Onkel Juri war in einem Waisenhaus aufgewachsen. Ungefähr seit seinem dreißigsten Lebensjahr nannte man ihn »Onkel«. Er hatte einen Draht zu Kindern. Sie vertrauten ihm instinktiv und er ihnen. Er strahlte eine Ruhe aus, die Kindern ein Gefühl von Sicherheit gab. Juri war nicht besonders groß, hatte unauffällige Gesichtszüge, noch immer dunkles Haar, das langsam schütter wurde, einen schmalen Schnurrbart und sanfte Augen. Er und seine Frau, mit der er seit dreißig Jahren verheiratet war, lebten in Jalta auf der Halbinsel Krim in einem hübschen, aber nicht protzigen Bungalow hoch oben über dem Schwarzen Meer. Sie hatten drei Enkel. Onkel Juri hoffte, dass seine fünf Kinder ihm noch viele Enkelkinder schenkten.

Seine frühesten Erinnerungen handelten von dem Waisenhaus, einem Höllenloch des Sowjetsystems, das von einem Menschenschinder namens Sergej Tartarow geleitet wurde. Der kleine Juri wusste nicht, wer seine Eltern waren. Solange er denken konnte, waren er und die anderen Kinder im Waisenhaus schikaniert worden. Er hatte eine Überlebensstrategie entwickelt. Er verhielt sich unauffällig und ging Ärger aus dem Weg, kannte aber, wenn notwendig, keinerlei Skrupel. Im November 1964 verließ er als Fünfzehnjähriger das Waisenhaus. Weihnachten war Sergej Tartarow tot. Man fand seine nackte, verstümmelte Leiche in einem nahe gelegenen Wald.

»Juri! Sascha!«, rief die Oma wütend aus der Küche, doch sie wurde vom Klingeln des Telefons unterbrochen. Schwer atmend hob Onkel Juri den Hörer ab.

»Onkel Juri? Hier ist Mischko.«

»Mischko! Wie schön, dass du dich meldest.« Onkel Juri kannte Michail Bodintschuk, seit der mit 16 Jahren den Sommer in der Familiendatscha an der Schwarzmeerküste verbracht hatte. Die beiden hatten Freundschaft geschlossen. Sie hielt nun seit 17 Jahren und war zementiert worden, als Michail mit 23 Jahren den Entschluss fasste, es sei seinen Interessen zuträglich, wenn sich sein wohlhabender Vater, ein ehemaliger KGB-Mann, aus dem Familienunternehmen zurückzog. Hilfe suchend hatte er sich an Onkel Juri gewandt. Mit nur 33 Jahren war Bodintschuk einer der reichsten Männer der Ukraine: Ihm gehörten mehrere Banken und verschiedene privatwirtschaftliche Unternehmen, darunter eine blühende Waffenfabrik. Und er war Onkel Juris bester Auftraggeber. Denn auch Michail kannte keine Skrupel. Inzwischen war Onkel Juri Gewalt nur um der Gewalt willen zuwider, er verabscheute Sadismus.

»Ich habe gerade mit Sascha gespielt«, sagte Onkel Juri, um seine Kurzatmigkeit zu erklären.

»Und wie geht's der kleinen Tatjana?«

»Sie ist ein Engel. Letzte Woche hat sie zum ersten Mal gelächelt.«

»Sie wird bestimmt ein wunderschönes Mädchen, Onkel Juri. Ich freue mich schon, Bilder von ihr zu sehen.«

»Sie wird genauso schön wie ihre Mutter Katja.« Katja war Onkel Juris ältestes Kind, seine Lieblingstochter.

»Es tut mir Leid, dass ich dich von deinen Enkeln trennen muss, aber ich habe einen Auftrag für dich. Es ist kompliziert, aber ich bin mir sicher, dass es dir keine Schwierigkeiten bereitet. Du weißt ja, dass ich nur die wichtigsten Aufträge an dich weiterleite. In diesem Fall müsstest du nach London fliegen …«

Es war ein perfekter Tag zum Fliegen. In der Nacht hatte es gefroren. Calder brauchte eine Weile, ehe er das Eis von den roten Tragflächen seiner Pitts Special, eines Doppeldeckers, gekratzt hatte. Doch jetzt schwebte er 4000 Fuß über der Landschaft von Suffolk und genoss es. Der Himmel war von einem klaren Dunkelblau, er konnte mindestens 50 Kilometer in jede Richtung sehen. London war ein trüber brauner Nebel weit im Süden, im Norden konnte man den Thetford Forest und die großen Luftwaffenstützpunkte der U.S. Air Force, Lakenheath und Mildenhall, erkennen. Im Westen lag Cambridge, an dessen Universität Calder fliegen gelernt hatte. Das Land unter ihm war mit Frost überzogen, Nebel hing in den Tälern. In ein, zwei Stunden würde die Sonne alles aufgeklart haben.

Calder vergewisserte sich, dass er allein in der Luft war. Dann senkte er die Nase der Maschine und steigerte die Geschwindigkeit für das Manöver. Er zog den Steuerknüppel zurück, die Nase hob sich. Calder spürte, wie die Schwerkraft ihn in den Sitz drückte. Das Flugzeug stand senkrecht und verlor an Schub. Als sich die obere Tragfläche in einer Linie mit dem Horizont befand, stieß Calder den Hebel nach rechts vorn. Langsam drehte sich die Erde. Noch ein bisschen rechtes Querruder, und die Pitts lag auf dem Rücken.

Es war noch nicht perfekt, aber es machte Spaß. Jerry, der Calder manchmal Flugstunden gab, wäre beeindruckt. Calder hatte nicht genug Zeit, um regelmäßig Kunstflug zu trainieren, er fühlte sich immer ein wenig unsicher. Er konnte nur am Wochenende fliegen, und auch nur, wenn das Wetter es zuließ.

Seit dem Studium in Cambridge war das Fliegen Calders große Leidenschaft. Er war ein Naturtalent. Voller Begeisterung war er zur Royal Air Force gegangen und hatte dann alles darangesetzt, das Auswahlverfahren zu bestehen, um Jets fliegen zu können. Am RAF-Stützpunkt Valley on Anglesey hatte er in Hawks gesessen, war durch die walisischen Berge geflitzt, hatte sich im Sturzflug auf Staudämme und Brücken fallen lassen und gelernt, mit Höchstgeschwindigkeit zu fliegen und zu kämpfen. Dann war er zum Umschulungsprogramm auf den Tornado GR.1 nach Cottesmore in Rutland versetzt worden. Darauf folgte ein Jahr in Marham, wo er Tornados mit 800 Stundenkilometern nur hundert Meter über dem Boden flog. Doch in jenem Tal in Wales war Schluss gewesen.

Calder ging vom Gas, zog die Nase der Pitts hoch, und als die Tragflächen leicht rüttelten, weil er überzog, drückte er den linken Fuß langsam auf den Boden. Die Nase senkte sich, und die Welt begann sich zu drehen. Kurz darauf war er rund 2000 Fuß weiter unten. Er fing das Flugzeug ab und machte sich im von Stansted überwachten Luftraum auf den Heimweg.

»Okay, jetzt Zero.«

Calder folgte Tarek durch den Handelsraum in dessen Büro. Es war Bonustag, der spannendste Tag des Jahres. Heute war das Leben in der City am weitesten von der Realität entfernt. Auch wenn Calder an diesem Tag immer gute Nachrichten bekommen hatte, fühlte er sich nicht wohl. Für die Trader und Verkäufer der großen Investmentbanken ist der monatliche Gehaltsscheck nur ein Teil ihrer Vergütung; die Bonuszahlungen können ihr Jahresgehalt um ein Vielfaches übertreffen. In den letzten Jahren hatte Calder Hunderttausende Pfund bekommen. Ende der Neunziger, als der Markt boomte, hatten Top-Trader oft Millionen mit nach Hause genommen. Das kam inzwischen seltener vor, und Calder war damals noch nicht lange genug dabei gewesen, um so viel zu verdienen. Obwohl die Mitarbeiter derart große Summen geschenkt bekamen, herrschte traditionell eine unzufriedene Stimmung: Die Kollegen schimpften, jammerten und erklärten voller Trotz, sie würden kündigen und zur Konkurrenz gehen. Als Calder hörte, dass sich ein Mitarbeiter beschwerte, man habe ihn um einen Bonus von einer Viertelmillion Pfund »beschissen«, bekam er ein flaues Gefühl im Magen. Niemand war so viel wert.

In diesem Jahr war er erstmals für sein eigenes Team verantwortlich. Er würde seinen Leuten mitteilen müssen, was sie bekommen würden. Calder wusste, dass Matt sich freuen und Nils sich auf jeden Fall beschweren würde. Er hatte Angst, dass Jen leer ausging. Sie hatte hart für ihn gearbeitet und einen Bonus verdient.

»Setz dich«, sagte Tarek und griff zu seinen Perlen. Er nahm selbst Platz und schaffte es, Calder nicht ein einziges Mal ins Gesicht zu schauen. Ein schlechtes Zeichen. Tarek wusste, dass Calder protestieren würde, wenn Jen schlecht wegkam.

Tarek zog vier weiße Umschläge aus seiner Schublade und reichte einen davon zögernd Calder. Noch immer wich er seinem Blick aus.

Calder öffnete den Umschlag. Seine Augen flogen über den aus einem Absatz bestehenden Text und blieben bei der Zahl in der Mitte hängen.

5000 £.

Fünftausend Pfund! Zuerst begriff Calder es gar nicht. Schnell prüfte er den Namen in der Anrede und überflog den Absatz. Es gab keinen Zweifel: Bloomfield Weiss freute sich, ihm einen Jahresbonus von 5000 Pfund zukommen zu lassen.

Tareks Perlen klackerten laut.

»Was soll das denn?«

Tarek seufzte und sah ihn zum ersten Mal an. »Es tut mir Leid, Zero. Wirklich. Bis gestern hatten wir eine deutlich höhere Summe im Sinn. Aber nach einer langen Debatte haben wir sie gesenkt.«

»Was für eine Debatte?«

Tarek zuckte mit den Schultern.

»Mit Bibby?«

Tarek reagierte nicht, aber sein Schweigen signalisierte Zustimmung.

»Warum?«, fragte Calder. »Im vergangenen Jahr hat der Prop Desk 42 Millionen Dollar Gewinn gemacht, und ich habe fast die ganze Zeit die Verantwortung gehabt. Ich weiß, dass wir dieses Jahr schlecht losgelegt haben, aber das ist doch kein Grund.«

»Es gibt einen anderen Grund«, sagte Tarek. »Und ich denke, du weißt sehr gut, wie er heißt.«

»Jen? Aber wieso kürzt du mir deswegen den Bonus?«

»Man ist der Ansicht, dass Jen mit ihrer Reaktion ein schlechtes Licht auf Bloomfield Weiss wirft und dass du als ihr Vorgesetzter mehr hättest tun müssen, um eine Eskalation zu verhindern.«

»Das ist absoluter Schwachsinn, und das weißt du genau!«

Tarek sah Calder mit schmerzerfülltem Blick an.

»Du willst also, dass ich mich jetzt an meinen Tisch setze und einen Headhunter anrufe, ja? Willst du das?«

»Nein«, sagte Tarek. »Ganz und gar nicht. Du bist ein wertvoller Mitarbeiter, ich will dich auf jeden Fall behalten. Deshalb sind wir bereit, dir für das nächste Jahr einen Bonus von 400 000 Pfund zu garantieren, wenn es weiterhin gut läuft.«

Calder hob die Augenbrauen. »Unter welcher Bedingung?«

Tarek nickte. »Unter der Bedingung, dass das Problem mit Jen zufrieden stellend gelöst wird.«

»Das heißt, wenn ich Jen fallen lasse, bekomme ich 400 000, wenn ich zu ihr halte, 5000?«

Tarek nickte.

»Das ist eine Riesensauerei.«

»Stimmt«, sagte Tarek.

»Und warum machst du dabei mit?«

»Ich war dagegen«, sagte Tarek. »Aber du hast einflussreiche Leute gegen dich: Benton Davis und, noch wichtiger, Simon Bibby in New York.«

»Und Justin Carr-Jones.«

Tarek zuckte mit den Schultern.

»Ich fasse es nicht, wie du zulassen konntest, dass dieses Arschloch dich vorführt.«

Wortlos nestelte Tarek an seinen Perlen herum. Dann schaute er auf. »Genau genommen läuft alles schief. Das mit Jen, das mit dir, dein Bonus. Mit so etwas will ich nichts zu tun haben. Dafür bin ich nicht in diesem Geschäft.«

»Warum machst du dann …«

Tarek hob die Hand. »Hör zu, Zero. Gestern Abend habe ich lange darüber nachgedacht zu kündigen. Nicht nur damit zu drohen, sondern es wirklich zu tun. Am Ende habe ich mich dagegen entschieden. Ich sage dir auch, warum. Solche Sachen passieren nun mal bei Bloomfield Weiss, genau wie in jeder anderen Investmentbank. Je höher man steigt, desto öfter kommt so was vor. Sicher, Menschen wie du und ich können versuchen, dagegen zu kämpfen, wir sollten es auch tun, aber wenn wir es nicht schaffen, sollten wir nicht die Brocken hinwerfen, weglaufen und den Laden Leuten wie Carr-Jones überlassen. Wir sollten versuchen, es beim nächsten Mal besser zu machen. Ich will, dass du bleibst, ich brauche dich. Die Sache wird sich abkühlen, und dann wirst du uns sehr gute Dienste leisten. Wenn dieses Jahr für dich so gut wird, wie ich glaube, hast du Hoffnung auf einen siebenstelligen Bonus. Bleib dran, Zero.«

Calder schüttelte den Kopf. »Was ist mit den anderen?«

Tarek schob Calder die übrigen drei Umschläge zu und reichte ihm ein Blatt Papier, auf dem zwei Namen standen. Nils bekam 200 000, Matt 150 000. Das war in Ordnung, auch wenn Nils sich wahrscheinlich prophylaktisch beschweren würde.

»Und Jen?«, fragte er.

»Was glaubst du?«

Calder blätterte eine Seite seines Buches um und versuchte, sich zu konzentrieren. Es war *Der Erste Weltkrieg* von John Keegan. Militärgeschichte interessierte ihn seit der Universität, und wann immer er ein wenig Zeit hatte, las er etwas darüber. Es kam nicht oft vor. In jedem Krieg mussten große Generäle Entscheidungen treffen: Risiko oder Vorsicht, Opportunismus oder Vorbereitung, Instinkt oder Planung. Das Schicksal belohnte die Mutigen und bestrafte die Tollkühnen. Erst im Nachhinein sah man den Unterschied. Normalerweise las Calder Keegans Ausführungen gern. Er hoffte, die Schrecken von Flandern würden ihn von den nicht ganz so furchtbaren Problemen bei Bloomfield Weiss ablenken, aber er hatte sich geirrt.

Als er Tareks Büro verließ, war sein erster Impuls gewesen, die Brocken hinzuschmeißen oder wenigstens einen der vielen Headhunter anzurufen, die sich regelmäßig bei ihm meldeten. Doch Calder hatte sich zurückgehalten. Seit sieben Jahren war er nun bei Bloomfield Weiss. Meistens gefiel ihm die Arbeit, und er machte sie auch sehr gut. Deshalb hatte er einen kühlen Kopf behalten, Nils und Matt Bericht erstattet, Nils' Beschwerden an sich abperlen lassen und sogar ein steifes, zweiminütiges Telefongespräch mit Jen zustande gebracht. Sie wunderte sich nicht über den fehlenden Bonus. Sie klang niedergeschlagen, was wiederum Calder nicht wunderte. Außerdem hatte er das Gefühl, sie wolle ihn loswerden.

Den ganzen Tag über hatte seine Wut unterschwellig gegärt. Er hatte sich abgelenkt, um nicht daran denken zu müssen. Aber zu Hause musste er sich seinen Gedanken stellen.

Firmenpolitik hatte er schon immer gehasst, sie hatte ihm nie gelegen, und jetzt wurde er über den Tisch gezogen. Die bei Bloomfield Weiss herrschenden Kräfte hatten ihn vor die Wahl gestellt: knapp eine halbe Million Pfund, wenn er tat, was sie verlangten, oder nichts, wenn er sich weigerte. Es war Schweigegeld, schlicht und einfach. Aber Calder hatte keine Lust, es anzunehmen, auch wenn Jens Fall verloren zu sein schien. Er brauchte das Geld nicht. Wie viel Geld *brauchte* man tatsächlich als Single? Er besaß bereits eine hübsche Wohnung, deren Hypothek so gut wie abbezahlt war, dazu einen herrlichen Wagen und die Pitts Special, mit der er an sonnigen Wochenenden herumgondeln konnte. Fast die Hälfte seiner Bonuszahlungen ging an die Steuer, den Rest sparte er. Er brauchte die 400 000 nicht.

Mehr Sorgen machte er sich um seinen Job. Er liebte das Spekulieren. Bei seinem Ausscheiden aus der RAF hatte er Angst gehabt, jahrelang gelangweilt an irgendeinem Schreibtisch sitzen zu müssen, doch dann hatte er gemerkt, dass er die Arbeit bei Bloomfield Weiss fast ebenso aufregend fand. Er genoss das Gefühl, eine riesige Position zu verwalten, die Märkte gegen sich arbeiten und dann in seine Richtung schwenken zu sehen. Wenn das Adrenalin durch seine Adern rauschte, wenn er sich konzentrierte und sein Kopf rasend schnell Möglichkeiten durchspielte, wenn sein Mund trocken wurde, weil so viel schief gehen konnte, dann fühlte er sich lebendig. Wenn er Millionen aufs Spiel setzte, spürte er fast dasselbe Hochgefühl wie im Jet, wenn er mit 800 Stundenkilometern durch die Luft raste. Fast.

Alle Trader waren auf die Bonuszahlungen fixiert. Es war ihr Ausweis, die Messlatte für ihren beruflichen Erfolg. Die meisten Trader in seiner Position hätten aus verletzter Eitelkeit gekündigt. Er nicht. Damit hätte er seine Niederlage eingestanden und zugegeben, dass es Carr-Jones gelungen war, ihn zu überlisten. Tarek hatte ihn nicht angelogen, als er ihm eine siebenstellige Summe in Aussicht stellte. Calder wollte bleiben, sich für Jen einsetzen, den firmenpolitischen Beschuss überstehen und am Ende siegreich daraus hervorgehen.

Er überlegte, was sein Vater sagen würde. Oder Nicky. Ach, Nicky.

O Gott, wie sie ihm fehlte. Sie hatte ihn verstanden, und obwohl ihr das, was sie sah, nicht immer gefiel – seine Begeisterung, Millionen auf eine Laune der Märkte zu setzen –, hatte sie immer zu ihm gehalten. Bis vor zwei Monaten.

Er wollte mit ihr über alles sprechen. Er vertraute ihrem Instinkt, auch wenn er sich von seinem unterschied. Sie wäre in der Lage, dem Ganzen eine Perspektive zu geben. Zusammen mit Nicky würde er alle Stolpersteine überwinden, die Carr-Jones ihm in den Weg legte.

Calder sah zum Telefon hinüber. Sollte er sie anrufen? Eine auch noch so höfliche Abfuhr würde ihn mit Sicherheit noch weiter runterziehen.

Er musste es versuchen. Er wählte ihre Nummer. Das Telefon klingelte. Viermal, fünfmal, sechsmal. Der Anrufbeantworter meldete sich. Calder schwankte. Sollte er etwas sagen? Nur was?

Dann hörte er eine Stimme. Er kannte sie nicht, es war eine tiefe, selbstsichere, glückliche Männerstimme. »Im Moment können wir leider nicht ans Telefon gehen. Aber wenn Sie eine Nachricht für Gavin oder Nicky hinterlassen möchten, so tun Sie das nach dem Pfeifton.«

Gavin? Wer zum Teufel war Gavin?

Calder warf das Telefon gegen die Wand.

13

In der U-Bahn machte Calder es sich auf seinem Platz bequem und schlug die *Financial Times* auf. Er nahm immer den Zug, auch wenn viele Kollegen lieber das Geld für ein Taxi ausgaben oder mit dem eigenen Wagen fuhren. Da er früh zur Arbeit ging, bekam er immer einen Sitzplatz, selbst in der berüchtigten Northern Line.

Er entdeckte einen Artikel über Italien. Offenbar forderte die italienische Presse den Kopf von Jean-Luc Martel, dem Hedgefonds-Manager, der das Währungssystem ihres Landes zerstörte. Nicht gerade stichhaltig argumentierten die Zeitungen, er trage die Schuld an der wirtschaftlichen Lähmung, die sich über ihr Land gelegt habe. Das Finanzministerium bekräftigte seine Entschlossenheit, Martel loszuwerden, es forderte einheimische Banken auf, den staatlichen Rentenmarkt zu stützen. Guido Gallotti ging noch einen Schritt weiter und sagte, solchen Spekulanten sei nur beizukommen, wenn Italien aus dem Euro aussteige. Offenbar gewann seine Stimme an Gewicht. In den Meinungsumfragen zog die DNP stark an, bis zur Wahl war es nur noch eine Woche.

Neugierig las Calder den Artikel. Er war froh, dass er beschlossen hatte, die Finger von Italien zu lassen, bis sich dort alles beruhigt hatte. Es war nicht vorherzusagen, wie sich die Situation entwickeln würde.

Der Zug ruckelte nach Camden Town hinein. Calder schlug den Finanzteil auf. Die erste Seite weckte seine Aufmerksamkeit. Es gab Gerüchte, die versteckten Verluste bei den Langzeitverträgen von UEE seien womöglich noch höher als bisher vermutet. Die Rating-Agenturen erwogen, die Schulden auf Junk-Status hinunterzustufen. Calder las den Bericht auf der Suche nach neuen Informationen, fand aber keine. Es war ohnehin egal, dachte er verbittert.

Die UEE-Aktien würden weiter verhökert werden. Er war Tarek dankbar, dass er ihn gezwungen hatte, die Hälfte seiner Position zu verkaufen. Calder war sie mit nur geringem Verlust losgeworden.

Nils wartete auf ihn. Angst stand ihm ins feiste Gesicht geschrieben. Einen so großen Verlust hatte er bisher noch nicht erlebt. »Was hältst du davon, Zero?«

»Ich denke, wir sitzen in der Tinte. Gibt es schon Angebote von den Brokern?«

»Es liegt ein Angebot für 48 vor. Aber nur für eine Million Euro.«

»Was sollen wir tun?«, fragte Calder.

»Ich finde, wir bleiben dran«, sagte Nils. »Selbst wenn es noch größere Verluste gibt, wirft UEE so viel Cash ab, dass wir mit Sicherheit al pari rauskommen.«

»Sicher?«

Nils warf einen Blick auf seine Berechnungen. »Ja.«

Calder schloss die Augen. Klar, Nils konnte Recht haben. Und wenn, dann würden sie einen hübschen Gewinn mit den 50 Millionen Aktien machen, die sie zu Preisen um die 60 gekauft hatten. Aber das konnte Jahre dauern, und bis dahin würden sie sich einiges anhören dürfen. Vielleicht irrten sie sich auch. Seit bei der Enron-Katastrophe vor einigen Jahren herausgekommen war, dass eine der größten Energiegesellschaften Amerikas in Wirklichkeit nur aus fiktiven Verträgen und einem Berg Schulden bestand, war das Risiko versteckter Verluste deutlich geworden. UEE war nicht Enron, aber trotzdem …

Es war ein schlechter Deal. Ein wirklich mieses Geschäft. Calder hatte schon öfter Verlust gemacht, sehr oft. Aber jedes Mal war er das Risiko aus vertretbaren Gründen eingegangen. Jeder machte mal etwas falsch. Man steckte den Verlust weg und versuchte es erneut.

Aber das hier war anders. Es war dumm. Hirnlos. In der Hoffnung, dass sich alles zum Guten wenden würde, hatte Calder sich die Taschen voll gestopft und dabei vergessen, dass es auch anders ausgehen konnte. Er hatte es verdient, das Geld zu verlieren.

»Zero?«

Er machte die Augen auf. Voller Erwartung schaute Nils ihn an.

»Wir verkaufen.«

»Aber das kostet uns mindestens acht Millionen Euro!«, protestierte Nils. »Und ich bin überzeugt, dass wir es schaffen, wenn wir dranbleiben.«

»Der Deal war Blödsinn, von vorne bis hinten«, sagte Calder. »Und ich will nicht jeden Tag diese Aktien sehen und denken, was für ein Trottel ich war, sie überhaupt zu kaufen. Wir haben uns geirrt. Acht Millionen sind verloren. Wir machen Schluss und fangen noch mal von vorn an.«

»Aber …«

»Wir verkaufen.«

Leicht gesagt. Schwer umzusetzen. Am Ende half einer der erfahrensten Rentenverkäufer von Bloomfield Weiss Calder aus der Patsche, ein gewisser Cash Callaghan. Cash überredete einen seiner Hedgefonds-Kunden, der auf »notleidende« Anleihen spezialisiert war, die 50 Millionen Euro zum Preis von 45 zu kaufen.

Calder ging zu Cash hinüber und bedankte sich. »Du hast mich gerettet«, sagte er. »Das war ein Riesenschlamassel.«

Cash war ein schwergewichtiger Amerikaner, ein Dampfplauderer, dessen Bronx-Akzent auch nach fünfzehn Jahren London kaum abgeschliffen war. Er schüttelte den Kopf. »Wir sind dafür da, euch rauszuholen, wenn ihr in solche Löcher springt.«

Calder hatte keine Lust auf eine neue Runde im ewigen Zwist zwischen Tradern und Verkäufern. Er grinste nur schwach und ging zurück an seinen Tisch.

»He, Zero!«

»Ja?« Calder drehte sich um.

Cash stand auf, kam zu ihm herüber und legte ihm die Hand auf den Arm. »Hab gehört, die Arschlöcher machen dich lang?«

»Könnte man so sagen«, entgegnete Calder vorsichtig.

»Mann, bleib am Ball. Hier gibt's 'ne Menge Leute, die immer Zeit für dich haben. Die dich mögen. Wenn du durchhältst, zahlt es sich aus. Glaub mir, ich hab schon viele Trader kommen und gehen sehen, aber du bist einer der besten.«

Die Worte machten Calder argwöhnisch. Cash Callaghan war nicht für seine Lobeshymnen bekannt, es sei denn, er führte etwas im Schilde. Calder konnte sich nicht vorstellen, was Callaghan von ihm wollte.

Cash bemerkte Calders Verwirrung. »Ich meine es ernst. Wenn du die Brocken hinschmeißen willst, komm vorher zu mir. Ich kenne jede Menge Leute, die einen guten Trader brauchen können.« Er grinste, schlug Calder auf die Schulter und ging zurück an seinen Platz. Calder war perplex.

Dann schüttelte er den Kopf und kehrte an seinen Schreibtisch zurück, um seine Verluste zu errechnen. Sie beliefen sich auf etwas mehr als acht Millionen Euro. Das Jahr hatte schlecht angefangen und wurde noch schlimmer. Erst zwei Monate waren vergangen, und er war schon mit sechs Millionen in den Miesen. Ein unbekanntes Gefühl, ein Druck, den er noch nie gespürt hatte, legte sich auf seine Brust. Calder dachte zwei Jahre zurück, als er in New York gearbeitet und eine große Position Zero-Bonds einer bedeutenden Ölgesellschaft übernommen hatte, die sich mit Rechtsproblemen herumschlug. Zero-Bonds waren Anleihen, für die es keine Zinsen gab, ihr Kurs schwankte extrem. Irgendwann beliefen sich seine unrealisierten Verluste auf 20 Millionen Dollar. Aber er hatte nie daran gezweifelt, dass er richtig lag. Er wusste, was er tat und dass er irgendwann belohnt werden würde. Und so war es gekommen: 30 Millionen Dollar hatten seinen Ruf bei Bloomfield Weiss begründet. Aber jetzt war es anders. Jetzt war er nicht überzeugt.

Blickte er nicht mehr durch? Setzte ihm der Druck der letzten Wochen zu? Konnte er überhaupt noch traden?

»Nicht schlecht, wie du dich da rausgehauen hast, Zero.« Calder schaute hoch. Tarek stand vor seinem Schreibtisch.

»Cash Callaghan hat mich rausgeboxt, Gott sei Dank. Ich schulde ihm was. Ich habe es verbockt.«

»Mach dir keine Sorgen«, sagte Tarek und klopfte ihm auf die

Schulter. »Das ist Schnee von gestern. Mach dir lieber Gedanken über die Geschäfte von morgen.«

Calder grinste dankbar. Doch heute fand er Cashs und Tareks Vertrauen in ihn nicht so tröstlich wie sonst.

Carr-Jones schlenderte vorbei. »Schlechter Tag?«, fragte er, Besorgnis heuchelnd.

»Sehr schlechter Tag.«

»Ich hab heute mit Tessa gesprochen. Sie ist immer noch zu Hause. Es geht ihr nicht gut.«

»Die Arme.«

»Hast du dir überlegt, was du mit Jens Problem machst?«

Calder schaute Carr-Jones wütend an. »Du meinst, jetzt, wo du mich gleichzeitig bestochen und erpresst hast?«

»Ich weiß nicht, wovon du redest«, gab Carr-Jones stirnrunzelnd zurück.

Calder wusste, dass er zu dem gleichen Schluss käme wie Carr-Jones, wenn er Vor- und Nachteile nüchtern abwog – so wie er es beim misslungenen UEE-Geschäft hätte tun sollen. Aber er war nicht in der Stimmung. Er wurde nicht gern bestochen, und er wurde nicht gern erpresst, außerdem konnte er Carr-Jones nicht ausstehen. Die Entscheidung fiel ihm daher ausgesprochen leicht.

»Justin, ich bin der Meinung, dass Jen unmöglich behandelt wurde. Ich werde alles tun, um ihr zu helfen.«

Kurz blitzte in Carr-Jones' beherrschtem Gesicht Wut auf. Sie verriet sich durch angespannte Lippen und rote Flecken auf den Wangen.

Dann bekam er sich wieder in den Griff. »Ein Fehler, Zero. Ein großer Fehler.«

»Wir haben beschlossen, sowohl dich als auch Tessa für die Dauer der Untersuchung von der Arbeit freizustellen.«

Ungläubig starrte Calder Linda Stubbes an, dann die anderen Kollegen in ihrem Büro: Benton Davis, Tarek und Carr-Jones. Benton und Tarek wichen seinem Blick aus, nur Carr-Jones erwiderte ihn mit arrogantem Lächeln.

»Behauptet sie, ich hätte sie vergewaltigt?«, fragte er.

Linda holte tief Luft. »Nein, das nicht. Sie ist reichlich durcheinander. Sie weiß, dass ihr Wort gegen deines stehen würde, und sie schämt sich, so viel getrunken zu haben, deshalb will sie nicht zur Polizei gehen.«

»Sie will nicht zur Polizei gehen, weil ich nichts gemacht habe und sie das ganz genau weiß. Wenn sie ihre Anschuldigung nicht beweisen kann, solltet ihr sie ignorieren.«

»So einfach ist das nicht.«

Calder warf Carr-Jones einen Blick zu, der die Unterhaltung mit demonstrativer Gelassenheit verfolgte. Natürlich war es nicht so einfach. »Warum nicht?«, wollte er wissen.

»Das ist die zweite Beschwerde vor dem Hintergrund sexueller Belästigung, in die du innerhalb eines Monats verwickelt bist«, erklärte Linda. »Das müssen wir ernst nehmen.«

»Moment mal«, widersprach Calder. »Jen hat doch nicht mich beschuldigt, sie belästigt zu haben.«

»Nein. Aber es gab Gerüchte, du hättest eine intime Beziehung zu ihr ...«

»Das ist doch nur eine Ausgeburt von Justins Phantasie!«

»Es gibt noch mehr Leute, die das behaupten.«

»Zum Beispiel?«

»Das darf ich nicht sagen. Sie haben sich vertraulich geäußert.«

»Herrgott noch mal!« Calder sah die versammelten Kollegen an. Tarek betrachtete seine Gebetsperlen. »Du weißt doch genau, was hier läuft, Linda, oder?«

»Wir haben uns entschieden, eine Untersuchung einzuleiten ...«

»Justin versucht mich reinzulegen«, sagte Calder. »Er will, dass ich meine Aussage zurückziehe. Und ihr fallt alle drauf herein.«

»Bitte, Alex, wir wollen jetzt nicht persönlich werden«, sagte Benton Davis mit seiner tiefen Stimme, in die er seine ganze Autorität legte. »Linda macht nur ihre Arbeit.«

»Und wo ist Tessa?«, fuhr Calder fort. »Wieso ist sie nicht hier, um ihre Anschuldigungen vorzubringen? Das letzte Mal musste Jen hier zusammen mit Justin sitzen.«

»Tessa sagt, sie ist immer noch zu fertig, um dich zu sehen«, sagte Linda.

»Und das glaubst du ihr?«

»Ich habe das Gefühl, dir ist nicht bewusst, wie ernst die Lage ist«, warf Benton Davis ein. »Tessa hätte zur Polizei gehen können. Du könntest eine Anklage wegen Vergewaltigung am Hals haben.«

Calder ließ sich auf seinen Stuhl fallen. Carr-Jones hatte nicht lange gebraucht, um seine Drohung in die Tat umzusetzen. Er hatte Calder eine Falle gestellt, und Calder war prompt hineingelaufen. Es ging nicht um eine Anzeige wegen Vergewaltigung – das könnte Tessa niemals beweisen. Nein, es ging darum, ihn vor dem Arbeitsgericht charakterlich völlig unmöglich zu machen. Tessa würde aussagen, er hätte sich ihr aufgedrängt. Die beiden Derivatehändler, die zufällig ebenfalls im *Midas Touch* gewesen waren, würden einen Teil ihrer Geschichte bestätigen. Andere würden den Verdacht äußern, dass er etwas mit Jen gehabt hätte. Carr-Jones würde behaupten, seine Anschuldigungen gegen Calder seien gerechtfertigt. Jens Klage stützte sich auf Calders Glaubwürdigkeit als Zeuge, und diese Glaubwürdigkeit wurde gerade untergraben. Carr-Jones spielte gegen Calder, und Carr-Jones würde gewinnen.

Befangen hustete Beton Davis. »Es ist besser, wenn du jetzt gehst«, sagte er.

»Bin ich gefeuert?«

»Nein«, sagte Linda. »Das habe ich nicht gesagt. Ich werde alles schriftlich festhalten, damit jeder genau weiß, was hier gesagt wurde.«

»Es glaubt doch keiner von euch auch nur ein Wort von dem, was Tessa sagt«, versuchte es Calder erneut. »Tarek, sieh mir ins Gesicht und sag mir, dass du glaubst, ich hätte sie vergewaltigt.«

Zum ersten Mal hob Tarek die Augen. »Nein, ich glaube nicht, dass du sie vergewaltigt hast. Aber das sind ernsthafte Anschuldigungen, und je schneller sie untersucht werden, desto eher bist du aus dem Schneider.«

»Das ist doch nicht euer Ernst. Das ist ein Witz!«

Benton Davis schüttelte den Kopf. »Wir finden das nicht komisch.«

Das Taxi fuhr über die King's Road zu Jens Wohnung. Sie war mit ihrer Freundin Sandy zum Essen in einem kleinen Restaurant in Kensington verabredet gewesen, aber Sandy hatte sie wieder einmal versetzt. Es gab irgendeine Krise in der Kanzlei, für die sie arbeitete. So war es immer. Dennoch übte sich Jen in Nachsicht. Sie wusste, dass es nicht Sandys Schuld war. Ihre unvorhersagbaren Arbeitszeiten machten es Sandy so gut wie unmöglich, sich mit jemandem zu verabreden. Doch wenn sich die beiden trafen, verstanden sie sich prächtig.

Als Jen nach ihrem Portemonnaie griff, um den Fahrer zu bezahlen, überlegte sie erneut, ob sie Calder anrufen solle. Seit dem Abend in der Bar, als sie ihm die kalte Schulter gezeigt hatte, hatte sie ihn nicht mehr gesehen. Langsam tat es ihr Leid. Calder hatte ihr etwas in den Kopf gesetzt, eine Idee, die möglicherweise Früchte tragen konnte. Zum ersten Mal seit Wochen sah die unmittelbare Zukunft besser aus als die unmittelbare Vergangenheit. Und Calder hatte den Kopf für sie hingehalten, hatte sich in einer Firma, in der es offenbar keine normalen Menschen mehr gab, sehr anständig benommen. Außerdem wäre es gut, einen Verbündeten zu haben, dem man vertrauen konnte.

Jen griff nach ihrem Handy und schaltete es ein.

Doch als es eine Funkverbindung suchte, zögerte sie. Sicher, Calder war mutig, er war risikofreudig, aber gleichzeitig war er durch und durch ein Bloomfield-Weiss-Mann. Er war loyal, und das zu einer Zeit, in der Loyalität so selten wie ein Telex war. Noch vor zwei Monaten hatte sie ihn dafür bewundert. Jetzt hielt sie ihn einfach nur für dumm.

Das Taxi stoppte an der Straßenecke, wenige Meter von Jens Haustür entfernt. Sie stieg aus und bezahlte den Fahrer. Als sich der Wagen wieder in Bewegung setzte, bekam sie einen heftigen Schubs von der Seite. Sie verlor das Gleichgewicht und fiel hin. Handy, Tasche und das geöffnete Portemonnaie rutschten ihr aus den Händen, die Münzen flogen in alle Richtungen.

»Oh, Pardon, das tut mir Leid. Wie ungeschickt von mir. Ist alles in Ordnung?« Es war eine weiche, freundliche Männerstimme mit ausländischem Akzent. »Haben Sie sich wehgetan? Warten Sie, ich helfe Ihnen.«

Ein Herr mittleren Alters mit zurückgekämmtem dunklem Haar, einem Schnurrbart und freundlichen braunen Augen ergriff Jens Arm und half ihr auf die Beine.

»Ach, es geht schon, danke«, sagte sie. Angesichts seines zerknirschten Gesichtsausdrucks verflog ihr anfänglicher Impuls, ihn zu beschimpfen.

»Ich wollte den Bus erreichen und habe Sie nicht gesehen«, fuhr der Mann fort. »Ich habe meine Brille im Hotel vergessen. Fehlt Ihnen auch ganz bestimmt nichts?«

Der Fremde wirkte ein wenig zu besorgt. »Nein, es geht mir gut, vielen Dank«, sagte Jen knapp und sammelte Tasche, Portemonnaie und Kleingeld ein.

Der Fremde kniete sich hin, um ihr zu helfen. »Danke«, sagte sie und eilte davon. Verlegen und verwirrt schaute ihr der Fremde nach. Im Hauseingang lief Jen an Mrs. Pinney vorbei, tauschte einen bösen Blick mit ihr und nahm den Aufzug in den fünften Stock. Dort schloss sie die Tür auf, betrat die Wohnung und zog den Mantel aus. Sie starrte auf das Telefon im Wohnzimmer.

Sollte sie Calder anrufen?

Ach, sei's drum. Sie sah auf die Uhr – halb zehn, er musste auf jeden Fall von der Arbeit zurück sein –, suchte seine Nummer heraus und wählte.

Es klingelte, sein Anrufbeantworter sprang an.

»Ähm, Zero, ich bin's, Jen.« Plötzlich bekam sie kalte Füße. Vielleicht war es gut, dass er nicht zu Hause war und sie nicht mit ihm sprechen konnte. »Ähm …« Stille. »Schon gut. Alles in Ordnung. Tschüs.«

Sie legte auf und dachte, wie dumm sich das anhören musste. Egal. Wenn er sich meldete, würde sie nicht drangehen, sondern ebenfalls den Anrufbeantworter eingeschaltet lassen. Schade, dass es noch keine Möglichkeit gab, die bei anderen Leuten hinterlassenen Nachrichten zu löschen.

Ihr Handy! Wo war bloß ihr Handy?

Sie griff nach ihrer Tasche und schaute nach. Da war es nicht. Es musste auf den Bürgersteig gefallen und unter ein Auto gerutscht sein. Oder der Mann, der in sie hineingelaufen war, hatte es mitgenommen. Jetzt, wo sie darüber nachdachte, kam ihr der Zusammenstoß reichlich verdächtig vor. Aber der Mann war so freundlich gewesen, so anständig – einen Straßenräuber oder Taschendieb stellte sie sich anders vor. Wie genau, wusste sie allerdings auch nicht.

Es klopfte an der Tür. Jen zögerte und legte die Kette vor, ehe sie öffnete. Auf der Schwelle stand der Mann. Und er hielt ihr Telefon in der Hand!

Natürlich war er kein Taschendieb! Wie nett von ihm, es ihr zu bringen. Die meisten Leute hätten es einfach eingesteckt oder an Ort und Stelle liegen gelassen.

Jen grinste.

»Es tut mir furchtbar Leid, Madam. Sie haben es unten verloren.«

»Schon gut. Danke, dass Sie es zurückbringen.«

»Kein Problem. Das ist doch das Mindeste.«

Sie stand im Zimmer, er auf dem Flur, dazwischen die Kette. Die Tür ließ sich nur einen Spaltbreit öffnen, er konnte das Handy nicht hindurchreichen. Lächelnd zuckte der Mann mit den Achseln.

»Oh, 'tschuldigung«, sagte Jen, nahm die Kette ab und öffnete die Tür.

Mit einer kleinen Verbeugung überreichte ihr der Mann das Telefon. Jen fand die Geste irgendwie rührend. Als sie das Gerät entgegennahm, sah sie, dass der Fremde schwarze Handschuhe trug. Sie drehte sich um, wollte das Handy auf den kleinen Eichentisch in der Diele legen, auf dem sich ihre Post sammelte, wo ihre Schlüssel und Kleinkram lagen. Aber da war kein Platz. Auf dem Tischchen türmten sich Altpapier, ungeöffnete Rechnungen, eine längst fällige DVD aus der Videothek, ein paar schlaffe Lilien, die ihre gelben Pollen in alle Richtungen verstreuten, eine defekte Glühbirne, die sie herausgedreht hatte, damit sie nicht vergaß, eine neue zu kaufen. Dort stand ein Foto ihrer Eltern. Es war Jens Lieblingsbild von ihnen, aufgenommen an dem Tag, als Jen ihren Collegeabschluss gemacht hatte. Stolz und Liebe strahlten aus den Augen ihrer Eltern.

Hinter Jen fiel die Tür ins Schloss.

14

Das heiße Wasser trommelte auf Calders Schultern. Energisch schrubbte er seinen Körper. Er war wütend. Und je länger der Tag dauerte, desto wütender wurde er. Das Duschen half nicht.

Er konnte nicht glauben, dass Justin Carr-Jones ihn so plump gelinkt hatte und damit auch noch davongekommen war. Calder hatte immer gedacht, dass man bei Bloomfield Weiss anständig behandelt wurde, vorausgesetzt, man machte seine Arbeit ordentlich und brachte Geld rein. So war es immer gewesen. Bis Carr-Jones auf der Bildfläche erschien.

Sicher, vielleicht war Jen überempfindlich, was die Sprüche anging, die sich Frauen – und Männer – regelmäßig anhören mussten, aber im Grunde genommen hatte sie Recht. Sie wollte so nicht behandelt werden, und trotzdem musste sie es ertragen. Empörend, dass sie bestraft worden war, nur weil sie die Wahrheit sagte.

Genauso wenig gefiel Calder, dass die Vorgesetzten bei Bloomfield Weiss Carr-Jones hatten davonkommen lassen beziehungsweise ihn sogar noch ermutigt hatten. Was Simon Bibby betraf, den Leiter der Rentensparte weltweit, wunderte Calder sich nicht, denn Bibby war in der Firma dafür berüchtigt, mit Vorliebe Karrieren zu zerstören. Als Calder noch in New York arbeitete, hatte Bibby einem jungen englischen Kollegen die Verantwortung für einen gewaltigen, 600 Millionen Dollar schweren Verlust angehängt, obwohl eigentlich dessen Chef die Schuld trug. Jetzt ging Bibby ähnlich vor. Der wankelmütige Benton Davis war natürlich einverstanden, Linda Stubbes ebenso. Calder war enttäuscht; er hatte gedacht, sie habe mehr Rückgrat. Am meisten von allen aber enttäuschte ihn Tarek. Bei der gemeinsamen Arbeit am Proprietary Desk hatten sich die beiden angefreundet und eine Vertrauensbasis aufgebaut, die durch die Widrigkeiten des Rentenmarktes gestärkt worden war. Calder wusste, dass Tarek ahnte, was Carr-Jones vorhatte, und trotzdem hatte Tarek keinen Finger gekrümmt, um Jen oder Calder zu helfen. Er hatte zu viel Angst, selbst in die Schusslinie zu geraten.

Es gab Gefechte, vor denen konnte man sich nicht drücken, auch wenn die Gefahr groß war, zu verlieren.

Calder verlor nicht gern. Jen sollte sich ruhig über ihn lustig machen – er war nicht bereit, aufzugeben und sich eine neue Stelle zu suchen. Er konnte sich gut vorstellen, was sein Vater sagen würde: »War das nicht immer meine Rede? Die City ist ein Sündenpfuhl, sei froh, dass du raus bist.« Vielleicht hatte er Recht, aber das würde Calder nie zugeben. Nicky wäre zweifellos derselben Meinung wie sein Vater.

Carr-Jones durfte nicht gewinnen. Das würde Calder zu verhindern wissen.

Er stellte die Dusche ab. Das Telefon klingelte. Calder fluchte, griff zum Handtuch und tappte zum Apparat im Schlafzimmer. Als er abheben wollte, sprang der Anrufbeantworter an.

Es war Jen. Zaghaft sprach sie etwas auf. Calder konnte nichts verstehen. Sie murmelte ein paar unzusammenhängende Wörter und legte dann auf.

Während die Wassertropfen auf seiner Haut kälter wurden, überlegte Calder, ob er zurückrufen sollte. Jen hatte nicht darum gebeten. Aber bei ihrem letzten Treffen hatte sie einen schlechten Eindruck gemacht. Und ihre Nachricht war sonderbar. Sie wollte ihm irgendetwas mitteilen, davon war er überzeugt.

So ein Mist. Aber momentan war Calder zu schlecht gelaunt, um sich Jens Klagen geduldig anzuhören und sie auch noch aufzuheitern. Er würde sie morgen zurückrufen.

»Alex Calder? Ich bin Detective Constable Neville.«

Eine blonde Frau stand vor der Tür und wedelte ihm mit einem Dienstausweis vor der Nase herum. Sie hatte rosige Wangen, große, unschuldige Augen und trug eine schicke Lederkombination.

Ihr Akzent klang, als komme sie aus dem Norden. So hatte Calder sich eine Polizistin nicht vorgestellt.

Er war gerade von einem frühmorgendlichen Besuch im Schwimmbad zurückgekehrt, wo er eine Stunde lang seine Bahnen gezogen hatte. Nun fühlte er sich gleichzeitig angenehm erschöpft und belebt, eine Mischung, die Ausdauersport bei Menschen mit sitzender Tätigkeit manchmal hervorruft.

Calder runzelte die Stirn. »Was ist passiert?« Sein erster Gedanke war, Carr-Jones habe ihn aufs Neue hereingelegt. Vielleicht behauptete er jetzt, Calder habe Tessa Trew vergewaltigt.

Die Polizistin blickte ernst. »Darf ich hereinkommen?«

»Sicher«, sagte Calder. Als er sie ins Wohnzimmer führte, beschloss er, sich umgehend einen Anwalt zu nehmen, falls sie ihn bedrängte, und keine Frage zu beantworten.

Die Polizistin setzte sich. »Ich habe eine schlechte Nachricht«, sagte sie. »Es geht um eine Kollegin von Ihnen – Jennifer Tan.«

»Was ist mit ihr?«

»Sie ist gestern Abend gestorben.«

»Nein! Das kann nicht sein!«

»Sie wurde im Hof des Hauses gefunden, in dem sie wohnte. Es sieht aus, als sei sie aus dem Fenster gesprungen, aber da wollen wir uns noch nicht festlegen. Sie hat eine Nachricht hinterlassen. Genauer gesagt, eine SMS.«

»Eine SMS?«

»Ja. Auf dem Handy ihrer Mutter.«

»O mein Gott! Die arme Frau!« Calder begriff kaum, was er gerade hörte: Jen hatte sich umgebracht. Unbegreiflich. So etwas passierte doch nicht wirklich, im grauen Büroalltag. Bei der Air Force gab es gelegentlich Todesfälle, auch in Friedenszeiten hatten die Piloten einen gefährlichen Job, aber in einer Investmentbank, wo man den ganzen Tag nur herumsaß und redete? Calder schoss ein Gedanke durch den Kopf: Das änderte alles.

»Ging es … schnell?«, fragte er.

»Sie ist sechs Stockwerke tief gefallen.«

»Oh.« Kurz dachte er, was für ein entsetzlicher Anblick das gewesen sein musste. Dann versuchte er, das Bild aus seinem Kopf zu vertreiben. »Ich war noch nie bei ihr zu Hause.«

»Dürfte ich Ihnen ein paar Fragen stellen?«, fragte die Polizeibeamtin freundlich und zog ein Notizbuch hervor.

»Sicher, natürlich.«

»Sie haben mit Miss Tan zusammengearbeitet?«

Bei der Vergangenheitsform zuckte Calder. Jens Tod hatte die Gegenwart zur Vergangenheit gemacht, dachte er. Immer klarer wurde ihm, dass nichts mehr so war wie zuvor.

»Ja«, sagte er.

»Ich habe gehört, sie hatte in letzter Zeit Probleme am Arbeitsplatz. Sie wollte ihren Arbeitgeber wegen sexueller Belästigung verklagen und hatte gekündigt.«

»Das stimmt.«

»Könnten Sie mir Näheres verraten?«

Calder beschrieb die Ereignisse der letzten Wochen. Er versuchte, sie neutral zu schildern, vermutete aber, dass man seine Wut heraushörte. Die Beamtin machte sich Notizen.

»Wie ging es Jen dabei?«

»Sie regte sich natürlich darüber auf.«

»Wie sehr?«

»Sehr stark. Sie war sehr wütend – stinksauer. Aber bei unserem letzten Treffen wirkte sie deprimiert. Lustlos. Sehr negativ. Sie sagte, sie wäre einsam, ihre Eltern würden nicht mehr mit ihr reden, sie hasse London, es würde schwer werden, eine neue Arbeit zu finden. Sie war wie besessen von dieser Klage gegen Bloomfield Weiss.«

»Hat sie mal davon gesprochen, sich das Leben zu nehmen?«

»Nein. Und ich kann mir auch nicht vorstellen, dass sie es getan hat. Jedenfalls nicht die Jen, mit der ich gearbeitet habe. Andererseits war sie bei unserer letzten Begegnung in einer wirklich schlechten Verfassung. Gestern Abend hat sie mich angerufen und eine Nachricht auf dem Anrufbeantworter hinterlassen.«

Überrascht schaute die Beamtin auf. »Haben Sie die noch?«

»Ja.«

»Darf ich sie hören?«

»Sicher.« Calder ging zum Telefon und drückte auf »Play«. Jens Stimme, die Stimme einer Toten, hallte durch den Raum. Am letzten Abend hatte die Nachricht für Calder verwirrt geklungen, jetzt hörte er die Verzweiflung heraus.

»Haben Sie zurückgerufen, Mr. Calder?«

»Nein«, entgegnete Calder und atmete tief durch. Ihm wurde klar, dass er den Rest seines Lebens damit würde klarkommen müssen. »Habe ich nicht.«

Mit seiner Magnetkarte kam Calder noch immer durch das Drehkreuz in der Lobby von Bloomfield Weiss. Er drückte auf die Fahrstuhltaste und tappte ungeduldig mit dem Fuß. Seit dem Moment, als die Polizistin gegangen war, wusste er, was er zu tun hatte. Direkt nach ihr hatte er das Haus verlassen, war den Hügel hinunter zur Hauptstraße gelaufen und hatte ein Taxi herangewinkt. Während sich der Wagen durch den Verkehr Richtung Broadgate schlängelte, hatte Calder nur noch einen Gedanken im Kopf.

Der Aufzug brachte ihn in den ersten Stock. Durch die Schwingtüren marschierte er ins Großraumbüro. Alle Mitarbeiter standen unter Schock, aber Calder bemerkte es nicht, obwohl er die Stimmung um sich herum sonst immer deutlich wahrnahm.

Er eilte quer durch den Raum zur Derivategruppe. Carr-Jones sprach mit seinem Mitarbeiter Perumal. Er hatte Calder den Rücken zugewandt. Nur Perumal sah Calder kommen. Im Gesicht des Inders spiegelte sich Erschrecken. Carr-Jones drehte sich um.

Calder passte den richtigen Moment ab. Noch zwei große Schritte, dann stand er vor Carr-Jones und schlug mit voller Wucht zu. Seine rechte Faust traf Carr-Jones am Kinn, bevor der überhaupt verstanden hatte, was vor sich ging. Die Brille flog ihm von der Nase, er sackte nach hinten, seine Knie gaben nach. Er fiel gegen einen Stuhl und rutschte zu Boden.

Calder warf nur einen kurzen Blick auf den benommenen Mann und marschierte wieder in Richtung Ausgang. Halbherzig griffen Hände nach ihm, er schüttelte sie ab.

»Zero!« Calder erkannte Tareks Stimme und blieb stehen.

Atemlos kam Tarek angelaufen.

»Sie ist tot, Tarek.«

»Ich weiß«, sagte Tarek und hob beschwichtigend die Hände. »Aber das ist kein Grund, um durchzudrehen. Beruhige dich.«

»Und ob das ein Grund ist«, gab Calder zurück. »Das hättest du längst merken müssen. Es gibt keinen besseren …«

»Er kommt!«

Es war erst halb sieben Uhr morgens, doch alle Mitarbeiter von Teton Capital Management scharten sich bereits um Vikram. Im Großraumbüro hatte man Platz um den Fernseher gemacht. Es war ein Wirtschaftssender eingeschaltet, der live aus dem römischen Finanzministerium berichtete. Martel schob sich mit seinen zwei Metern an den anderen vorbei, sodass einige nichts mehr sehen konnten. Anstatt sich bei ihrem Chef zu beschweren, schubsten sie sich gegenseitig fort.

Massimo Tagliaferi, der neue italienische Premier, erschien mit Guido Gallotti an seiner Seite. Er hielt eine vorbereitete Erklärung in der Hand.

Martel war aufgeregt. Das Warten wurde unerträglich. Seine Brust schwoll vor Stolz. Innerhalb der letzten Tage war er ein anderer Mann geworden. Noch vor einer Woche hatte er völlig verzweifelt ums nackte Überleben gekämpft. Dann hatte der Wind sich gedreht – und plötzlich lief alles nach seinen Vorstellungen. Er hatte sogar mit Cheryl schlafen können.

Dank der nachsichtigen Neubewertung der IGLOO-Scheine hatte der Teton Fund es so gerade bis zur Wahl geschafft, indem er Cash und Aktien hin und her schob. Wie erwartet, hatte es keinen eindeutigen Gewinner gegeben, aber die DNP von Massimo Tagliaferi hatte sich mit der Lega Nord, den neu aufgestellten Christdemokraten und zwei kleineren Parteien zu einer großen Koalition zusammengefunden. Als Vorsitzender der größten Partei wurde Tagliaferi Premierminister, Gallotti zum Finanzminister ernannt. Umgehend hatten die großen Länder der EU, namentlich Frankreich und Deutschland, nachdrücklich erklärt, jeder Versuch Italiens, aus dem Europakt auszusteigen, sei illegal, verfassungswidrig und könne Strafen, Subventionskürzungen und den Ausschluss aus der EU nach sich ziehen. Doch niemand glaubte den Drohungen, am allerwenigsten der Markt. BTPs befanden sich im freien Fall. Martels Verluste schrumpften. Noch stieß er seine Positionen jedoch nicht ab. Er witterte Gewinne. Immense Gewinne.

Tagliaferi las einen Text vom Blatt ab. Martel verstand ein wenig Italienisch, aber fast zeitgleich lief die Übersetzung als Untertitel über den Schirm. Mucksmäuschenstill starrten alle auf den Fernseher.

Zuerst sprach Tagliaferi von Italiens Bekenntnis zu Europa, von der langjährigen konstruktiven Zusammenarbeit mit den europäischen Partnern und von der Entschlossenheit der neuen Regierung, diese Arbeit fortzuführen. Kurz überkamen Martel Zweifel. Vielleicht hatte Tagliaferi doch nicht genug Mut. Vielleicht hatte das Muskelspiel der Franzosen und Deutschen Wirkung gezeigt. Dann würden die Gewinne des Teton Fund wieder in die Verlustzone rutschen. Martel spürte das Ziehen im Bauch. Er konnte kaum noch hinsehen.

Tagliaferi blätterte um und schaute in die Kameras, ein kaum unterdrücktes Grinsen im Gesicht. Er sagte etwas, und es gab einen Aufschrei. Martel musste kurz warten, dann erschien die Übersetzung.

»Im Geiste dieser freundschaftlichen Zusammenarbeit verkündet die italienische Regierung ihren Rückzug aus dem Europakt und die Einführung der ›neuen Lira‹, die im freien Wettbewerb mit den internationalen Währungen stehen wird.«

Das war es! Alle jubelten. Viele Hände klopften Martel auf den Rücken. Seine Mitarbeiter umarmten und gratulierten sich gegenseitig. Lächelnd richtete Martel sich zu voller Größe auf.

»Sehr her! Italien redenominiert seine Schulden!« Vikram wies auf den Bildschirm, wo Tagliaferi erklärte, wie der Übergang bewerkstelligt werden sollte. Ausschlaggebend war die Redenomination. Diese Umstellung besagte, dass italienische Euro-Schulden in die neue Lira konvertiert würden. Und das bedeutete, dass der Teton Fund alle Anleihen in der neuen Währung würde zurückkaufen können, die er in Euros short gegangen war. Die neue Lira würde sicherlich schwächer sein als die alte Währung, das müsste einen beträchtlichen Gewinn erbringen. Und die IGLOO-Scheine wären ein Vermögen wert.

In Martels Kopf jagten sich die Zahlen. Der Teton Fund würde Hunderte von Millionen machen. Nein, über eine Milliarde.

Tagliaferi war fertig. Schnitt zu einem Journalisten in Lissabon. Minütlich verdichteten sich Gerüchte, Portugal, Griechenland und Irland würden dem Beispiel Italiens folgen und ebenfalls aus dem Euro aussteigen.

Dann kam ein neues Bild, und Martel sah einen Reporter vor dem Bürogebäude des Teton Fund stehen. Es war noch nicht ganz hell draußen, dennoch hatte sich schon eine Gruppe von Journalisten eingefunden, die auf die wichtige erste Stellungnahme wartete.

»Hier in Jackson Hole, Wyoming, haben wir bisher noch nicht mit Jean-Luc Martel sprechen können. Viele geben dem geheimnisvollen Hedgefonds-Manager die Schuld an der Finanzkrise, die die italienische Regierung zu diesem drastischen Schritt veranlasst hat. Ab heute ist Jean-Luc Martel der Mann, der den Euro kippte.«

Erneut Jubel unter seinen Tradern.

Martel grinste breit. Das gefiel ihm. Das gefiel ihm sehr gut. George Soros hatte nur das Pfund zum Kippen gebracht.

»Was meinst du, Vikram? Zeit für ein Gespräch mit der Presse?«

Zweiter Teil

15

»Sie sind zu hoch ... ruhig ... Nicht mit der Nase runter ... Herrgott noch mal!«

Die Piper Warrior hüpfte über die Grasrollbahn, dann hob sie wieder ab. Die beiden Insassen wurden ordentlich durchgeschüttelt.

»Ich hab sie«, sagte Calder, legte eine Hand auf seinen Steuerknüppel und gab mit der anderen vorsichtig Vollgas. Er sprach ins Funkgerät: »Alpha Tango kommt noch mal.«

»Alpha Tango, sollen wir das Trampolin von der Rollbahn nehmen?«

»Nein, danke, Angela.« Calder musste ein Grinsen unterdrücken, als er das Flugzeug nach oben zog. Angela war die scharfzüngigste Funkerin im Osten von England und hatte eine unheimlich erotische Stimme. Sie hielt sich nicht immer streng an die Vorschriften und lockte Piloten aus der ganzen Gegend an. Und sie hatte Recht. Das war wirklich Kens schlechteste Landung gewesen. Ken, ein fünfzigjähriger Buchhalter aus King's Lynn, nahm bei Calder Flugstunden. Seine Begeisterung fürs Fliegen blieb ungetrübt, obwohl er mit Calder bereits ungezählte Stunden über die Rollbahn des Flugplatzes Langthorpe gehoppelt war. Calder fragte sich, ob Ken mit der Zeit immer schlechter statt besser wurde. Er hatte schon 26 Stunden bekommen, war aber noch meilenweit von seinem ersten Alleinflug entfernt. Ken hockte auf dem linken Sitz und wirkte wie ein schüchterner Schuljunge, der seine Hausaufgaben vergessen hatte, nicht wie ein erfolgreicher Geschäftsmann oder gar ein fachkundiger Pilot.

»Ich glaube, das war's für heute«, sagte Calder. »Wir checken jetzt das Fahrgestell, dann sprechen wir darüber, was falsch gelaufen ist.«

Ken nickte, erleichtert, dass jemand anders das Flugzeug auf den Boden bringen würde.

Dieser Mann war eine Herausforderung für Calder, aber Calder glaubte an ihn. Er hatte bereits drei Schüler zur Privatfluglizenz gebracht, das Unterrichten hatte ihm viel Freude bereitet. Neun Monate zuvor hatte er den Flugplatz Langthorpe zusammen mit Jerry Tyrell gekauft, einem erfahrenen Fluglehrer aus Calders alter Heimat, der ihm zwischendurch immer wieder Unterricht in Kunstflug gegeben hatte. Langthorpe war nicht weit entfernt von Calders altem Tummelplatz, dem Luftwaffenstützpunkt Marham. Er lag auf einem Plateau über dem Dorf Langthorpe und bot einen herrlichen Blick auf die Küste von Norfolk in zwölf Kilometer Entfernung.

Der Flugplatz bestand aus der Flugschule, einem Reparaturhangar, acht Flugzeugen, einigen begeisterten ortsansässigen Piloten und stellte seine Besitzer unablässig vor neue Probleme. Aber Calder und Jerry hatten die Ärmel hochgekrempelt und sich mit Schwung an die Arbeit gemacht. Jerry war Ende vierzig, frisch geschieden und hatte keine Lust mehr auf das familieneigene Bestattungsunternehmen, das er nur halbherzig geführt hatte. Bereitwillig hatte er es verkauft, um rund um die Uhr in der Luft sein zu können. Die Arbeitsteilung war von vornherein klar gewesen: Jerry leitete die Flugschule, Calder stellte 80 Prozent des Kapitals. Inzwischen hatte jedoch auch Calder seine Fluglehrerlizenz erworben.

Das Unternehmen warf noch keinen Gewinn ab, aber Calder war guter Hoffnung, dass es irgendwann so weit sein würde. Wichtiger war, dass es ihm Spaß machte.

Gefühlvoll setzte er das Flugzeug auf und ließ es in den Hangar rollen, wo Colin, der Ingenieur, begann, das Fahrgestell zu prüfen. Zusammen mit Ken ging Calder zu dem Blockhaus, in dem die Flugschule North Norfolk untergebracht war. Neben der Tür stand eine schmale, dunkelhäutige Gestalt in Jeans und blauem Mantel. Calder schaute auf den Parkplatz und entdeckte neben seinem Maserati einen BMW M2, den er nicht kannte.

Der Besucher war Perumal Thiagajaran. Nervös trat er von einem Bein aufs andere.

Calder war nicht gerade erfreut, in seinem neuen Leben jemanden zu sehen, der ihn an Bloomfield Weiss erinnerte, dennoch lächelte er freundlich und streckte Perumal die Hand entgegen. »Willst du fliegen lernen?«, fragte er.

»Eigentlich nicht«, sagte Perumal und schüttelte ihm die Hand. »Hast du kurz Zeit?«

»Setz dich schon mal ins Café und trink eine Tasse Tee«, sagte Calder. »Ich komme rüber, wenn ich mit meinem Flugschüler fertig bin.«

Eine Viertelstunde später gesellte sich Calder zu Perumal ins Café. Es wurde von Paula geführt, einer kräftigen jungen Frau, die gleichzeitig als »Werksfeuerwehr« fungierte. Um von der Behörde für zivile Luftfahrt eine Lizenz zu bekommen, musste jeder Flugplatz einen Feuerwehrwagen vorweisen. In diesem Fall war es ein ständig einsatzbereiter Land Rover. Eine der größten Hürden für den Betreiber eines Flugplatzes war, stets zwei feuertechnisch geschulte Personen zur Verfügung zu haben.

Als Calder noch bei Bloomfield Weiss arbeitete, hatte er nicht viel mit Perumal zu tun gehabt. Perumal gehörte zu Carr-Jones' Team, dennoch hatte Calder nichts gegen ihn persönlich. Er wusste, dass Perumal eigentlich der Einzige aus der Derivateabteilung war, zu dem Jen Kontakt gehalten hatte. Für Calder war er ein harmloser Spinner gewesen. »Wenn du nicht fliegen lernen willst, was machst du dann hier?«, fragte er.

»Hast du noch Kontakt zu Bloomfield Weiss?«

»Nein«, entgegnete Calder. »Mit denen will ich nichts mehr zu tun haben.«

»Das heißt, du arbeitest nicht mehr für die Bank? Als Berater oder so?«

»Nein.«

»Und du sprichst nicht hin und wieder mit den alten Kollegen?«

»Nein.« Seit seiner Kündigung hatte Calder nicht einmal mehr mit seinem alten Freund Tarek geredet. »Ich bin ziemlich froh, da raus zu sein.«

»Nach dem, was mit Jen passiert ist?«

Calder nickte. »Ja. Aber das war nicht alles. In den letzten Jahren hat sich die Firma stark verändert. Oder ich mich. Weiß nicht. Jedenfalls wurde mir irgendwann klar, dass es keinen Spaß mehr machte. Und dass es menschenfeindlich war.«

»Aha.«

Perumal schwieg. Calder trank einen Schluck Tee. Seit seiner Kündigung hatte er sich nach Kräften bemüht, so selten wie möglich an Bloomfield Weiss zu denken. Als er von Jens Tod erfuhr, hatte sein Entschluss festgestanden. Er hatte keine Lust mehr, mit Carr-Jones zu kämpfen. Aus diesem üblen Spiel wollte er sich raushalten. Kurz hatte er überlegt, bei einer anderen Investmentbank anzufangen, aber es gab überall Typen wie Carr-Jones. Auch wenn es Calder nicht gefiel: Dessen Schlag gewann die Oberhand in der City.

Calder hatte sich sehr erleichtert gefühlt, als er zum letzten Mal die Tür hinter sich schloss. Es war ein klarer, sonniger Tag gewesen, am Nachmittag ging er fliegen. Am Tag darauf ebenfalls, und danach wieder. Als er in der folgenden Woche einen kleinen Ausflug mit der Pitts gemacht hatte, war er auf dem Flugplatz mit Jerry ins Gespräch gekommen. Sie hatten sich in den örtlichen Pub begeben und innerhalb einer Stunde den Plan geschmiedet, eine eigene Flugschule zu kaufen. Drei Monate später hatte Langthorpe ihnen gehört.

Ängstlich sah Perumal Calder an und blickte dann in seine Tasse. »Ich hätte gern einen Rat.«

»Okay«, entgegnete Calder. »Frag mich. Aber, wie gesagt, ich bin raus aus der Branche.« Perumal würde doch kaum den weiten Weg auf sich genommen haben, um Tipps von Calder zu erhalten, wie man am besten die Karriereleiter von Bloomfield Weiss erklomm, wunderte sich Calder.

»Ich weiß. Deshalb will ich ja gerade mit dir reden.« Perumal schluckte. »Kam dir Jens Tod irgendwie verdächtig vor?«

Calders Neugier wurde geweckt. »Verdächtig? Wie meinst du das?«

»Einfach nur verdächtig.«

»Du meinst, ob es tatsächlich Selbstmord war?«

Perumal zuckte mit den Achseln.

»Nein, ich glaube nicht, dass ich daran irgendwas verdächtig fand«, erwiderte Calder. »Die Polizei hat den Fall untersucht und ist zu dem Ergebnis gekommen, dass es sich um Selbstmord handelte. Es liegt auf der Hand, dass Carr-Jones sie da hineingetrieben hat. Das weiß jeder. Sie hat doch noch eine letzte Nachricht verschickt, oder? Warum fragst du? Worauf willst du hinaus?«

Perumal holte tief Luft. »Ich bin mir nicht ganz sicher.«

»Dass es Selbstmord war? Warum nicht?«

»Der Zeitpunkt von Jens Tod kam sehr gelegen.«

»Wem? Carr-Jones?«

»Vielleicht.«

»Weil er nicht wegen sexueller Belästigung vor Gericht musste?«

»Nicht nur das.«

»Was denn noch?«

Perumal antwortete nicht.

»Willst du behaupten, dass Carr-Jones sie umgebracht hat?«, fragte Calder, zunehmend ungehalten.

Erneutes Schulterzucken.

»Hast du das der Polizei erzählt?«

Perumal schüttelte den Kopf.

»Ich bitte dich, Perumal, das ist doch absurd«, sagte Calder. »Wenn du meinst, Carr-Jones hat sie umgebracht, dann musst du es sagen. Wenn du Beweise dafür hast, solltest du zur Polizei gehen.«

Perumal seufzte. »So einfach ist das nicht.«

»Warum nicht?«

»Wenn ich mir sicher wäre, dann wüsste ich auch, was ich zu tun hätte. Aber ich bin mir nicht sicher. Und ich weiß nicht, mit wem ich darüber sprechen soll. Deshalb bin ich hier.«

»Okay, verstehe.« Calder spürte, wie nervös Perumal war. Er wollte ihn nicht einschüchtern. »Warum kam Jens Tod Carr-Jones gelegen?«

Perumal wollte antworten, hielt aber inne. »Wenn ich es dir sage, versprichst du dann, es für dich zu behalten?«

»Nein, Perumal, das kann ich nicht. Wenn Carr-Jones Jen umgebracht hat, dann muss es an die Öffentlichkeit. Du solltest nicht länger schweigen.«

»Verstehe«, entgegnete Perumal. Plötzlich waren seine Augen voller Angst.

»Ich nehme an, du arbeitest noch für ihn?«

»Ja.«

»Und du fürchtest dich vor ihm?«

Perumal wich Calders Blick aus. »Ich mache gute Arbeit. Ich habe ein paar große Geschäfte klargemacht – Riesendeals. Dieses Jahr bekomme ich einen großen Bonus. Ich bin ein Star. So wie du damals.«

»Wenn Menschen sterben, dann zählt das nicht mehr. Das weißt du, sonst wärst du nicht hier.«

Perumal rutschte auf seinem Stuhl herum und sah sich zu Paula um, die die Tische abwischte.

»Carr-Jones steht nicht über dem Gesetz«, fuhr Calder fort. »Wenn er etwas mit Jens Tod zu tun hatte, wird er verhaftet und kommt in den Knast. Wo er hingehört.«

»Ich sage ja nicht, dass er etwas mit Jens Tod zu tun hatte«, begann Perumal von neuem.

»Was denn?«

»Ich sage, dass es zu viele Zufälle gibt«, erklärte Perumal.

»Und?«

»Nun, weißt du …« Er zögerte abermals. Calder musste sich zusammenreißen, um Perumal nicht zu bedrängen. »Es ist nämlich …« Perumal runzelte die Stirn und warf Calder einen kurzen Blick zu. Plötzlich geriet er in Panik, schob den Stuhl nach hinten und sprang auf. »Tut mir Leid, ich muss los.«

»Warte!«

»Nein, ich hätte nicht kommen sollen. Ich dachte, ich könnte dir vertrauen, aber ich kann nicht von dir erwarten, dass du mir hilfst.«

»Perumal ...«

»Vergiss einfach, dass ich hier war und was ich gesagt habe. Bitte.« Perumal ging nach draußen. Calder folgte ihm und sah, wie er in seinen BMW stieg und mit Vollgas davonfuhr.

Ruhelos lief Martel durch die gediegene Lobby des *Interconti* in Genf. Mit weit ausholenden Schritten durchmaß er den großen Raum. Er wusste, dass er die Rezeptionisten nervös machte, aber es war ihm egal. Er war gerade von einer langen Sitzung bei Chalmet et Cie zurückgekehrt, der Schweizer Bank, die ihm viele Investoren vermittelt hatte. Seit fünf Minuten wartete er auf das nächste Meeting, war aber jetzt schon ungeduldig.

Es fiel ihm schwer, sich zu konzentrieren. Es wollte ihm einfach nicht gelingen, das Gespräch mit Cheryl in der vergangenen Nacht zu vergessen. Wie immer hatten ihn die Probleme des Teton Fund wach gehalten. Stundenlang hatte er sich im Bett herumgewälzt und schließlich beschlossen, Cheryl anzurufen. Es war drei Uhr morgens in Genf und neun Uhr abends in New York. Cheryl hielt sich gerade in der gemeinsamen Wohnung auf der Central Park West auf.

Es hatte eine Weile gedauert, bis sie dranging.

»Ich bin's, *mon ange.*«

»Oh.« Sie klang überrascht. »Oh, hallo, Liebling. Na, so was! Ganz schön spät in der Schweiz, oder?«

»Ja.« Martel schaute auf die Hoteluhr. »Sechs nach drei. Schön, dass ich dich erwischt habe. Was machst du gerade?«

»Ach, nichts. Ich liege im Bett und lese.«

»Du liegst im Bett?« Martel stellte sich vor, wie sich seine Frau allein im großen Bett räkelte und ihn erwartete. Was mochte sie wohl anhaben?

»Ja«, sagte sie etwas unwirsch.

Dann hörte Martel etwas. Ein Husten. Ziemlich deutlich. Ein Männerhusten.

»Was war das?«

»Was?«

»Ich habe jemanden husten hören.«

»Das war im Fernsehen.«

Das leuchtete Martel nicht ein. Er lauschte in den Hörer. Es waren keine Hintergrundgeräusche zu vernehmen. »Ich höre aber nichts.«

»Ich habe gerade leiser gestellt.«

»Aber wir haben gar keinen Fernseher im Schlafzimmer.«

»Was soll das, Jean-Luc? Hast du mich nur angerufen, um mich auszuhorchen?«

»Nein. Ich verstehe es bloß nicht.«

»Was ist? Glaubst du mir etwa nicht?« Cheryl schien böse zu werden.

»Doch, *mon ange*. Ich dachte nur, ich hätte etwas gehört.«

»Das glaube ich einfach nicht«, sagte Cheryl. »Ich lese jetzt weiter.« Sie legte auf.

Martel versuchte es erneut, aber nach dem sechsten Klingeln sprang der Anrufbeantworter an. Seine eigene Stimme fragte ihn, ob er eine Nachricht hinterlassen wolle.

Wollte er nicht.

Das war doch nicht möglich, oder? Sollte Cheryl einen Mann in der Wohnung haben, in ihrer gemeinsamen Wohnung? Die Idee, dass Cheryl ihn betrügen könnte, war Martel noch nie gekommen. Wenn einer von beiden fremdgehen würde, dann er, hätte er vermutet. Und er war stolz darauf, bis jetzt absolut treu gewesen zu sein.

Vielleicht war Cheryl so enttäuscht von dem Sex mit ihm, dass sie woanders Erfüllung suchte? Die Vorstellung verletzte Martels Stolz, sie traf ihn tief. Nach dem Triumph mit den italienischen Anleihen im vergangenen Jahr hatte sich ihr Liebesleben kurzfristig gebessert, doch die Phase hatte nur einen Monat angehalten. Inzwischen hatte Martel schon Angst, es bei seiner Frau überhaupt zu versuchen.

War er, Jean-Luc Martel, ein *cocu*? Nein. Nein, das war nicht möglich.

Wenn sie beide zurück in Jackson Hole wären, würde Martel mit ihr sprechen. Dann würde er sie zwingen, die Wahrheit zu sagen.

Martel legte noch einen Schritt zu. Nein, er würde es nicht tun. Er konnte es einfach nicht. Cheryl wäre bestimmt nicht erfreut, wenn er sie zur Rede stellte. Hatte sie keinen Geliebten, wäre sie verständlicherweise stinksauer. Hatte sie doch einen, würde sie Martel womöglich verlassen. Diesen Gedanken ertrug er nicht.

Auf einem niedrigen Tisch in einer Ecke der Lobby lag ein Stapel Zeitschriften. Martel entdeckte die *Fortune.* Neugierig nahm er sie in die Hand. Er wollte sehen, ob in der neuesten Ausgabe das Interview abgedruckt war, das das Magazin vor ein paar Wochen mit ihm geführt hatte.

Der Artikel trug die Überschrift: »Der Mann, der den Euro kippte?« Erst grinste Martel zufrieden, dann entdeckte er das Fragezeichen. Was hatte das denn zu bedeuten?

Er schlug die entsprechende Seite auf. Ein Foto von ihm war abgedruckt, ein gutes. Er saß in seinem Büro, lehnte sich mit hinter dem Kopf verschränkten Händen zurück, und sein gebräuntes Gesicht verriet eine Mischung aus Selbstzufriedenheit und Intelligenz. Hinter ihm erhoben sich die majestätischen Tetons in ihren weißen Roben. Das Interview ging über mehrere Seiten.

Er überflog es. Der erste Teil umriss Martels Vergangenheit, seine bisherigen Triumphe und Ansichten über den Börsenhandel, darunter einige eher esoterische Thesen mit Bezug auf Francis Galton, Charles Darwin und Richard Thaler, seine so genannte Evolution der Masse. Martels Theorie lautete, der Markt verhalte sich wie ein Organismus, er entwickle sich nach den Gesetzen der natürlichen Auslese. Der Journalist von *Fortune* hatte die Feinheiten von Martels Theorie zwar nicht richtig begriffen, trotzdem war Martel zufrieden. Endlich fand er Gehör.

Dann folgte eine Beschreibung der Ereignisse des vergangenen Frühjahrs, als Italien aus dem Euro ausgestiegen war. So weit, so gut. Plötzlich änderte sich der Ton des Artikels. Weitere Fachleute wurden befragt, viele Namen hatte Martel noch nie gehört. Zwei

Wirtschaftswissenschaftler behaupteten, Martels Transaktionen hätten eigentlich nur geringen Einfluss auf Italiens Ausstieg aus dem Euro gehabt. Tatsächlich hätten Presse und Politik Martel als Sündenbock benutzt, der wahre Grund sei Italiens verheerende ökonomische Lage gewesen. Martel wurde wütend.

Er las Aussagen von Walter Lesser, dem New Yorker Hedgefonds-Manager, der sich von Martels Argumenten zum Verkauf italienischer Staatsanleihen nicht hatte beeinflussen lassen. Anstatt zuzugeben, dass er sich geirrt hatte, behauptete Lesser, Martel sei bekannt dafür, unbedachte Risiken einzugehen, der Teton Fund sei schon ein Jahr zuvor fast Pleite gegangen, Martel habe einfach Glück gehabt.

Damit endete der Artikel.

Martel war außer sich. Er versuchte die Zeitschrift zu zerreißen. Wie konnte Lesser es wagen? Er, Jean-Luc Martel, hatte Italien mit seiner Macht und seinem Genie in die Knie gezwungen. Das wusste jeder.

Mit einem satten Schmatzen gab das Papier nach. Einer der Hotelangestellten kam um die Rezeption herum. »Darf ich Ihnen das abnehmen, Sir?«, sagte er. Martel beschimpfte ihn auf Französisch. Der Angestellte huschte davon und griff zum Telefon.

Martels Magen drehte sich. Der Schmerz war wieder da, heftig. Denn wieder war der Teton Fund ein hohes Risiko eingegangen, es war noch größer als im vergangenen Jahr.

Fortune mochte Zweifel an Martels Italiendeal haben, Investoren in der ganzen Welt hingegen waren beeindruckt gewesen. Er hatte so viel Geld verdient, dass sich die Aktiva des Teton Fund schließlich auf über drei Milliarden Dollar beliefen. Die Investoren hatten hohe Erwartungen, Martel musste sie erfüllen. Ein Jahr lang hatte er hier und dort kleinere Geschäfte gemacht, hatte Hypotheken, brasilianische Werte, Gold und Öl gekauft und nach der nächsten großen Gelegenheit Ausschau gehalten. Schließlich hatte er sie gefunden: Japan.

Seit Jahrzehnten bewegte sich der japanische Aktienmarkt kaum. Das Wirtschaftswunder der sechziger und siebziger Jahre war nicht mehr als eine schwache Erinnerung. Bei einer zweiwöchigen Reise durch den Fernen Osten war Martel zu dem Schluss gekommen, dass sich bald etwas ändern würde. Er hatte ein neues Selbstbewusstsein bei den japanischen Herstellern gespürt und in Korea und Thailand hochrangige Geschäftsleute und Minister getroffen, die ihm anvertraut hatten, Japan würde bald wieder das ökonomische Kraftwerk Asiens werden. Und so entschied Jean-Luc Martel, der »Mann, der den Euro kippte«, es sei an der Zeit für Japan, wieder im Rampenlicht zu stehen. Er hatte begonnen, für Milliarden von Dollar japanische Aktien zu kaufen, und jeden ihm bekannten Trick angewandt, um seine Position zu vergrößern. Dazu gehörten auch gewaltige Derivategeschäfte, die Vikram über Bloomfield Weiss abwickelte.

Allein durch Martels Aktivitäten war der Markt einige Wochen lang nach oben geklettert. Der Teton Fund wies einen hübschen Gewinn aus, mehrere hundert Millionen Dollar, aber das reichte Martel nicht. Er war unersättlich. Er wollte Milliarden, so wie es seine Investoren erwarteten.

Dann kam die Meldung, die größte Bank Japans habe einen Berg fauler Darlehen entdeckt. In den folgenden Wochen enthüllten drei weitere Großbanken Ähnliches. Die Börse war der Ansicht, dass Japan doch noch nicht über den Berg sei. Die Kurse rutschten, gerieten ins Trudeln, obwohl Martel wie ein Wahnsinniger kaufte, um Japans industrielle Basis zu stützen. Die unrealisierten Verluste des Teton Fund kletterten auf über eine Milliarde Dollar und näherten sich der zweiten. Und wieder war Martel gezwungen, die Sicherheiten von einem Broker zum anderen zu schieben, damit sie ihm nicht den Hahn abdrehten.

Mit zwei kräftigen Portiers eilte ein Hotelmanager auf ihn zu. Gleichzeitig näherte sich von den Aufzügen ein schlanker Araber mit schütterem Haar und buschigem Schnauzer.

»Monsieur …«, begann der Manager.

»Verpiss dich«, murmelte Martel auf Französisch und ging dem Araber entgegen.

»Monsieur Martel?« Kraftlos schüttelte der Araber Martels

Hand. Martel staunte über den intelligenten Ausdruck der braunen Augen. »Tarek al-Seesi. Es tut mir Leid, dass Sie so lange warten mussten.«

Perumal konnte sich nicht auf den Film konzentrieren, eine banale Liebeskomödie. Es war Nachmittag, 40 000 Fuß unter ihm lagen die Prärien Nebraskas, die sich über 600 Kilometer bis zu den Rocky Mountains erstreckten. Das Flugzeug würde in ungefähr einer Stunde in Denver landen, hatte der Pilot gesagt. Dann musste Perumal noch zwei Stunden warten, bis ihn eine kleinere Maschine nach Jackson Hole brachte.

Er hatte seinen größten Kunden noch nie besucht. Carr-Jones bedrängte ihn seit einem Jahr hinzufliegen. Die New Yorker Zentrale versuchte, die Konten des Teton Fund mit der Begründung zu übernehmen, es sei lächerlich, jemand in Wyoming von London aus zu betreuen. Carr-Jones musste beweisen, dass sein Team in ständigem Kontakt mit dem Teton Fund stand. Also war eine Stippvisite in Wyoming angesagt. Perumal konnte gerade noch verhindern, dass sein Chef ihn begleitete, wobei er wieder die »zerbrechliche indische Connection« ins Spiel brachte.

Nicht mehr lange, und er war in der Höhle des Löwen.

Perumal holte tief Luft. Er spürte, dass er die Kontrolle verlor. Aber bald würde sich alles in Wohlgefallen auflösen, so oder so. Dann wäre er entweder tot oder im Gefängnis.

Perumal wusste nicht, was schlimmer war. Wenn er ins Gefängnis käme, wäre die Schmach für seine Eltern unerträglich. Auch für ihn wäre sie zu groß. Seine Mutter war unglaublich stolz auf ihren Sohn. Im vergangenen Jahr hatte Perumal einen ansehnlichen Bonus bekommen und 70 000 Dollar nach Hause geschickt. Als er im August Kerala besuchte, war seine Mutter sehr glücklich über seinen Erfolg gewesen. Auch seine Frau Radha schien beeindruckt. Perumals Mutter hatte die Ehe mit Radhas Familie arrangiert, die reicher war als Perumals. Ihre Eltern glaubten inzwischen den Beteuerungen seiner Mutter, dass ihr Sohn sehr wohl in der Lage sei, für Radha zu sorgen.

Perumals Mutter genoss das angenehme Leben, würde aber auf keinen Fall gutheißen, wenn ihr Sohn kriminell wäre. Sein Vater ebenso wenig. Er war ein einfacher, frommer Mann, der jeden Morgen vor der Arbeit seine *puja* verrichtete, ein Räucherstäbchen anzündete und betete. Seine Eltern würden sagen, dass er seine Familie verraten habe, und das, obwohl sie so viel für seine Ausbildung getan hatten. Und damit hätten sie Recht. Vielleicht war es doch besser, Schluss zu machen.

Der Tod war eine reelle Möglichkeit. Eine Woche zuvor hatte Perumal eine E-Mail erhalten. Nur vier Worte: *Denk an Jennifer Tan!* Der Absender war irgendein unaussprechlicher Name, die Nachricht konnte ihm aus tausend Kilometer Entfernung oder aus dem Nachbarbüro zugeschickt worden sein. Aber sie war klar und deutlich.

Er hatte seine einzige Hoffnung auf Calder gesetzt. Auch wenn Perumal ihn nicht gut kannte, wusste er, dass Calder ein aufrichtiger Mensch war. Wichtiger noch, er arbeitete nicht mehr bei Bloomfield Weiss. Aber leider war Calder zu ehrlich. Perumal hatte eingesehen, dass Calder darauf bestehen würde, zur Polizei zu gehen und reinen Tisch zu machen. Und genau das wollte Perumal verhindern.

Es gab keinen Ausweg.

Perumal starrte aus dem Fenster und meinte, in der Ferne die verschwommenen Umrisse der Rocky Mountains zu erkennen. Irgendwo dort oben im Nordwesten lag Jackson Hole.

Nein, Perumal freute sich nicht auf diesen Besuch.

16

Calder schlug die Haustür hinter sich zu und machte sich auf den Weg durch die Marsch. Sein Cottage lag einsam, anderthalb Kilometer vom Örtchen Hanham Staithe und vom Meer entfernt. Bei Ebbe sogar zwei Kilometer. Das zweihundert Jahre alte Haus war aus Feuerstein und Ziegeln gebaut. Einst hatte es am Ende einer Reihe ähnlicher Häuschen gestanden, aber Wind, Feuchtigkeit und Einsamkeit hatten die Bewohner vertrieben, sodass außer kaum erkennbaren Vertiefungen in der Weide hinter dem Cottage nichts mehr zu sehen war.

In Langthorpe wurde heute nicht geflogen. Die grauen Wolken hingen tief, von der Nordsee blies ein kräftiger Wind. Im Januar ist der Nordwind in Norfolk bitterkalt, aber Calder war angemessen gekleidet.

Als er raschen Schrittes über den Deich gegen den Wind in Richtung Meer marschierte, kam ihm noch einmal das Gespräch mit Perumal am letzten Wochenende in den Sinn. Er dachte an Perumals Worte und dessen Angst, versuchte sie aber zu vergessen. Calder hatte der City den Rücken gekehrt, und so sollte es bleiben. Die Flugschule und der Flugplatz beanspruchten all seine Kräfte; es gab so viel zu tun, sie mussten sich um so vieles kümmern. Langsam schienen sie voranzukommen. Calder verbrachte viel Zeit in der Luft, unterrichtete Schüler oder übte Kunstflugfiguren. Er wurde immer besser. Wenn er ein Manöver fast perfekt durchführte, freute er sich unbändig.

Dennoch fehlte ihm die City. Ihm fehlte die Kameradschaft des Handeslraums. Ihm fehlte das Gefühl, zur Arbeit zu gehen und nicht zu wissen, was in der Nacht geschehen war. Und das Gefühl, gegen den Markt zu arbeiten, große Risiken einzugehen, am Rande des Abgrunds zu tanzen.

Sicher ging man auch beim Fliegen das eine oder andere Risiko ein, aber das war nicht dasselbe. Bei Leichtflugzeugen war Sicherheit das A und O. Und als Besitzer einer Flugschule konnte Calder sich erst recht nicht über die Vorschriften hinwegsetzen.

In der Ferne entdeckte Calder eine Gestalt, die sich über ein Stativ beugte: ein Vogelbeobachter, der härteste Menschenschlag von Norfolk. Die Marsch um ihn herum war erfüllt vom Gezwitscher und Geraschel kleiner Vögel. Auf ihrer Reise um die Welt machten sie Zwischenstation in dieser Landschaft aus Strandgras und Morast. Calder fand die kleinen Vögel uninteressant, ihn faszinierten eher die großen Gänseschwärme, die in komplizierten, sich verändernden Formationen den weiten Himmel über Norfolk bevölkerten.

Plötzlich wurde die Stille der Marsch von zwei Tornados zerrissen, die im Tiefflug über Calder hinwegdonnerten und dann der Küste nach Osten folgten. Calder meinte, den Luchskopf auf dem Heck des hinteren Flugzeugs zu erkennen, als es sich auf die Seite legte. Sein altes Geschwader startete immer noch von Marham aus; Calder fragte sich, wie viele seiner ehemaligen Kollegen noch dabei waren. Innerhalb weniger Sekunden verschwanden die Jets, kurz darauf verhallten die Schallwellen der riesigen Triebwerke.

Calder ging an dem Vogelbeobachter vorbei und grüßte lächelnd. Unbeeindruckt zwitscherten die Vögel weiter.

Und wenn Perumal Recht hatte? Wenn Jen tatsächlich nicht Selbstmord begangen hatte? War das möglich?

Man hatte Jen sechs Stockwerke unter ihrer Wohnung gefunden. Vermutlich hatte die Polizei längst untersucht, ob sie gestoßen worden oder aus freien Stücken gesprungen war.

Konnte es sein, dass jemand die Polizei in die Irre geführt hatte? Jemand, der so gerissen war wie Carr-Jones?

Möglich.

Aber warum sollte Carr-Jones Jen umbringen? Sicher, er konnte sie nicht leiden, aber er hatte ihr Leben ja bereits ruiniert. Warum sollte er das Risiko eingehen und sie töten? Es sei denn, Perumal hatte Recht und es steckte mehr dahinter. Er hatte gesagt, Jens Tod sei sehr gelegen gekommen. Es gebe zu viele Zufälle. Was hatte er bloß damit gemeint?

Irgendetwas wusste Perumal.

Calder erreichte den Strand. Es war Ebbe, das Meer war einen Kilometer entfernt. Calder blickte über die weite Fläche aus Sand und Schlamm, durchzogen von Prielen und Kanälen mit ablaufendem Salzwasser, übersät mit Millionen von Muscheln und Weichtieren. Große und kleine Vögel staksten umher, suchten eifrig nach Beute. Der salzige Wind aus dem Norden, wo der dunkelgraue Himmel in das etwas hellere Grau der Nordsee überging, trieb Calder Tränen in die Augen. Auf einmal riss die dunkle Wolkenschicht auf, und ein Sonnenstrahl fiel aufs Wasser. Es funkelte golden und silbern. Aber nur kurz, dann schloss sich das Loch in den Wolken, und das Meer war wieder dunkel.

Calder drehte sich um. Auf einem niedrigen, bewaldeten Hügel hinter seinem Cottage war die alte Windmühle zu sehen, die Flügel arretiert, weil der Wind zu stark blies. Der Vogelbeobachter war fort und auch sonst nirgends ein Mensch zu sehen.

Gut 150 Kilometer hinter der Anhöhe lag die geschäftige Metropole mit ihren zahllosen Angestellten, die Geld verdienten und es wieder ausgaben. Wollte er wirklich dorthin zurück?

Er ging wieder Richtung Cottage. Jetzt hatte er den Wind im Rücken. Calder wusste, dass sich seine Einstellung zu Bloomfield Weiss und dem Rest der City nach Jens Tod grundlegend geändert hatte. Er hatte geglaubt, davonlaufen zu können, es sogar zu müssen. Aber so einfach war das nicht. Jen hatte zu ihren Überzeugungen gestanden. Sie war eingeschüchtert, bedroht und so lange schikaniert worden, bis ihr Leben nichts mehr wert schien. Calder musste an ihre letzte Nachricht auf seinem Anrufbeantworter denken. Zu seinem ewigen Bedauern hatte er nicht zurückgerufen.

Vielleicht sollte er jetzt etwas tun.

Zurück im Haus, rief Calder die Zentrale von Bloomfield Weiss an und fragte nach Perumal. Ungeduldig trommelte er mit den Fingern, bis sich ein namenloser Kollege meldete. Er sagte, Perumal sei auf Geschäftsreise in den Staaten, er wäre am nächsten Tag wieder im Büro.

Einen Tag später rief Calder erneut an und erfuhr, dass sich Perumal entschlossen hatte, einige Tage freizunehmen, und erst am Montag wieder zu sprechen sei.

Am Montag regnete es. Über das Wochenende war der Flugplatz von mehreren Kaltfronten heimgesucht worden, die Wettervorhersage verhieß keine Besserung. Niemand flog. Die Finanzen einer Flugschule hingen vom Wetter ab. Keine Flüge bedeuteten keine Schüler, keine Charterer, keine Einkünfte. Auf die Dauer glich sich das Wetter aus, doch ein schlechter Sommer konnte einem Betrieb das Genick brechen.

Calder saß in seinem Büro und suchte einen Lieferanten für Flugbenzin, der ihm einen anständigen Rabatt gewährte. Das war nicht leicht. Nach der dritten Abfuhr beschloss er, es noch mal bei Perumal zu versuchen. Inzwischen hatte er die Durchwahl.

»Bloomfield Weiss.«

Calder kannte die Stimme nicht. »Könnte ich bitte mit Perumal sprechen?«

Schweigen. »Wer ist da bitte?«

»Ein Freund«, sagte Calder.

Wieder Schweigen. »Einen Moment.«

Kurze Pause, dann eine andere, vertraute Stimme. »Zero? Hier ist Justin.«

Verfluchter Mist! Der Unbekannte am Telefon hatte Calders leichten schottischen Akzent erkannt. Er überlegte, ob er auflegen sollte, aber das würde Carr-Jones nur noch misstrauischer machen.

»Hallo, Justin«, erwiderte Calder. Fieberhaft suchte er nach einem plausiblen Grund, jemanden aus Carr-Jones' Team anzurufen.

»Du wolltest mit Perumal sprechen?«

»Ja. Er hat sich letzte Woche bei mir gemeldet, weil er Flugstunden haben wollte.«

»Ah, verstehe.« Carr-Jones' Selbstzufriedenheit schien verflogen. Er klang niedergeschlagen.

»Was ist?«, fragte Calder und wusste doch schon die Antwort.

Carr-Jones seufzte. »Tut mir Leid, aber Perumal wird wohl nicht mehr fliegen lernen«, sagte er. »Er hatte am Wochenende in Amerika einen Unfall mit dem Motorschlitten. Geriet in eine Lawine. Er hat es nicht überlebt.«

»Mein Gott«, sagte Calder. Die Nachricht hätte ein Schock für ihn sein müssen, aber irgendwie hatte er es längst geahnt. Er suchte nach einer passenden Bemerkung, aber schon regte sich sein Argwohn. »Ich kann mir Perumal überhaupt nicht auf einem Motorschlitten vorstellen«, war alles, was er hervorbrachte.

»Stimmt«, sagte Carr-Jones. »Aber ich kann ihn mir auch nicht in einem Flugzeug vorstellen.«

»Wo ist es passiert?«

»In Jackson Hole, Wyoming.«

»Er hat den Teton Fund besucht?«

»Tut mir Leid, Zero, ich muss Schluss machen. Wir haben hier einiges zu tun, wie du dir vorstellen kannst.«

Eigentlich hätte Calder sagen müssen, wie sehr er bedauere, dass Carr-Jones' Mannschaft solch einen Verlust erlitten habe, doch er mutmaßte, dass Carr-Jones dahintersteckte. »Danke, dass du es mir gesagt hast«, war alles, was Calder herausbrachte. Dann legte er auf.

Er war überzeugt, dass Perumal keinen Unfall gehabt hatte. Perumal hatte zu viel Angst gehabt, zu viele Fragen gestellt – zu viel gewusst.

Je länger Calder darüber nachdachte, desto klarer wurde ihm, dass niemand außer ihm Verdacht schöpfen konnte, von Carr-Jones einmal abgesehen. Calder hatte die Pflicht, sein Wissen weiterzugeben. An die Polizei.

Detective Constable Neville sah noch jünger und frischer aus, als Calder sie in Erinnerung hatte. Vor ihr auf dem Tisch lag ein Aktenordner. Sie hörte aufmerksam zu, was Calder zu erzählen hatte, machte Notizen und musterte ihn aufmerksam. Die beiden saßen in einem nüchtern eingerichteten Vernehmungszimmer im riesigen Gebäude der Kensington Police Station.

Calder erzählte alles: von seinen Zweifeln an Jens »Selbstmord«, ihrer Fehde mit Carr-Jones, Perumals Besuch und dessen Vermutung, Jens Tod sei gelegen gekommen, und schließlich, dass Perumal bei einem Unfall in Jackson Hole ums Leben gekommen war.

»Wissen Sie, was er da gemacht hat?«, wollte Neville wissen.

»Als ich ihn letzte Woche angerufen habe, sagte man mir, er sei geschäftlich unterwegs. In Jackson Hole sitzt ein großer Hedgefonds, der Teton Fund. Vielleicht haben Sie schon mal von ihm gehört. Der Direktor heißt Jean-Luc Martel. Man macht ihn dafür verantwortlich, dass Italien im letzten Jahr aus dem Euro ausgestiegen ist.«

Nevilles Gesicht blieb ausdruckslos, sie schrieb. Dann hielt sie inne und schaute von ihrem Notizblock auf. »Haben Sie Ihren Verdacht gegenüber Mitarbeitern von Bloomfield Weiss geäußert?«

»Nein«, sagte Calder. »Ich dachte, das überlasse ich Ihnen.«

»Sehr klug«, erwiderte Neville. »Seien Sie versichert, dass wir dem nachgehen. Und auch mit unseren amerikanischen Kollegen sprechen. Möglicherweise steht eine Mordermittlung im Raum.«

»Gab es damals Zweifel an Jens Selbstmord?«

»Der Coroner hat auf Selbsttötung erkannt.«

»War das auch Ihre Meinung?«

Neville griff zu der vor ihr liegenden Akte. »Ich denke schon. Aber im Lichte dessen, was Sie mir gerade erzählt haben, sollten wir noch einmal einen Blick darauf werfen.«

»Hatten Sie damals Zweifel?«

Neville durchblätterte die Akte. »Eigentlich nicht. Der Gerichtsmediziner hatte Bedenken wegen der Kopfverletzungen des Opfers. Er meinte, es könnte sein, dass sie ihr vor dem Tod zugefügt wurden.«

»Sie meinen, Jen bekam möglicherweise einen Schlag auf den Kopf, bevor sie fiel?«

»Das wäre die Schlussfolgerung gewesen, wenn sich der Gerichtsmediziner sicher gewesen wäre. War er aber nicht. Er hatte nur eine Vermutung, die er in seinem Bericht kurz erwähnte. Überzeugt war er allerdings, dass sie noch lebte, als sie aus dem Fenster fiel.«

»Aber es ist möglich, dass sie einen Schlag auf den Kopf bekam, das Bewusstsein verlor und aus dem Fenster gestoßen wurde?«

»Diese Möglichkeit haben wir untersucht. Aber wir haben in ihrer Wohnung keine Anzeichen eines Kampfes gefunden. Niemand hat jemanden kommen oder gehen sehen. Keine Kampfgeräusche. Keine fremden Fingerabdrücke. Kein Blut.«

»Und sonst?«

Neville überflog die Akte. »Die Frau, die gegenüber wohnt, traf Miss Tan auf dem Weg ins Haus. Sie sah, dass Miss Tan auf der Straße mit einem Mann zusammenstieß. Miss Tan verlor ihre Tasche, er half ihr beim Aufheben.«

»Was war das für ein Mann?«

»Weiße Hautfarbe, zwischen fünfzig und sechzig Jahren, mittelgroß, gut angezogen, dunkles Haar, schmaler Schnauzer. Aber er ging nach dem Zusammenstoß weiter.«

»Sie sind also überzeugt, dass es Selbstmord war?«

»Diese Frau machte gerade eine harte Zeit durch, das haben Sie selbst gesagt. Wir haben noch ähnliche Aussagen. Miss Tan hatte allen Grund, deprimiert zu sein und sich das Leben zu nehmen. Sie hat ihrer Mutter noch eine SMS aufs Handy geschickt.« Neville schaute nach. »›Sorry, Mum.‹ Mehr nicht. Wurde kurz vor ihrem Tod abgeschickt.«

»Ich erinnere mich. Aber die könnte doch jeder getippt haben.«

»Stimmt, aber dafür gibt es keine Anhaltspunkte.«

»Es muss furchtbar sein, so eine Nachricht zu erhalten.«

»Ihre Mutter bekam sie, noch ehe wir ihr Bescheid sagen konnten. Sie rief immer wieder auf Miss Tans Handy an. Ich bin drangegangen, als wir dort waren. Sie drehte fast durch.«

»Das glaube ich gern.«

Bei dem Gedanken daran verzog Constable Neville das Gesicht. Sie blätterte weiter. »Miss Tan hatte eine Freundin … Sandy Waterhouse … kennen Sie die?«

»Ist sie Anwältin?«

»Ja. Diese Amerikanerin sagte, sie sei überzeugt, dass Jen sich nicht umgebracht hätte. Ich habe sie einvernommen. Sie wirkte durchaus glaubwürdig.«

»Aber nicht glaubwürdig genug, um an dem Urteil des Gerichtsmediziners zu zweifeln?«

»Bei Selbstmord ist es oft schwer, zu hundert Prozent sicher zu sein. Und wir werden die neuen Informationen überprüfen, die Sie uns gegeben haben. Können Sie mir sagen, wo wir Sie erreichen können?«

Calder reichte ihr die Visitenkarte der Flugschule North Norfolk, auf der seine Handynummer stand. Er hatte Angst gehabt, die Polizei würde seine Sorgen nicht ernst nehmen. Jetzt hatte er seine Pflicht getan: Constable Neville hatte ihn angehört, nun konnte er es ihr und ihren Kollegen überlassen herauszufinden, ob die Vermutungen begründet waren.

Calder hatte geplant, am selben Tag wieder zurückzufahren, dann aber entschloss er sich, auf dem Heimweg seiner Schwester in Highgate einen Besuch abzustatten.

Als er vor Annes Haus hielt, lud sie gerade die Kinder aus dem Jeep. Phoebe freute sich rührend, ihn zu sehen, und sprang aus dem Auto, um ihn zu umarmen. Robbie grinste und winkte Calder mit einem halben Keks zu.

Beim Teekochen redete Anne ohne Unterbrechung. Sie erzählte eine lange, verwirrende Geschichte über Phoebe und die Katze einer Freundin. Schnell verlor Calder den Faden. Es war ihm egal. Das chaotische Leben seiner Schwester hatte etwas Tröstliches.

Schließlich saßen sie gemeinsam am Küchentisch, die Kinder waren ins Spielzimmer verbannt. Calder erklärte, warum er in London war. Aufmerksam hörte Anne zu.

»Ich kann mich noch erinnern, wie fertig du warst, als diese Frau starb«, sagte sie schließlich. »So deprimiert habe ich dich noch nie gesehen.«

Calder wusste, dass sie indirekt vom Tod seiner Mutter sprach.

»Stimmt. Die Sache hat mich erschüttert, meinen Glauben an die Menschheit. Und ich habe mich schuldig gefühlt. Vielleicht hätte ich mehr für sie tun sollen.«

»Ich habe den Eindruck, dass du mehr getan hast als alle anderen zusammen«, sagte Anne entrüstet. »Du hast den Kopf hingehalten. Und sie war dir nicht gerade dankbar.«

»Dazu war sie gar nicht in der Lage. Ich ärgere mich immer noch darüber, dass ich sie an dem Abend nicht zurückgerufen habe.«

»Wenn sie sich nicht selbst umgebracht hat, dann hätte es auch nichts geändert.«

»Ja, aber wer weiß, was sie mir sagen wollte? Was sie mir verraten wollte. Vielleicht etwas über Carr-Jones.«

»Glaubst du wirklich, dass er sie umgebracht hat?«

Calder seufzte. »Ich weiß es nicht. Ein Teil von mir wünscht sich fast, dass er es war. Es wäre irgendwie nicht ganz so schlimm wie Selbstmord. Aber falls sie es selbst getan hat, dann hat er sie dazu getrieben.«

»Aber Mord, kaltblütiger Mord?«

»Kann doch sein? Ich bin zwar in der Sache alles andere als objektiv. Aber ich bin mir ziemlich sicher, dass die Polizei meine Informationen ernst genommen hat. Nun ist es an ihr, die Wahrheit herauszufinden.«

Aus dem Spielzimmer ertönte ein schriller Schrei, dann ein Heulen. Anne erhob sich, um den Streit zu schlichten.

Kurz darauf war sie wieder da. »Ich wollte dir auch noch etwas erzählen«, sagte sie.

»Aha.«

»Wusstest du, dass Vater Orchard House verkaufen will?«

»Nein!« Das hatte Calder nicht gewusst. Er war erschüttert. Solange er lebte, hatte die Familie in diesem Haus gewohnt. Er war seit rund drei Jahren nicht mehr dort gewesen, aber das Wissen, dass es da war, dass es immer noch das Heim der Calders war, tröstete ihn. Das Haus war eine Erinnerung an glückliche Zeiten, als seine Mutter noch lebte, als sie noch eine Familie waren.

Anne beobachtete ihn. »Ich weiß. Mir ging's genauso.«

»Seit wann weißt du es?«

»Ich habe letzten Sonntag mit ihm telefoniert, und er sagte ganz nebenbei, es würde jemand vorbeikommen und sich das Haus ansehen. Er tat, als wäre es die normalste Sache der Welt. Aber du kennst ja Vater. Er konnte es mir einfach nicht anders sagen.«

»Hast du eine Ahnung, warum er das macht?«

»Ich habe ihn gefragt. Er sagte, er würde lieber in einem kleineren Haus wohnen.«

»Aber er liebt das Haus! Es erinnert ihn genauso sehr an Mum wie uns beide.«

»Ich glaube, er braucht das Geld. Weißt du noch, dass ich dir letztes Jahr erzählt habe, er hätte Mums Schmuck verkauft?«

»Und die Bilder von Cadell. Hast du ihn mal drauf angesprochen?«

»Ich habe es versucht. Aber er hat einfach das Thema gewechselt. Du weißt ja, wie er ist.«

»Aber warum sollte er so viel Geld brauchen?«

Anne betrachtete den Bodensatz in ihrer Tasse. »Erinnerst du dich an meine Schulfreundin Stacey McGregor?«

»Nur vage.«

»Sie wohnt jetzt in Hawick.« Hawick war eine kleine Stadt, ungefähr 30 Kilometer von Kelso entfernt. »Sie sagt, sie wäre beim Zeitschriftenhändler gewesen und hätte Vater gesehen. Er hätte Lottoscheine gekauft. Für hundert Pfund.«

»Lottoscheine? Vater? Das würde er nie im Leben tun. Kann sie sich nicht geirrt haben?«

»Nein, sie war sich ganz sicher. Sie meinte, er hätte sie nicht erkannt, weil sie inzwischen ganz schön dick geworden wäre. Aber er ist dort bekannt wie ein bunter Hund.«

»Du willst also sagen, dass er Tausende von Pfund für Lottoscheine ausgibt?«

»Ich weiß es nicht. Aber ich mache mir Sorgen.«

»Ja. Das hast du letztes Jahr schon getan.«

»Du nicht?«

Calder hätte gerne gesagt, es sei ihm egal. Aber das stimmte nicht. Er wusste, wie weh es dem alten Mann tun musste, Orchard House zu verkaufen, wie viele Erinnerungen für ihn mit dem Haus verbunden waren. Da stimmte irgendetwas nicht. Calder wollte nicht glauben, dass es Lottoscheine waren. »Doch«, sagte er. »Ich mache mir auch Sorgen.«

»Ich finde, du solltest mit ihm reden.«

»Ich? Es dauert bestenfalls eine halbe Stunde, bis wir uns streiten. Nein, red du mit ihm.«

»Ich habe es versucht, aber es hat nichts gebracht. Er hört mir nicht zu. Er weicht dem Thema aus, oder, noch schlimmer, er lügt mich an. Aber dich respektiert er, das weiß ich. Du kannst ihn dazu bringen, die Wahrheit zu sagen.«

Calder schüttelte den Kopf. »Das ergibt doch keinen Sinn!« Aber er wusste, dass der äußere Schein trog.

»Bitte, Alex!« Nur selten bat ihn seine Schwester um einen Gefallen.

Calder seufzte. »Na gut. Ich versuch's.«

17

Am nächsten Morgen flog Calder mit der Cessna 172, die besonders gut für Landungen auf kurzen Rollbahnen geeignet war, hoch nach Kelso. Vor mehreren Jahren hatte er mit dem Besitzer eines Stück Landes, das ein paar Kilometer vor Kelso lag, eine Übereinkunft getroffen. Für zwanzig Pfund im Monat ließ der Bauer Calder auf seinem Grund landen und stellte ihm einen klapprigen alten Wagen zur Verfügung. Calder hatte den Besuch nicht bei seinem Vater angekündigt. Er wollte ihm keine Gelegenheit geben, etwas zu verstecken.

Am späten Vormittag traf er in Orchard House ein. Es war ein lang gestrecktes, niedriges Gebäude aus grauem Stein mit einem hübschen Garten hinten und Apfelbäumen an der Seite. Calders Mutter hatte den Obstgarten geliebt; die Äpfel erinnerten sie an Somerset, wo sie aufgewachsen war. Orchard House lag drei Kilometer außerhalb von Kelso, in dem kleinen Dorf Cairnslaw. Von Calders ehemaligem Kinderzimmer konnte man durch die Apfelbäume auf die Kirchtürme von Kelso, die Abteiruinen und die Brücke über den breiten Tweed schauen, der in östliche Richtung auf Berwick und die Nordsee zufloss. Neben dem Gartentor stand ein gelb-blaues Schild mit dem Namen des örtlichen Maklers: »Zu verkaufen«.

Calder parkte das alte Auto im Schatten einer Andentanne, einer Chilenischen Araukarie. Als Kind hatten ihn die riesigen Zapfen und skurrilen Zweige fasziniert. Es war schwierig, auf die Tanne zu klettern, doch mit sieben Jahren war es ihm gelungen. Zehn Meter hoch war er gestiegen, höher als die Dachtraufe, dann wollte er wieder hinunter. Aber es ging nicht. Zu stolz, um Hilfe zu rufen, hockte er zwei Stunden oben im Baum, bis seine beunruhigte Mutter ihn fand. Sie rief die Feuerwehr, und die rettete ihn. Sein Vater war fuchsteufelswild.

Aber Calder wollte noch höher hinaus. Eine Woche später versuchte er es erneut und stieg noch weiter in den Wipfel. Wieder kam er nicht hinunter. Der Feuerwehr schien es egal zu sein, aber der Doktor war bitterböse. Er holte die Säge und begann, die unteren Äste abzutrennen. Erst da hatte Calder geweint.

Aber die Tanne stand noch, sie sah gesund aus. Calder verspürte kein Verlangen mehr, sie zu erklimmen.

Der Garten war so ordentlich, wie Calder erwartet hatte, es lag kaum Laub herum. Schneeglöckchen lugten aus den Beeten neben der Haustür. Hatte die noch seine Mutter gepflanzt? Oder setzte sein Vater jedes Jahr neue?

Calder ging hintenherum, nahm den losen Ziegelstein von der Gartenmauer und holte den Schlüssel aus dem Versteck. Er schloss die Hintertür auf und betrat die Küche: alles sauber und ordentlich wie in einem Operationssaal. Obwohl sich sein Vater bemühte, die Küche und den Rest des Hauses so zu belassen, wie es beim Tod der Mutter gewesen war, hatte er sein Bedürfnis nach Ordnung nicht unterdrücken können. Calders Mutter liebte das Chaos, so wie seine Schwester. Sein Vater hatte ihr das nachgesehen, aber nach ihrem Tod begonnen aufzuräumen. Und seitdem war alles ordentlich.

Calder ging durch das Haus. Vor drei Jahren war er zum letzten Mal hier gewesen. Die Vertrautheit war tröstlich, sie brachte so viele Erinnerungen zurück. Es wäre wirklich schade, wenn es verkauft würde.

Anne hatte Recht: Es gab Lücken. Am meisten fiel es im Esszimmer auf, das früher von Francis Cadells Gemälde des Tweed dominiert wurde. Der zweite Cadell hatte im Salon gehangen, auch der war verschwunden. Die Uhr auf dem Kaminsims war fort, ebenso das Bücherregal. Es musste erst kürzlich verkauft worden sein: Die Bücher stapelten sich noch auf dem Boden. Calder öffnete das Sideboard. Die Schublade mit dem Silber war so gut wie leer.

Er sah sich im Arbeitszimmer seines Vaters um, und da lag die Erklärung deutlich sichtbar auf dem Schreibtisch: die *Racing Post*, aufgeschlagen bei einem Rennen in York. Am Rand standen Notizen; ein Pferd, Mercator, war eingekreist. Außerdem lagen auf dem Tisch zwei Formenspiegel und ein Schreibheft, das mit der sauberen Handschrift des Doktors gefüllt war. Dr. Calder hielt nichts von der Kritzelei anderer Ärzte, er war für Genauigkeit und Klarheit in allen Dingen. Normalerweise hätte Calder ein schlechtes Gewissen gehabt, die Unterlagen seines Vaters zu durchsuchen, aber jetzt fühlte er sich dazu berechtigt. Er sah in den Schubladen nach. In der obersten lagen Briefpapier und eine Sammlung alter Kugelschreiber und Bleistifte. In der zweiten fand Calder einen Packen Lottoscheine, zusammengehalten von einem Gummiband. In der dritten befanden sich Rechnungen. Calder blätterte sie durch. Obenauf lag die Aufstellung eines Buchmachers aus Selkirk. 7000 Pfund! Das war nicht wenig.

Doch die zweite Rechnung ließ ihn zusammenfahren: Ein Buchmacher in Berwick forderte 143 000 Pfund.

Calder ließ sich auf den Schreibtischstuhl fallen. Er hielt die Rechnung vor sich.

Sein Vater war ein Spieler. Einer von der schlimmsten Sorte, der jegliche Kontrolle über sein Verhalten verloren hatte. Calder warf einen Blick auf die hingekritzelten Notizen, auf die Formenspiegel. Anscheinend gehörte sein Vater zu den Spielern, die sich einbildeten, wissenschaftlich herleiten zu können, wie die Pferde liefen. Genau wie all die gescheiterten Trader, die zu wissen glaubten, wie die Rentenmärkte funktionierten.

Calder überlegte, wie ein Buchmacher zulassen konnte, dass ein Familienarzt eine Rechnung von über hunderttausend Pfund auflaufen ließ. Der Buchmacher musste geglaubt haben, sein Vater bekomme Kredit. Er musste ein langjähriger Kunde sein, der seine Schulden viele Jahre lang immer beglichen hatte. Jahrzehntelang. Mit der Zeit war sein Einsatz kontinuierlich gestiegen, und jetzt stand ihm das Wasser bis zum Hals. Wahrscheinlich hatte er verzweifelt auf Außenseiter gesetzt, um den großen Reibach zu machen. Und wieder verloren.

Calder wusste nicht, wie lange er so dasaß. Irgendwann hörte er die Haustür ins Schloss fallen, dann Schritte in der Küche. Sein

Vater kam also immer noch zum Mittagessen von der Praxis nach Hause. Calder schwieg.

Fünf Minuten später stand der Arzt in der Tür zum Arbeitszimmer. In einer Hand hielt er einen Teller mit einem Sandwich, in der anderen drei Zeitungen. Es dauerte einen Augenblick, bis er Calder erkannte.

Die Zeitungen fielen zu Boden.

»Alex?«

»Hallo, Vater.«

Der Doktor sah, dass sein Sohn die Rechnung des Buchmachers in der Hand hielt, und wurde weiß im Gesicht. Dann kehrte die Farbe zurück. »Alex! Was glaubst du eigentlich, was du da tust, in mein Arbeitszimmer einzubrechen und meine privaten Unterlagen zu lesen?«

»Redest du von deinen Spielschulden?«

»Völlig egal, das geht dich nichts an!«

»Seit wann?«, fragte Calder ruhig.

»Ich brauche deine Fragen zu meinen Privatangelegenheiten nicht zu beantworten.«

»Seit wann?«, wiederholte Calder.

Einen Moment lang sah es aus, als würde der Arzt die Maskerade aufrechterhalten und weiter den Empörten spielen. Dann ließ er die Schultern hängen und sackte in den Sessel neben dem Bücherregal, immer noch den Teller in der Hand. Er schloss die Augen. Es gab nur eine einzige Erklärung, es war sinnlos, darum herumzureden. »Nach dem Tod deiner Mutter.«

»Wie lange danach?«

»Nicht lange.«

»Wie konntest du bloß so viel Geld verjubeln?«

»Ich hatte einfach eine Pechsträhne«, sagte der Arzt und suchte nach Verständnis in den Augen seines Sohnes. »Das müsstest du aus deinem Beruf doch kennen.«

»Allerdings«, sagte Calder. »Aber man verliert nur so viel, wie man setzt.«

»Das ist alles ganz anders«, sagte der Arzt. »Ich kenne mich aus, glaub mir. Ich weiß, wie die Pferde in Form sind. So lange … so viele Jahre lief es gut. Nur letztes Jahr nicht. Ich glaube, es lag am Regen. Oder die Jockeys sprechen sich ab. Irgendetwas läuft da schief.«

»Es läuft nur eins schief: Du bist spielsüchtig.«

»Ich gewinne das ganze Geld wieder zurück.«

»Wie denn? Indem du unser Haus beim Drei-Uhr-dreißig auf Mercator setzt?« Calders Stimme triefte vor Sarkasmus. »Ganz bestimmt nicht.«

»Ich warte auf einen Außenseiter mit hoher Quote.«

Aus dem Munde seines Vaters klang der Rennplatzjargon sonderbar. »Du hast in letzter Zeit öfter auf Außenseiter gesetzt, stimmt's, Vater? Und keiner hat gewonnen.«

»Ja.« Dr. Calder nickte.

»Wie konntest du nur …« Es fiel Calder schwer, weiterzusprechen, aber er musste es loswerden. »Wie konntest du mich nur wegen meines Jobs fertig machen und die ganze Zeit viel Schlimmeres tun?«

»Das ist nur ein Hobby«, gab sein Vater zurück.

»Ein Hobby? Du reitest dich in den Bankrott!«

Der alte Mann setzte sich auf und sah seinem Sohn in die Augen. »Es tut mir Leid, Alex.«

»Du kannst dich nicht einfach entschuldigen!« Bisher hatte Calder ruhig und sachlich gesprochen, doch jetzt hob er die Stimme. »Es geht nicht nur ums Geld, es geht um … Ich weiß, es sah vielleicht nicht immer so aus, aber ich hatte Respekt vor dir. Auch wenn ich so getan habe, als würde ich nicht zuhören, auch wenn ich gesagt habe, ich wäre anderer Meinung, im tiefsten Innern hatte ich Angst, du könntest Recht haben, als du sagtest, ich würde nur spielen, ich würde mein Leben vergeuden. Deshalb hat mich das so wütend gemacht. Und jetzt entdecke ich, dass du noch schlimmer bist als ich! Wie konntest du mir bloß dermaßen was vormachen?«

»Ich wusste, wie es mir mit den Pferden ergangen war. Ich wollte nicht, dass dir dasselbe passiert. So einfach ist das.«

»Versuch bloß nicht, mir das jetzt auch noch als väterliche Sorge zu verkaufen!«, rief Calder. »Wenn du dir wirklich so große Sorgen um mich gemacht hättest, dann hättest du mich nicht angelogen! Dann hättest du nicht jahrelang an mir rumgemäkelt, nur weil ich ehrliches Geld mit dem verdient habe, was du heimlich machst. Was würde Mum von dir denken? Und Anne!«

»Sag Annie nichts davon.«

»Ich muss es ihr sagen«, murmelte Calder. »Das werde ich nicht vor ihr geheim halten.«

Der Arzt schloss die Augen.

Calder atmete tief durch und versuchte, sich zusammenzureißen. »Ich will, dass du aufhörst«, sagte er.

»Aber woher soll ich das Geld nehmen, um meine Schulden zu bezahlen, wenn ich jetzt aufhöre?«, fragte der Arzt und zeigte auf die Rechnung in Calders Händen.

Calder schüttelte den Kopf. »Du verstehst es immer noch nicht, was? Du spielst schon seit Jahren und glaubst immer noch, du könntest gewinnen. Es kann sein, dass du ein, vielleicht zwei Rennen gewinnst. Aber auf lange Sicht verlierst du gegen die Buchmacher. Die Gewinnchancen sind auf ihrer Seite, und sie haben die Informationen. Sie wollen, dass du hin und wieder was gewinnst, weil du dann umso öfter spielst. Aber damit ist jetzt Schluss.«

»Und was ist mit der Rechnung?«

»Die zahle ich«, sagte Calder.

»Aber das sind 130 000 Pfund!«

»Es sind genau 143 000.«

»Hast du denn so viel Geld?«

»Es geht«, sagte Calder. »Und die andere Rechnung zahle ich auch. Gibt's noch mehr?«

»Noch eine«, sagte sein Vater. »Über rund 10 000 Pfund. In der untersten Schublade.«

Calder öffnete die Schublade und fischte die Rechnung heraus.

»Gut. Die begleiche ich. Aber ich will, dass du das Haus vom Markt nimmst. Und ich will, dass du mir versprichst, dass du nie wieder spielst. Nicht mal Lotto.«

»Es besteht wohl kaum eine Möglichkeit, dass ich noch mal in so einen Schlamassel gerate, oder?«

»Oh, doch. Außerdem versprichst du mir, dass du zu den Anonymen Spielern gehst. Du bekommst bestimmt heraus, wo sie sich treffen.«

»Das ist nicht nötig.«

»Nein? Du bist der Arzt. Du musst die Diagnose stellen.«

Schweigend saßen sie da, Vater und Sohn, nur wenige Meter voneinander entfernt.

»Und?«

Dr. Calder sah seinem Sohn in die Augen. »In Ordnung. Ich verspreche, dass ich nicht mehr wette. Und dass ich zu den Anonymen Spielern gehe.«

»Danke«, sagte Calder. Im Lauf der Jahre hatte er ansehen müssen, wie einige seiner Kollegen dem Wettfieber verfielen. Er wusste, wie schwer es für sie gewesen war, wenn nicht gar unmöglich, damit aufzuhören. Am Ende verloren sie ihre Arbeit und oft auch ihre Familie. Calder wusste, dass sein Vater sein Versprechen ernst meinte. Aber würde er es halten können?

Früher hatte Calder gedacht, sein Vater sei der ehrlichste Mensch der Welt. Jetzt hatte er herausgefunden, dass er nicht besser war als alle anderen. Diese Erkenntnis erschütterte Calder tief. Die strengen moralischen Grundsätze, die Calder, solange er sich erinnern konnte, immer wie in Granit gemeißelt erschienen, waren doch nur in Sandstein geschlagen. Wie konnte sein Vater, den er für den klügsten und unbescholtensten Menschen gehalten hatte, nur so schwach werden? Als Calder am Nachmittag an der Nordostküste entlang zurück nach Norfolk flog, stellte er sich immer wieder dieselbe Frage. Aber er fand keine Antwort.

Jean-Luc Martel saß in seinem Büro in Jackson Hole und fragte sich, warum er sich so elend fühlte. Es klappte doch alles. Der japanische Aktienmarkt war an den letzten beiden Handelstagen im Januar wieder in Schwung gekommen und hatte ihn vor dem Gröbsten bewahrt. Martels Verluste waren zwar immer noch gewaltig, statt zwei Milliarden wie in der vergangenen Woche beliefen sie sich jetzt auf etwas mehr als eine Milliarde, aber endlich bewegte sich der Markt in seine Richtung. Durch die geringeren Verluste hatte er lediglich die Deckungsforderungen seiner Broker bedienen müssen. Und zu seiner großen Erleichterung hatte Bloomfield Weiss die JUSTICE-Scheine großzügig neu valuiert. Der Wert lag mehrere Punkte höher, als Vikrams Modellrechnung vorausgesagt hatte. Und das, obwohl Perumal nicht mehr da war.

JUSTICE war die Abkürzung für *Japan US Trust International Capital Equity-Linked Note*. Es war ein kompliziertes Biest, eine Doppelwährungsanleihe mit Nikkei-Bindung und allem Drum und Dran. Gekauft wurden die Scheine in Dollar, rückzahlbar waren sie entweder in Yen oder Dollar, je nach Belieben des Investors. Der Nikkei-Index berechnete sich aus den Kursen der 250 größten Unternehmen an der Tokioter Börse. Wenn der Index über 10 000 stieg, würde der Investor das Fünffache seiner Einlage bekommen. Unter 7000 verlor der Investor das Fünffache der Differenz. Bei Geschäftsabschluss notierte der Nikkei bei 8500. Das Ganze war ein turbobetriebenes Spiel um den japanischen Aktienmarkt.

Martel war mit 500 Millionen Dollar in die JUSTICE-Scheine eingestiegen. Dann hatte er auf eine Milliarde erhöht, und wieder war Bloomfield Weiss einverstanden gewesen, dem Teton Fund 80 Prozent des Wertes zu leihen. Anfangs schien Bloomfield Weiss nicht besonders erpicht auf das Geschäft zu sein, doch schließlich hatten die 60 Millionen Dollar, die die Bank als Provision kassierte, die Verantwortlichen überzeugt. Martel und Vikram wussten, dass der Gewinn, den der Teton Fund im vergangenen Jahr mit den IGLOO-Scheinen gemacht hatte, auch ein profitabler Deal für die Investmentbank gewesen war. Sie hatte ihr Risiko wohlweislich abgesichert, wahrscheinlich bei einer der großen Rückversicherungen. Ohne Zweifel ging sie bei den JUSTICE-Scheinen ebenso vor, das kostete die Bank lediglich eine saftige Gebühr. Und natürlich das Darlehen für den Teton Fund, damit der die Scheine kaufen konnte.

Doch obwohl der Markt Anlass zur Hoffnung gab, fühlte Martel sich elend. Ein Grund dafür war der Artikel in *Fortune.* Irgendwo tief in sich hatte Martel immer Angst gehabt, als Scharlatan entlarvt zu werden. Jetzt war es passiert. Und gerade jetzt erschien es ihm so ungerecht. Möglicherweise war es Glück gewesen, dass er im letzten Jahr den Tumult überstanden hatte und nun die Turbulenzen auf dem japanischen Markt überlebte. Aber jeder war seines Glückes Schmied. Und zu erkennen, dass die reale Möglichkeit bestand, dass Italien aus dem Euro ausstieg, war wirklich genial. Selbst wenn *Fortune* behauptete, das Ganze sei nicht auf seinem Mist gewachsen – was wusste diese Zeitschrift schon? Wohl kaum, dass Martel Guido Gallotti für seine Beratertätigkeit still und leise einen großzügigen Teil der Optionen am Teton Fund gegönnt hatte. Daran sah man doch, dass Martel Einfluss besaß.

Er warf einen Blick auf sein Porträt an der Wand. Es zeigte ihn in seinem Büro im Augenblick des Triumphs vor den Bildschirmen. Das Gemälde war nicht so schlecht geworden, wie er befürchtet hatte. Der zauselige Künstler hatte Martels eindrucksvolles Aussehen und die Konzentration eingefangen, mit der er die Zahlen vor sich studierte. Manchmal glaubte Martel, einen Funken Angst in den braunen Augen zu erkennen. Er hatte das Werk aus nächster Nähe studiert, um herauszufinden, ob er die Pinselstriche identifizieren konnte, die diesen Eindruck hervorriefen, doch es war ihm nicht gelungen. Wahrscheinlich redete er es sich nur ein. Niemandem würde es auffallen. Alle Betrachter hatten sich ausschließlich positiv über das Gemälde geäußert. Martels Intensität schuf einen krassen Gegensatz zu der unschuldigen Zuversicht seiner schönen Frau einige Meter weiter.

Cheryl trieb ihn in den Wahnsinn. War da ein Mann im New Yorker Apartment gewesen? Der Argwohn in ihm breitete sich aus wie ein Krebsgeschwür. Martel hatte nur ein Husten gehört, höchstens zwei Sekunden lang, aber das reichte. Natürlich hatte er nicht den Mut, Cheryl Vorhaltungen zu machen. Aber er musste es wissen.

Die logische Schlussfolgerung war ein Privatdetektiv. Nur wusste er nicht, wie er einen finden sollte. Er wollte sich nicht an das in New York ansässige Unternehmen wenden, das seine Firma gelegentlich in Geschäftsfragen in Anspruch nahm. Ebenso wenig wollte er einen Detektiv aus der Gegend. Es gab niemanden, den er vertrauensvoll um eine Empfehlung bitten konnte. Jeder würde sofort wissen, was er von einem Detektiv wollte, und diesen Gedanken konnte Martel nicht ertragen. Genauso wenig mochte er seine Sekretärin bitten, einen aufzutreiben. Martel fuhr den Computer hoch und googelte. Es dauerte eine halbe Stunde, aber schließlich fand er jemanden in Denver, nach Salt Lake City die nächste Großstadt in der Umgebung von Jackson Hole, aber trotzdem 500 Kilometer entfernt. Der Mann hieß Ray Pohek. Er erklärte sich einverstanden, Martel zwei Tage später in Jackson Hole zu treffen. An dem von Martel vorgeschlagenen Treffpunkt, einer einsamen Straße 15 Kilometer vor der Stadt, hatte er nichts auszusetzen.

Als Martel auflegte, klopfte es an der Tür. Es waren Andy und Vikram, die über die Einstellung eines neuen Traders sprechen wollten. Andy brauchte Unterstützung, und Vikram hatte einen Vorschlag. Sie unterhielten sich einige Minuten, dann kehrte Andy an seinen Platz zurück. Vikram blieb noch.

Er schaute auf Martels Monitor, der noch immer Poheks Website zeigte. Martel warf Vikram einen empörten Blick zu und schloss den Browser. »Was ist?«

Vikram sah seinen Chef an. »Hast du gesehen, dass der Nikkei heute wieder um drei Prozent gestiegen ist?«

»Ja«, sagte Martel. »Endlich verhält sich der Markt mal rational.«

»Sollen wir die Gelegenheit beim Schopf packen und ein bisschen zurückfahren? Ich könnte Bloomfield Weiss anrufen und fragen, ob es Gebote für JUSTICE-Scheine gibt. Jetzt, wo Perumal nicht mehr da ist, könnte das eine gute Idee sein.«

»Sie haben eine ordentliche Neubewertung abgegeben, oder?«, fragte Martel.

»Ja. Aber wer weiß, wie der Markt nächsten Monat tickt.«

Entnervt sprang Martel auf. »Wer das weiß? Wir wissen es. Ich weiß es.« Martel schlug sich auf die Brust. »Darum geht es doch. Deshalb machen wir den ganzen Mist überhaupt mit! Der Nikkei wird sich in den nächsten zwölf Monaten verdoppeln, und wir werden long gehen. So viel wie möglich. Bei den Mitteln, die wir haben, erwarte ich 200 Prozent Rendite. Minimum. Das wird das größte Hedgefonds-Geschäft aller Zeiten!«

»Aber wenn die Märkte wieder fallen ...«

»Wir überleben es. Wir überleben alles.« Martel schüttelte den Kopf. »Du bist ein kluger Bursche, Vikram, aber manchmal frage ich mich, ob du auch den nötigen Mumm hast.«

Vikrams Wangen röteten sich. Ohne noch ein Wort zu sagen, verließ er den Raum. Martel wusste, dass er den Stolz seines Mitarbeiters verletzt hatte. Vielleicht war es zu viel verlangt, das Fernziel genauso sehen zu können wie Martel, trotzdem war er enttäuscht von seinem Angestellten. Martel mochte ihn. Er sehnte sich nach einem Schützling, einem Lehrling, einem Erben, und von all seinen Leuten kam Vikram dieser Rolle am nächsten. Martel wusste, dass Vikram ihn bewunderte, ja beneidete. Er wollte eine Hedgefonds-Legende werden, ebenso wie sein Chef. Martel schüttelte den Kopf.

Vikram fehlte es einfach an Mumm.

18

Calder wartete bis zum Wochenende, dann meldete er sich wieder bei Detective Constable Neville, um sich nach Fortschritten zu erkundigen. Er rief aus seinem kleinen Büro in der Flugschule an. Erst beim dritten Versuch kam er durch. Sie klang gestresst.

»Tut mir Leid, dass ich mich nicht gemeldet habe, Mr. Calder. Hier ging es drunter und drüber.«

»Haben Sie etwas über Perumals Verschwinden herausgefunden?«

»Leider nicht. Ich habe mit Bloomfield Weiss gesprochen. Dort glaubt man, dass nicht die geringste Verbindung zwischen den beiden Todesfällen besteht.«

»Mit wem haben Sie gesprochen?«

»Mit einem Mr. Davis. Benton Davis.«

»Ah ja. Dann wundert es mich nicht. Davis ist mit Sicherheit erpicht darauf, dass das, was unter den Teppich gekehrt wurde, auch darunter liegen bleibt.«

»Kann sein.«

Calder bemerkte einen zweifelnden Ton in der Stimme der Polizeibeamtin. »Was hat Benton über mich gesagt?«

Neville zögerte, ehe sie antwortete. »Er hat Ihre Objektivität angezweifelt. Er meinte, Sie hätten Jennifer Tan sehr nahe gestanden und nun Schwierigkeiten, sich mit ihrem Tod abzufinden.«

»Das stimmt teilweise«, gab Calder zu. »Aber nur weil ich überzeugt bin, dass etwas faul ist. Haben Sie mit der amerikanischen Polizei gesprochen?«

»Ich habe mit dem Büro des Sheriffs von Teton County in Jackson Hole gesprochen.«

»Die haben da einen richtigen Sheriff?«

»Sieht so aus. Ich habe mit einem von seinen Deputies gesprochen. Immerhin hat er mich nicht mit *howdy* begrüßt. Und ich habe ihn nicht gefragt, wo sein Pferd ist.«

»Sind die Amis misstrauisch?«

»Nein. Sie glauben, Perumal ist leichtsinnig gewesen. Er hatte keinerlei Erfahrung mit dem Motorschlitten – am Tag zuvor war er erstmals mit einem unterwegs gewesen. Tja, er hat auf eigene Faust die Wege verlassen und sich verfahren. Irgendwann landete er in einem Gebiet mit hoher Lawinengefahr. Mit ziemlicher Sicherheit gab es eine Lawine. Der Mann, mit dem ich gesprochen habe, hielt es für relativ wahrscheinlich, dass Perumal sie selbst ausgelöst hat. Den Motorschlitten hat man gefunden, Perumal nicht. Eventuell wird man bis zum Frühjahr warten müssen.«

»In Amerika ist man also nicht der Ansicht, dass er möglicherweise ermordet wurde?«

»Er war allein. Ganz allein.«

»Aha.«

»Ich denke, wir belassen es dabei.«

»Aber so einen großen Zufall gibt es doch gar nicht! Perumal kommt zu mir, weil er sich Sorgen macht, und ein paar Tage später ist er tot. Da muss doch was dahinterstecken.«

»Wir haben es geprüft.«

»Dann ist also Schluss?«

»Ich fürchte, ja.«

»Das ist inakzeptabel«, protestierte Calder. »Sie können den Fall nicht einfach zu den Akten legen.«

Nevilles bisher freundliche Stimme wurde streng und bestimmt. »Natürlich können wir das, Sir. Es gibt viele Dinge zu tun, die wichtiger sind.«

»Ich möchte mit Ihrem Vorgesetzten sprechen!«

»Aber sicher, Sir. Mein Vorgesetzter ist Detective Inspector Price. Ich werde ihm sagen, dass Sie sich bei ihm melden werden.« Dann veränderte sich ihre Stimme erneut. »Hören Sie, Mr. Calder, ich weiß, wie es Ihnen geht. Auch ich habe das Gefühl, dass hier so manches ungeklärt ist. Aber ich kann nicht mehr machen, als mir die Zeit zu nehmen und in Amerika nachzuhaken. Wir haben hier zwei vermisste Schulmädchen. Natürlich können Sie sich bei meinem Chef beschweren, aber glauben Sie mir: Der Alte wird mir nicht noch mehr Zeit geben. Es tut mir Leid, aber so ist es nun mal.«

Calder seufzte. Ihm wurde klar, dass Streiten sinnlos war. »Ich verstehe. Vielen Dank für Ihre Mühe.«

Er legte auf. In ihm gärte es. Wieder einmal würde Carr-Jones davonkommen. Diesmal mit Mord. Benton Davis und seine feigen Kollegen von Bloomfield Weiss würden ihn schützen. Zwei Menschen waren gestorben. Zwei junge, viel versprechende Menschen. Calder schlug mit der Faust auf den Tisch.

Er war immer davon überzeugt gewesen, dass es in der City integre Menschen gab, Menschen, denen man trauen konnte, die einen nicht im Stich ließen. Er hoffte, selbst so jemand zu sein. Oft hatten ihm Kollegen aus der Patsche geholfen. Tarek zum Beispiel, aber auch der hatte zusammen mit den anderen bei Bloomfield Weiss die Augen vor dem verschlossen, was dort lief. Calder war überzeugt, dass Leute wie Linda Stubbes und Benton Davis zu Beginn ihrer Karriere anständig gewesen waren, aber wenn man sie jetzt sah … Vor einem Jahr hatte er beschlossen, nichts mehr mit ihnen zu tun haben zu wollen, und seine Entscheidung nicht eine Minute lang bereut. Wieso regte er sich jetzt so auf? Wieso tat er nicht, was er sich vorgenommen hatte, und vergaß alles, so wie seit dem Umzug nach Norfolk? Er hatte der Polizei Bescheid gesagt und damit seine Pflicht getan. Wenn es die nicht interessierte, sollte es ihm auch egal sein.

Calder dachte an den Flug nach Kelso in der vergangenen Woche. Noch immer hatte er sich nicht von dem Schock und der Enttäuschung erholt, dass sein Vater nicht der Mann war, für den er ihn gehalten hatte. Es machte ihn fertig. Irgendwie schien sein Vater immer noch Macht über ihn zu haben, selbst im Augenblick der Schmach. Es war schon schlimm für Calder gewesen, sich damit abzufinden, dass die Firma, der er so viele Jahre treu gedient hatte, von gierigen, niederträchtigen, ehrgeizigen Menschen übernommen wurde. Jetzt musste er sich zusätzlich mit der Tatsache auseinander setzen, dass sein Vater sich nicht besser als die City-Trader verhielt, vor denen er geflohen war. Auch sie hatten sich auf der Jagd nach dem großen Geld von ihrer Integrität verabschiedet.

Calder hatte für die drei Buchmacher Schecks in Höhe von 160 000 Pfund ausgestellt. Die hohen Bonuszahlungen von Bloomfield Weiss ermöglichten ihm das, trotzdem war es eine Menge Geld. Wenn das Problem dadurch gelöst wurde – gut. Solange sein Vater nicht umgehend wieder 100 000 Pfund Schulden machte. Konnte Calder ihm vertrauen? Vorher wäre es für Calder unvorstellbar gewesen, eine derartige Frage an seinen Vater zu richten.

Er blickte aus dem Fenster über die Startbahn. Mit aufheulendem Motor beschleunigte eine Piper Warrior und hob ab. Calder schaute in den Himmel. Eine halbe Stunde zuvor war er düster und verhangen gewesen, jetzt strahlte er klar und blau, helle weiße Wattebäuschchen trieben dahin.

Es war dumm, im Büro zu sitzen und Trübsal zu blasen. Er musste nach draußen.

Calder vergewisserte sich, dass sein nächster Schüler tatsächlich abgesagt hatte, und beschloss, eine kleine Runde mit der Pitts zu drehen. Zehn Minuten später war er in der Luft. Durch die Wolkenbäusche stieg er auf 4000 Fuß, suchte sich ein Stück blauen Himmel und begann zum Aufwärmen mit lässigen Achten. Dann probierte er eine langsame Rolle, wobei er auf dem Höhenmesser prüfte, dass er nicht an Höhe verlor. Perfekt: vorher und nachher auf 4000 Fuß. Er flog noch zwei Rollen, beide penibel genau.

Er hatte sich definitiv verbessert. Calder verspürte den überwältigenden Drang, etwas Neues auszuprobieren. Etwas wirklich Kompliziertes, vielleicht sogar Gefährliches. Er hatte in der Pitts noch keine Kunstflugfiguren in niedriger Höhe geflogen, noch nie so richtig tief über dem Boden. Dass er mit einem Tornado in hundert Meter Höhe über die Berge von Wales hinweggeschossen war, lag neun lange Jahre zurück. Schon als kleiner Junge hatte Calder unbedingt in niedriger Höhe über einen Flugplatz fliegen und dabei eine Rolle vollführen wollen. Nur einmal im Leben. Nur um zu zeigen, dass er es sich traute.

Er steuerte die Flugzeugnase Richtung Flugplatz.

Es war gegen die Vorschrift. Jerry würde ihn umbringen. Aber Calder wusste, dass Jerry mit einem Schüler eine Landmarkennavigation nach Ely machte. Von den anderen Lehrern war keiner da. Kein anderes Flugzeug unterwegs.

Herrgott noch mal, es war sein Flugzeug und sein Flugplatz. Und sein Leben.

Nur dieses eine Mal.

Langthorpe kam näher. Calder funkte Angela an und sagte ihr, was er vorhatte. Zum Teil wenigstens. Von der Sache mit der Rolle sagte er nichts.

Mit hundert Knoten ging er in den Anflug hinein und blieb auf einer Höhe von hundert Fuß. Als er über dem Rollfeldrand war, zog er die Nase hoch und gab rechtes Quersteuer. Er drehte sich seitlich in den Rückenflug, drückte leicht nach und spürte die vertraute Schwere seines eigenen Gewichts in den Schulterriemen. Nur wenige Meter unter seinem Kopf schoss der Boden dahin. Als er die zweite Hälfte der Rolle vollführte, ging er ein klein wenig zu früh vom Gas. Er merkte, dass er an Höhe verlor. Es waren nur ein paar Meter, aber bei seiner Höhe war jeder Meter entscheidend. Die Tragflächenspitze drehte sich unter ihm. Einen furchtbaren Augenblick lang glaubte Calder, sie würde den Boden streifen, dann tauchte sie an der anderen Seite wieder auf. Jetzt, wo der Horizont wieder an der richtigen Stelle war, sah er, dass er sich höchstens sieben Meter über dem Boden befand. Er zog das Flugzeug hoch und stieg rasch auf.

Das Adrenalin rauschte durch seinen Körper, sein Herz klopfte, als wollte es zerspringen. Die Hände am Steuerknüppel schwitzten. Er hatte es geschafft, aber nur knapp. Unerklärlicherweise hatte er 80 Fuß verloren. 30 Fuß mehr, und es wäre vorbei gewesen. Als er zum Landen in den Gegenanflug drehte, wusste er, dass er etwas sehr Dummes getan hatte. Nie wieder!

Aber er war froh, es versucht zu haben. Wenigstens einmal.

»Romeo Oscar, ich dachte, das Fahrgestell müsste beim Landen in Richtung Boden zeigen und nicht in die Luft«, frotzelte Angela, doch sie klang angestrengt.

»Beim nächsten Mal«, erwiderte Calder.

Er ließ die Pitts zu ihrem angestammten Stellplatz rollen. Hinter sich sah er eine Warrior landen. Schnell kam sie in den Parkbereich herüber, und Jerry sprang heraus. Er war ein kleiner Mann mit einem großen dunklen Schnauzer. Normalerweise war er ein umgänglicher Kerl. Er hatte Geduld auch noch mit dem dümmsten Schüler, aber jetzt war er stinksauer. Er kam auf Calder zugestapft. Der sah ihm entgegen und erwartete eine Strafpredigt.

»Was war das gerade, verflucht noch mal?«, rief Jerry, noch zwanzig Meter entfernt.

»Ich wollte nur was ausprobieren, weil gerade nichts los war. War ja keiner da.«

»Du hast was ausprobiert? Das war eine der dümmsten Einlagen, die ich je gesehen habe! Wenn du dich umbringen willst, dann nimm Tabletten, aber zertrümmer nicht ein völlig intaktes Flugzeug auf der Startbahn. Mal ehrlich, Alex, was hast du dir dabei gedacht?«

»Tut mir Leid, Jerry, es kommt nicht wieder vor.«

»Was du eben gemacht hast, verstößt gegen jede Vorschrift. Gegen alles, was wir hier machen. Wie willst du einem Schüler sicheres Fliegen beibringen, wenn du selbst solche Sachen bringst?«

»Ist ja gut«, sagte Calder. Langsam bekam er ein schlechtes Gewissen. »Es kommt wirklich nicht wieder vor.«

»Das sagst du. Ich habe hier die Verantwortung für die Fluglehrer, und ich sage dir, dass du nicht eher wieder in so ein Ding steigst, bis du mich überzeugt hast, dass du es mit dem gebotenen Respekt behandelst. Es ist mir scheißegal, ob dir das Flugzeug oder der ganze Flugplatz gehört.«

Calder bekam rote Ohren. Er wollte nicht streiten; er wusste, dass Jerry Recht hatte. Er ging zu seinem Auto und fuhr langsam nach Hause.

Am Abend ging er zu Fuß die anderthalb Kilometer von seinem Cottage zum *Admiral Nelson* in Hanham Staithe. Es war bitterkalt, aber der Pub war warm und gemütlich. Im Kamin knisterten Holzscheite. Kurz unterhielt sich Calder mit Stuart und Jess, dem Tierarzt und seiner Frau, und mit Archie, einem schrulligen Künstler, der auf einem heruntergekommenen, im Fluss vertäuten Boot lebte. Normalerweise hätte Calder länger mit ihnen geplaudert, aber an diesem Abend wollte er allein sein. Die anderen waren sensibel genug, das zu merken. Es war eine nette Runde, und die Leute schienen nichts gegen einen Zugezogenen aus London zu haben, zumal er das ganze Jahr bei ihnen lebte.

Calder holte sich ein Pint Bitter und bestellte ein Steak-Sandwich. Dann setzte er sich ans Fenster und starrte nach draußen in die unwirtliche Dunkelheit. Er musste an den Abend denken, als er mit Jen im *Corney and Barrow* über der Eisbahn gewesen war und sie sich eine Flasche Champagner geteilt hatten. Er dachte an ihre Aufforderung, mit ihr Schlittschuh zu laufen. Damals war er überzeugt gewesen, dass Jen eine Zukunft als Trader bevorstand. Wie er sich geirrt hatte! Es war erst ein Jahr her. Ein anderes Leben, das jetzt nach ihm griff.

Calder konnte versuchen, die Vergangenheit zu vergessen, aber er war kein Feigling, das war nicht seine Art. Halbherzig hatte er versucht, Jen zu helfen. Wenn er weiterhin untätig blieb, würde Bloomfield Weiss bald jede Spur ihres Todes verwischt haben. Die Ungerechtigkeit des Geschehenen würde auf ewig an ihm nagen. Gerade heute hatte er sich in einem Anfall aggressiver Selbstüberschätzung fast umgebracht. Morgen früh würde er sich nicht anders fühlen. Er musste sich stellen. Jetzt.

Calder wusste nicht, ob Carr-Jones hinter den Todesfällen von Jen und Perumal steckte, aber er spürte, dass er es herausfinden musste. Und wenn er es herausgefunden hatte, galt es, etwas zu unternehmen.

19

Am nächsten Tag fuhr er nach London zu seiner Schwester in Highgate. Jerry war ihn nur zu gerne los. Calder hatte ihm erklärt, was ihn bedrückte und dass er das Gefühl habe, er müsse nach London, um das Problem aus der Welt zu räumen. Im Februar wurde ohnehin nicht viel geflogen, das Wetter war schlecht und die Tage waren kurz. Jerry versicherte Calder, er könne problemlos zwei Tage ohne ihn auskommen.

»Aber komm erst zurück, wenn du alles geklärt hast«, sagte Jerry ernst. »Solche Kunststücke wie gestern will ich nicht mehr sehen.«

»Es kommt nicht wieder vor, versprochen«, sagte Calder. »Und danke, Jerry, wirklich.«

Als die Kinder am Abend um neun Uhr im Bett lagen, oder besser, als die Türen zu ihren Zimmern geschlossen waren, machte Anne eine Flasche Wein auf.

»Wann kommt William nach Hause?«, erkundigte sich Calder.

»Irgendwann zwischen neun und elf. Er sitzt offenbar an einem großen Geschäft.«

»Aha.«

»Er sitzt immer an einem großen Geschäft.« Anne klang eher enttäuscht als verbittert. Sie sah sich in ihrem großen Haus um. »Aber irgendwoher muss das Geld für so einen Palast ja kommen. Hast du Hunger? Ich warte meistens mit dem Essen auf ihn.«

»Nein, schon gut«, erwiderte Calder, obwohl sein Magen knurrte. Er wollte sich den beiden lieber anpassen, als ihren Tagesablauf auf den Kopf zu stellen.

»Jetzt erzähl doch von Vater«, sagte Anne. »Ich kann es immer noch nicht glauben.«

Calder hatte kurz mit ihr telefoniert, nun erklärte er alles ausführlich.

Anne wurde bleich. »Wie konnte er das nur so lange vor uns geheim halten?«

»Angeblich hat er erst nach Mums Tod angefangen.«

»Sie hätte es sofort gemerkt und ihn gezwungen, damit aufzuhören. Und er hätte sich niemals die Blöße gegeben, vor ihren Augen zu wetten. Du bist bestimmt sauer, weil er dich so lange fertig gemacht hat wegen deines Berufs.«

»Das kannst du wohl laut sagen. Er hat mir versprochen, zu den Anonymen Spielern zu gehen. Mal sehen, ob er wenigstens das tut.«

»Immerhin beweist es, dass er auch nur ein Mensch ist.«

»Wenn Heucheln menschlich ist …«

»Das ist es wohl leider. Ihr zwei seid euch noch ähnlicher, als ich dachte.«

»Ach, ich bitte dich, Annie! Das stimmt doch nicht.«

»Ihr beide seid Glücksritter. Ihr spielt und wollt eure Leidenschaft in den Griff bekommen. Und keiner von euch schafft es so richtig.«

»Ich würde nie hundertfünfzig Riesen auf ein Pferd setzen!«

Anne hob die Augenbrauen.

Sie hatte Recht. In Cambridge hatte Calder sich im Glücksspiel versucht. Schon im ersten Jahr hatte er sich einer regelmäßigen Pokergruppe angeschlossen. Das Spiel hatte ihn fasziniert, insbesondere dass es beim Pokern in erster Linie um Geschicklichkeit ging und man das Glück durch Abschätzen von Wahrscheinlichkeiten auf seine Seite ziehen konnte. Dann war eines Abends ein Student vom Wykeham College dazugekommen. Er hieß Jonny und führte ein ausschweifendes Leben. Berauscht vom Whisky, setzte er viel und verlor alles, das meiste an Calder, der an dem Abend 30 Pfund Gewinn machte. Eine Woche später war Jonny wieder da. Unerklärlicherweise verlor Calder 200 Pfund an ihn, für einen Studenten eine beachtliche Summe. Als Calder völlig geschröpft ausstieg – er hatte sein gesamtes Kontoguthaben verpfändet –, zwinkerte ihm Jonny, den Calder für völlig betrunken gehalten hatte, fast unmerklich zu.

In dem Moment wurde Calder klar, dass Poker ein Spiel für

Betrüger war. Man musste geschickt sein, dennoch würde es immer jemanden geben, der noch gerissener war und einem das Geld abknöpfte.

Das gefiel ihm so gut am Traden: Er konnte sich auf die Deals beschränken, bei denen er wirklich gute Chancen hatte.

»Und, was machst du in London?«, fragte Anne.

»Die Polizei hat keine Zeit oder keine Lust, sich mit den Todesfällen von Jen und Perumal zu beschäftigen. Daher dachte ich, ich bohre selbst mal nach. Ich habe festgestellt, dass ich mich nicht einfach in Norfolk verkriechen und das Ganze vergessen kann.«

»Ich freue mich, dass du etwas für das arme Mädchen tust. Viel Glück.« Anne hob das Glas und trank einen Schluck. Dann legte sie die Stirn in Falten. »Aber trotzdem …«

»Was?«

»Wenn du Recht hast, und Perumal ist tatsächlich gestorben, weil er unbequeme Fragen über Jen gestellt hat, dann …« Anne machte ein besorgtes Gesicht.

»Was denn?«, hakte Calder nach.

»Dann könnte es gefährlich für dich werden, herumzulaufen und ähnliche Fragen zu stellen.«

Dieser Gedanke war Calder auch schon gekommen. »Mach dir keine Sorgen«, sagte er. »Damit werde ich schon fertig.«

»Pass auf dich auf«, sagte Anne sehr ernst. »Ich habe keine Lust darauf, dass dir auch so was passiert.«

Der Kellner hörte aufmerksam zu, als Tarek seine komplizierte, aber sehr genaue Frühstücksbestellung aufgab: unter anderem Mozzarella, italienisches Brot, Olivenöl und schwarzen Pfeffer. Tarek frühstückte gern, und er war mit Vorliebe im *Claridge*, daher hatte Calder sich nicht gewundert, als sein ehemaliger Kollege vorschlug, sich dort um sieben Uhr morgens zu treffen. Zu der frühen Stunde war der elegante Saal so gut wie leer; nur eine versprengte Gruppe amerikanischer Touristen saß schon da, die offenbar nichts verpassen wollten. Die Geschäftsleute kamen erst später.

Es war Calders erstes Treffen mit Tarek, seit er bei Bloomfield Weiss gekündigt hatte. Calder meinte bei Tarek einen leichten Bauchansatz zu erkennen, der nicht zu dessen sehnigem Körper passte. Aber seine braunen Augen waren so groß und aufmerksam wie eh und je. Trotz der widrigen Umstände ihrer letzten Begegnung freute sich Calder, den ehemaligen Kollegen zu sehen.

»Du hast dich bestimmt schnell daran gewöhnt, zu den Chefs zu gehören«, sagte Calder. »Du kannst dir die Meetings am Morgen sparen.«

»Ich gehe trotzdem meistens hin«, sagte Tarek. »Ich will den Anschluss nicht verlieren. Frühstücken hebe ich mir für besondere Anlässe auf. Wie heute.« Er lächelte.

»Fehlt dir das Traden nicht?«

»Ein bisschen schon«, gestand Tarek. »Man hat so viel Mist um die Ohren. Aber es läuft gut, *inschallah*, jedenfalls beim Rentenmarkt. Wir sind wieder ganz oben im Ranking der Eurobond-Emittenten, im letzten Jahr haben wir einen Rekordgewinn gemacht, und ich glaube, ich habe die Verkäufer und Trader jetzt endlich so weit, dass sie zusammenarbeiten.«

»Den Tag will ich sehen«, sagte Calder zynisch. »Wo wir gerade von Sales-Leuten sprechen, wie geht's Cash Callaghan?«

»Schiebt immer noch Anleihen durch die Gegend.«

»Und der Prop Desk?«

»Wird jetzt von Kevin Strumm geleitet, aus New York.«

»Ist ein Guter, oder?«

»Doch, er ist sehr diszipliniert. Aber ihm fehlt dein Instinkt. Im letzten halben Jahr hätte ich ihn ein paarmal am liebsten beiseite geschubst und selbst eine große Position aufgebaut, aber was soll's, er hat die Gewinne mitgenommen.«

»Was ist mit Nils?«

»Er macht sich. Aber er ist frustriert wegen Strumm.«

»Na, ich wünsche den beiden das Beste.«

Tarek tunkte sein Brot in Olivenöl. »Du hast gefragt, ob mir das Traden fehlt. Und dir?«

»Mir? Nein, überhaupt nicht.«

»Wirklich nicht?« Calder merkte, dass Tareks braune Augen ihm nicht glaubten. »Vermisst du nicht die Märkte? Positionen halten? Risiken eingehen?«

In Erinnerung an sein jüngstes Abenteuer, bei dem er dem Erdboden gefährlich nahe gekommen war, musste Calder grinsen. »Nein, nein. Mir geht's wirklich gut. Die Flugschule, die ich gekauft habe, macht sich langsam. Ich bin viel in der Luft.«

»Du kannst immer zurückkommen, das weißt du hoffentlich«, sagte Tarek. »Jederzeit. Wir brauchen dich.«

Der Kellner servierte Calder Eier mit Speck. Hungrig legte er los. »Nein, Tarek. Bloomfield Weiss hat sich verändert, aber ich mich nicht.«

»Das sehe ich anders.«

»Ach, komm, Bloomfield Weiss – das sind heutzutage Leute wie Justin Carr-Jones. Und Tessa Trew.«

»Die ist gar nicht mehr da. Wusstest du das nicht?«

»Nein«, entgegnete Calder. »Hoffentlich gefeuert?«

»Leider nicht. Sie ist letztes Jahr im April aus freien Stücken gegangen. Ich weiß es nicht genau, aber ich glaube, sie hat sich mit Carr-Jones überworfen.«

»Ich dachte, die beiden wären ein gutes Gespann?«

»Wahrscheinlich konnte sie es nicht mehr ertragen, dass er immer versucht hat, ihre Titten zu begrapschen«, sagte Tarek schmunzelnd.

»Ich glaube nicht, dass es eine Frau gibt, die längere Zeit mit ihm arbeiten kann«, sagte Calder. »Nicht mal Tessa.«

»Es stimmt, es hat immer Schweine wie ihn gegeben«, sagte Tarek. »Daran wird sich nichts ändern. Aber ganz oben sitzt immer noch Sidney, und der ist wirklich straight.«

Sidney Stahl war der klein gewachsene Aufsichtsratsvorsitzende von Bloomfield Weiss. Wenn er merkte, dass ihn jemand hinters Licht führte, verlor er die Geduld. Er redete gern Tacheles. Bei Stahl wusste man, woran man war: Brachte man Geld rein, war alles gut, wenn nicht, war Schluss.

»Wie lange willst du noch weitermachen, Tarek?«

»Ach, weiß nicht. Noch ein bisschen. Im Moment läuft es nicht schlecht.«

»Aber in einer amerikanischen Investmentbank sind deine Aufstiegschancen begrenzt, oder?«

»Wieso? Weil ich Araber bin?«

Calder zuckte mit den Schultern. »Ehrlich gesagt, ja.«

Tarek grinste. »Ich könnte auf der Stelle bei Bloomfield Weiss aufhören und in eines unserer Familienunternehmen gehen, kein Problem. Das weißt du. Aber ich glaube, dass ich bei Bloomfield Weiss bis in die oberste Etage kommen oder dass ich zumindest ganz oben mitspielen kann. Und ich glaube, dass Leute wie Sidney mir eine Chance geben. Gut, er ist Jude und ich bin Saudi, aber ich bringe viel Geld rein. Ich finde es einfach gut, wie man bei Bloomfield Weiss mit so was umgeht.«

»Na«, sagte Calder, »ich bin jedenfalls froh, draußen zu sein.«

»Tja«, entgegnete Tarek. »Und ich dachte, du lädst mich zum Frühstück ein, weil du deinen alten Job zurückhaben willst.«

»Bestimmt nicht. Aber ich wollte dich tatsächlich um etwas bitten.«

»Worum denn?«

Calder berichtete Tarek von Perumals Besuch und dem Unvermögen der Polizei, eine Verbindung zwischen den Todesfällen von Jen und Perumal zu finden. Unbewegt hörte Tarek zu.

»Und, was meinst du?«, fragte Calder abschließend.

»Ich meine, du lässt besser die Finger davon.«

»Wieso das? Ich bin mir sicher, dass etwas dahintersteckt!«

»Nein, sicher bist du dir nicht. Du hast dich schon im letzten Jahr in die Sache mit Jen hineingesteigert, und offenbar ist das noch schlimmer geworden. Was mit ihr passiert ist, war sehr traurig, aber es ist lange her. Es wäre besser, wenn du es vergisst. Perumal war in den Bergen und ist unvorsichtig geworden. Auch das ist traurig, aber es hat nichts mit dir zu tun.«

Calder runzelte die Stirn. »Versuchst du, mich abzuhalten, damit ich nichts finde?«

»Nein. Ich will, dass du nicht wieder anfängst zu suchen. Um deinetwillen. Sicher, es ist schon ein ziemlich großer Zufall, aber so was passiert im wahren Leben alle naslang.«

»Mein Gefühl sagt mir, dass mehr dahintersteckt.«

»Und mein Gefühl sagt mir, dass es nicht so ist.«

»Könntest du wenigstens ein paar Fragen für mich stellen?«

»Nein. Tut mir Leid, Zero, aber das mache ich nicht.«

Calder legte Messer und Gabel beiseite. Plötzlich ekelte er sich. Er hatte keinen Hunger mehr. »Genauso, wie du nichts mit Jen zu tun haben wolltest.«

»Carr-Jones hätte damals nicht so mit Jen reden dürfen. Aber sie hätte nicht so reagieren sollen. Das ist doch klar, sonst würde sie noch leben.«

Calder schob den Stuhl nach hinten und ließ den kalten Speck mit dem Rührei liegen. Er warf einen Zwanzigpfundschein auf den Tisch. »Nicht du auch, Tarek.«

Tarek schwieg.

Calder verließ das Restaurant in düsterer Stimmung, wütend, vor allem aber enttäuscht.

Auch Tarek hatte den ganzen Morgen über schlechte Laune. Er konnte Calders Verachtung nur schwer ertragen. Tarek war stolz auf seine Rechtschaffenheit; damit bekämpfte er das Vorurteil vom verschlagenen Araber, mit dem er tagtäglich konfrontiert wurde. Doch ebenso stolz war er auf seinen Realitätssinn und seinen politischen Durchblick. Vor einem Jahr hatte er sich hinter den Kulissen stark für Jen und Calder eingesetzt, aber letztlich verloren. Das würde er nicht noch einmal tun. Es brachte nichts, die Sache mit Jen wieder auszugraben, weder für ihn noch für Calder, Jen oder Bloomfield Weiss. So klug Calder auch war, politische Realitäten wollte er einfach nicht wahrhaben. Er war ein guter Trader, aber er hätte es in einer Investmentbank niemals in die oberste Etage geschafft. Während Tarek … Er glaubte, eine gute Chance zu haben, bis oben durchzumarschieren.

Kurz vor Mittag steckte Carr-Jones den Kopf in Tareks Büro. »Hast du kurz Zeit?«

Tarek nickte. Er versuchte, seine schlechte Laune zu verbergen, und setzte eine unergründliche, unversöhnliche Miene auf. Bei Carr-Jones fiel ihm das immer schwer.

»Klar, Justin. Komm rein.«

»Wusstest du, dass Alex Calder bei der Polizei war und den ganzen Dreck wieder aufgewirbelt hat?«

»Er hat mit der Polizei über Perumals Unfall gesprochen. Und das mit Jennifer Tan lässt ihm immer noch keine Ruhe.« Tarek hob die Augenbrauen.

»Hat er dich um etwas gebeten?«

»Ja«, erwiderte Tarek. Es war sinnlos zu lügen.

Carr-Jones wartete. Tarek wartete. Es machte ihm Spaß, Carr-Jones so unsicher zu sehen.

Schließlich knickte Carr-Jones ein. »Es bringt doch nichts, das alles noch mal aufzuwühlen. Es ist schlecht für die Firma. Wäre besser, wenn du ihn davon abbringen könntest.«

»Ach ja?«, gab Tarek zurück, so rätselhaft wie möglich.

»Allerdings«, sagte Carr-Jones. Und kurz bevor er das Zimmer verließ, fügte er hinzu: »Ach, übrigens, wie geht's deinem Bruder Omar?«

Tarek überhörte die Frage und studierte Unterlagen auf seinem Tisch. »Geh und fick deine Schwester«, murmelte er auf Arabisch.

»Ein neues Gebet?«, fragte Carr-Jones. »Wusste gar nicht, dass du so fromm bist.«

Tarek ließ die Gebetsperlen durch seine Finger gleiten. Was sein fehlgeleiteter kleiner Bruder wohl gerade im Schilde führte? Seit vier Jahren hatte keiner aus der Familie von ihm gehört. Irgendwann würde Omar sich melden. Das tat er immer. Und natürlich hatte Carr-Jones Recht. Wenn die Kräfte, die bei Bloomfield Weiss walteten, erst einmal herausbekommen hatten, wer sein Bruder war, wäre Tareks Karriere aus und vorbei.

Erneut fluchte er vor sich hin, diesmal lauter. Dann klingelte sein Telefon. »Ja?«, bellte er hinein.

»Tarek? Hier ist Jean-Luc Martel.«

20

Calder stand vor einem kleinen Reihenhaus in einer ruhigen Straße in Ealing und drückte auf die Klingel. Eine Frau im weißen Sari öffnete die Tür. Sie war ein wenig größer als Perumal und hatte etwas hellere Haut. Obwohl ihre Augen tief in den Höhlen lagen, war sie überraschend hübsch. Sie war erst Anfang zwanzig.

»Mrs. Thiagajaran?«

»Ja.«

»Guten Tag. Ich bin Alex Calder. Ich habe mit Perumal zusammengearbeitet. Dürfte ich hereinkommen?«

Zuerst zögerte Radha Thiagajaran, dann ließ sie ihn in das kleine vordere Zimmer. Calders Blick fiel sofort auf zwei großformatige Fotos von Perumal auf einem kleinen Tisch, die mit Chrysanthemen geschmückt waren. Auf einer Seite glomm ein Räucherstäbchen, auf der anderen stand eine Lampe.

»Setzen Sie sich. Darf ich Ihnen einen Tee bringen?« Radha sprach mit einem starken Akzent, viel deutlicher als der von Perumal.

»Ja, danke«, sagte Calder. Während sie den Tee kochte, blieb er auf dem Sofa sitzen. Er hielt es für angebracht, bei einer indischen Witwe besonders zurückhaltend und förmlich zu sein. Immer wieder musste er die Bilder betrachten. Der angenehme Duft des Räucherstäbchens beschwor ein tröstliches Ritual.

Bald kehrte Radha mit einem Tablett zurück und goss Calder und sich selbst eine Tasse Tee ein.

»Es tut mir sehr Leid, was mit Perumal passiert ist«, begann Calder. »Mein herzliches Beileid.«

»Danke sehr«, erwiderte Radha höflich. In ihrem Gesicht standen Trauer und Erschöpfung.

»Am Wochenende vor seinem Tod hat mich Perumal oben in

Norfolk besucht. Ich würde gern mit Ihnen über das sprechen, was er mir erzählt hat.«

»Dorthin ist er also gefahren!«, sagte Radha. »Er hat mir gesagt, er würde mit einem Kollegen Golf spielen. Er war den ganzen Tag unterwegs, aber die Golfschläger standen hier! Der arme Perumal, er war so klug und konnte so dumm sein! Viele hätten bestimmt gedacht, er würde sich mit einer Frau treffen« – sie lachte gequält mit einem Blick auf die Fotos – »aber so war Perumal nicht.«

»Das heißt, er hat Ihnen nicht gesagt, dass er mich besuchen wollte?«

»Nein. Nichts.«

»Hören Sie, ich vermute, dass Perumal vor seinem Tod gewisse Probleme hatte.«

»Bestimmt nicht«, sagte Radha überzeugt. Ein wenig zu sicher.

»Es könnte etwas mit einer Frau namens Jennifer Tan zu tun gehabt haben. Sie hat mit uns bei Bloomfield Weiss gearbeitet und sich vor ungefähr einem Jahr umgebracht.«

»Ich weiß. Es hat Perumal ganz schön mitgenommen. Aber er hatte keine Probleme auf der Arbeit, es lief sogar sehr gut. Er war sehr erfolgreich, sagt man nicht so?«

Calder wurde klar, dass er der Witwe Angst machen musste, um sie zum Sprechen zu bringen. Er hatte keine Wahl.

»Ich vermute, dass Perumal ermordet wurde.«

»Nein!« Radha legte die Hand auf den Mund.

»Ich weiß noch nichts Genaues, aber ich glaube, er hat etwas entdeckt, was gefährlich für ihn war. Ich glaube, irgendjemand wollte seinen Tod.«

»Aber es war doch ein Unfall, nicht wahr?«

»Möglich. Das werde ich herausfinden. Sind Sie in Jackson Hole gewesen?«

»Nein«, sagte Radha leicht benommen. »Nein. Ich warte, bis sie ihn finden. Sie glauben, dass er, oder was noch von ihm übrig ist, irgendwo unter einem Berg von Schnee liegt.« Sie verstummte und kämpfte mit den Tränen. Calder wartete. »Wir können ihn nicht mal beerdigen. Perumal hat eine Schwester in Vancouver, die ist jetzt in Jackson Hole. Nächste Woche kommt sie mich besuchen. Vielleicht wird sie mir mehr sagen können. Aber ermordet?« Radha blinzelte, immer noch verwirrt. »Warum? Wer sollte meinem armen Perumal so etwas antun?«

»Ich weiß es nicht. Ich denke, es könnte etwas mit Jean-Luc Martel und dem Teton Fund zu tun haben.«

»Den Namen habe ich schon gehört. Das war Perumals Kunde. Sein wichtigster Kunde. Im letzten Jahr hat Perumal nur wegen des Teton Fund einen großen Bonus bekommen, dieses Jahr sollte es noch mehr sein. Wir wollten hier ausziehen und ein Haus in Fulham kaufen. Wir hatten uns sogar schon ein paar Häuser angesehen. Aber jetzt ... Ich weiß nicht, was jetzt passieren soll. Mr. Carr-Jones ist sehr nett gewesen. Er hat gesagt, dass ich eine gute Rente bekomme. Aber was soll ich mit einer Rente ohne Perumal? Eine Rente ist für alte Menschen, nicht wahr? Perumal und ich, wir hätten zusammen alt werden sollen.« Ihre Unterlippe zitterte. »Ermordet? Nein. Das kann nicht sein.«

»Vielleicht nicht«, sagte Calder. Es quälte ihn, sie so aus der Fassung zu bringen, aber er hatte keine Wahl. »Das möchte ich ja gern herausfinden. Hat Perumal vielleicht einmal von Problemen mit dem Teton Fund berichtet?«

»Nein.« Radha biss sich auf die bebende Unterlippe und sah Calder in die Augen. Sie überlegte fieberhaft.

Calder half ihr. »Ich weiß, dass Perumal ein ehrlicher Mensch war. Und er hat mir vertraut, sonst hätte er mich vor zwei Wochen nicht besucht. Aber er bekam Zweifel, ob er mir alles erzählen sollte. In Anbetracht der Umstände wäre es besser gewesen, wenn er es getan hätte. Ich hätte ihm vielleicht helfen können. Wenn er Probleme hatte, würde ich dem gerne auf den Grund gehen.«

Die junge Witwe lächelte, das erste Zeichen von Vertrauen. »Er hat nie gesagt, dass es ein Problem mit dem Teton Fund gibt. Aber etwas stimmte nicht, das habe ich gemerkt. Er war hin- und hergerissen, die Arbeit nahm ihn sehr mit. Auf der einen Seite war er jedes Mal sehr aufgeregt, wenn er ein Geschäft abschloss oder

Justin sagte, er hätte gut gearbeitet. Auf der anderen Seite war er ständig nervös und machte sich Sorgen.«

»Aber Sie wissen nicht, weswegen?«

»Nein. Ganz besonders nervös war er vor dem Flug nach Jackson Hole. Ich wusste, dass irgendwas nicht stimmte. Ich habe ihn gefragt, aber er sagte, er sitze an einer großen Sache. Aber es steckte mehr dahinter, da bin ich mir sicher.«

»Ich habe versucht, ihn bei Bloomfield Weiss zu erreichen, und dort sagte man mir, er würde ein paar zusätzliche Tage Urlaub nehmen. War das geplant?«

»Nein, überhaupt nicht. Es war ein sehr seltsames Gespräch. Er wollte Motorschlitten fahren. Ich sagte, das höre sich gefährlich an, er solle nach Hause kommen. Er antwortete, ich solle mir keine Sorgen machen. Aber er selbst klang besorgt, fast schon ängstlich. Und er hat in seinem Leben kaum Schnee gesehen, Mr. Calder, von Skifahren oder so ganz zu schweigen.«

»Vielleicht hatte er Spaß daran gefunden und wollte deshalb länger bleiben?«

»Aber ich kenne ihn. Ich glaube es nicht. Und warum sollte er so ängstlich sein? Da war irgendwas. Ganz bestimmt.« Wieder lächelte sie Calder an. Er spürte, dass er ihr Vertrauen gewonnen hatte, sie noch mehr erzählen wollte. »Die Ehe von Perumal und mir war arrangiert. Ich weiß, dass es hier schwer zu verstehen ist, aber in meinem Land ist das noch immer üblich. Als wir vor zwei Jahren heirateten, kannten wir uns noch gar nicht. Aber Perumal war ein guter, ehrlicher Mensch und ein guter Ehemann. Und nicht nur, weil er viel Geld verdient hat. Vielleicht hat er ein wenig zu viel auf seine Mutter gehört« – sie lächelte –, »aber ich bin nicht die einzige Frau, die Probleme mit ihrer Schwiegermutter hat. Sie will ständig herkommen, aber ich will das nicht. Bis sie ihn finden, bleibt es so schwierig.«

Jetzt konnte sie ihre Tränen nicht mehr zurückhalten. Calder wartete. Sie tupfte die Augen mit einem Taschentuch trocken.

»Haben Sie jemanden, mit dem Sie sprechen können?«

»Oh, ja. Meine Mutter ist hier gewesen, sie ist gestern nach Indien zurückgeflogen. Ich habe jüngere Schwestern, die sie brauchen. Viele Nachbarn hier sind sehr gut zu mir gewesen. Und Perumals Schwester wird bald hier sein.« Radha seufzte und schloss die Augen. »Ich weiß nicht, wie seine Mutter reagiert, wenn er wirklich ermordet wurde. Sie ist so stolz auf ihn. Damit könnte sie niemals fertig werden.«

»Dann erzählen Sie am besten nichts davon«, erwiderte Calder. »Es ist ja noch unklar, was wirklich passiert ist. Und ich würde es auf keinen Fall gegenüber Mitarbeitern von Bloomfield Weiss erwähnen. Noch nicht. Wenn ich etwas herausfinde, teile ich es Ihnen sofort mit.«

»Danke, Mr. Calder. Ich bin mir sicher, dass etwas nicht stimmte. Ich hoffe, Sie bekommen es heraus. Und wenn Sie sogar seine Leiche finden könnten …«

»Ich weiß nicht, ob ich das schaffe. Aber ich versuche es.«

»Bitte!«

Beim Verlassen des kleinen Hauses dachte Calder, wie viel Glück Perumal mit dieser Ehe gehabt hatte. Seine Mutter hatte ihm eine tolle Frau ausgesucht. Langsam wurde Perumal für Calder mehr als ein Spinner aus der Derivategruppe und sein Tod mehr als der Schlüssel zu Jens Schicksal. Perumal musste ebenso Gerechtigkeit widerfahren wie ihr.

Die Bar in der Nähe von Covent Garden war schon gut besucht. Calder war es gelungen, sich zwei Stühle mit Blick auf einen unter der Decke hängenden Großbildschirm zu sichern. Tottenham spielte gegen Liverpool, in zwanzig Minuten war Anstoß, und Calder wusste, dass Nils das Spiel sehen wollte.

Calder brauchte die Hilfe von einem Mitarbeiter bei Bloomfield Weiss. Nach seinem Gespräch mit Tarek war ihm klar geworden, dass es sich als noch schwieriger erweisen würde als vermutet. Es gab dort noch immer viele Leute, die er als Freunde bezeichnen würde, aber die meisten waren so alt wie er oder noch älter. Es war gut möglich, dass sie wie Tarek nur ungern unbequeme Fragen stellten. Calder brauchte einen jüngeren Mitarbeiter, der sich unauffällig in der Gerüchteküche und bei Carr-Jones' Günstlingen umhörte. Am ehesten in Frage kamen Nils und Matt. Sie waren beide bei Bloomfield Weiss ausgebildet worden und hatten Freunde in der Derivategruppe. Nils besaß mehr Eigeninitiative, deshalb rief Calder ihn an. Aber der Däne war auch ehrgeizig, deshalb wusste Calder nicht, ob Nils einverstanden sein würde.

Am Morgen war Calder bei Stephanie Ward gewesen, Jens Anwältin. Sie hatte bestätigt, dass man Jen eine gewaltige Abfindung angeboten hatte, sie aber vors Arbeitsgericht ziehen wollte. Die Aussichten, den Prozess dort zu gewinnen, waren gut, aber es war immer ein Vabanquespiel. Die Anwältin erklärte leicht verbittert, sie wundere sich nicht über Jens Selbstmord. Ein Unternehmen aus der Londoner Finanzwelt vor Gericht zu bringen ging an die Nerven: Jen war ihre dritte Klientin, die sich umgebracht hatte.

Calder hatte die Anwältin um die Telefonnummer von Jens amerikanischer Freundin Sandy Waterhouse gebeten. Während Stephanie Ward danach suchte, fragte sie Calder, ob er selbst Bloomfield Weiss wegen erzwungener Kündigung verklagen wolle. Er lehnte höflich ab. Er hatte größere Verbrechen auf der Rechnung.

Calders Handy klingelte. Er zog es hervor. »Ja?«

»Alex? Hier ist Benton Davis.« Calder musste sich anstrengen, um im Lärm der Bar etwas zu verstehen.

»Hallo, Benton.«

»Ich habe gehört, du fragst wegen Perumal herum. Und wegen Jennifer Tan.«

»Das stimmt.«

»Die Polizei war bei mir. Ich habe alle Unklarheiten beseitigt. Du solltest wissen, dass Bloomfield Weiss keinen Wert auf diese Art von Aufmerksamkeit legt.«

»Benton«, sagte Calder, »mir ist völlig egal, welche Art von Aufmerksamkeit Bloomfield Weiss bevorzugt.«

»Wir haben die Angelegenheit intern geklärt«, sagte Benton. »Damit ist sie erledigt. Und ich will nicht, dass du mit anderen Angestellten von Bloomfield Weiss darüber sprichst, haben wir uns verstanden?«

»Für mich sieht es aus, als ob du versuchst, einen Mord zu vertuschen. Und wenn ich herausfinde, was passiert ist, Benton, dann werde ich es an die ganz große Glocke hängen.«

»Ich rate dir, lass es sein.« Trotz des Lärms im Hintergrund klang Bentons tiefe Stimme autoritär.

»Zum Glück arbeite ich nicht mehr für dich«, gab Calder zurück und legte auf. Wie gut es war, nicht mehr auf solche Menschen angewiesen zu sein!

Nils kämpfte sich durch das Gewühl der Gäste. Calder holte ihm ein Pint Lager, Nils leerte es geübt und gierig. Er hatte einen feisten Bierbauch bekommen, und sein Doppelkinn war zu einem Dreifachkinn angewachsen. Er freute sich, Calder zu sehen, und prostete ihm zu.

»Hast du diese Bar wegen des Fernsehers ausgesucht?«, fragte Calder.

»Natürlich. Hab ’ne Menge auf das Spiel gesetzt.«

»Ich dachte, du wärst für Manchester United?«

»Bin ich auch, aber man verdient kein Geld, wenn man nur auf seine Lieblingsmannschaft setzt. Schon gar nicht als Däne.« Er grinste.

»Du hast Recht.«

»Ich setze auf Ecken«, sagte Nils und trank noch einen großen Schluck.

»Was?«

»Auf Ecken. Das ist der Trick. Wenn die Auswärtsmannschaft stärker ist als die Heimmannschaft und mit nur einem Stürmer spielt, setzt man auf Ecken. Das klappt immer. Na ja, fast immer.«

»Und das hast du bei dem Spiel heute gemacht?«

»Ja. Ich habe auf zwölf Ecken total gesetzt.«

Das bedeutete, wenn insgesamt nicht mehr als zwölf Ecken in dem Spiel geschossen wurden, würde Nils Geld bekommen. Gab es mehr, verlor er. Das Ganze hatte große Ähnlichkeit mit dem Rentenhandel, wahrscheinlich gefiel es Nils deshalb so gut.

»Ist zwölf eine gute Zahl?«

»Ja. Dürften nicht mehr als acht werden. Willst du auch?« Schon hatte Nils sein Handy hervorgeholt, um seinen Buchmacher anzurufen.

Calder schüttelte den Kopf. »Nein, danke. Aber ich hol dir noch ein Bier.« Nils hatte das erste Glas schon fast ausgetrunken. Im Fernsehen wurde über das Spiel gesprochen, aber Nils sah nicht hin. Calder war erleichtert.

»Und, wie läuft es so?«, fragte er, als er mit dem nächsten Bier zurückkam.

Nils verzog das Gesicht.

»So schlecht?«

»Jedenfalls schlechter als zu deiner Zeit. Sie haben Kevin Strumm geholt, der leitet jetzt die Gruppe«, erklärte Nils. »Der Kerl ist ein Weichei. Ich darf nichts allein machen, er muss alles vorher sehen, und wenn ich mir mal eine ordentliche Position zusammengebaut habe, will er sofort, dass ich sie zurückfahre.«

»Ist doch nicht schlecht, vorsichtig zu sein.«

»Aber es bringt nichts rein.« Nils grinste. »Du hast immer gewusst, wann man klotzen muss. Das habe ich von dir gelernt.«

»Hab Geduld. Irgendwann bekommst du deine Chance.«

»Kann sein. Aber ehrlich gesagt, bin ich weg, sobald mir der richtige Job angeboten wird.«

»Bloomfield Weiss sind immer noch die Besten im Rentengeschäft.«

»Möglich. Aber das steht nicht für ewig und alle Zeiten fest. Ich halt mir alles offen. Und, wie ist es bei dir? Hab gehört, du hast eine Flugschule gekauft.«

»Ja. Langthorpe in Norfolk, läuft gut.«

»Kann man damit Geld machen?«

Calder grinste. »Nee. Ich kann von Glück sagen, wenn sie irgendwann Gewinn abwirft. Komm doch mal am Wochenende vorbei.«

»Hört sich reichlich haarig an«, sagte Nils. »Du hast mir zwei Bier ausgegeben. Also, was willst du?«

Calder erzählte Nils von Perumals Besuch und seinem Verdacht, Jens Tod sei einigen gelegen gekommen. Er erklärte, wie sonderbar es sei, dass Perumal gerade jetzt verschwunden war. Nils hörte aufmerksam zu. »Wow«, sagte er schließlich.

»Ich würde gern herausfinden, warum Jens Tod für Carr-Jones so gelegen kam. Und ob sie und Perumal ermordet wurden. Perumal hat den Teton Fund in Wyoming besucht – ich wüsste gern, welche Geschäfte die Derivategruppe da laufen hat und ob Jen ebenfalls Kontakt mit dem Teton Fund hatte. Außerdem habe ich gehört, dass Tessa Trew kurz nach Jens Tod gekündigt hat. Angeblich hat sie sich mit Carr-Jones überworfen. Ich würde gern wissen, warum, und wo sie jetzt ist.«

»Wow«, wiederholte Nils und trank noch einen Schluck.

»Willst du mir helfen?«

Nils wand sich. »Ich gebe zu, dass das alles wirklich dubios klingt. Äußerst dubios. Aber ich kann nicht glauben, dass etwas dahintersteckt. Und wenn, dann ist die Sache verflucht gefährlich.«

Calder ließ nicht locker. »Du kennst doch einige von Carr-Jones' Leuten näher, oder?«

»Klar. Ich war zusammen mit Derek Grayling im Traineeprogramm. Und ich kenne noch ein, zwei andere.«

»Kannst du denen nicht mal ein paar Fragen stellen?«

Nils antwortete nicht, sondern schaute zum Fernseher hoch. An der White Hart Lane kamen die Spieler aus den Kabinen. Calder bemerkte, dass Nils angespannt war.

»Und?«

»Da könnten einige sauer werden«, sagte Nils.

»Da werden bestimmt einige sauer werden. Benton Davis, zum Beispiel. Und Carr-Jones.«

»Was ist für mich drin?«

Es war die Standardfrage des Investmentbankers, die Calder befürchtet hatte. »Nichts. Gar nichts.«

Nils hob die Augenbrauen. »Warum soll ich es dann tun?«

»Aus zwei Gründen«, entgegnete Calder. »Erstens: weil ich dich drum bitte. Und weil du mit Jen zusammengearbeitet hast. Du weißt, dass es nicht richtig war, was mit ihr passiert ist. Wir sind es ihr beide schuldig.«

Nils reagierte nicht. Plötzlich wurde es ein wenig leiser in der Bar. Nils drehte sich zum Bildschirm um, das Spiel hatte angefangen. Schweigend sahen die beiden zu. Es dauerte keine zwei Minuten, da bekam Liverpool die erste Ecke. Dann noch eine. Und die dritte. Eine Minute später wurde auf der anderen Seite ein Eckstoß gegeben.

»Scheiße«, sagte Nils. »Vier Ecken in fünf Minuten! Ich muss telefonieren.« Er holte sein Handy hervor, rief eine Nummer auf und hielt es ans Ohr. Calder konnte nichts hören, aber Nils' Reaktion war unmissverständlich.

»Wahnsinn!«, sagte er und starrte ungläubig auf das Telefon. »Ich muss auf 16 erhöhen.«

Unentschlossen sah er Calder an. Calder ahnte, dass Nils viel Geld gesetzt hatte. Wenn er pro Ecke 100 Pfund gewettet hatte, würde er 400 verlieren. Wenn er aber 1000 gesetzt hatte …

»Denk an die UEE-Anleihen«, sagte Calder.

Nils grinste kläglich. »Du hast Recht.« Schnell sagte er ein paar Sätze ins Telefon, dann schob er es zurück in die Tasche. Angewidert sah er zum Fernseher hoch. Noch eine Ecke für die Spurs. »Ich muss los.«

Calder trank sein Bier aus, gemeinsam steuerten sie auf den Ausgang zu.

»Danke, Zero«, sagte Nils.

»Fürs Bier oder für den Tipp?«

»Für beides.«

»Und?«

Sie standen auf dem Bürgersteig. Es begann zu regnen.

»Ich bin dabei«, sagte Nils.

21

»Du wirst immer besser, Ken«, sagte Calder am Schreibtisch der Flugschule, wo er Formulare ausfüllte. Die Wettervorhersage war gut. Er hatte seine Nachforschungen in London für ein paar Tage auf Eis legen müssen, um Jerry zu helfen.

»Danke«, sagte der Buchhalter und freute sich wie ein Schneekönig. »Die letzten beiden Landungen fühlten sich genau richtig an.«

»Du musst auf deine Geschwindigkeit beim Anflug achten, aber wenn du nächstes Mal genauso gut bist, könnte bald der erste Alleinflug anstehen.«

Ken sprang vor Freude fast in die Luft. Überschwänglich schüttelte er Calder die Hand, dann lief er zu seinem Mondeo auf dem Parkplatz. Calder musste grinsen. Er füllte das technische Bordbuch für das Flugzeug aus, mit dem sie gerade unterwegs gewesen waren. Ein Naturtalent war Ken nicht, aber er hatte Ehrgeiz. Bald würde er zum ersten Mal allein fliegen, auch wenn es bis zum Flugschein noch ein langer Weg war.

Calder hörte jemanden husten. Das Geräusch kam ihm bekannt vor. Er drehte sich um. In einem Sessel saß Justin Carr-Jones.

Calder verspürte ein fast körperliches Unbehagen, Carr-Jones hier zu sehen, in seinem Territorium, in seiner Welt. Carr-Jones trug Anzug und Krawatte, die Uniform der Investmentbanker, doch mit seinen blonden Locken, der Brille und den rosigen Wangen wirkte er außerhalb seiner gewohnten Umgebung schutzlos und deplatziert.

»Musst du nicht arbeiten? Du bist doch nicht gekommen, um Flugunterricht zu nehmen, oder?«

Carr-Jones stand auf und hielt Calder lächelnd die Hand hin. Calder ignorierte sie. »Können wir uns unterhalten?«, fragte Carr-Jones. »Unter vier Augen?«

»Moment.« Calder drehte sich zu seinem nächsten Schüler um, einem Zweiundzwanzigjährigen, der erst sieben Stunden Unterricht gehabt hatte, aber schon gute Fortschritte machte. »Sam, kannst du schon mal losgehen und Alpha Tango überprüfen? Ich komme gleich nach.« Calder führte Carr-Jones in das kleine Kabuff, das er zusammen mit Jerry als Büro nutzte. Jerry war gerade in der Luft.

Carr-Jones setzte sich in den tiefen Sessel vor Calders Schreibtisch. »Ich habe erfahren, dass du Fragen über Jen Tan stellst.«

»Das stimmt«, entgegnete Calder.

»Das halte ich für keine gute Idee.«

»Kann ich mir vorstellen.«

»Das Ganze ist jetzt ein Jahr her. Der Fall wurde gründlich von der Firma und der Polizei untersucht. Es führt wirklich zu nichts, alles noch mal aufzuwühlen.«

»Perumal ist nicht vor einem Jahr verschwunden.«

»Perumal hat nichts mit dem Tod von Jen zu tun, und das weißt du genau.«

»Ach, nein?« Wie immer fiel es Calder in Carr-Jones' Gegenwart schwer, sich zusammenzureißen. »Weißt du, dass Perumal mich hier besucht hat?«

»Benton sagte, das hättest du der Polizei gegenüber angedeutet.«

»Perumal wirkte sehr nervös. Er hatte Angst.« Calder beobachtete Carr-Jones genau, aber er reagierte nicht. »Perumal fragte mich, ob mir an Jens Tod irgendetwas auffällig vorkäme.«

»Eine traurige Angelegenheit«, sagte Carr-Jones kühl.

»Ja«, bestätigte Calder. »Allerdings.«

Carr-Jones' Blick streifte ihn. »Ah, ich kann mir vorstellen, was du denkst. Und ich kann auch verstehen, warum du mir einen reinwürgen willst. Aber Jens Selbstmord ist eigentlich die logische Konsequenz.«

»Was soll das heißen?«

»Es erklärt ihr seltsames Verhalten. Auf meinen Spruch in der Bar hat sie völlig überzogen reagiert. Sie muss total neben der

Spur gewesen sein. Es gibt immer Leute, die dem Druck nicht standhalten.«

Calder musste sich zusammenreißen. »Soll das etwa heißen, sie hat sich nicht wegen dir umgebracht?«

Carr-Jones lächelte traurig. »Ich habe viel darüber nachgedacht, genau wie du. Ich glaube, sie steckte in einer bösen Abwärtsspirale. Ihre übertriebenen Reaktionen waren nur Symptome. Es tut mir Leid, dass Bloomfield Weiss versäumt hat, sie zum Psychiater zu schicken.«

»Justin, das ist absoluter Schwachsinn.«

»Nein. Genau so war es. Tut mir Leid, wenn du das anders siehst.«

»Perumal machte Andeutungen, dass Jen möglicherweise nicht Selbstmord begangen hat«, sagte Calder.

»Hat er behauptet, sie wurde umgebracht?«

»Das könnte man daraus schließen.«

»Von wem?«

»Das hat er nicht gesagt. Aber er meinte, Jens Tod sei dir sehr gelegen gekommen.«

»Ah, verstehe«, sagte Carr-Jones verächtlich. »Und deshalb soll ich sie umgebracht haben? Das ist ja lächerlich.«

»Ach ja? Kam dir ihr Tod gelegen oder nicht?«

»Was für eine Frage, natürlich nicht! Das ist ein ganz schön widerlicher Vorwurf. Wahrscheinlich meinte Perumal damit diese Klage. Aber da wäre nicht viel draus geworden. Jen hatte keinerlei Beweise. Sie hätte verloren, und das wusste sie. Deshalb hat sie sich umgebracht.«

»Nein, Perumal sprach von etwas anderem.«

»Wovon denn? Hat er irgendeine Andeutung gemacht?«

»Nein«, gab Calder zu.

Carr-Jones entspannte sich kaum merklich. Die Schultern sackten ein wenig nach unten, die Kiefermuskeln lockerten sich. Es entging Calder nicht. In diesem Augenblick wusste er, dass es etwas gab, was er nicht finden sollte.

»Seltsamer Zufall, meinst du nicht?«, fragte Calder.

»Was?«

»Dass Perumal ein paar Tage nach seinem Besuch bei mir stirbt.«

»Ach, ich bitte dich, Zero, es war eine Lawine. Ein Schicksalsschlag, wie er im Buche steht.«

»Stimmt. Man muss schon ganz schön gerissen sein, um einen Mord unter einer Tonne Schnee zu verstecken.«

»Willst du damit sagen, dass ich auch Perumal umgebracht habe? Er war in Amerika, ich in London. Wie soll das denn funktionieren? Und glaub mir, er fehlt mir. Er hat im letzten Jahr gute Arbeit geleistet. Die Woche ohne ihn war ein Albtraum. Unser neues System für Risiko-Management ist zusammengeklappt, wir mussten die Valuierung selbst berechnen. Die geben 40 Millionen für so einen Scheiß aus, und am Ende ist es schlimmer als vorher. Kennst du ja noch.«

»Eigentlich versuche ich es zu vergessen. Perumals Geschäfte – waren das Deals mit dem Teton Fund?«

Carr-Jones antwortete nicht.

»Er war geschäftlich in Jackson Hole, Wyoming. Was hätte er da sonst zu suchen gehabt?«

»Ja. Es waren Transaktionen mit dem Teton Fund. Da arbeitet ein Inder, mit dem Perumal gut konnte. Es ging um komplex strukturierte Produkte. Fette Deals.«

»Das heißt, es winkten dicke Provisionen?«

Carr-Jones grinste. Er griff nach einer weißen Scheibe, einem manuellen Navigationsrechner, der auf Calders Schreibtisch lag. »Ist das eine Art Rechenschieber?«

»So was Ähnliches, ja.«

Carr-Jones spielte damit. Schnell erfasste sein mathematisches Hirn die Dimensionen und Möglichkeiten, dann legte er die Scheibe wieder auf den Tisch. »Du hast das alles der Polizei erzählt, nehme ich an?«

»Ja«, erwiderte Calder.

»Hat sie was gefunden?«

»Noch nicht.«

»Kommt denn noch was?« Aufmerksam beobachtete Carr-Jones Calders Reaktion. »Das habe ich mir gedacht. Die Polizei hat nichts gefunden, jetzt machst du dich selbst auf die Suche.«

»Ich möchte wissen, was passiert ist«, sagte Calder.

»Das weißt du doch genau. Das wissen wir alle. Vor einem Jahr hat sich eine psychisch angeknackste junge Frau umgebracht. Vor einer Woche ist einer meiner besten Trader in den Bergen verunglückt. Es ist wirklich sinnlos, noch weitere Fragen zu stellen.«

»Ach ja?«

Carr-Jones verfolgte, wie draußen eine Piper Warrior aufsetzte und sofort wieder durchstartete – touch and go.

»Es wäre mir lieber, wenn du Ruhe geben würdest.«

Calder schnaubte voller Verachtung. »Das kann ich mir denken. Aber du kannst mich nicht aufhalten, Justin. Ich arbeite nicht mehr für Bloomfield Weiss. Deine Einschüchterungsversuche ziehen bei mir nicht.«

Carr-Jones nahm wieder den Navigationsrechner in die Hand und spielte daran herum. »Hübsch«, sagte er, wie zu sich selbst. Dann sah er sich im Büro um. »Der Flugplatz gehört doch nicht dir, oder?«

»Doch, wir haben ihn gepachtet.«

»Aber das Land als solches?«

»Das gehört einem Bauern aus der Gegend.«

»Und wann muss der Pachtvertrag verlängert werden?«

In zwei Monaten. Eigentlich war die Verlängerung eine Selbstverständlichkeit. Das Land gehörte einer gewissen Mrs. Easterham, deren Vater den Flugplatz übernommen hatte, als die RAF ihn in den siebziger Jahren verließ. Seit dem Tod ihres Vaters hing Mrs. Easterham an dem Platz. Sie schien sich zu freuen, dass Calder und Jerry ihm eine Verjüngungskur verpasst hatten. Die Verlängerung sollte also kein Problem sein.

Doch als Calder Carr-Jones ansah, zog er es vor, nicht zu antworten. Er vermutete, dass der die Antwort schon kannte.

Carr-Jones bemerkte das Zögern und grinste. »Es wäre doch wirklich jammerschade, wenn ihr den Laden hier dichtmachen müsstet, wo ihr so viel Arbeit reingesteckt habt.« Er erhob sich. »Ich muss los. War mir ein Vergnügen, Zero.«

Mit diesen Worten verschwand er. Calder betrachtete den Flugplatz, den er vor einer Minute noch für seinen gehalten hatte.

»Verstehen Sie, ich finde es nur fair, dass ich zuerst mit Ihnen spreche und Ihnen die Möglichkeit gebe, nachzulegen.«

Mrs. Easterhams Stimme war schneidend scharf. Ihre Kleidung stammte aus dem feinen Chelsea, und die Strähnen im blonden Haar ließ sie sich bei ihren regelmäßigen Besuchen in Knightsbridge machen, dennoch war sie eine Norfolk-Frau durch und durch. Sie war groß und schlank, wirkte jedoch eher hart als elegant. Seit fünfhundert Jahren war dieses Stückchen Norfolk im Besitz ihrer Familie. Mrs. Easterham glaubte, dafür sorgen zu müssen, dass es sich mindestens noch eine Generation länger so verhielt. Ihr Mann war vor vielen Jahren gestorben, sie lebte nun ganz für ihre beiden Söhne, die auf einer Privatschule waren, und kümmerte sich um den Hof. Ihr Bauernhof war groß und gut in Schuss.

Calder war nicht überrascht gewesen, als Mrs. Easterham kurz nach Carr-Jones' Besuch auftauchte. Aber das Angebot, das ihr vorlag, wunderte ihn schon: zwei Millionen Pfund für 250 Hektar Land inklusive Flugplatz.

»Wissen Sie, wer Brynteg Global Investments ist?«, fragte er sie.

»Nicht genau. Eine Investmentfirma mit Sitz auf Guernsey. Ich weiß nicht, wer dahintersteckt, ich hatte nur mit einer Anwaltskanzlei in London zu tun. Der Name Brynteg ist doch walisisch, oder?«

»Hört sich so an«, sagte Calder. Carr-Jones war Waliser. Das Schwein versuchte nicht einmal, sich zu tarnen.

»Nicht gerade das Zentrum der internationalen Geldwäsche, würde ich sagen, aber man weiß ja nie. Nun, egal, die Firma ist bereit, zwanzig Prozent draufzulegen. Wenn ich das Geld bar bekomme, ist es mir doch egal! Die Landwirtschaft bringt nicht viel ein, ich kann den Hof kaum halten. Wenn ich die Hälfte des Landes zu diesem Preis verkaufen kann, habe ich die Zukunft für den Rest gesichert.«

»Aber dann wird der Flugplatz geschlossen?«

»Leider«, sagte Mrs. Easterham. »Das war der Firma sehr wichtig. Sie will das Land zum Anbau neuer Getreidesorten nutzen. Angeblich gibt es keinen besseren Platz dafür. Ich stelle Sie nicht gern vor diese Wahl, Mr. Calder, und mein Vater hätte ganz bestimmt gewollt, dass der Flugplatz weiterbetrieben wird, wenn es nur irgend geht, aber ich habe keine Wahl.« Sorgenvoll sah sie Calder und Jerry an. »Weshalb ich das Land wirklich lieber an Sie verkaufen würde. Sie müssten nicht mal genauso viel bieten, halbwegs so viel würde auch genügen.«

Jerry warf Calder einen Seitenblick zu. »Ich weiß nicht, Mrs. Easterham, wir müssen darüber nachdenken.«

Jerry hoffte, Calder würde das Geld irgendwie aufbringen. Calder wollte die Hoffnung seines Freundes nicht sofort zunichte machen. Er hatte nur einen Gedanken: War Carr-Jones so verzweifelt, dass er es nötig hatte, Calder mit zwei Millionen Pfund ruhig zu stellen?

»Gut, das freut mich. Ich muss mich bis nächste Woche bei der Firma melden.«

Als Mrs. Easterham gegangen war, sah Jerry seinen Kollegen mit fragend erhobenen Augenbrauen an. »Und?«

Calder schüttelte den Kopf. »Tut mir Leid, aber das schaffe ich nicht.«

»Vielleicht einen Teil? Für den Rest könnten wir einen Kredit aufnehmen. Ich habe keine Ahnung – sind zwei Millionen viel für das Land?«

»Ich würde sagen, es ist weit über dem Marktpreis«, entgegnete Calder.

Jerry schüttelte den Kopf. »Ich kann es einfach nicht glauben. Gerade jetzt, wo es gut läuft. Und als wir letztes Jahr unterschrieben haben, hat sie uns versprochen, den Pachtvertrag zu verlängern. Diese geldgeile Kuh!«

»Ich kann sie verstehen«, sagte Calder. »Ich schätze, es geht ihr viel schlechter, als sie zugibt.«

»Und wennschon. Aber wenn sie das macht, bin ich am Ende. Ich weiß, du hast mehr reingesteckt als ich, Alex, aber das waren meine gesamten Ersparnisse. Wenn ich hier das Handtuch werfe, muss ich mir entweder irgendwo anders eine Stelle als Fluglehrer suchen oder zurück ins Bestattungsinstitut. Und das kannst du mir glauben: Darauf habe ich gar keine Lust.«

Calder wand sich und barg den Kopf in den Händen.

»Was sind das überhaupt für Leute?«, wollte Jerry wissen. »Wieso wollen die ein Riesenstück Land am Arsch der Welt zu einem völlig überhöhten Preis kaufen? Und warum gehen die gerade zu Mrs. Easterham? Ich hatte nicht den Eindruck, dass sie das Land angeboten hat. Überall gehen Bauern Pleite, die liebend gern ihr Land verkaufen würden.«

Calder ließ sich auf den Stuhl zurückfallen und musterte Jerry. Er war kein Dummkopf, und das war einer der Gründe, warum er so ein guter Kollege war.

Jerry kniff die Augen zusammen. »Du weißt, was dahintersteckt, stimmt's, Alex?«

Calder nickte.

»Hat es was mit deinen Fahrten nach London zu tun?«

Wieder nickte Calder.

»Erzähl.«

Calder erzählte alles. Jerry hörte geduldig zu.

»Dieser Carr-Jones ist das letzte Arschloch«, sagte er schließlich.

»Stimmt.«

»Glaubst du wirklich, dass er zwei Millionen hinblättert, nur damit du Ruhe gibst?«

Calder seufzte. »Bei jedem anderen würde ich es für einen Bluff halten. Aber bei Carr-Jones? Ich weiß nicht, ob es sein eigenes Geld ist, aber ich weiß, dass man seine Drohungen ernst nehmen muss. Der zieht das durch.«

»Und was willst du jetzt machen?«

Calder sah seinen Kollegen an. »Ich bin überzeugt, dass Carr-Jones etwas zu verbergen hat. Etwas Wichtiges. Wenn es nur um mich ginge, würde ich mich an ihn ranhängen. Zwei Menschen sind gestorben.«

»Aber was ist mit dem Flugplatz?«

Calder schloss die Augen. Genau das war Carr-Jones' Plan. Es war kein Problem für Calder, sein eigenes Geld aufs Spiel zu setzen. Aber mit dem Geld seines Kollegen konnte er das nicht machen. Wenigstens nicht ohne dessen Zustimmung.

»Ich würde gern noch ein paar Fragen stellen, Jerry.«

»Alex! Dabei könnte ich alles verlieren!«

»Ich weiß. Aber ich bin überzeugter denn je, dass Carr-Jones richtig tief in der Scheiße sitzt. Ich will einfach nicht davonlaufen. Wenn ich ihm was nachweisen kann, wird er das Land nicht kaufen können. Wir behalten den Flugplatz, und er geht in den Knast.«

»Und wenn du es nicht schaffst?«

Calder zuckte mit den Schultern. »Dann verlieren wir.« Er beugte sich vor. »Hör zu, ich weiß, dass es unverschämt ist, dich um so was zu bitten, aber wenn wir das Risiko nicht eingehen, dann kommt er davon. Und das könnte ich nicht ertragen.«

»Ich etwa?«

»Bis zum heutigen Tag hattest du doch noch nie von ihm gehört.«

»Du gehst gern Risiken ein, was?« Jerry stand auf und blickte über den Flugplatz in Richtung Nordsee. »Ich habe es dir zu verdanken, dass ich hier bin«, sagte er. »Ohne dich würde ich im Leichenwagen hocken und im Schneckentempo Runden ums Krematorium drehen. Ich hätte den Flugplatz niemals selbst kaufen und in Betrieb halten können.«

»Ohne dich hätte ich es auch nicht geschafft«, sagte Calder.

»Scheiß drauf«, entgegnete Jerry. »Mach das Schwein fertig.«

22

Am späten Nachmittag fuhr Calder nach London. Als er Highgate erreichte, war es halb acht, dennoch beschloss er, es kurz im Büro von Sandy Waterhouse zu versuchen. Er wusste, dass Anwälte stets lange arbeiteten, vielleicht hatte er Glück.

Sie ging ans Telefon. Er stellte sich als alter Freund von Jen vor, der für ein paar Tage in London war und mit ihr über Jens Tod sprechen wollte. Nach einigen Ausflüchten schlug sie vor, sich um neun Uhr in der Lobby ihres Bürogebäudes zu treffen.

Um Punkt neun Uhr betrat Calder den schmalen marmornen Eingangsbereich des Gebäudes, des Sitzes von Trelawney Stewart, einer amerikanischen Anwaltskanzlei, von der er schon mal gehört hatte. Er dachte über Sandy Waterhouse nach. Am Telefon hatte sie eine angenehme, ruhige Stimme mit leichtem amerikanischem Akzent gehabt. Sie hatte geklungen, als wäre sie mit dem Treffen einverstanden. Daher wunderte er sich, als sie um Viertel nach neun immer noch nicht da war. Selbst um halb zehn war nichts von ihr zu sehen.

Calder nutzte die Wartezeit und rief Nils an, um sich zu erkundigen, wie er vorankam. Nils war zu Hause, er sah sich ein Fußballspiel an – Chelsea, soweit Calder das ausmachen konnte. Nils hatte mit Derek Grayling gesprochen, der behauptete, in der Derivategruppe laufe alles glänzend. Es gebe wieder ein Rekordjahr. Sie würden sich immer neue Möglichkeiten ausdenken, um die Anleger abzuzocken, trotzdem kämen die immer wieder und wollten noch mehr. Insbesondere der Teton Fund, der nun der größte Klient der Gruppe war. Nach Graylings Auskunft hatte Jen nichts mit den Amerikanern zu tun gehabt, Carr-Jones ebenso wenig: Perumal betreute sie allein. Nils hatte auch nichts Nachteiliges über Tessas Abgang erfahren können. Es war die alte Geschichte: Sie hatte eine der besten Investmentbanken für eine höhere Stellung und einen garantierten Bonus bei einem kleineren Institut verlassen – eine unbedeutende Bank in Stockholm. Calder bedankte sich bei Nils und bat ihn weiterzusuchen, auch wenn Nils bezweifelte, dass er etwas finden würde.

Calder steckte das Handy zurück in die Tasche. Er war enttäuscht. Wenn in der Derivategruppe irgendetwas lief, und davon war er überzeugt, dann war es scheinbar so gut versteckt, dass Nils es nicht aufspüren konnte. Außerdem sah es aus, als habe sich Tarek mit seiner Vermutung getäuscht, Tessa und Carr-Jones hätten sich überworfen.

Calder beschloss, um zehn Uhr zu gehen. Um fünf vor öffnete sich der Aufzug, und eine große, schlanke Frau mit kurzem blondem Haar trat heraus und sah sich suchend um. Als sie Calder erblickte, lächelte sie entschuldigend.

»Alex? Tut mir Leid, dass ich so spät komme. Sie hätten nicht auf mich warten sollen.«

»Schon gut«, sagte Calder. »Überstunden?«

»Schön wär's. Das ist leider meine normale Arbeitszeit. Tut mir Leid, ich dachte, ich würde eher wegkommen, aber ich musste noch auf eine Antwort aus Chicago warten. Aber das ist ja uninteressant.«

»Lust auf ein Glas Wein oder so?«, fragte Calder.

»Gern. Hier um die Ecke ist ein Pub. Los, gehen wir.«

Die Kneipe um die Ecke war klein und fast leer. Calder holte zwei Glas Weißwein an der Theke. Auf dem Weg zum Tisch fiel ihm auf, wie attraktiv Sandy war. Sie musste Ende zwanzig sein, hatte hohe Wangenknochen, klare blaue Augen und eine Gelassenheit, die sehr natürlich wirkte und dadurch umso mehr entzückte.

»Ich meine mich zu erinnern, dass Jen sagte, Sie würden viel arbeiten«, bemerkte Calder.

»Ja, das stimmt«, erwiderte Sandy. »Ich dachte schon in New York, es wäre viel, doch hier ist es noch schlimmer geworden. Aber es ist ja bald vorbei.«

»Sie gehen zurück?«

»Wenn das Projekt, an dem ich gerade arbeite, nächste Woche abgeschlossen ist, bin ich fertig. Anschließend mache ich zwei Wochen Urlaub, und dann geht's zurück nach New York. Ich habe meine zwei Jahre abgesessen.«

Calder spürte eine leichte Enttäuschung. Wie albern.

»Jen war immer sehr verständnisvoll, wenn's um die Arbeit ging«, fuhr Sandy fort. »Ich weiß wirklich nicht, wie oft ich sie versetzt habe. Ich wollte mich sogar an dem Abend mit ihr treffen …« Sie verstummte.

»Als sie starb?«

»Ja. Aber Jen hatte Verständnis. Immer. Ich fand, wir beide hatten die schlimmsten Jobs in London. Es war tröstlich, sich gegenseitig etwas vorzujammern.« Sandy fiel das Haar ins Gesicht, aber sie schob es nicht zurück.

»Woher kannten Sie Jen?«

»Wir waren auf derselben High School. In einem Vorort von New York. Wir gingen in dieselbe Klasse, waren aber nicht eng befreundet. Als ich dann nach London versetzt wurde, meinte ein ehemaliger Klassenkamerad, ich sollte mich doch mit Jen in Verbindung setzen. Sie wurde meine einzige Freundin hier. Außerhalb von Trelawney Stewart, meine ich. Wir verbringen natürlich alle viel Zeit in der Firma.«

»Sie hatte nicht viele Freunde in London, oder?«

»Nein. Und das konnte sie überhaupt nicht verstehen. Eigentlich war Jen sehr gesellig, früher jedenfalls. Aber das änderte sich, als sie hierher kam. Ich weiß nicht, ob es an den unfreundlichen Leuten oder an ihrem schrecklichen Chef lag.«

»Justin Carr-Jones?«

»Ja, der. Er hat ihr Selbstvertrauen zerstört. Ich habe ihr immer gesagt, dass sie an sich glauben muss. Sie war clever und intelligent, wir hatten viel Spaß zusammen. Manchmal hatte ich das Gefühl, sie würde auf mich hören. Aber dann machte die Arbeit sie wieder fertig. Wenn ich bloß an diesem Abend nicht abgesagt hätte, vielleicht hätte sie dann nicht … na ja, Sie wissen schon.«

»Ich bin nicht sicher, dass sie sich umgebracht hat«, sagte Calder leise.

»Was meinen Sie damit?«

»Was glauben Sie?«

Sandy seufzte. »Keine Ahnung. Damals habe ich es auch nicht geglaubt, aber die Polizei hat den Fall untersucht, die Todesursache wurde gerichtlich festgestellt. Ich denke, ich habe das Ergebnis einfach akzeptiert.«

»Warum hatten Sie Zweifel an einem Selbstmord?«

»Weil wir uns getroffen hatten, an dem Wochenende bevor sie starb. Wir waren am Sonntagnachmittag im Kino. Hin und wieder habe ich sonntags frei. Jen war ziemlich verbittert, wegen Justin – wie heißt er noch mal? Sie hatte einen Plan, um ihn so richtig fertig zu machen. Sie konnte es gar nicht abwarten. Jen wirkte auf mich einfach nicht wie jemand, der jede Hoffnung aufgegeben hat.«

Calders Interesse erwachte. »Wissen Sie vielleicht, was das für ein Plan war?«

»Nein, sie hat es mir nicht erklärt. Es hatte was mit diesem Hedgefonds-Typen zu tun, Sie wissen schon, diesem Franzosen. Der Mann, der den Euro kippte.«

»Martel? Jean-Luc Martel?«

»Ja, genau der.«

»Hat sie auch gesagt, was es mit ihm zu tun hatte?«

»Nein, nicht dass ich wüsste.«

Jen hatte einen Plan gehabt, Carr-Jones fertig zu machen? Calder rief sich das letzte Treffen mit ihr in der Bar in Chelsea in Erinnerung. Damals hatte er zu Jen gesagt, es sei schade, dass sie nichts gegen Carr-Jones in der Hand hätten. Ihm war so, als ob seine Bemerkung Jen auf eine Idee gebracht hätte. Sie stritt es ab, aber vielleicht wollte sie es für sich behalten. Was, wenn sie einen Weg gefunden hatte, Carr-Jones so unter Druck zu setzen, wie er es mit Calder und Jen getan hatte?

Aber was konnte das gewesen sein? Offenbar etwas, was mit Jean-Luc Martel, Perumals Anleger, zu tun hatte. Dabei hatte Nils ihm doch gerade gesagt, Jen habe nichts mit dem Teton Fund zu tun gehabt.

Sandy unterbrach Calders Überlegungen: »Ich habe das schon der Polizei erzählt, und die war eigentlich überzeugt, dass es Selbstmord war, stimmt's? Der Gerichtsmediziner auch.«

»Ja. Und dann war da noch die SMS an ihre Mutter. ›Sorry, Mum.‹«

»So eine Nachricht zu bekommen …«, sagte Sandy. »Und man ist Tausende von Kilometern weg. Es muss furchtbar gewesen sein für die Mutter.«

»War es auch. Die Polizeibeamtin, mit der ich gesprochen habe, ging damals an Jens Handy. Ein kurzer Satz auf einem Zettel wäre besser gewesen. Was ist?«

Mit halb geöffnetem Mund starrte Sandy ihn an. »Mom«, sagte sie.

»Was?«

»Das passt nicht! Jen hätte ›Sorry, Mom‹ geschrieben. ›Mum‹ ist britisches Englisch. Jen war durch und durch Amerikanerin.« Sandy runzelte die Stirn. »Vielleicht hat sie diese Nachricht gar nicht selbst geschrieben.«

Ungläubig starrte Calder Sandy an. Er war sprachlos. »Sie meinen, wenn ihr jemand auf den Kopf geschlagen und sie aus dem Fenster gestoßen hat, dann könnte derjenige sich auch eine SMS ausgedacht haben? Ist leichter, als eine Schrift zu fälschen.«

»Die Telefonnummer war wahrscheinlich im Handy gespeichert.«

»Verdammt!«, sagte Calder. »Aber vielleicht habe ich mich einfach nur verhört, und es hieß doch ›Mom‹.«

»Nein, es war ›Mum‹. Das haben sie mir auch gesagt. Ich fand es damals schon komisch, habe aber nichts gesagt, weil ich's nicht so wichtig fand.«

»Also, wenn das stimmt, dann ist das Urteil des Gerichtsmediziners falsch. Ich rufe morgen die Polizei an und frage nach.«

»Sagen Sie mir Bescheid.« Sandy sah Calder lange prüfend an. Ihr Blick behagte ihm nicht, gleichzeitig fand er ihn sonderbar aufregend. Diese Frau ging ihm unter die Haut. »Ich überlege gerade, ob ich mich erinnern kann, dass Jen über einen Alex gesprochen hat.« Sie lächelte. »Sie waren nicht zufällig ihr heimlicher Freund, oder?«

»Leider nicht. Wir haben zusammengearbeitet. Man könnte sagen, ich war nach Carr-Jones ihr Vorgesetzter. Möglicherweise hat sie mich Zero genannt.«

Sandys Lächeln verschwand, ein enttäuschter, leicht angewiderter Zug umspielte ihr Gesicht. »Ach ja. Hat sie erzählt.«

Der veränderte Tonfall verunsicherte Calder. Sandys Offenheit war so erfrischend gewesen. Was noch wichtiger war: Jetzt kam Jens wahre Meinung über ihn ans Licht.

»Sie kann doch nicht gedacht haben, dass ich so schlimm bin wie Carr-Jones, oder?«

»Nicht ganz so schlimm«, entgegnete Sandy. »Aber Sie haben ihr fast genauso wehgetan.«

»Wir haben uns gut verstanden«, widersprach Calder. »Sie sagte sogar, zum ersten Mal würde ihr die Arbeit in London Spaß machen.«

»Kann sein.«

»Ich möchte wissen, was sie gesagt hat«, beharrte Calder.

»Sie lebt nicht mehr«, sagte Sandy ohne jede Freundlichkeit. »Es bringt nichts.«

Aber Calder ließ nicht locker. »Das verstehe ich nicht. Sie sagen, ich hätte ihr wehgetan. Ich dachte, Jen und ich hätten uns gut verstanden. Ich dachte, sie würde mich mögen.«

»Doch, anfangs schon«, entgegnete Sandy. »Sie fand Sie nett, Sie hatten was drauf. Jen fasste neuen Mut, weil sie wieder Verantwortung bekam. Sie sagte, Sie hätten ihr geholfen, wieder Spaß an der Arbeit zu haben. Und dann behauptet dieses Schwein, sie hätte was mit Ihnen, und Sie lassen sie fallen.«

»Ich hab sie doch nicht fallen lassen!«

»Das hat sie aber behauptet«, sagte Sandy verbittert. »Als Jen Beschwerde einreichen wollte, haben Sie versucht, sie davon abzubringen. Als sie die Firma vors Arbeitsgericht bringen wollte, haben Sie versucht, es ihr auszureden. Sobald die Karriere eines Mannes auf dem Spiel stand, haben sich die Männer geschlossen gegen sie gestellt. Jen dachte, sie könnte Ihnen vertrauen, aber sie hatte sich getäuscht.«

»Das stimmt nicht!«

»Kann sein.«

»Ich war bereit, vor dem Arbeitsgericht auszusagen.«

»Na, toll! Sie waren bereit, die Wahrheit zu sagen! Dafür muss man ja wirklich allen Mut zusammennehmen. Sie haben ihr nicht geholfen, stimmt's? Sie haben ihr nicht beigestanden. Sie sind nicht ausgestiegen. Jen war der Sündenbock.«

»Das stimmt nicht. Ich bin ausgestiegen.«

»Wann?«

»Nach ihrem Tod«, sagte Calder leise. »Oder nach dem Mord.«

Sandy warf ihm einen Blick zu, der alles sagte. »Und deshalb wollen Sie beweisen, dass Jen sich nicht umgebracht hat? Um Ihr schlechtes Gewissen zu beruhigen?«

»Das ist unfair.«

»Sie ist tot, das ist nicht mehr zu ändern.«

Calder wollte widersprechen, aber Sandy unterbrach ihn. »He, mich müssen Sie nicht überzeugen. Der Mensch, den Sie überzeugen müssen, ist nicht hier.« Sandy trank einen großen Schluck Wein. »Tut mir Leid. Ich glaube, ich bin immer noch wütend.«

Calder war ebenfalls aufgebracht. Er wollte dieser Frau beweisen, dass sie sich irrte, dennoch wusste er, dass sie teilweise Recht hatte.

Sie leerte ihr Glas. »Kann ich jetzt gehen?«

»Natürlich«, sagte Calder. Er war enttäuscht, dass das Treffen mit Sandy so gründlich schief gegangen war. »Soll ich Ihnen ein Taxi rufen?«

»Das schaffe ich schon selbst, danke«, sagte sie und griff zu Mantel und Tasche.

Calder sah ihr zu. Er konnte sie nicht einfach so gehen lassen. »Sandy«, sagte er.

Sie hielt inne.

»Hier ist meine Karte. Rufen Sie mich an, falls Ihnen noch etwas einfällt.« Er reichte ihr seine Visitenkarte, die sie nach kurzem Zögern annahm. »Ich weiß, wir haben uns gerade erst kennen gelernt, aber ich möchte, dass Sie mir glauben. Was mit Jen passiert ist, war falsch. Ich weiß nicht genau, was da los war, aber ich will, dass der Schuldige bestraft wird.«

Sandy musterte ihn kühl. »Das sind Schuldgefühle, mehr nicht. Die haben wir alle. Wir haben sie im Stich gelassen, Alex oder Zero, oder wie Sie heißen. Daran können wir nichts mehr ändern.«

Calder blickte auf die edlen Säulen eines ehrwürdigen Clubs auf der anderen Straßenseite hinunter. Er stand in einem Besprechungszimmer im ersten Stock von Bloomfield Weiss' kleinem, aber feinem Büro in St. James's. Die Chancen, dass sich ein Clubmitglied an eine Investmentbank wandte, waren gleich null, dennoch war vor zehn Jahren jemand der Meinung gewesen, dies sei der geeignete Standort für eine Privatbank in London.

Die Zentrale von Bloomfield Weiss' Privatkundenbetreuung saß in Zürich und hatte Niederlassungen in allen wichtigen Finanzzentren der Welt: Luxemburg, Jersey, Monte Carlo, Bermuda, Nassau und Miami, das Tor zum südamerikanischen Geld. Calder hatte nur eine vage Vorstellung, wer die Klienten waren: Menschen, die zu viel Geld besaßen, um zur selben Bank zu gehen wie der Mann von nebenan, internationale Geldnomaden ohne festen Wohnsitz, die überall verdienten, aber nirgends Steuern zahlten, Käufer diverser, von Bloomfield Weiss erdachter und vertriebener esoterischer Finanzprodukte. Wie beispielsweise Hedgefonds. Es war Zeit, mehr über Jean-Luc Martel und seinen geheimnisvollen Teton Fund herauszufinden.

Am Vormittag hatte Calder Detective Constable Neville angerufen. Er hatte ihr nicht lange zureden müssen, bis sie die Schreibweise von »Mum« prüfte. Es war mit einem u, nicht mit einem o geschrieben worden. Interessiert hatte Neville zugehört, als er ihr seine Theorie darlegte, Jen könne diese Nachricht unmöglich in dieser Schreibweise an ihre Mutter geschickt haben.

Aber als er versuchte, sie zur Neuaufnahme der Ermittlungen zu bewegen, blieb sie unerbittlich. Sie würde eine Aktennotiz machen, aber es gab noch nicht genügend Beweise, um erneut tätig zu werden. Jen war seit einem Jahr in England gewesen, es war durchaus möglich, dass die englische Schreibweise auf sie abgefärbt hatte.

Es tröstete Calder ein wenig, dass DC Neville »noch nicht« sagte. Sie hörte ihm zu. Calder glaubte, sie fast überzeugt zu haben. Aus den früheren Gesprächen mit ihr wusste er, dass das eigentliche Problem darin bestand, sie zu einer Auseinandersetzung mit ihrem skeptischen Chef zu bewegen.

»He, Alex, wie geht's?«

Calder drehte sich um. Ein großer, kräftiger Mann mit zurückgekämmtem, schütterem blondem Haar in einem Zweireiher stand vor ihm.

»Mir geht's gut, Freddie.«

»Schön, dich zu sehen«, sagte Freddie Langhauser und goss auf dem Sideboard Kaffee in zwei Tassen. »Du hast Glück, dass du mich hier erwischst. Ich bin gerade heute Morgen aus Zürich gekommen und muss heute Nachmittag nach New York weiter.«

»Vielen Dank, dass du mich dazwischenquetschst.«

Langhauser und Calder hatten bei Bloomfield Weiss gemeinsam das betriebsinterne Ausbildungsprogramm absolviert, als sie im Investmentbereich begannen. Sehr nah hatten sie sich nicht gestanden, aber die Ausbildung ließ ein Gefühl der Zusammengehörigkeit zwischen den Teilnehmern entstehen, das das Auf und Ab bei Bloomfield Weiss überlebte. Es war ein Netzwerk von Kollegen, sogar Freunden, die gemeinsam gelitten und gezittert hatten. Calder hatte Langhauser einen Tag zuvor auf den vagen Verdacht hin angerufen, er könne in der Stadt sein. Wenn einer von den alten Kollegen anrief und um einen Gefallen bat, hörte man zumindest zu.

»Wie lange ist das jetzt her, sieben Jahre?«, fragte Freddie.

»Fast schon acht.«

»Wirklich? Ich habe gehört, du hast die Branche gewechselt.«

»Ja, letztes Jahr. Und es ist wahr: Es gibt ein Leben nach Bloomfield Weiss.«

»Gut zu wissen.« Freddie lachte, ein lautes Wiehern. Calder erinnerte sich, wie nervig und völlig unvorhersagbar es immer gewesen war.

Flink stellte Freddie die Kaffeetassen ab und setzte sich. Ganz der Geschäftsmann.

»Ich brauche nicht lange«, sagte Calder und nahm sich selbst einen Stuhl. »Ich glaube, du hast mit Hedgefonds zu tun.«

»Stimmt«, bestätigte der Schweizer Banker. »Seit die Aktienmärkte so übel einen mitbekommen haben, sind Hedgefonds bei unseren Klienten deutlich beliebter geworden. Man könnte behaupten, dass ich in den letzten Jahren eine gewisse Fachkenntnis auf diesem Gebiet entwickelt habe.« Ein erneuter Heiterkeitsausbruch.

»Weißt du irgendetwas über den Teton Fund?«

Freddie grinste.

»Das verstehe ich als ›ja‹.«

»Noch vor einem Jahr hätte ich die Finger davon gelassen. Jean-Luc Martel ist ein cleverer Bursche, aber ich war immer der Ansicht, dass er zu große Risiken eingeht. Und er hat fragwürdige Investoren. Aber als er den Euro in die Knie zwang, wollten alle zu ihm. Und wenn die Leute kaufen wollen, bin ich der Letzte, der sie davon abhält.«

»Hast du ihm Investoren vermittelt?«

»Ein paar. Und ich habe noch welche in der Mache. Da ist einer, der überlegt, ob er nächsten Monat mit 300 Millionen einsteigt.«

»300 Millionen? Wow! Wer ist das?«

»Du weißt, dass ich das nicht sagen darf. Warum fragst du? Stimmt irgendwas nicht mit dem Teton Fund? Etwas, was ich wissen sollte?«

»Keine Ahnung«, erwiderte Calder. »Das versuche ich gerade herauszufinden.«

»Willst du investieren?«, fragte Freddy. »Man kann sich nicht direkt an den Teton Fund wenden. Aber ich kann bestimmt was in die Wege leiten. Ich glaube allerdings, Minimum ist eine Million Dollar.«

Es war typisch für einen Mitarbeiter von Bloomfield Weiss, aus einem Treffen ein Verkaufsgespräch zu machen. Calder konnte es Freddie nicht verübeln. Es klang schließlich eindrucksvoll.

»Tja, ich muss meine unrechtmäßig erworbenen Gewinne ja irgendwo unterbringen.« Calder meinte, ein neidisches Blitzen in Freddies Augen zu sehen. Sollte wirklich einer seiner ehemaligen Kollegen eine Million übrig haben, um sie in einem Hedgefonds zu verplempern?

»Du bist der Trader, du weißt, welche Risiken Martel eingeht.«

»Von außen ist das immer schwer zu beurteilen. Du hast etwas von fragwürdigen Investoren gesagt.«

»Ja. Ursprünglich hat Chalmet in Genf den Fonds gesponsert. Viele Hedgefonds werden aus gutem Grund an Investoren außerhalb der Vereinigten Staaten platziert. Weniger Stress mit den Vorschriften.«

»Aha. Und, ist Chalmet fragwürdig?«

»Einige der Kunden schon. Die Bank ist ganz groß in Südamerika. Und osteuropäisches Geld nimmt sie auch gern. Du weißt ja, dass Schweizer Banken sich in den letzten zehn Jahren deutlich genauer ansehen, mit wem sie es zu tun haben. Chalmet scheint in dem Sinne nicht auf der Höhe der Zeit zu sein.«

»Du meinst also, im Teton Fund steckt Drogengeld?«

»Man kann unmöglich sagen, woher das Geld kommt. Aber ich kenne zwei der größten Investoren, und die sind äußerst suspekt. Der eine ist der Zeller-Montanez-Clan aus Mexiko, der andere ist Michail Bodintschuk.«

»Bodintschuk?«

»Ein Milliardär aus der Ukraine. Banken, Öl, Waffen, Brauereien, Aluminium. Im legalen Bereich. Außerdem Drogen und Prostitution, im großen Stil. Hat den Ruf, niemals nachzugeben. Wir gehen nicht an ihn ran.«

»Bloomfield Weiss geht nicht an ihn ran? Dann muss er wirklich schlimm sein.«

Freddie ging nicht auf die Frotzelei ein. »Wir haben auch nichts mit dem Zeller-Montanez-Clan zu tun. Vor ein paar Jahren gab es da einen großen Geldwäscheskandal. Heutzutage muss man vorsichtig sein, wie gesagt.«

»Investiert irgendeiner von denen aktiv im Teton Fund?«

»Was meinst du damit?«

»Ich meine, haben die Einfluss darauf, was da passiert?«

»Das bezweifle ich. Für diese Leute ist das Geld, sobald es die Schweiz erreicht, sauber und wird konservativ angelegt.«

»Aha. Ich danke dir, Freddie«, sagte Calder und erhob sich. »Hört sich interessant an. Ich melde mich.«

Freddie reichte Calder seine Visitenkarte. »Denk drüber nach. Wenn du eine Million übrig hast, können wir dich bestimmt irgendwo reinquetschen.«

Calder verließ Langhausers Büro und ging die St. James's Street entlang auf die U-Bahn-Station Green Park zu. Sein Handy piepste. Es war Matt.

»Hör zu, Zero, es ist eilig.« Matt flüsterte. Calder hörte im Hintergrund die Geräusche des Trading Room.

»Ja?«

»Nils meinte, du willst wissen, was in der Derivategruppe los ist.«

»Ja.«

»Irgendwas mit Jen oder Tessa Trew?«

»Genau.«

»Also, ich hab mich vor ein paar Monaten mit ein paar Kumpels aus Oxford getroffen. Ich weiß nicht, ob du das noch weißt, aber ich hab da damals zusammen mit Tessa studiert. Ich kannte sie zwar kaum, aber einige von meinen Freunden kannten sie. Wir haben darüber geredet, dass sie eine richtige Schlampe geworden ist, seit sie in London arbeitet. Dann fragt mich einer von den Jungs, was wir bei Bloomfield Weiss mit ihr gemacht hätten. Ich sagte, ich wüsste es nicht, ich wüsste nur, dass sie letztes Jahr gekündigt hätte. Er meinte, er hätte sie anschließend gesehen, und sie wäre ganz schön sauer gewesen. Er hätte sie gefragt, warum sie wegen eines zweitklassigen Jobs in Schweden bei Bloomfield Weiss aufgehört hätte, und sie meinte, sie hätte nicht schnell genug wegkommen können. Sie sei froh, dass sie weg wäre aus London. Mein Kumpel wollte wissen, warum, aber sie hat nichts verraten.«

»Hat sie von Carr-Jones gesprochen?«

»Nein. Mein Freund hätte eh nicht gewusst, wer das ist. Er meinte, sie hätte einfach das Thema gewechselt. Aber er war sich ziemlich sicher, dass etwas vorgefallen sein muss. Etwas Schlimmes.«

»Sie ist kurz nach Jens Tod ausgestiegen, oder?«

»Ja, um die Zeit herum.«

»Danke, Matt.«

»Keine Ursache.«

Als Calder mit der U-Bahn zurück zu Annes Haus in Highgate fuhr, dachte er über Matts Auskunft nach. Nils würde nicht erfahren, was in der Derivateabteilung vor sich ging, aber Tessa konnte es wissen. Und wenn sie wirklich noch sauer auf Bloomfield Weiss war, würde sie es Calder vielleicht sogar verraten.

Allein die Vorstellung, mit Tessa zu sprechen, machte ihm eine Gänsehaut, aber sobald er in Highgate war, recherchierte er die größten schwedischen Banken im Internet, rief die jeweiligen Zentralen in Stockholm an und fragte nach der Derivateabteilung.

Beim dritten Versuch hatte er Glück.

»Könnte ich bitte mit Tessa Trew sprechen?«, fragte er die Frau, die sich auf Schwedisch meldete.

»Einen Moment, bitte.«

Calder wappnete sich. Es würde nicht einfach werden.

»Tessa Trew.«

»Hallo, Tessa! Wie geht's dir?«

Sie erkannte seine Stimme auf der Stelle. »Zero, bist du das?«

»Ja, ich bin's. Wie geht's dir?«

»Was interessiert dich das?«

Calder ignorierte die Bemerkung. »Ich bin morgen in Stockholm.«

Tessa schnaubte verächtlich. »Erzähl mir bloß nicht, dass du eine alte Freundin besuchen willst.«

»Ich muss mit dir sprechen«, sagte Calder.

»Tja, aber ich nicht mit dir. Also tschüs.«

»Warte! Ich muss mit dir sprechen, sonst geh ich zur Polizei.«

Stille. Aber Calder wusste, dass er einen Nerv getroffen hatte. »Und was willst du der Polizei erzählen?«

»Eben darüber möchte ich ja mit dir reden.«

»Ich habe nichts mit dir zu besprechen.«

»Wollen wir uns morgen Abend treffen? Um sieben? In der Bar vom *Grand Hotel*, okay?«

»Nein.«

»Überleg's dir. Ich warte auf dich. Wenn du nicht kommst, fliege ich nach London zurück und gehe zur Polizei. Du weißt ja, dass man innerhalb der EU ausgeliefert wird.«

Sie legte auf. Wieder ging Calder ins Internet. Er buchte ein Flugticket nach Stockholm.

23

Die Aussicht vom *Grand Hotel* über den Hafen auf Altstadt und Königspalast war im Sommer herrlich, im Winter bei gutem Wetter ebenfalls. Aber um sieben Uhr abends an einem dunklen Februartag, wenn es dicke Tropfen kaum geschmolzenen Eises regnete, war schlichtweg keine Aussicht vorhanden. In der Hotelbar war es jedoch warm, die Atmosphäre war angenehm. In der Luft lag das zurückhaltende Gemurmel der feinen schwedischen Gesellschaft. Calders Blick schweifte über die Köpfe: keine Tessa in Sicht.

Ihn wunderte nicht, dass sie genauso wenig Lust auf ein Gespräch hatte wie er auf eine Unterhaltung mit ihr. Er hoffte trotzdem, dass sie kommen würde, und wenn nur um herauszubekommen, was er wusste. Auch wenn es ein billiger Flug von Stansted gewesen war – für einen Drink an der Bar des *Grand Hotel* war die Anreise doch recht aufwendig. Calder leerte sein Glas Gin Tonic und machte dem Barkeeper Zeichen, ihm noch eins zu geben. Eine Frau mit braunem Haar, unauffälliger Frisur und Brille steuerte auf ihn zu.

»Kann ich auch so was haben?«

»Tessa? Ich habe dich gar nicht erkannt.«

Sie war zurückhaltend gekleidet. Tessa trug einen blauen Hosenanzug, der ihre Figur eher verbarg als betonte. Kein blondiertes Haar mehr, ebenso wenig auffälliges Make-up und Kontaktlinsen. Aber schließlich erkannte er doch die Gesichtszüge wieder.

»Kein Problem«, sagte sie. »Niemand aus der Zeit bei Bloomfield Weiss erkennt mich. Aber das macht nichts. Das war ja der Sinn der Übung.«

Calder bestellte beim Barkeeper einen weiteren Gin Tonic. Zusammen mit Tessa steuerte er auf den letzten freien Tisch zu.

»Du hast also auch bei Bloomfield Weiss aufgehört?«, begann Calder.

»Ja.«

»Verdienst du jetzt mehr? Hast du einen garantierten Bonus?«

Tessa beugte sich vor. »Du hast gesagt, du willst zur Polizei gehen. Weswegen?«

»Was glaubst du?«

»Jetzt red schon«, sagte Tessa in kühlem Ton. »Sag, was du zu sagen hast, dann bin ich weg.«

»Ich glaube, dass Justin Carr-Jones vor einem Jahr Jen Tan umgebracht hat. Ich glaube, dass du irgendetwas damit zu tun hattest. Und ich glaube, dass er vor kurzem Perumal Thiagajaran ermordet hat, obwohl ich gerne bereit bin zu glauben, dass du *damit* nichts zu tun hattest.«

»Meine Güte, mir dir ist wohl die Phantasie durchgegangen«, sagte Tessa. Seine Vermutungen schienen sie eher zu erleichtern als zu alarmieren.

»Was hast du denn gedacht, weshalb ich zur Polizei will?«

»Jetzt, ein Jahr später? Du hast keine Beweise. Ich habe keine Anzeige erstattet. Es wäre nichts draus geworden.«

»Bist du dir da so sicher?«

Eine Weile sah ihm Tessa in die Augen, dann senkte sie den Blick. Sie sah in ihr Glas und murmelte etwas vor sich hin.

»Wie bitte?«, fragte Calder.

»Ich habe gesagt, es tut mir Leid. Die Sache damals.« Sie atmete tief durch. »Das war, glaube ich, das Schlimmste, was ich in meinem ganzen Leben getan habe.«

Dieses Geständnis verwunderte Calder, aber er wollte nicht widersprechen. »Was ist mit Carr-Jones? Was ist zwischen euch vorgefallen?«

»Das ist ebenfalls ein Jahr her. Es ist Vergangenheit. Ich habe es vergessen oder versuche es zumindest.«

»So lang ist ein Jahr auch wieder nicht.«

Tessa schüttelte den Kopf. »Ich habe dir nichts zu sagen.«

»Ach, bitte, Tessa. Du hast dich für das entschuldigt, was du mit mir gemacht hast. In Ordnung. Ich nehme die Entschuldigung an. Die Sache ist vergessen. Schließlich bin ich nicht hinter dir her, sondern hinter Carr-Jones. Er muss vor einem Jahr irgendetwas getan haben, was dich aus der Bahn geworfen hat. Warum hast du gekündigt?«

Tessa biss sich auf die Lippe, ihr Blick streifte Calder. Mit dem blonden Haar schien auch ihre Selbstsicherheit verschwunden zu sein.

»Ich dachte, ich würde mit Justin klarkommen. Wir hatten in Tokio zusammengearbeitet, und es lief für mich gut in London. Zwar behandelte er mich immer wie ein blondes Doofchen, aber ich wusste ja, dass ich mehr draufhatte. Ich denke, er wusste es auch, obwohl er es niemals zugegeben hätte. Justin versteht Frauen nicht, genauso wenig wie die Beziehung zwischen Männern und Frauen. Daraus habe ich meinen Vorteil gezogen. Er bildete sich ein, mich zu verstehen; er glaubte, ich würde Geschäfte machen, indem ich sexuelle Dienste in Aussicht stellte. Ihm war gar nicht klar, dass ich einfach gut war. Aber ich bekam gute Bonuszahlungen, deshalb dachte ich mir, es ist in Ordnung. Manchmal bewegt sich Justin hart an der Grenze des Erlaubten. Er ist der Meinung, dass man sich im Geschäftsleben durchsetzen muss, und wahrscheinlich hat er damit Recht. Er wusste, dass er sich auf mich verlassen konnte, wenn etwas durchgezogen werden musste. Nichts Illegales, aber Dinge, die manche Leute vielleicht unmoralisch fänden.«

»Zum Beispiel zu behaupten, ich hätte dich vergewaltigt?«, fragte Calder.

»Wie schon gesagt, das war das Schlimmste, was ich je getan habe, aber ja, so was meine ich.«

»Weiter!«

»Also, Jen war absolut blauäugig. Sie verstand nicht, wie Justin tickte, und glaubte, es wäre gut, sich gegen ihn zu stellen. Für so ein kluges Mädchen, und sie war wirklich klug, war das eine wirklich dämliche Idee. Justin behandelte sie unmöglich. Er wusste, wie er sie fertig machen musste, wie er ihr Selbstvertrauen zerstören konnte. Und sie wusste nicht, wie sie sich dagegen wehren sollte.«

»Hat sie dir Leid getan?«

»Ehrlich gesagt, damals nicht. Sie hatte so eine hehre Vorstellung davon, wie sich Frauen auf der Arbeit zu verhalten hätten. Ich war der Meinung, dass man als Frau sehr gut mitkam, wenn man in der Lage war, sich der Umgebung anzupassen. Frauen wie Jen glauben, die Umgebung solle sich an die Frauen anpassen. Aber so funktioniert die Welt nicht. Es wäre besser, aber es ist nicht so.«

»Und dann starb sie.«

»Und dann starb sie. Justin hatte sie so fertig gemacht, dass sie sich umbrachte.« Tessa suchte nach einer Zigarette in ihrer Tasche. Calder meinte ein leichtes Zittern ihrer Hand zu bemerken, als sie die Zigarette anzündete. Tessa zog mehrmals und gewann ihre Fassung zurück. »Da wurde mir klar, dass ich alles falsch gemacht hatte. Was war es wert, einen Bonus von einer halben Million zu bekommen? Jen hatte sich nicht an Justins Regeln gehalten, und was war die Strafe dafür? Der Tod. Das wollte ich nicht länger mitmachen.«

»Fühlst du dich verantwortlich?«

»In gewisser Weise schon. Ich habe ihr selbst nichts getan, aber ich habe dir diese Falle gestellt, damit Justin Jen in Misskredit bringen konnte. Nach Jens Tod habe ich es nicht mehr ausgehalten. Ich wollte eine neue Haltung zu meiner Arbeit, und das bedeutete, dass ich mir einen neuen Job suchen musste. Deshalb habe ich gekündigt.«

»Und jetzt soll ich dir abnehmen, dass du eine neue Frau geworden bist?« Es gelang Calder nicht, die Ironie aus seiner Stimme zu verdrängen.

»Glaub, was du willst«, sagte Tessa. »Ist mir egal. Aber ich lebe nicht mehr nach Justins Regeln. Ich habe jetzt vielleicht etwas weniger Geld, aber ich mache immer noch einen guten Job. Und ich kann wieder in den Spiegel sehen.«

»Hm.« Calder war nicht recht überzeugt, auch wenn Haarfarbe und Brille nahe legten, dass sie es ernst meinte und sich nicht nur für diesen Abend verkleidet hatte. »Warum benehmen sich Menschen wie Carr-Jones so?«, fragte er. »Ich meine, er hat bewiesen, dass er Jen zerstören kann, aber warum macht er das?«

»Er hasst Frauen, besonders kluge Frauen.«

»Weißt du, warum?«

»Vielleicht schon. Manchmal hat er sich abends noch mit mir unterhalten, wenn er besoffen war, besonders damals in Tokio. Er hasst seine Mutter. Schon als er klein war, hatte sie einen Mann nach dem anderen. Jetzt wohl immer noch. Sein Vater ist Eisenbahnangestellter in Wales, wusstest du das?«

»Nein«, sagte Calder.

»Egal, jedenfalls hat seine Mutter keinerlei Rücksicht auf ihn genommen. Sie lebte ihre Affären offen vor Ehemann und Sohn aus. Ich glaube, die Rücksichtslosigkeit hat Justin von seiner Mutter. Die Intelligenz wahrscheinlich auch.«

»Hört sich an, als hätten sie sich gegenseitig verdient.«

»Kann sein.« Tessa nickte zustimmend.

»Hat er mal eine Freundin gehabt?«

»Nicht dass ich wüsste. Aber er geht gern mit Frauen ins Bett. Ich glaube, er zahlt lieber dafür.« Tessa warf Calder einen kurzen Blick zu. »Du fragst dich bestimmt, warum ich so lange mit ihm gearbeitet habe, oder?«

»Der Gedanke kam mir tatsächlich, ja«, gestand Calder.

»Ganz einfach: Er ist ein hervorragender Trader, er hat eine große Zukunft, und ich dachte, ich würde davon profitieren. Damals war mir nicht klar, wie hoch der Preis sein würde.«

Langsam entwickelte Calder ein gewisses Verständnis für Tessa. Zumindest hatte sie sich den schwierigen Fragen gestellt. Es gab viele Menschen bei Bloomfield Weiss, die nie so weit kamen.

»Hast du von Perumals Unfall gehört?«

»Ja.«

»Ich glaube, es war kein Unfall. Ich glaube, es hat etwas mit Jens Tod zu tun.«

»Und wie bist du zu diesem Schluss gekommen?«, fragte Tessa voller Skepsis.

Calder erzählte von Perumals Besuch bei ihm in Norfolk und

von Sandy Waterhouse' Eindruck, Jen habe sich an Carr-Jones rächen wollen, wobei es um den Teton Fund gegangen sei. Er erklärte, dass die SMS an Jens Mutter nicht von Jen abgeschickt worden sein konnte, sondern von ihrem Mörder stammen musste. Ein Mann, der eventuell von Justin Carr-Jones bezahlt worden war.

Aufmerksam hörte Tessa zu. »Du hast keinerlei Beweise.«

»Nein«, sagte Calder. »Aber weißt du von irgendwelchen Problemen mit dem Teton Fund?«

»Justin selbst hatte nie mit dem Teton Fund zu tun. Das machte alles Perumal. Er hatte immer die Hand auf dem Konto.«

»Gut. Und Perumal? Hatte er mal Ärger mit dem Teton Fund? War irgendetwas nicht ganz einwandfrei?«

Tessa rauchte und betrachtete die anderen Gäste. Auf dem Klavier wurde ein Stück von Sinatra gespielt. Calder ließ ihr Zeit.

»Ja«, sagte sie schließlich. »Ich glaube, da war was.«

»Erzähl!«

Tessa zögerte. Dann schien sie einen Entschluss zu fassen. »Erinnerst du dich, dass der Teton Fund vor einem Jahr wie bescheuert italienische Staatsanleihen geshortet hat?«

»Na sicher. Ich habe ein paarmal gegen ihn gesetzt, dann habe ich aufgegeben. Die Medien gaben Martel doch die Schuld daran, dass Italien aus dem Euro ausgestiegen ist.«

»Martel und Bloomfield Weiss haben da ein richtig großes Derivategeschäft durchgezogen. Die Scheine hießen IGLOO-Scheine und waren höchst risikobehaftet: eine Menge Knete, wenn der Teton Fund Recht behielt, und eine Katastrophe, falls er sich irrte. Perumal hatte das eingefädelt.«

»Wieso wusste ich nichts davon?«, fragte Calder. »Ich habe die ganze Zeit versucht dagegenzukaufen.«

»Ach, komm, Zero. Wann hat die Derivategruppe je dem Prop Desk erzählt, was sie macht?«

»Na ja.«

»Jedenfalls, wie du dich bestimmt erinnern kannst, lief die Sache anfangs gegen Martel. Aber er stieg noch größer ein. Für uns bedeutete das mehrere zehn Millionen Provision. Aber dann kam die Valuierung am Monatsende, und möchtest du wissen, was für die IGLOO-Scheine berechnet wurde?«

»Ja!«

»98 ½.« Das bedeutete, dass der Teton Fund einen unrealisierten Verlust von nur eineinhalb Prozent hatte.

»Und du meinst, es hätte mehr sein müssen?«

»Na klar! Rund 30 Prozent niedriger.«

»Wer hat die Valuierung gemacht?«

»Perumal.«

»Wie viel machten 30 Prozent aus?«

»Wenn meine Zahlen stimmen, müssen es rund 300 Millionen Dollar gewesen sein«, erwiderte Tessa.

»300 Millionen!« Das musste Calder erst mal verarbeiten. »Wenn irgendjemand gemerkt hätte, dass die Derivategruppe einem Kunden hilft, einen derart großen Verlust zu verstecken, dann wäre die Scheiße so richtig am Dampfen gewesen. Dann wäre Carr-Jones' Karriere am Ende gewesen. Glaubst du, er wusste, was Perumal im Schilde führte?«

»Wahrscheinlich«, entgegnete Tessa. »Aber es war nicht klar ersichtlich. Diese IGLOO-Scheine waren so verdammt kompliziert. Ich glaube nicht, dass irgendjemand in der Abteilung groß drüber nachgedacht hat. Aber ich war neugierig, deshalb hab ich ein bisschen nachgerechnet. So bin ich auf die 30 Prozent gekommen. Ich musste ganz schön lange rechnen, und ich kann mich geirrt haben, es ist lediglich eine Schätzung. Aber ich bin mir verdammt sicher, dass es deutlich mehr als die anderthalb Prozent waren, die Perumal vorlegte.«

»Hat Carr-Jones auch nachgerechnet?«

Tessa nickte. »Oh ja, bestimmt.«

»Könnte er Perumal angewiesen haben, falsche Zahlen einzugeben?«

Tessa überlegte. »Das kann ich nicht sagen«, erwiderte sie schließlich. »Vielleicht. Aber es ist wahrscheinlicher, dass ihm die Diskrepanz im Nachhinein auffiel und er einfach keine Fragen stellen wollte. Das wäre typisch für ihn.«

»Meinst du, dass Jen dahintergekommen sein könnte?«, fragte Calder. »Und Carr-Jones mit ihrem Wissen drohte?«

»Ich wüsste nicht, wie.« Tessa runzelte die Stirn. »Sie wurde noch vor der Transaktion versetzt. Es sei denn …«

»Was?«

»Es sei denn, Perumal hat es ihr erzählt.«

»Warum sollte er?«

»Was weiß ich? Aber ich kann mich erinnern, dass ich ein paar Tage vor Jens Tod etwas sehr Sonderbares mitbekam. Es war schon spät, es war so gut wie keiner mehr da. Perumal saß an seinem Schreibtisch und telefonierte mit dem Handy. Er war nervös. So nervös, dass er mich nicht vorbeigehen sah. Er sagte so was wie: ›Bitte, Jen, lass das. Ich flehe dich an, tu es nicht. Hätte ich dir bloß nie davon erzählt.‹ Dann entdeckte er mich, hielt inne und beendete das Gespräch.«

»Und was glaubst du, worum es ging?«

»Du kannst dir vorstellen, dass ich sehr neugierig war. Als Jen ein paar Tage später aus dem Fenster sprang, nahm ich an, er hätte sie angefleht, sich nicht umzubringen. Oder die Klage zurückzuziehen. Aber irgendwie hatte er sich anders angehört. Wieso redete er überhaupt mit ihr? Sie hatten sich zwar gut verstanden, als sie zusammen in einer Abteilung waren, aber sie waren doch nicht eng befreundet! Und ich konnte mir nicht vorstellen, dass sich Jen an einen Menschen wie Perumal wenden würde, wenn sie sich umbringen wollte. Und das mit ›Hätte ich dir bloß nie davon erzählt‹ ergab keinen Sinn.«

»Aber jetzt«, sagte Calder. »Wenn Jen Perumal irgendwie überzeugt hatte, ihr das mit der Valuierung der IGLOO-Scheine zu verraten, und sie vorhatte, ihr Wissen gegen Carr-Jones einzusetzen, dann konnte Perumal großen Ärger bekommen. Allergrößten Ärger. Vielleicht geriet er deswegen so in Panik, dass er versuchte zu leugnen, was er ihr gesagt hatte.«

»Auch Justin hätte dadurch unter Druck gestanden. Wie du eben sagtest: Wenn die falschen Valuierungen ans Licht gekommen wären, wäre er am Ende gewesen.«

»Vielleicht wollte Jen ihn zwingen, seine Aussage zu ändern.«

»Wenn ja, dann war es eine dumme Idee«, sagte Tessa.

»Weil sie jetzt tot ist.«

»Genau.«

Ein Kellner fragte, ob sie noch etwas trinken wollten, aber Calder ging nicht auf ihn ein. Die Gedanken rasten ihm durch den Kopf. »Perumal hat die Verbindung natürlich gesehen«, sagte er. »Deshalb wurde er bei Jens Tod argwöhnisch.«

»Und deshalb ist er zu dir gekommen.«

»Aber warum hat er damit ein Jahr gewartet? Und warum starb er erst jetzt?«

»Vielleicht hatte er beschlossen, wegen Jen zur Polizei zu gehen«, sagte Tessa.

»Oder selbst versucht, Carr-Jones zu erpressen.« Kein Wunder, dass Perumal einen nervösen Eindruck auf seine Frau gemacht hatte. Warum nur hatte er Calder bei dem Besuch in Norfolk nichts davon erzählt? Dieser Dummkopf. Er könnte noch am Leben sein.

Tessa erschauderte. »Mein Gott, bin ich froh, dass ich da raus bin.«

»Hast du schon mal von einem Mann namens Michail Bodintschuk gehört?«, fragte Calder. »Oder von einer Familie Zeller-Montanez?«

»Nein. Sollte ich?«

»Das sind Investoren des Teton Fund. Höchst anrüchig.«

Tessa schüttelte den Kopf. »Kenne ich nicht.« Dann legte sie die Stirn in Falten. »Vielleicht hast du doch keine so wilde Phantasie, wie ich dachte. Ich mache mir Sorgen.«

»Das kann ich verstehen. Carr-Jones hat zwei Menschen umgebracht, und keiner hat's gemerkt.«

»Ja. Was hast du nun vor?«

»Ich gehe zur Polizei. Oder zur FSA.« Die Financial Services Authority war die Aufsichtsbehörde der Londoner Börse.

»Aha.« Unbehaglich rutschte Tessa auf dem Stuhl herum.

»Wirst du die Wahrheit sagen, wenn man dich fragt?«

»Das weiß ich nicht genau, Zero.«

»Wieso nicht?« Als Calder Tessa ansah, erkannte er den Grund. Ihr stand die Angst in den Augen. »Komm, Tessa. Du musst reden.«

»Ich muss gar nichts. Wie du eben sagtest, zwei Menschen sind tot. Ich will nicht, dass es drei werden. Oder vier.« Viel sagend schaute sie Calder an. »Es ist mir gelungen, Bloomfield Weiss zu verlassen, ohne mir Justin zum Feind zu machen. Das möchte ich nicht noch nachholen. Jetzt schon gar nicht.«

»Was soll das heißen?«

»Du hast mich gut verstanden. Ich werde nicht mit der Polizei sprechen und auch mit sonst niemandem.« Tessas Stimme war fest.

»Aber was sollte dann das ganze Gerede, du hättest dich verändert? Jetzt hast du die Möglichkeit, das wieder gutzumachen, was du Jen angetan hast.«

»Hör zu. Ich bin froh, dass ich dir gesagt habe, was ich weiß. Das war ich dir schuldig. Mach damit, was du willst. Ich persönlich hoffe, dass du das Schwein fertig machst. Aber ich werde nicht alles aufs Spiel setzen, indem ich mich öffentlich gegen Justin stelle. Jen hat es getan, Perumal hat es getan. Ich tue es nicht.«

»Du bist feige, Tessa.«

Tessa drückte die Zigarette aus und stand auf. »Du kannst dich ja umbringen lassen, wenn du willst. Ich nicht. Danke für den Gin Tonic, Zero.«

Und damit war sie fort.

24

»Kann ich dir etwas bringen, mein Schatz?«

Martel streckte seine langen Beine vor dem glühenden Kaminfeuer aus und lächelte seine Frau an. »Einen Armagnac bitte, *mon ange.*«

Er sah ihr zu, als sie die teure goldene Flüssigkeit aus dem Dekanter auf der Theke einschenkte. Nismes-Delclou 1914, auf einer Auktion ersteigert. Cheryl goss sich ein Glas Mineralwasser ein, kam zu Martel und schmiegte sich an ihn.

Sie trug ein schlichtes, aber sündhaft teures schwarzes Kleid, dazu silberne Perlenohrringe, die unter ihrem glänzenden honiggoldenen Haar funkelten. O Gott, war diese Frau schön! Martel und Cheryl waren gerade von einer Party auf einer riesigen Ranch in Jackson Hole heimgekehrt, wo Geld für das National Museum for Wildlife Art gesammelt worden war. Cheryl war die Schönste gewesen, sie hatte die beiden Hollywood-Starlets und die drei Blondinen überstrahlt, die von ihren Begleitern wie Trophäen vorgeführt wurden. Am meisten erstaunte Martel, dass sie es selbst gar nicht zu merken schien.

»Mensch, war das langweilig«, sagte sie und kuschelte sich an ihn.

»Ach, ich weiß nicht«, erwiderte Martel. »Es waren ganz schön wichtige Leute da.«

»Ja. Aber die reden immer nur über Geld und was sie davon kaufen.«

»Das stimmt nicht in jedem Fall. Sie reden auch über Reisen, über Kultur. Oder Wohltätigkeitsveranstaltungen. Manchmal auch über ihre Arbeit.«

»Aber wenn sie verreisen, dann immer nur an schicke Orte, und wenn sie angeln gehen, dann immer mit Berühmtheiten, und wenn sie in die Oper gehen, fliegen sie mit ihrem Privatjet nach San Francisco. Wenn sie Geschäfte machen, dann sind es ganz große. Selbst beim Geldspenden geht's darum, wer am meisten gibt.«

»Ach, komm, *mon ange*. Diese Menschen sind sehr großzügig. Sind wir doch auch. Willst du etwa, dass ich dem Museum kein Geld mehr spende? Im letzten Jahr war es eine Million.« Das hatte er nur getan, weil Cheryl im Vorstand saß. Sie konnte es zumindest würdigen.

»Nein, natürlich nicht, mein Schatz«, sagte Cheryl und küsste ihn auf die Wange. »Ich finde es ganz toll, dass du das tust. Ich denke nur, die Leute sollten damit nicht immer so prahlen, das ist alles.«

Martel selbst hatte der Abend eigentlich recht gut gefallen. Außer Cheryl waren alle in »eleganter Westernkleidung« gekommen. Martel fand, dass er mit Cowboystiefeln und Stetson eine gute Figur abgab. Wenn er in Jackson war, machte er gern auf Cowboy. Er hatte seinen Spaß dabei gehabt, jedem, der sich nicht schnell genug verdrückte, von seinen Geschäften in Italien vorzuschwärmen. Dass der einzige Filmstar auf der Party eine Viertelstunde mit ihm gesprochen hatte, gab ihm einen richtigen Kick. Er war überzeugt, dass die Frau mit den größten Brüsten am Tisch mit ihm geflirtet hatte. Er war natürlich nicht darauf eingegangen, freute sich aber doch über ihre Aufmerksamkeit.

»Und wie war die Party von Denise?«, erkundigte er sich.

Erst am Nachmittag war Cheryl von einer kleinen Reise nach New York zurückgekehrt. Sie war am Vorabend auf dem dreißigsten Geburtstag einer Freundin gewesen.

»War lustig. Die Leute da sind bodenständiger. Echte Menschen.«

Martel ging nicht darauf ein. Aus Prinzip hatte Cheryl einen Linienflug genommen, obwohl Martel seine eigene Falcon auf dem Vorfeld des Flughafens von Jackson Hole stehen hatte. »Echte Menschen« flogen auch nicht einfach Tausende Kilometer quer durchs Land, um zu einer Party zu gehen.

Cheryl beugte sich vor, spitzte den Mund und streifte seine Lippen. Er spürte den leichten Druck ihrer Brust auf seiner, roch ihr Parfüm, fühlte, wie ihre Zunge in seinen Mund drängte. Begehren stieg in ihm auf, er zog Cheryl an sich. Dann bekam er Zweifel. Wen hatte sie heute noch geküsst? Mit wem hatte sie sich in New York getroffen? Martel schob sie von sich und setzte sich aufrecht hin. Sie rutschte auf seine Knie.

»Jean-Luc? Liebling, was ist mir dir?« Cheryl strich ihm über die Wange.

Ihr Gesicht, dieses Gesicht, das er so liebte, war voller Sorge, sodass er am liebsten gefragt hätte: Hast du einen Liebhaber? Liebst du mich noch?

Aber er tat es nicht. Er hatte Angst, keine eindeutige Antwort zu bekommen. Sie würde sich nur aufregen.

»Es tut mir Leid, *mon ange*«, sagte er. »Es ist nichts.«

»Aber es muss doch etwas sein, Liebling. Gibt es wieder Probleme mit der Firma?«

Martel schloss die Augen und nickte. Es war die leichtere Antwort.

»Der Stress setzt dir zu. Du musst locker bleiben. Mach doch ein paar Tage frei. Nimm dir einen Monat Urlaub.«

»Die Börse ruht nie«, sagte Martel. »Momentan ist einfach zu viel los. Eigentlich immer.«

Cheryl stand auf und entfernte sich ein paar Schritte. Ihr Gesichtsausdruck war eine Mischung aus Traurigkeit und Verärgerung. »Das ist nicht gut, hörst du. Es ist nicht gut für dich, und es ist nicht gut für uns. Du musst etwas daran ändern.«

Martel stand ebenfalls auf. »Ich glaube, ich gehe ins Bett.«

»Lass mich hier nicht so stehen«, sagte Cheryl mit unerwarteter Entschiedenheit.

Martel ignorierte sie. Sie ergriff seinen Arm.

»Ich habe gesagt, lass mich hier nicht so stehen. Wir müssen darüber sprechen, Jean-Luc.«

Martel drehte sich zu ihr um, er konnte seine Wut nicht mehr verhehlen. »Ihr Amerikaner müsst immer über alles sprechen, ja? Ihr müsst alles analysieren. Aber diesmal hilft es nicht, Cheryl.«

»Was denn dann?« Ihre Augen funkelten zornig.

»Loyalität vielleicht. Oder Vertrauen.«

»Was soll das heißen?«

»Nichts«, erwiderte Martel und wandte sich ab. Er ärgerte sich, mehr gesagt zu haben als beabsichtigt.

Wieder griff sie nach seinem Arm. »Du musst mir erklären, was du damit meinst. Wirfst du mir irgendetwas vor?«

Grob schüttelte Martel sie ab und ging nach oben ins Bett.

»Du kannst nicht einfach davonlaufen, Jean-Luc«, rief Cheryl ihm hinterher.

Viel später, als sie nebeneinander lagen, Rücken an Rücken, zwischen ihnen eine eisige Wand des Schweigens, dachte Martel über das nach, was sie gesagt hatte. Es stimmte, er konnte nicht davonlaufen. Er musste Bescheid wissen. Er war hin- und hergerissen zwischen seiner Wut, weil sie ihn wahrscheinlich betrog, und der Sehnsucht, sie zurückzugewinnen. Diese Unsicherheit machte ihn fertig. Er war nicht überzeugt, dass sie eine Affäre hatte. Aber er konnte nicht so tun, als hätte er das Husten nicht gehört.

Pohek war Cheryl nach New York gefolgt; Martel wollte ihn am frühen Montagmorgen treffen. Er verließ sich darauf, dass Pohek ihn so oder so aus diesem Elend erlösen würde.

Und dann war da noch die andere Angelegenheit. Als er behauptet hatte, die Firma sei schuld an seiner Anspannung, war er nicht ehrlich gewesen. Ausnahmsweise waren die Märkte momentan nett zu ihm. Der Nikkei stieg langsam und stetig zu dem Punkt, wo Martels unrealisierte Verluste nur noch wenige hundert Millionen betrugen. Nur noch ein paar Tage, und er würde Gewinn machen. Dann würde es lustig werden.

Aber Martel hatte etwas anderes erfahren, etwas, das alles bedrohte und um das er sich früher oder später kümmern musste. Wenigstens wusste er nun, wie er vorgehen würde.

Es war ein herrlicher Morgen. Der Schnee auf den oberen Hängen der Tetons schimmerte im frühen Sonnenlicht, warm und einladend, auch wenn der baumbestandene untere Teil der Felswand noch in kaltem Schatten lag. Der Himmel war klar, nur um den Grand Teton hingen Wolken. Sie kamen und gingen, stiegen auf und sanken herab, manchmal in Form eines Pilzes, dann als riesiger Wattebausch oder als langer, flacher, über dem Berg schwebender Keil. Nicht mehr lange, dann würden die Hänge belebt sein: Schon machten sich begeisterte Skifahrer auf den Weg durchs Tal zu den Liften in Teton Village. In Wyoming mochte es früh am Morgen sein, in Kiew war es bereits spät. Martel atmete tief durch und griff zum Hörer.

Während er darauf wartete, durchgestellt zu werden, schwoll ihm die Brust vor Machtgefühl. Er gewöhnte sich an die Milliarden, an die Macht, zu kaufen, was er wollte, an die Macht, ganze Länder in die Knie zu zwingen. Aber die Macht zu haben, über das Leben anderer Menschen zu bestimmen, war neu für ihn. Er fand das Gefühl berauschend.

Martel dachte zurück an das erste Mal, an den ersten Schritt, den ersten Auftrag. Es war in der Schweiz gewesen, vor zwölf Monaten.

Sie waren den ganzen Tag Ski gefahren, und Martel hatte sich bemüht, sich auf das Tempo seiner Gäste einzustellen. Aber am Nachmittag hatte ihn die Geduld verlassen; er war eine schwarze Abfahrt hinuntergeschossen und hatte seine Gefährten weit hinter sich zurückgelassen. Auf einem Grat über Sankt Moritz hielt er inne und sah sich nach dem anderen Mann um, der langsam und elegant den Hang hinabschwang, als wolle er zeigen, dass er keine Konkurrenz für Martel war. Es war ein Fehler gewesen, seinen Geschäftspartner auf diese Weise bloßzustellen, aber Martel konnte einfach nicht anders. Manchmal wollte er einfach nur die Skier in Richtung Tal richten und losrasen.

Damals hatte er die Alpenluft tief eingeatmet. Sie war anders als in den Rockies. Martel fuhr gern Ski in der Schweiz, auch wenn Sankt Moritz nicht so anspruchsvoll war wie Jackson Hole. Aber Europa hatte mehr Stil.

Sein Gefährte gesellte sich zu ihm. Michail Bodintschuk war ein großer Mann in einem gelben Skianzug. Er hatte ein rundliches, rosiges Gesicht, war erst Anfang dreißig und sah sogar noch jünger aus, aber er war einer der größten unter den rund fünfzig Investoren des Teton Fund. Er war erfolgreich, wie Martel. Und er hatte ebenso unorthodoxe Methoden. Aber Bodintschuk brauchte noch andere Fähigkeiten, um sich in der ukrainischen Geschäftswelt durchzusetzen.

»Da unten ist eine Skihütte«, sagte Martel und wies auf eine kleine Blockhütte am Ende eines Abhangs. »Sollen wir ein Bier trinken?«

»Warum nicht?«, entgegnete Bodintschuk.

Elegant wedelten sie den Hang hinunter, lösten unten die Skier und machten die Stiefel los. Martel bezahlte die Biere.

Zwei bullige Skifahrer folgten ihnen in die Hütte und hockten sich an die Theke. Sie teilten sich eine Tasse Kaffee. Bodintschuk war vorsichtig, wenn er verreiste. Nicht mal oben in den Bergen war er gern allein. Er traf sich meistens mit Martel in der Schweiz, dort war Bodintschuks Basis seiner internationalen Kapitalanlagen. Chalmet in Genf hatte sie miteinander bekannt gemacht.

Es war noch Vormittag, nur wenige Gäste saßen in der Skihütte. Martels Mund war trocken, er trank einen großen Schluck Bier, ehe er sprach. »Das Euro-Geschäft sieht gut aus«, log er voller Zuversicht.

»Das freut mich zu hören«, erwiderte Bodintschuk in passablem Englisch.

Martel zögerte. Sein Herz klopfte ihm bis zum Hals, sein Mund war noch trockener als zuvor. Er stand vor einem Schritt, den er noch nie gemacht hatte. Alles hatte er versucht, um den Teton Fund flüssig zu halten. So gut wie alles. Aber dann war aus London die Nachricht gekommen, die alles zu zerstören drohte. Lange und gründlich hatte Martel über das nachgedacht, was er seinen Kunden nun fragen wollte, aber er sah keinen anderen Weg. Es musste sein.

Er trank noch einen Schluck Bier. »Eigentlich benötige ich deine Hilfe in einer kleinen Angelegenheit, Michail.«

Bodintschuk verdrehte die Augen. »Jean-Luc, als ich vor drei

Jahren bei dir investiert habe, sollte es eines meiner wenigen legalen Geschäfte sein.«

»Es hat dir ja auch einen hübschen Gewinn gebracht. Bei der letzten Wertstellung das Dreifache deiner Einlage.« Das waren dreimal hundert Millionen Dollar, selbst für den Ukrainer eine Menge Geld.

»Stimmt«, sagte Bodintschuk grinsend. Martel wusste, dass sein Kunde ihn mochte. Es faszinierte Bodintschuk, wie Martel voller Begeisterung auf den Märkten operierte und dabei aus einem Dollar zwei machte. Bei dem Ukrainer waren die Methoden, Geld zu machen, ein wenig direkter.

»Ist nur eine kleine Sache«, sagte Martel. »Für dich ein Klacks.« Er sah sich in der Hütte um. Hinten in der Ecke saß ein Pärchen, der Kellner wusch Gläser ab, nur die ukrainischen Bodyguards blickten böse. »Ich will es erklären. In London gibt es eine Frau, die für eine Investmentbank arbeitet. Die Dame heißt Jennifer Tan …«

Bodintschuk hörte zu. Er lauschte und reagierte. Ein Jahr später hatten sie sich wieder in der Schweiz getroffen, allerdings in Genf, und Perumal Thiagajaran war das Thema ihrer Unterhaltung gewesen. Ja, Michail Bodintschuk erwies sich als vorbildlich vorausschauender und handelnder Investor.

Jetzt rauschte die Stimme des Ukrainers durch die Leitung nach Kiew. »Hallo, Jean-Luc. Machen die Märkte dich wieder fertig?«

Bodintschuk klang gehetzt. Martel war auf der Hut. »Nein, Michail. Die Märkte bewegen sich in die richtige Richtung. Es freut dich bestimmt zu hören, dass ich nicht die Nerven verliere. Wir halten immer noch eine riesige Position. Ich bin mir sicher, dass wir in ein paar Monaten den gewaltigsten Deal in der Geschichte der Hedgefonds erleben. Ich rede hier von Milliarden.«

»Hervorragend«, sagte Bodintschuk und wurde etwas lockerer. »Du hast echt Mumm. Lass dich nicht unterkriegen, das gefällt mir.«

»Es läuft doch«, sagte Martel.

»Ja, solange es läuft.« War dieser Satz etwa eine Drohung? Martel wusste, dass er mehr als sein Vermögen, seine Ranch, seinen Ruf und sein Selbstwertgefühl verlor, wenn der Teton Fund Pleite ging. Er würde das Vertrauen der Investoren verlieren. In Bodintschuks Fall könnte das verhängnisvoll sein.

»Michail, es gibt da eine kleine Angelegenheit, bei der du mir helfen könntest. Ich habe gehört, dass bei Bloomfield Weiss wieder einer Ärger macht. Er heißt Alex Calder und hat früher als Rententrader gearbeitet. Er stellt Fragen nach dem Tod von der Chinesin und dem Inder. Anscheinend hat er herausgefunden, dass es eine Verbindung zum Teton Fund gibt.«

»Aha.«

»Ich überlege, ob es Zeit sein könnte, ihn … ähm … zum Schweigen zu bringen?« Martel spürte eine herrliche Erregung, als er diese Worte aussprach. Er fühlte sich wie ein Gangsterboss im Film. Hier stand er und entschied über Leben und Tod.

»Lass es«, sagte Bodintschuk. »Die Spur ist kalt. Er wird nichts finden. Glaub mir, mein Mann hinterlässt keine Spuren. Niemals.«

»Aber wenn er tatsächlich eine Verbindung zwischen den Toten und mir findet, dann ist er schon ziemlich weit. Ich mache mir Sorgen.«

»Brauchst du nicht.«

»Ich bin wirklich der Meinung, dass wir etwas tun sollten.«

»Hör mir gut zu, Martel!« Noch eine angedeutete Drohung. »Ich habe weder Zeit noch Lust, wegen einer stinknormalen Geldanlage einen Krieg mit einer der größten Investmentbanken vom Zaun zu brechen. Je mehr Leichen auftauchen, desto eher fällt den Behörden etwas auf. Ich bin dein Kunde, nicht dein Auftragskiller. Wenn du dir Sorgen machst, dann kümmer dich selbst darum. Aber sei vorsichtig! Ich will nicht, dass irgendwas auf mich zurückfällt.«

»Aber, Michail …«

»Es ist dein Problem, Martel. Und was das Geschäft angeht, hast du hoffentlich Recht.«

Das Telefon in Martels Hand schwieg.

Jetzt war es auf einmal seine Sache. Er machte sich tatsächlich Sorgen wegen dieses Alex Calder, auch wenn Bodintschuk ihn beruhigt hatte. Sollte er versuchen, selbst tätig zu werden? Das war weitaus unangenehmer, als Bodintschuk zu bitten, sich des Problems anzunehmen. Martel hatte sich für die Todesfälle nicht verantwortlich gefühlt.

Er musste etwas unternehmen. Okay, er würde sich jemanden suchen, der ihm half. Vikram? Nein, den besser nicht.

Martel sah auf die Uhr. Es war bald Zeit, zum Treffen mit Pohek aufzubrechen.

Martel nahm den Range Rover und ließ Jackson hinter sich. Er hatte sich 15 Kilometer weiter nördlich, bei Antelope Flats, mit dem Detektiv verabredet. In Jackson hatte Martel sich nicht mit ihm treffen wollen: Trotz der vielen Urlauber war es eine Kleinstadt, in der er wohl bekannt war. Auf der Fahrt in Richtung Norden kam plötzlich Nebel auf, Wolken legten sich auf die Berge und in die Täler. Kleine Schneeflocken wirbelten umher, huschten über die Straße, ohne den Boden zu berühren. Das Wetter in Jackson Hole war unbeständig. Es konnte morgens wunderschön sein, und innerhalb weniger Minuten hatte es sich völlig verändert.

Der Treffpunkt lag an einer verlassenen Straße am Rande des Grand Teton National Park. Martel entdeckte Poheks gemieteten Buick an einer kleinen Kreuzung neben einer verfallenen Blockhütte. Überall war nichts als Sträucher und Schnee zu sehen; selbst die Berge waren verschwunden. Antilopen waren nicht in Sicht, und schon gar keine anderen Menschen. Martel rollte über einen verirrten Knäuel Steppenhexe und hielt neben dem Buick. Bei laufendem Motor öffnete er die Tür, damit Pohek sich zu ihm setzen konnte.

Ray Pohek war ein dürrer Kerl von Ende vierzig mit einer schlechten Haut. Nach den Informationen auf seiner Website hatte er bei der Polizei von Denver gearbeitet, bevor er seine eigene Detektei gegründet hatte. Bisher war er im Umgang mit Martel sehr sachlich gewesen.

»Und?«, fragte Martel.

»Noch nichts«, erwiderte Pohek. Martel spürte, wie die Anspannung in seinen Schultern ein wenig nachließ. »Sie hat sich mit einer Freundin zum Mittagessen getroffen, ist danach allein zurück zur Wohnung am Riverside Drive gegangen, abends auf die Party in Chelsea, kam allein zurück und ging ins Bett. Am nächsten Morgen hat sie einen Spaziergang im Central Park gemacht, ein paar Geschäfte auf der Fifth Avenue besucht, ihr Gepäck aus der Wohnung geholt und ist geradewegs zum Flughafen gefahren.«

»Sie sind also sicher, dass sie sich mit keinem Mann getroffen hat?«

»Ziemlich. Mir hat ein Kollege aus New York geholfen, Ihre Wohnung haben wir natürlich abgehört. Möglicherweise hat sie auf der Party mit ein paar Typen gesprochen, ziemlich wahrscheinlich sogar, aber darüber kann ich nichts sagen. Und das interessiert Sie ja auch nicht, oder?«

»Nein. Keine Anrufe?« Martel hatte veranlasst, dass Poheks Kollege das Telefon in der Wohnung und Cheryls Handy mit Wanzen versah.

»Sie hat ihre Mutter angerufen. Und bei Ihnen. Und eine Freundin, Bobbie Lawrenson. Das war alles.«

Wunderbar! Würde Cheryl fremdgehen, hätte sie ihren Liebhaber höchstwahrscheinlich während ihres Aufenthalts in New York angerufen, wenn nicht sogar getroffen. Aber völlig überzeugt war Martel immer noch nicht.

»Hier ist mein Bericht.« Pohek reichte Martel einen braunen Umschlag. Martel sagte nichts, war aber beeindruckt, dass der Detektiv alles schriftlich festgehalten hatte. »Soll ich dranbleiben?«

»Ja«, sagte Martel. »Noch mindestens eine Woche.«

»In dem Fall brauche ich Unterstützung hier in Jackson«, sagte Pohek. »Ich kann sie nicht allein vierundzwanzig Stunden am Tag beschatten.«

»Okay«, sagte Martel. Er musterte Pohek. Der Mann war kompetent. Er wirkte zwar nicht absolut vertrauenswürdig, was für Martels

Absichten jedoch genau das Richtige war. Er holte tief Luft. »Ich hätte da vielleicht noch etwas anderes für Sie.«

»Ach ja?«

»Ja. Es gibt ein Problem drüben in London, ist was Geschäftliches. Dort sitzt einer, der mir Schwierigkeiten macht. Große Schwierigkeiten. Wüssten Sie vielleicht jemanden, der mir helfen könnte, diese Person loszuwerden?«

Poheks Miene war unergründlich. »Ich weiß, was Sie meinen, Mr. Martel. Die Antwort lautet nein. Diese Art von Arbeit mache ich nicht.«

»Ah, Sie haben mich missverstanden«, ruderte Martel zurück. »Ich meinte nicht, dass ihm etwas zustößt.«

»Natürlich nicht, Sir«, sagte Pohek.

»Aber meine Frau können Sie weiterhin beschatten, ja?«

»Sicher, Sir, sehr gern. Hier ist die Rechnung für meine bisherige Tätigkeit.« Noch ein Umschlag, diesmal ein weißer.

Martel öffnete ihn. Das Honorar war hoch, aber Pohek machte gute Arbeit. An Ort und Stelle stellte Martel einen Scheck aus.

»Danke, Sir«, sagte Pohek grinsend. Dann stieg er aus.

»Wir treffen uns hier nächste Woche zur selben Zeit«, sagte Martel und fuhr davon.

Pohek stand in der Kälte und sah ihm nach. Er prüfte den Scheck von Martel. Er wusste, dass in Jackson Hole reiche Leute lebten, aber dieser Kerl hatte richtig Asche. Geld, das Pohek gut gebrauchen konnte. Aus unerfindlichen Gründen war es ihm seit seiner Scheidung nicht gelungen, den Schuldenberg abzutragen, den er während seiner elenden Ehe aufgetürmt hatte. Er konnte noch so hart arbeiten. Mit den Alimenten war er im Rückstand, und seine Exfrau wurde langsam zickig. Sie erlaubte ihrem gemeinsamen Sohn Ryan nicht, den Vater während der Frühjahrsferien zu besuchen. Pohek liebte sein Kind. Der Kleine war ein guter Junge: Er war ehrlich, fleißig und wollte später mal Arzt werden. Und seine Noten waren tatsächlich gut genug dafür. Wenn er studierte, würde das eine Menge kosten. Noch hatte diese Schlampe von Mutter Pohek nicht ruiniert, aber er wusste nicht, wie lange es noch gut gehen würde. Der Junge war jetzt vierzehn, ein Alter, in dem Kinder leicht zu beeinflussen waren. Wenn Pohek den Kontakt zu ihm verlor, wüsste nur Gott allein, was aus ihm werden würde.

Pohek dachte über Martels Frage nach. Seit seinem Abschied von der Polizei in Denver hatte Pohek niemanden mehr erschossen. Es war richtig gewesen, Martels Bitte abzuweisen. In den vergangenen sieben Jahren hatte Pohek sein Geschäft ausgebaut, er wollte es nicht aufs Spiel setzen. Einmal, das war erst sechs Monate her, war er ernsthaft versucht gewesen. Als eine eifersüchtige Ehefrau von den Machenschaften ihres Mannes erfuhr, wurde sie so böse, dass sie Pohek 20 000 Dollar bot, wenn er ihren Gatten umbrachte. Pohek hatte lange überlegt und dann abgesagt. 20 000 waren nicht genug. Aber Martel würde erstklassig zahlen, daran bestand kein Zweifel. Dann würde Pohek Hypothekenzahlungen und Kreditkartenrechnungen begleichen und sicherstellen können, dass er Ryan in diesem Jahr noch sah. Er könnte sogar anfangen, etwas fürs College zurückzulegen.

Aber jemanden umbringen? Die beiden Männer, die er im Dienst erschossen hatte, waren gewissenlose Kriminelle gewesen, die nicht gezögert hätten, ihn umzulegen, wenn er ihnen nicht zuvorgekommen wäre. Martels Opfer hingegen konnte harmlos und unschuldig sein. Unschuldig? So was gab's doch nicht bei diesen Geldgeiern! Das waren alles Gangster. Der einzige Unterschied zwischen reichen Leuten wie Martel und den Junkies und Kleinkriminellen, mit denen Pohek es auf den Straßen von Denver zu tun gehabt hatte, bestand darin, dass das Gesetz die Großen laufen ließ. Wenn man in ein Spirituosengeschäft einbrach und 500 Mäuse stahl, landete man im Knast. Stahl man 500 Millionen, landete man auf einer Zehn-Millionen-Ranch in Jackson Hole. Martel hatte keine Probleme damit, Hypotheken oder Alimente abzustottern; wahrscheinlich gehörte ihm sogar die Bank, die ehrlichen, hart arbeitenden Menschen wie Pohek die Daumenschrauben anzog. Wenn Martel einen Sohn hätte, der aus Florida einfliegen sollte, könnte er ihn in die erste Klasse setzen. Ach was, er könnte sein eigenes Flugzeug nehmen! Zornige Selbstgerechtigkeit übermannte Pohek. Leute wie Martel machten normale Menschen wie ihn fertig.

Ein kleiner Vogel flog vom Dach der verfallenen Blockhütte zu den Wermutsträuchern, ein Klecks Farbe in der düsteren Landschaft. Pohek saß in seinem Auto und starrte auf die öde Ebene. In seinem Kopf begann eine Idee Form anzunehmen.

Pohek beschloss, vierundzwanzig Stunden zu warten, ehe er reagierte. Aus seinem Motel im Zentrum von Jackson rief er Martel im Büro an. Er verwendete ein neues Handy, das er zu diesem Zweck gekauft hatte. Es gestaltete sich etwas schwierig, an Martels Sekretärin vorbeizukommen, aber dann hatte er den Chef am Apparat.

»Hier Martel.«

»Guten Tag, Mr. Martel. Hier ist Luigi.« Pohek verstellte die Stimme, sie klang tiefer, rauer. Er hoffte, einen Nicht-Muttersprachler damit täuschen zu können. Der Name Luigi war ein wenig kitschig, vermittelte aber die richtige Vorstellung.

»Ja?« Martels Neugier schien geweckt zu sein.

»Hab gehört, Sie haben Problem in London, muss sich einer kümmern.«

»Wer sind Sie?«

»Hab ich gesagt. Ich bin Luigi. Bin selbständig.«

»Was soll das heißen, selbständig?«

»Hängt davon ab, was Sie wollen, Mr. Martel!«

»Wie kommen Sie auf die Idee, mich anzurufen?«

»Hat Vöglein gesungen.«

»Haben Sie mit Ray Pohek gesprochen?«

»Ray Pohek? Kenne ich nicht«, sagte Ray Pohek.

Stille. Martel dachte nach. Pohek wollte ihn nicht drängen. »Ich rufe zurück in fünf Minuten, Mr. Martel.«

Pohek grinste in sich hinein und setzte sich in seinem Motelzimmer aufs Bett. Er wusste, dass Martel anbeißen würde. Nach fünf Minuten rief er wieder an. Diesmal wurde er direkt durchgestellt.

»Und?«, fragte er.

»Ich hätte da vielleicht etwas für Sie«, sagte Martel. »Können wir uns treffen?«

»Nein, auf kein Fall. Das mache ich nicht. Sie sagen mir Namen, ich mache Job, Sie zahlen.«

»Wie viel?«

Pohek atmete tief durch. »Hunderttausend.« Er wusste, dass die Summe weit über dem Marktpreis lag. Aber er bezweifelte, dass Martel das bekannt war. Außerdem nahm er an, dass der es sich leisten konnte. Immerhin ging Pohek ein großes Risiko ein. Er wollte so viel Geld bekommen, dass er seine Schulden nicht nur abtragen, sondern komplett tilgen konnte. Und dass er zusätzlich noch etwas für Ryans Ausbildung zur Seite legen konnte.

»Das ist viel Geld, Luigi.«

»Ich bin gut«, sagte Pohek. »Ist immer dasselbe: Du bekommst, was du bezahlen willst.«

»Aber ich weiß überhaupt nichts über Sie«, sagte Martel.

»Ist besser so.«

»Woher soll ich wissen, dass ich Ihnen glauben kann?«

»Sie müssen nix glauben. Ist aber kein Problem. Sie geben mir Geld, wenn Arbeit ist fertig. Wenn Problem nicht erledigt, Sie zahlen nicht.«

Martel dachte nach. »Gut, aber woher wissen Sie, dass Sie mir vertrauen können?«

»Ich weiß, Sie sind ehrlicher Mensch. Und ich weiß, wo Sie wohnen. Sie zahlen Geld, dann ist alles vergessen.« Es gab eine Pause. »Wollen Sie lieber nachdenken, in Ruhe?«

»Nein«, lautete die Antwort. »Ich nenne Ihnen die genauen Daten. Aber es muss schnell gehen. Sozusagen in den nächsten Tagen.«

Pohek grinste und zog sein Notizbuch hervor. »Kein Problem. Schießen Sie los.«

25

Es war rattenkalt. Eisiger Wind wehte von der Nordsee herüber, er ging durch die Kleidung bis auf die Haut. Obwohl es eigentlich über null Grad war, fühlte es sich kälter an als auf dreitausend Metern in den Rocky Mountains. Ray Pohek wünschte sich, er hätte seine warme Unterwäsche eingepackt. Von England hatte er einfach etwas anderes erwartet.

Er stand in einem Gehölz neben einer alten Windmühle und sah auf das Cottage hinunter. Am Morgen war er Calder von dessen Haus zum Flugplatz gefolgt und am Nachmittag wieder zurück. Poheks Plan war, Calder einen Tag lang zu beobachten und dabei den besten Augenblick und besten Ort auszukundschaften. Ihn im Cottage zu überfallen, wollte er möglichst vermeiden. Es war zwar einsam gelegen, aber nachts vielleicht verschlossen, und die Gefahr war zu groß, dass etwas schief ging, wenn er einbrach. Außerdem war in einem Gebäude die Gefahr größer, Spuren für die Polizei zu hinterlassen: Draußen wäre es besser.

Pohek war überzeugt gewesen, die Aufgabe ausführen zu können, die Martel »Luigi« gestellt hatte. Immerhin hatte der Detektiv bei der Polizei zu töten gelernt, und er hatte einige Jahre Übung im Beschatten von Menschen. Den Auftrag in England ausführen zu müssen hatte zusätzliche Kosten und Schwierigkeiten gemacht, die er in den Staaten nicht gehabt hätte. Am schwersten war es gewesen, eine Waffe zu besorgen. Er hatte kein gutes Gefühl dabei, ein Messer zu benutzen, und bei all den Sicherheitsmaßnahmen auf den Flughäfen konnte er natürlich keine Schusswaffe im Flugzeug oder gar in seinem Gepäck einschmuggeln. Also hatte er herausfinden müssen, wo man in England eine Waffe kaufen konnte. Zeitungsanzeigen hatten ihn auf Harlesden im Norden von London gebracht. Nach zwei Fehlversuchen war es ihm gelungen, einem

Jamaikaner eine Smith & Wesson, Kaliber .38, mitsamt Munition für 500 Pfund abzukaufen. Pohek war klar, dass er übers Ohr gehauen worden war, doch das war ihm egal. Ehrlich gesagt, war er nur froh, das Viertel wieder lebendig verlassen zu können.

Ein Auto zu mieten war einfacher gewesen. Pohek besaß eine Kreditkarte und einen Führerschein auf falschem Namen; nach seinem Pass hatte keiner gefragt. Entsprechend mit Revolver und Wagen versorgt, war er nach Norfolk gefahren und hatte sich ein Hotel in Cromer gesucht, einer Stadt, die ungefähr 30 Kilometer von Hanham Staithe entfernt war.

Und jetzt hockte er hier, fröstelte in der Dämmerung und beobachtete das Cottage durch eine Infrarotbrille.

Plötzlich sah er, wie jemand aus dem Haus kam. Mittlerweile konnte Pohek Calder an seinen flinken, energischen Bewegungen erkennen. Der Mann war offensichtlich gut in Form. Calder ging an der Garage mit dem Maserati vorbei und schlug mit großen Schritten den Weg ins Dorf ein. Poheks Puls beschleunigte sich. Er beschloss, das Auto stehen zu lassen, und lief stattdessen die auf dem Hügelkamm parallel verlaufende Straße entlang. Er ließ Calder nicht aus den Augen. Nach ungefähr anderthalb Kilometern erreichte Calder den Pub im Dorf.

Pohek lächelte. Perfekt.

Calder stand neben einer kleinen Gruppe von Kneipengästen. Stuart, der Tierarzt, erzählte gerade eine verworrene Geschichte vom Hund des Vikars, der das Kondom des minderjährigen Sohnes verschluckt hatte. Calder hörte nicht zu. Er dachte an Jen und Perumal. Er war sich jetzt sicher, dass Carr-Jones die Morde an den beiden in Auftrag gegeben hatte. Ebenso überzeugt war er, dass er nicht die nötigen Beweise hatte. Ohne Tessas Aussage hatte er nicht annähernd genug in der Hand, um noch einmal zur Polizei zu gehen.

Er musste Beweise finden. Jen und Perumal waren umgebracht worden, und er war der einzige Mensch auf der Welt, der davon wusste und dem es etwas ausmachte. Wenn er nichts unternahm, würde es auch sonst niemand tun. Ein ganzes Jahr lang hatte Calder versucht, vor Jens Tod zu fliehen, doch jetzt wurde ihm klar, dass er ihn nur verdrängt, nicht aber aus seinem Gedächtnis gelöscht hatte. Nach seinen neuesten Entdeckungen musste er sich mit der Tatsache abfinden, dass sie ermordet worden war. Calder konnte sich nun drücken oder aber etwas unternehmen. Wenn er sich weiterhin in die Augen sehen wollte, hatte er nur eine Wahl.

Es gab zwei Möglichkeiten: nach Jackson Hole fahren oder Carr-Jones direkt mit den Vorwürfen konfrontieren.

Zu Carr-Jones zu gehen würde wenig bringen. Er würde alles abstreiten und weiterhin versuchen, den Flugplatz zu kaufen. Calder hatte Mrs. Easterham überreden können, ihre Antwort auf Carr-Jones' Angebot noch zehn Tage hinauszuzögern. Außerdem hatte er mit einigen Anwälten darüber gesprochen, was passieren würde, wenn Brynteg Global Investments das Land tatsächlich erwarb. Es wäre nicht einfach für die neuen Besitzer, die Erneuerung des Pachtvertrages abzulehnen, aber Landeigentümer konnten einem Flugplatz-Betreiber das Leben extrem schwer machen. Die Bestimmungen der Behörde für zivile Luftfahrt waren, was Flugplätze anging, sehr streng: Ein oder zwei Zäune an der falschen Stelle genügten, um die Lizenz zurückzuziehen. Flugzeuge konnten auf einem Flugplatz, der keine Lizenz besaß, zwar starten und landen, aber Flugunterricht war dort nicht erlaubt, und die Flugschule war das Herz des ganzen Unternehmens. Wenn Brynteg Global Investments den Flugplatz wirklich kaufen würde, musste Calder den Kampf aufnehmen. Er hatte Angst, ihn zu verlieren.

Es blieb ihm also nichts anderes übrig, als nach Jackson Hole zu fliegen und zu sehen, ob er mehr über Perumals Tod und die Spielereien des Teton Fund mit Derivaten in Erfahrung bringen konnte. Aber wie würde die Flugschule zwei Wochen ohne ihn zurechtkommen? Er müsste Flugstunden absagen, dadurch würden der Schule wichtige Einnahmen entgehen. Er hatte unzählige Dinge zu erledigen, von der Suche nach einem Assistenten für Colin, den Wartungstechniker, bis zur Umsetzung der geänderten Vorschriften für Notfallpläne der Behörde für zivile Luftfahrt. Und er wäre nicht da, wenn Mrs. Easterham Carr-Jones' Angebot für den Flugplatz annahm. Dazu die unzähligen kleineren Krisen, die von Tag zu Tag auftauchten. Es erschien Calder unfair, alles auf Jerry abzuladen.

Doch wenn es weiterhin einen Flugplatz geben sollte, um den man sich Sorgen machen konnte, musste er beweisen, dass Carr-Jones ein Krimineller war. Und zwar schnell.

Jemand berührte ihn am Ellenbogen.

»Alles okay mit dir?« Es war Jess, die Frau des Tierarztes und Lehrerin an der Grundschule im Dorf. »Ich weiß, Stuarts Geschichten sind nicht gerade spannend, aber du wirkst ja noch zerstreuter als sonst.«

»Ja, tut mir Leid.« Er erwiderte ihr besorgtes Lächeln. »Probleme auf dem Flugplatz.«

»Das müssen aber ernste Probleme sein.«

»Sind es auch.« Calder leerte sein Glas. »Tut mir Leid, Jess, ich glaube, ich gehe lieber.«

»Viel Glück«, sagte sie. »Mit deinen Problemen.«

»Danke«, antwortete Calder, ging zur Tür und machte sich auf den Heimweg.

Der Wind hatte sich gelegt; zuvor hatte er alle Wolkenfetzen vom Nachthimmel geblasen. Nach und nach wurden mehr Sterne sichtbar, über der Pfarrkirche stand der Halbmond. Calder hatte sich angewöhnt, zu Fuß zum Pub zu gehen. Wenn er den ganzen Tag auf dem Flugplatz verbrachte, bekam er nicht besonders viel Bewegung. Der Spaziergang hin und zurück erfrischte ihn. Er genoss die Stille der Dunkelheit, wenn die Marschlandschaft in Mondlicht getaucht dalag, dahinter die Schwärze des Meeres. Während er im Sommer auf diesem Weg oft Spaziergänger traf, war das im Winter nur selten der Fall, besonders nach Einbruch der Dunkelheit. Aber jetzt ging vor ihm eine Frau mit Hund, die er kannte.

»'n Abend, Mrs. Mander. Hallo, Curly«, grüßte er, dann bückte er sich und streichelte den jungen Foxterrier.

»Uh, das ist aber ungemütlich heute Nacht«, sagte Mrs. Mander und blieb stehen. »Ich bin heute Morgen nach Norwich gefahren, der arme Curly war noch gar nicht draußen.«

»Die Kälte stört ihn scheinbar genauso wenig wie die Dunkelheit«, bemerkte Calder.

»Der würde am liebsten die ganze Nacht hier draußen rumstrolchen.«

Calder setzte seinen Weg fort. Eine halbe Minute später hörte er Geräusche und Stimmen hinter sich. Er drehte sich um und sah, dass der Foxterrier einen Mann ankläffte. Er war knapp fünfzig Meter entfernt. Mrs. Mander schimpfte mit ihrem Hund, zerrte ihn weiter und entschuldigte sich bei dem Mann.

Calder war immer noch achthundert Meter von seinem Cottage entfernt, er beschleunigte die Schritte. Ungewöhnlich für einen Fremden, um diese Zeit draußen unterwegs zu sein, besonders in der dem Dorf entgegengesetzten Richtung. Calder schaute über die Schulter zurück. Der Mann kam näher, Mrs. Mander war hinter einer Biegung verschwunden. Jeder Nerv in Calders Körper schlug Alarm. Jetzt hieß es schnell handeln, bevor der Mann ihn einholte. Möglicherweise gab es eine vollkommen harmlose Erklärung für die Anwesenheit des Fremden. In dem Fall würde das, was Calder jetzt tat, ziemlich seltsam erscheinen. Aber nach allem, was mit Jen und Perumal geschehen war, wollte er keine Risiken eingehen.

Unvermittelt setzte Calder zu einem Sprint an. Er hörte einen Knall, drehte sich um und sah, dass der Mann etwas auf ihn richtete – einen Revolver!

Verdammt! Calder schlug einen Haken nach rechts und sprang über ein Gatter auf ein Feld. Als er landete, fühlte er einen stechenden Schmerz im Knöchel. Fluchend rannte er los, in die Dunkelheit hinein. Dabei versuchte er, im Zickzack zu laufen und den Schmerz, so gut es ging, zu ignorieren. Er wusste von seinem Einführungslehrgang für Offiziere in Cranwell, wie schwierig es war, mit einer Handfeuerwaffe ein sich bewegendes Ziel selbst aus nur dreißig Meter Entfernung zu treffen. Allerdings war sein Verfolger bereits näher gekommen. Calder schaute sich um und sah den Mann über das Gatter springen.

Sein linker Knöchel war angeschlagen; Calder kam nur mit halber Geschwindigkeit voran. Es war ein weites Feld, das keine Möglichkeit zur Deckung bot, nichts als Gras und hier und da eine Pfütze Grundwasser, die schwach im Mondlicht schimmerte. Auf der anderen Seite befand sich gleich unterhalb des Hügels ein Gehölz, aber bis dahin waren es noch rund zweihundert Meter. Rechts von Calder stand eine Herde mit etwa zwanzig Kühen. Genau genommen waren es Ochsen, Schwarzbunte, wenn er sich recht erinnerte. Calder stürzte auf sie zu. Wieder hörte er einen Schuss. Er drehte sich um und spähte in die Dunkelheit. Der Mann kam immer näher.

Die Ochsen sahen auf, sie schienen in der Dunkelheit vor sich hin zu dösen. Calder sprang in ihre Mitte. Sie drängten sich an ihn, doch es waren große Tiere, nicht so leicht zu erschrecken. Ein paar von ihnen gingen auf seinen Verfolger los.

Calder wurde klar, dass er es mit seinem verletzten Knöchel nicht bis zur Hecke schaffen würde. Vorher würde ihn der Mann mit dem Revolver einholen. Und dann war er tot. Er drehte sich um und versuchte dabei, sich hinter einem Ochsen zu verstecken. Die Tiere sprangen in alle Richtungen davon. Calder hörte einen weiteren lauten Knall und ein Geräusch, das eher wie ein Brüllen klang. Eines der Tiere in Calders Nähe bockte und rannte in die Dunkelheit. Die anderen folgten in einer Art Kurzgalopp. Zwischen zwei Rindern erblickte Calder seinen Verfolger.

Er nahm Anlauf und sprang dem Mann mit beiden Füßen in den Bauch, sodass beide inmitten der flüchtenden Ochsen zu Boden fielen. Wie durch ein Wunder wurde keiner von den Hufen getroffen, die über sie hinwegflogen. Calder warf sich auf die Hand mit der Waffe. Der Mann wand und sträubte sich. Er war flink und kräftig – ein ebenbürtiger Gegner. Die beiden wälzten sich im Gras, bis sie in einer breiten Lache landeten, in der das Wasser seit dem letzten Regenguss stand. Die Rinder waren in der Ferne verschwunden.

Calder konzentrierte sich darauf, dem Mann die Waffe zu entwinden. Das war ein Fehler. Sein Widersacher warf sich herum, befreite seinen Arm mit einem Ruck und ließ die Waffe los, sodass sie in hohem Bogen durch die Luft flog. Mit einem Platsch landete sie mehrere Meter weiter. Calder, aus dem Gleichgewicht gebracht, lag plötzlich mit dem Gesicht im Wasser. Der Fremde setzte sich auf seinen Rücken, hielt seinen Kopf fest und drückte ihn in den Schlamm.

Calder konnte weder Mund noch Augen öffnen. Kaltes Wasser lief ihm in die Ohren. Er bäumte sich auf und trat nach seinem Gegner, konnte ihn jedoch nicht abschütteln. Er versuchte, den Kopf zur Seite zu drehen, um Luft zu bekommen, aber es gelang ihm nicht. Der Mann auf seinem Rücken war stark, ließ ihm keinen Spielraum.

Calders Lunge fühlte sich an, als würde sie platzen. Nicht mehr lange, dann würde er in acht Zentimeter tiefem Wasser und Schlamm ertrinken.

Er sackte in sich zusammen und versuchte, einen Augenblick zum Nachdenken zu gewinnen und seinen Angreifer vielleicht zu verwirren. Doch der Druck auf seinen Kopf ließ nicht nach. Es war jetzt nur noch eine Frage von Sekunden, bis er entweder den Mund öffnete und sich die Lunge mit Schlamm und Wasser füllte oder er aus Mangel an Sauerstoff ohnmächtig würde.

Der Mann auf seinem Rücken schien immer schwerer zu werden. Calder konnte sich nicht rühren.

Seine Zeit und Kraft reichten nur noch für einen letzten Befreiungsversuch. Calder presste die Ellenbogen fester an den Körper, stemmte sich mit einem Ruck hoch und zog gleichzeitig die Knie unter den Bauch. Dann drückte er die Beine durch und den Hintern in die Luft. Über seine Schultern fiel der Mann zu Boden. Calder riss den Kopf aus dem Wasser und holte tief Luft.

Der Mann drehte sich um und tastete nach dem Revolver, der irgendwo im Wasser lag. Doch Calder wusste, dass er an der falschen Stelle suchte. Immer noch nach Luft schnappend, warf er sich auf eine Stelle vier oder fünf Meter von seinem Angreifer entfernt, wo er die Waffe glaubte. Er tauchte die Hände ins Wasser; kurz darauf spürte er hartes Metall. Er zog den Revolver aus dem Wasser und richtete ihn auf den anderen, der immer noch verzweifelt herumwühlte.

»Stopp!«, rief er, nach Atem ringend.

Der Mann sah ihn an, richtete sich auf und rannte davon.

»Stopp!«, rief Calder erneut und zielte mit beiden Händen auf die fliehende Gestalt. Doch der Mann blieb nicht stehen.

Im Visier am Ende des Laufs sah Calder den Rücken des Flüchtenden. Da er mit konstanter Geschwindigkeit und ohne Richtungswechsel davonlief, stellte er ein leicht zu treffendes Ziel dar. Calder musste nur noch abdrücken. Doch er zögerte. Er hatte noch nie jemanden umgebracht und wollte es auch jetzt nicht tun, obwohl sein Gegner kurz zuvor keine derartigen Skrupel an den Tag gelegt hatte.

Calder senkte den Revolver ein wenig und zielte auf die sich schnell bewegenden Beine, die jetzt knapp zwanzig Meter entfernt waren. Auch so bestand immer noch die Gefahr, die Glieder zu verfehlen und weiter oben schwere Verletzungen zu verursachen.

Er drückte ab.

Nichts. Der Abzug war mit Wasser oder Schlamm verdreckt.

Calder ließ die Waffe fallen und sah zu, wie der Mann zur Pforte und zum Weg lief. Dann humpelte er über das Feld nach Hause, nass, kalt, bedeckt mit Schlamm und Mist, atemlos und mit rasendem Herzen. Aber er lebte.

26

Die Isle of Dogs lag im Regen, jener Fleck einst gottverlassenen Landes, der von drei Seiten von der Themse umgeben war. Jetzt befanden sich dort gigantische Bürogebäude, in denen die größte Dichte von Finanzfachleuten in ganz Europa herrschte.

Calder stand im Schutz eines jungen, kahlen Baumes, hinter ihm der Canary Wharf Tower, vor ihm ein anderes Gebäude, fast ebenso groß. Vor anderthalb Stunden hatte er gesehen, dass Justin Carr-Jones das Gebäude in Begleitung von Derek Grayling und einem Mann, den er vage von Capital Markets kannte, betreten hatte. Irgendwo da drin war eine Rating-Agentur, höchstwahrscheinlich hatte Carr-Jones dort einen Termin.

Calder hatte Carr-Jones vor dem Eingang von Bloomfield Weiss aufgelauert. Er wollte ihm folgen und ihn in einer möglichst einsamen Ecke überraschen. Seine Pläne waren jedoch teilweise durchkreuzt worden, als er ihn mit den beiden anderen aus dem Bürogebäude kommen sah. Calder war ihrem Taxi von der City nach Canary Wharf gefolgt. Ihm war klar, dass er besser wartete, bis Carr-Jones allein war, aber Calder konnte sich nicht mit der Vorstellung abfinden, den dreien zurück nach Broadgate zu folgen und zuzusehen, wie Carr-Jones wieder an die Arbeit ging.

Als die drei Männer in Regenmänteln vor die Tür traten und nach einem Taxi Ausschau hielten, ging Calder auf sie zu.

»He, Justin, wie geht's?«

Carr-Jones drehte sich zu Calder um. Das Erste, was Calder auffiel, waren ein blaues Auge und eine Schramme auf der Wange. Das Zweite war die Angst in Carr-Jones' Gesicht. Er hatte Schiss.

»Hast du kurz Zeit?« Calder sprach höflich, doch in seiner Stimme schwang eine Drohung mit. Carr-Jones' Begleiter hörten sie heraus.

Derek Grayling trat instinktiv näher an seinen Vorgesetzten heran.

»Allein«, sagte Calder.

Carr-Jones schien eingeschüchtert. Calder wirkte offenbar sehr überzeugend, nach dem Ausdruck auf Derek Graylings Gesicht zu urteilen. »Soll ich die Polizei rufen, Justin?«, fragte er und zog sein Telefon hervor.

»Soll er?«, fragte Calder Carr-Jones.

Carr-Jones schluckte und schüttelte den Kopf.

»Ihr beide fahrt mit dem Taxi zurück ins Büro«, ordnete Calder an. »Justin kommt gleich nach.«

Carr-Jones nickte. »Ich komme nach«, sagte er.

Grayling sah seinen Chef zweifelnd an und winkte ein Taxi heran. Sobald er und der andere Investmentbanker darin saßen, packte Calder Carr-Jones am Arm. »Wir gehen besser irgendwohin, wo wir uns unter vier Augen unterhalten können.«

»Ich habe dir nichts zu erzählen«, gab Carr-Jones zurück, ließ sich aber dennoch ein paar Stufen hinunter auf einen tiefer gelegenen Weg ziehen, der an den alten Docks entlangführte. Über ihnen erhob sich der Canary Wharf Tower fast zweihundertfünfzig Meter hoch, doch von weiter oben konnte man sie nun nicht mehr sehen. Und draußen war bei diesem Wetter ohnehin niemand unterwegs.

Calder drängte Carr-Jones in eine verlassene Passage, die unter einem der Gebäude hindurchführte, und drückte ihn mit dem Rücken an die Wand. Mittlerweile waren sie beide völlig durchnässt, Wasser lief über Carr-Jones' Brillengläser und tropfte vom Rahmen. Nur noch wenige Zentimeter waren zwischen ihnen.

»Sieht schlimm aus«, sagte Calder und berührte Carr-Jones' Wange. Der andere zuckte zusammen. »Woher kommt das?«

»Bin auf der Treppe vor meiner Wohnung ausgerutscht, als ich zur Arbeit wollte«, antwortete er. »War nass.«

»Aha. Wusstest du, dass jemand versucht hat, mich umzubringen? In Norfolk? Jemand, den du bezahlt hast. Vielleicht derselbe Mann, den du auf Jen und Perumal angesetzt hast.«

»Nein!« Heftig schüttelte Carr-Jones den Kopf. »Ich habe niemanden bezahlt.«

»Hör zu, ich weiß, dass du die beiden umgebracht hast«, sagte Calder. »Beziehungsweise ihren Tod in die Wege geleitet hast.«

»Das stimmt nicht.« Carr-Jones' Stimme war rau.

»Natürlich stimmt das. Perumal und du, ihr habt letztes Jahr die Verluste bei der Neubewertung der IGLOO-Scheine vertuscht. Jen hat durch Perumal davon erfahren. Sie hat gedroht, euch auffliegen zu lassen. War es nicht so?« Calder griff nach Carr-Jones' Kragen und drückte den Mann gegen die Wand. »Stimmt das?«

»Ich erzähle dir gar nichts«, sagte Carr-Jones. Doch er atmete schwer.

»Und dann hast du sie umbringen lassen.«

»Das habe ich nicht. Ich schwöre dir, dass ich das nicht war.«

»Warum höre ich dir überhaupt zu?« Calder stieß Carr-Jones gegen die Wand. »Ich sollte dich windelweich schlagen und ins Wasser werfen. Es geht nur darum: du oder ich.«

»Nie und nimmer traust du dich, mich zu schlagen«, warnte Carr-Jones und flüchtete sich wieder in seine arrogante Haltung. »Ich würde dich wegen Körperverletzung anzeigen.«

Calder boxte ihm in den Magen. Carr-Jones krümmte sich stöhnend zusammen. »Ich kann mir kaum vorstellen, dass du zur Polizei gehst, Justin.« Als Carr-Jones sich aufrichtete, schlug Calder erneut zu.

Carr-Jones schloss die Augen. »Okay, okay. Lass mich los. Lass mich los. Dann können wir reden.«

»Dann sagst du mir, was du getan hast?«

»Geht nicht.«

Calder schubste Carr-Jones in Richtung Wasser.

»Hör auf!«, flehte Carr-Jones. »Hör mir zu. Ich erklär's dir.«

Erst kurz vor der Kante hielt Calder inne. Drei Meter unter ihnen plätscherte das schwarze Wasser der Themse gegen das Ufer. Calder zögerte und stieß Carr-Jones auf eine leere Holzbank. Carr-Jones plumpste darauf.

Calder beugte sich über ihn. »Und jetzt sprich!«

Carr-Jones zog die Schultern hoch, um sich vor dem Regen zu schützen. Sein heller Regenmantel war vor Nässe dunkelbraun. Er beugte sich vor und holte tief Luft. Einen Augenblick lang befürchtete Calder, er würde hyperventilieren. Carr-Jones mochte unter heftigstem Beschuss auf dem Kampfplatz im Büro ruhig bleiben, in körperlicher Hinsicht war er offensichtlich ein Waschlappen. »Hör endlich auf herumzuschnüffeln«, sagte er.

»He, jetzt ist nicht der richtige Zeitpunkt, um mir zu drohen«, gab Calder zurück.

»Es geht nicht um mich. Siehst du nicht, wie ich aussehe?« Carr-Jones zeigte auf sein Gesicht.

»Das heißt, du bist nicht auf der Treppe ausgerutscht?«

»Ich wurde angegriffen. Heute Morgen, vor meiner Wohnung. Es war noch dunkel. So 'n Typ hat mich in einen Eingang gedrückt und seinen Revolver rausgeholt. Ein Amerikaner. Er meinte, er würde mir den Kopf wegblasen, wenn ich mich nicht ruhig verhalte und dich nicht davon abbringe, Fragen zu stellen. Dann hat er mir ein paar Schläge verpasst. Tja, er war ziemlich überzeugend. Der meinte es ernst, das sage ich dir.« Carr-Jones warf Calder einen kurzen Blick zu.

»Das glaube ich auch«, sagte Calder.

»Du hast schon viel herausbekommen«, sagte Carr-Jones. »Aber ich sage dir, dass ich weder Jen noch Perumal umgebracht habe.«

»Wenn du völlig unschuldig bist, warum hast du dann gedroht, den Flugplatz zu kaufen?«

»Ich wollte erreichen, dass du aufhörst herumzuschnüffeln. Du musst wirklich damit aufhören. Denn wenn du zufällig entdecken würdest, was wirklich passiert ist, und damit zur Polizei gehst, wären wir beide tot. So einfach ist das. Deshalb musst du Ruhe geben.«

»Erzähl mir von der IGLOO-Neubewertung letztes Jahr. Wusstest du, dass Perumal sie manipuliert hatte?«

Carr-Jones schüttelte den Kopf. Langsam gewann er die Fassung zurück. »Ich sage jetzt nichts mehr. Du kannst mir dreimal drohen, dass du mich umbringst, ich kenne dich. Du tust es nicht. Wenn ich mit dir rede, dann bin ich mit Sicherheit tot. Genau wie Jen und Perumal.«

Einen Augenblick überlegte Calder, ob er Carr-Jones trotzdem windelweich prügeln, ihn sogar ins Dock werfen sollte. Doch als er den kleinen, mitgenommenen, durchnässten Mann ansah, brachte er es einfach nicht übers Herz.

Er setzte sich zu Carr-Jones auf die Bank und blickte auf das Wasser im stillgelegten Dock. Der Regen prasselte darauf. Der springende Punkt war, Calder glaubte seinem ehemaligen Kollegen. Carr-Jones würde frohen Mutes die Selbstachtung seines Gegners oder dessen Karriere zerstören, aber er würde niemanden umbringen. Ein so gewiefter politischer Stratege wie er hatte das nicht nötig. Körperliche Gewalt war ihm ein Gräuel.

Er hatte Jen nicht umgebracht. Und Perumal auch nicht.

»Na gut. Aber wenn du sie nicht umgebracht hast, wer war es dann?«, fragte Calder.

»Da bin ich mir nicht sicher. Und ich habe nicht vor zu spekulieren.«

»Jean-Luc Martel?«

Carr-Jones antwortete nicht.

»Na gut. Aber ich will dein Wort, dass Brynteg Global Investments morgen das Angebot für den Flugplatz zurückzieht.«

»Hörst du dann auf, Fragen zu stellen?«

Calder packte ihn am Kragen. »Ich tue das, worauf ich Lust habe. Aber wenn du das mit dem Angebot durchziehst, mache ich dich fertig. Verstanden?«

»Schon gut«, sagte Carr-Jones. »Ich sorge dafür, dass das Angebot zurückgezogen wird.«

Calder löste seinen Griff.

Erleichtert, dass Calder ihn losließ, sackte Carr-Jones auf die Bank zurück. »Was hast du jetzt vor?«

Calder erhob sich. »Du glaubst also, dass du sterben wirst, wenn ich weiter Fragen stelle?«

Carr-Jones nickte.

»Wenn das so ist, fliege ich nach Wyoming und stelle Jean-Luc Martel noch ein paar Fragen. Bis dann.«

Calder musste über das Entsetzen in Carr-Jones' Gesicht grinsen. Dann ging er davon.

Calders nächster Schritt ergab sich von selbst. Der Schlüssel zu Jens und Perumals Tod lag in Jackson Hole. Calder hatte Carr-Jones' Angst verachtet, aber der Mann war nicht dumm. Solange Calder die Verantwortlichen nicht vor Gericht brachte, schwebte er in Gefahr. Je schneller er handelte, desto besser.

Er fuhr zurück nach Norfolk, um Kleidung für mindestens eine Woche in den winterlichen Rocky Mountains zu packen. Und um Jerry mitzuteilen, dass die Gefahr für den Flugplatz gebannt war – auch wenn einer der Besitzer immer noch in großer Gefahr schwebte. Jerry versprach, sich um das Geschäft zu kümmern, während Calder unterwegs war. Er war sichtlich erleichtert, dass das Fortbestehen des Flugplatzes gesichert war, doch rührend besorgt um Calders Wohlergehen. Einmal mehr fühlte sich Calder bestätigt, den richtigen Partner für sein Unternehmen gefunden zu haben.

Calder plante, die Nacht vor der Abreise bei seiner Schwester zu verbringen, doch als er sie anrief, erklärte sie, ihr Vater sei gerade für ein paar Tage zu Besuch. Calder wollte einen Rückzieher machen, aber seine Schwester wollte nichts davon hören. Wahrscheinlich hatte sie nicht ganz Unrecht. Calder besaß einfach nicht genug Kraft für einen Streit mit dem alten Brummbären. Er nahm sich vor, jegliche Kritik zu ignorieren und höflich zu sein. Die gleichen guten Vorsätze also, die er vor jeder Begegnung mit seinem Vater hatte.

Er fuhr in südlicher Richtung durch die Niederungen der Fens, der Maserati tuckerte hinter einem mit Zuckerrüben beladenen Lastwagen. Plötzlich klingelte sein Handy und zeigte eine ihm unbekannte Rufnummer. »Hallo?«

»Ist da Alex Calder?«

»Ja.«

»Hier ist Sandy. Sandy Waterhouse. Jens Freundin.«

»Ach ja.« Calder erkannte den leichten amerikanischen Akzent.

»Hören Sie, falls Sie gerade in London sind, würde ich mich gern mit Ihnen treffen. Ich müsste etwas mit Ihnen besprechen.«

»Oh ja, gut«, antwortete Calder überrascht. »Ich bin gerade auf dem Weg dorthin. Morgen früh fliege ich nach Amerika, aber wir könnten uns heute Abend treffen.«

»Geht es auch etwas später? Sagen wir, um neun in dem Weinlokal, in dem wir schon einmal waren? Und dieses Mal werde ich Sie nicht warten lassen, versprochen.«

»Wann geht dein Flug noch mal?«, fragte Anne. Die Kinder bekamen oben vom Großvater etwas vorgelesen, William war noch bei der Arbeit, und Calder und seine Schwester saßen in der Küche und leerten gemeinsam eine Flasche neuseeländischen Cabernet Sauvignon.

»Um fünf nach neun von Heathrow. In Denver muss ich umsteigen, habe ein paar Stunden Aufenthalt.«

»Musst du da wirklich hin?«

»Du hast doch selbst gesagt, es wäre gut für mich, wenn ich wegen Jen etwas unternehme. Und wegen Perumal. Die beiden dürften nicht tot sein, Anne.«

»Aber dich will ich auch nicht verlieren«, gab seine Schwester zurück. »Was ist mit dem Mann in Norfolk? Er wird nicht aufgeben, ist dir das klar? Anscheinend hat er diesem Carr-Jones auch einen höllischen Schrecken eingejagt.«

»Ich weiß. Aber daran kann ich nichts ändern. Wenn jemand hinter mir her ist, dann diese Leute. Wenn ich mich nicht wehre, bin ich leichte Beute. Ich muss die erwischen, bevor sie mich kriegen. Und das heißt, ich muss nach Jackson Hole.«

»Was ist mit der Polizei? Mein Gott noch mal, jemand hat versucht, dich umzubringen! Es ist Aufgabe der Polizei, denjenigen zu finden, nicht deine.«

»Darüber habe ich auch schon nachgedacht, aber was hätte ich tun sollen? Die nächste Polizeistation ist fünfzehn Kilometer von

Hanham Staithe entfernt. Bis sie da gewesen wären, hätte sich der Typ längst aus dem Staub gemacht. Ich hätte Unmengen von Fragen beantworten müssen, alles wäre wieder hochgekocht, aber solange weder Tessa noch Carr-Jones mit der Polizei reden wollen, habe ich keinen Beweis, dass der Teton Fund an Jens oder Perumals Tod Schuld hat. Nein, ich muss direkt in die Höhle des Löwen.«

Anne trank einen Schluck Wein. Sie wirkte erschüttert und verunsichert.

»Was ist?«, fragte Calder.

»Ist dir klar, dass sie dich vielleicht umbringen werden?« Ihre Stimme zitterte.

»Ich passe auf mich auf. Es wird schon nichts passieren.«

»Das sagst du so. Vielleicht glaubst du es auch, aber so einfach ist das nicht. Du darfst nicht vergessen, dass schon zwei Leute gestorben sind!«

»Ich lebe noch, oder?«

»Das war pures Glück, Alex. Du glaubst offenbar, dass du immer Glück hast, aber eines Tages ist es damit vorbei.« Eine Träne lief ihre Wange hinunter.

»Mach dir keine Sorgen, Annie.« Calder stand auf und legte ihr die Hand auf die Schulter.

Sie strich mit den Fingern darüber. »Ich könnte es nicht ertragen. Erst Mum, und dann auch du? Und für Vater wäre es das Ende. Er könnte es nicht ertragen.«

Calder küsste sie auf den Kopf. »Mir passiert schon nichts«, sagte er zuversichtlich und wünschte sich, dass es stimmte.

Anne stand vom Küchentisch auf, zog ein Taschentuch aus der Schachtel auf dem Fensterbrett und putzte sich die Nase. »Warum musst du bloß immer solche Risiken eingehen? Ich habe Todesängste ausgestanden, als du Jets geflogen bist. Dann hattest du den Unfall. Als du mit Aktien gehandelt hast, konntest du wenigstens nur Geld verlieren, aber jetzt ist es wieder so weit, stimmt's? Du spielst mit deinem Leben. Mir wäre fast lieber, du würdest alles auf Pferde setzen, wie Vater.«

»Das wäre keine besonders gute Idee, Annie, oder?« Bruder und Schwester drehten sich um. Ihr Vater stand im Türrahmen. »Worum geht es hier eigentlich?«

»Sag du ihm, dass er nicht einfach sein Leben wegwerfen soll, Vater«, bat Anne.

Calder wurde sauer. Den Vater auf seine Seite ziehen zu wollen verstieß gegen die geschwisterlichen Regeln, an die Calder und Anne sich immer gehalten hatten. »Stimmt, ich gebe zu, dass ich mich in einer nicht ganz ungefährlichen Situation befinde«, sagte er. »Aber verstehst du nicht, dass einer etwas tun muss, damit Martel und Leute wie er keine Unschuldigen töten und auch noch davonkommen? Es muss ja auch jemand Flugzeuge fliegen oder zur Armee gehen, damit der Rest des Landes sicher leben kann. In diesem Fall bin ich es halt, der das erledigen muss.«

»Dir macht es doch Spaß, oder?«, sagte Anne. »Gib es zu! Es macht dir Spaß.«

»Gestern hatte ich wirklich Angst«, gab Calder zurück.

»Oh ja, sicher hattest du Angst. Aber das gehört wahrscheinlich dazu.«

»Du hast ja keine Ahnung«, brummte Calder wütend. Doch war ihm klar, dass sie sehr wohl Bescheid wusste. Sie hatte Recht. Die Aussicht, nach Amerika zu fliegen, sich einer unbekannten Gefahr zu stellen und sie zu meistern, versetzte Calder in Erregung. Aber das konnte er nicht zugeben. Nicht mal sich selbst gegenüber.

»Was hat es mit diesen unschuldigen Leuten auf sich, die umgebracht wurden?«, fragte sein Vater.

»Ach, nichts«, sagte Calder. »Das würdest du nicht verstehen.«

Dr. Calder setzte sich an den Küchentisch, schenkte sich ein Glas Wein ein und blickte seinen Sohn ruhig an. »Versuch doch mal, es mir zu erklären.«

Mit einem Seufzen berichtete Calder knapp von Jen und Perumal, Carr-Jones und Martel.

»Siehst du?«, wandte sich Anne an den Vater. »Er ist verrückt, meinst du nicht?«

Der Arzt starrte sein Weinglas an. Sein Schweigen strahlte Autorität aus. Auf die Pause würde die Diagnose folgen. »Du musst ihn lassen, Annie«, sagte er schließlich mit sanfter Stimme, kaum mehr als ein Flüstern. »Auch wenn es gefährlich ist, es ist das Richtige.«

Anne warf ihrem Vater einen bösen Blick zu. »Er geht ja sowieso, egal, was ich sage.«

»Stimmt, und das sollte er auch.«

Anne wischte sich eine Träne von der Wange. »Vielleicht hast du Recht. Es fällt mir trotzdem schwer. Und der Spruch mit den Pferden tut mir Leid, Vater.«

»Schon in Ordnung. Es ist ja die Wahrheit.« Dann nahm der Arzt seinen Kindern die Frage vorweg, die ihnen unter den Nägeln brannte. »Ich war bei einem Treffen der Anonymen Spieler, wie Alex vorgeschlagen hat. Als Erstes muss man zugeben, dass man ein zwanghafter Spieler ist. Das ist schwerer, als ich dachte.«

Calder lächelte seinen Vater an. Ausnahmsweise war er stolz auf diesen Mann. »Und, gehst du wieder hin?«

»Ja. In drei Wochen. Und ich habe Orchard House vom Markt genommen, dank deiner Hilfe.«

Anne fasste über den Tisch und drückte ihrem Vater die Hand. Er sah aus, als wolle er sie ihr entziehen, den Liebesbeweis ablehnen, doch dann ließ er die Hand liegen und lächelte seine Tochter an.

Calder blickte auf die Uhr. »Oh, Mist, tut mir Leid, aber ich muss weg. Ich bin mit Jens Freundin verabredet, dieser Anwältin. Es wird bestimmt nicht so spät, aber wartet nicht auf mich.«

»Aber wir hatten kaum Gelegenheit, miteinander zu reden«, protestierte sein Vater.

»Stimmt«, räumte Calder ein, und dieses Mal bedauerte er es wirklich.

»Ich bringe dich noch vor die Tür.«

Sie gingen hinaus in die Nacht. Die Luft war klar, so gerade konnte man ein paar Sterne am orangerot erleuchteten Londoner Himmel schimmern sehen.

»Danke für deine Unterstützung, Vater.«

»Ach, Annie macht sich zu viel Sorgen. Vor allem um dich. Das war schon immer so.« Einen Augenblick standen sie in einvernehmlichem Schweigen da.

»Alex?«

»Ja?«

»Danke, dass du die Schulden bezahlt hast.«

»Nicht der Rede wert.«

»Das war viel Geld. Verdammt viel.«

»Ich kann es verkraften. Wie du ja immer gesagt hast, haben sie mich in der City zu gut bezahlt. Ich habe ein bisschen zur Seite gelegt. Etwas mehr als ein bisschen.«

»Ich möchte es dir gerne zurückzahlen.«

»Mach dir keine Gedanken«, sagte Calder.

»Nein, im Ernst. Ich könnte dir ein paar Hundert im Monat zurückzahlen. Manchmal vielleicht ein bisschen mehr.«

»Woher willst du das Geld nehmen, Vater?«, fragte Calder. Dann wusste er die Antwort. »Nein, Vater, auf gar keinen Fall. Ich will nicht, dass du wieder wetten gehst. Dann hätte ich die Schecks gar nicht ausstellen brauchen.«

»Nein, das würde ich nicht tun«, sagte sein Vater. »Wer weiß, aber vielleicht kann ich hier und da ein bisschen auftreiben.«

Calder starrte den Arzt an, und der Stolz, den er eben noch empfunden hatte, war verflogen. Aus Angst, sein Vater könne ihm die Enttäuschung ansehen, drehte er sich um und ging.

Als Calder am Gebäude von Trelawney Stewart vorbeiging, war er noch immer verstimmt. Warum konnte sein Vater nicht einfach die Finger von den Pferden lassen? Überhaupt keine Lust hatte er jetzt auf eine weitere Belehrung von Sandy, er hätte Jen im Stich gelassen. Calder rechnete damit, erneut eine Stunde warten zu müssen, aber Sandy stand bereits in der Bar in der Nähe ihres Büros und trank ein Glas Mineralwasser. Als sie ihn sah, lächelte sie zaghaft.

»Durften Sie heute früher gehen?«, bemerkte Calder.

Sandy schüttelte den Kopf. »Neun Uhr ist nicht früh, oder? Außerdem muss ich später wieder hoch. Ich sehe es schon kommen, dass ich wieder eine Nachtschicht einlegen darf.«

Calder verzog das Gesicht. »Ich dachte, Sie wären so gut wie fertig.«

»Eigentlich würde ich jetzt mit einer Freundin Ski fahren. Aber wir konnten das Geschäft nicht rechtzeitig zum Abschluss bringen. Deshalb bin ich noch hier.«

»So ein Pech.«

Sandy zuckte die Schultern. »Ich habe mich dran gewöhnt. Kann ich Ihnen etwas zu trinken holen?«

»Ich hole etwas.«

»Nein, ich will gehen.« Sie lächelte. Calder ließ sich von ihr ein Glas Weißwein mitbringen, er hatte ja schon eine halbe Flasche getrunken. In dem Weinlokal war nicht viel los, einen Augenblick später war Sandy wieder zurück.

»Warum machen Sie das?«

»Was, als Anwältin zu arbeiten?«

»So hart zu arbeiten.«

»Ich kann es mir nicht aussuchen. Der Klient gibt Trelawney Stewart eine Frist vor, und wir stimmen zu, auch wenn die Frist unmöglich einzuhalten ist. So läuft das bei uns. Deswegen können wir völlig überzogene Honorare verlangen.«

»Sie könnten doch aufhören. In einem anderen Bereich arbeiten.«

Sandy blickte Calder an. »Sie haben Recht. Es ist schon komisch. Ich meine, ich habe wirklich hart gearbeitet, um dahin zu kommen, wo ich jetzt bin. Ist wahrscheinlich nicht zu übersehen, dass ich ziemlich ehrgeizig bin«, lächelte sie. »Ich war an der Harvard Law School. Im zweiten Jahr habe ich versucht, bei einer Top-Kanzlei den Sommer über als freie Mitarbeiterin genommen zu werden. Trelawney Stewart hat mich aus Hunderten von Bewerbern ausgewählt, die Kanzlei ist eine der besten für Gesellschaftsrecht in New York. Man hat mir Honig ums Maul geschmiert und ständig gesagt, ich würde das alles ganz toll machen. Also habe ich nach meinem Abschluss angefangen, dort Vollzeit zu arbeiten. Seitdem ich in London bin, nehmen sie mich noch härter ran. Je besser man ist, desto mehr Arbeit bekommt man. Wahrscheinlich kann ich irgendwann Teilhaber werden und Millionen verdienen, aber bis dahin darf ich seitenweise Dokumente prüfen und korrigieren.« Erneut sah sie Calder an. »Man kann es nicht glauben, wenn ich es so erzähle, oder?«

Lachend schüttelte Calder den Kopf. »Und trotzdem machen Sie weiter?«

Sandy seufzte. »Ich denke schon. Ich bin einfach nicht der Typ, der das Handtuch wirft. Außerdem will ich wahrscheinlich jemandem etwas beweisen.«

»Wem?«

»Mir selbst. Und meinem Vater. Er ist ein großes Tier im Bankgewerbe. Er hat zwar nie gesagt, dass ich es ihm nachtun müsste, aber ich denke, ich versuche in gewisser Hinsicht, ihn zu beeindrucken. Man kann einfach nichts dagegen tun.«

»Das kenne ich«, sagte Calder. »Ein großes Tier im Bankgewerbe? Er ist doch nicht –«

»Doch, er ist Arthur Waterhouse. Tut mir Leid, normalerweise spreche ich nicht darüber.«

Arthur Waterhouse war Vorsitzender von Stanhope Slope, einer elitären amerikanischen Bank, die gerade von der riesigen Bank US Commerce geschluckt worden war. Er stand in dem Ruf, integer zu sein, eine altmodische Eigenschaft, die in der Welt des Investmentbankings selten geworden war. Er war einer der letzten Vertreter einer aussterbenden Art.

»Deshalb muss man sich doch nicht schämen, oder?«

»Nein, aber … Ich wollte nicht, dass Sie denken, ich wäre das verwöhnte Kind reicher Eltern. Auch wenn ich das vielleicht bin.« Sie lächelte unsicher.

»Schon verziehen«, erwiderte Calder milde.

»Wo wir schon dabei sind«, sagte Sandy, offensichtlich froh, das Thema wechseln zu können. »Ich wollte mich bei Ihnen entschuldigen.«

»Wofür?«, fragte Calder.

»Ich habe bei unserem letzten Gespräch ein paar Dinge gesagt, die ich mir besser verkniffen hätte.«

Calder zuckte die Schultern. Doch es war leichter, Sandys Entschuldigung anzunehmen als Tessas.

»Ich habe anschließend viel über unser Treffen nachgedacht«, fuhr Sandy fort. »Wenn Sie wirklich Recht haben und Jen ermordet wurde, dann bin ich sehr froh, dass Sie etwas herausbekommen wollen. Alle anderen haben aufgegeben.«

»Das stimmt«, sagte Calder.

»Jen hätte nicht aufgegeben.«

»Ich weiß.«

Sandy lächelte. »Habe ich erzählt, dass wir zusammen auf der High School waren? Ich kann mich erinnern, dass Jen im letzten Schuljahr ordentlich Staub aufgewirbelt hat. Sie hat das ganze Schulamt aufgemischt.«

»Na, das wundert mich nicht.«

»Auch wenn man es ihr vielleicht nicht ansah – sie konnte hervorragend Fußball spielen. Irgendwann war sie der Meinung, die Mädchen-Mannschaft sei nicht mehr gut genug für sie. Sie wollte bei den Jungs spielen. Der Sportlehrer verbot es ihr, er meinte, sie sollte bei den Mädchen bleiben. Aber Jen ließ sich nichts sagen. Weil sie ihren Willen nicht bekam, nahm sie sich einen Anwalt und machte dem Schulamt die Hölle heiß. Es schlug große Wellen: Die Leserbriefe füllten mehrere Seiten in der Regionalzeitung. Ihren Eltern war es peinlich, aber ihr war es egal. Am Schluss gab das Schulamt klein bei, und sie durfte bei den Jungs mitspielen.«

»Und, wie lief es?«

»Jen wurde nur einmal aufgestellt. Die Jungen meinten, sie wäre nicht gut genug als Stammspieler.«

»Das hat ihr bestimmt nicht gefallen.«

Sandy zuckte mit den Schultern. »Sie hat es akzeptiert. Den Rest der Saison saß sie auf der Bank. Wir waren unsere beste Spielerin los. Aber ich denke, sie hatte erreicht, was sie wollte.«

Einen Augenblick schwiegen die beiden und erinnerten sich an Jen.

»Also, was haben Sie herausgefunden?«, fragte Sandy. »Wollen Sie es mir erzählen? Es interessiert mich.«

»Gut«, sagte Calder. »Aber wollen wir uns nicht duzen?«

Sandy nickte.

Dann erzählte er ihr alles, was er in Erfahrung gebracht hatte, von Jens und Perumals Tod über Carr-Jones' Beteuerungen seiner Unschuld bis zur manipulierten Neubewertung des Teton Fund.

»Glaubst du wirklich, dass zwei Menschen umgebracht wurden?«, fragte Sandy mit ungläubig aufgerissenen Augen.

Calder nickte.

»Und niemand unternimmt etwas?«

Calder schüttelte den Kopf. »Außer mir. Die Polizei in Amerika ist der Ansicht, dass Perumal verunglückt ist. Die britische Polizei glaubt, dass Jen Selbstmord begangen hat. Ich habe mit denen über die Nachricht an Jens Mutter gesprochen, aber ich konnte sie nicht richtig überzeugen. Aber wir hatten Recht, es war definitiv ›Mum‹.«

»Dann fliegst du also morgen in die Staaten?«, fragte Sandy.

»Ja. Nach Jackson Hole. Ich will mehr über Perumals Tod herausfinden und mir diesen Teton Fund mal aus der Nähe ansehen.«

»Gut.« Sandy spielte mit ihrem fast leeren Weinglas. »Ich habe nachgedacht.« Sie warf Calder einen nervösen Blick zu, ein paar Strähnen fielen ihr in die Augen. »Ich weiß, ich war ganz schön gemein zu dir, aber ich würde dir gern helfen. Wenn meine Arbeit hier vorbei ist, habe ich ein bisschen Zeit, bevor ich in New York erwartet werde.«

»Was ist mit dem Skiurlaub? Kannst du nicht umbuchen?«

»Daran hab ich schon gedacht«, sagte Sandy. »Aber die Frau aus meiner Kanzlei, mit der ich fahren wollte, bekommt nächste Woche nicht frei. Der habe ich ebenfalls die Ferien vermasselt.« Sandy lächelte in sich hinein. »Früher hätte ich Jen gefragt. Das wäre lustig geworden. Und das hat mich auf eine Idee gebracht. Ich bin immer noch voller Wut über ihr Ende, jetzt erst recht, seitdem ich das alles weiß. Ich bin es Jen schuldig, dir zu helfen.«

Calder lächelte höflich. »Gut. Tja, wenn mir was einfällt, melde ich mich.«

»Hör zu«, sagte Sandy. »Ich meine es ernst. Vielleicht kann ich hier nachforschen, während du in Amerika bist. Ich kann ziemlich penetrant sein, wenn es nötig ist. Ich kann dir bestimmt helfen.«

Calder sah sie an. Es wäre gut, eine Verbündete zu haben, er konnte Unterstützung brauchen. Nils half ihm bei Bloomfield Weiss, aber Calder konnte ihn nicht ständig mit Fragen löchern. Sandy schien eine fähige Frau zu sein, und der Gedanke, mehr Zeit mit ihr zu verbringen, gefiel Calder. Sogar sehr gut. »Hast du denn Zeit dafür?«

»Die nehme ich mir.«

»Na gut«, sagte Calder. »Danke. Du könntest tatsächlich etwas für mich tun. Der Teton Fund hat mehrere verdächtige Investoren: den Zeller-Montanez-Clan aus Mexiko und einen Ukrainer namens Michail Bodintschuk. Es könnte sich lohnen, mehr in Erfahrung zu bringen.«

»Okay«, sagte sie, zog ein Palmtop aus der Tasche und notierte sich die Namen auf der winzigen Schreibfläche. »Ich schau mal, was ich herausfinden kann. Wie kann ich dich erreichen? Funktioniert dein Handy in den Staaten?«

»Müsste es eigentlich.«

»Und meldest du dich, falls ich noch etwas anderes recherchieren soll?«

»Klar, keine Sorge.«

Sandy leerte ihr Glas. Sie musste zurück an die Arbeit.

»Ach, Sandy?«

»Ja?«

»Sei bitte vorsichtig. Denk dran, Jen und Perumal wurden wahrscheinlich umgebracht. Und vor ein paar Tagen hat jemand dasselbe bei mir versucht.« Calder berichtete kurz von seiner nächtlichen Begegnung mit dem Fremden. »Also, falls du das Gefühl bekommst, es wird gefährlich, aus welchem Grund auch immer, hörst du auf. Okay?«

Sandy grinste breit. »Das gilt auch für dich. Ich gehe jetzt wieder an die Arbeit. Gute Reise.«

Pohek beobachtete, wie ein schäbiges Auto vor dem Haus in Highgate hielt, ein Asiate ausstieg und klingelte. Es war ein Taxi. Calder kam aus dem Haus, reichte dem Mann seine Tasche und stieg ein. Das Taxi kam Pohek entgegen. Er wartete, dann folgte er ihm. Zum Glück war er rechtzeitig hier gewesen. Um halb sieben Uhr morgens hatte er beschlossen, das Haus zu beschatten. Jetzt war es gerade mal Viertel vor.

Gestern Abend hatte er sich als Luigi bei Martel gemeldet, um ihm mitzuteilen, wie erfolgreich er dem blonden Kerl mit der Brille einen Schrecken eingejagt hatte. Den katastrophalen Zweikampf auf der Weide in Norfolk hatte er nicht erwähnt, sondern sich mit der Bemerkung begnügt, er warte auf den richtigen Augenblick, um Calder zu erledigen. Martel hatte vor Ungeduld einen Wutanfall bekommen, Luigi hatte aufgelegt. Er würde seinen Auftrag ausführen, den Scheck entgegennehmen, und dann würde Luigi für immer von der Bildfläche verschwinden.

Das Taxi kurvte durch schmale Straßen und fuhr dann auf eine der größeren Autobahnen. Der Verkehr wurde dichter. Es war nicht schwer für Pohek, sich zwei, drei Autos hinter dem Taxi zu halten. Leute unbemerkt beschatten, das konnte er gut. Das Taxi und die Reisetasche ließen nur einen Schluss zu, und dieser Verdacht bestätigte sich, als die ersten Schilder den Flughafen Heathrow auswiesen. Pohek folgte dem Taxi zu Terminal 3 und stellte das Auto auf dem Parkdeck für Kurzparker ab. Kurz darauf fand er Calder am Schalter von United Airlines. Hier wurden Flüge zu verschiedenen Zielen in Amerika abgefertigt: Los Angeles, Dallas, Chicago, Denver. Nach Jackson Hole flog man über Denver.

Pohek musste grinsen. Es sah ganz so aus, als bekäme er noch eine Chance, sich die hundert Riesen zu verdienen. In seinem eigenen Land war er sich seines Erfolges deutlich sicherer.

27

Das Büro des Sheriffs von Teton County befand sich hinter dem Gerichtsgebäude im Zentrum von Jackson. Es war ein sonniger Morgen. In der Stadt herrschte reges Treiben, oben wachten die allgegenwärtigen Berge. Skifahrer und Snowboarder schleppten ihre sperrigen Ausrüstungen zur Bushaltestelle. Touristen fotografierten sich gegenseitig vor der *Million Dollar Cowboy Bar* oder unter den Wapiti-Geweihen am Town Square. Einheimische winkten sich fröhlich zu oder grüßten sich mit einem »Howdy«.

Während Calder im Eingangsbereich des Gebäudes wartete, fiel ihm ein Plakat ins Auge. Es warb für eine Ausbildung in »Schusswaffen und Landesverteidigung«. Darüber hing eine Fotomontage von Bildern des Sheriffs und seiner treuen Deputies. Die meisten trugen Schnauzer, den prächtigsten von allen hatte der Sheriff: ein gewaltiger weißer Schnauzbart, der die Herrschaft über die Stadt symbolisierte. Das Büro des Sheriffs vermittelte Freundlichkeit und Bequemlichkeit. Man erwartete nicht, hier einem echten Verbrecher zu begegnen.

Calder wurde nicht vom Sheriff empfangen, nicht einmal vom Deputy, sondern vom Sergeant, genauer gesagt, von einem Sergeant Detective. Er trug ein Hemd mit Krawatte, ordentliche Jeans und Cowboystiefel. Sergeant Dave Twiler war Anfang fünfzig, hatte kurzes graues Haar und ebenfalls einen Schnurrbart. Offenbar hatte er zu oft in die Sonne geblinzelt. Er benahm sich, als sei Jackson immer noch das verschlafene Western-Städtchen, das es einmal gewesen sein musste.

Twiler führte Calder in ein kleines Büro und wies auf den Stuhl vor seinem Schreibtisch. »Und, was haben Sie auf dem Herzen?«, fragte er mit gedehntem Akzent. Die Leute in Jackson sprachen also wirklich so.

»Vielen Dank, dass Sie sich Zeit nehmen«, begann Calder.

»Sie haben immerhin einen weiten Weg zurückgelegt. Sie möchten also über Perumal ...«, er lehnte sich vor, um den Namen auf der Akte besser lesen zu können, »... Perumal Thiagajaran sprechen?«

»Ja, genau. Ich bin ein Arbeitskollege von ihm aus London. Seine Witwe hat mich gebeten, etwas über die näheren Umstände seines Todes herauszufinden.«

»Ach ja. Ich habe mit Mrs. ... ähm ... mit seiner Witwe telefoniert. Ich weiß wirklich nicht, ob ich Ihnen noch etwas Neues erzählen kann. Es war tragisch. Zum Glück«, er hielt inne und klopfte auf die hölzerne Tischplatte seines Schreibtisches, »war das in diesem Winter bisher unser erstes Unfallopfer in Teton County. Aber es werden bestimmt noch mehr – bei so viel Skifahrern und Wanderern, die hierher kommen, ganz zu schweigen von den Motorschlitten-Fahrern. Erst letzte Woche haben wir jemanden aus einer Lawine gebuddelt. Ein Wunder, dass wir ihn rechtzeitig entdeckt haben.«

»Also, was ist Perumal zugestoßen?«

»Er ist oben auf dem Twogatee-Pass Motorschlitten gefahren. Da gibt es zig Wege, aber er wollte wohl lieber auf eigene Faust durch den Schnee. Für einen, der vorher nur einmal mit dem Motorschlitten unterwegs gewesen ist, ist das reiner Selbstmord. Immer besser, wenn noch ein anderer dabei ist. Es hatte stark geschneit, die Lawinengefahr war entsprechend hoch. Er muss in eine Lawine hineingeraten sein oder hat sie sogar selbst ausgelöst. In neunzig Prozent der Fälle löst das Opfer selbst die Lawine aus.«

»Und wer hat Alarm gegeben?«

»Der Motorschlittenverleih. Bloß war es da leider schon dunkel. Wir haben mit zig Leuten ewig lang alle Wege abgesucht. Erst später, als wir am nächsten Morgen einen Hubschrauber losschicken konnten, haben wir den Schlitten entdeckt. Wir haben so schnell wie möglich eine Rettungsmannschaft und einen Hund hergeholt, aber die haben niemanden mehr gefunden. Vier Tage haben wir gesucht.«

»Dann liegt er also immer noch irgendwo unterm Schnee begraben?«

»Das nehme ich an. Meistens finden wir die Leichen, aber die Lawine ist in eine Schlucht gerutscht, da liegt der Schnee ziemlich hoch. Manchmal rutscht der Schlitten sozusagen mit dem abgehenden Schnee mit, dann wird auch der Körper nach unten gezogen. Unsere Lawinensonden sind zweieinhalb Meter lang, aber der Schnee ist noch tiefer. Im Frühling, wenn es taut, werden wir ihn finden.«

»Das wird seine Frau trösten.«

»Ja. Es ist immer hart, wenn wir die Leiche nicht finden können.« Sergeant Twilers Gesicht verriet echte Anteilnahme.

»Und niemand hat die Lawine gesehen?«

»Nein, niemand. Wir haben zwei Motorschlittenfahrer ausfindig gemacht, die an dem Morgen an der Stelle vorbeigefahren sind. Aber sie haben nichts gesehen.«

»Waren denn andere Leute unterwegs?«

»Doch, vermutlich schon. Angeblich war ein Pärchen auf einem Motorschlitten unterwegs. Ungefähr 800 Meter weiter verließ es den Weg. Wir haben versucht, die beiden aufzutreiben, leider erfolglos.«

»Ein Paar? Mann und Frau?«

»Anscheinend. Aber die Schlittenfahrer waren nicht nah genug dran, um es genau sehen zu können.«

»Haben Sie irgendwelche Zweifel, dass es ein Unfall war?«

Twiler zögerte, bevor er antwortete. »Wenn wir die Leiche nicht finden können, ziehen wir immer einen Kriminalisten hinzu, einfach um ein paar Fragen zu stellen. Diesen Fall habe ich selbst untersucht. Wir behandeln die Sache vertraulich. Wie Sie schon sagten, so eine Situation ist meistens sehr schmerzhaft. In diesem Fall war es noch schwerer, weil das Opfer aus Europa war. Aber vor ein paar Wochen erhielten wir einen Anruf von einer britischen Polizeibeamtin. Sie haben sicher schon mit der Dame gesprochen?«

Calder nickte. »Ja, habe ich.«

»Gut, ich werde Ihnen sagen, was ich auch ihr gesagt habe: Für mich war es ein klassischer Unfall. Man muss die Berge mit Respekt behandeln. Und den Schnee, vor allem den Schnee. Dieser Mann hatte keinen Respekt. Er hat sich sehr dumm benommen und musste dafür bezahlen. So was erleben wir hier ständig.« Twiler lächelte schwach, eigentlich kniff er nur die Augen zusammen. »Das ist nicht so hart gemeint. Der Mann tut mir Leid. Zu Hause war er bestimmt vernünftig und umsichtig. Irgendetwas haben die Berge an sich, was den Leuten das Gefühl vermittelt, sie seien unbesiegbar.« Er seufzte. »Und wir dürfen anschließend die Trümmer einsammeln. Es gibt immer Hinterbliebene: Ehefrau oder Freundin, Eltern oder Kinder. Wir können nicht mehr tun, als die Leute zur Vorsicht zu erziehen.«

»Es gab also keine verdächtigen Spuren? Keine Anzeichen eines Kampfes?«

Twiler schüttelte den Kopf. »Ich kann natürlich nicht die Hand dafür ins Feuer legen, dass er nicht ermordet wurde. Vor allem, da wir die Leiche noch nicht gefunden haben. Aber es gibt keinen Hinweis darauf, dass er eines gewaltsamen Todes starb. Und als ich mit der Polizeibeamtin aus London gesprochen habe, hat sie mir gesagt, seine Kollegen hätten ihr gegenüber ausgesagt, der Mann hätte keine Probleme gehabt.«

»Was ist mit dem Pärchen auf dem Motorschlitten? Die beiden, die Sie nicht ausfindig machen konnten.«

»Wir leben hier in einer Touristenstadt, die Leute kommen und gehen. Als wir die gesucht haben, waren sie wahrscheinlich längst wieder in L. A. oder Chicago oder sonst wo.« Twiler blickte Calder in die Augen. »Glauben Sie, dass das Opfer zu Hause in London irgendwie in Schwierigkeiten steckte?«

»Ich habe Gründe, das anzunehmen«, antwortete Calder. »Haben Sie mit den Leuten gesprochen, die er in Jackson Hole besucht hat?«

»Mit dem Teton Fund? Ja, habe ich. Man sagte mir, er habe sich völlig normal verhalten. Nichts Auffälliges oder Verdächtiges.«

»Er war also nicht besorgt oder verängstigt?«

»Nach Ansicht des Mannes, mit dem ich gesprochen habe, nicht.

Ein gewisser Vikram Rana. Ebenfalls Inder. So ziemlich der einzige in Jackson. Aber warum fragen Sie? Gibt es etwas, das ich wissen sollte? Bis wir die Leiche finden, bleibt das ein offener Fall.«

»Ich habe Perumal getroffen, kurz bevor er hierher kam«, berichtete Calder. »Er wirkte nervös. Verängstigt. Doch er wollte mir den Grund nicht nennen. Als ich hörte, dass er verunglückt ist, wurde ich misstrauisch. Deshalb habe ich mit der Polizei in London gesprochen und bin hergekommen.«

»Und Sie haben keine Ahnung, wovor er Angst hatte?«

Twilers Interesse war echt. Er war ein gewissenhafter Polizist, der seine Arbeit machte. Ihm jedoch die Machenschaften von Martel, Carr-Jones und Perumal zu erläutern, schien Calder Zeitverschwendung, zumal er keine stichhaltigen Beweise hatte. »Noch nicht«, sagte er.

»Gut, dann lassen Sie mich wissen, falls Sie etwas herausbekommen«, sagte Twiler. »Und wenn wir die Leiche finden, werde ich dafür sorgen, dass der Amtsarzt sie besonders gründlich untersucht. Aber das wird wohl noch ein paar Monate dauern, vielleicht sogar länger.«

»Danke. Ach ja, können Sie mir die Adresse des Motorschlittenverleihs geben, wo Perumal den Schlitten gemietet hat?«

»Sicher. Das war die Double-D-Ranch, oben am Twogatee-Pass. Das ist ungefähr 60 Kilometer weiter nördlich.«

Calder lächelte. »Nochmals vielen Dank, dass Sie sich so viel Zeit genommen haben. Perumals Witwe lässt Sie bitten, alles in Ihrer Macht Stehende zu tun, damit die Leiche so schnell wie möglich geborgen werden kann.«

»Richten Sie ihr aus, dass wir sie auf dem Laufenden halten.«

»Sie haben doch bestimmt letzte Woche mit Perumals Schwester gesprochen, oder?«

Twiler runzelte die Stirn. »Nein. Um ehrlich zu sein, war niemand von der Familie hier. Das ist eher ungewöhnlich. Ich schätze, es ist ein weiter Weg von London hierher.«

»Mrs. Thiagajaran wollte warten, bis Sie die Leiche finden. Aber sie erwähnte, dass ihre Schwägerin hier wäre.«

»Tja, falls sie hier war, habe ich sie nicht gesehen. Also, dann machen Sie's gut.«

Die Double-D-Ranch lag ungefähr anderthalb Kilometer abseits der Straße, die in östlicher Richtung über den Twogatee-Pass führte. Man hatte einen Blick auf einen halb zugefrorenen Fluss, der sich durch ein verschneites Tal mit karmesinroten und goldenen Weidenbüschen wand. Die Ranch besaß ein traditionelles Tor, einen typischen Holzzaun und bestand aus mehreren Blockhäusern, aber damit war die Ähnlichkeit zur Ponderosa auch schon erschöpft. Überall standen Motorschlitten herum, leuchtend purpurrot und grün. Sie wurden voll getankt, flitzten umher, heulten auf. Der Lärm machte den Frieden im Tal zunichte, Benzinschwaden verschmutzten die klare Bergluft.

Vor einer Hütte mit der Aufschrift »Verleih« werkelte ein Mann an einer Maschine herum und nickte mit dem Kopf zu einem nur ihm bekannten Rhythmus.

»Hi«, sagte Calder. Er wollte lässig wirken.

Der Mann unterbrach seine Tätigkeit, stand auf und streckte sich. Langsam drehte er sich um. »Howdy«, erwiderte er.

Er war groß und schmal und hatte langes, glattes blondes Haar und eine hohe Stirn. Ein Haarbüschel am Kinn sah aus, als habe er es beim Rasieren übersehen. Sein Gesicht war wettergegerbt, das Alter schwer zu schätzen. Er konnte dreißig, aber auch fünfzig sein.

»Kann ich einen Motorschlitten ausleihen?«, fragte Calder.

»Zum ersten Mal?«, fragte der Mann.

»Ja«, antwortete Calder.

»Dann heute leider nicht. Anfänger brauchen einen Führer, und heute sind schon alle unterwegs«, sagte der Mann und wies mit dem Kinn auf eine Gruppe von Motorschlittenfahrern, die gerade Richtung Pass davonbrauste.

»Oh«, sagte Calder und machte ein enttäuschtes Gesicht. Dann lächelte er plötzlich. »Wie wär's mit Ihnen?«

Der Mann begutachtete die kaputte Maschine und präsentierte

dann zwei Reihen strahlend weißer Zähne, die in seinem gebräunten Gesicht wie neu aussahen. »Kein Problem. Ist ein toller Tag heute.« Er streckte Calder die Hand hin. »Ich bin Nate.«

»Alex.« Nate hatte einen festen Händedruck.

»Und, wo willst du hin?«

»Mal sehen. Ich bin ein Freund von Perumal Thiagajaran. Der Inder, der vor ein paar Wochen in eine Lawine geraten ist.«

Das Lächeln verschwand.

»Was ist?«

»Wir hätten ihn nicht fahren lassen dürfen. Ich war am Tag davor mit ihm unterwegs gewesen. Er war Anfänger. Ehrlich gesagt, schien es ihm nicht mal richtig Spaß zu machen. Am nächsten Tag hat er dann zu einem Kollegen gesagt, ich hätte ihm erlaubt, sich einen Schlitten auszuleihen. Angeblich wollte er sich einer Gruppe von einer anderen Ranch anschließen. Mein Kollege ist drauf eingegangen. Und dann fährt der Spinner einfach allein ins Gelände.«

»Irgendeine Ahnung, wohin er gefahren ist?«

»Sicher. Dahin, wo ich einen Tag vorher mit ihm gewesen war. Er wollte mit mir allein los, nicht mit der Gruppe. Das ist teurer, aber wenn der Kunde das zahlen will, bin ich der Letzte, der sich beschwert. Er wollte irgendwohin, wo es einsam ist. Das wollen viele. Die Leute kommen her und suchen die Einsamkeit der Berge, aber wenn sie hier sind, stellen sie fest, dass hier Tausende von Touristen sind.« In Nates Stimme lag eine Spur Verachtung. »Also bin ich mit ihm raus zu Gough's Creek. Da ist es wirklich ruhig. Liegt auf keiner Ausflugsroute.«

»Und dahin ist er am nächsten Tag zurückgekehrt?«

»Genau. Hat ihm offenbar gefallen.«

»Könnten wir dorthin fahren?«

Nate runzelte die Stirn. »Denke schon. Ich hole erst mal die Ausrüstung.«

Nate brachte Calder Helm, Handschuhe, einen Schutzanzug und natürlich einen Motorschlitten. Nate setzte seinen eigenen Helm auf, ein glänzendes High-Tech-Gebilde, das vor seinem Kinn spitz zusammenlief. Er sah aus wie ein Außerirdischer aus einem Star-Wars-Film. Calder war noch nie Motorschlitten gefahren, aber Nate musste ihm nicht lange erklären, wie es funktionierte – ein vereinfachtes Motorrad auf Raupenketten und Kufen. Schon nach wenigen Minuten machten Nate und Calder sich auf den Weg.

Sie nahmen eine Strecke, die ungefähr fünfzehn Kilometer durch Wiesen und Wälder verlief. Über ihren Köpfen ragten die Berge rings um den Twogatee-Pass auf. Plötzlich waren die Tetons nicht mehr zu sehen. Die Landschaft war atemberaubend, aber der Motorenlärm, ein Geräusch zwischen Wimmern und Heulen, störte die Stille und vertrieb jegliches Gefühl von Einsamkeit. Der Weg war offensichtlich viel befahren. Zweimal passierten sie Schlittenfahrer, die im Schnee herumtollten, Abhänge herunterrutschten, über Schanzen flogen oder einfach über unberührte Wiesen zischten.

Nate bog auf eine weite Fläche ab, Calder folgte ihm. Sie hatten den Weg verlassen. Doch im Schnee sahen sie immer noch Spuren von anderen Motorschlitten, die vor ihnen dort gewesen waren. Nach etwa anderthalb Kilometern fuhren sie zwischen Bäumen hindurch, einen Hügel hinab und befanden sich in einem kleinen, abgeschiedenen Tal. Ungefähr vierhundert Meter lang ging es so weiter, das Gelände stieg an, und am Ende des Tals vergrößerte sich das Flussbett zu einer Art Schlucht. Schließlich hielt Nate an.

Es tat gut, endlich die Motoren abzustellen und die Stille zu genießen. Doch so still war es gar nicht. In den Bäumen rauschte der Wind, ein paar Meter weiter zwitscherte ein Vogel, irgendwo weiter unten plätscherte ein Flüsschen seiner Mündung entgegen.

Nate nahm seinen Star-Wars-Helm ab und wies in die Schlucht. »Da ist es.«

Entlang des Abhangs zog sich eine klar erkennbare Linie. Dahinter hatte der Schnee eine leicht veränderte Oberfläche, er sah aus, als hätten sich riesige Schneebälle aufgetürmt. Die Schlucht war mit Schnee gefüllt.

Ein wunderschöner Ort. Einsam und verlassen. Doch wer wollte hier sterben?

Behutsam tastete Calder sich an den Abgrund heran. »Ist er da unten langgefahren?«, fragte er und versuchte nachzuvollziehen, wie Perumal den Motorschlitten in die Schlucht manövriert haben mochte. Es sah machbar aus, musste aber für einen Anfänger extrem schwierig sein.

»Nein, er war hier oben, genau da, wo wir jetzt stehen. Meistens werden Lawinen durch das Gewicht des Opfers ausgelöst, nicht durch den Schnee allein. Der fällt dann auf das Opfer und begräbt es. Das hier ist erstklassiges Lawinengebiet. Der Abhang hat einen 45-Grad-Winkel, vielleicht ein bisschen weniger. Und sieh dir den Schnee an.« Nate führte Calder ein paar Meter zurück und zeigte ihm die Stelle, wo die Lawine abgegangen war. »Sehen Sie, der Schnee besteht aus mehreren Schichten. Das da ist Schwimmschnee.« Er präsentierte Calder eine Schicht feiner, glatter Kristalle. »Darüber liegt eine härtere Kruste. Und wenn es schneit, kommen noch mal dreißig Zentimeter Pulverschnee dazu. Wenn man dann mit dem Motorschlitten drüberfährt, lässt das Gewicht die Kruste reißen. Sie löst sich und rutscht über den Schwimmschnee nach unten. Dabei wird sie immer schneller. Diese Körnchen arbeiten wie winzige Kugellager. Man hat nicht viel Zeit, um da runterzukommen.«

Calder blickte auf den Schnee in der Schlucht hinab. »Dann liegt Perumal irgendwo da unten begraben?«

»Ja. Der Schlitten wurde gefunden, aber von der Leiche fehlt jede Spur. Der Schnee da unten ist ziemlich tief. Vielleicht sechs Meter. Die Lawinensonden reichen nur gute zweieinhalb Meter tief. Am zweiten Tag war ich dabei und habe suchen geholfen, aber nichts gefunden. Nach vier Tagen haben sie aufgegeben.«

»Wann wird es tauen?«

»Das kann noch 'ne Weile dauern«, antwortete Nate. Er blickte zum Himmel und dann in die Schlucht, die im Schatten lag. »Hier kommt nicht viel Sonne an. Das kann Juni werden.«

Calder erschrak. »Sie gehörten also zur Rettungsmannschaft?«

»Nicht von Anfang an. Ich war drüben in Utah, Freunde besuchen. Als ich wiederkam, war hier die Hölle los. Wir hätten den Mann wirklich nicht allein losziehen lassen dürfen.«

Calder ließ den Blick über den Unglücksort schweifen und kletterte dann vorsichtig den Abhang hinunter. Seit der Lawine war noch mehr Schnee gefallen, es war kaum etwas zu sehen. Nachdem so viele Menschen tagelang das Gebiet abgesucht hatten, war es sehr unwahrscheinlich, dass Calder etwas Neues entdecken würde. Ihm fielen ein paar Tierspuren auf dem Boden auf. »Von wem stammen die?«

Nate warf einen Blick darauf. »Das waren Kojoten.«

Calder schüttelte sich. Aber wenn nicht einmal Rettungshunde Perumal hatten finden können, dann war es sehr unwahrscheinlich, dass es einem Kojoten gelang.

Er wandte sich dem Abhang zu. »Es ist vielleicht eine komische Frage«, begann er, »aber besteht die Möglichkeit, dass die Lawine mit Absicht ausgelöst wurde? Von jemand anders? Während Perumal hier entlangfuhr?«

Nate sah Calder zweifelnd an. »Wenn man sich auskennt, ist es möglich, eine Lawine mit einem Motorschlitten auszulösen. Man kippt den Schlitten so weit, bis er nur noch auf einer Kufe fährt, die funktioniert dann wie ein Messer. Sie schneidet in den Schnee, es entsteht ein Riss, und wenn die Bedingungen günstig sind, fängt der Schnee an zu rutschen. Aber der andere müsste weiter oben als das Opfer fahren. Und dein Freund war allein unterwegs.«

»Das wissen wir nicht mit Sicherheit.«

Nate zuckte mit den Schultern. »Man hat nur eine Spur gefunden. Wenn er nicht allein gewesen wäre, hätte man eine zweite Spur sehen müssen.«

»Vielleicht wurde Perumal umgebracht und ist erst danach mit der Lawine nach unten gestürzt«, sagte Calder.

Nate schüttelte den Kopf. »Das glaube ich nicht. Für mich sieht es aus, als ob er zu nah am Abgrund fuhr, den Schnee ins Rutschen brachte und mitgerissen wurde. Ganz einfach.«

»Aber ist es nicht sonderbar, dass er überhaupt hierhin gefahren ist?«

»Ich schätze, ihm hat seine Spritztour mit mir gefallen, deshalb wollte er noch einmal herkommen.«

»War er denn so begeistert?«

»Eigentlich nicht. Ich muss sagen, er war nicht unbedingt ein Naturtalent. Er konnte so gerade mit dem Schlitten umgehen. Er sagte zwar, ihm würde die Landschaft gefallen, aber das behaupten alle.«

»Wirkte er nervös?«

»Ja, könnte man sagen.«

»Und am Tag vorher seid ihr zusammen hier entlanggefahren?«

»Ja«, bestätigte Nate. »Wir sind hier langgekommen. Wie schon gesagt, er wollte irgendwohin, wo's ruhig ist.«

Calder schüttelte den Kopf. »Das ergibt keinen Sinn. Oder?«

Nate erwiderte Calders Blick. »Weißt du«, sagte er, »ich habe auch lange drüber nachgedacht. Vielleicht hat er es mit Absicht gemacht.«

»Du meinst, er hat sich umgebracht?«

»Kann doch sein. Er hat mich nach Lawinen gefragt, und ich hab ihm erklärt, von welchen Stellen man sich fern halten muss. An dem Tag, bevor wir zusammen unterwegs waren, hatte es heftig geschneit, die Lawinengefahr war extrem hoch. Vielleicht hat er so eine Gelegenheit gesucht und sie hier gefunden.«

»Möglich ist es.« Calder blickte Nate überrascht an. Auch wenn er langsam sprach, dumm war er nicht. Das war bisher die einleuchtendste Erklärung, die er gehört hatte.

»Weißt du, was du bist, Vikram? Ein Arschloch. Ein hundertprozentiger Idiot. Wusstest du das?«

Vikram antwortete nicht. Sein Gesicht war wie versteinert. Er presste die Lippen aufeinander.

»Was ist das für ein dämliches Geschäft, bei dem wir am Ende 800 Millionen Dollar reinbuttern müssen, nur weil der Markt ein klein bisschen fällt?«

Tatsächlich waren die Kurse an der japanischen Börse sehr deutlich gefallen. Sie hatten die für die JUSTICE-Scheine festgelegte Knock-in-Schwelle von 7000 durchbrochen und wurden jetzt mit 6500 Punkten gehandelt. Dadurch war es nicht mehr möglich, bei der nächsten Neubewertung in einer Woche zu verbergen, dass die JUSTICE-Scheine im Keller waren. Das hatte Vikram gerade Martel erklärt. Die Reaktion seines Chefs bestand darin, den Überbringer der Nachricht zur Schnecke zu machen.

»Wenn du mit steigendem Kurs Geld machen willst, musst du in Kauf nehmen, dass du bei fallendem Kurs Geld verlierst«, gab Vikram ruhig zu bedenken. »Das weißt du genau, Jean-Luc. Wenn der Kurs über 10 000 steigt, sahnen wir richtig ab. So ein Renditeprofil bekommst du aber nur, wenn du das Risiko von Verlusten eingehst, falls du falsch liegst. Du weißt doch, nichts im Leben ist umsonst.«

»Dafür habe ich ja dich. Du sollst für uns Produkte entwickeln, mit denen wir Geld verdienen, nicht verlieren. Du hast mir nicht gesagt, dass so was passieren kann.«

»Natürlich haben wir darüber gesprochen«, erwiderte Vikram mit eisiger Stimme. »Ich hab dich darauf hingewiesen, dass wir Schwierigkeiten bekommen, falls der Nikkei unter 7000 fällt. Du hast gesagt, das würde nicht passieren, deswegen sei es auch nicht wert, sich darüber den Kopf zu zerbrechen. Tja, jetzt ist es aber doch passiert.«

»Soll das heißen, dass du mir die Schuld daran gibst?« Martels Augen traten fast aus den Höhlen. »Ich will, dass du noch heute nach London fliegst und das bei Bloomfield Weiss in Ordnung bringst.«

»Und wie genau soll ich das machen? Vergiss nicht, dass Perumal nicht mehr da ist. Und selbst wenn es ihn noch gäbe, wäre auch er bei so niedrigen Kursen nicht in der Lage, die Valuierung zu manipulieren.«

»Dann musst du dir eben etwas anderes überlegen. Lass dir was einfallen! Los, schalt deinen Kopf ein. Diese Leute lassen sich auf alles ein, man muss ihnen nur genug bieten.«

»Aber, Jean-Luc …«

»Los jetzt! Heute Nachmittag sitzt du im Flugzeug. Nimm den Jet, wenn du ihn brauchst.«

Vikram verließ das Zimmer.

Martel fluchte vor sich hin und starrte auf den Bildschirm. Der Nikkei hatte heute 1,5 Prozent tiefer geschlossen. Wenn in Jackson Hole gearbeitet wurde, schlief man in Japan. Trotzdem prüfte Martel mehrmals am Tag die Schlussnotierung, auch wenn sie sich nicht veränderte.

Er rief Phil Spears zu Hause an, den obersten Aktienverkäufer bei Harrison Brothers, mit dem er in Tokio gesprochen hatte. Dort war es vier Uhr morgens, aber das war Martel egal.

»Hallo?« Spears' Stimme klang verschlafen.

»Wieso geht der Markt nach unten?«

»Was …?«

»Komm schon, Phil. Siehst du da drüben viel Volumen? Wer verkauft? Und warum?«

»Bist du das, Jean-Luc?«

»Natürlich bin ich das. Los, ich brauch Fakten!«

»Hm.« Es gab eine Pause. »Nun, Übersee verkauft, auch im Inland wird mehr verkauft als gehalten. Gibt keine große Nachfrage. Ich nehme an, die meisten verkaufen spontan. Der Kurs fällt. Alles klar?«

Martel hörte angestrengt zu, ohne die Informationen wirklich zu verarbeiten. »Siehst du eine Möglichkeit, dass sich der Markt in den nächsten Tagen wieder erholt?«

»Doch, klar, ist alles möglich. Vielleicht fällt er auch noch tiefer.«

»Aber eine Erholung ist möglich?«

»Möglich schon, ja. Aber ich würde mich nicht drauf verlassen. Der Markt ist schwer vorhersagbar.«

Martel schnaubte vor Wut. Diese Sales-Leute waren alle gleich. Er fragte sich, warum er ihnen überhaupt zuhörte. »Ruf mich an, wenn du im Büro bist«, sagte er.

Er stand auf und begann, im Zimmer auf und ab zu gehen.

Eine Woche – mehr Zeit blieb ihm nicht bis zur Neubewertung der JUSTICE-Scheine. Dann würde Bloomfield Weiss Geld sehen wollen. Das er nicht besaß. Ein stechender Schmerz fuhr Martel durch den Magen. Er zuckte zusammen. Er musste wirklich mal zum Arzt. Irgendetwas stimmte nicht, das waren nicht nur die Nerven. Die Lage war ernst, aber nicht hoffnungslos. Der Markt konnte sich durchaus erholen. Es müsste schon einen starken Anstieg geben, aber unmöglich war das nicht. Martel war immer noch überzeugt, dass der Markt irgendwann über 10 000 kletterte. Die Schwierigkeit bestand nur darin, sicherzustellen, dass es den Teton Fund dann noch gab. Vielleicht würde Vikram mit Bloomfield Weiss ein neues Modell ausarbeiten, das ihm ein wenig Zeit verschaffte. Es war ja der Sinn von Derivaten, Risiken hin und her zu schieben. Martel brauchte etwas, was das Risiko von diesem Monat auf den nächsten verschob. War das etwa zu viel verlangt?

Es bestand immer noch die Möglichkeit, das Kapital des Fonds zu erhöhen. Die Artsdalen-Stiftung hatte ihm 300 Millionen Dollar versprochen. Wenn der Markt sich erholte, könnte das reichen. Wo blieb das Geld? Wahrscheinlich ärgerten sie sich immer noch mit Sachen wie der Sorgfaltspflicht oder der Dokumentation herum. Martel wählte eine Nummer in der Schweiz.

»Langhauser.« In Zürich war es acht Uhr. Der Mann machte Überstunden, wie es sich für einen guten Investmentbanker gehörte.

»Freddie, Jean-Luc Martel hier.« Es gelang Martel, den Ärger in seiner Stimme zu unterdrücken. Er war Verkäufer genug, um einen neuen Klienten nicht zu verärgern.

»Ah, Monsieur Martel, wie sieht es bei Ihnen aus?«, fragte Langhauser auf Französisch.

Martel blieb bei Englisch. Er hasste ohnehin die Art und Weise, wie die Schweizerdeutschen die französische Sprache vergewaltigten. »Sehr gut, Freddie. Deshalb rufe ich an. Wie geht es voran mit der Artsdalen-Stiftung?«

»Ganz gut. Ich weiß, die lassen sich Zeit, aber es sind nun mal gewissenhafte Leute, und 300 Millionen Dollar sind auch für die kein Pappenstiel.«

»Für uns auch nicht.«

Langhauser lachte, ohne jeden Anlass. Martel zuckte zusammen. Mein Gott, ging ihm dieser Mann auf die Nerven. »Sie müssen nur noch ein oder zwei steuerliche Fragen prüfen, dann können sie unterzeichnen«, erklärte der Schweizer Banker.

»Verstehe«, sagte Martel. Es hatte seine Vorteile, Hedgefonds im Ausland anzusiedeln, und so war auch der Teton Fund steuerlich auf den Bermudas gemeldet. Doch jedes Mal, wenn jemand Geld investieren wollte, gab es steuerliche Komplikationen. »Nur ein kleiner Tipp: Wir erwarten nächsten Monat große Gewinne, und wenn die Artsdalen-Stiftung noch bis Ende des Monats investiert, käme sie auch in den Genuss. Es gibt doch nichts Schöneres, als schon im ersten Monat mit einer neuen Investition zwanzig Prozent Gewinn zu machen, oder?«

»Es wird schwer, das bis zum Stichtag zu schaffen, aber ich sehe, was ich tun kann«, antwortete Langhauser mit Begeisterung in der Stimme. Wenn Martel die Wahrheit sagte und der Teton Fund im ersten Monat zwanzig Prozent Gewinn machte, würde er als Anlageberater bei der Artsdalen-Stiftung als Genie gelten.

Martel legte auf. Es gab noch Hoffnung.

Vorausgesetzt, Alex Calder ließ nicht alles auffliegen. Martel wusste, dass Calder in Jackson Hole war. Er erwartete, bald von ihm zu hören. Wann würde dieser Luigi endlich seinen Auftrag erledigen? Wer war dieser Kerl überhaupt? Wahrscheinlich reine Zeitverschwendung. Am liebsten hätte Martel Bodintschuk mit ins Boot gezogen. Dann könnte er sich beruhigt zurücklehnen: Alex Calder war genau die Art von Problem, das Bodintschuk aus der Welt schaffen würde.

Er sah auf die Uhr. Es war Zeit, sich mit Pohek zu treffen. Dann würde er erfahren, was Cheryl so trieb. Erneut zwickte Martels Magen.

Sie trafen sich an dem üblichen Ort, der abgelegenen Ausfahrt in den Antelope Flats. Über der Ebene hing eine graue Wolkendecke, die die Spitze der Tetons verhüllte. Dieses Mal waren sie nicht allein, ein Elch stand vierhundert Meter entfernt und kaute. Er würdigte sie keines Blickes.

Pohek hatte gute Nachrichten: Er gab keinerlei Anzeichen dafür, dass Cheryl einen Geliebten hatte. Martel war erleichtert. Er sagte Pohek, er solle die Wanzen aus der Ranch in Jackson Hole und der New Yorker Wohnung entfernen. Martel wollte nicht, dass Pohek seine privaten Gespräche belauschte, schon gar nicht seine Auseinandersetzungen mit Cheryl. Pohek brauchte Cheryl auch nicht nach New York zu folgen, wenn sie am nächsten Morgen wieder für ein paar Tage dorthin flog. Aber er sollte sie ab und zu in Jackson Hole überprüfen, nur für den Fall.

Als Martel zurück ins Büro fuhr, hatte sich seine Laune leicht gebessert. Vielleicht war der Mann in Cheryls Wohnung eine einmalige Sache gewesen. Damit könnte er leben. In jeder Ehe kam mal ein Fehltritt vor, er würde es bereitwillig vergessen und vergeben. Und vielleicht hatte er sich das sowieso nur eingebildet.

28

Um neun Uhr abends begannen Sandys Augen langsam zu brennen. Im Internet zu recherchieren, im Gegensatz zu sonstigen Tätigkeiten am Computer, verursachte ihr immer Kopfschmerzen. Sie mühte sich gerade mit einem spanischen Artikel über die Verurteilung von drei führenden Mitgliedern des Zeller-Montanez-Clans ab. Wenigstens hießen sie nicht García oder Martinez: Dann wäre die Suche wirklich zum Albtraum geworden.

Sandys Geschäftsabschluss zog sich hin, was sie sehr frustrierte. Geplant war die freundliche Übernahme einer kleinen britischen Biotechnologie-Firma durch einen amerikanischen Pharmakonzern, doch es gab erhebliche Unstimmigkeiten in Detailfragen, und keine der Seiten war gewillt, klein beizugeben. Sandys Freizeit litt darunter.

Aber sie hatte sich, zum Teil wenigstens, erfolgreich geweigert, in weitere Projekte hineingezogen zu werden. Dadurch hatte sie hin und wieder, wenn Vertragsentwürfe in Hampshire und New York besprochen wurden, etwas Zeit, ehe diese zur weiteren Bearbeitung an sie zurückgingen. Diese Zeit nutzte Sandy, um Calder zu helfen. Die Internet-Verbindung in ihrem Büro war sehr schnell, und niemand verzog eine Miene, wenn sie stundenlang den Computer laufen ließ.

Sie machte eine Pause, rieb sich die Augen und ging zum Wasserspender. Über die Mexikaner hatte sie genug herausgefunden. Es war zwar nicht unmöglich, aber doch sehr unwahrscheinlich, dass Martel mit ihnen unter einer Decke steckte. Vor anderthalb Jahren hatten die mexikanischen Behörden in Zusammenarbeit mit der amerikanischen Drogenbehörde fünfzehn Mitglieder des Zeller-Montanez-Clans plus Helfershelfer dingfest gemacht. Die meisten waren verurteilt worden. Natürlich vermutete man, dass die Familie immer noch Millionen von Dollar bei verschiedenen Banken weltweit versteckt hatte, aber es war unwahrscheinlich, dass sie in der Welt des organisierten Verbrechens noch Macht und Einfluss besaß. Ebenso zweifelhaft war es, dass die Familie in näherer Verbindung zu Martel stand, abgesehen von einer Einlage in Höhe von drei Millionen Dollar im Teton Fund, vermittelt über Chalmet.

Erfrischt setzte Sandy sich wieder an den Computer und begann mit der Recherche zu Bodintschuk. Dies erwies sich als sehr viel ergiebiger. Bodintschuk besaß viele Unternehmensbeteiligungen in der Ukraine und einige außerhalb. Sein Name fiel regelmäßig im Zusammenhang mit einer Welle der Gewalt in Moskau und Kiew in den späten neunziger Jahren. Damals waren in wöchentlichem Abstand Banker erschossen worden. Bodintschuk, nicht mal dreißigjährig, wurde berühmt. Sein Vater, einst hochrangiger Offizier des KGB mit beträchtlichen Beteiligungen in der Ukraine, wurde ermordet, vermutlich von der Konkurrenz. Bodintschuk war aus den blutrünstigen Kämpfen um den Kadaver der Sowjetunion als Sieger hervorgegangen.

Sandy betrachtete eine Aufnahme von ihm in *Euromoney*. Er hatte blaue Augen, dichtes blondes Haar, ein breites Lächeln und einen Hundeblick. Er wirkte eher wie ein freundlicher Labrador denn wie ein eiskalter Geschäftsmann. Doch als Sandy das Foto auf dem Bildschirm genauer untersuchte und vergrößerte, lief ihr ein kalter Schauer über den Rücken. Bodintschuks Augen lagen tief in den Höhlen. Die Lachfältchen, die man erwartete, fehlten. Sie erschauderte.

Letztlich waren die Informationen über Russland im Internet oder in Zeitungsartikeln begrenzt. Sandy überlegte, ob sie jemanden kannte, der über Russland und die Ukraine Bescheid wusste. Mit diesem Bereich der Welt hatte Trelawney Stewart recht wenig zu tun. In Moskau gab es ein Zwei-Mann-Büro, aber Sandy hatte noch nie Kontakt damit gehabt. Sie kannte ohnehin nur wenige Männer, die nicht bei Trelawney Stewart arbeiteten.

Dann erinnerte sie sich an einen russischen Investmentbanker, den sie kurz nach ihrem Umzug nach London kennen gelernt hatte. Auf der Party eines Kollegen von Trelawney Stewart war man einander vorgestellt worden, und er hatte sie zum Essen eingeladen. Sie gingen in ein schickes Restaurant in Mayfair und verbrachten einen schönen Abend miteinander. Eine gute Woche später hatte er sich gemeldet, um sich wieder mit ihr zu verabreden. Einen Monat und drei Absagen später gab er auf. Wie hieß er doch gleich? Oleg. Und wie weiter?

Sandy sah in ihrem Palm nach. Da war er! Oleg Kalatschew, Harrison Brothers. Als sie seine Nummer wählen wollte, warf sie einen kurzen Blick auf die Uhr. Es war spät geworden: viertel nach zwölf. Aber zum ersten Mal hatte sie das Gefühl, etwas Sinnvolles zu tun. Sie würde Oleg am nächsten Abend anrufen.

Sie trafen sich in einem kleinen französischen Restaurant in einer kleinen Gasse in Soho. Nicht so protzig wie ihre letzte Begegnung, und sehr viel intimer. Sofort war Sandy wieder klar, warum sie vor zwei Jahren eingewilligt hatte, mit Oleg Kalatschew auszugehen. Er war Anfang dreißig, groß und elegant gekleidet, hatte helles Haar und sah gut aus, ohne eitel zu wirken. Zudem besaß er vollendete Manieren. Seine Aussprache war amerikanisch mit einem leichten russischen Akzent, doch seine Zurückhaltung und sein lässiger Charme waren eher britisch. Ein wohlhabender junger Banker, der mit sich im Reinen war.

»Zuerst möchte ich etwas wissen«, begann er. »Wieso hast du dich plötzlich wieder gemeldet? Ehrlich gesagt, hatte ich nicht mehr damit gerechnet.«

»Es tut mir wirklich Leid«, gab Sandy zurück. »Es war nicht persönlich gemeint. Seit ich in London wohne, habe ich tatsächlich jeden Mann versetzt, der mit mir ausgehen wollte. Irgendwann habe ich es einfach aufgegeben, mich zu verabreden.«

»Aha. Dann habe ich also großes Glück, hier heute mit dir zu sitzen?«

Sandy lächelte. »Leider nicht. In einer Woche gehe ich zurück in die Staaten, das heißt, ich habe zum ersten Mal seit zwei Jahren ein bisschen Zeit. Da habe ich gedacht, ich rufe ein paar alte Freunde an und treffe mich mit ihnen, bevor ich fahre.«

»Eine gute Idee«, sagte Oleg.

Sandy lächelte schüchtern. »Und du bist immer noch bei Harrison Brothers?«

»Ja. Wie durch ein Wunder habe ich die Rationalisierungen und Umstrukturierungen überlebt. In meiner Branche sind Kontakte zur lokalen Szene einfach unersetzlich. Außerdem kenne ich mich mit amerikanischen Investmentbankern aus. Ich weiß, wie sie arbeiten.« Olegs lange Finger spielten mit einem kleinen Salzfässchen. Er fuhr mit ihm um sein Weinglas herum.

»Bist du auch für die Ukraine und Russland verantwortlich?«

»Ja, sicher. Die Ukraine ist ziemlich am Ende, aber es gibt immer noch interessante Privatisierungen.«

»Du kennst dich also aus?«

»Doch.«

»Kennst du einen Michail Bodintschuk?«

Das Salzfässchen blieb stehen. »Nicht besonders gut.«

Sandy lächelte. »Ist er wirklich so schlimm?«

»Sagen wir mal, ein nettes Mädchen wie du sollte ihn besser nicht kennen lernen.«

»Gehört er zur russischen Mafia?«

»Er ist selbst die Mafia. Mittlerweile muss er einer der reichsten Männer der Ukraine sein. Aber er ist nicht mit legalen Mitteln so weit gekommen. Als Erstes war sein Vater dran, selbst ein ganz mieses Schwein.«

»Ich habe gelesen, er wurde ermordet.«

»Das stimmt. Von seinem eigenen Sohn.«

»Von Michail Bodintschuk? Woher weißt du das?«

»Das weiß jeder. Aber so was steht nicht in der Zeitung. Da erfährt man nicht, was in Russland oder in der Ukraine los ist. Jeder weiß, dass Bodintschuk seinen Vater umbringen ließ. Und dass jeder, der sich ihm geschäftlich entgegenstellt, ebenfalls als Leiche endet.«

»Ich habe über die Welle von Gewalt vor ein paar Jahren gelesen, als in Moskau viele Banker ermordet wurden. Hatte Bodintschuk etwas damit zu tun?«

»Allerdings. Er hat den Krieg gewonnen. Und 2002 in Kiew hat er sich ebenfalls durchgesetzt. Mit Bodintschuk legt man sich besser nicht an. Den will niemand zum Feind. Obwohl, als Freund will ihn auch keiner. Das ist fast genauso gefährlich. Er ist doch nicht etwa euer Klient, oder?«

»Nein«, antwortete Sandy und schüttelte heftig den Kopf. »Und er wird es auch nicht werden.«

»Da bin ich aber froh«, sagte Oleg und zerlegte seinen Fisch.

»Weißt du, ob er etwas mit Jean-Luc Martel zu tun hat? Diesem Hedgefonds-Manager?«

»Ich kenne Martel. Zumindest habe ich von ihm gehört«, sagte Oleg. »Und um deine Frage zu beantworten: ja. Es geht das Gerücht, dass Bodintschuk einer der wichtigsten Investoren des Teton Fund ist, er soll 50 bis 100 Millionen reingesteckt haben. Außerdem habe ich die beiden mal zusammen gesehen, sah aus, als wären sie gute Kumpel.«

»Wo war das?«

»Letztes Jahr in Sankt Moritz. Da fahren viele reiche Leute aus der ehemaligen Sowjetunion Ski, deshalb fliege ich mindestens zweimal pro Saison hin.«

»Ein harter Job.«

»Oh ja, allerdings.«

»Wann *genau* hast du die beiden da gesehen?«

»Vor ungefähr einem Jahr. Warte mal. Anfang März, schätze ich.«

»Kurz bevor Italien aus dem Euro ausgestiegen ist?«

»Muss die Zeit gewesen sein.« Oleg trank einen Schluck Wein. »Warum, wenn ich fragen darf?«

»Tut mir Leid«, sagte Sandy. »Aber das kann ich nicht sagen.«

»Geht es doch um einen Klienten?«

»Nein, nein. Es ist eine persönliche Sache. Beziehungsweise geht es um eine Freundin.« Sandy musste an Jen denken. Sofort verflüchtigte sich die angenehme Stimmung, die der Wein, die Atmosphäre und Olegs Gesellschaft geschaffen hatten. »Ja, um eine Freundin.«

Oleg griff über den Tisch und berührte Sandys Hand. »Also, wenn es eine persönliche Sache ist, dann habe ich jetzt eine persönliche Nachricht für dich: Halte dich fern von Michail Bodintschuk! Verstanden?«

Sandy lächelte, geschmeichelt von seiner Besorgnis, aber gleichzeitig ein wenig verwundert. »Verstanden.«

Als sie das Restaurant verlassen hatten, schlenderten sie durch eine schmale Gasse zu einer größeren Straße, wo sie ein Taxi anhalten wollten. Oleg blieb stehen.

»Ich freue mich, dass du angerufen hast. Auch wenn du mich nur über Bodintschuk ausquetschen wolltest.«

»Ich freue mich auch. Aber es war nicht nur wegen Bodintschuk. Der Abend hat mir gut gefallen.«

»Hör mal«, sagte Oleg und sah Sandy an. »Normalerweise würde ich so was nicht sagen, aber da es offenbar meine letzte Chance ist, bevor du in die Staaten zurückgehst ... Hast du Lust, mit zu mir zu kommen?«

Sandy lächelte. »Nein. Tut mir Leid, Oleg. Heute nicht.«

»Na gut. Aber wenn du mal wieder jemanden über russische Verbrecher ausfragen willst, weißt du ja, wen du anrufen kannst. Im Ernst. Es wäre schön, dich irgendwann wiederzusehen.«

Neben ihnen hielt ein Taxi. Sandy küsste Oleg auf die Wange und sprang hinein. Als sich das Taxi durch das nächtliche Gedränge von Soho schlängelte, lächelte Sandy vor sich hin. Vielleicht hätte sie mitgehen sollen, sie mochte Oleg. Und die letzte Nacht, die sie mit einem Mann verbracht hatte, lag lange zurück.

Vikram sah auf Boston und Cape Cod hinunter, geschwungen wie eine Armbeuge. Nur noch eine Stunde, dann würde er auf dem Flughafen JFK landen. Wie erwartet, war sein Tag in London reine Zeitverschwendung gewesen. Justin Carr-Jones war nervös, aber hart in der Sache. Das Volumen, in dem Bloomfield Weiss Geschäfte mit dem Teton Fund machen konnte, war ausgeschöpft.

Höflich hatte er Vikrams Vorschlag zurückgewiesen, sich auf weitere Deals einzulassen, die Bloomfield Weiss zusätzliche Einnahmen von 30 Millionen Dollar bringen würden. Als klar wurde, dass Carr-Jones sich nicht überzeugen lassen würde, hatte Vikram den Rückzug angetreten. Für ihn bestand kein Zweifel, dass die Neubewertung der JUSTICE-Scheine in weniger als einer Woche, am Monatsende, eine Katastrophe würde. Darüber wollte er lieber nicht sprechen.

Wenn Martel vor einer Woche doch nur einen Großteil seiner Position verkauft hätte, wie Vikram vorgeschlagen hatte! Vikram hatte sich über Martels Spott geärgert: Er kam sich vor wie ein Versager. Aber jetzt sah es aus, als würde er Recht behalten.

Lag er wirklich richtig? Schon öfter während seiner Arbeit beim Teton Fund hatte Vikram geglaubt, er habe Recht und Martel irre sich. Manchmal war es lediglich eine Frage der Mathematik gewesen. Martel war zwar gut im Rechnen, aber Vikram war besser. Es gab nur wenige, die ihn übertrafen. An der High School in Kalifornien, am College und an der Universität war Vikram stets der Erste gewesen, der komplexe Probleme lösen konnte. Genau das hatte ihn an der Finanzwelt so gereizt. Bei Derivaten bekam derjenige das Geld, der die Lösung fand.

Vikram hatte sein Können bei einer Investmentbank an der Wall Street verfeinert, doch als sich die Gelegenheit bot, schloss er sich Martel an. Vikram war überzeugt, schlauer als die anderen zu sein. Bei einem Hedgefonds konnte er das unter Beweis stellen. Und Millionen machen.

Das zumindest war sein Plan gewesen. Aber bei seiner Arbeit für Martel hatte er etwas Unerwartetes gelernt. Um Erfolg zu haben, musste man nicht nur schlauer als die anderen sein. Martel war nicht erfolgreich, weil er so viel Grips hatte. Es lag auch nicht am sorgfältigen Abwägen von Risiko und Gewinn; das hätte sich Vikram immerhin aneignen können. Martel besaß etwas anderes, ein Talent, das Vikram abging, obwohl er es unbedingt haben wollte. Martel wusste scheinbar instinktiv, wann er groß einsteigen und wann er sich zurückhalten musste. Bei vielen Risiken der Vergangenheit war Vikram zurückgeschreckt: als Ende 1999 die große Seifenblase des Technologie-Marktes platzte, als der italienische Anleihen-Markt nachgab und auch jetzt bei der andauernden Schwäche der japanischen Börse.

Vikram sah an allen Ecken immer nur Unheil lauern. Vielleicht sah Martel mehr. Vielleicht würde er es wieder schaffen.

Die Vorstellung, dass Vikram erneut als Trottel dastehen würde, ärgerte ihn und stachelte zugleich seinen Ehrgeiz an. Irgendwann würde er dazulernen. Irgendwann würde er seinen eigenen Fonds besitzen und Martel in den Schatten stellen.

Das Flugzeug näherte sich New York. Vikram hatte noch ein Treffen mit Leuten aus der Derivate-Abteilung von US Commerce an der Wall Street, aber er versprach sich nicht viel davon. Dann sollte er mit Martels Jet direkt nach Jackson Hole fliegen. Aber er konnte doch noch ein wenig bleiben, nur ein paar Stunden? Er hatte sich vorgenommen, nicht noch einmal schwach zu werden, aber wen interessierte das? In gefährlichen Zeiten lebte man gefährlich.

Cheryl machte sich fertig, um aus dem Haus zu gehen. Sie wollte eine neue Galerie mit Keramiken besuchen, die im Village eröffnet hatte. Es tat gut, aus Jackson Hole herauszukommen und die Freiheit von New York zu genießen. Seit der Stress einen immer höheren Tribut von Jean-Luc verlangte und ihre Beziehung verflachte, kam ihr die eingeschneite Ranch immer mehr wie ein Gefängnis vor. In regelmäßigen Abständen flog sie nach New York.

Sie hatte ein schlechtes Gewissen Jean-Luc gegenüber. Am Anfang hatten sie gerade seine Verletzlichkeit, seine vielen Schwächen angezogen. Während andere in ihm einen reichen Playboy oder arroganten Spekulanten sahen, war er für sie ein kleiner, schüchterner Junge im Körper eines Mannes gewesen. Gegen ihren Willen hatte es sie angezogen, dass er sie brauchte und sie offenbar die Einzige war, die seine Unsicherheit verstand. Wenn dieser Riese von Mann in ihren Armen lag und sich ihr völlig auslieferte, konnte sie nicht anders, als seine Zuneigung zu erwidern.

Und obwohl sie das Leben im puren Luxus eigentlich verschmähte, musste sie doch zugeben, dass sie neugierig gewesen war zu sehen, wie jenes halbe Prozent der Menschheit lebte.

Aber die Ehe mit Martel hatte einen Preis, und Cheryl war immer klar gewesen, dass sie ihn irgendwann bezahlen musste. Manchen mochte das Leben als Buchhalterin öde erscheinen, sie hatte es aufregend gefunden. Mit Vorliebe verwandelte sie ein Chaos aus Zahlen in Übersicht und Ordnung. Aber als Frau von Jean-Luc Martel konnte sie nicht länger als Rechnungsprüferin arbeiten. Selbst im Museum gab es milliardenschwere Spender, die ihr unbedingt ein paar Tipps geben mussten, bevor sie ihr die Finanzen überließen.

Und jetzt war sogar Schluss mit Sex. Und ohne Sex keine Kinder. Cheryl war eine junge Frau mit gesunder Lust. Sie war anders als die Damen der gehobenen Gesellschaft mit ihren Gesichtsliftings, Silikonbrüsten und Hormonersatztherapien, mit denen sie ständig zu tun hatte. Sie war mit dem falschen Mann am falschen Ort. Aber sie hatte sich für ihn entschieden und ein Versprechen abgegeben. Jetzt musste sie es halten.

Es klingelte. Cheryl öffnete die Tür.

»Vikram!«

»Hallo, Cheryl.«

Er hielt einen kleinen Strauß Orchideen in der Hand und lächelte nervös. Unsicher, wie sie reagieren würde.

Sie war ebenso befangen. »Aber ich dachte, wir hätten ausgemacht …«

»Ich konnte nicht anders«, sagte er und kam herein.

»Aber Jean-Luc findet es heraus. Wahrscheinlich hat er längst einen Privatdetektiv auf dich angesetzt.«

»Das ist mir egal.«

»Mir aber nicht. Ich will nicht erwischt werden. Ich will nicht, dass er es herausfindet. Ich glaube wirklich …«

Sie konnte den Satz nicht zu Ende bringen. Vikram ließ die Blumen fallen, schlang die Arme um sie und zog sie an sich. Er küsste sie leidenschaftlich. Sie wollte ihm widerstehen, drückte sich von seiner breiten Brust, schob ihn von sich, doch tief in ihr begann sich etwas zu regen.

Eine halbe Stunde später lag sie auf dem Bett, nackt, neben sich Vikrams brauner Körper. Was für ein Mann: kräftige Muskeln, perfekt ausgebildet, vital und lebendig. Cheryl strich über Vikrams kurzes schwarzes Haar. Er murmelte etwas, sie verstand es nicht.

Vielleicht hatte sie gerade einen schrecklichen Fehler gemacht. Gut möglich, dass Martel es herausfand. Dann würde sie Schwierigkeiten bekommen. Aber das war noch nicht alles. Er würde verletzt sein, persönlich getroffen. Auch wenn sie ihn nicht liebte – sie war unsicher, ob sie das je getan hatte –, hatte sie ihn gern und wollte ihm nicht wehtun.

Was sie gerade getan hatte, war falsch. Sie hatte Jean-Luc noch nie zuvor betrogen. Als Vikram die Website des Privatdetektivs auf Martels Computer entdeckte, hatten sie ihre kurze Affäre beendet. Jean-Luc musste Verdacht geschöpft haben, als er Vikram im Schlafzimmer husten hörte, in ihrem gemeinsamen Schlafzimmer. Cheryl hatte sich vorgenommen, ihren Mann nie wieder zu betrügen, nie mehr. Und jetzt lag sie hier.

Cheryl Dillon aus Kingston, Wisconsin, war ein ungezogenes Mädchen.

Sie lächelte. Es war wunderbar. Sie drehte sich um und bedeckte Vikrams Brust mit ungezählten kleinen Küssen, dann seinen flachen, festen Bauch. Sie arbeitete sich nach unten vor. Vikram stöhnte vor Lust. Auch Cheryl stöhnte.

Verdammt, es fühlte sich so gut an.

29

Calder erwachte früh. Zwischen Wyoming und London war ein Zeitunterschied von sieben Stunden; es würde einige Tage dauern, bis er sich daran gewöhnt hätte. In Jackson Hole war es noch dunkel, als er aus seinem Hotelzimmer Sandy in London anrief.

Es klang, als sei sie froh, von ihm zu hören.

»Was herausgefunden?«, fragte er.

»Glaube schon.« Sandy erzählte ihm von ihren Recherchen über die Mexikaner und Michail Bodintschuk. In ihrer Stimme lag Stolz. Calder konnte es ihr nicht verübeln; sie hatte gute Arbeit geleistet.

»Super«, sagte er schließlich. »Mit einer so großen Einlage im Teton Fund könnte Bodintschuk durchaus gewillt gewesen sein, Martel zu helfen. So ein Mann hätte keine Skrupel, Jen zu töten.«

»Ja, aber war er es wirklich?«

»Hm, es ist nur eine Vermutung. Ich muss mehr herausfinden.«

»Was ist mit Perumal? Gibt es Hinweise darauf, dass er ermordet wurde?«

»Noch nicht. Aber ich kann mir kaum vorstellen, dass er sich in den Kopf gesetzt hat, einfach allein in die Berge zu fahren. Der Führer, der einen Tag vorher mit ihm draußen war, meinte, vielleicht wollte er sich umbringen. Da könnte was dran sein.«

»Doch ein Selbstmord?«

»Ich weiß es nicht. Ich versuche herauszubekommen, wo Perumal gewohnt hat, und dann will ich Martel selbst einen Besuch abstatten.«

»Ist das eine gute Idee? Der Typ macht mir Angst.«

»Ich muss ihn zur Rede stellen. Ihn über Perumals Besuch ausfragen. Vielleicht kann ich ihn provozieren, und ihm rutscht etwas heraus.«

»Gut, aber sei vorsichtig.«

»Mach ich.« Eigentlich störte es Calder, wenn ihm jemand solche Mahnungen mit auf den Weg gab. Doch jetzt war er erfreut, einen Anflug von Besorgnis in Sandys Stimme zu hören.

»Ich frage mich, was dieser schreckliche Justin Carr-Jones mit der Sache zu tun hat«, sagte sie.

»Je länger ich darüber nachdenke, desto mehr glaube ich, dass er die Wahrheit sagt. Er ist zwar ein Mistkerl, aber er hat niemanden umgebracht. Carr-Jones hatte mehr Schiss als ich. Die Antwort liegt hier, in Jackson. Wie läuft's mit deinem Vertrag?«

»Ich bin so gut wie fertig. Vor mir liegt die endgültige Fassung, wenigstens hoffe ich das. Vielleicht habe ich morgen schon alles erledigt.«

»Fliegst du direkt nach New York?«

»Es müssten eigentlich ein paar Tage Ferien drin sein. Vielleicht habe ich sogar Zeit zum Skifahren. Kann ich dir sonst noch irgendwie behilflich sein?«

»Ich glaube nicht. Danke für alles. Du warst mir eine große Hilfe.«

»Keine Ursache. Sag mir Bescheid, wie es weitergeht. Und wenn ich dir helfen kann, ruf einfach an.«

Mit einer gewissen Enttäuschung legte Calder auf. Es war schön gewesen zu wissen, dass Sandy für ihn recherchierte, auch wenn sie mehrere tausend Kilometer entfernt war. Bald würde sie nach New York entschwinden, und er würde sie nie wiedersehen.

Schade.

Er telefonierte mit Jerry am Flugplatz. Alles lief bestens. Mrs. Easterham hatte angerufen und berichtet, Brynteg Global Investments hätte das Angebot zurückgezogen; Jerry meinte, sie sei hörbar enttäuscht gewesen wegen des Geldes, habe aber erleichtert geklungen, weil ihr der Flugplatz nun doch blieb. Über Großbritannien waren mehrere Kaltfronten hinweggezogen, sodass im Moment nicht viel geflogen wurde. Das war schlecht fürs Geschäft, bedeutete aber, dass Jerry noch ein paar Tage länger ohne Calder würde auskommen können. Calder hoffte, bald wieder zurück zu sein.

Er konzentrierte sich auf das, was vor ihm lag. Er rief Nils an und erklärte ihm, was Sandy über Bodintschuk herausgefunden hatte, dann bat er Nils, nach Zeichen einer Verbindung zwischen dem Ukrainer und der Derivategruppe zu suchen. Nils klang sehr unschlüssig – die Derivategruppe ließ ihn nicht mehr an sich heran –, versprach aber, es zu versuchen.

Schließlich wählte Calder die Nummer von Radha Thiagajaran. Er musste unbedingt wissen, wo Perumal während seines Aufenthalts in Jackson gewohnt hatte.

»Oh, hallo, Mr. Calder, wie geht es Ihnen?«, fragte Radha höflich.

»Ich bin in Jackson Hole und versuche, etwas über Perumal herauszufinden.«

»Ich verstehe. Und, haben Sie schon etwas entdeckt?«

»Noch nicht. Seine sterblichen Überreste wurden bisher leider nicht gefunden.«

»Das habe ich befürchtet.«

»Mich überzeugt die Erklärung nicht, auf welche Weise Perumal zu Tode gekommen sein soll. Ich würde gern noch ein paar Fragen stellen. Wissen Sie, wie das Hotel hieß, wo Perumal wohnte?«

»Ach, Mr. Calder, machen Sie sich bitte keine Gedanken mehr. Sie müssen keine Fragen mehr für mich stellen. Ich habe mich damit abgefunden, dass ich warten muss bis zum Tauwetter. In ein oder zwei Monaten wird man Perumal finden, nicht wahr?«

»Aber wenn ich schon hier bin, kann ich auch versuchen, mehr zu erfahren.«

»Das ist wirklich nicht nötig.«

»Wissen Sie den Namen des Hotels?«, hakte Calder nach.

Zuerst antwortete sie nicht. Calder wusste nicht, ob Radha den Namen nachschlug oder nur nachdachte. Schließlich sagte sie: »Es hieß *Wort Hotel*. Aber die Adresse weiß ich nicht.«

»Ich finde es schon. War Perumals Schwester bei Ihnen zu Besuch?«

»Ja. Aber sie ist schon wieder zurück in Kanada.«

»Hat sie irgendetwas entdeckt, als sie hier war?«

»Sie hat sich umgehört. Aber sie hat nichts gefunden. Ich glaube, da ist auch nichts, Mr. Calder. Es ist besser, wenn wir die Hunde weiterschlafen lassen.«

»Könnten Sie mir ihre Adresse geben? Ich würde gerne meine Ergebnisse mit ihr vergleichen.«

»Gut«, seufzte Radha und nannte eine Anschrift und Telefonnummer aus British Columbia. »Aber ich glaube wirklich nicht, dass sie Ihnen etwas sagen kann.«

Calder legte auf und staunte über Radhas plötzlichen Gesinnungswandel. Es hatte den Anschein, als wolle sie nichts Genaueres über Perumals Tod wissen. Trauer war etwas Sonderbares. Vielleicht hatte sie sich mit der Vorstellung abgefunden, dass es ein Unfall gewesen war, und tröstete sich nun damit. Auf einmal bekam Calder Schuldgefühle: Welches Recht hatte er, sich einer trauernden Witwe aufzudrängen, wo er doch nicht den geringsten Beweis hatte, dass etwas nicht stimmte?

Das *Wort Hotel* war nur vier Straßenecken entfernt. Calder beschloss, nicht auf direktem Wege, sondern über eine ruhige Seitenstraße hinzugehen. Er hielt inne, um sich die Schnürsenkel zu binden, und sah sich dabei um. Fünfzig Meter hinter ihm bog ein Mann in einer blauen Jacke in eine Querstraße ein. Er war zu weit entfernt, als dass Calder ihn hätte erkennen können. Noch zweimal blieb Calder stehen, sah den Mann aber nicht wieder.

Das *Wort Hotel* war das älteste Hotel der Stadt und eines der schönsten; gediegener als das, welches Calder übers Internet für sich ausgesucht hatte. Anders als die meisten Häuser in Jackson Hole war es aus Ziegelstein gebaut, doch von innen war es ganz aus Holz, warm und gemütlich: vertäfelte Wände, eine große Holztreppe und brennende Holzscheite im Kamin. Es war noch früh, einige Gäste checkten aus.

In einem ruhigen Moment näherte sich Calder der Frau an der Rezeption. »Kann ich Ihnen helfen?«, fragte sie.

»Ja. Könnte ich bitte mit Ihrem Chef sprechen?«

»Einen Augenblick, bitte.« Calder wartete. Die junge Frau verteilte Blätter auf Ordner. Sie musste Mitte zwanzig sein, war groß und dünn und hatte kurzes, violett gefärbtes Haar. Dazu trug sie eine kleine ovale Brille. Calder meinte, einen deutschen Akzent herausgehört zu haben. Auf ihrem Namensschild stand »Ilse«.

Er wartete. Sie machte Ablage. Er hustete. Sie ignorierte ihn. Schließlich sprach er sie erneut an: »Ihr Chef?«

Ohne Calder zu beachten, griff sie zum Hörer und sprach einige Worte hinein. Umgehend kam ein großer, adretter Herr mit offenem, freundlichem Gesicht aus dem Büro hinter der Rezeption. In Jackson hatten anscheinend viele Menschen offene, freundliche Gesichter.

Als Calder begann, Fragen über Perumal zu stellen, schob der Mann, der sich als Bill vorstellte, Calder in sein Büro, in dem mehrere Computer standen. Die Tür ließ er offen.

»Das ist eine der unangenehmsten Seiten unserer Arbeit«, sagte er. »Gäste, die hier versterben. Im letzten Jahr waren es zwei, ein Autounfall und ein Herzinfarkt. In diesem Jahr war Mr. Thiagajaran der Erste, aber wir haben ja auch erst Februar.«

»Perumal Thiagajaran war mein Kollege«, erklärte Calder. »Seine Witwe hat mich gebeten, nachzuforschen, was hier geschehen ist.« Eine Lüge. Ach, egal.

Bill schüttelte den Kopf. »Ich habe kurz nach dem Unfall mehrmals mit ihr gesprochen. Die arme Frau.«

»Perumals Schwester haben Sie wahrscheinlich auch kennen gelernt, oder?«

»Nein.« Bill überlegte kurz. »Nein, das glaube ich nicht.«

»Egal«, sagte Calder. »Leider hatte Perumal zu Hause in England ein wenig Ärger. Auf der Arbeit. Benahm er sich sonderbar?«

»Nein, ich habe nichts bemerkt. Er trug einen Anzug, sodass man gleich wusste, er ist geschäftlich hier. Er tanzte ein bisschen aus der Reihe. Hin und wieder kommt zwar mal ein Banker vorbei, aber normalerweise versuchen die sich anzupassen. In dieser Stadt wird man eher komisch angeguckt, wenn man Mantel und Krawatte trägt, als mit Cowboyhut.«

»Verstehe. Ich habe gehört, Perumal hätte seinen Aufenthalt hier um ein paar Tage verlängert. Haben Sie vielleicht irgendwelche Aufzeichnungen darüber, wann er sich dazu entschlossen hat?«

Bill runzelte die Stirn. »Ich meine nicht, dass er verlängert hätte. Aber ich schaue kurz nach.« Er drehte seinen Stuhl zum Computer herum und machte sich mit Begeisterung an die Arbeit. »Hier haben wir alles. Es ist ein bisschen kompliziert nachzusehen, wann genau eine Reservierung erfolgte, aber das könnte ich wohl herausbekommen.« Er tippte eine Weile herum und las mit zusammengekniffenen Augen. »Sie haben Recht. Er hat seinen Aufenthalt verlängert. Beim Einchecken.«

»Beim Einchecken? Ganz bestimmt?«

»Ja. Hier, sehen Sie?« Bill wies auf den Bildschirm.

»Schon gut, ich glaube Ihnen.« Sonderbar – gegenüber Bloomfield Weiss und seiner Frau hatte Perumal behauptet, er habe seine Meinung erst in Jackson Hole geändert. Tatsächlich hatte er bei seiner Ankunft bereits gewusst, dass er sich ein paar Tage zum Motorschlittenfahren freinehmen würde. Merkwürdig.

»Ihnen ist nicht eventuell aufgefallen, dass Perumal verfolgt wurde? Oder dass einer nach ihm gefragt hat?«

»Nein, tut mir Leid. Das wollte die Polizei auch schon wissen.«

»Hat hier möglicherweise jemand aus der Ukraine gewohnt?«

»Aus der Ukraine? Ist das ein Land?«

»Inzwischen schon.«

»Moment, ich sehe kurz nach.« Behände befragte Bill seinen Computer. »Nein, nichts dergleichen. Es waren drei Engländer hier, aber das nützt Ihnen nichts. Türkei, Frankreich, Argentinien, aber niemand aus der Ukraine.«

Calder wartete ein wenig, vielleicht fiel Bill noch etwas auf. Er überflog die Daten auf dem Bildschirm, aber es kam nichts mehr. Calder stand auf. Bill führte ihn am Empfang und an der argwöhnischen Rezeptionistin vorbei.

»Ich glaube, ich weiß, wen Sie meinen.«

Beide Männer drehten sich zu der jungen Frau mit den violetten Haaren um. »Ja?«, fragte Calder.

Ilse verzog die Lippen zu einem Lachen, so kurz, dass Calder nicht sicher war, es gesehen zu haben. »Der Türke. Jedenfalls hat er behauptet, Türke zu sein. Was ich aber nicht glaube.« Ilse sprach schnell und gut Englisch.

»Woher wissen Sie das?«

»Wenn man in Deutschland in Hotels arbeitet, lernt man viele Türken kennen. Die Hälfte der Angestellten ist aus der Türkei. Ich glaube nicht, dass er einer war. Ich denke, er könnte Russe gewesen sein. Oder aus der Ukraine.«

Bill und Calder tauschten einen Blick. »Und woher wollen Sie das wissen?«, fragte Calder.

»Weil ich einmal gehört habe, wie er mit dem Handy telefonierte. Auf dem Parkplatz – ich wollte gerade nach Hause. Er sprach in irgendeiner slawischen Sprache. Ich dachte, es wäre Russisch, das hab ich ein bisschen in der Schule gelernt. Ich kenne ein paar Wörter. Aber es kann auch Polnisch oder Bulgarisch gewesen sein. Oder aber Ukrainisch. Ich fand es ziemlich komisch für einen Türken, Russisch zu sprechen.«

»Wissen Sie, was er sagte?«

»Nein, wie gesagt, ich habe nur ein, zwei Wörter aufgeschnappt, aber ich weiß nicht mehr, was.«

»Wissen Sie denn noch, was dieser Mann hier gemacht hat? Hat er sich sonderbar verhalten? Haben Sie vielleicht gesehen, dass er Perumal verfolgte?«

»Falls er das tat, habe ich es nicht gemerkt. Aber er hat viel in der Lobby rumgesessen, so unauffällig wie möglich. Er ist mir überhaupt nur aufgefallen, weil ich hörte, wie er Russisch sprach oder was auch immer das war und weil ich deswegen neugierig wurde. Aber genau das macht man doch, wenn man jemanden verfolgt, oder? Unauffällig rumsitzen?«

»Wahrscheinlich«, sagte Calder. »Wie sah er aus? Wissen Sie das noch?«

»Klar. Er war um die fünfzig, vielleicht etwas älter. Gut gekleidet. Wirkte nordeuropäisch. Hatte schwarzes, zurückgekämmtes Haar und einen dünnen Schnurrbart.« Calder merkte auf. Diese

Beschreibung deckte sich fast vollständig mit der des Mannes, mit dem Jen in Chelsea zusammengestoßen war – das konnte kein Zufall sein.

»An seinen Namen können Sie sich aber nicht erinnern, oder?«

»Nein, aber den können wir nachsehen.« Ilse war am Computer in Bills Büro noch flinker; innerhalb weniger Sekunden hatte sie die betreffende Buchung aufgerufen.

»Die ist schlau, die Kleine«, murmelte Bill Calder ins Ohr. »Sieht furchtbar aus, aber hat was im Kopf. Wenn es irgendwie geht, lassen wir sie nicht auf die Gäste los, aber heute waren wir knapp an Leuten.«

»Da ist er«, sagte Ilse. »Esat Olgaç. Jedenfalls hat er diesen Namen angegeben. Eingecheckt am 26. Januar. Am Freitag, den 28. ausgecheckt.«

»Am 28.?« Am 28. war Perumal mit Nate auf dem Motorschlitten unterwegs gewesen. Erst einen Tag später, am 29., hatte sich der Unfall ereignet. Wieso war Mr. Olgaç schon vorher abgereist? »Wissen Sie, wo er hinwollte?«

»Zum Flughafen«, entgegnete Ilse.

»Das steht aber nicht im Computer«, protestierte Bill.

»Das weiß ich aber noch«, gab Ilse mit einem vernichtenden Blick zurück. »Er hat den Shuttlebus zum Flughafen genommen, um den letzten Flug nach Salt Lake City zu erwischen. Er hatte Angst, dass er es nicht schaffen würde. Ich kann mich auch erinnern, dass er eine Indianerpuppe dabeihatte.«

»Eine Puppe der amerikanischen Ureinwohner«, korrigierte Bill sie.

Ilse überhörte ihren Chef. »Eine Squaw. Ich habe ihn gefragt, für wen die wäre. Er meinte, für seine Enkeltochter.«

Frohen Mutes verließ Calder das *Wort Hotel*. Es war sehr gut möglich, dass Bodintschuk in Jackson Hole einen Mann postiert hatte, der Perumal verfolgen sollte. Doch anscheinend hatte dieser Mann den Ort einen Tag vor Perumals Verschwinden verlassen, und das ergab keinen Sinn. Vielleicht waren die Pläne geändert worden. Oder es war irgendein Trick. Calder war bereit zu wetten, dass man an Perumals Leiche Anzeichen eines gewaltsamen Todes entdecken würde.

Höchstwahrscheinlich hatte dieser Olgaç auch Jen auf dem Gewissen. War auf der Straße mit ihr zusammengestoßen, ihr unter irgendeinem Vorwand in die Wohnung gefolgt, hatte sie auf den Kopf geschlagen, von ihrem Handy eine SMS an die Mutter abgeschickt, die bewusstlose Jen aus dem Fenster geworfen und war verschwunden. Alles auf Geheiß von Michail Bodintschuk.

Aber es war nicht der Ukrainer gewesen, der in Norfolk versucht hatte, Calder umzubringen. Calder hatte den Mann zwar nicht deutlich genug gesehen, um ihn wiedererkennen zu können. Aber er musste deutlich jünger als fünfzig sein, denn er war ziemlich schnell gelaufen. Und Calder hatte einen flüchtigen Blick auf sein Gesicht erhascht: kein Schnurrbart, dafür eine schlechte Haut, alte Aknenarben oder irgendeine Hautkrankheit. Es war mit Sicherheit nicht der Ukrainer gewesen, aber vielleicht der Mann, der ihm am Morgen gefolgt war. Calder musste auf der Hut sein.

***

Aus einiger Entfernung beobachtete Ray Pohek, wie Calder das *Wort Hotel* verließ. Er machte sich Sorgen, dass Calder ihn auf dem Hinweg gesehen haben könnte. Pohek hatte Erfahrung im Beschatten, aber es war schwer, jemanden in einer Kleinstadt zu verfolgen, wenn man allein und das Objekt misstrauisch war. Zum Glück war es kalt. Pohek hatte drei Jacken und zwei Mützen zum Wechseln, dazu verschiedene Schals, die die untere Gesichtshälfte verbargen. Calder im Auge zu behalten war schön und gut, aber langsam musste er etwas unternehmen. In der Stadt zuzuschlagen war schwierig; Pohek wollte es wagen, wenn Calder Jackson das nächste Mal verließ. Er hoffte, dass der Engländer irgendwann zu Martels Ranch in den Bergen fahren würde. Pohek hatte die Strecke bereits ausbaldowert und wusste, wo eine günstige Stelle war. Aber bis es so weit war, musste er warten.

Calder blieb stehen, schaute die Straße hoch und runter und

marschierte schnellen Schrittes auf sein Hotel zu. Pohek folgte ihm nicht auf direktem Weg, sondern lief um den Häuserblock und wechselte dabei die Jacke. Dann sah er Calder auf den Parkplatz hinter dem Hotel eilen. Pohek hastete zurück zu seinem Wagen, ließ ihn an und kam gerade noch rechtzeitig um die Ecke, um sich an Calders gemieteten schwarzen Bronco zu hängen, als der auf die Straße fuhr. Es herrschte glücklicherweise etwas Verkehr, Pohek konnte ein paar Wagen zwischen sich und den Bronco lassen.

Schnell merkte er, dass Calder nach Norden fuhr. Nicht zu Martels Büro, wie Pohek erwartet hatte, sondern Richtung Grand Teton National Park und Yellowstone. Pohek wurde nervös. Jetzt rückte die Gelegenheit näher. Er hatte ein Jagdgewehr im Kofferraum und eine Smith & Wesson im Holster unter dem Arm. Calders Geländewagen mit Vierradantrieb meisterte die abgelegenen Wege womöglich besser als Poheks Buick. Aber seit einigen Tagen hatte es nicht mehr geschneit, und solange Calder sich an die freigepflügten Straßen hielt, würde Pohek an ihm dranbleiben.

Der Bronco fuhr mehrere Kilometer über den schnurgeraden Highway, vorbei am Wildlife Art Museum und am Flughafen. Hier war nicht mehr viel Verkehr, Pohek musste großen Abstand halten. Links von ihm ragten die Tetons aus den Wolken. Diese verfluchten Berge machten ihn wahnsinnig. Sie hatten etwas Einschüchterndes an sich, als ob sie jeden Moment über den Fluss springen und alles platt walzen würden. Ganz anders als die Berge zu Hause in Colorado.

Weiter vorne bog der Bronco plötzlich vom Highway ab. Pohek gab Gas. Die Nebenstraße war schneefrei, wand sich aber an kleinen Hügeln vorbei, sodass es schwieriger wurde, Calders Auto im Blick zu behalten. Pohek hantierte mit der Landkarte herum, um nachzusehen, wo er sich befand. Als er um eine Kurve fuhr, konnte er gerade noch sehen, dass der Bronco an einer Querstraße links abbog. Pohek verlangsamte und folgte dem Bronco.

Die Straße wand sich bergab an Espen vorbei bis zum Fluss. Kein Bronco weit und breit. Verwirrt ging Pohek vom Gas, er wollte einen kurzen Blick auf die Karte werfen. Vielleicht war ja rechts oder links ein kleiner Weg abgegangen. Plötzlich heulte ein Motor auf, eine Hupe ertönte. Aus den Augenwinkeln sah Pohek, dass der Bronco hinter ihm zwischen den Bäumen hervorschoss und geradewegs auf ihn zukam. Pohek konnte nicht ausweichen. Der schwarze Geländewagen rammte sein Auto knapp über den Hinterreifen, es schleuderte herum. Bäume, Straße, Himmel und Bronco drehten sich, dann prallte der Buick gegen den Stamm einer Espe. Augenblicklich explodierte der Airbag vor Poheks Gesicht und drückte ihn in den Sitz. Da saß er, völlig benommen, bis der Airbag wieder in sich zusammensackte. Der Motor schnaufte und zischte, dann wurde die Wagentür geöffnet und der Sicherheitsgurt gelöst. Einen Augenblick später wurde Pohek von kräftigen Armen nach draußen an die kühle Luft gezogen. Er wehrte sich nicht, sondern sackte auf die harte, kalte Straße. Hände durchsuchten seine Jacke, dann spürte er warmen Stahl an der Schläfe.

Es klickte, der Hahn wurde gespannt.

»Ruhig«, knurrte eine Stimme mit Akzent. Schottisch, dachte Pohek.

Er verhielt sich still.

»Wer sind Sie?«

Pohek schwieg. Er wagte nur zu schlucken. Mit der Wange lag er auf dem Asphalt vor dem Reifen seines eigenen Wagens. Er konnte sein Gegenüber nicht sehen.

»Brieftasche!« Pohek reagierte nicht. Der Lauf des Revolvers drückte ihm härter gegen die Schläfe. »Brieftasche her!«

Pohek griff mit der rechten Hand in die Hosentasche, zog seine Brieftasche hervor und hielt sie zur Seite. Sie wurde ihm aus den Fingern gerissen. »Aha, Ray Pohek also. Oder sind Sie Ron Daly? Das sind zwei Ausweise. Drei Kreditkarten und ein Waffenschein auf den Namen Ray Pohek aus Denver. Beruf: Privatdetektiv. Sehr interessant. Ich kenne Sie doch irgendwoher, oder?«

Pohek reagierte nicht.

»Haben Sie nicht vor kurzem Urlaub in England gemacht? Ihr hübsches Gesicht würde ich überall wiedererkennen. Ich müsste

Sie auf der Stelle erschießen, so wie Sie's mit mir probiert haben. Aber zuerst habe ich noch ein paar Fragen an Sie. Werden Sie die beantworten?«

Pohek wollte nichts sagen. Trotz der Kälte brach ihm der Schweiß aus.

»Nun reden Sie schon, Pohek. Werden Sie mir ein paar Fragen beantworten? Oder soll ich einfach abdrücken?«

»Ist ja gut, ich rede«, sagte Pohek.

»Schon besser. Also, für wen arbeiten Sie?«

»Für John-Luke Martel«, murmelte Pohek.

»Lauter! Ich verstehe Sie nicht!«

»Für John-Luke Martel«, wiederholte Pohek lauter.

»Und Mr. Martel wollte, dass Sie mich umbringen?«

»Indirekt.«

»Was soll das heißen, indirekt?«

»Ja. Er wollte, dass Sie umgebracht werden.«

»Aha. Haben Sie schon mal von einem Michail Bodintschuk gehört?«

»Nein.«

»Ganz bestimmt nicht?«

»Nein, wirklich nicht!«

»Und von Esat Olgaç?«

»Nein.«

»Perumal Thiagajaran?«

»Nein.«

»Jennifer Tan?«

»Was soll das? Ich habe diese Namen noch nie gehört. Ich kenne nur John-Luke Martel, sonst niemanden.«

»Okay.« Pohek merkte, dass der Druck auf seine Schläfe nachließ. »Ich habe ein Problem«, sagte Calder.

Pohek beschloss, den Gedankengang des Mannes nicht zu unterbrechen.

»Verstehen Sie, ich kann Sie nicht an den Sheriff ausliefern, weil Sie noch nichts verbrochen haben. Ich kann Sie aber auch nicht laufen lassen, weil Sie dann wieder versuchen, mich umzubringen.

Das heißt, mir bleibt nichts anderes übrig, als abzudrücken.« Erneut stieß er den Lauf gegen Poheks Schläfe.

Der Detektiv gab auf. Ein feuchtwarmer Fleck breitete sich zwischen seinen Beinen aus. Als Nächstes würde sich sein Darm entleeren. »Bitte nicht! Hören Sie auf, Mr. Calder! Ich werde Ihnen nicht mehr nahe kommen! Ich rühr Sie nicht an, das schwöre ich! Bringen Sie mich nicht um, bitte nicht!« Pohek begann zu schluchzen. Was für eine erbärmliche Art zu sterben, heulend in der eigenen Pisse!

Pohek schloss die Augen.

Es geschah nichts.

»Gut, ich hab mir was überlegt«, sagte Calder. »Ich weiß, wer Sie sind, ich weiß, wo Sie wohnen. Die Angaben hinterlege ich an einem sicheren Ort. Wenn ich umgebracht werde, wird die Polizei hier und in Großbritannien informiert werden, dass Sie dahinterstecken. Dann kommen Sie in den Knast oder auf den elektrischen Stuhl. Es sei denn, Sie tauchen unter, verlassen das Land et cetera … Wie viel zahlt Martel Ihnen?«

»Hundert Riesen.«

»Das ist nicht genug, um alles aufzugeben und die Todesstrafe zu riskieren, oder? Kommen Sie nie wieder in meine Nähe. Ihre Waffe nehme ich mit. Ihr Handy auch. Bleiben Sie hier mit dem Gesicht auf dem Boden liegen, bis mein Auto weg ist, okay?«

»Okay«, brachte Pohek hervor. Mit Erleichterung merkte er, dass der Druck auf seine Schläfe nachließ. Geschlagene fünf Minuten blieb er zitternd liegen, als Calder fort war. Der feuchte Fleck in seinem Schritt wurde immer kälter. Dann raffte Pohek sich auf und machte sich auf den langen Weg zu Fuß zurück zur Hauptstraße, um einen Abschleppwagen zu rufen. Calder hatte Recht: Es lohnte sich nicht. Pohek hatte keine Lust mehr, Luigi zu sein. Ab jetzt würde er sich wieder an fremdgehende Ehefrauen halten.

30

Auf direktem Weg fuhr Calder zurück ins Hotel. Er hoffte, Ray Pohek erfolgreich abgeschreckt zu haben. Eigentlich hätte er ihn umbringen müssen. Gründe dafür hatte er genug: Pohek hatte schon einmal versucht, ihn zu töten, und mochte es abermals probieren. Bei der Royal Air Force hatte Calder gelernt, dass er vielleicht irgendwann in die Situation kommen würde, jemanden für sein Land zu töten. Er war darin geschult worden. Aber bei Pohek konnte er nicht auf den Abzug drücken. Calder war jetzt Zivilist; er würde das Leben eines anderen Menschen nur dann beenden, wenn sein eigenes direkt bedroht wurde. So einfach war das.

Rasch machte Calder einige Notizen über Pohek und Martel, suchte auf seinem Hotelzimmer die Adresse einer Anwaltskanzlei in Jackson aus den Gelben Seiten und ging zu Fuß zu deren Büro drei Straßen weiter. Gegen entsprechendes Entgelt erklärte sich ein Anwalt einverstanden, eine Kopie von Calders Aufzeichnungen zu verwahren und sie dem Sheriff zu übergeben, falls Calder etwas zustieß. Calder bat den Juristen, eine weitere Kopie versiegelt an seine Schwester zu schicken, begleitet von einem Brief, der ihr erklärte, es handele sich um eine Art Testament, das nur im Falle seines Todes zu öffnen sei. Er wollte ihr nicht unnötig Angst einjagen.

Immer mehr sprach gegen Martel, aber keines der Indizien war belegbar. Tessa würde bei der Polizei nicht aussagen, Carr-Jones ebenso wenig. Es gab keinen Beweis, dass der Ukrainer im *Wort Hotel* Perumal beschattet hatte oder dass er überhaupt aus der Ukraine kam. Und Perumals Leiche lag irgendwo tief unter dem Schnee, weit entfernt vom scharfen Auge des Gesetzes. Calder musste ein wenig Bewegung in die Sache bringen. Er musste mit Martel sprechen. Ob dessen Antworten ihm helfen würden, wusste er natürlich nicht. Er konnte es nur versuchen.

Der Teton Fund befand sich in einem Gebäude auf einer Anhöhe außerhalb der Stadt, das einen schönen Blick auf die Berge bot. Es war aus Holz gebaut, hatte aber nichts Primitives an sich. In der Lobby konnte man hinter einer Glaswand einen Bach über Felsen fließen sehen. Mit einem freundlichen Lächeln bat eine rothaarige Frau Calder zu warten; er könne in einem der robusten Ledersessel unter einem riesigen Bild des Grand Teton Platz nehmen. Langsam erkannte Calder, dass der majestätische Berg Jackson Hole nicht nur landschaftlich dominierte, sondern selbst die Inneneinrichtung fast jedes einzelnen Gebäudes der Stadt bestimmte. Calder wartete. Und wartete.

Nach anderthalb Stunden hörte er schwere Schritte auf der Holztreppe hinter sich. Er drehte sich um und sah einen unglaublich großen Mann auf sich zukommen. Calder erhob sich und schaute zu Jean-Luc Martel auf, der ihm grinsend die Hand schüttelte. Mit dem anderen Arm machte er eine einladende Geste.

»Ah, Alex Calder, der große Rententrader von Bloomfield Weiss. Ihr Ruf eilt Ihnen voraus. Es tut mir Leid, dass Sie so lange warten mussten, aber bei uns herrscht schreckliche Hektik.« Er wies mit dem Kinn auf die geheimnisvollen Räume über sich.

Calder musterte Martel. Der Mann war braun gebrannt, selbstsicher, gut gelaunt – vom Scheitel bis zur Sohle ein erfolgreicher Hedgefonds-Manager. Konnte das ein Mörder sein? Nun, man sah es den Leuten nicht an. Immerhin stand fest, dass er jemanden mit dem Mord an Calder beauftragt hatte.

»Schon in Ordnung«, sagte Calder höflich lächelnd. »Danke, dass Sie sich Zeit für mich nehmen. Ich arbeite ja nicht mehr für Bloomfield Weiss. Ich habe die Börse hinter mir gelassen.«

»Ach, wirklich? Nun, wir sind immer auf der Suche nach neuen Talenten. Vielleicht finden Sie das Leben in Jackson Hole angenehmer als in London. Oder in New York.«

»Durchaus möglich.« Wieder lächelte Calder. »Haben Sie Zeit für ein kurzes Gespräch?«

Martel sah auf die Uhr. »Im Moment habe ich eigentlich überhaupt keine Zeit. Die Märkte, Sie verstehen schon. Aber ich würde mich sehr gern mit Ihnen unterhalten. Wie sollen wir es machen?«

Martel trommelte nachdenklich mit den Fingern auf sein Kinn, als überlege er. »Ich habe einen Vorschlag: Morgen Nachmittag hatte ich ohnehin vor, mir freizunehmen, um Ski zu fahren. Warum besuchen Sie mich nicht zum Mittagessen auf meiner Ranch, und dann fahren wir ein paar Stunden gemeinsam durch die Berge? Es kommt selten vor, dass ein Börsianer nach Jackson Hole kommt, und es wäre mir eine große Freude, mich mit Ihnen zu unterhalten. Sind Sie hier schon Ski gefahren?«

»Nein«, erwiderte Calder.

»Hier gibt es den besten Schnee der Welt. Es wäre mir eine Ehre, Ihnen unser Skigebiet zu zeigen. Besorgen Sie sich die Ausrüstung, dann treffen wir uns morgen um eins auf meiner Ranch.«

»Ich freue mich schon«, sagte Calder, und ehe er sich's versah, stand er wieder auf der Straße.

Er hatte erwartet, dass Martel sich ihm entziehen würde. Sollte er sich jetzt freuen oder argwöhnisch sein? Nein, er war eher misstrauisch.

Martel stand vor einem Fenster im ersten Stock und sah zu, wie Calder zu seinem Auto ging. Der Franzose grinste. Er hatte gewusst, dass Calder kommen würde. Calder war Trader, und Martel kannte diese Spezies – sie ging Risiken ein. Nun, Calder war ein Risiko zu viel eingegangen. Auf Luigi wollte Martel nicht mehr setzen, Bodintschuk hatte sich jede Einmischung verbeten, also würde sich Martel selbst dieses Problems annehmen. Wenn alles nach Plan verlief, wäre Calder bald erledigt.

Martel betrat das Großraumbüro. Wenn das nur sein einziges Problem wäre! Die Stimmung im Raum war gedrückt. Es passierte so gut wie nichts, und das seit knapp einer Woche. Alle Gelder des Teton Fund steckten in einem einzigen Deal: in Japan. Sie hatten alle Kreditlinien bei sämtlichen Brokern ausgeschöpft, sie hatten jede Sicherheit verkauft, um Geld zur Deckung der Verluste zu bekommen. Jetzt konnten sie nur noch zusehen und abwarten. Martel hatte keine Ahnung, was seine Leute miteinander redeten, wenn er nicht im Raum war. Wenn er da war, verhielten sie sich leise, schauten auf ihre Bildschirme oder führten sinnlose Telefongespräche. Nur damit sie ihn nicht ansehen mussten und seinen Ärger nicht auf sich zogen.

Der Nikkei-Index war in den letzten Tagen um 200 Zähler auf 6700 gestiegen. Noch immer deutlich unter dem Durchschnitt von 8000, auf den Martel gesetzt hatte. Die 200 Punkte hatten ein bisschen Geld hereingebracht, das wurde gern genommen. Aber es reichte nicht annähernd, um die unvermeidlichen Forderungen zu erfüllen, die noch kommen würden.

Heute war Mittwoch. Am kommenden Montag war Ultimo. Dann würde Bloomfield Weiss die JUSTICE-Scheine neu valuieren. Wenn der Markt bis dahin nicht anzog, würde die Neubewertung einen gewaltigen Verlust ausweisen. Da Bloomfield Weiss dem Teton Fund das Geld überhaupt erst geliehen hatte, um die Scheine kaufen zu können, würde die Bank Geld verlangen, um den Wertverfall ihrer Sicherheit abzufangen. Mindestens 500 Millionen Dollar. Wenn Martel das Geld nicht hätte, wäre der Teton Fund innerhalb weniger Tage am Ende. Mit verheerenden Folgen für Martel. Und nicht nur für ihn; seine Positionen waren so groß, dass sie das gesamte Finanzsystem erschüttern konnten. Der japanische Aktienmarkt würde zusammenbrechen, wenn Martels Händler in höchster Eile versuchten, ihre Positionen zu verkaufen. Die Märkte würden in Panik geraten und die Verluste des Teton Fund sein Kapital bei weitem übersteigen. Auch die Broker dürften Hunderte von Millionen verlieren. Ein Blutbad.

Gequält grinste Martel in sich hinein. Vielleicht würde er nicht nur in die Geschichte eingehen als der Mann, der den Euro in die Knie zwang. Er konnte dem weltweiten Finanzsystem einen ernsthaften Knacks versetzen.

Noch fünf Tage. Vikram war auf dem Rückweg von London und New York, aber wie er Martel bereits am Telefon berichtet hatte, bestand absolut keine Chance mehr, noch mehr Derivate bei Bloomfield Weiss oder anderen zu kaufen. Zwei Möglichkeiten gab es noch: Entweder stieg der Nikkei plötzlich um tausend Punkte.

Das war unwahrscheinlich, aber möglich. Oder aber Martel bekam genug Geld in den Fonds, um Bloomfield Weiss' Forderungen erfüllen zu können. Dafür musste die Artsdalen-Stiftung die versprochene Investition von 300 Millionen in die Tat umsetzen. Wenn sich der Markt noch ein wenig nach oben bewegte, mochte das so gerade reichen.

Martel holte tief Luft und rief Freddie Langhauser in Zürich an.

»Hallo, Jean-Luc. Wie geht's?« Langhauser sprach nun nicht mehr französisch, sondern redete Martel auf die lockere amerikanische Art an.

»Super, Freddie, super. Wir nehmen gerade Anlauf für den besten Monat aller Zeiten. Wenn du deinen Kunden jetzt ins Boot holst, wäre es das perfekte Timing.«

»Ich bin dran«, sagte Freddie. »Aber du weißt, dass die Leute sich gern Zeit lassen.«

»Ich bin überzeugt, dass wir im nächsten Monat zwanzig Prozent machen«, sagte Martel. »Das wäre doch ein Wahnsinnseinstieg.«

»Ich weiß, ich weiß«, entgegnete Langhauser. »Aber mir macht da was Sorgen.« Es klang zögerlich. Martel schloss die Augen. Er wusste, was jetzt kommen würde. »Es gibt gewisse Gerüchte auf dem Markt.«

»Was für Gerüchte?«

»Dass der Teton Fund ganz groß in japanische Aktien eingestiegen ist. Und dass ihr auf riesigen Verlusten sitzt.«

Martel stieß ein Lachen aus. »Über uns gibt es immer Gerüchte, das weißt du doch. Das ist der pure Neid.«

»Das heißt, an den Gerüchten ist nichts dran?«

»Ich bestreite nicht, dass wir groß eingestiegen sind. Sonst könnten wir ja im nächsten Monat nicht derart astronomische Gewinne machen. Und es stimmt, der japanische Markt ist abgeschmiert. Aber von Tag zu Tag wird er instabiler, und das ist gut für uns. Wir haben viele Optionen dabei, und du weißt ja, wenn die Volatilität steigt, steigen auch die Optionspreise. Genau da liegt der versteckte Wert des Fonds.«

»Aha«, machte Langhauser.

Freddie Langhauser war kein Optionentrader, sondern Privatbanker. Die meisten Banker hatten eine Heidenangst vor der Optionspreismethode mit den griechischen Buchstaben, der Finanzmathematik und dem unverständlichen Fachchinesisch. Martel hoffte, dass Langhauser nicht wusste, dass eine hohe Volatilität schlecht für die JUSTICE-Scheine war.

»Ist ja noch Zeit«, sagte Martel. »Wenn sich euer Kunde bis Montag für den Fonds entscheidet, können wir ihm noch den Monatsendpreis bieten.«

Das würde eng werden, aber so würden sie das Geld von Artsdalen gerade noch rechtzeitig zu Bloomfield Weiss hinüberschieben können.

»Danke«, sagte Langhauser. »Mal sehen, was ich erreichen kann.«

Martel legte den Hörer auf und starrte auf die Tetons. Wie sehr er ihre Härte, ihre Kraft, ihre Beständigkeit bewunderte!

Er hatte immer noch eine Chance.

Martels Ranch war nicht ganz so groß, wie Calder erwartet hatte, lag aber in einer betörend schönen Umgebung. Im rauschenden Wasser des Snake River und hoch oben auf den Flanken der Tetons funkelte das Sonnenlicht. Die Tür wurde von einem südamerikanischen Hausmädchen geöffnet, das Calder in ein großes Zimmer mit zehn Meter hoher Holzdecke führte. An einem Ende befand sich eine Sitzecke, auf der anderen stand ein robuster Esstisch, der für drei Personen gedeckt war. Darüber hing ein gewaltiger Bronze-Kandelaber. Es gab zwei Kamine, anscheinend, aus Flusssteinen gebaut. In jedem knisterte ein Feuer. Dazu die herrliche Aussicht auf Fluss und Berge.

Calder merkte, dass Angst in ihm aufstieg. Seine Schultern und sein Nacken waren verspannt, im Rücken spürte er einen dumpfen Schmerz. Noch gestern hatte er es für eine gute Idee gehalten, sich mit Martel auseinander zu setzen und ein wenig Bewegung in die Sache zu bringen, aber nun, allein in Martels Haus, diesem Mann ausgeliefert, kam Calder die Idee gar nicht mehr so großartig vor. Er atmete tief durch. Solange er alle fünf Sinne beisammen hielt, sollte nichts passieren. Dennoch konnte er es nicht erwarten, sich nach draußen in die relative Sicherheit der Berge zu begeben.

Kaum hatte das Hausmädchen den Raum verlassen, wurde eine Tür geöffnet, und Martel trat ein, begleitet von einer Frau und einem mittelgroßen, breitschultrigen Mann mit hellbrauner Haut.

»Ich freue mich wirklich, dass Sie kommen konnten, Alex. Das hier ist Vikram Rana, der meine Derivategeschäfte macht. Er wird mit uns zu Mittag essen, heute Nachmittag muss er leider arbeiten. Und das ist meine Frau Cheryl, sie ist gerade aus New York zurückgekommen. Sie wird nur etwas mit uns trinken. Sie findet Gespräche über die Börse langweilig, nicht wahr, *mon ange*?«

Mrs. Martel trug Jeans und ein weißes Sweatshirt. Ihr blondes Haar war zum Pferdeschwanz zurückgebunden. Ihre Wangen glühten. Sie war von einer schlichten, arglosen Schönheit, die nicht zur Frau eines angehenden Milliardärs passte. Sie schenkte Calder ein breites, offenes Lächeln und gab ihm die Hand. Mit einer Frau in der Nähe fühlte sich Calder sicherer, insbesondere mit einer solchen Frau. Sie sah nicht aus, als würde sie Beihilfe zum Mord leisten.

»Und, hat Rita Ihnen etwas zu trinken gebracht?«, fragte Martel.

Calder bat um einen Tomatensaft, Vikram nahm eine Cola light, Cheryl wählte ein Glas Weißwein, und Martel selbst trank Whisky mit Ginger Ale.

»Haben Sie Skier finden können, Alex?«, fragte Martel.

»Ich habe mir heute Morgen im Ort welche ausgeliehen.«

»Hervorragend. Sind Sie ein guter Skifahrer?«

»Es geht so«, erwiderte Calder. Tatsächlich fand er sich nicht schlecht, aber er vermutete, dass Martel ein Profi war. Bestimmt würde der Franzose ihn vorführen wollen. Calder scheute sich vor dieser Herausforderung.

»Im Moment gibt es oben herrlichsten Pulverschnee«, erklärte

Martel und führte Calder ans Fenster. »Hier fällt so viel Schnee, und die Luft ist so trocken, dass man viel mehr Pulverschnee als beispielsweise in den Alpen hat.«

»Eine wunderbare Aussicht«, bemerkte Calder.

»Ich liebe die Tetons«, sagte Martel. »Wissen Sie, woher die Bezeichnung stammt?«

»Nein.«

»Als französische Trapper von Idaho aus diesen Gebirgszug erblickten, gaben sie ihm den Namen ›Les Trois Tétons‹. ›Tétons‹ bedeutet auf Französisch ›Titten‹, falls Sie das nicht wussten.« Martel lachte. »Bei Chalmet gingen ein paar Augenbrauen hoch, als ich denen erklärte, mein Fonds würde Teton Fund heißen. Ich ärgere diese Schweizer Banken gern; sie nehmen sich so schrecklich ernst. Aber ein anderer Name kam gar nicht in Frage! Nun ja, in meiner Vorstellung sind die Berge eher Titanen. Sie haben so viel Kraft, so viel Macht. Besonders der Grand Teton. Wissen Sie, seit dem 11. September kommen viele Menschen auf der Suche nach Kraft und Trost hierher. In Massen.«

Calder betrachtete den höchsten Berg in seiner Ruhe und Erhabenheit. Er hatte einen schartigen Grat, Furchen und Falten durchzogen die Flanken. Scharfe Felsen schnitten durch den Schnee.

»Und dann der Fluss. Der Snake River ist eines der besten Angelreviere im Land, und direkt hinter dem Haus fließt ein kleiner Wasserlauf über unser Grundstück. Gehen Sie manchmal fliegenfischen?«

»Dafür habe ich nicht genug Geduld«, erwiderte Calder. Ihn überzeugte die Vorstellung nicht gerade, wie der hyperaktive Martel ruhig zusah, wenn eine Fliege im Wasser trieb.

»Geduld? Dazu braucht man keine Geduld«, gab Martel zurück. »Die Sache ist richtig spannend. Es ist so, als würde man den Fisch jagen. Wussten Sie, dass es eine Sorte Grubenaal gibt, die nur in diesem Fluss vorkommt?«

Während sie die Aussicht bewunderten, sah Calder in der Fensterscheibe das Spiegelbild des Raumes hinter sich. Etwas bewegte sich: Vikram trat hinter Cheryl, um an einem Beistelltisch Eis in sein Glas zu geben. Dabei schien er ihr mit der Hand über den Po zu fahren. Cheryl schob die Hand zur Seite und warf Vikram einen warnenden Blick zu, aber noch ein anderes Gefühl lag in ihrem Blick, es war unmissverständlich:

Vikram und Cheryl liebten sich.

Schnell schaute Calder zu Martel auf, doch der schien nicht zu bemerken, was hinter ihm vor sich ging. Aus seinen zwei Meter Höhe konnte er das Spiegelbild des Raumes gar nicht sehen.

Langsam drehte Calder sich um. »Ihnen muss es hier auch gut gefallen, Mrs. Martel.«

»Oh ja!«, sagte sie. »Ich komme aus Wisconsin. Bei uns ist es auch eiskalt, aber wir haben nicht solche Berge. Hin und wieder muss ich allerdings hier raus, sonst werde ich verrückt.«

»Cheryl verbringt viel Zeit in ihrem Atelier«, sagte Martel mit gewissem Stolz. »Sehen Sie die Keramiken in diesem Raum? Die sind alle von ihr. Ich sage immer, sie soll eine Galerie in der Stadt eröffnen, aber sie hört ja nicht auf mich.«

Calder betrachtete eine große bunte Vase, die neben ihm auf einer Säule stand. Sie erinnerte ihn ein wenig an eine Plastik von Henry Moore, war aber noch sinnlicher. »Die hier gefällt mir.«

»Möchten Sie sie haben?«, fragte Cheryl.

»Aber nein, das kann ich nicht annehmen!«, entgegnete Calder überrascht.

»*Mon ange*, das ist eine deiner besten Arbeiten!«, protestierte Martel.

»Ach, keine Sorge, Liebling, dann mache ich eben eine neue.« Cheryl nahm die Vase von der Säule. »Ich wickle sie Ihnen nur schnell in Blasenfolie. Sie soll ja nicht beim Transport zerbrechen.«

»Cheryl!« Zornig zog Martel die Augenbrauen zusammen.

Calder merkte, dass Cheryl ein Spiel mit ihrem Gatten trieb. Er hatte keine Ahnung, ob sie wusste, dass er und ihr Mann Feinde waren, oder ob sie es nur spürte. Calder konnte es nicht lassen, mitzuspielen.

»Vielen Dank, Mrs. Martel. Sie wird einen Ehrenplatz bei mir erhalten.«

»Sagen Sie doch Cheryl zu mir«, sagte sie mit vollendeter Freundlichkeit. »Das glaube ich Ihnen gern. Ich habe es schon an der Art gemerkt, wie Sie die Vase betrachtet haben. Für einen Künstler ist so ein Blick die höchste Form des Lobes.« Sie nahm die Vase und verließ das Zimmer.

»Setzen wir uns«, sagte Martel, der seine Verärgerung nicht verbergen konnte.

Auch wenn Calder Martel nur zu gern gepiesackt hatte, musste er ihn nun zum Reden bringen. Calder wechselte das Thema. »Erzählen Sie mir von Ihrem Italiendeal im letzten Jahr. Damals war ich ein paarmal auf der falschen Seite. Dann habe ich es lieber aufgegeben.«

Sofort war Martels Wut verflogen, und er hob zu einer längeren Erörterung über den Teton Fund und den Euro an. Calder ermutigte ihn, schmeichelte dem Mann an den passenden Stellen. Doch sein Interesse war nicht nur geheuchelt. Martels Bericht brachte ihm wieder ein wenig den Thrill der Börse nahe, den er im vergangenen Jahr schmerzlich vermisst hatte, auch wenn er versucht hatte, nicht daran zu denken.

Nach der Suppe und einem Salat Niçoise ging Martel die Luft aus. »Nun, was kann ich für Sie tun? Was führt Sie nach Jackson Hole?«

Das war natürlich ein Spiel. Martel wusste ganz genau, warum Calder da war, doch war sich Calder nicht sicher, warum Martel spielen wollte. Was erwartete Martel davon? Warum weigerte er sich nicht schlichtweg, mit Calder zu reden, und warf ihn raus? Calder zerbrach sich den Kopf.

Am besten war es, mitzuspielen. »Ich habe mit Perumal Thiagajaran zusammengearbeitet. In London habe ich mit seiner Witwe gesprochen, und jetzt versuche ich etwas mehr über seinen Tod in Erfahrung zu bringen.«

»Das war wirklich ein tragischer Unfall, nicht wahr, Vikram?«, sagte Martel. »Vikram hat viel mit ihm zusammengearbeitet.«

»Das habe ich gehört«, sagte Calder. »Aus dem Grund war Perumal wohl auch hier, nicht wahr?«

»Ja«, bestätigte Vikram. »Wir haben neue Geschäfte geplant. Ich habe gern mit ihm gearbeitet. Er war ein kluger Kopf, einer von den Menschen, mit denen man Dinge im Kopf durchspielen und Neues versuchen kann.«

»Wie lange war er bei Ihnen im Büro?«

»Oh, wir waren abends zusammen essen, dann haben wir noch am Vormittag zusammengesessen. Es hat sich kaum gelohnt, dass er den langen Flug hierher auf sich genommen hat, aber ich habe es ihm hoch angerechnet. Ich nehme an, sein Chef hat ihm das eingeredet. Wir dürften eines der größten Derivateportfolios bei Bloomfield Weiss haben.«

»Was für Derivategeschäfte machen Sie? Sie können sich vielleicht vorstellen, dass Rentenhändler und Derivate-Trader nicht viel miteinander reden.«

»Mit Bloomfield Weiss machen wir hauptsächlich strukturierte Produkte – Transaktionen, die bestimmte Annahmen über mehrere verschiedene Märkte gleichzeitig vertreten. Und da investieren wir im großen Stil.«

»Das heißt, damit können Sie größere Positionen aufbauen, wenn die Kreditlinien bei Ihren Brokern ausgeschöpft sind?«

Martel lachte. »Ich kann Ihnen versichern, dass der Teton Fund alle notwendigen Kredite bekommt. Wir gehören zu den anspruchsvollsten Investoren der Welt. Manchmal brauchen wir komplexere Sachen als schlichte Staatsanleihen, um unsere Ziele zu erreichen. Zum Beispiel trug Bloomfield Weiss uns die IGLOO-Scheine an, als wir der Meinung waren, Italien würde aus dem Euro aussteigen. Die Scheine garantierten einen großen Teil unseres Gewinns bei diesem Geschäft.«

»Warum arbeiten Sie mit London und nicht mit New York?«

»Die IGLOO-Scheine waren ein europäisches Geschäft«, antwortete Vikram. »Bloomfield Weiss' europäischer Derivatehandel wird von London aus geleitet. Wir hatten ein paar größere Transaktionen abgeschlossen, und da sie gut liefen, haben wir uns entschieden, in London zu bleiben. Zwischendurch ruft immer mal wieder ein Verkäufer aus New York an und versucht, uns etwas anzudrehen, aber wir sagen immer, Sie können uns mal.«

Typisch Bloomfield Weiss, dachte Calder. Sich innerhalb der Firma große Kunden abspenstig machen. »Und die ganzen Geschäfte haben Sie mit Perumal abgewickelt?«

»Ja, nur mit ihm.«

»Und Perumal hat die Geschäfte auch bewertet?«

»Was meinen Sie damit?«, fragte Vikram.

»Ich meine, musste Bloomfield Weiss nicht regelmäßig die Deals neu valuieren, wenn auch nur, um festzusetzen, wie viel die Scheine als Sicherheit wert waren?«

»Denke schon«, sagte Vikram. »So genau weiß ich das nicht mehr.«

»Und im Moment? Stehen momentan irgendwelche von diesen Scheinen aus?«

»Ich bitte Sie, Alex«, unterbrach Martel. »Sie können doch nicht erwarten, dass wir über aktuelle Positionen sprechen.«

»Nein, natürlich nicht«, erwiderte Calder. »Aber ich frage mich, ob Perumals Tod Ihnen Probleme eingebrockt hat. Oder ob es jemanden bei Bloomfield Weiss gab, der bereit war, die Neubewertungen besonders wohlwollend zu berechnen. Justin Carr-Jones vielleicht?«

»Ich weiß nicht, wovon Sie sprechen. Du etwa, Vikram? Ich kenne keinen Justin Carr-Jones.«

»Er leitet die Derivategruppe von Bloomfield Weiss in London«, sagte Vikram. »Und um Ihre Frage zu beantworten, ich vermisse Perumal tatsächlich. Er war ein intelligenter Bursche und ein angenehmer Geschäftspartner. Aber mir sind keine Schwierigkeiten bei der Valuierung unseres Portfolios von strukturierten Produkten bekannt, weder jetzt noch in der Vergangenheit.«

»Aha«, sagte Calder. »Haben Sie schon mal von einer Frau namens Jennifer Tan gehört?« Die Gesichter von Martel und Vikram blieben ausdruckslos. »Sie hat früher bei Bloomfield Weiss für mich gearbeitet, davor für die Derivategruppe. Letztes Jahr ist sie aus dem Fenster gestürzt. Die Polizei meint, sie hätte sich umgebracht. Ich glaube, dass jemand nachgeholfen hat.«

»Und Sie glauben, das könnte etwas mit Perumals Tod zu tun haben?«, fragte Martel, scheinbar ehrlich neugierig.

»Allerdings.«

»Aber das muss doch ein Unfall gewesen sein.«

»Muss es das?«

Vikram und Martel tauschten Blicke aus. »Wir glauben schon«, sagte Vikram.

»Wissen Sie, warum Perumal sich entschied, seinen Aufenthalt in Jackson Hole um ein paar Tage zu verlängern?«

»Nein«, sagte Vikram. »Ich dachte, er wollte am Freitag nach New York zurückfliegen; zumindest hatte er mir das gesagt.«

»Er hat also nicht davon gesprochen, einen Ausflug mit dem Motorschlitten zu machen?«

»Nein. Er machte eigentlich auch nicht den Eindruck auf mich, so ein Typ zu sein.«

»Ich hasse diese Teile«, unterbrach Martel. »Sie sind laut, schmutzig, vulgär und werden von Idioten gefahren. Wissen Sie, dass sie das jetzt auch in Nationalparks dürfen? Schluss mit dem Frieden und der Ruhe. Auf einem guten Paar Langlaufskier kann man alles hervorragend sehen.«

»Was meinen Sie, Vikram?«, fragte Calder.

»Ich habe noch nie so einen Schlitten gefahren.«

»Vikram fährt nicht mal Ski«, sagte Martel. »Er arbeitet in einem Paradies wie diesem hier und schnallt sich nicht mal Skier unter.«

»Ich trainiere lieber meine Kondition«, sagte Vikram zur Verteidigung. »Und im Sommer fahre ich Mountainbike. Ich mag die Berge.«

Calder beschloss, das Spiel weiterzuspielen. Inzwischen war ihm klar geworden, was die beiden trieben: Sie ließen ihn reden, um herauszubekommen, was er wusste. Er war bereit, darauf einzugehen, weil er hoffte, dass sich einer verplappern würde. Dann könnte er nachhaken. »Kennen Sie einen Michail Bodintschuk?«, fragte er.

Interessiert beäugte Martel Calder. »Ja. Sicher kenne ich ihn. Er ist einer unserer Investoren. Ein sehr großer.«

»Wie groß?«

Martel grinste. »Sie wissen doch, dass ich das nicht beantworten kann.«

»Ich glaube, dass jemand, der für Michail Bodintschuk arbeitet, Jennifer Tan und Perumal getötet hat. Dieser Mensch gibt vor, Türke zu sein, und nennt sich Esat Olgaç, tatsächlich ist er Ukrainer. Er ist mittleren Alters, hat dunkles, zurückgekämmtes Haar und einen dünnen Schnurrbart.«

Martel sah überrascht und ziemlich selbstzufrieden drein. Das hatte Calder nicht erwartet. Wenn Martel tatsächlich an Jens Tod beteiligt gewesen war, dann wäre er jetzt besorgt, dass Calder eine Verbindung zu Bodintschuk entdeckt hatte.

»Das ist nicht möglich«, sagte Martel absolut gelassen. »Ich weiß, dass Michail den Ruf hat, ein übler Bursche zu sein, aber er würde doch nicht kaltblütig Menschen ermorden! Außerdem, warum sollte er Perumal und die Frau, von der Sie sprachen, umbringen?«

»Ich hatte gehofft, dass Sie mir das verraten können. Ich dachte, es hätte vielleicht etwas mit dem Derivategeschäft zu tun, das Sie mit Bloomfield Weiss abgewickelt haben.«

Martel lachte. »Ich kann Ihnen versichern, dass dem nicht so ist.«

Calder schmunzelte. »Gut zu wissen. Und was ist mit Ray Pohek? Kennen Sie den?«

Jetzt war Martel ehrlich verdutzt. Er schaute über die Schulter, dann warf er Vikram einen kurzen Blick zu. »Was hat der hiermit zu tun?«, fragte er flüsternd.

»Genau das frage ich mich auch. Aber er arbeitet für Sie, nicht wahr?«

Martel gewann die Fassung zurück und setzte sich auf. »Darüber möchte ich jetzt wirklich nicht sprechen. Das ist eine persönliche Angelegenheit.«

»Persönlich?«

»Ja. Es hat nichts mit Perumal, Bloomfield Weiss oder Ihnen zu tun.«

»Es hat nichts mit mir zu tun? Und warum verfolgt Pohek mich dann, seit ich in Jackson Hole eingetroffen bin? Und warum hat er letzte Woche in England versucht, mich umzubringen?«

»Was?!?«

»Ich habe Mr. Pohek gestern überrascht, als er mich beschattete. Ich denke, ich habe ihm einen gehörigen Schreck eingejagt. An einem sicheren Ort habe ich ein Dokument hinterlegt, in dem zu lesen ist, dass die Polizei Ray Pohek gründlich unter die Lupen nehmen soll, falls mir etwas zustößt. Und seinen Auftraggeber. Nämlich Sie.«

»Oh nein, nein, das verstehen Sie falsch. Ich habe Pohek in einer völlig anderen Angelegenheit zu Rate gezogen.«

Calder versuchte Martel zu durchschauen: Seine Aufregung wirkte authentisch. Vikram schien überhaupt nicht zu wissen, was los war, schien jedoch sehr interessiert.

»Aber ich weiß«, sagte Calder, »dass er mir vor einer Woche in England gefolgt ist, mit seiner Waffe herumgefuchtelt und auf mich geschossen hat.«

Martel war perplex. Kein Leugnen, keine Erklärung.

Das nahende Dröhnen eines Hubschraubers lenkte sie ab. Calder drehte sich um und sah einen Bell 407 auf dem Rasenstück vor dem Haus landen. Martel schien erleichtert über die Unterbrechung. »Ah! Zeit, die Skier zu nehmen, Alex. Wir fliegen gleich los.«

»Damit?«

»Ja, sicher! Das geht viel schneller als mit dem Auto. Wir sehen uns in fünf Minuten draußen.«

Das Essen wurde beendet. Calder verließ das Haus und ging zum Bronco, der in der Auffahrt parkte. Er hatte eine Beule durch den Zusammenstoß mit Poheks Wagen.

Calder war nicht wohl bei dem Gedanken, mit Martel in einen Hubschrauber zu steigen. Es wäre klüger, das Ganze abzublasen und nach Hause zu fahren. Einen Augenblick zögerte er. Doch solange Martel auf freiem Fuß war, schwebte Calders Leben in Gefahr, es sei denn, er gab auf und ging zurück nach Norfolk. Aber dafür war er schon zu weit gekommen; jetzt aufzugeben, würde er sich niemals verzeihen. Wenn sie erst einmal auf den stark befahrenen Hängen sein würden, wäre er in Sicherheit.

Zögernd blieb er neben seinem Wagen stehen. Er schaute vom Hubschrauber mit seinen summenden Rotoren hinüber zu den Bergen. Dann atmete er tief durch. Scheiß drauf! Er wollte nicht aufgeben.

Calder holte den Revolver hervor, den er Pohek abgenommen hatte, und steckte ihn in die Innentasche seiner Jacke, die jetzt als Skianzug herhalten musste. Dann zog er die geliehenen Stiefel an, nahm die Skier heraus und stapfte um das Haus herum zum Hubschrauber. Martel wartete bereits auf ihn. Er hatte eine auffällige Ausrüstung: rote High-Tech-Stiefel, orangefarbene Jacke und breite gelbe Skier mit dem Logo eines Herstellers, den Calder nicht kannte. Vikram trug noch seine Straßenkleidung. Nur zu gern verzichtete er auf die Berge und kehrte zurück ins Büro. Martel quetschte sich in den Helikopter, Calder drückte sich auf den Rücksitz, der Pilot verstaute die Skier und setzte sich auf seinen Platz.

Als der Pilot seinen Check vor dem Abheben machte, grinste Martel Calder an. Er lächelte nicht zurück.

31

Vikram sah dem Hubschrauber nach, ein immer kleiner werdender Punkt auf der schneebedeckten Wiese. Zu Calders Überraschung drehte die Maschine nach Süden ab, folgte dem Snake River einige Kilometer stromabwärts und stieg dann höher. Er flog in großer Höhe über eine Ranch hinweg und befand sich bald in den Bergen. Calder sah auf eine Wildnis aus Bäumen, Schnee und Felsen hinab. Ziemlich viele Felsen. Die Skigebiete von Teton Village und Jackson Hole lagen weit hinter ihnen.

Er tippte Martel auf die Schulter. »Wo fliegen wir hin?«

»Sie wollen sich doch nicht mit Liften herumschlagen, oder? Leider sind in den Tetons keine Hubschrauber erlaubt. Ich kenne aber ein paar nette Abfahrten im Snake-River-Gebiet, bloß kommt man da nur mit dem Hubschrauber hin. Ist nicht weit.«

Calder war davon ausgegangen, zwischen Liften auf vollen Hängen Ski zu fahren. Inmitten anderer Menschen wäre er sicher gewesen. Aber nun würde er mit Martel irgendwo im Nichts ausgesetzt werden, mit einem Mann, von dem er wusste oder zu wissen glaubte, dass er den Mord an ihm in Auftrag gegeben hatte. Calder hätte vorsichtiger sein und verschwinden sollen, als er noch konnte. Jetzt gab es kein Zurück mehr.

Er schaute nach unten. Das würde sehr schwer werden. Für einen Briten, der hin und wieder in den Alpen Urlaub machte, hielt sich Calder für einen ganz passablen Skifahrer. In Frankreich und der Schweiz war er viele schwarze Abfahrten im Schuss hinuntergerast. Doch war ihm klar, dass er bei weitem nicht so geübt sein würde wie Martel. Er musste aufpassen, dass Martel ihn nicht in Versuchung führte, sich zu überschätzen. Calder spürte die ungewohnte Schwere des Revolvers in seiner Jacke. Sollte dies wirklich eine Falle sein, würde er schießen, ohne zu zögern.

Nach ungefähr zwanzig Minuten schwebte der Hubschrauber über einem schmalen Kamm und steuerte auf ein Plateau von höchstens zwanzig Quadratmetern zu. Calder bewunderte die Geschicklichkeit des Piloten. Selbst bei besten Verhältnissen war das Fliegen in den Bergen heimtückisch; unerwartete Luftströme und Turbulenzen konnten einen unvorsichtigen Piloten überraschen. Dieser Mann jedoch wusste genau, was er tat.

Martel und Calder stiegen aus, schnallten die Skier unter und setzten die Brillen auf. Die Aussicht war atemberaubend. Ringsherum Berge, und im Norden erhob sich der eindrucksvolle Gipfel des Grand Teton. Das Tal des Snake River war nicht mehr zu sehen, nirgends gab es eine Spur menschlichen Lebens. Calder war allein in der wilden Natur, allein mit Jean-Luc Martel. Er klopfte auf seine Tasche und spürte die tröstende Schwere von Poheks Waffe.

Der Helikopter stieg hoch und verschwand hinter dem Grat über ihnen.

»Normalerweise würde der Hubschrauber hier warten und uns anschließend wieder runterbringen«, sagte Martel. »Aber es ist schon vier Uhr. Wir haben nicht mehr allzu viel Zeit bis zum Einbruch der Dunkelheit. Deshalb fahren wir von hier aus den ganzen Berg runter, unten wartet ein Auto auf uns. Es ist zwar kaum zu glauben, aber da unten ist eine Straße.«

Martel inspizierte das sanft geschwungene Becken vor ihnen. »Keine Angst, ich kenne diesen Berg sehr gut. Aber Sie müssen immer nah bei mir bleiben. Hier gibt es ein paar, wie soll ich sagen, Sackgassen. Wenn Sie da runterfahren, stehen Sie plötzlich an einem Abhang, und es geht nicht mehr zurück. Außerdem ist hier Lawinengefahr. Sehen Sie die Fläche da?« Er wies auf den glatten, unberührten Schnee vor ihnen, der auf drei Seiten von ähnlichen Bergkämmen wie dem gesäumt wurde, auf dem sie sich befanden. »Wenn Sie zu weit nach links geraten, lösen Sie eine Lawine aus. Auf der rechten Seite ist es nicht so steil, da kann nichts passieren. Ich weiß Bescheid, aber Sie können das nur schwer erkennen. Also bleiben Sie bei mir, okay?«

»Okay«, nickte Calder. Er dachte an Perumal, der in seiner Ahnungslosigkeit in eine Lawine gestolpert war. Calder hatte nicht die Absicht, denselben Fehler zu machen.

Martel stieß sich ab. Er fuhr schnell, aber mit unglaublicher Eleganz, besonders für einen Mann von seiner Größe. Calder folgte ihm, hielt Anschluss, auch wenn seine Schwünge nicht so eng und elegant waren. Es war feinster Pulverschnee, die reinste Freude. Calder empfand ein pures Glücksgefühl, als er über die Fläche carvte, Sonne und Wind im Gesicht. Der Schnee zischte unter seinen Füßen, und um ihn herum war die herrliche Leere der Rockies.

Martel fuhr ihm voraus bis zum tiefsten Punkt, hatte aber so viel Geschwindigkeit aufgenommen, dass er den gegenüberliegenden Hang wieder ein Stück hinauffuhr. Calder hatte nicht ganz so viel Schwung und musste daher den Hang wie ein Krebs auf den Skiern hinaufstapfen. Bergauf wie bergab war Martel schnell, schneller als Calder. Es war unmöglich für ihn, mitzuhalten. Zum Glück wartete Martel am höchsten Punkt des Kammes auf ihn.

Grinsend drehte sich der große Mann um. »Wie gefällt es Ihnen?«

»Es ist herrlich«, sagte Calder. Sein Misstrauen war fast verflogen. »Wirklich herrlich.«

»Kann's weitergehen?«

Calder nickte, und Martel legte los. Der Hang war etwas steiler, Martel gewann an Tempo, Calder konnte ihm folgen. Vor einer steilen Kante schien der Hang abzuflachen, aber da Martel nicht verlangsamte, tat Calder es ihm nach. Er ließ Martel nicht aus dem Auge, ahmte jede Bewegung nach, weil er wusste, dass Martel die ideale Strecke nach unten nahm.

Plötzlich schien Martel über der Kante in der Luft zu stehen. Calder blieb der Bruchteil einer Sekunde, um zu entscheiden, ob er bremsen oder Martel folgen sollte. Bremsen war vielleicht sogar gefährlicher, dachte er, und schon flog er durch die Luft. Er landete auf einer Bergflanke, die fast so steil wie ein jäher Abhang war. Weiter vorn wedelte Martel von links nach rechts durch den

Pulverschnee, bremste zwischendurch leicht ab und schlug Haken um nackte Felsen. Calder wurde klar, dass er es genauso machen musste, sonst würde er nicht sehr ruhmreich stürzen und auf dem Hosenboden nach unten rutschen. Irgendwie gelang es ihm, die Skier unter Kontrolle zu bringen. In unregelmäßigen Abständen sprang er von einer Seite auf die andere.

Unten war offenbar eine kleine Fläche, jedoch zu schmal, um dort zu halten, dahinter der nächste steile Hang. Martel war unten angekommen und sauste über die nächste Kante. Aus den Augenwinkeln sah Calder, dass Martel sich in der Luft nach links zu drehen schien.

Selbst an der Stelle angekommen, wandte er sich wie Martel nach links. Wieder sauste er mit den Skiern durch die Luft. Was er vor sich sah, versetzte ihn in Panik. Sieben Meter tiefer war eine noch schmalere Fläche, kaum mehr als ein Vorsprung, viel zu klein, um dort anzuhalten oder auch nur zu verlangsamen. Darüber nur der Himmel. Unendlicher blauer Himmel. Wie Calder bei der RAF gelernt hatte, setzte er die Energie, die von der Panik freigesetzt wurde, für sich ein: Er zog die nach links weisenden Skier nach oben und wappnete sich für die Landung. Er setzte auf, rutschte ab, ein Ski hing über dem Abgrund. Zum Glück lag sein Gewicht weiter hinten auf dem anderen Fuß, sodass er nicht hinunterstürzte. Er schoss am Rand entlang nach unten. Die Strecke wurde zu einer Art Steilrinne zwischen Felswand und Abhang, die in eine weite Fläche sanft abfallenden Schnees mündete.

Weiter unten sah Calder die schlaksige Gestalt von Martel. Er schaute sich nach Calder um, der schwer atmend unten ankam.

»Sie fahren gut«, sagte Martel mit grollender Bewunderung.

Calder keuchte. Er zitterte am ganzen Körper. Er sah sich zu dem Abhang um, den er fast hinuntergestürzt war. Siebzig Meter tiefer war ein Feld von Felsblöcken. Wenn er sich nicht nach links gedreht hätte, läge er jetzt da unten. Tot.

Es lag auf der Hand, dass Martel genau das beabsichtigt hatte.

Martel drehte ab und raste den Abhang hinunter. Calder folgte ihm. Seine einzige Hoffnung war, den Franzosen nicht zu verlieren. Er war überzeugt, dass Martel nicht gelogen hatte, als er sagte, auf dieser Abfahrtsstrecke gebe es viele Sackgassen. Wahrscheinlich war Martel davon ausgegangen, dass Calder die Abbiegung verpasste und in die Tiefe stürzte. Calder hoffte, dass es nicht noch mehr von diesen schwierigen Stellen gab.

Es gab keine. Doch seine Muskeln wurden müde, und die Anstrengung forderte ihren Tribut. Schließlich stürzte Calder bei einer relativ einfachen Querung, die er zu schnell nahm. Ein Ski verfing sich im dichten Schnee und warf ihn herum. Er rutschte über die Kante und fiel rund sieben Meter tief. Schnee, Felsen, Himmel – alles drehte sich, dann landete er in einer tiefen Schneewehe. Der Aufprall schlug ihm die Luft aus den Lungen, doch sonst schien glücklicherweise alles heil geblieben zu sein.

Eine volle Minute lag er reglos da, dann machte er Anstalten, sich aufrecht hinzustellen, doch das erwies sich als schwierig. Ein Ski saß noch am Stiefel. Der andere war fort. Calder sah sich um, entdeckte ihn aber nicht. Hinter ihm war Schnee, darüber dreieinhalb Meter Felswand, dann die Fläche, die zu queren war. Unter ihm waren sieben Meter Schnee und dann nichts als Leere – ein weiterer Abgrund. Wahrscheinlich war der andere Ski hinuntergefallen.

Calder sah sich nach Martel um, konnte ihn aber nicht entdecken.

Er schnallte sich den zweiten Ski ab und mühte sich mit ihm den Hang hinauf. Der Schnee war tief, bei jedem Schritt versanken seine Stöcke tief darin. Calder kam nur langsam voran. Einmal sackte er bis zur Brust ein und musste sich mit Schwimmbewegungen befreien. Er brauchte zehn Minuten bis zur Felswand. Der untere Teil seiner Wirbelsäule schmerzte, wo er sich die Beschädigung durch den Schleudersitz zugezogen hatte. Das machte ihm Sorgen; die Ärzte hatten ihn gewarnt, jede weitere Verletzung an der Wirbelsäule könne sein Nervensystem unwiederbringlich schädigen. Deshalb hatten sie ihm Skifahren verboten. Natürlich hatte er nicht auf sie gehört.

Es waren nur noch drei Meter bis zur weiten Fläche, zum Glück war der Fels rissig und brüchig, es gab viele Stellen zum Festhalten, doch so sehr sich Calder auch bemühte, in den Skistiefeln kam er nicht hinauf. Kraftlos ließ er sich gegen die Felswand sacken.

Unter anderen Umständen hätte er einfach auf Hilfe gewartet. Vielleicht hatte Martel bereits das Auto erreicht, das am Fuße des Bergs wartete, und gab Alarm. Vielleicht aber auch nicht. Calder sah zur Sonne hinauf, die den Bergen im Westen unheilvoll nahe kam. Es blieb ihm noch eine gute Stunde bis zur Dunkelheit. Die Stelle, wo er gestrandet war, lag bereits im Schatten. Von einem Bergkamm weit im Südwesten fiel der Schatten dreißig Kilometer weit in die Landschaft. Ohne die Sonne war es kalt. Und es würde noch kälter werden.

Calder holte sein Handy hervor und stellte es an. Keine Verbindung. Na, welch ein Wunder!

Er musste aus eigener Kraft aus den Bergen kommen. Niemand würde ihm helfen.

Calder zog Handschuhe und Stiefel aus und stellte sich mit den Füßen in den Schnee. Augenblicklich waren seine Socken nass. Es war unmöglich, Skistöcke, Stiefel und den Ski zu tragen, wenn er die Felswand hinaufklettern wollte. In hohem Bogen warf er die Stiefel auf den Vorsprung über sich. Das war relativ einfach. Mit dem einzelnen Ski gestaltete es sich weitaus schwieriger, weil er immer wieder hinunterrutschte. Calder musste ihn auffangen, ehe er noch weiter nach unten fiel und bei seinem Gegenpart in der Tiefe landete.

Beim zehnten Versuch blieb der Ski endlich liegen. Wahrscheinlich war er hinter den Stiefeln gelandet, die ihn bremsten.

Inzwischen waren Calders Hände eiskalt und seine Füße nass. Er begann, die Felswand zu erklimmen. Der nackte Stein grub sich in Hände und Füße. Calder merkte, dass seine Zehen unempfindlicher als die Fußsohlen waren, und kletterte deshalb auf Zehenspitzen. Er musste weit ins Hohlkreuz gehen, um nach Mulden zum Festhalten zu tasten. Sein Rücken protestierte. Binnen kurzer Zeit war er einen halben Meter unterhalb der Kante, aber dieser letzte halbe Meter schien unüberwindlich. Calder versuchte, sich mit Schwung nach oben zu hieven. Mit der rechten Hand fand er Halt, aber als er die Beine nachziehen wollte, verdrehte er sich das Handgelenk und musste loslassen. Er stürzte und fiel mit dem Kopf auf einen Stein.

Den Aufprall im Schnee nahm er nicht wahr. Als er die Augen wieder aufschlug, lag er auf der Seite. Es war kalt, sehr kalt, sein Kopf tat weh. Trotz der Kälte fühlte sich der Schnee unter ihm weich und tröstlich an. Calder schloss die Augen.

Irgendwann hörte er eine leise Stimme in seinem Kopf, zuerst war es ein unverständliches Flüstern, dann wurde sie immer lauter und eindringlicher: »Steh auf, du fauler Hund! Steh auf! Wenn du in den nächsten fünf Minuten nicht aufstehst, tust du es niemals mehr!«

Mit ungeheurer Willensanstrengung schlug Calder die Augen auf und bewegte Arme und Beine. Er wand sich, krümmte sich, schob sich voran und hievte sich höher, bis er wieder unterhalb der Felswand saß.

Seine Ohren registrierten ein Geräusch, das seit einiger Zeit unterschwellig vorhanden war: die sich drehenden Rotorblätter eines Hubschraubers. Calder schaute nach oben. Inzwischen war die Sonne vollständig hinter den Bergen im Westen verschwunden, aber es war noch so hell, dass Calder einen gelben Hubschrauber erkennen konnte, der hoch oben seine Kreise zog, wo Calder hergekommen war. Er stand auf und winkte, aber die Maschine war zu weit entfernt, als dass ihn jemand hätte sehen können.

Er winkte und schrie.

Der Helikopter richtete die Nase in Richtung Norden und verschwand hinter einem Bergkamm. Calder konnte ihn zwar noch hören, aber nicht mehr sehen. Und niemand sah ihn.

Er machte sich wieder an der Felswand zu schaffen. Von oben konnte er vielleicht auf dem letzten Ski zu einer größeren Fläche fahren, auf der man ihn vom Hubschrauber aus besser würde finden können.

Calder erreichte die Ecke des Felsens, der ihm schon zuvor Schwierigkeiten bereitet hatte. Wieder schwang er sich nach oben.

Als seine kalten Finger diesmal Halt fanden, stemmte er sich vorsichtig hoch, damit er nicht abermals mit zu viel Schwung abrutschte. Mit der linken Hand klammerte er sich an einer anderen Stelle fest. Irgendwie gelang es ihm, sich mit beiden Armen über den Vorsprung zu ziehen.

Nach Atem ringend, lag er im Schnee. Er konnte seine Füße nicht mehr spüren. Seine Arme waren kraftlos, der Kopf tat ihm weh. Noch immer konnte Calder den Hubschrauber hören, er musste direkt hinter der Bergflanke sein. Es wurde immer dunkler; bald würde man nichts mehr sehen können, aber noch bestand eine kleine Hoffnung. Calder befestigte den Ski am rechten Stiefel und querte vorsichtig die Fläche, auf der Martel seine Spur hinterlassen hatte.

Die Strecke führte um die Bergflanke herum. Auf der anderen Seite angekommen, sah Calder den Hubschrauber in der Ferne immer kleiner werden. Sie gaben auf, flogen nach Hause. Mit letzter Kraft stieß Calder sich ab, fuchtelte mit den Armen, fuhr immer schneller, dem Hubschrauber hinterher, aber es war sinnlos. Schließlich fiel er vornüber, purzelte kopfüber in den Schnee. Es war vorbei.

Calder richtete sich auf. Der Hubschrauber war fort. Martels Spuren ebenfalls – das war mindestens genauso schlimm. Calder hatte nicht die geringste Ahnung, wo es nach unten ging. Er schaute sich um. Er hatte mindestens tausend Meter zurückgelegt, als er dem Hubschrauber hinterhergefahren war. Calder war erschöpft. Er konnte nicht den ganzen Weg zurück nach oben in seinen schweren Skistiefeln stapfen.

Weiter unten schien ein ungefährliches Schneefeld zu sein, das von Tannen gesäumt wurde. Calder sah ihre Umrisse vor der blau glimmenden Flanke auf der anderen Talseite. Er fuhr nach unten, vorsichtig und langsam. Immer wieder hielt er inne, um die beste Strecke zu suchen. Er dachte an Martels Warnung vor der Lawinengefahr. Dieses Becken musste um die 45 Prozent Steigung haben, ähnlich wie das, was Nate als bestes Lawinengelände bezeichnet hatte. Es war schwer, aber Calder hatte keine Wahl. Er tastete sich weiter vor und horchte dabei aufmerksam auf das verräterische Knirschen des Schnees unter seinem Ski.

Es wäre falsch gewesen zu sagen, seine nassen Füße in den Stiefeln seien taub, denn sie taten weh. Es war ein stechender Schmerz, jedoch nicht genau zu lokalisieren. Calder konnte seine Zehen nicht fühlen, er spürte den ganzen Fuß unterhalb des Knöchels nicht mehr. Er tat einfach nur weh. In diesem Zustand langsam auf einem Bein zu fahren machte müde. Calders Rücken beschwerte sich ebenfalls massiv – ein weiterer Angriff auf sein Nervensystem.

Als er die Tannen erreichte, war es dunkel. Auf dem Ski rutschte er von einem Baum zum anderen. Es war düster, er fühlte sich einsam. Stille legte sich über die Berge, fuhr mit ihrer toten Hand über ihn hinweg. Calder blieb stehen und hörte nur noch sein eigenes Keuchen. Als er die Luft anhielt, rauschte das Blut in seinen Ohren. Es wurde schnell kälter. Calder erinnerte sich, dass als Tageshöchsttemperatur zwanzig Grad vorausgesagt gewesen waren – Fahrenheit, das waren zwölf Grad Celsius unter null. Er wollte sich gar nicht ausmalen, was die Tiefsttemperatur der Nacht sein würde. Er musste weiter. Die Vorstellung, die Nacht in den Bergen zu verbringen, behagte ihm ganz und gar nicht.

Dann passierte das, was er befürchtet hatte: Der Tannenwald war zu Ende. Noch ein Abgrund. Es gab keinen Weg nach unten. Links ging es unmöglich weiter, Calder versuchte es ungefähr hundert Meter weit rechts. Nichts.

Er ließ sich gegen eine Tanne sinken. Heute würde er nicht mehr ins Tal kommen. Er würde diese Nacht auf dem Berg verbringen müssen.

Am liebsten hätte er sich hingelegt und wäre nicht mehr aufgestanden. Aber er wusste, dass der Hubschrauber am nächsten Morgen nach ihm suchen würde. Damit man ihn fand, musste er auf einer gut zu überblickenden Fläche sein. Und die war hinter dem Tannenwald oben auf dem Hang.

Irgendwie kraxelte er wieder hoch bis zur Obergrenze der Bäume. Irgendwie gelang es ihm, neben ein paar Tannenstämmen so viel Schnee anzuhäufen, dass er einen gewissen Schutz bot. Und irgendwie brach er einige Zweige ab, mit denen er sich eine Art Lagerstatt baute. Calder zog die Mütze über die Ohren, streifte die nassen Socken ab, schob die Füße in die feuchten wattierten Skistiefel und rollte sich zusammen.

Es war kalt, bitterkalt. Er fror. Er schaute zu den Sternen empor. Es waren Tausende, viel mehr, als er je in London gesehen hatte, und sie waren so nah. Der Gipfel des Grand Teton schimmerte im sternenbeschienenen Himmel und wachte über ihn. An der geschützten Stelle war es nicht ganz so kalt, Calders Zittern ließ nach. Er war müde, erschöpft, völlig entkräftet. Weil er Angst vor Unterkühlung hatte, versuchte er sich krampfhaft wach zu halten, doch es gelang ihm nicht. Irgendwann schlief er ein.

Er wurde vom Geräusch eines Hubschraubers geweckt. Ihm war kalt, und er war hundemüde. Er wollte aufstehen, aber seine Beine, genauer gesagt seine Füße gehorchten nicht. Deshalb kroch er auf allen vieren aus seinem provisorischen Unterstand auf die freie Schneefläche. Dort blieb er hocken, reckte den Kopf nach oben und sah den Hubschrauber in einem Kilometer Entfernung kreisen. Die Tetons glühten in der herrlichen Dämmerung. Ohne seine Skibrille, die er am Schlafplatz hatte liegen lassen, blendete die Helligkeit seine ungeschützten Augen. Er hörte das Dröhnen des Hubschraubers näher kommen. Dann spürte er den Luftzug des Rotors. Es wurde dunkler, als der Schatten der Maschine über ihm schwebte und die großen Rotorblätter den Pulverschnee aufwirbelten wie ein Tornado.

32

»Merde!«

Martel knallte den Telefonhörer auf die Gabel. Cheryl hatte ihm gerade ausgerichtet, dass man Calder in den Bergen gefunden hatte, erschöpft und durchgefroren, aber lebendig. Martel betrachtete den Boden seines Büros, der mit Papieren übersät war, und entdeckte den höchsten Stapel. Mit Anlauf trat er dagegen, so heftig er konnte. Prospekte, Statistiken und Rechercheberichte flogen durchs Zimmer. Eine Broschüre traf in zwei Meter Höhe auf die gegenüberliegende Wand. Er war zufrieden; vielleicht hätte er Rugbyspieler werden sollen.

Es war eine so gute Idee, ein so genialer Plan gewesen, und Martel hatte sich seines Erfolgs so sicher geglaubt. Calder konnte noch so viele Dokumente irgendwo hinterlegt haben, die Pohek beschuldigten. Martel hätte man nichts nachweisen können, schon gar keinen Mord. Es wäre ein Skiunfall gewesen, schlicht und einfach. Natürlich hätte sich Martel bei Calders Familie für sein unverantwortliches Verhalten entschuldigen müssen, den schlechten Skifahrer einen schwierigen Hang hinuntergeschickt zu haben; er hätte öffentlich Zerknirschung zur Schau stellen müssen. Aber eine Anklage wegen Mordes? Nie und nimmer.

Sobald Martel gemerkt hatte, dass Calder nicht mehr hinter ihm war, hatte er begonnen zu trödeln. Er versuchte, die Abfahrt so lange wie möglich hinauszuzögern, um möglichst spät die Straße zu erreichen, wo das Auto wartete. Dadurch blieb nur noch wenig Zeit für einen Rettungsversuch vor Einbruch der Dunkelheit. Da Martel zusätzlich einen falschen vermeintlichen Unfallort angegeben hatte, konnte der Hubschrauber Calder nicht mehr finden. Und trotzdem hatte dieser Mistkerl überlebt! Jetzt würde sich Martel einer weiteren Batterie nervtötender Fragen des Sheriffs stellen müssen.

Immerhin hatte Calder verraten, dass er von einer Verbindung zwischen Bodintschuk und dem Tod von Jennifer Tan wusste. Genau das brauchte Martel, um den Ukrainer mit hineinzuziehen. Er griff zum Hörer und wählte die Nummer.

»Guten Abend, Michail.«

»Martel? Ich denke, ich hätte dir gesagt, dass du deine Probleme allein lösen sollst.«

Als Martel die Verärgerung in Bodintschuks Stimme hörte, zuckte er zusammen. »Das habe ich auch versucht«, sagte er in beruhigendem Ton. »Glaub mir, ich habe es versucht. Aber jetzt brauche ich die Hilfe eines Profis.«

»Ich habe dir gesagt, dass ich nicht in deinen Krieg gegen eine Investmentbank hineingezogen werden will. Das ist teuer. Erledige du das selbst.«

»Aber du steckst längst mit drin.«

»Was soll das heißen?«

»Dieser Calder weiß, dass Jennifer Tan von einem Ukrainer ermordet und Perumal von einem verfolgt wurde. Er weiß, dass dieser Ukrainer etwas mit dir zu tun hat. Das hat er mir gestern erzählt. Er hat noch keine unumstößlichen Beweise, aber ich denke, es ist nur eine Frage von Tagen, bis er zur Polizei geht.«

»Aha.«

»Also, ich würde vorschlagen …«

»Still! Ich denke nach.«

Martel schwieg ungefähr eine Minute lang. Es kam ihm wie eine Ewigkeit vor.

»Gut, Martel. Ich rufe meinen Mann an. Dieses Problem wird ein für alle Mal gelöst werden, das garantiere ich dir.«

»Hervorragend. Ich wusste, dass du …«

Aber Bodintschuk hatte schon aufgelegt.

In Kiew wählte er die Nummer von Onkel Juri auf der Krim. Sie sprachen mehrere Minuten. Bodintschuk plauderte gern mit Onkel Juri, die Gespräche beruhigten ihn, machten ihn selbstsicherer und weniger verletzlich. Es wäre ihm lieber gewesen, den alten Mann nicht so oft einzuspannen wie in letzter Zeit, aber diese Angelegenheit entwickelte sich gerade zu einem jener Fälle, wo die überragenden Fähigkeiten und die hundertprozentige Erfolgsquote des Onkels gefragt waren. Onkel Juri sagte, er habe den ganzen Nachmittag mit seinen Enkeln gespielt und danach etwas geschlafen. Er versicherte Bodintschuk, dass ihm jede Ausrede gelegen käme, um am Wochenende nicht unter dem aufmerksamen Auge seiner Frau die Garage ausräumen zu müssen. Bodintschuk erklärte, in Simferopol würde ein Flugzeug warten, das Onkel Juri nach Salt Lake City flog. Von dort würde er unter einem falschen Namen einen Linienflug nach Jackson Hole nehmen.

So. Die Sache war erledigt. Bodintschuk widmete seine Aufmerksamkeit der nächsten Aufgabe. Er würde mit einem wichtigen Minister essen gehen, er wollte ihn gewogen stimmen, damit ausschlaggebende Aufträge an die richtigen Leute gingen. Er wusste noch nicht genau, was nach dem Geschmack des Ministers sein würde – Sex, Drogen, Alkohol oder einfach Dollarscheine. Aber das würde er schnell herausfinden.

Zusammengesunken saß Vikram vor dem Computerbildschirm. Er versuchte auszurechnen, welchen Preis Bloomfield Weiss als Valuierung der JUSTICE-Scheine angeben würde. Die Scheine waren so verdammt kompliziert, dass es mindestens vier verschiedene Möglichkeiten gab, sie zu berechnen, und jede hing allein von den Voraussetzungen ab, die man vorher ins System eingab. Doch welche Methode unter welchen Voraussetzungen Vikram auch probierte, das System errechnete einen gewaltigen Verlust. Die Frage war nur noch, wie hoch er ausfiel.

Vikram sah sich um. Ein paar Trader lachten – Galgenhumor. Seit Tagen hatte niemand ein Geschäft abgeschlossen. Jegliche Zuversicht, dass Martel noch irgendetwas aus dem Hut zaubern würde, war längst verflogen. Der Teton Fund war Geschichte.

Was bedeutete das für Vikram? Er würde Jackson Hole verlassen müssen. Das war nicht weiter schlimm. Auch wenn er die Berge liebte und besonders gern im Sommer den ganzen Tag mit dem Mountainbike herumfuhr und die Gebirgswelt erkundete, hatte er sich hier nie richtig zu Hause gefühlt. Außer ihm gab es noch eine Inderin in der Stadt, eine Kellnerin. Die Weißen waren ihm gegenüber nicht feindselig, sie waren sogar unbeirrbar freundlich, aber trotzdem fühlte er sich in Jackson Hole wie ein Exot. In Kalifornien hatte er sich wie ein Kalifornier gefühlt.

Wenn der Teton Fund über den Jordan ging, würden Vikrams Ersparnisse sich ebenfalls in Luft auflösen. Dann hätte er zwar kein Geld mehr, aber immerhin noch seinen Kopf auf den Schultern. Er war schließlich jung und hatte noch genug Zeit, neues Geld zu verdienen.

Cheryl würde ihm fehlen. O Gott, wie sie ihm fehlen würde. Seit dem Nachmittag in New York vor zwei Tagen hatten sie sich dreimal getroffen. Sie wurden langsam unvorsichtig, bald würde man sie erwischen. Es war ihm egal. Es war mehr als Sex, es war mehr als die herrliche Erregung, die Frau des Chefs zu vögeln, auch wenn die beiden Faktoren nicht unwichtig waren.

Vikram wurde langsam klar, dass er Cheryl liebte.

Würde sie ihren Mann verlassen? Wahrscheinlich nicht. Vikram wusste, dass in Cheryls Ehe keine Leidenschaft mehr war, aber sie liebte Martel noch immer. Obwohl sie nicht viel über ihn wusste. Vikram dagegen schon.

Plötzlich erkannte er, dass der große Trader, den er immer so bewundert hatte, in Wahrheit ein Monster war. Vikram wollte nicht mehr so sein wie dieser Mann, nein, er wollte nichts mehr mit ihm zu tun haben. Warnungen hatte es genug gegeben, doch hatte Vikram sie ignoriert oder sich eingeredet, so etwas gehöre halt zu einem Genie: Jennifer Tans Tod, kurz nachdem sie begonnen hatte, Ärger zu machen. Martels Prahlerei über seine Freundschaft zu Bodintschuk. Bodintschuks ukrainischer Killer, der sich an Perumals Fersen geheftet hatte. Und jetzt Martels Versuch, Alex Calder in den Tod zu führen.

Vikram hatte daneben gestanden und alles geschehen lassen. Er war intelligent; eigentlich hätte er merken müssen, was los war. Aber er hatte es nicht sehen wollen.

Die Sache mit Perumal tat ihm Leid. Auch wenn Vikram ihn

sofort als indisches Landei abgestempelt hatte, war er doch ein schlauer Kopf gewesen. Sie hatten gut zusammengearbeitet. Und jetzt lag Perumal unter sieben Meter Schnee begraben.

War es zu spät? War Vikram bereits so tief in all diese Todesfälle verstrickt, dass er nicht mehr zurückkonnte? Was die rechtliche Seite anging, war er unschlüssig. Aber es ging auch um seine Ehre oder Selbstachtung – oder wie man das nennen wollte. Vikram hatte sich alle Mühe gegeben, seine indische Herkunft zu ignorieren. Aber sein Vater stammte aus einer hohen Kaste, einer Kriegerkaste, und war immer sehr stolz auf den Namen Rana gewesen. Über Jahrhunderte hatten die Vorfahren für diesen Namen gekämpft und ihr Leben gelassen. Sosehr Vikram sich auch bemühte, seinen Stolz zu verleugnen, er saß ganz tief in ihm, dem Kalifornier. Er wusste, dass er etwas unternehmen musste, wenn er Jackson Hole mit einem unbeschädigten Glauben an sich selbst verlassen wollte. Er musste handeln, und zwar schnell.

Um zwei Uhr nachmittags verließ Vikram das Büro. Das war freitags eigentlich kein Problem. Am vorletzten Arbeitstag in diesem Monat konnte es aber eines werden. Wenn Martel ihn bitten würde, die Zahlen für die JUSTICE-Scheine noch mal durchzugehen, dann hatte sein Chef eben Pech gehabt. Vielleicht würde Vikram am Samstag noch mal ins Büro kommen. Vielleicht aber auch nicht.

Kaum war er vom Firmenparkplatz gefahren, griff er zum Handy.

»Hallo?«

Er lächelte, als er ihre Stimme hörte. »Hi, ich bin's.«

»Wo bist du?«

»Ich hab schon Schluss gemacht. Ich fahre jetzt nach Hause. Können wir uns sehen?«

»Ich muss eigentlich ins Museum.«

»Bitte!«

Schweigen. Dann ein Schmunzeln. »Na gut, bis gleich.«

Vikram fuhr durch den kleinen Ort Wilson, ungefähr acht Kilometer von Jackson entfernt, und bog in eine steil ansteigende Straße ein. Sein Haus lag abseits am Ende des Weges inmitten von

Drehkiefern. Man hatte eine herrliche Aussicht. Vikram parkte den Wagen, machte Feuer im Kamin und öffnete eine Flasche kalifornischen Wein, »Insignia« vom Winzer Joseph Phelps. Es sei ihr Lieblingswein, hatte Cheryl gesagt. Martel wollte immer nur französischen trinken.

Er hörte ihren Geländewagen näher kommen. Sein Herz schlug wild vor Aufregung, als er die Tür öffnete. Mit gerötetem Gesicht kam sie herein und schlang ihm die Arme um den Hals. Dann küsste sie ihn lang und innig.

Er schob sie von sich. »Warte, meine Süße.«

»Was ist?« Sie runzelte die Stirn.

»Ich mache mir Sorgen.«

»Aber doch nicht um den verdammten Teton Fund.« Cheryls Stirnfalten wurden tiefer.

»Doch, zum Teil.«

»Vikram! Das höre ich schon zu Hause die ganze Zeit. Zieh dich jetzt sofort aus, sonst gehe ich wieder.« Ihr Ton war halb spielerisch, halb ernst.

Der Wein war geöffnet, das Feuer brannte, Cheryl stand vor ihm. Auf einmal schien die unglaubliche Last auf Vikrams Schultern leichter zu werden. Er lächelte. Dann zog er Cheryl an sich, fuhr ihr mit den Händen unter den Pullover, streichelte ihren nackten Rücken. Sie erschauderte. »Du zuerst«, sagte sie.

Eine halbe Stunde später lagen sie nackt vor dem Kamin, neben ihnen stand eine halb leere Weinflasche.

»Du bist verspannt, Liebling«, sagte Cheryl.

»Ich muss mit dir sprechen«, erwiderte Vikram.

Cheryl stützte sich auf den Ellenbogen. »O-oh! Das klingt ernst. Was gibt es denn?«

»Es geht um den Teton Fund.«

»Den Teton Fund? Über den wollte noch nie einer mit mir sprechen. Weil ich zu dumm bin, etwas davon zu verstehen, obwohl ich mitgeholfen habe, ihn aufzubauen.«

»Du weißt genau, dass ich nicht so von dir denke«, sagte Vikram.

Cheryl lächelte und küsste ihn auf die Wange. »Ja, das weiß ich. Dann erzähl, ich bin neugierig.«

»Es ist nichts Gutes«, begann Vikram. »Ich glaube, Jean-Luc hat dir noch nie etwas über den Fonds erzählt, weil er weiß, dass es dir nicht gefallen würde.«

»Dann erzähl du es mir jetzt.«

Das tat Vikram. Er berichtete langsam, vorsichtig. Er erzählte ihr von den unglaublichen Risiken, die Martel einging. Wie der Fonds vor einem Jahr kurz vor dem Aus gestanden hatte, als Martel alles gegen den Euro gesetzt hatte, und dass jetzt eine noch größere Katastrophe drohte. Er erzählte von Jennifer Tans Tod, von Perumal, von Martels Beziehung zu Bodintschuk und verriet ihr den wahren Grund, warum Martel Calder mit in die Berge genommen hatte.

Cheryl hörte zu, die Knie ans Kinn gezogen. Sie ließ Vikram nicht aus den Augen.

Anschließend wartete er auf ihre Reaktion. Lange Zeit passierte nichts. Dann blinzelte sie.

»Willst du damit sagen, dass Jean-Luc ein Mörder ist?«

Vikram nickte.

»Und das soll ich dir glauben?«

Wieder nickte Vikram.

Cheryl zog die Knie enger an die Brust und biss sich auf die Lippe. Auf ihren Wangen erschienen rote Flecken. Sie wurde rot vor Wut. Cheryl schaukelte vor und zurück.

Vikram wollte ihren Schenkel streicheln. Sie stieß ihn von sich. »Es muss schwer sein, das alles zu verarbeiten«, sagte er.

»Natürlich ist das schwer«, murmelte sie. Dann sah sie ihn an, und Tränen traten ihr in die Augen. »Aber weißt du, was das Schlimmste ist?«

»Was?«

»Dass du das alles mitgemacht hast.«

Vikram seufzte. »Ich weiß. Ich bin nicht stolz darauf. Ganz und gar nicht.«

»Das wäre ja noch schöner!« Eine Träne lief ihr die Wange hinunter. »Ach, Vikram.« In Cheryls Stimme lag Verachtung. Aber nicht nur das, auch Schmerz.

»Ich muss dich etwas fragen, Cheryl. Wenn ich zur Polizei gehe und der Teton Fund in die Luft fliegt, werde ich großen Ärger bekommen. Ich werde meine Ersparnisse verlieren. Die stecken alle im Teton Fund. Und es kommt noch schlimmer. Ich habe mir so viel wie möglich geliehen, um investieren zu können, und dieses Haus ist bis zum Dach mit Hypotheken belastet. Aber es geht nicht nur ums Geld. Ich habe mit Sicherheit hier oder da ein Gesetz gebrochen. Wenn der Teton Fund untergeht, wird er viele mit sich reißen. Unter anderen mich.«

Cheryl hörte zu. Vikram berührte ihre Wange. »Ich kann das alles tun. Aber nur, wenn ich weiß, dass du zu mir stehst. Es ist eine unverschämte Bitte. Wenn du dir einen guten Anwalt nimmst, könntest du alles unbeschadet überstehen. Warum also solltest du zu mir halten? Du hast Recht, ich habe es zu lange mitgemacht. Sich jetzt zu weigern hat seinen Preis. Ich bin bereit, diesen Preis zu zahlen, solange du weiter zu mir hältst. Dich zu verlieren, könnte ich nicht ertragen.«

Cheryl schlang die Arme um ihn. »Mein Schatz, du wirst mich nicht verlieren. Tu, was du tun musst. Ich habe genauso viel Schuld wie du. Ich habe acht Jahre lang die Früchte von Jean-Lucs Machenschaften genossen. Ich brauche sein Geld nicht, wirklich nicht. Ich brauche nur dich.«

Vikram lächelte. Zum ersten Mal seit langer Zeit, vielleicht zum ersten Mal in seinem Leben, wusste er, wer er war und was er wollte. Es lag direkt vor ihm.

Das Krankenhausbett fühlte sich herrlich an. Als Calder eingeliefert wurde, hatte ein Arzt seinen Kopf und seine Füße untersucht, es war die Rede gewesen von Erfrierungen und Unterkühlung. Irgendjemand hatte etwas von Versicherung und Formularen gesagt. Er hatte den Ärzten von seinem Rücken erzählt, man hatte ihn geröntgt. Dann hatte man ihn schlafen lassen. Es war wunderbar.

Als er aufwachte, lächelte ihn eine Frau an. Eine attraktive Frau, die er nicht sofort erkannte.

»Sandy!«

Das Lächeln wurde breiter, die blauen Augen funkelten.

»Was machst du hier?«

»Ich habe doch gesagt, dass ich Ski fahren gehe. Angeblich ist Jackson Hole das beste Skigebiet in den Staaten, da dachte ich, ich versuche es mal.«

»Eine tolle Entscheidung, kann ich dir sagen. Nirgendwo sonst kann man so gut entspannen.«

»Ich bin gestern Abend angekommen und hab mich in deinem Hotel einquartiert. Man sagte mir, du seist vermisst in den Bergen. Ich habe mir Sorgen gemacht. Ich bin sofort gekommen, als man dich gefunden hatte. Als ich ankam, warst du gerade eingeschlafen.«

»Das tut mir Leid«, sagte Calder. »Aber ich bin froh, dass du hier bist.«

»Du hast gesagt, du brauchtest keine Hilfe. Ich denke, du brauchst doch welche. Wie hast du es überhaupt geschafft, da oben in den Bergen zu übernachten?«

»Das solltest du Monsieur Martel fragen. Oder vielleicht besser doch nicht.«

»Apropos Martel: Seine Frau ist vor einer Stunde hier gewesen. Sie hat das hier abgegeben.« Sandy hob die Vase hoch, die Calder auf Martels Ranch bewundert hatte. Sie war sorgfältig in Blasenfolie gewickelt. »Mrs. Martel war ganz schön sauer, dass ihr Mann dich da oben im Stich gelassen hat.«

»Da hat sie durchaus Recht.«

Die Tür ging auf. Eine Frau trat ein, in der Calder schwach die Ärztin vom Morgen erkannte. »Ah, Sie sind wach. Wie geht es Ihnen?«

»Besser, denke ich«, sagte Calder. »Ich bin immer noch müde. Und mein Rücken tut ein bisschen weh. Aber meine Füße sind viel besser.«

»Wie geht es Ihrem Kopf?«

»Gut«. Calder betastete seinen Schädel. Unter dem Haar war eine Beule, eine ziemlich große. »Was ist mit meinem Rücken?«

»Ich habe mir die Röntgenaufnahmen angesehen. Alles unauffällig. Man sieht die alte Fraktur und die Narbe, aber es liegt keine neue Schädigung vor. Ich denke, es ist alles in Ordnung. Sobald Sie zu Hause sind, sollten Sie zu Ihrem Arzt gehen. Bis dahin: Nehmen Sie's leicht.«

Calder nickte höflich. Irgendwie vermutete er, dass es nicht so leicht würde.

»Sie können jetzt auch gehen, wenn Sie möchten. Sie sollten noch ein paar Tage Bettruhe halten, Sie haben viel mitgemacht. Ihre Freundin sagte, sie würde auf Sie aufpassen.«

Calder warf Sandy einen Blick zu. Sie zuckte mit den Schultern. »Irgendeiner muss es ja tun. Du bist offenbar nicht in der Lage, dir den Ärger vom Hals zu halten.«

***

Zehn Uhr abends in London: Justin Carr-Jones saß noch immer am Schreibtisch. Er hatte weitere drei Stunden vor sich, ehe er Schluss machen konnte. Übers Wochenende würde er ebenfalls im Büro sein, aber dann wäre auch der Rest seiner Mannschaft da. Was er jetzt vorhatte, durfte niemand sehen.

Es war mehr als eine Woche her, dass er auf dem Weg zur Arbeit geschlagen und bedroht und hinterher von Calder angesprochen worden war. Seitdem war nichts mehr passiert. Carr-Jones nahm an, dass Calder in Wyoming war, und hoffte, dass sein unbekannter Angreifer inzwischen verstanden hatte, dass Calder derjenige war, der Ärger machte, nicht Carr-Jones.

Aber er musste sich um die JUSTICE-Scheine kümmern. Seit über einem Monat wusste er, dass sie ein Problem werden würden. Auch wenn sie sehr kompliziert waren, hatte Carr-Jones ein Gefühl für die Rentabilität von geschäftlichen Transaktionen. Vor dem letzten Monatsende, im Januar, hatte er erwartet, dass die Scheine im Keller sein würden, doch das hatte ihm keine übermäßigen

Sorgen bereitet. Er war davon ausgegangen, dass der Teton Fund stark genug war, um die Verluste zu decken. Herrgott, es war einer der größten Hedgefonds der Welt. Da Perumal nicht mehr da war, musste Carr-Jones die Position selbst berechnen. Angesichts dessen, was mit Perumal passiert war, hielt Carr-Jones es für klüger, eine hohe Hausnummer zu kalkulieren. Das neue Computersystem steckte noch immer voller Fehler, daher war es überhaupt keine Schwierigkeit, die Scheine großzügig zu bewerten, ohne dass es jemand merkte.

Der Markt hatte nachgegeben, und Carr-Jones war zu Ohren gekommen, dass der Teton Fund alles auf Japan gesetzt hatte. Vikrams Besuch hatte ihm Angst gemacht, aber er hatte die Nerven behalten. In Anbetracht der Marktlage war es wirklich nicht möglich gewesen, noch mehr JUSTICE-Scheine auszugeben, und zum Glück schien Vikram das eingesehen zu haben. Täglich ließ Carr-Jones die Zahlen durch Perumals Modell laufen, ein Diagramm auf dem Computer. Zum Börsenschluss am Freitag waren die JUSTICE-Scheine 630 Millionen in den Miesen. Das war besser als zu Wochenanfang – der Markt berappelte sich –, aber die Wahrscheinlichkeit, dass die Scheine am Montag plus/minus null stehen würden, war verschwindend gering.

Wenn der Teton Fund einbrach, würden die Verluste an den Scheinen schnell ans Licht kommen. Hunderte von Millionen, die Bloomfield Weiss dem Fonds zum Kauf der Scheine geliehen hatte, ständen auf dem Spiel, und der Großteil wäre verloren. Bloomfield Weiss würde ein gewaltiges Problem bekommen. Carr-Jones wollte nun sicherstellen, dass jemandem die Schuld in die Schuhe geschoben wurde, nur nicht ihm.

Er hatte einen Plan. Die erste Stufe war, sich Sündenböcke zu suchen. Vier sollten es sein. Zuerst Perumal. Die von ihm erstellten Diagramme und Aktennotizen mussten leicht abgeändert werden, um den Eindruck zu erwecken, er hätte Carr-Jones und die Abteilung Risiko-Management absichtlich in die Irre geführt. Zweiter Sündenbock war der Computer. Das war leichter. Das System hatte 40 Millionen Dollar gekostet und funktionierte immer noch nicht.

Dritter Sündenbock war das Risiko-Management, auch kein Problem: Carr-Jones konnte die Abteilungen der Verwaltung hervorragend einschüchtern, tyrannisieren und beschuldigen. Wenn die nicht dahinterkamen, dass Bloomfield Weiss sich bei einem derart wackligen Kreditrisiko wie dem Teton Fund so stark exponierte, dann hatten sie ihre Arbeit nicht vernünftig gemacht. Der vierte Sündenbock war Derek Grayling, der bislang nichts mit dem Teton Fund zu tun gehabt hatte, aber ab Montag dafür verantwortlich sein würde, auch wenn er noch nichts von seinem Glück wusste.

Dann kam die zweite Stufe des Plans. Carr-Jones konnte nicht verhehlen, dass letztlich er für die Derivate verantwortlich war, die Bloomfield Weiss dem Teton Fund verkauft hatte. Er musste nun dafür sorgen, dass man ihn nicht als den Problemverursacher, sondern als Retter sah. Das wollte sorgfältig vorbereitet sein.

Carr-Jones schrieb eine E-Mail an das Risiko-Management, in der er sich massiv über den Zustand des Computersystems beschwerte und die Sorge zum Ausdruck brachte, es könne falsche Zahlen berechnen. Er wies darauf hin, dass die komplizierteren Derivate immer noch monatlich und nicht täglich neu valuiert würden. Das sei nicht länger hinnehmbar. Er befürchte, dass das potenzielle Risiko einiger Produkte ernsthaft unterschätzt worden sei. Er fordere sofortiges Handeln noch vor der Neuberechnung am Montag. Kopien der E-Mail gingen an Simon Bibby und Benton Davis. Sie war auf Freitag, den 25. Februar, datiert. Der Beweis, dass Carr-Jones das Problem als Erster erkannt hatte.

Er drückte auf »Senden« und setzte sich wieder an Perumals Berechnungsmodelle. Carr-Jones grinste. Der arme Derek Grayling. Der würde sich am Montagmittag wundern.

Sandy fuhr Calder im Mietwagen zurück zum Hotel. Sofort ließ er sich aufs Bett fallen. Er war immer noch müde. »Lieb von dir, dass du mich mitgenommen hast«, sagte er. »Willst du heute noch Ski fahren gehen? Ist noch genug Zeit. Ich komme auch allein zurecht.«

»Red nicht so einen Blödsinn. Ich habe der Ärztin versprochen, dass ich auf dich aufpasse. Außerdem musst du mir noch eine Menge erzählen. Hier, trink das.« Sandy öffnete zwei Bierdosen und reichte Calder eine. Er betrachtete die Büchse.

»*Elchsabber*? Was soll das denn sein?«

»Das trinkt man hier. Was hast du?«

»Hört sich eklig an.«

»Ich finde Elche eigentlich niedlich.«

Calder trank. »Nicht schlecht«, sagte er. Tatsächlich schmeckte das kalte Bier herrlich. Calder war froh, dass Sandy blieb. Er merkte, dass er sich in ihrer Gegenwart besser fühlte. Und sie hatte Recht; er musste mit jemandem sprechen. Er erzählte ihr, was er in den vergangenen Tagen erlebt hatte. Sie hörte aufmerksam zu und ging die Sache mit einem Elan an, der den erschöpften Calder belebte. Mit ihrem Anwaltshirn fand sie blinde Flecke und Ungereimtheiten, und davon gab es viele.

Dennoch dauerte es eine Weile, bis sie merkten, dass die Anzeige des Telefons neben dem Bett blinkte.

Zwei Nachrichten waren eingegangen, eine von Calders Vater und eine von Nils. Zuerst rief Calder seinen Vater an. Er schien sich über den Anruf zu freuen. »Was machen deine Nachforschungen?«, fragte er.

»Es geht voran«, entgegnete Calder.

»Und du bist noch heil?«

»Mehr oder weniger.«

»Na, ich frage besser nicht, was das zu bedeuten hat, ich will Annie keine Angst machen. Kommst du denn zum Skifahren?«

»Ähm … doch. Gestern war ich draußen. Es war … sagen wir mal, es war erfrischend.«

Calders Vater schmunzelte. »Du erzählst mir nur die Hälfte, stimmt's? Hör zu, ich habe gute Nachrichten: Ich werde dir einen Teil des Geldes zurückzahlen.«

Calders Stimmung sank. »Ich denke, ich habe dir gesagt, dass ich nichts zurückhaben will.«

»Ich weiß. Aber es ist mir unangenehm, wenn ich dir so viel Geld schulde.«

»Du schuldest mir nichts, Vater!«

»Nun, wenn du nach Hause kommst, wartet ein Scheck auf dich.«

»Wie viel?«

»16 000 Pfund.« Sein Vater versuchte, sachlich zu klingen, aber es gelang ihm nicht, den Stolz in seiner Stimme zu verbergen. »Das ist nur der Anfang. Den Rest zahle ich auch noch zurück.«

Calder konnte seinen Stolz nicht teilen. »16 000! Wo, um Himmels willen, hast du so viel Geld her?«

»Von Onkel Richard. Den kennst du doch noch, oder?«

»Du hast seit zwanzig Jahren nichts mehr mit ihm zu tun gehabt.«

Onkel Richard war der jüngere Bruder seines Vaters, das schwarze Schaf der Familie. So genau hatte Calder nie gewusst, was der Onkel verbrochen hatte, bekannt war ihm nur, dass er in den siebziger Jahren in Grundstücksspekulationen verwickelt war und 1974 Hals über Kopf das Land verlassen musste, als der Grundstücksmarkt platzte. Onkel Richard war in Hongkong gelandet, wo er irgendeinen Import/Export betrieb. Als Calder ihn zum letzten Mal gesehen hatte, war er drei Jahre alt gewesen. Er konnte sich nicht mehr an den Onkel erinnern. Dr. Calder hatte nie wieder von ihm gesprochen.

»Na ja, er war so nett, mir das Geld zu leihen.«

»Warum leihst du dir das Geld lieber von ihm als von mir?«

Keine Antwort.

»Vater, ich weiß, woher du das Geld hast.«

»Von Onkel Richard.«

»Nein. Du hast wieder gewettet. Auf diesen Außenseiter, von dem du gesprochen hast. Du hast gesagt, dass du aufhören willst, Vater! Das hast du mir versprochen. Und Anne auch.«

»Ich habe gesagt, dass ich aufgehört habe, und das habe ich auch. Wenn du nach Hause kommst, wartet ein Scheck auf dich. Wiedersehen!«

Er legte auf. Calder stützte den Kopf in die Hände. Kein Monat war vergangen, und schon war sein Vater wieder dabei.

»Spielsüchtig?«, fragte Sandy vorsichtig.

Calder nickte. »Ja. Ich hab's erst vor ein paar Wochen herausgefunden. Ich dachte, er hätte aufgehört, aber …«

»Hat er was gewonnen?«

»Ja, eine Menge. Das wird ihm nur neuen Auftrieb geben.« Calder streifte sie mit einem Blick, um zu sehen, ob sie ihn verstand. Tat sie. »Er hat mich angelogen, einfach so. Das hätte er früher nie getan. So war er nie.«

»Das tut mir Leid.«

Calder schüttelte den Kopf. »Ich weiß nicht, ob das jemals zu Ende ist.« Er atmete tief durch. »Egal, jetzt rufe ich Nils an.« Er suchte Nils' Privatnummer heraus, weil er hoffte, er wäre zu Hause.

»Ja?«, meldete sich Nils noch vor dem zweiten Klingeln.

»Ich dachte, du wärst unterwegs. Ist doch Freitagabend!«

»Nee, ich muss die Spiele morgen recherchieren.«

Nils hatte sich übel mit dem Wett-Virus infiziert, fand Calder. Vor einem Jahr noch hätte er sich nie und nimmer einen Freitagabend in der Stadt entgehen lassen. Wahrscheinlich glaubte er sogar, er sei sehr gewissenhaft, weil er alles so gründlich vorbereite. In Wirklichkeit stand er kurz davor, aus einer Nebensache etwas Ernstes zu machen. Aber Calder konnte sich nur um einen Spielsüchtigen zur Zeit kümmern. »Freut mich, dass ich dich erwische. Weshalb hast du angerufen?«

»Ich habe gute Nachrichten«, sagte Nils. »Interessante Sachen über Perumal.«

»Erzähl!«

»Gestern habe ich lange gearbeitet. Sehr lange. Man muss schon bis nach neun bleiben, damit die Derivatetypen endlich verschwinden. Als alle weg waren, hab ich mir Carr-Jones' Computer vorgeknöpft. Gibt ja genug Leute, die ihren Computer die ganze Nacht über laufen lassen. Ich musste mich nicht mal einloggen.«

»Super.«

»Ich hab mir seine E-Mails angesehen, ob irgendwo der Name Bodintschuk auftaucht. Fehlanzeige. Dann habe ich's bei Perumal versucht. Es gibt noch keinen Nachfolger für ihn, auf seinem

Computer ist noch alles drauf. Jedenfalls war da eine kurze Mail an Michail Bodintschuk. Sogar zwei. Aus dem letzten Jahr.«

»Wirklich? Was stand drin?«

»In der ersten stand, Perumal mache sich Sorgen wegen Jen, es müsste etwas unternommen werden. Die zweite wurde ein paar Tage später verschickt. Darin stand, Perumal würde Bodintschuks Mann zeigen, wo Jen wohnt.«

»Das glaube ich nicht«, sagte Calder. War es wirklich möglich, dass Perumal Jen in die Falle gelockt hatte? »Hast du sie ausgedruckt?«

»Ähm, da gab's ein Problem. Ich wollte sie ausdrucken, aber der Drucker hatte Papierstau. Du weißt ja, was für ein blödes Teil das ist. Als ich den Stau beheben wollte, kam Carr-Jones zurück. Keine Ahnung, wo er gewesen war. Ich wusste nicht, was ich tun sollte. Wenn er sich an den Schreibtisch setzte, würde er sofort sehen, dass ich in Perumals E-Mails herumgeschnüffelt hatte, sie waren ja auf dem Monitor. Ich habe mir einfach meine Jacke genommen und bin abgehauen.«

»Und die E-Mails?«

»Stecken immer noch im Drucker. Als ich heute Morgen reinkam, waren sie natürlich weg.«

»Das heißt, Carr-Jones hat sie gefunden.«

»Ich kann heute Abend versuchen, noch mal in Perumals Mails zu gehen.«

»Ja«, sagte Calder, »aber höchstwahrscheinlich wirst du nichts mehr finden. Carr-Jones hat mit Sicherheit alles gelöscht. Er will ja nicht, dass etwas herauskommt; er will alles unter den Teppich kehren.«

»Immerhin wissen wir jetzt, dass Perumal und Bodintschuk zusammengearbeitet haben«, sagte Nils.

Calder dachte nach. »Vor ein paar Tagen habe ich Bekanntschaft gemacht mit Martels Mann fürs Grobe. Vielleicht hat Bodintschuks Killer mit Perumal und nicht mit Martel gearbeitet. Ich kann's noch immer nicht glauben. Aber gute Arbeit, Nils. Sehr gut gemacht.«

»Danke. Hat Spaß gemacht.«

Sandy hatte zwei weitere Dosen »Elchsabber« geöffnet und gab Calder eine. Sie trank aus der anderen. »Was war das mit Perumal?«

»Nils sagt, er hätte Jen in die Falle gelockt.«

»Was?« Sandy runzelte die Stirn. »So ein Schwein.«

»Als ihm klar wurde, dass Jen die getürkten Valuierungen öffentlich machen wollte, muss er Angst bekommen und Bodintschuk überzeugt haben, sie umzubringen.«

»Woher könnte er Bodintschuk kennen?«, fragte Sandy.

»Hm.« Calder überlegte. »Er kann durchaus gewusst haben, dass Bodintschuk ein Investor des Teton Fund ist. Vielleicht hat Perumal ihn einfach angerufen und ihm erzählt, seine Investition sei in Gefahr, wenn er nicht tätig würde. Oder Vikram hat die Verbindung hergestellt, und als Perumal dann ein Jahr später Bedenken bekam, kümmerte sich Bodintschuk darum. Perumal wusste zu viel.«

»Jetzt wissen wir wenigstens, wer Jen umgebracht hat«, sagte Sandy. »Und dieser Mistkerl hat bekommen, was er verdient hat. Jetzt liegt er unterm Schnee.«

»So ist es wohl«, sagte Calder.

»Was ist?«, fragte Sandy. »Du siehst aus, als hättest du Zweifel.«

»Ich kann es mir von Perumal einfach nur schwer vorstellen. Ich meine, ich glaube schon, dass er die Berechnungen manipuliert hat. Er wäre nicht der erste ehrgeizige Investmentbanker, der einen Schritt zu weit geht. Aber jemanden umbringen? Oder einen Menschen umbringen lassen? Wenn irgendeiner keiner Fliege was zuleide tun konnte, dann war das Perumal.«

»Falls Jen tatsächlich drohte, ihn bloßzustellen, hätte er riesigen Ärger bekommen«, sagte Sandy. »Unter Druck handeln die Menschen oft verzweifelt.«

»Das stimmt wohl«, entgegnete Calder. »Ich ärgere mich bloß, dass ich ihn nicht zum Sprechen bringen konnte, als er mich in Norfolk besucht hat.«

»Tja, das wirst du nie erfahren.«

Sie dachten nach.

»Ich verstehe immer noch nicht, wie er gestorben ist«, begann Calder von neuem. »Die Rezeptionistin im Hotel meinte, der Ukrainer hätte einen Tag vor der Lawine ausgecheckt und sei zum Flughafen gefahren. Wer soll Perumal umgebracht haben?«

»Carr-Jones?«

Calder schüttelte den Kopf. »Das glaube ich nicht. Vielleicht war es Martel, Vikram oder Ray Pohek. Bloß – wie ging das vor sich? Hat er den Unfall irgendwie provoziert, so wie Martel gestern beim Skifahren? Es ist wirklich ärgerlich, dass wir noch immer keine handfesten Beweise haben. Ich wette, dass diese E-Mails, die Nils gefunden hat, im digitalen Nirwana verschwunden sind.«

»Vielleicht hatte der Bergführer Recht«, sagte Sandy, »und Perumal hat sich doch selbst umgebracht. Ich meine, ihm drohte mächtig Ärger, egal, wie er's anstellte.« Sie seufzte. »Wenn seine Leiche gefunden wird, wissen wir mehr.«

Calder starrte sie an.

»Was ist?«, fragte sie. »Was hast du? Du machst so ein komisches Gesicht!«

Calder grinste. »Ich glaube, ich weiß, was mit Perumal passiert ist.«

33

Es war Samstagmorgen. Sandy und Calder waren früh aufgestanden, um die 70 Kilometer zum Twogatee-Pass zu fahren. Sandy war hellwach, sie war noch an die Londoner Zeit gewöhnt, aber Calder fiel das Aufstehen schwer. Seinem Körper ging es allerdings schon deutlich besser.

Um acht Uhr erreichten sie die Double-D-Ranch. Es war schon viel los, Motorschlitten summten herum, alles wurde für die bald eintreffenden Kunden vorbereitet. Sandy und Calder gingen auf das Mietbüro zu, in dem ein dünner Junge von etwa achtzehn Jahren Dienst tat. Nate war nicht da.

»Wie sieht's aus?«, fragte der Junge.

»Gut«, sagte Calder.

»Wollt ihr 'ne Tour machen?«

»Leider nicht. Ich möchte mich nach einem Freund erkundigen, nach Perumal Thiagajaran. Er ist hier letzten Monat verunglückt.«

»Ach ja, der Inder.« Der Junge seufzte.

»Könnten wir vielleicht mal den Tag nachschlagen, an dem er den Motorschlitten gemietet hat? Wir wüssten gerne, wann er sich ausgetragen hat und wann er zurück sein wollte.«

Kurz überlegte der Junge. Dann zuckte er mit den Schultern und zog ein großes schwarzes Buch hervor, eher ein Kontenbuch als ein Schreibheft. Er legte es vor Calder und schlug es auf. Jede Doppelseite war ein Tag, unterteilt in Spalten für Motorschlitten, Bergführer und Kunden. Er suchte das entsprechende Datum und fuhr mit dem Finger über die Reihen, bis er Perumal fand. »Hier steht's ja. Um zehn hat er sich den Schlitten ausgeliehen. Um halb fünf sollte er ihn wieder abliefern.«

Calder beugte sich über das Buch.

»Mensch, bei euch ist aber viel los«, sagte Sandy leutselig. »Wie viele Motorschlitten habt ihr hier?«

Der Junge beantwortete Sandys Fragen, und Calder überprüfte das Buch. Die Seiten lagen auf dem Kopf, und die Handschrift war schwer lesbar, doch innerhalb kurzer Zeit hatte er gefunden, was er suchte.

Er richtete sich wieder auf. »Danke. Ach ja, wo finden wir Nate?«

»Draußen an der Zapfsäule.«

Calder und Sandy spazierten zu Nate hinüber, der einen Motorschlitten betankte. Als Nate sie kommen sah, runzelte er die Stirn.

»Hast du mal kurz Zeit?«, fragte Calder.

»Im Moment eigentlich nicht«, entgegnete Nate.

»Doch, ich denke, ein paar Minuten sind drin«, sagte Calder bestimmt. »Können wir uns irgendwo ungestört unterhalten?«

Nate tankte den Schlitten voll, zog den Zapfhahn heraus und hängte ihn wieder ein. »Kommt mit.«

Sie folgten ihm ins Hauptgebäude, wo sich eine Cafeteria befand. Sie war zu drei Vierteln mit Kunden besetzt, die bei einem ausgiebigen Frühstück Energie für einen Tag an der frischen Luft tankten. Vier Männer standen um ein Videospiel, bei dem man Rehe jagen musste, und feuerten sich lautstark an.

Nate fand einen Tisch in der Ecke. »Ich habe viel zu tun, ich fahre später mit 'ner Gruppe raus.«

»An dem Tag, als unser Freund Perumal starb, hast du angeblich Freunde in Utah besucht«, begann Calder.

»Genau.«

»Wie bist du da hingekommen?«

»Ich bin gefahren.«

»Mit dem Auto?«

»Mit meinem Truck. Steht da hinten. Wollt ihr ihn sehen?«

»Nein. War es ganz bestimmt nicht der Motorschlitten?«

Nate erstarrte.

»Weil an dem Tag nämlich einer auf deinen Namen ausgeliehen wurde.«

Eine Zeit lang sagte Nate nichts. »Ja, ich wollte mir einen leihen. Aber dann hab ich's mir anders überlegt. Ich hab keinen genommen.«

»Oh doch. Und wenn Sergeant Twiler von der Dienststelle des Sheriffs kommt, dann wird er das auch beweisen können.«

Nate schwieg.

»An dem Tag, als Perumal starb, warst du irgendwo da draußen«, Calder wies mit dem Kinn in Richtung Tür und auf die Hunderte von Quadratkilometern dahinter. »Ich schätze, zusammen mit ihm.«

Keine Antwort.

»Nate, hast du ihn umgebracht?«

Keine Reaktion. »Hast du Perumal umgebracht?«

Calder ließ Nate nicht aus den Augen. Er merkte, dass der Mann angespannt war und mit sich kämpfte. Offenbar überlegte er, was er tun sollte. Calder ließ ihm Zeit. Schließlich atmete Nate aus. Seine Schultern fielen nach vorn. »Ich habe ihn nicht umgebracht«, sagte er schließlich.

»Ich weiß«, entgegnete Calder. »Was genau ist passiert?«

Nate holte tief Luft und begann, seine Geschichte zu erzählen.

4000 Fuß über dem Polarkreis schrieb Onkel Juri eifrig in sein Notizbuch. Eigentlich hätte er schlafen müssen; es war immer besser, den Job gut ausgeruht anzutreten. Doch als er versucht hatte, im bequemen Ledersitz von Bodintschuks Gulfstream einzudösen, war ihm eine Idee gekommen. Wie wäre es, wenn er Figuren aus Balsaholz für die kleine Sascha schnitzte? Einen Drachen, einen Prinzen und die Prinzessin für das Spiel, das sie immer spielten. Als kleiner Junge hatte er gut schnitzen können, er hatte es bestimmt nicht verlernt. Dann würde er die Figuren anmalen. Oder noch besser: Sie konnten sie gemeinsam anmalen!

Am liebsten hätte er sich auf der Stelle an die Arbeit gemacht, aber in der Gulfstream gab's zwar Champagner, Kaviar und Porno-DVDs, aber kein Balsaholz. Deshalb vertrieb er sich die Zeit mit Skizzen und Entwürfen.

Sein Auftrag machte ihm keine Gedanken. In Jackson Hole würde er jemanden treffen, der ihm die notwendige Ausrüstung übergab. Mischko hatte darauf bestanden, dass keine Zeit verplempert wurde, dementsprechend hatte er sich nicht so gewissenhaft vorbereiten können wie sonst. Aber das Objekt wurde weder beschützt, noch war es ein Profi. Ein satter Mensch aus dem Westen, kein argwöhnischer Russe. Kein Problem also.

Onkel Juri grinste vor sich hin, als er sich vorstellte, was für ein Gesicht die kleine Sascha machen würde, wenn sie die Figuren sah.

Martel blickte über die Ebene der Antelope Flats. In der Nacht hatte es geschneit, die Sträucher waren wie mit Puderzucker überzogen. Der Wind hatte aufgefrischt, Wolkenfetzen huschten über den weiten Himmel und sammelten sich um die Berggipfel. Martel hatte schlechte Laune. Nicht allein, dass Cheryl sich am Abend geweigert hatte, mit ihm zu sprechen, sie hatte ihn sogar aus dem Schlafzimmer geworfen. Aus seinem eigenen Schlafzimmer! Irgendetwas stimmte nicht mit ihr, aber er wusste nicht, was es war. Er hatte sich in eines der Gästezimmer gelegt, das Bett dort war ganz bequem, aber er hatte nicht schlafen können. Cheryls Verhalten machte ihn fertig. Er stand vor der größten Herausforderung seines Lebens, und sie ignorierte ihn einfach. Er brauchte ihre Liebe und Zuwendung, und sie trat ihm in die Eier. Diese Frau schaffte es wirklich, alles kaputtzumachen.

Drei Kilometer entfernt sah Martel ein Fahrzeug durch das Gestrüpp fahren. Als es näher kam, erkannte er Poheks roten Buick. Martel freute sich schon.

Der Buick hielt neben dem Range Rover. Martel entdeckte eine große Beule in der Fahrertür und tiefe Kratzer über dem Vorderrad. Er hielt die Tür auf, Pohek stieg ein. In der Hand hatte er einen großen Umschlag.

»Morgen, Mr. Martel.«

»Morgen, Luigi.«

Pohek warf Martel einen überraschten Blick zu.

»Ich weiß, wer Sie sind«, sagte Martel. »Oder besser, wer Luigi ist. Was hatten Sie vor? Wollten Sie mich zum Narren halten? Mich an Alex Calder verraten?«

»Nein, Mr. Martel, nichts dergleichen«, beeilte sich Pohek zu sagen. »Das war nur wegen der Sicherheit.«

»Wegen der Sicherheit? In Frankreich weiß man, was mit Leuten wie euch zu tun ist. Dafür haben wir sogar eine spezielle Maschine gebaut: die Guillotine!« Martel beugte sich vor und fuhr sich mit der Hand quer über den Hals. Pohek wich zurück. »Was haben Sie sich dabei gedacht? Sie hatten nicht die geringste Ahnung, wie Sie es anstellen sollten, stimmt's? Zweimal haben Sie versucht, Calder umzubringen, zweimal haben Sie versagt. Lächerlich. Verschwinden Sie aus meinen Augen. Ich will Sie nicht mehr sehen.«

Martel saß still und wartete, dass Pohek ausstieg. Aber der Mann machte keine Anstalten.

»Aussteigen, habe ich gesagt!«, schrie Martel.

»Ich habe hier etwas für Sie«, sagte Pohek ruhig und legte eine Hand auf den Umschlag in seinem Schoß.

»Zeigen Sie her!« Martel griff hinüber.

»Erst müssen Sie zahlen«, sagte Pohek und zog den Umschlag fort.

»Was ist das?«, brummte Martel.

»Es handelt sich um Ihre Frau. Und einen anderen Mann.«

»Wer?«

»Erst das Geld«, beharrte Pohek.

Martel war versucht, den Mann zusammenzuschlagen und den Umschlag einfach an sich zu nehmen, doch dann siegte seine Vernunft. Poheks Wissen konnte Martel ernsthaften Schaden bereiten. Wenn er Pohek bezahlte, hielt der den Mund. Das war das Einfachste.

Martel seufzte und stellte einen Scheck aus. »Hier.«

Pohek grinste, prüfte den Scheck, faltete ihn und steckte ihn in die Tasche. Dann reichte er Martel den Umschlag.

Martel riss ihn an sich und schlitzte ihn mit dem Finger auf. Dann hielt er inne. Sein Herz klopfte bis zum Zerspringen. Dieser

Umschlag enthielt, was er am meisten fürchtete: den Beweis für Cheryls Untreue. Martel verspürte den Impuls, Pohek das Papier wiederzugeben und ihn zurück nach Denver zu schicken. Was ich nicht weiß, macht mich nicht heiß, dachte er. Ich schütze meine Ehe.

Und doch war ihm längst alles klar. Das Husten, das er durchs Telefon gehört hatte, war echt gewesen. Cheryl traf sich mit einem anderen Mann. Das war eine Tatsache, er wusste es längst. Er konnte es nicht länger verdrängen.

Martel holte tief Luft und öffnete den Umschlag. Es waren mindestens ein Dutzend Fotos von Cheryl und einem Mann. Einem Mann, den er nur zu gut kannte.

Vikram.

»Wann wurden die gemacht?«

»An zwei verschiedenen Tagen. An dem Tag, als Sie mit dem Hubschrauber Ski fahren waren, und gestern in Vikrams Haus.«

Martel sah die Fotos durch. Abgesehen von Händchenhalten hatten die beiden keinen körperlichen Kontakt. Man hatte sie nicht in flagranti erwischt. Doch selbst auf zweidimensionalen Schwarzweißbildern ließen die Blicke, die die beiden sich zuwarfen, keine Frage offen.

Das war das Schlimmste, die schmerzhafteste Form der Untreue.

Martel schloss die Augen. »Verschwinden Sie«, sagte er. »Sie haben Ihr Geld bekommen, also hauen Sie ab.«

»Möchten Sie, dass ich die beiden noch länger beschatte? Ich kann bestimmt noch bessere Beweisfotos machen. Geben Sie mir noch ein paar Tage!«

»Hauen Sie ab, habe ich gesagt!«

Pohek stieg aus. Kurz darauf raste sein Wagen über die Ebene auf Jackson zu. Martel war froh, ihn nur noch von hinten zu sehen. Besonders Poheks letzte Bemerkung hatte ihn geärgert, weil sie implizierte, dass seine Frau in den nächsten achtundvierzig Stunden so oft Ehebruch begehen würde, dass Pohek sie problemlos dabei fotografieren konnte.

Eine halbe Stunde blieb Martel sitzen, den Umschlag neben sich, und starrte über die Ebene auf die Tetons, die drohend bis in die Wolken aufragten. Diese Berge, seine gewaltigen Freunde – sie hatten ihn betrogen. Sie hatten zugelassen, dass seine Frau und sein Schützling ihm Hörner aufsetzten.

Martel wurde wütend. Es war nicht die spontane Wut, die er nach dem Anblick dieser Fotos erwartet hatte. Es war ein unterschwelliges, stetes Brennen, das den Druck in ihm erhöhte, eine Faust, die seine Eingeweide immer fester umklammerte. Er musste sich wehren. Gegen Vikram, gegen Cheryl, gegen Japan, gegen Bloomfield Weiss, gegen Calder, gegen Pohek, gegen jeden von ihnen. Die meisten Menschen würden zusammenbrechen, wenn die Welt ihnen eine solch unglaubliche Last auferlegte. Nicht Martel. Er war einer der mächtigsten Investoren der Welt, nein, er war der mächtigste von allen. Länder waren vor ihm zu Kreuze gekrochen. Er war nicht wie andere Männer. Er konnte sich gegen die Welt wehren, sie bekämpfen und überwinden.

Martel zog sein Handy hervor, schaute, ob er Empfang hatte, und rief in Kiew an.

Vikram würde bekommen, was er verdient hatte.

34

Das Taxi setzte Calder und Sandy vor einem kleinen, beige verputzten Haus ab, das in einer baumgesäumten Straße voll kleiner, beige verputzter Häuser stand. Calder bat den Fahrer zu warten. Sie waren in New Westminster, einem Vorort von Vancouver. Es war deutlich über null, der Himmel war grau, es hatte gerade geregnet. Der Flug von Jackson Hole hatte vier Stunden gedauert, inklusive Umsteigen in Salt Lake City. Am Flughafen hatten sie sich das Taxi genommen.

Calder fand es ein wenig sonderbar, dass Sandy ihn bis nach Kanada begleitete, fühlte sich in ihrer Gesellschaft aber immer wohler und wollte sie nicht mit der Frage nach dem Warum in die Flucht treiben. Man merkte, dass sie auch ein Jahr nach Jens Tod noch immer durcheinander war und etwas tun wollte. Sie war eine entschlossene Frau, sie wollte, dass der Gerechtigkeit Genüge getan wurde, ebenso sehr wie Calder. Aber gefiel es ihr bei ihm so gut wie ihm mit ihr? Das wusste er nicht. Sie wirkte kühl und freundlich zugleich, unkompliziert und distanziert.

Calder warf ihr einen Blick zu. Sie lächelte ihn aufmunternd an. Er drückte auf den Klingelknopf.

Eine kleine Frau im Sari öffnete die Tür. Sie hatte dunkle, fast schwarze Haut. »Ja, bitte?«

»Dürfte ich mit Ihrem Bruder sprechen?«, fragte Calder. Die Frau runzelte unschlüssig die Stirn. »Sagen Sie ihm, Alex Calder ist da. Ich bin ein Freund von ihm.«

»Schon gut, Sita«, sagte jemand weiter hinten. Kurz darauf stand Perumal neben seiner Schwester. »Komm rein, Zero.«

Sie folgten ihm in ein förmlich eingerichtetes Wohnzimmer. Es erinnerte Calder ein wenig an Perumals Wohnzimmer in Ealing, nur ohne die Blumen, die Räucherstäbchen und die Fotos von ihm.

»Du hast mich also gefunden«, sagte Perumal und machte Calder und Sandy Zeichen, sich zu setzen. Obwohl er seit einem Monat in Sicherheit war, wirkte er gehetzt. »Weiß es sonst noch jemand?«

»Nur wir«, sagte Calder. »Das ist Sandy Waterhouse. Sie ist eine Freundin von mir. Und Anwältin. Sehr diskret.«

Perumal lächelte Sandy an. Sie funkelte böse zurück. Wieder wirkte Perumal erschöpft. »Wie hast du es herausgefunden?«, fragte er Calder.

»Sandy und ich haben überlegt. Wir dachten erst, du hättest dich vielleicht selbst umgebracht. Das wäre verständlich gewesen. Wir wussten, dass du tief in der Tinte saßest. Es erschien uns unwahrscheinlich, dass du ein paar Tage Urlaub nehmen würdest, um mit dem Motorschlitten zu fahren. Dann wurde mir klar: Solange alle glauben, dass du tot bist, bist du aus dem Schneider. Du musstest gar nicht wirklich tot sein. Vielleicht hatte der Rettungstrupp deine Leiche nicht gefunden, weil es gar keine gab. Also haben wir Nate einen zweiten Besuch abgestattet. Er erzählte, wie er mit dir zu dieser Schlucht gefahren ist. Ihr habt deinen Schlitten auf halber Höhe am Hang stehen lassen, dann hat er mit seiner Maschine eine Lawine ausgelöst. Schließlich hat er dich auf seinem Schlitten mitgenommen und mit dem Lkw nach Kanada gebracht.«

»Nur bis Calgary. Von da habe ich einen Bus nach Vancouver genommen. Ich finde es immer noch unglaublich, dass es keiner gemerkt hat.«

»Zwei andere Motorschlittenfahrer haben euch an dem Tag gesehen, aber sie hielten euch für ein Pärchen, für Mann und Frau. Die Polizei suchte das Pärchen als Zeugen, konnte es aber nicht auftreiben.«

»Nate hat keinem was erzählt, oder?«

»Noch nicht.«

»Ich denke, es ist in Ordnung, dass er es euch verraten hat. Ich habe ihm 10 000 im Voraus bezahlt und weitere 5000 jeden Monat, damit er den Mund hält. Aber er meinte, wenn er des Mordes an mir beschuldigt würde, dann müsste er reden.«

»Langsam beginne ich zu verstehen, wie du dich aus dem ganzen Schlamassel geflüchtet hast«, sagte Calder. »Aber wie bist du hineingeraten?«

Perumal seufzte und rieb sich das Gesicht. »Alles fing an mit dem riesigen Italiengeschäft, das der Teton Fund letztes Jahr gemacht hat.«

»Das habe ich mir gedacht«, sagte Calder. »Hatte Jen damit zu tun?«

»Oh ja. Allerdings.«

»Erzähl!«

Und Perumal erzählte ihnen alles.

Zuerst erklärte er, wie Vikram ihn mit dem Versprechen, es würden noch größere Deals folgen, überredet hatte, die Valuierung der IGLOO-Scheine zu fälschen. Zu Perumals großem Bedauern war er auf Vikrams Vorschlag eingegangen. Niemand hatte etwas gemerkt. Perumal bekam sehr viel Lob und einen dicken Bonus für seine Geschäfte mit dem Teton Fund, doch war ihm das alles sehr unangenehm.

Dann hatte Jen gekündigt und wegen sexueller Belästigung Klage gegen Bloomfield Weiss eingereicht. Perumal hatte Jen immer gemocht, als sie zusammen in der Derivateabteilung waren, er hatte sie bewundert. Sie war alles andere als dumm, es war gemein gewesen von Carr-Jones, sie so zu behandeln. Perumal hatte es schrecklich gefunden, wie sein Chef sie beleidigte, sie regelrecht mobbte. Er schämte sich, nicht für Jen Partei ergriffen zu haben. Auch wenn es nichts geändert hätte. Als Jen ihm nach ihrer Kündigung vorgeschlagen hatte, mit ihr etwas trinken zu gehen, stimmte er zu, unter der Bedingung, dass sie sich weit entfernt vom Börsenviertel trafen.

Sie hatten sich in einer Bar in South Kensington wiedergesehen. Jen war reizend gewesen, beide hatten ziemlich viel getrunken, viel mehr, als Perumal gewohnt war. Als Jen erzählte, wie es ihr ergangen war, bekam Perumal Mitleid und war empört. Dann hatte Jen ihn auf die IGLOO-Scheine angesprochen. Im Kopierer hatte sie die Kopie einer Konditionsvereinbarung gefunden und sich zusammengereimt, dass der Teton Fund auf einem riesigen

Verlust sitzen musste. Lachend hatte sie Perumal gefragt, ob die Derivateabteilung die Valuierung frisieren oder den Teton Fund zwingen würde, den Verlust anzuerkennen. Sie erzählte, sie selbst hätte Neubewertungen für Kunden frisiert, als sie noch bei der Bank arbeitete. Perumal hatte ihr helfen, sie unterstützen wollen, er meinte, ihr vertrauen zu können. Und so erzählte er ihr, was er getan hatte.

Einige Tage später hatte Carr-Jones Perumal zur Seite genommen. Er wirkte sehr besorgt. Carr-Jones sagte, die Derivategruppe sollte keine Geschäfte mit dem Teton Fund mehr machen. Er habe Angst, dass jemand die Preisfindung der IGLOO-Scheine überprüfen würde. Er fragte Perumal, ob es damit ein Problem gebe. Perumal leugnete es, geriet aber innerlich in Panik. Ihm wurde klar, dass Jen es bei dem Gespräch im Pub nicht auf Mitleid, sondern auf Informationen abgesehen hatte. Wahrscheinlich hatte sie selbst auch niemals Berechnungen manipuliert, sondern es nur behauptet, um Perumal aus der Reserve zu locken. Und er hatte den Köder geschluckt. Perumal war überzeugt, dass Jen Carr-Jones erzählt hatte, sie wisse von dem falschen Preis der IGLOO-Scheine. Er nahm an, sie wollte dieses Wissen nutzen, um Carr-Jones vor Gericht in die Knie zu zwingen. Perumal rief Jen an und bat, ihn nicht zu verraten, aber sie wollte nichts davon hören. Sie wollte, dass Carr-Jones sich entweder entschuldigte oder es bitter bereute. Deshalb rief Perumal Vikram an und sagte ihm, es bestünde Gefahr, dass man in London entdecken würde, was Perumal gedreht hatte. Dann würde er die Wahrheit sagen müssen.

Einige Tage später wurde Jen tot aufgefunden. Perumal wusste nicht, was mit ihr geschehen war, ahnte aber, dass sie sich nicht selbst das Leben genommen hatte. Er war ziemlich sicher, dass Vikram oder Carr-Jones verantwortlich war.

Italien stieg aus dem Euro aus, der Teton Fund löste die IGLOO-Scheine gegen einen gewaltigen Gewinn aus, alles lief wie geschmiert. Weder Perumal noch Carr-Jones erwähnten je wieder die Unterhaltung über die zweifelhaften Valuierungen, auch über Jen sprachen sie nie wieder. Perumal versuchte, ihren Tod zu vergessen.

Ein Jahr später kamen die JUSTICE-Scheine, und der Albtraum begann von neuem. Zuerst war das Geschäft ganz nach Geschmack des Teton Fund verlaufen. Dann war das japanische Bankensystem ins Wanken geraten, alles ging abwärts. Der Nikkei-Index hatte knapp über der Knock-in-Schwelle von 7000 geschwebt, die Volatilität stieg ins Unermessliche, was einen katastrophalen Wert der JUSTICE-Scheine erwarten ließ. Mitte Januar hatte Perumal, wie erwartet, einen Anruf von Vikram erhalten. Er bat ihn, eine günstige Valuierung für das Monatsende vorzubereiten.

Perumal hatte sich geweigert. Er bedauerte, was er ein Jahr zuvor getan hatte. Inzwischen war ihm klar, dass die falsche Bewertung der IGLOO-Scheine mehr als ein verwaltungstechnischer Trick gewesen war, der schnell vergessen werden würde. Er wusste, dass man es immer wieder von ihm verlangen würde. Deshalb sagte er nein.

Dann erhielt er eine anonyme E-Mail: *Denk an Jennifer Tan.* Das war eindeutig. Die Betreffzeile lautete: *JUSTICE-Scheine.* Entweder ging Perumal auf Vikrams Bitte ein, oder ihn würde dasselbe Schicksal wie Jen ereilen. Perumal wusste weder ein noch aus. Er überlegte, sich mit Radha zu beraten, hatte aber Angst, dass sie antworten würde: Sag nein und leb mit den Folgen. Es war nicht möglich, die Angelegenheit mit Carr-Jones zu besprechen, ohne auf den Schlamassel mit den IGLOO-Scheinen zurückzukommen. Zudem war Perumal nun höchst misstrauisch, welche Rolle sein Chef bei Jens Tod gespielt haben mochte. Als er nach Norfolk gefahren war, um das Problem mit Calder zu besprechen, hatte er Angst bekommen, Calder würde darauf bestehen, Bloomfield Weiss alles zu erzählen. Deshalb war Perumal unverrichteter Dinge wieder abgefahren. Er wusste sich keinen Rat mehr. Es schien keinen Ausweg zu geben, doch schließlich kam ihm die Idee, so zu tun, als ginge er auf Vikrams Forderung ein, und dann seinen eigenen Tod zu inszenieren.

Als er sich mit Vikram im Teton-Fund-Gebäude in Jackson Hole getroffen hatte, erklärte er sich einverstanden, die Valuierung zu fälschen. Drei Tage später tauchte er unter. Das Verschwinden selbst hatte sich überraschend einfach gestaltet; das Problem war seine Familie. Mehrere Tage hatte Radha nicht gewusst, was mit ihm geschehen war. Noch schlimmer war es für seine Mutter gewesen. Es war ungeheuer wichtig, dass die Trauer seiner Familie nach der Nachricht von seinem tödlichen Unfall echt war. Perumals Schwester Sita war schließlich von Vancouver nach London geflogen, um Radha persönlich die Wahrheit zu sagen, dann war sie nach Indien weitergereist. Nach einem ersten Wutausbruch hatte Radha Perumal vergeben. Sie war dankbar, dass er noch lebte, und froh, dass er den Betrug nicht länger mitmachen wollte. Aber seine Mutter war noch immer bitterböse und wollte nicht mit ihm sprechen. Es war ihm noch nicht gelungen, an ihr vorbeizukommen und mit seinem Vater zu reden.

Calder fiel ein, dass Radha ihn von weiteren Ermittlungen hatte abhalten wollen, als er sie von Jackson Hole aus anrief. Auch wurde ihm klar, warum niemand in Jackson Hole Perumals Schwester gesehen hatte: Sie war niemals dort gewesen.

»Du kannst von Glück sagen, dass du noch lebst«, meinte Calder. »Es war jemand in Jackson Hole, der dich verfolgt hat. Wahrscheinlich sollte er dich umbringen; wir nehmen an, dass er auch Jen auf dem Gewissen hat. Aber er reiste wieder ab. Vermutlich wurde er zurückgepfiffen, als du dich gegenüber Vikram bereit erklärt hast, auf die Forderungen des Teton Fund einzugehen.«

»Es schien der einfachste Weg, mir Ärger zu ersparen, bis ich meinen Tod inszenieren würde.«

»Haben Sie nicht etwas ausgelassen?«, fragte Sandy kühl.

»Was denn?«, gab Perumal zurück.

»Etwas, das mit dem Mord an Jen zu tun hat?«

»Was soll das sein?«

»Tja, wir wissen leider, dass Sie ihn in Auftrag gegeben haben.« Sandys Stimme war voller Verachtung.

Perumal wirkte ehrlich schockiert. »Ich? Ich soll den Mord in Auftrag gegeben haben? Wie denn?«

»Wir wissen, dass Sie sich mit Michail Bodintschuk in Verbindung gesetzt haben, damit er sich um Jen ›kümmert‹. Und dann haben Sie sich mit Bodintschuks Killer getroffen und ihm gezeigt, wo Jen wohnt.«

»Ich weiß wirklich nicht, wovon Sie sprechen. Wer soll dieser Bodintschuk sein?«

»Michail Bodintschuk«, sagte Calder. »Geschäftsmann aus der Ukraine. Größter Investor des Teton Fund.«

»Ich kenne überhaupt keine Investoren des Teton Fund. Warum sollte ich?«

»Die E-Mails an Bodintschuk wurden auf Ihrem Computer gefunden«, sagte Sandy.

»Wann?«

»Letzte Woche.«

»Haben Sie Ausdrucke?«

»Nein. Aber es hat sie jemand gelesen.«

»Wer?«

Calder hob die Hände, damit Sandy nicht antwortete. Wenn Perumal Kontakt zu Bodintschuk hatte, wollte er Nils nicht in Gefahr bringen. »Ein zuverlässiger Kollege.«

Perumal wirkte äußerst aufgeregt. Er barg den Kopf in den Händen. Dann schaute er Calder in die Augen. »Darüber weiß ich nichts. Ich weiß nicht, wer Jen getötet hat, aber ich war es auf keinen Fall. Vielleicht will mir da jemand was in die Schuhe schieben. Mit einem Toten ist das leicht, oder?«

Calder warf Sandy einen Blick zu. Sie war noch immer aufgebracht. »Hatte Carr-Jones etwas damit zu tun, wissen Sie das?«

»Ich habe viel über Carr-Jones nachgedacht«, sagte Perumal. »Er muss gewusst haben, was los war, aber er hat einfach die Augen zugemacht. Ich meine, er hätte mir ohne weiteres die falschen Valuierungen anhängen können: Er brauchte bloß keine weiteren Fragen zu stellen. Doch je länger ich darüber nachdenke, desto mehr glaube ich, dass es Vikram oder Martel war, und nicht Carr-Jones, der Jens Tod in Auftrag gegeben hat.«

»Würdest du auch vor anderen aussagen, was du uns gerade erzählt hast?«, fragte Calder.

»Damit ich als Nächster umgebracht werde?«, gab Perumal zurück. Böse sah er Sandy an. »Oder für einen Mord hinter Gitter komme, den ich nicht begangen habe?«

»Wenn du Jen tatsächlich nicht umgebracht hast, ist dies deine große Chance, es zu beweisen«, erklärte Calder.

Perumal musterte die beiden und wiegte den Kopf. Es dauerte einen Moment, bis Calder klar wurde, dass es ein indisches Ja war. »In Ordnung. Ich sage aus.«

»Danke«, entgegnete Calder und grinste zum ersten Mal. »Vielen Dank.«

»Weißt du, dass es am Montag für den Teton Fund aus und vorbei sein wird?«, fragte Perumal.

»Am Montag? Ist dann Ultimo?«

»Ja. Am 28. Februar. Ich habe das Modell, mit dem ich den Wert der JUSTICE-Scheine valuiert habe, kopiert. Ich verfolge schon länger den japanischen Aktienmarkt. So wie der Nikkei im Moment steht, wird der Wert ganz unten im Keller sein.«

»Wie weit unten?«

»Ich schätze, es werden rund 30 Prozent Verlust.«

»Von?«

»Von zwei Milliarden Dollar.«

»Wow, das sind 600 Millionen!«

»Eben. Und Bloomfield Weiss hat dem Teton Fund das Geld geliehen, um die Scheine zu kaufen. Wenn der Wert der Deckung um 600 Millionen sinkt, braucht Bloomfield Weiss 80 Prozent der Summe, um das Darlehen abzusichern.« Perumal hielt inne, damit sie die Information verdauten. »Das sind 480 Millionen.«

»Und du glaubst nicht, dass der Teton Fund über so viel Cash verfügt.«

»Ganz bestimmt nicht. Der Nikkei hat sich zwar in der letzten Woche ein wenig berappelt, das hat ein bisschen Geld reingebracht, aber keine 500 Millionen Dollar.«

»Das heißt, der Teton Fund ist am Ende«, sagte Sandy.

»Nicht nur das«, erwiderte Perumal. »Wenn erst mal klar ist, dass Martel den Bach runtergeht, werden alle so schnell wie möglich ihre japanischen Beteiligungen loswerden wollen. Der Teton Fund hat eine riesige Position, und die wird er natürlich absetzen wollen. Der Nikkei stürzt ins Bodenlose. Das gibt ein Gemetzel! Die Broker werden richtig viel Geld verlieren. Das wird auf andere Märkte übergreifen. Es könnte sein, dass es eine weltweite Panik gibt.«

Zweifelnd sah Sandy Calder an. »Stimmt das, was er sagt?«

»Ja«, bestätigte Calder stirnrunzelnd. »Allerdings.«

Das Taxi wartete vor der Tür. Calder bat den Fahrer, sie zu einem Hotel am Flughafen zu fahren. Der Flug nach Jackson Hole ging erst früh am nächsten Morgen.

»Er lügt«, sagte Sandy, als sie sich auf die Rückbank sinken ließ.

»Kann sein.«

»Was soll das heißen: Kann sein? Natürlich weiß er, wer Bodintschuk ist, er hat ihm schließlich eine E-Mail geschickt, Himmel noch mal! Er ist derjenige, der Jen umbringen ließ.«

»Es kann aber auch sein, dass er Recht hat«, widersprach Calder. »Vielleicht war es eine Falle. Es kann doch sein, dass jemand seine Mailbox manipuliert hat.«

»Na klar. Nur für den Fall, dass jemand an seinen Computer geht und herumschnüffelt?«

»Ich kann nicht glauben, dass Perumal jemanden umbringen lassen würde.«

»Er ist gerissen. Und hinterhältig. Du siehst doch, wie er alle mit seinem Unfall an der Nase herumgeführt hat. Nicht mal seiner Frau hat er's gesagt.«

»Wenn er so gerissen ist, warum würde er dann eine so belastende E-Mail auf dem Computer lassen?«

»Jeder macht mal einen Fehler«, gab Sandy frustriert zurück.

»Immerhin will er aussagen.«

»Wenn er bis dahin nicht längst wieder über alle Berge ist. Morgen ist er vielleicht schon bei einer anderen Schwester in Australien.«

»Ich glaube, dass er reden wird.«

Sandy starrte aus dem Fenster. Calder merkte, dass sie zornig war. Auf ihn, aber in erster Linie auf den Mann, der ihrer Meinung nach ihre Freundin auf dem Gewissen hatte.

»Und was machen wir jetzt?«, fragte sie schließlich. »Wir können uns ja wohl kaum einen Mountie schnappen und ihm sagen, er soll Perumal festnehmen. Nicht ohne die E-Mail.«

»Eben. Genauso wenig können wir zum Sheriff von Teton County gehen, damit er mit seinen Leuten ausrückt.«

»Wahrscheinlich werden sie Perumal so oder so lynchen«, bemerkte Sandy. »Wenn herauskommt, dass er noch lebt und sie tagelang umsonst im Schnee herumgestochert haben, werden die ganz schön sauer sein.«

»Vielleicht sollte ich noch mal mit Detective Neville sprechen«, sagte Calder. »Sie ist doch für den nicht aufgeklärten Mord zuständig. Ich könnte versuchen, Perumal zu überreden, dass er nach London fliegt und bei ihr aussagt.«

»Bis dahin ist er über alle Berge«, sagte Sandy. »Außerdem fliegt am Montag sowieso alles in die Luft.«

»Das gibt einen Knall!«

»Meinst du nicht, dass du besser Bloomfield Weiss anrufen solltest?«

»Um sie zu warnen?«

»Sie könnten es gebrauchen.«

Calder seufzte. »Ich habe darüber nachgedacht. Aber ich finde eigentlich nicht, dass ich der Firma irgendwas schulde.«

»Es wird ein richtig großes Loch ins Finanzsystem reißen.«

»Was durchaus nicht unberechtigt ist. Ich mache das hier nur, um herauszufinden, wer Jen umgebracht hat. Derjenige soll dafür büßen. Mein Job ist nicht, Bloomfield Weiss den Arsch zu retten.«

Sandy hob die Augenbrauen. »Auch gut.«

»Was ist?«, fragte Calder gereizt.

»Ich habe nur gesagt: auch gut«, wiederholte Sandy bemüht beiläufig.

Sie stiegen vor dem Hotel aus und nahmen sich jeder ein Zimmer. Calder wunderte sich über seine Gereiztheit. Was Sandy sagte, ging ihm sehr nahe. Er hatte sich bereits sehr an sie gewöhnt, ihre Kritik tat ihm weh. Er rief in ihrem Zimmer an.

»Hast du Lust auf ein Bier unten in der Bar?«

»Weiß nicht«, sagte Sandy. »Ich bin müde. Ich glaube, ich lege mich hin.«

»Ach, bitte! Und wenn ich eins in einer schnuckeligen Dose finde? Mit einem Mountie oder so?«

Sandy schwieg, dann sagte sie: »Na gut, bis gleich, in zehn Minuten.«

Die Bar war leer. Sie war schlecht mit Bier bestückt, aber Calder tat sein Bestes.

Sandy gesellte sich zu ihm. »Was ist das?«, fragte sie und griff zu ihrer Dose. »Ein Ahornblatt? Der Elch war niedlicher.«

»Was Kanadischeres als ein Ahornblatt gibt es nicht.«

»Aha«, machte Sandy. Aber sie trank trotzdem. Sandy schaute Calder an. »Tut mir Leid«, sagte sie.

»Schon gut«, entgegnete Calder.

»Ich vertraue Perumal einfach nicht.«

»Ich weiß.«

»Und ich finde, dass du mit Bloomfield Weiss reden solltest.«

Calder schüttelte den Kopf.

»Die Bank ist mächtig genug, um die Behörden zu alarmieren«, fuhr Sandy fort. »Wenn Perumal Recht hat, dann bekommt nicht nur der Teton Fund Ärger. Auch Bloomfield Weiss. Und der japanische Aktienmarkt.«

»Kann sein.«

»Das wird einen ausgewachsenen Börsenkrach geben.«

»Umso besser«, sagte Calder.

»Ich bitte dich, Alex! Das meinst du doch nicht ernst. Solche Börsenkrisen sind schlecht für alle. Für Firmen, Regierungen, Arbeiter, für die Dritte Welt. Alle leiden darunter.«

»Und du glaubst, dass wir daran was ändern können?«

»Wir sollten es wenigstens versuchen.«

Calder sah Sandy an. Sie meinte es ernst. Und er wusste, was sie dachte. Jahrelang war er ein braver Angestellter bei Bloomfield Weiss gewesen. Jahrelang hatte er geschwitzt und sich abgestrampelt, damit die Bank Geld einnahm, oder besser, damit sie nichts verlor. Sollte er nicht wenigstens versuchen, ihr zu helfen?

Aber andererseits: Was hatte die Firma mit Jen gemacht? Und mit ihm?

»Ich habe schon einmal versucht, mit Bloomfield Weiss zu reden. Keiner will irgendetwas wissen. Und ich habe überhaupt keine Lust, Carr-Jones aus der Patsche zu helfen.«

»Carr-Jones ist Vergangenheit. Das hier wird er nie und nimmer überstehen. Du könntest es noch einmal probieren. Gibt es dort niemanden, dem du vertrauen kannst?«

Calder dachte nach. Bloomfield Weiss war nicht von Grund auf schlecht. Dort arbeiteten auch ein paar gute Leute – die er nicht im Stich lassen wollte. »Weiß nicht. Mal sehen.« Calder warf Sandy einen Blick zu und lächelte. »Es gibt nur eine Möglichkeit, das herauszufinden.«

Die Bar war leer. Da niemand mithören konnte, zog Calder sein Handy hervor und wählte eine Nummer.

»Ja?«

»Tarek? Hier ist Alex.«

»Zero? Um welche Uhrzeit rufst du denn an? Wo steckst du?«

»Ich bin in Kanada. Tut mir Leid, wenn ich dich geweckt habe.« In London war es Mitternacht.

»Nein, schon gut. Was ist?«

»Bloomfield Weiss steht großer Ärger ins Haus.«

»Erzähl!«, sagte Tarek.

Calder berichtete ihm alles. Tarek hörte zu. Calder merkte beim Reden, dass er sehr überzeugend klang, dass alles zusammenpasste. Manches war noch unklar, aber die Eckpunkte standen fest: Vikram und Martel hatten Perumal überzeugt, die Neubewertung ihres Wertpapierbesitzes zu fälschen, Jen hatte das entdeckt und war deshalb aus dem Weg geräumt worden, und jetzt würde der Teton Fund in die Luft fliegen, was Bloomfield Weiss und einem großen Teil der Finanzwelt erheblichen Schaden zufügen würde.

Als Calder geendet hatte, murmelte Tarek leise etwas auf Arabisch.

»Glaubst du mir?«, fragte Calder.

»Ja«, entgegnete Tarek. »Ja, ich glaube dir. Und Perumal hat Recht, was den Teton Fund angeht. Er hat seinen Kredit bei uns bis auf den letzten Cent ausgeschöpft, vermutlich auch bei allen anderen. Wenn er auffliegt, wird er eine ganze Menge Leute mitnehmen.« Es herrschte Schweigen in der Leitung, aber Calder spürte, dass Tarek noch etwas sagen wollte. »Hör mal, ich muss mich entschuldigen, Zero. Es tut mir Leid, dass ich nicht auf dich gehört habe. Danke, dass du dich an mich gewandt hast. Ich hätte verstehen können, wenn du dir gesagt hättest, zur Hölle mit der ganzen Bande.«

»Die Versuchung war groß«, gestand Calder. »Aber was machen wir jetzt? Wenn du mit Benton Davis oder Carr-Jones sprichst, selbst mit Simon Bibby, werden die alles abstreiten. Dir bleibt nicht mehr viel Zeit.«

»Du hast Recht. Es gibt nur einen, der jetzt eingreifen kann.«

»Wer?«

»Sidney Stahl. Ich rufe ihn sofort an.«

»Wird er auf dich hören?«

»Bei dem, was ich ihm zu erzählen habe, ja. Glaub mir. Gib mir deine Nummer, dann rufe ich dich zurück, wenn ich mit ihm gesprochen habe.«

Calder legte auf und drehte sich zu Sandy um.

»Ich glaube, du hast das Richtige getan«, sagte sie. »Auch wenn Bloomfield Weiss dich und Jen unheimlich mies behandelt hat, ein Zusammenbruch der Finanzmärkte würde niemandem nützen.«

»Du hast wahrscheinlich Recht. Tarek hat meine Nachricht so ernst genommen, dass er damit direkt zum obersten Chef will. Wir waren früher gute Freunde.« Calder lächelte. »Eigentlich sind wir's immer noch.«

»Er will zum Vorstandsvorsitzenden? Das ist doch Sidney Stahl, oder? Glaubst du nicht, dass er versucht, es unter den Tisch zu kehren?«

»Sidney nicht«, antwortete Calder. »Irgendetwas wird er tun. Ich will nur sicher sein, dass Martel verhaftet wird, nicht dass sie nur Bloomfield Weiss den Arsch retten.«

»Und Perumal?«

»Wenn er schuldig ist, muss er dafür geradestehen. Aber ich glaube noch nicht recht daran.«

»Und diese E-Mails an Bodintschuk?«

»Vielleicht hat er Recht, und sie wurden ihm tatsächlich untergejubelt. Von jemandem, der die Aufmerksamkeit von Martel ablenken wollte.«

»Zum Beispiel?«

Calder überlegte. »Das kann nur jemand aus London sein. Nicht Carr-Jones, denn wir wissen ja, dass er den Ausdruck im Drucker hat verschwinden lassen. Wenn er gewollt hätte, dass Nils die Info bekommt, hätte er sie für ihn liegen lassen.«

»Wer dann?«

Calder schüttelte den Kopf. »Frag mich was Leichteres!«

Sandy warf ihm einen wissenden Blick zu.

Sie warteten auf Tareks Anruf. Er kam eine halbe Stunde später. »Ich habe mit Sidney gesprochen«, sagte Tarek. »Du sollst dich morgen früh bei ihm in New York melden.«

35

Es war sechs Uhr am Sonntagmorgen in Vancouver, als Calder Sidney Stahl in New York anrief. Sandy hatte T-Shirt und Jeans angezogen und war von ihrem Zimmer ein paar Türen weiter herübergekommen. Ihr Haar war noch zerzaust vom Schlaf, sie sah unwiderstehlich aus. Sie saß neben Calder auf der Bettkante, den Kopf nah an seinem, um zu verstehen, was am Telefon gesprochen wurde. Calder zwang sich zur Konzentration. Auch wenn er nicht mehr bei Bloomfield Weiss arbeitete, wurde er nervös, wenn er mit dem Vorstandsvorsitzenden sprach. Sidney Stahl besaß den Ruf, keine Geduld mit Dummköpfen zu haben.

Calder wählte die Nummer, die Tarek ihm gegeben hatte, und kurz darauf hallte Stahls gewaltige Stimme, verstärkt durch eine Freisprechanlage, durch den Hörer. »Zero! Schön, von Ihnen zu hören. Tarek sagt, wir haben Ihnen zu danken, weil Sie uns gewarnt haben, dass wir tief in der Scheiße stecken.«

»Gern geschehen«, sagte Calder. »Ist jemand bei Ihnen?«

»Arnie Robach, unser Rechtsberater, Don Machin, der Leiter von Global Equities, und Simon Bibby. Kennen Sie ihn noch?«

»Hallo, Simon«, sagte Calder.

»Wie geht's Ihnen, Zero?«, erwiderte Bibby mit transatlantischer Gutmütigkeit. Allein der Klang seiner Stimme erinnerte Calder an die Falschheit und das politische Messerwetzen, vor dem er ein Jahr zuvor geflohen war.

»Ich hoffe, dass bisher keiner von Ihnen mit Justin Carr-Jones gesprochen hat«, sagte Calder. »Ich traue ihm nicht. Das habe ich Tarek gegenüber gestern ausdrücklich erklärt.«

»Nein, es hat keiner mit ihm gesprochen«, erwiderte Stahl. »Noch nicht. Aber erzählen Sie uns doch bitte erst einmal, was Sie wissen.«

Calder berichtete Stahl, was er am Abend zuvor bereits Tarek erzählt hatte.

»Wir haben hier auch ein wenig recherchiert«, entgegnete Stahl. »*Ohne* Rücksprache mit London. Wir haben große Kreditlinien auf der Aktienseite beim Teton Fund. Alles abgesichert, aber gegen japanische Aktien, das heißt, wenn der japanische Markt noch weiter abschmiert, wächst unser Problem. Und unerklärlicherweise sind die JUSTICE-Scheine bei uns nicht als Kreditrisiko ausgewiesen.«

Die Anklage hing in der Luft. Bibby stieg darauf ein. »Ich habe am Freitagabend eine E-Mail von Justin Carr-Jones bekommen. Er schreibt, er machte sich Sorgen über die Art und Weise, wie das Risiko-Management unsere Risiken bei einigen komplexeren Derivategeschäften bewertet. Ich glaube, die Abteilung hat ein paar wichtige Fragen zu beantworten.«

Calder schloss die Augen. Schon jetzt begann Bibby mit den Schuldzuweisungen, die auf jedes größere Problem bei Bloomfield Weiss folgten. »Falls das irgendwie hilft: Perumal hat ausgerechnet, dass die Scheine morgen einen Verlust von rund 600 Millionen Dollar aufweisen werden«, sagte Calder. »Wenn Sie den Teton Fund auffordern, den Verlust abzusichern, wird er nicht dazu in der Lage sein. Dann gibt es eine Kettenreaktion.«

»Wir müssen jetzt tätig werden«, sagte Stahl. »Ich habe diesen Martel einmal kennen gelernt. Der Kerl hat so eine hohe Meinung von sich, das habe ich noch nie erlebt. Der wird nicht klein beigeben.«

»Wir sollten mit Justin sprechen, er wird bestimmt alles klarstellen können«, sagte Bibby. »Wir müssen die JUSTICE-Scheine neu valuieren lassen. Ich denke, es wäre gut, uns auch seine Version der Geschichte anzuhören.«

»Nein«, sagte Calder.

»Ich glaube …«, hob Bibby an.

Stahl unterbrach ihn. »Warum nicht?«

»Weil Carr-Jones mir jedes Mal in die Quere gekommen ist, wenn ich versucht habe, Bloomfield Weiss von meiner Sicht der Dinge zu überzeugen. Und das wird er wieder tun.«

»Sie nehmen das zu persönlich«, sagte Bibby.

»Darauf können Sie sich verlassen.« Calder bemühte sich, seine Wut in den Griff zu bekommen, aber am liebsten hätte er die Hände ausgestreckt und Bibby 3000 Kilometer weiter gewürgt. »Für mich ist das eine rein persönliche Angelegenheit. Jen Tan hätte gerecht behandelt werden müssen. Niemals hätte es zu ihrem Tod kommen dürfen.«

»Aber wir reden hier übers Geschäft«, widersprach Bibby. »Wie wir Bloomfield Weiss aus diesem Schlamassel herausbekommen.«

»Das ist für mich auch persönlich«, sagte Calder. »Hören Sie, Sidney, ich hätte Tarek nicht anrufen müssen. Ich hätte auch Sie nicht warnen brauchen. Aber ich habe es getan, weil ich es für richtig halte und weil ich, auch wenn ich das nicht gern zugebe, mich noch immer ein wenig mit Bloomfield Weiss verbunden fühle. Ich kann Ihnen helfen, wenn Sie wollen. Aber dann zu meinen Bedingungen.«

»Und die wären?« Stahls Stimme klang barsch.

»Ich will Martel.«

»Den können Sie haben, wenn alles vorbei ist«, erwiderte Stahl.

»Oh nein«, widersprach Calder. »Der soll keine Chance haben, sich zu verdrücken. Ich kann ihn direkt heute Vormittag verhaften lassen. Dann fliegt euch morgen wirklich die Scheiße um die Ohren.«

»Keine Sorge, Zero. Wenn dieser Martel das Leben von einer meiner Angestellten auf dem Gewissen hat, dann wird er dafür zahlen. Das können Sie mir glauben!«

Anders als viele Menschen, die für ihn arbeiteten, hatte Stahl den Ruf, offen zu reden und auch zu tun, was er sagte. Calder war geneigt, ihm zu glauben.

»In Ordnung«, sagte er. »Ich habe eventuell eine Idee, wie wir Martel festnageln und ihn gleichzeitig dazu bringen können, den Teton Fund an Bloomfield Weiss zu übergeben.«

»Wie soll das gehen?«, fragte Stahl.

»Wie Sie eben schon sagten: Martel gibt nicht auf. Er glaubt immer noch, dass es Hoffnung für ihn gibt. Er meint, Freddie Langhauser hätte einen Klienten, der 300 Millionen anlegen will. Wir behaupten, dass wir diesen Klienten haben. Dann treffen wir uns mit Martel und sagen ihm, was wir wissen. Dass es keinen neuen Investor gibt und der Teton Fund der Vergangenheit angehört. Wir führen ihm Perumal vor. Dann überzeugen wir ihn, die Kontrolle an Sie zu übergeben und zu sagen, wie genau und auf wessen Geheiß Jen ermordet wurde. Wir halten ein ganzes Flugzeug voller Anwälte, Buchhalter und Trader bereit, die den Teton Fund übernehmen. Die Polizei muss bereitstehen, um Martel abzuführen. Und in London müssen wir Leute haben, die sich, wenn nötig, um Carr-Jones kümmern.«

Am anderen Ende herrschte betretenes Schweigen.

Schließlich durchbrach Bibby die Stille. »Sidney, ich glaube wirklich nicht, dass es notwendig ist …«

»Genau so machen wir es«, wurde er von Stahl unterbrochen. »Wer fliegt nach Jackson Hole?«

»Das muss ein guter Trader übernehmen«, sagte Calder. »Tarek?«

»Ja, Tarek. Und ich. Ich begleite ihn.«

Calder lächelte erleichtert. »Gut.«

»Ich rufe an. Wir sprechen uns später.«

Calder hörte, dass Bibby Protest erhob, dann legte Stahl auf.

Calder sah Sandy an. »Hast du alles gehört?«

»Ja. Hoffen wir, dass es funktioniert.«

Drei Stunden später landete Onkel Juris Linienflug aus Salt Lake City in Jackson Hole. Ein Mann, den er nicht kannte, begrüßte ihn wie einen alten Freund und fuhr mit ihm zu einem Parkplatz. Dort zeigte er ihm einen Pick-up mit Kennzeichen aus Wyoming, in dem an einem Waffengestell ein großes Jagdgewehr und ein Revolver hingen. Hinten waren noch verschiedene Ausrüstungsgegenstände, die Onkel Juri eventuell gebrauchen könnte. Außerdem gab es eine Mappe mit nützlichen Informationen und eine kurze Nachricht von Michail Bodintschuk selbst.

Es waren zwei Zielpersonen.

Kein Problem für Onkel Juri. Aber zuerst musste er einen abgelegenen Ort finden, um das Visier der .270er-Winchester zu justieren. Er betrachtete die unendliche Weite um sich herum. Auch das kein Problem.

Außerdem wollte er in einem der großen amerikanischen Baumärkte vorbeifahren, um Balsaholz und ein Messer zu kaufen.

***

Später am Tag flogen Calder und Sandy nach Jackson Hole zurück. Calder rief Tarek an, der selbst gerade in New York eingetroffen war. Die Sache lief. Stahl hatte sich bei Martel gemeldet und mit ihm ein Treffen für den nächsten Nachmittag um zwei vereinbart, um angeblich die letzten Punkte zu erörtern, ehe die Artsdalen-Stiftung einen Investitionskontrakt unterzeichnete und 300 Millionen Dollar an den Teton Fund überwies. Stahl hatte keinerlei Kreditprobleme oder Verluste erwähnt. Martel hatte offenbar versucht, seine Erleichterung zu verbergen, was ihm aber nicht gelungen war.

Don Machin hatte dafür gesorgt, dass einige seiner besten Aktienhändler von Tokio nach Jackson Hole flogen. Obwohl Tarek mit Renten und nicht mit Aktien handelte, sollte er als Verantwortlicher vor Ort die Position des Teton Fund beaufsichtigen, sobald Bloomfield Weiss ihn übernommen hatte. Unter stummem Protest flog Simon Bibby am Abend mit einer Gruppe interner Rechnungsprüfer und einigen Derivatehändlern aus der New Yorker Zentrale nach London. Sie wollten sicherstellen, dass die JUSTICE-Scheine am folgenden Tag korrekt bewertet würden. Stahl hatte Freddie Langhauser angerufen und ihm gesagt, er dürfe auf keinen Fall zulassen, dass die Artsdalen-Stiftung tatsächlich im Teton Fund investierte.

Bloomfield Weiss' Rechtsberater, Arnie Robach, hatte sich mit einem großen Aufgebot von Anwälten und Ämtern in Verbindung gesetzt, darunter die Börsenaufsichtsbehörde, die Staatsanwaltschaft von New York, das FBI, Scotland Yard und der Sheriff von Teton County. Es gab ungezählte Probleme aufgrund der unterschiedlichen Rechtssysteme und der Beweislage, aber man war übereingekommen, Martel wegen Anlagebetrug zu vernehmen und dann weiterzusehen.

Stahl wollte den Vorsitzenden der amerikanischen Bundesbank in New York anrufen. Obwohl Stahl nicht weisungsbefugt über den Teton Fund war, trug er die Verantwortung für die Wall-Street-Broker, die mit dem Fonds zu tun hatten, und für die Liquidität des Finanzsystems. Außerdem würde Bloomfield Weiss politische Unterstützung im Umgang mit den Japanern benötigen, deren Börse und Börsenmakler durch den frei flottierenden Hedgefonds großen Schaden nehmen würden. Aber Stahl wollte den Anruf bis zum nächsten Morgen hinauszögern, wenn er in Wyoming eingetroffen war. Sollten die Probleme des Teton Fund gelöst werden, ohne den Markt zu sprengen, müssten alle Broker, mit denen der Fonds Geschäfte gemacht hatte, koordiniert werden. Stahl wollte sicherstellen, dass Bloomfield Weiss die erste Bank war, die für die Aufgabe des Koordinators zur Verfügung stand, und nicht die Konkurrenz.

Calder versuchte, Nils zu erreichen. Er wollte ihn noch einmal nach Perumals E-Mails fragen. Aber Nils war nicht da. Vielleicht hatte er Calders Rat befolgt und Urlaub genommen, oder er machte eine Geschäftsreise, um weit weg zu sein, wenn der Ärger losging.

Gegen fünf Uhr klopfte Sandy an die Tür von Calders Hotelzimmer. »Komm mit«, sagte sie.

»Wo willst du hin?«

»Nach draußen. Im Moment gibt's für dich nichts mehr zu tun.«

»Und wenn Stahl mich sprechen will?«, fragte Calder.

»Dann nimm dein Handy mit. Aber komm.«

Sandy hatte Recht. Es war eine willkommene Abwechslung, die frische Luft zu spüren. Es war noch hell, auch wenn Jackson in Grau gehüllt war. Die Hügel und Berge rund um den Ort waren nicht zu sehen, Straßen und Häuser verschwanden im Nichts. Kaum waren sie ein paar Meter gelaufen, begann es zu schneien. Große, weiche Flocken schwebten langsam zu Boden. Schon bald konnte man keine zwanzig Meter weit sehen. Doch Calder und Sandy gingen weiter, ziellos streiften sie durch die Straßen von Jackson.

»Sollen wir umkehren?«, fragte Calder.

»Nein«, entgegnete Sandy und hakte ihren Arm unter seinen. »Ich liebe Schnee.«

Calder grinste. »Tut mir Leid«, sagte er, »aber ein richtiger Skiurlaub ist das nicht gerade, was?«

»Ach, wieso nicht? Aufregung, Abenteuer, und ich bin am Flughafen von Vancouver gewesen. Da will doch jeder mal hin!«

»Ich bin wirklich froh, dass du hier bist«, sagte Calder.

»Du hast dich für Jen eingesetzt, als sich das keiner mehr traute. Das fand ich toll. Ich fand, dass du Hilfe verdient hast.«

»Na, noch ein Tag, dann kannst du wieder oben auf den Hängen stehen. Sieht aus, als wäre der Schnee super. Wann musst du in New York anfangen?«

»Morgen in einer Woche. Aber ich muss noch eine Menge erledigen. Ich habe noch nicht mal eine Wohnung. Bis ich eine finde, wohne ich bei einer Freundin.«

»Es ist wirklich schade«, sagte Calder.

»Was?«

»Dass du nach New York gehst. Ich meine, ich hätte dich gern noch öfter getroffen, wenn du in London geblieben wärst.«

»Ich dachte, du fliegst die ganze Zeit in kleinen Flugzeugen herum?«

»Stimmt.« Calder grinste. »Ich liebe den Flugplatz, aber er macht mein Privatleben kaputt.«

»Bis nach New York fliegen die kleinen Dinger wohl nicht, was?«

»Nein, leider nicht«, sagte Calder. »Aber die großen.«

Er sah sie von der Seite an. Sie schaute verlegen auf den Boden. Eine besonders große Schneeflocke landete auf ihrer Nase. Sie schob sie mit dem Handschuh fort.

Schweigend gingen sie weiter, unsicher, ob sie gerade etwas Entscheidendes gesagt hatten. Calder spürte die Schwere von Sandys Arm in seinem.

»Ist das ein Restaurant?«, fragte Sandy und wies auf ein flaches Blockhaus, das in der Dunkelheit auftauchte.

»Ich glaube schon.«

»Können wir nicht reingehen? Ich habe einen Riesenhunger, es wäre mal schön, richtig zu essen.«

Das Restaurant war warm und gemütlich. Und fast leer. Sandy zog die Winterjacke aus und schien in der Wärme zu glühen. Sie setzten sich an einen Tisch in der Ecke, aßen und tranken, unterhielten sich und sahen zu, wie die Schneeflocken sich auf der Fensterbank türmten. Calders Handy klingelte nicht.

Als sie das Restaurant verließen, lag auf dem Bürgersteig zentimeterhoch Schnee, die Straße war weiß. Es war erst kurz nach neun, aber an einem Sonntagabend in Jackson war das schon spät. Vorsichtig tappten sie zum Hotel zurück. Am Stadtrand krochen bereits Pistenraupen mit eingeschalteten Scheinwerfern den kleinen Skihang hoch und runter. Sie zähmten die wilde weiße Pracht zu einer glatten Fläche für die Skischule am nächsten Morgen.

Sandy blieb stehen. »Alex?«

Er drehte sich zu ihr um. Kurz streiften ihre Lippen die seinen. Sie lächelte, ihre Augen glänzten im Licht der Straßenlaterne, Haarsträhnen und Schnee umrahmten ihr Gesicht. Zum ersten Mal fielen ihm die kleinen Sommersprossen auf ihrer Nase auf. Sie war die schönste Frau, die er je gesehen hatte.

Er küsste sie.

In der Nacht war sie anfangs sehr vorsichtig, fast schüchtern, sie wollte seinem geschundenen Körper nicht wehtun. Er war ebenfalls zurückhaltend, spürte, dass es lange her war. Doch als er in sie eingedrungen war, besiegte die Lust ihre Hemmungen, und ihre Körper wanden sich in atemloser Erregung.

36

In Japan war bereits der nächste Tag angebrochen: Montag, der 28. Februar. Zu Martels Pech war es kein Schaltjahr. Doch der japanische Aktienmarkt machte sich gut, der Nikkei war nochmals um 200 Punkte auf 6900 gestiegen.

In London überflog Carr-Jones die Bildschirme, kaum dass er um kurz vor sieben im Büro eingetroffen war. Der Anstieg ließ Gutes für die neue Valuierung des Teton Fund hoffen. Ebenso die fallende implizite Volatilität an den Optionsmärkten. Implizite Volatilität war eine esoterische Größe. Sie leitete sich aus Optionskursen ab, die ungefähr der Ansicht des Marktes entsprachen, wie volatil der Markt in Zukunft sein würde. Ein hoher Prozentsatz war schlecht für Derivate wie die JUSTICE-Scheine, ein niedriger war gut.

Trotz der guten Nachrichten wusste Carr-Jones, dass die JUSTICE-Scheine einen katastrophalen Verlust aufweisen würden. Er begann, seinen Plan in die Tat umzusetzen.

Um halb acht kam Derek Grayling herein. Fünf Minuten später befahl Carr-Jones ihm, die JUSTICE-Scheine mit Hilfe des Modells auf Perumals Computer neu zu valuieren. Es war das Modell, das Carr-Jones ausgebessert hatte.

Um zehn nach acht erhielt Carr-Jones als Reaktion auf seine E-Mail vom Freitag einen Anruf vom Leiter des Risiko-Managements. Carr-Jones schiss den Mann zusammen. Die Abteilung Risiko-Management habe bei der adäquaten Umsetzung des neuen Computersystems versagt, und das bedeute, dass große Marktrisiken unerkannt geblieben waren. Der Chef der Abteilung war daran gewöhnt, dass Carr-Jones mit aller Großspurigkeit behauptete, die Kontrollabteilung übertreibe das Risiko der Derivategeschäfte, deshalb versuchte er zu argumentieren, man habe sich auf die Informationen von Carr-Jones' Mitarbeitern verlassen, die das Risiko von JUSTICE-Scheinen und anderen Derivaten bewertet hätten. Carr-Jones ging dem Mann so lange um den Bart, bis der überzeugt war, es sei Perumal gewesen, der diese wichtige Information an das Risiko-Management weitergegeben habe. Als Carr-Jones auflegte, verfasste er sofort eine entsprechende Aktennotiz.

Um fünf nach halb neun präsentierte Derek Grayling Carr-Jones die Valuierung der JUSTICE-Scheine. Sie wiesen einen Verlust von lediglich vier Prozent auf.

Carr-Jones warf einen kurzen Blick auf den Ausdruck. »Das ist doch Blödsinn«, sagte er voller Hohn. »Wo hast du denn diese Zahl her?«

»Aus Perumals Berechnungsmodell.«

»Glaubst du wirklich, dass es nur vier Prozent Verlust sind?«

»Das hat das Modell errechnet.«

Carr-Jones prüfte betont gründlich die Daten auf seinem Monitor. »Beim heutigen Stand des Nikkei dürfte der Verlust eher bei 20 bis 30 Prozent liegen. Das könnte ein Riesenproblem werden. John! Ich möchte, dass Derek und du die Valuierung der JUSTICE-Scheine überarbeitet. Ich will, dass sie korrekt ist. Bis zehn Uhr ist sie fertig.«

Carr-Jones lehnte sich zurück und überließ die Aufgabe seinen Mitarbeitern. Um zehn Uhr hätten sie, für alle sichtbar, den tatsächlichen Prozentsatz vorliegen. Dann würde die Hölle losbrechen. Bloomfield Weiss würde vom Teton Fund fordern, eine höhere Deckungssumme beizubringen, entweder cash oder mit Regierungsanleihen. Und Carr-Jones würde Bibby in New York anrufen und erklären, dass er diesen unglaublichen Systemfehler allein durch Erfahrung und Wissen erkannt habe. Dann würde er Bibby warnen, dass es ein riesiges Problem mit dem Teton Fund geben würde.

Um Punkt halb zehn steuerten plötzlich mehrere Männer in Anzügen auf Carr-Jones' Schreibtisch zu. Einer von ihnen war Simon Bibby. Zwei Derivatehändler waren dabei, die Carr-Jones aus

New York kannte, aber die größte Angst machten ihm die internen Rechnungsprüfer aus der Zentrale.

»Habt ihr schon Ergebnisse von der JUSTICE-Revaluierung?«, schnauzte er Derek Grayling an.

»Noch nicht, aber es sieht schlecht aus«, lautete die klägliche Antwort.

Carr-Jones sprang auf und lief mit einer tiefen Furche auf der Stirn quer durch den Raum auf Bibby zu. Es war wichtig, dass er etwas sagte, bevor Bibby den Mund aufmachte. Bloß keine Zeit mit Small Talk verlieren. »Wir haben ein Riesenproblem, Simon.«

Bibby warf Carr-Jones einen kurzen Blick zu. Bibby war ein gewiefter politischer Taktierer, der härteste überhaupt. In diesem Augenblick erkannte Carr-Jones, dass über seine Karriere entschieden war.

Bibby hielt kurz inne und überlegte. Er warf Carr-Jones ein verhaltenes Lächeln zu, dann drehte er sich zu seinen Begleitern um, damit alle hören konnten, was er sagte. »Was für ein Problem, Justin?«

Wenn es nicht so lebenswichtig gewesen wäre, die Stirn in Falten zu legen, hätte Carr-Jones laut losgejubelt. Bibby würde ihn davonkommen lassen!

»Ich mache mir Sorgen um ein großes Geschäft, das Perumal Thiagajaran vor ein paar Monaten gemacht hat. Ich glaube, der Teton Fund fliegt in die Luft. Und keines unserer Systeme hat es gemerkt.«

»Deshalb sind wir hier«, erwiderte Bibby. »Habt ihr die Revaluierung schon fertig?«

»Wir haben sie einmal mit Perumals Modell durchgerechnet, aber das Ergebnis ergibt keinen Sinn. Das System führt in die Irre. Ich weiß nicht, warum, aber ich traue ihm nicht. John und Derek prüfen gerade die Zahlen. Sie sagen, es sieht schlecht aus, aber wir wissen noch nicht, wie schlecht.«

»Gut, Leute, an die Arbeit«, sagte Bibby zu den beiden Derivatehändlern aus New York. Entgeistert blickten John und Derek auf, als die Männer sich an ihre Tische setzten.

Und so begann Simon Bibby mit seiner treuen rechten Hand Justin Carr-Jones das Durcheinander um den Teton Fund zu analysieren.

Das beharrlich klingelnde Telefon neben dem Bett weckte Calder. Er rollte sich hinüber und stieß gegen einen warmen, nackten Menschen – Sandy. Calder lächelte und griff zum Hörer.

»Zero?«

Es war Nils. »Warte kurz.« Calder legte den Hörer auf den Nachttisch und ging um das Bett herum, um Sandy beim Telefonieren nicht zu erdrücken. Sie räkelte sich, streckte die Hand aus und strich über Calders nackten Oberschenkel. »Ich habe gestern versucht, dich zu erreichen.«

»Ich habe deine Nachricht bekommen.«

»Wo bist du?« Calder hörte das Geräusch von Bauarbeiten im Hintergrund.

»Am Broadgate Circle. Das ist sicherer als im Büro.«

»Verstehe. Wir haben Perumal gefunden.«

»Tatsächlich? Ist der Schnee geschmolzen?«

»Nein. Nein, hier schneit es immer noch. Wir haben ihn in Vancouver gefunden.«

»Lebendig?«

»Und wie. Und wir haben ihn nach den E-Mails gefragt. Er sagt, er hätte den Namen Bodintschuk noch nie gehört.«

»Natürlich behauptet er das.«

»Die Sache ist nur, ich glaube ihm. Gibt es irgendeine Möglichkeit, eine Kopie dieser E-Mail zu erhalten?«

»Schwierig. Die Derivategruppe schwirrt hier rum wie ein Wespenschwarm. Bibby ist mit ein paar ganz Großen aus New York hier. Ich versuche, heute Abend länger zu bleiben und noch mal an Perumals Computer zu kommen, aber es würde mich nicht wundern, wenn die hier bis in die Nacht hinein sitzen.«

»Mach, was du kannst. Aber keine Sorge, morgen ist ohnehin alles vorbei.«

»Was meinst du damit?«

»Das Geschäft, das Perumal mit dem Teton Fund gemacht hat, geht den Bach runter.«

»Deshalb ist Bibby hier?«

Calder berichtete Nils kurz von den Plänen, Martel am Nachmittag mit Sidney Stahl und Perumal zu konfrontieren. »Ich habe bei Stahl ein gutes Wort für dich eingelegt. Dir wird nichts passieren.«

»Das sagst du«, murmelte Nils. Dann legte er auf.

Onkel Juri legte das Gewehr auf einen Fels und schaute auf das Haus vor sich. Fast die ganze Nacht hatte es geschneit, in den letzten zwei Stunden war es jedoch weniger geworden. Schnee war gut: Er verdeckte die Spuren. Außerdem würde Vikram ein wenig schippen müssen, bevor er mit dem Auto fahren konnte.

Wenige Zentimeter von Vikrams Ohr entfernt sprang das Radio an. Verwirrt schlug er die Augen auf. Die halbe Nacht hatte er wach gelegen und sich Sorgen um Cheryl, Martel und den Teton Fund gemacht. Eine Stunde bevor der Wecker klingelte, war er in einen tiefen, traumlosen Schlaf gefallen. Beim Aufwachen stürmten die Sorgen wieder auf ihn ein. Er war überzeugt, dass der Teton Fund den Tag nicht überleben würde. Daher war es besser, direkt zu den Behörden zu gehen. Es war wichtig, dass er seine Mitarbeit anbot, bevor der Teton Fund unterging.

Vikram schleppte sich aus dem Bett und ging duschen. Das Wasser machte seinen Kopf klarer. Er beschloss, zuerst zum Sheriff von Teton County zu gehen und sich dann mit Ed Forder in Verbindung zu setzen, einem Anwalt aus dem Ort. Er würde Vikram fachkundig zur Seite stehen. Zehn Minuten später zog Vikram sich an. Normalerweise frühstückte er nicht zu Hause, er holte sich auf dem Weg zur Arbeit einen Kaffee und einen kalorienarmen Muffin. Heute Morgen wollte er in einem Café frühstücken und von dort aus direkt zum Sheriff gehen. Vikram zog die Vorhänge auf und betrachtete den Schnee, der in der sanften grauen Morgendämmerung schimmerte. Es hatte heftig geschneit. Vikram zog Mantel und Handschuhe an, setzte eine Mütze auf und griff zur

Schaufel. Was auch immer passierte, welche Ereignisse heute in Bewegung gesetzt würden, Cheryl würde bei ihm bleiben. Mit ihr an der Seite würde er alles schaffen. Vikram lächelte. Er würde den Tag überstehen.

Gerade legte sich das Morgenlicht glimmend über die Schneelandschaft, als Onkel Juri meinte, im Haus eine Bewegung zu erkennen. Kurz darauf ging tatsächlich die Seitentür auf, und Vikram trat aus dem Haus, dick eingemummt gegen die Kälte, in der Hand eine Schaufel. Er war keine hundert Meter entfernt.

Onkel Juri betätigte den Abzug. Einmal. Lautlos sackte Vikram im frischen Schnee zusammen. Zwanzig Minuten später stieg Onkel Juri in seinen Pick-up und ließ den Motor an. Einen Kilometer hinter ihm stieg über den Bäumen eine Rauchsäule in den Himmel.

Ein Ziel war ausgeschaltet. Eines noch übrig.

Martel schaute aus dem Fenster und suchte die Tetons, konnte sie aber nicht entdecken. Es schneite drüben, auf der anderen Seite des Snake River, und dem Himmel nach zu urteilen, würde es bald auch wieder auf das Gebäude des Teton Fund schneien. Gerade heute hätte Martel die Berge gerne gesehen. Er brauchte ihre Kraft.

Anfangs war er im Trading Room gewesen, aber die Stimmung dort war so gedrückt, dass er sich in sein Büro zurückgezogen hatte. Der eine oder andere würde fragen, warum Vikram nicht da war. Im Moment traute Martel seiner eigenen Laune nicht, er wusste nicht, ob er mit besorgter Miene auf die Fragen reagieren könnte. Bei dieser Wetterlage war es gut möglich, dass Vikram eingeschneit war. Doch in Wirklichkeit wusste Martel, dass ihn niemand je wiedersehen würde.

Er grinste. Bodintschuks Mann war ein Profi. Sehr, sehr bald sollte auch Alex Calder der Vergangenheit angehören.

Cheryl würde am Boden zerstört sein, wenn sie herausbekam, was mit Vikram passiert war. Geschah ihr ganz recht. Martel hatte kein Mitleid mit ihr. Erneut hatte sie ihn gezwungen, im Gästezimmer zu übernachten. Aber er war davon überzeugt, dass er sie irgendwann zurückgewann. Er wollte sie nicht auf Vikram ansprechen, sondern warten, bis sie sich mit ihrer Trauer abfand. Dann würde er für sie da sein. Wenn sie seinen Trost und seine Unterstützung brauchte.

Martel lief auf und ab. Er war äußerst angespannt. Langsam entwickelte sich alles so, wie er es geplant hatte. Zuerst der Anruf von Stahl, dieses unglaubliche Glück. 300 Millionen neues Geld, in letzter Minute. Martels Brust schwoll vor Stolz. Sidney Stahl musste anerkennen, welch großartiger Investor Martel war: Es gab keine höhere Auszeichnung, als dass einer der mächtigsten Männer der Wall Street nach Wyoming flog, um ihm seine Reverenz zu erweisen.

Es würde knapp werden mit dem Geld, aber der Markt zog an, und die implizite Volatilität war niedrig. Wenn Bodintschuk Vikram bloß ein paar Stunden länger hätte leben lassen, dann hätte er noch die neuen Zahlen ausrechnen können. Jetzt hing alles an der Valuierung von Bloomfield Weiss, die jeden Moment kommen würde.

Es klopfte an der Tür. Es war Vikrams Assistentin. Sie machte ein besorgtes Gesicht. »Vikram ist noch nicht da, deshalb dachte ich, Sie sehen sich das besser mal an.«

Martel riss ihr das Fax mit dem Logo von Bloomfield Weiss aus der zitternden Hand. Es war die neueste Valuierung. 23 Prozent Verlust – 460 Millionen Dollar. Das bedeutete, Bloomfield Weiss verlangte 368 Millionen neue Deckung für den Kredit. Wenn 300 Millionen von der Artsdalen-Stiftung kamen, musste Martel nur noch 68 auftreiben. Zum Glück hatte der Anstieg des Marktes in der vergangenen Woche fast 100 Millionen Dollar hereingespült, die nicht mehr als Deckung für seine anderen Positionen benötigt wurden. Die Rechnung ging auf!

Martel rannte ins Großraumbüro. »He, Leute, wir haben's geschafft!«

Seine Trader drehten sich zu ihm um. Allen stand der Schrecken ins Gesicht geschrieben.

»Was ist?«, fragte er und wusste doch schon die Antwort.

»Vikram«, sagte Andy. »Heute Morgen hat es bei ihm gebrannt. Er hat es nicht mehr geschafft.«

Martel freute sich doppelt, musste den inneren Jubel aber verbergen. Seine Gesichtszüge erstarrten. Dann brachte er ein Stirnrunzeln zustande. Er ließ sich auf Vikrams Stuhl sinken und stützte den Kopf in die Hände. *»Mon Dieu«*, sagte er. Flüsternd fügte er hinzu: *»Merci, mon Dieu.«*

Unter dem Vorwand, mit seiner Trauer allein sein zu wollen, stolperte er zurück in sein Büro. Kaum hatte er die Tür hinter sich geschlossen, stieß er ein Siegesgeheul aus und streckte die langen Arme zum Himmel.

Er war ein Genie. Das war die einzig passende Bezeichnung. Unglaubliche Widrigkeiten hatte er überstanden, jeder andere Mann wäre daran zerbrochen. Stattdessen legte er wieder ein brillantes Geschäft hin. Vikram hatte nicht an ihn geglaubt. Aber Martel wusste, dass der japanische Aktienmarkt nur steigen konnte, er wusste es einfach. Und dann würde der Gewinn nur so hereinrollen. Die Artsdalen-Stiftung würde Hunderte von Millionen einstecken, Bodintschuk ebenfalls, und Stahl würde Martel als Börsenguru verehren. Die ganze Welt müsste seine Genialität anerkennen. Er würde George Soros und alle anderen Hedgefonds-Manager in den Schatten stellen.

Wie es wohl weiterging, fragte er sich. Mit der amerikanischen Regierung vielleicht? Die Steuern waren gesenkt worden, der Verteidigungsetat stieg immer höher, das Haushaltsdefizit geriet außer Kontrolle, die Regierung ignorierte das mahnende Grummeln der Börse. Na, die Börsianer würden der Regierung schon zeigen, wer das Sagen hatte. Und wie? Mit Jean-Luc Martel an der Spitze natürlich. Eine hervorragende Idee! Er wollte sie später ausarbeiten.

Er hatte Glück gehabt, sicher hatte er Glück gehabt. Aber so war das bei Genies. Er war etwas Besonderes, er wurde behütet, irgendetwas half ihm, wenn es keine Hoffnung mehr zu geben schien. Vielleicht war es Gott, Martels persönlicher Gott. Oder der Berg.

Martel spähte durch das Grauweiß draußen und erblickte einen herrlichen Streifen Blau, durch den er so gerade die Spitze des Grand Teton ausmachen konnte. Nur ein, zwei Sekunden, dann war der Berg wieder verschwunden. Ja, vielleicht behütete ihn der Berg.

Das Telefon klingelte. »Ja?«

»Jean-Luc? Hier ist Nils.«

»Ah, Nils. Schön, von dir zu hören. Hier wartet eine tolle Aufgabe auf dich.«

»Deshalb rufe ich an.«

»Du hast es dir doch nicht anders überlegt, oder? Ich kann dir versichern, dass deine leistungsbezogenen Provisionen hier deutlich höher sein werden als die Boni, die Bloomfield Weiss zahlt.« Martel schmunzelte. »Deutlich höher.«

»Hier war eine ganze Gruppe von Leuten, die in der Derivateabteilung herumgeschnüffelt hat. Es gibt Gerüchte, der Teton Fund hätte Verluste in astronomischen Höhen.«

»Da mach dir mal keine Sorgen«, sagte Martel. »Heute Nachmittag kommt mich Sidney Stahl persönlich mit 300 Millionen frischem Geld besuchen. Wir decken den Verlust ab.«

»Das ist eine Falle.«

»Was?«

»Stahls Besuch. Er hat kein frisches Geld. Er will dich in eine Falle locken, damit du Bloomfield Weiss die Kontrolle über den Teton Fund gibst. Ach ja, Alex Calder hat Perumal gefunden. Stahl wird ihn mitbringen.«

»Perumal lebt?«

»Er lebt und er singt.«

Es dauerte einen Moment, bis Martel begriff, was Nils gerade gesagt hatte.

»Erinnerst du dich an die Vorauszahlung, über die wir gesprochen haben?«, fuhr Nils fort. »Dieser Bonus bei Unterschrift? Hör mal, mir wäre es lieb, wenn du den sofort überweisen könntest. Eine halbe Million Dollar, hatten wir gesagt. Das habe ich verdient, insbesondere für die Informationen, die ich dir über Alex

Calder gegeben habe. *Und* dafür, dass ich ihm gesagt habe, Perumal hätte E-Mails an Bodintschuk geschickt.«

Martel sackte auf den Schreibtisch.

»Hallo? Jean-Luc? Bist du noch da?«

Martel legte auf.

Er war in die Falle gelockt worden. Sicher, das ergab Sinn: Wie dumm von ihm, dass er es nicht gemerkt hatte. Würde Sidney Stahl etwa persönlich kommen, nur um einen neuen Investor vorzustellen? Bestimmt nicht. Aber wenn der Teton Fund übernommen werden sollte? Eine solche Aussicht veranlasste den Vorstandsvorsitzenden von Bloomfield Weiss bestimmt, sein schönes Büro an der Wall Street zu verlassen.

Wenn das stimmte, was Nils sagte, dann war es vorbei. Nach der Euphorie der vergangenen halben Stunde schien Martel das kaum vorstellbar. Doch langsam begriff er die Unvermeidbarkeit seines Scheiterns, er fühlte sich wie ein Mann, der bei einbrechender Flut im Treibsand steckt.

Und wie ein Ertrinkender kämpfte er um sein Leben. Es zog ihm durch den Magen, etwas in ihm zerriss. Martel hob seinen 4000 Dollar teuren Stuhl hoch und schleuderte ihn quer durch den Raum. Die Weißwandtafel an der Wand gegenüber brach entzwei. Martel schlug mit dem Kopf gegen die Fensterscheibe. Als er sich umdrehte, sah er seine Frau auf dem Porträt an der Wand, die hämisch auf ihn herabgrinste. Er suchte einen scharfen Gegenstand, fand aber nur einen Stift und stürzte sich damit auf das Gemälde. Er stach so lange darauf ein, bis der falsche Ausdruck von Wissen und Unschuld in ihren Augen zerstört war. Dann sprang er wie ein Karatekämpfer gegen eine ihrer Keramiken, die auf einer Säule stand. Zusammen mit der Vase landete er auf dem Boden. Schluchzend blieb er liegen.

Er merkte, dass seine Bürotür geöffnet und schnell wieder geschlossen wurde. Man überließ ihn dem Elend seiner Niederlage.

Während er dort lag und die Tränen seine Wangen hinunterliefen, kam ihm ein Gedanke, der schnell immer deutlicher Gestalt annahm: Das hier war der ultimative Test. Jetzt musste schon ein

Wunder geschehen, damit Martel überlebte. Aber Martel glaubte an Wunder. Sie hatten ihm in der Vergangenheit geholfen, sie würden ihm auch in Zukunft helfen. Er sollte dem Schicksal, seinem Gott, dem Berg oder was auch immer ihn beschützte, vertrauen. Wieder ans Steuer gehen. Ruhig bleiben. Nachdenken.

Er stand auf, stellte den Stuhl hin und setzte sich ans Fenster. Draußen fiel unablässig Schnee. Irgendwo in der Ferne war hinter all dem Weiß die gewaltige Masse des Grand Teton – unbeweglich, unverletzlich, ewig.

Denk nach!

Eine Idee entstand, erst langsam, dann immer schneller. Sie war kühn. Aber was war Martel, wenn nicht kühn?

37

Der Flughafen von Jackson Hole war klein, aber leistungsfähig. Man hatte Erfahrung im Umgang mit Schneestürmen; die Situation machte keine besonderen Schwierigkeiten. Calder musste zwanzig Minuten warten, weil der Jet von Bloomfield Weiss mehrere tausend Meter über den Rockies in der Warteschleife hing, aber sobald die Lotsen sahen, dass der Schneefall nachließ, konnte die Maschine landen. Mit ihr kamen Sidney Stahl, Tarek und ein paar Kollegen. Das Heer von Rechnungsprüfern, Anwälten, Tradern und der übrige Anhang würden ein paar Stunden später mit Linienflügen aus New York und Tokio eintreffen.

Durch das Fenster des Flughafengebäudes sah Calder eine Gruppe von Investmentbankern über den Asphalt eilen. Weil es wieder schneite, hatten sie die Schultern hochgezogen. Als Tarek Calder erblickte, grinste er ihn breit an, dann schüttelte er dem Freund herzlich die Hand. Stahl bürstete sich den Schnee vom Regenmantel und schob sich eine unangezündete Zigarre zwischen die Zähne. Er war Mitte sechzig und sehr klein, aber strömte pure Energie aus. Stahl ging schnell, seine Augen flitzten hin und her, dann bemerkte er das Rauchverbotsschild und die Wachleute des Flughafens, die ihn aufmerksam beobachteten.

Calder hatte schon des Öfteren Höflichkeiten mit Sidney Stahl ausgetauscht, als er noch auf dem New Yorker Parkett arbeitete, aber das war schon ein paar Jahre her. Zögernd sprach er den kleinen Mann an, um sich vorzustellen, doch Stahl erkannte ihn sofort.

»Zero! Wie sieht's aus? Mit dem Auto hier?«

Calder nickte.

»Darf ich wenigstens da drin rauchen?«

»Sicher, Sidney, kein Problem.«

»Dann fahre ich mit Ihnen. Kommen Sie, Tarek. Die anderen sehen wir im Hotel.«

Vier Mitarbeiter von höherem Rang eilten davon, um ein Taxi zu besorgen, während Stahl und Tarek Calder zu seinem Wagen folgten. Calder hatte Sandy trotz ihres Protestes im Hotel zurückgelassen.

Stahl paffte bereits munter an seiner Zigarre, als er sich mit Tarek auf die Rückbank des Bronco setzte. Calder fuhr los. Nach einer Minute sah man aus dem Wagen lediglich mit Schnee überzogene Sträucher.

»Herrliche Landschaft«, sagte Stahl. »Sie hatten Recht, ist wirklich schön hier. Erinnert mich an Chicago. Wenn ich nach Chicago fliege, ist es entweder neblig, oder es schneit. Auf jeden Fall ist alles weiß.«

»Alles so weit vorbereitet?«, fragte Calder.

»Noch nicht ganz«, entgegnete Tarek, »aber es dauert nicht mehr lange. Das Meeting mit Martel ist um drei. Die Polizei vor Ort weiß Bescheid.«

»Der Sheriff mit seinen treuen Deputies«, sagte Stahl mit kehligem Lachen. »Ist das zu glauben? Haben die hier auch noch Winchesters und Pferde?«

»Pferde habe ich noch nicht gesehen«, erwiderte Calder. »Aber wir sind hier in Wyoming, also haben sie mit Sicherheit Gewehre. Und Schnauzbärte.«

»Ein Cop muss einen Schnauzer haben«, sagte Stahl.

»Der Sergeant, mit dem ich zu tun hatte, scheint etwas von seiner Arbeit zu verstehen.«

»Na, muss er ja auch«, erwiderte Stahl. »Denn wir haben die Börsenaufsicht, stellvertretende Staatsanwälte und das FBI dabei. Wir brauchen nur noch Tareks Bruder, den Bombenleger, dann ist alles fertig für die Party. Und euer Perumal ist auch da?«

»Er landet in zwei Stunden«, erwiderte Calder. Entgegen Sandys Befürchtungen war der Inder sofort bereit gewesen, als entscheidender Zeuge Martel einen solchen Schreck einzujagen, dass er sich schuldig bekannte. Vorher hatte Perumal sich aber garantieren lassen, dass er nicht strafrechtlich belangt werden würde, weil er den Sheriff an der Nase herumgeführt hatte. Das hatte einige Überredungskunst gefordert. »Wer wird an dem Treffen mit Martel teilnehmen? Doch bestimmt nicht alle, oder?«

»Ich, Tarek und Arnie Robach. Wir werden Martel eröffnen, dass wir nicht mit der Artsdalen-Stiftung gekommen sind. Dann stoßen Sie mit Perumal, einem Beamten aus dem Büro des Sheriffs und dem Staatsanwalt aus New York dazu. Und dann schauen wir mal. Wir hoffen, dass sich Martel besinnt und alles zugibt. Wenn er uns zu seinen Tradern lässt, haben wir die Lage im Griff. Sobald die verstehen, was los ist, müssten sie eigentlich kooperieren.«

»Gibt's was Neues aus London?«

»Ja, Simon Bibby sitzt dran. Carr-Jones scheint sehr hilfsbereit zu sein.«

»Das kann ich mir vorstellen«, murmelte Calder.

»Die neue Valuierung weist bei den JUSTICE-Scheinen einen Verlust von 460 Millionen Dollar für den Teton Fund aus. Das bedeutet, wir brauchen 368 Millionen Sicherheit für unser Darlehen. Die Forderung ging per Fax an Martel.«

»Gibt es Druck von anderen Brokern?«

»Nicht dass wir wüssten«, sagte Tarek. »Wir gehen davon aus, dass die Verluste des Teton Fund bei anderen Banken in der letzten Woche durch die jüngste Erholung geringer geworden sind. Dadurch werden die Broker weniger Sicherheiten für ihre Kredite verlangen, sie werden Cash freimachen.«

»Noch scheint es keiner mit der Angst zu tun zu bekommen«, bemerkte Stahl. Dann schmunzelte er. »Aber wenn ich erst mal loslege …«

»Wann wollen Sie anfangen?«

»Ich mache gleich ein paar Anrufe. Das Hotel wird uns einen Konferenzraum zur Verfügung stellen.«

»Wir sind sofort da.«

Calder hatte die Stadt durchquert, war von der Hauptstraße abgebogen und die Serpentinen hoch zum *Armangani* gefahren, dem teuersten Hotel in Jackson Hole.

Stahl paffte seine Zigarre, der Rauch verteilte sich im Bronco.

»Was meinen Bruder angeht …«, begann Tarek nervös.

»Vergessen Sie's«, sagte Stahl.

»Aber …«

»Ich habe gesagt, vergessen Sie's. Mein kleiner Bruder kam mit siebzehn in den Knast, weil er illegale Wetten angenommen hat. Gegen die eigene Familie kann man nun mal nichts machen.«

Calder parkte den Bronco inmitten der Flotte grauer Geländewagen, die den Eingang des Hotels verstellte. Das eindrucksvolle Gebäude aus rotem Bruchstein und Holz lag an einer Hügelflanke.

»Von hier hat man einen tollen Blick auf die Tetons«, erklärte Calder.

Stahl blickte sich um. Alles war weiß. »Das glaube ich«, sagte er. »Ich gehe kurz auf mein Zimmer, dann treffen wir uns unten und schauen mal, was man für uns vorbereitet hat.«

Calder und Tarek warteten in der holzgetäfelten Lobby. Dort standen schwere Ledersessel, Granittische, im Kamin prasselte ein Feuer, und überall fand sich indianisches Kunsthandwerk – hier ein Kanu, da ein Paar Schneeschuhe, als hätte ein vorbeiziehender Sioux-Stamm seine Utensilien vergessen. Hinter Glastüren sah man einen in Stein gefassten Swimmingpool, der den Schneeflocken entgegendampfte. Eine Familie, bestehend aus einem jungenhaft wirkenden Investmentbanker mit Brille, seiner blonden Frau und zwei blonden kleinen Mädchen, tappte in Bademänteln durch den Schnee.

»Ich muss mich entschuldigen, Zero«, sagte Tarek.

»Wofür?«

»Du weißt schon. Für alles. Weil ich dich bei der Sache mit Jen nicht unterstützt habe. Weil ich nicht gekämpft habe, damit du bei Bloomfield Weiss bleibst. Weil ich das mit Perumal nicht ernst genommen habe.«

Calder zuckte mit den Schultern.

»Ich bewundere dich, weißt du das?«, sagte Tarek. »Dass du einen Job wie bei Bloomfield Weiss so einfach aufgeben konntest. Die Millionen, die du da noch gemacht hättest.«

»Ich kann dir versichern, es war gar nicht so schwer.«

»Oh doch, so was ist schwer«, sagte Tarek. »Glaub mir, ich weiß das. Für Menschen, die so ehrgeizig sind wie du und ich, ist es äußerst schwer, aufzuhören.«

Calder musterte seinen alten Freund genauer. »Du wirst gut zurechtkommen bei Bloomfield Weiss, Tarek.«

Tarek zuckte mit den Schultern. »Kann sein. Aber manchmal frage ich mich, ob ich das wirklich will.«

»Was war das eben mit deinem Bruder?«

Tarek seufzte. »Ich weiß es nicht genau. Ich habe Omar seit Jahren nicht mehr gesehen. Er war immer schon ein bisschen radikal. Er hat sich mit irgendwelchen Irren eingelassen.«

»Und das hat Carr-Jones herausgefunden?«

Tarek lächelte kläglich. »Er drohte, es Sidney zu erzählen. Was er auch getan hat.«

»Dieses Schwein«, murmelte Calder.

Stahls Mitarbeiter fuhren in einem grauen Lexus vor und machten sich daran, den Konferenzraum vorzubereiten.

»Weißt du was?«, sagte Tarek. »Ich habe Martel mal getroffen.«

»Ach ja?«

»Ja. Freddie Langhauser hat mal versucht, meine Familie zu einer Investition beim Teton Fund zu überreden. Mein Vater war richtig begeistert davon – er fand das toll mit dem ›Mann, der den Euro kippte‹ und so. Zum Glück hat er mich vorher gebeten, mir das Ganze mal genauer anzusehen. Wir trafen uns mit Martel in Genf. Für mich stand von vornherein fest, dass er nicht die geringste Ahnung von dem hat, was er tut, auch wenn er mit keinem Wort zu erkennen gab, dass er tief in der Patsche saß. Es wundert mich kein bisschen, dass er den Bach runter ist.«

»Und, habt ihr investiert?«

»Auf keinen Fall. Da war ich ziemlich streng mit meinem Vater. Er hat auf mich gehört.«

»Weiß Sidney das?«

»Ja. Ich hab's ihm eben im Flugzeug erzählt.« Tarek sah auf die Uhr. »Er lässt sich Zeit.«

In dem Moment hielt der Aufzug klingelnd in der Lobby. Calder drehte sich um, und eine große Gestalt trat heraus, mit der Calder nicht gerechnet hatte: Jean-Luc Martel.

Martel lachte, seine großen Augen blitzten. Als er Calder erblickte, hob er die Augenbrauen, und aus dem Lächeln wurde ein irres Grinsen. »Immer noch da, Alex? Das wundert mich. Wird nicht mehr lange dauern.« Mit einem unterdrückten Lachen steuerte er auf den Ausgang zu.

Ein kalter Schauer durchlief Calder. Er wusste, was Martel meinte. Doch noch ehe er etwas erwidern konnte, war der Franzose verschwunden.

»Los, komm«, sagte Calder und lief zum Aufzug. Tarek folgte ihm.

Stahls Zimmer war im ersten Stock. Calder hämmerte gegen die Tür. Es dauerte eine geschlagene Minute, ehe Stahl öffnete. Er wirkte benommen.

»Martel war hier«, stellte Calder fest.

Stahl nickte.

»Hat er Ihnen was angetan?«

»Er hat mir nichts getan.« Stahl klang geistesabwesend.

»Aber er hat Ihnen gedroht, nicht wahr? Hat er Ihnen mit irgendwas gedroht?«

Stahls Blick ruhte auf der halb gerauchten Zigarre im Aschenbecher. Er nahm sie in die Hand, untersuchte sie, steckte sie sich zwischen die Lippen und zündete sie an. Seine Hände zitterten. Calder hatte Sidney Stahl immer nur absolut selbstsicher gesehen. Jetzt war die Stärke des kleinen Mannes dahin, er wirkte schwach und zerbrechlich. Stahl sog an der Zigarre. Der Rauch schien ihm ein wenig Kraft zu geben. Er streifte Tarek und Calder mit einem Blick. »Martel sagt, entweder tue ich, was er sagt, oder er bringt meine Frau, eine meiner Töchter oder eines meiner Enkelkinder um.«

»Er blufft«, erklärte Tarek.

»Er sagt, er sei gut befreundet mit dem Ukrainer, von dem Zero gesprochen hat, diesem Michail Bodintschuk. Der hätte richtig Geld im Teton Fund. Er kümmert sich um solche Sachen. Er hat

Jennifer Tan töten lassen. Heute Morgen hat er dafür gesorgt, dass einer von Martels eigenen Leuten starb. Vikram, dieser Derivatetyp. Von dem haben Sie schon gesprochen. Er sagt, es wäre überhaupt kein Problem, meine Enkel zu finden.«

»Vikram ist tot?«, fragte Calder.

»Das behauptet er.«

Calder erschauderte. Ihm fiel Martels Kommentar wenige Minuten zuvor ein. »Als Nächster bin ich dran.«

»Das hat Martel auch gesagt«, bestätigte Stahl.

»Was will er?«, fragte Tarek.

»Er weiß, dass ich keinen Investor mitgebracht habe. Er will, dass ich darauf verzichte, vom Teton Fund die Deckung der JUSTICE-Scheine zu fordern. Er will eine Woche Aufschub. Er glaubt, dass sich die japanische Börse bis dahin erholt hat.«

»Ist der wahnsinnig?«, rief Tarek. »Was bildet er sich denn ein, was anschließend passiert? Dass wir ihn alle in Ruhe lassen und vergessen, was er verbrochen hat?«

»Ich glaube nicht, dass er so weit vorausdenkt«, warf Stahl ein. »Er weiß Bescheid, was Perumal angeht. Aber er meint, er würde das Risiko eingehen, wegen Mordes angeklagt zu werden. Er würde sich die besten Anwälte holen und kein Wort sagen. Das hätte schon mal geklappt. Ich glaube, er ist verrückt. Aber was er sagt, meint er ernst.«

»Er ist jenseits von gut und böse«, sagte Calder. »Er hangelt sich von einem Tag zum anderen und hofft, dass sich irgendwas ergibt. Was haben Sie nun vor?«

Stahl sah Calder an. Sein sonst so energisches Gesicht war zögernd und unsicher. »Ich weiß es nicht. Ehrlich nicht. Ich meine, wenn es nur um mich ginge, würde ich das Risiko eingehen. Aber ich habe drei Töchter und fünf Enkelkinder. Die kann ich nicht alle beschützen. Und dieser irre Russe würde mit Vergnügen die ganze Familie in die Luft jagen.«

Stahls Augen wurden feucht. Schnell rieb er mit dem Finger darüber.

»Ganz schön schwierig«, sagte Tarek.

»Was würden Sie tun?«, fragte Stahl Calder.

»Ich?«

»Ja, Sie. Sie haben Mut, das sieht man. Sie haben schon viel riskiert, um bis hierher zu kommen. Was würden Sie tun?«

Calder ging zum Fenster und schaute in die weiße Leere. War er mutig? Oder war er nur dumm? Da draußen war jemand, der es auf ihn abgesehen hatte. Er konnte von Glück reden, wenn er den Tag überlebte.

Aber er hatte weder Kinder noch Enkel. Und er war nicht unschuldig, er hatte den Ärger heraufbeschworen.

Calder wandte sich zu Stahl um. »Man sagt mir immer, dass ich zu viele Risiken eingehe«, sagte er. »Aber ich würde auf Martel hören. Vielleicht blufft er, vielleicht auch nicht, das wissen wir nicht. Aber wenn er die Wahrheit sagt, dann besteht kein Zweifel daran, dass dieser Bodintschuk einen Hebel in Bewegung setzt und jemand stirbt. Außerdem sind 360 Millionen lediglich Geld. Zwar ein riesiger Batzen, mehr aber auch nicht.«

Stahl lächelte. »Danke.«

»Was ist mit den ganzen Leuten da draußen?«, fragte Tarek. »Mit der Polizei und den Anwälten? Wollen Sie denen sagen, sie können gehen?«

»Ich denke mir was aus«, erwiderte Stahl. »Ich brauche fünf Minuten. Dann denke ich mir was aus.« Er sah die beiden an. »Kann ich mich darauf verlassen, dass Sie niemandem etwas davon erzählen?«

»Natürlich«, sagte Calder. Tarek nickte.

»Sie sollten beide vergessen, dass wir dieses Gespräch geführt haben, besonders Sie, Tarek. Sobald das hier vorbei ist, werde ich meine Stelle bei Bloomfield Weiss aufgeben. Es wäre schade, wenn auch Sie gehen müssten.« Er seufzte. »Tarek, könnten Sie den anderen ausrichten, dass ich in zwanzig Minuten komme?«

Tarek verließ das Zimmer. Calder wollte ihm folgen.

»Zero?«

Calder drehte sich um.

»Danke«, sagte Sidney Stahl. »Es ist noch nicht zu spät für Sie, zum Flughafen zu fahren und den nächsten Flieger zu nehmen. Dann kommen Sie vielleicht mit dem Leben davon.«

Calder wollte den Vorschlag ablehnen, doch irgendetwas hielt ihn davon ab. »Ich denke drüber nach«, sagte er.

Das tat er auf dem Weg im Fahrstuhl nach unten. Einen mächtigen Mann wie Stahl derart erschüttert zu sehen ließ Calder nicht unbeeindruckt. Stahl hatte Recht, er sollte verschwinden, schnell zum Hotel zurückkehren, Sandy abholen und direkt zum Flughafen fahren. Den nächsten Flug nehmen. Am Leben bleiben.

Aber er war schon so weit gekommen. Martel hatte er fast in die Falle gelockt, jetzt wehrte er sich. In die Enge getrieben, wurde Martel gefährlich. Dennoch konnte Calder die Vorstellung nicht ertragen, ihn laufen zu lassen.

Der Fahrstuhl hielt im Erdgeschoss, Calder trat hinaus. Irgendetwas geisterte in seinem Kopf herum, ein Gedanke, der noch keine klare Gestalt annehmen wollte. Calder runzelte die Stirn und ging noch einmal Martels Gespräch mit Stahl durch. Martel hatte gewusst, dass Stahls Besuch eine Finte war. Außerdem war ihm bekannt, dass Perumal noch lebte. Deshalb hatte er sich Zugang zu Stahls Hotelzimmer verschafft. Irgendjemand musste ihm einen Tipp gegeben haben. Bloß wer?

Carr-Jones? Möglich, falls Bibby ihm erzählt hatte, was los war. Aber Stahl hatte Bibby zu Diskretion verpflichtet. Calder traute Bibby nicht über den Weg, aber Bibby würde sich in dieser Angelegenheit nicht so weit aus dem Fenster lehnen, sondern eher Stahls Anweisungen Folge leisten. Und Calder war noch immer überzeugt, dass Carr-Jones' Angst vor Martel echt war.

Plötzlich wusste Calder Bescheid: Nils! Es musste Nils sein. Deswegen hatte die Geschichte über Perumals E-Mail an Bodintschuk nicht eingeleuchtet. Perumal hatte überhaupt nichts mit Bodintschuk zu tun, Nils hatte sich das alles ausgedacht, um eine falsche Fährte zu legen. Calder ging in eine Ecke der Lobby. Unter einer Wiege aus Büffelfell holte er sein Handy hervor und wählte Nils' Nummer bei Bloomfield Weiss. Calder bemerkte, dass sein Akku fast leer war.

Matt ging an den Apparat.

»Kann ich mit Nils sprechen?«, fragte Calder.

»Hey, Zero. Nils ist seit dem Mittagessen nicht zurückgekommen. Ist schon fünf Stunden her«, sagte Matt. »Hast du eine Ahnung, was zum Teufel hier los ist? Alle benehmen sich so komisch, und Simon Bibby und Justin Carr-Jones machen sich gegenseitig verrückt.«

»Das erfährst du noch früh genug«, sagte Calder. »Ach, noch was, Matt!«

»Ja?«

»Immer schön in Deckung bleiben, ja?«

»Okay, Chef.«

Nils war also durchgebrannt. Das verlogene Arschloch. Wie hatte Calder ihm bloß vertrauen können? Calder hatte geglaubt, der Däne wolle ihm aus alter Verbundenheit helfen. Aber persönliche Loyalität zählte nicht für Menschen wie Nils. Warum sollte er seinem ehemaligen Chef Beistand leisten? Höchstens, wenn etwas für ihn dabei heraussprang.

Calders Telefon klingelte. »Ja?«

»Alex, ich bin's, Sandy. Wo bist du?«

»Im *Armangani*.«

»Es wäre gut, wenn du schnell rüberkommen würdest.«

»Was ist denn?«

»Cheryl Martel ist hier. Seit einer Viertelstunde. Sie ist völlig runter mit den Nerven. Sie meint …«

In dem Augenblick begann der Akku zu piepsen.

»Warte, Sandy, irgendetwas stimmt nicht mit diesem Scheißteil.« Calder prüfte das Display. »Mein Akku ist gleich leer. Ich komme sofort.«

Martel stellte seinen Wagen auf dem Parkplatz vor seinem Bürogebäude ab und schaute in die Erdgeschossfenster. Er konnte sich nicht überwinden, hineinzugehen und einfach auf das Meeting mit Bloomfield Weiss um drei Uhr zu warten. All die langen Gesichter der Trader, die Spekulationen über Vikrams Tod. Und sein eigenes Büro war ein einziges Durcheinander, seitdem er dort randaliert hatte. Er war allein. Nur er konnte den Teton Fund noch retten. Die Menschen, denen er vertraut hatte, Vikram und Cheryl, waren zu seinen Feinden geworden. Die Angestellten im Büro waren nur gewöhnliche Sterbliche ohne Phantasie und Mut, wertlos für Martel.

Er holte sein Handy hervor und rief Bodintschuk an, vielleicht der einzige Mann, auf den er sich noch verlassen konnte. »Michail, hier ist Jean-Luc.«

»Ja?«

»Ich dachte, ich erzähle dir kurz, was für eine Idee ich hatte.« Martel erklärte, wie er Stahl gedroht hatte. »Kannst du mir helfen?«, fragte er den Ukrainer.

»Ich denke, ja, Jean-Luc. Ich bringe meine Leute auf Posten.«

Martel legte auf, dankbar für Bodintschuks Kooperationsbereitschaft. Es wäre kein Problem für einen Mann wie Bodintschuk, die Sache mit Stahls Enkelkindern zu regeln, falls es so weit kommen sollte. Martel war sich ziemlich sicher, dass alles glimpflich ausging. Seine Drohung war glaubwürdig gewesen. Stahl würde dem Teton Fund noch eine Woche Zeit geben, mehr brauchte Martel gar nicht.

Er schaute zu seinem Büro hinüber und wendete dann den Wagen. Über Telefon teilte er seiner Sekretärin mit, dass er die nächsten Stunden zu Hause zu erreichen sei.

Calder traf Cheryl und Sandy in der kleinen Lobby seines Hotels. Sie saßen beide vornübergebeugt auf einem schmalen Sofa. Als Calder näher kam, schaute Cheryl auf. Ihre Augen waren rot gerändert.

Calder setzte sich neben sie und strich ihr über den Arm. »Das mit Vikram tut mir Leid«, sagte er.

Überrascht riss Cheryl die Augen auf. »Wissen Sie Bescheid?«

»Nicht genau«, erwiderte Calder. »Aber ich hörte, er wurde heute Morgen umgebracht.«

»Ich meinte, ob Sie von mir und Vikram wissen?«

»Als ich bei Ihnen zum Essen war, habe ich gesehen, wie er Sie berührte.«

»Oh«, sagte Cheryl. »Wir waren so dumm. Wir hätten vorsichtiger sein müssen. Anfangs haben wir aufgepasst. Aber in der letzten Woche sind wir leichtsinnig geworden. Wir konnten nicht mehr anders.«

»Und Ihr Mann ist dahintergekommen?«

»Wenn Sie Bescheid wissen, weiß er es auch«, schluchzte Cheryl. »Deshalb ist Vikram jetzt tot.« Sie begann zu weinen. Sandy legte ihr den Arm um die Schultern.

»Als ich es hörte, bin ich sofort hergekommen«, fuhr Cheryl fort. »Ich wüsste nicht, was ich der Polizei sagen soll. Aber Ihnen vertraue ich einfach. Vielleicht wegen Ihres Kunstgeschmacks.« Unsicher lächelte sie.

»Ich bin froh, dass Sie gekommen sind«, sagte Calder. »Was ist mit Vikram passiert?«

»Heute Morgen hat es bei ihm gebrannt«, erklärte Sandy. »Die Polizei will Brandstiftung nicht ausschließen.«

»Das kann ich mir vorstellen. Der Sheriff weiß, wofür Ihr Mann verantwortlich ist, Cheryl. Wenigstens teilweise. Ich habe es ihm erzählt.«

Cheryl seufzte. »Vikram hat mir alles gesagt, was er wusste. Vor ein paar Tagen.«

»Was genau?«

Cheryl berichtete Calder und Sandy alles, was sie von Vikram erfahren hatte. Von den IGLOO-Scheinen, von Perumal, Jennifer Tan und Michail Bodintschuk. Cheryl war überzeugt, dass Martel eine Woche zuvor in den Bergen versucht hatte, Calder umzubringen. Und jetzt hatte er zweifellos Vikram getötet oder zumindest den Mord an ihm in Auftrag gegeben.

»Am Freitag haben wir darüber gesprochen. Vikram wollte zur Polizei gehen. Er hätte es auch getan. Ich habe ihm versprochen, dass ich zu ihm halten würde, was auch immer passiert. Aber jetzt …« Wieder kamen ihr die Tränen. »Mein Mann ist ein Ungeheuer. Ich kann nicht glauben, dass ich ihn einmal geliebt habe.« Sie schüttelte sich.

»Jetzt ist das Spiel aus für ihn«, erklärte Sandy. »Für heute

Nachmittag ist ein großes Treffen angesetzt. Der Teton Fund ist pleite, und jeden Moment landet ein Flugzeug mit Anwälten, Rechnungsprüfern und Polizisten in Jackson Hole.«

»Gut«, sagte Cheryl.

Calder seufzte. »Ganz so einfach ist es vielleicht doch nicht, Sandy.«

»Wieso?«

Calder erzählte den beiden, dass Martel Stahl erpresst hatte und Stahl bereit war, auf die Forderungen einzugehen.

»Er hat völlig Recht«, sagte Cheryl. »Wenn ich dieser Stahl wäre, würde ich auch vorsichtig sein.«

»Ja, aber wir können Martel nicht damit durchkommen lassen«, sagte Sandy. »Jetzt nicht mehr.«

Calder lehnte sich zurück. »Ich hatte gehofft, Martel heute Nachmittag mit Perumal überraschen zu können. Aber jetzt ist er vorbereitet. Wahrscheinlich wird er mit seinen eigenen Anwälten aufkreuzen.«

»Was ist mit Cheryl?«, fragte Sandy. »Was sie weiß, kann ihn vernichten.«

»Stimmt«, sagte Calder. »Aber im Moment ist am wichtigsten, dass Stahl nicht länger bedroht wird. Nur Martel kann die Drohung zurücknehmen, aber er wird auf keinen Fall gegenüber Anwälten und Cops zugeben, dass er jemanden erpresst hat.«

»Wir könnten ihm einen Besuch abstatten«, sagte Sandy. »Mit Cheryl.«

»Ja, das stimmt«, sagte Calder. Er überlegte, und die Idee schien ihm nicht schlecht zu sein. »In Ordnung. Würden Sie mitmachen, Cheryl?«

»Auf jeden Fall.«

»Gut«, sagte Calder. »Warten Sie hier. Ich muss noch etwas aus meinem Zimmer holen.« Dort lag noch immer Poheks Revolver. Auf keinen Fall wollte Calder Martel unbewaffnet gegenübertreten.

38

Nachdem sie Martel in den Büroräumen des Teton Fund nicht angetroffen hatten, fuhren sie zur Ranch und fanden ihn im großen Zimmer. Er saß reglos da und starrte nach draußen in den Schnee.

»Bist du das, *mon ange?*«, fragte er.

»Ja«, entgegnete Cheryl. »Aber ich bin nicht allein.«

Martel drehte sich um. Sein sonst so lebhaftes Gesicht war angespannt und blass.

»Hallo«, grüßte Calder.

Martel wandte sich wieder ab und betrachtete die Berge, den größten Berg hinter der Wand aus Schnee. Er bewegte sich kaum, es hatte den Anschein, als hätte ihn alle Energie, die er sonst besaß, verlassen.

»Vikram ist tot«, sagte Cheryl.

»Ich weiß«, gab Martel zurück. »Tut mir Leid. Ich weiß, dass du ihn mochtest.« Seine Stimme war ausdruckslos.

»Du hast ihn umbringen lassen«, sagte Cheryl in eisigem Ton, behielt sich aber unter Kontrolle.

»Ich habe gehört, es soll gebrannt haben. War wahrscheinlich schwer für die Feuerwehr, durch den Schnee zu kommen. Besonders auf diesem Hügel, wo er wohnt.«

»Der Teton Fund ist am Ende«, sagte Calder.

»Das werden wir noch sehen«, gab Martel zurück.

»Sie müssen fast 400 Millionen Dollar auftreiben.«

»Wie gesagt, das werden wir sehen. Darüber werden wir heute Nachmittag um drei Uhr mit Bloomfield Weiss sprechen. Aber da werden Sie wohl nicht mehr dabei sein, Alex, oder?« Mit einem schwachen Lächeln drehte sich Martel um.

»Was wollen Sie damit sagen?«

»Das wissen Sie doch«, entgegnete Martel. Und Calder wusste es tatsächlich. Offenbar war Martel überzeugt, dass Calder in Kürze getötet werden würde. In den nächsten Stunden.

»Wir wissen von Ihrem Gespräch mit Sidney Stahl«, sagte Calder.

»Dieses Gespräch war vertraulich.«

»Wir haben Perumal gefunden«, sagte Calder. »Er hat uns erzählt, dass Sie ihn überredet haben, die Valuierung der IGLOO- und der JUSTICE-Scheine zu fälschen. Und dass Sie ihm eine E-Mail geschickt haben, in der Sie ihn an Jennifer Tans Tod erinnerten.«

»Ich? Ich habe Perumal nur einmal gesehen. In der Woche, als er starb, und das auch nur kurz. Vikram hat immer alles mit ihm geregelt. Ihn sollten Sie befragen. Aber das geht ja jetzt leider nicht mehr.«

»Wusstest du, dass Vikram und ich ein Paar waren?«, fragte Cheryl.

»Ich habe bemerkt, dass du ihn mochtest«, murmelte Martel mit ausdrucksloser Miene.

»Aber wir haben nicht nur miteinander geschlafen. Wir haben geredet. Über dich. Über den Teton Fund. Über Perumal, Jennifer Tan und Michail Bodintschuk. Wir haben über Anlagebetrug, Mord und Verabredung zum Mord gesprochen. Und dann stirbt Vikram bei einem Brand, den die Polizei für höchst verdächtig hält.«

»Cheryl, es ist mir egal, was für wilde Geschichten Vikram sich ausgedacht hat, um dich zu unterhalten. Der Teton Fund wird diesen Nachmittag überleben, so viel ist sicher. Und dann nehme ich mir die besten Anwälte im ganzen Land. Ich habe jede Menge Geld. Ich denke, ich kann mich darauf verlassen, dass das wunderbare amerikanische Rechtssystem Menschen mit viel Geld beschützt.«

»Aber vor mir werden dich die Anwälte nicht schützen, Jean-Luc«, sagte Cheryl und hob die Stimme. »Du hast den Mann ermordet, den ich liebe. Und du hast noch mehr Menschen umgebracht. Du hast sogar damit gedroht, Kinder zu töten. Das werde ich nicht vergessen. Niemals. Von heute an bis zu meinem Tod werde ich dir keine Ruhe lassen. Ich habe auch Anwälte. Ich habe die Polizei auf meiner Seite. Und ich werde mit allen Mitteln kämpfen, das kannst du mir glauben.«

»In ein paar Monaten wirst du drüber hinweg sein«, sagte Martel.

»Das werde ich nicht!«, rief Cheryl. Ihr sonst so hübsches Gesicht war vor Wut verzerrt. »Du verstehst es immer noch nicht, was? Du bildest dir tatsächlich ein, du hättest einfach nur ein schlechtes Geschäft gemacht; es wird sich schon wieder einrenken. Aber diesmal bist du zu weit gegangen. Du bist nicht nur kriminell, du bist ein Mörder. Du kommst entweder auf den elektrischen Stuhl oder wirst den Rest deines Lebens im Gefängnis verbringen. Und dann? Du bist katholisch, Jean-Luc, du glaubst an die Hölle.«

Martel sah seine Frau an. Erste Anzeichen von Zweifel zeichneten sich auf seinen Gesichtszügen ab.

»Es ist vorbei«, sagte Calder. »Rufen Sie Stahl und Bodintschuk an. Geben Sie auf, ehe noch ein Unschuldiger stirbt.«

Cheryl rang um Selbstbeherrschung. Sie sprach nun leiser. »Ich habe gesagt, Vikram und ich waren ein Paar. Wir haben uns oft getroffen. Wir haben es ständig getrieben. Auch hier im Haus. Sogar auf dem Teppich vor deinen Füßen.«

Ohne es zu wollen, schaute Martel auf den indianischen Vorleger am Kamin. »Manchmal haben wir uns in einer Nacht drei- oder viermal geliebt. Kannst du dir das überhaupt vorstellen, Jean-Luc? Es war herrlich.«

Martels Schultern strafften sich.

»Die ganze Ehe mit dir ist ein Witz. Du tust so, als wärst du ein toller Trader, ein zwei Meter großer Supermann, aber in Wirklichkeit bist du ein kleiner Junge, der Angst vor seinem eigenen Schatten hat. Kannst du dich noch an unser erstes Mal erinnern? Als du die ganzen Kerzen angezündet hast, und die Musik lief dazu, und du hast geschnauft, gestöhnt und gegrunzt und bist wie ein Irrer auf mir rumgehüpft? Verglichen damit, hatte ich sogar in der Nacht nach meinem Abschlussball mehr Spaß.«

Martel drehte sich zu Cheryl um. Seine Augen funkelten wütend. »Aber ich weiß doch, wie glücklich du warst. Du hast es genossen.«

»Ich hab nur so getan, Jean-Luc! So wie jede Frau, mit der du je im Bett gewesen bist. Glaub mir, wenn man als junges Mädchen mit einem alten Knacker wie dir ins Bett geht, der kaum noch einen hochbekommt, dann spielt man ihm etwas vor. Das ist das Einfachste.«

Die Wut explodierte. Martel sprang auf. Ehe Calder ihn aufhalten konnte, zielte er mit einer Pistole auf seine Frau. Seine Hand zitterte. *»Tais-toi!«*, schrie er. »Hör auf!«

»Na los, drück ab!«, rief Cheryl. »Mal sehen, ob du auch selbst jemanden töten kannst, anstatt immer irgendeinen Russen anzuheuern. Mir ist es egal. Ich bin lieber bei Vikram als hier bei dir.«

»Cheryl, hör auf. Hör auf, sage ich!«

»Ich höre nicht auf! Niemals! Ich werde immer da sein und dich anklagen!« In Cheryls Gesicht standen Hass und Verachtung.

Martel hob die Waffe und hielt sie mit beiden Händen. Er erstarrte.

»Jean-Luc?«, sagte Sandy mit ruhiger, freundlicher Stimme. Sie saß auf der Lehne eines Sessels links von Martel.

»Still!«

»Jean-Luc?«

»Still, sonst bist du als Nächste dran!«

»Jean-Luc, was lieben Sie am meisten auf der Welt?«

Niemand sagte ein Wort. Das Zittern in Martels Armen schien auf den ganzen Körper überzugreifen. Dann nahm er die Waffe zur Seite. Zuerst sah es aus, als wolle er sie auf sich selbst richten, doch dann drehte er sich zu Sandy um.

»Aufstehen!«, rief er und zeigte mit der Pistole auf sie.

»Ich?«, fragte Sandy mit großen Augen.

»Ja, du! Aufstehen. Wir gehen.«

»Wohin?«

Martel griff in die Tasche und zog einen Autoschlüssel hervor. Er warf ihn Sandy zu. »Nach draußen. Ihr bleibt hier!«

Sandy warf Calder einen verängstigten Blick zu und ging dann langsam in den Flur, den Lauf von Martels Pistole am Kopf. Reglos blieben Cheryl und Calder sitzen.

* * *

Onkel Juri lauerte hinter einem Busch auf Martels Nachbargrundstück. Das Gewehr hatte er gegen einen Ast gelehnt. Unablässig schneite es, die Sicht war schlecht. Dann sah er jedoch, dass eine Frau das Haus verließ, dicht gefolgt von Martel, der ihr eine Waffe ins Kreuz drückte. Sie stiegen in Martels Range Rover und fuhren in Richtung Jackson. Kurz darauf kam Calder aus dem Haus gelaufen. Er sprang in seinen Wagen und folgte den beiden.

Onkel Juri griff zur Winchester. Er hatte noch nicht schießen können, aber das machte ihn nicht sonderlich nervös. Von hier aus wäre es sowieso schwierig geworden zu entkommen, es gab nur eine Straße. Er hatte schon eine Idee, wo er später besser zum Ziel kommen würde. Er kroch aus der Deckung hinter dem Gebüsch hervor, ging zu seinem Pick-up und fuhr los, um eine neue Stellung auszukundschaften. Er grinste. Mehr Zeit bedeutete bessere Vorbereitung, und das hieß mehr Sicherheit. Gegen Abend müsste er auf dem Heimweg sein.

Es schneite inzwischen heftig, und der Range Rover vor Calder fuhr sehr schnell. Er nahm an, dass Sandy am Steuer saß und Martel ihr die Waffe an die Schläfe hielt. Calder war mit einem Vierradantrieb noch nie so aggressiv gefahren. Das leichte Klopfen im Motor, das ihm seit dem Zusammenstoß mit Pohek aufgefallen war, wurde schlimmer. Dennoch raste er über die Straße durchs Tal, vorbei am Flughafen in Richtung Jackson. Er konnte den Range Rover schemenhaft erkennen, gerade näherte er sich einer Kreuzung. Zu Calders Verwunderung bog er weder links noch rechts ab, sondern schoss mit Vollgas quer über den Highway in eine Nebenstraße, die wer weiß wohin führte.

Calder versuchte, das Handy aus der Hosentasche zu ziehen. Es war nicht einfach, weil er bei der hohen Geschwindigkeit beide Hände am Lenkrad haben musste. Er warf einen kurzen Blick auf das Gerät. Nichts. Der Akku war leer.

Calder überlegte umzukehren und zur Polizei zu fahren, verwarf die Idee aber wieder. Er durfte den Range Rover nicht verlieren. Calder fluchte vor sich hin, weil er Sandy in die Sache hineingezogen hatte. Er musste sie retten. Hoffentlich besaß Cheryl so viel gesunden Menschenverstand, den Sheriff zu benachrichtigen, auch wenn die Polizei den Flüchtigen wohl kaum auf dieser Straße suchen würde.

Sie rasten durch eine flache Landschaft, vorbei an Kühen und sogar einer Bisonherde. Es schneite in dicken Flocken, dennoch holte Calder langsam auf. Sie passierten eine kleine Siedlung aus Blockhäusern und Wohnwagen, dann war die Gegend plötzlich nicht mehr eben, die ersten Gebirgsausläufer erhoben sich. Die Kurven waren scharf und kamen unerwartet. Eine nahm Calder zu schnell, und kurz verloren die Reifen die Haftung auf der schneebedeckten Straße. Doch der Vierradantrieb hielt den Bronco auf der Straße.

Mit jedem Kilometer wurde der Schnee dichter. Der Fahrer des Range Rover fuhr sehr geschickt. Sie kamen an Ranchtoren vorbei, doch nirgends war ein Gebäude zu entdecken. Sie fuhren am Rande eines Canyons entlang, immer höher in die Berge, der Schneefall wurde immer heftiger und ließ sie nur noch langsam vorankommen. Schließlich bog Calder um eine Kurve und entdeckte Martels Wagen. Mit der Motorhaube voran war er in einer Schneewehe festgefahren, die Hinterreifen drehten durch. Es ging nicht mehr weiter, nicht einmal mehr für den PS-starken Range Rover. Der Schnee lag mindestens einen Meter hoch.

Calder stellte den Bronco quer, sodass Martel der Rückweg versperrt war. Auf der einen Seite war der Canyon, auf der anderen ein steiler Hang. Calder griff zu Poheks Revolver, schlüpfte aus dem Fahrzeug und ging dahinter in Deckung.

Der Range Rover versuchte, sich im Rückwärtsgang aus der Schneewehe zu befreien. Die Reifen drehten wiederum durch. Calder sah, dass Sandy tatsächlich am Steuer saß. Martel hielt ihr den Revolver an den Kopf. Er bewegte die Lippen, schrie sie offenbar an. Der Motor des Range Rover heulte so laut, dass Calder nichts verstehen konnte. Er vermutete, dass Martel aussteigen und sich zu Fuß durch den Schnee kämpfen würde. Sandy würde er als Geisel mitschleppen. Calder war darauf eingerichtet, die beiden zu verfolgen, bis das Wetter aufklarte und er auf Hilfe hoffen konnte.

Doch Martel entschied sich anders. Die Tür des Range Rover ging auf, und Sandy stolperte heraus. Martel setzte sich selbst ans Steuer. Es gelang ihm, den Wagen rückwärts aus der Schneewehe zu fahren. Er wendete, gab Gas und schoss auf Calders Bronco zu.

Calder gab zwei Schüsse auf das auf ihn zurasende Fahrzeug ab. Die Windschutzscheibe zersplitterte, aber der Wagen wurde nicht langsamer. Er würde den Bronco rammen. Calder sprang zur Seite und hielt sich an einem großen Wermutstrauch fest, der an dem steilen Hang wuchs. Er zog sich am Gebüsch hoch, gerade noch rechtzeitig, bevor der Range Rover das Heck des Bronco rammte. Calders Wagen drehte sich um 270 Grad, nun wies seine Haube in die Richtung, aus der er gekommen war. Martel manövrierte zwischen Bronco und Abgrund. Es war so wenig Platz, dass Calder dachte, der Range Rover würde den Halt verlieren.

Calder rutschte den Hang hinunter und sprang in sein Fahrzeug. Auch wenn die Karosserie stark beschädigt war, lief der Motor tadellos. Rückwärts fuhr er bergan, um Sandy aufzunehmen, die bereits auf ihn zugelaufen kam. Sie riss die Beifahrertür auf und sprang hinein. Die Tür war noch nicht wieder geschlossen, da trat Calder schon aufs Gas.

»Alles klar?«, fragte Calder.

»Los, hinterher!«, rief sie atemlos.

Sie rasten den Hügel hinunter. Irgendwann blieben der Nebel und Schnee hinter ihnen, sodass die Sicht wieder besser war. Hin und wieder sahen sie den Range Rover, der ungefähr 800 Meter vor ihnen war. Sobald Martel nördlich von Jackson auf den Highway fuhr, würde man ihn fassen. Calder war überzeugt, dass inzwischen jede Menge Polizisten unterwegs waren. Einen Hubschrauber hatte man bei dem Wetter wohl nicht losschicken können.

In einer Kurve verlor Calder das andere Auto aus den Augen. Als er wieder auf gerader Strecke war, konnte er es nicht mehr sehen. Einige hundert Meter weiter war jedoch ein Ranchtor, zwei hohe Stämme Drehkiefer mit einem dritten quer darüber. An einem Stamm hing das Schild eines Motorschlittenverleihs. Martels frische Reifenspuren verliefen über den schneebedeckten Weg, der sich steil einen Hang zwischen eingezäunten Wiesen hinaufzog. Es ging langsam voran, die Reifen des Bronco fanden nur schwer Halt, doch nach einem halben Kilometer hatten sie das Ranchgebäude erreicht. Der Range Rover stand mitten auf dem Hof, die Fahrertür war geöffnet. Neben einer Hütte waren sechs Motorschlitten in einer Reihe; Martel machte Anstalten, auf einen von ihnen zu steigen. Ein paar Meter weiter stand ein Mann in Overall und Baseballkappe und streckte die Arme zum Himmel.

Als der Bronco auf den Hof fuhr, sprang mit lautem Geheul Martels Motorschlitten an. Calder raste auf ihn zu, doch schon war Martel davongebraust, einen schmalen Weg hinauf in den Schnee. Es war sinnlos, ihn mit dem Auto zu verfolgen.

Calder sprang aus dem Wagen. »Schlüssel!«, rief er dem Alten zu und zeigte auf die Motorschlitten.

Der ungefähr sechzigjährige Mann eilte in die Hütte. Kurz darauf kam er wieder hervor und warf Calder einen Schlüsselbund zu. »Nehmen Sie den letzten ganz hinten!«, rief er. »Ich hole mein Gewehr.«

Calder sprang auf den Schlitten, startete und flitzte Martel hinterher. Sandy blieb zurück und wartete auf den alten Mann mit den kurzen grauen Haaren.

Das Schneetreiben hatte nachgelassen. Martels Spur war gut zu sehen. Sie führte einen steilen Hang hinauf auf eine Hügelkuppe zu. Calder fiel ein, dass Martel sich einmal abfällig über Motorschlitten geäußert hatte. Wahrscheinlich besaß er keine große

Erfahrung im Umgang mit ihnen. Doch wenn er Calder entkam, konnte er Hunderte von Kilometern durch die Wildnis fahren, und die Cops von Teton County würden ihn nicht finden.

Er durfte ihm nicht entkommen.

Calder gab Gas. Nur mit Mühe konnte er die starke Maschine unter Kontrolle halten. Bei jeder Kurve, jedem Hügel und jeder Unebenheit im Boden wollte sie ihn abwerfen, aber Calder blieb fest im Sattel. Von der Kuppe aus konnte er auf einen Hang hinuntersehen, der in ein flaches Tal mit Baumbestand mündete. Martels Motorschlitten flitzte auf die Bäume zu. Der große Mann schaute sich um und fiel fast vom Schlitten, als er Calder erblickte. Mit Vollgas raste Calder durch den Schnee. Er holte auf.

Martel mochte kein besonders geschickter Fahrer sein, doch Calder erging es nicht besser. Beide Männer lernten jedoch schnell, wurden wagemutiger und probierten aus, wie weit sie mit ihren Maschinen gehen konnten. Martel war ein hervorragender Skifahrer; mit seinem gut trainierten Gleichgewichtssinn fiel es ihm leicht, sich durch die Bäume hindurch- und am Bach entlangzuschlängeln. Calder wollte beschleunigen, doch als er sich in eine Kurve legte, versagte ihm der Schlitten den Dienst und raste geradeaus über eine Böschung. Calder gelang es gerade noch, sich im Sattel zu halten. Er konnte von Glück sagen, nicht am nächsten Baum gelandet zu sein. Von neuem nahm er die Verfolgung auf. Martel hatte einen großen Vorsprung gewonnen.

Die Sonne war nicht zu sehen, das erschwerte die Orientierung. Martel schien nach Norden zu fahren, höher in die Berge hinein. Wenn er diese Richtung beibehielt, würden sie irgendwann am Twogatee-Pass herauskommen, wo Perumal »verunglückt« war.

Wieder holte Calder auf. Martel sauste über einen Hügelkamm, Calder hinterher. Vor ihnen lag eine Wiese, an beiden Seiten von Kieferngehölzen flankiert. Am Ende befand sich eine Schlucht. Martel wich zur Seite aus, Calder tat es ihm gleich. Hintereinander rasten sie am Rand der Schlucht entlang. Vor ihnen war das Gehölz, dort würde Martel langsamer werden müssen. Calder hatte die Waffe in der Jackentasche, aber keine Möglichkeit, sie hervorzuholen, ohne den Motor anzuhalten. Er würde Martel ohne ihre Hilfe von der Maschine holen müssen.

Kurz vor den Kiefern war der Moment gekommen. Martel wurde langsamer. Calder gab nochmals Gas und sprang vom Schlitten. Er bekam Martel am Ellbogen zu fassen. Die beiden fielen in den Schnee. Sie rollten einige Meter weiter. Calders Schlitten raste gegen eine Kiefer, Martels machte einen Salto rückwärts und schlitterte über den Schnee.

Obwohl der Untergrund weich war, bekam Calder fast keine Luft mehr. Er hockte sich hin und griff nach seinem Revolver. Als er ihn spannte, sah er, dass Martel nur wenige Meter entfernt war und ebenfalls eine Waffe auf ihn richtete. Calder warf sich zur Seite und kroch zu den Kiefern hinüber. Ein Schuss peitschte durch die Luft, dann ein zweiter. Bei den Bäumen angekommen, sah sich Calder erneut um: Martel hielt seinen Revolver mit beiden Händen auf ihn gerichtet. Calder drückte ab, zur Abschreckung. Martel hatte keine Deckung, er war ungeschützt. Er lief in Richtung Schlucht und versteckte sich hinter einem Felsen. Calder konnte nur noch seinen Kopf und den Revolver sehen. Er zielte auf Martel und drückte ab, verfehlte ihn aber. Er prüfte seine Waffe. Calder hatte zwar Poheks Revolver mitgenommen, aber nicht die Munition. Vier der sechs Patronen hatte er bereits verschossen. Er musste näher an Martel heran, um ihn mit den letzten beiden zu treffen.

Martel hatte eine Halbautomatik und wahrscheinlich ein volles Magazin.

Plötzlich hörte Calder in der Ferne einen Motorschlitten heulen. Das konnte nur der Mann von der Ranch sein. Hoffentlich mit Gewehr.

Auch Martel musste das Geräusch bemerkt haben. Sein Schlitten lag rund zwanzig Meter entfernt. Er wirkte unbeschädigt. Martel kam hinter dem Felsen hervor und sprintete auf das Fahrzeug zu. Geduckt zielte er in Calders Richtung und drückte ab. Da die Projektile hoch über Calders Kopf hinwegzischten, hatte er genug Ruhe, den mühsam durch den Schnee Laufenden ins Visier zu nehmen. Calder drückte ab. Mit einem Aufschrei fiel Martel zu

Boden. Aber als Calder sich erhob, rappelte sich auch Martel auf. Sein Arm hing schlaff hinunter, doch mit dem anderen feuerte er erneut in Calders Richtung. Calder ging wieder in Deckung.

Er hatte nur noch einen Schuss. Er konnte nicht riskieren, danebenzuschießen und schutzlos dazustehen. So musste Calder ohnmächtig zusehen, wie Martel zum Schlitten rannte, ihn mit einem Schmerzensschrei aufrichtete, hinaufkletterte und ihn anließ. Als er losfuhr, hallte ein schneidendes *Krack* durch die Berge. Calder blickte auf und sah eine Rauchwolke auf der Wiese weiter oben. Dort hockten zwei Gestalten neben einem weiteren Motorschlitten – Sandy und der alte Mann. Martels Schlitten schien zur Seite wegzurutschen, Martel fiel hinunter und überschlug sich mehrmals. Calder raste zwischen den Bäumen hervor auf den Mann zu, der verletzt im Schnee lag. Gerade wollte Martel zu seiner Halbautomatik greifen, da stand Calder mit seinem Revolver über ihm. Er spannte den Hahn. Eine Kugel war noch in der Kammer.

Martel wusste es. Er hob den Arm. Aus dem anderen rann Blut. Martels Waffe lag mehrere Meter entfernt im Schnee.

Schwer atmend stand Calder über ihm. Er musste sich zusammenreißen, um die letzte Kugel nicht auf die Reise zu schicken.

Onkel Juri strich über den glatten Holzdrachen in seiner Tasche. Er wartete. Er hatte die perfekte Stelle gefunden: eine Baumgruppe am Fuß des Skihangs am Ortseingang. Von dort hatte man einen ungehinderten Blick über mehrere Querstraßen bis zum Büro des Sheriffs. Das Wetter wurde langsam besser, man konnte gut sehen. Die Entfernung war etwas größer, als er es sich gewünscht hätte; es mussten knapp 400 Meter sein, doch hatte er so oft mit der Winchester geübt, dass er überzeugt war, sein Ziel zu treffen. Jetzt hieß es nur noch warten.

Onkel Juri ging davon aus, dass Calder und Martel sich entweder irgendwo in der weißen Öde umbrachten oder zurückkommen würden.

Endlich hörte er das durchdringende Geheul der Sirenen. Onkel Juri warf einen Blick auf die beiden Fahnen vor dem Sheriffsgebäude, die Stars and Stripes und die blaue Flagge von Wyoming mit dem weißen Bison. Sie wehten leicht nach links. Auf diese Entfernung musste er den Seitenwind einkalkulieren.

Kurz darauf donnerten vier weiße und ein orangefarbener Geländewagen auf den Parkplatz. Türen wurden aufgerissen, Menschen sprangen hinaus; die meisten waren Cops, nur zwei Zivilisten waren darunter – eine große Frau mit kurzem blondem Haar und Calder.

Onkel Juri beobachtete Calder durch das Zielfernrohr. Der legte den Arm um die junge Frau – ein tapferer Mann, der einen Verbrecher zur Strecke gebracht hatte. Onkel Juri lächelte in sich hinein. So lief das nicht in seiner Welt, in Bodintschuks Welt. Mischkos Anweisung war eindeutig gewesen.

Dann kam der letzte Geländewagen. Die Türen schlugen auf, und Martels große Gestalt wurde zur Tür des Sheriffs geleitet.

Onkel Juri verschob das Fadenkreuz ein wenig nach oben, leicht rechts vom Kopf seines Opfers, um Entfernung und Seitenwind Rechnung zu tragen. Er drückte ab. Neben Martels Kopf blitzte es rot auf, dann sackte er gegen seine Bewacher.

Jean-Luc Martel und Vikram Rana waren die beiden Männer, die wussten, welche Rolle Onkel Juri und Bodintschuk beim Tod von Jennifer Tan gespielt hatten. Jetzt schwiegen sie für immer. Onkel Juri legte das Gewehr zur Seite und schlich davon.

39

Es war kurz nach sechs. Die letzten Schlittschuhläufer zogen ihre Runden. Bedächtig trank Calder sein Bier. Er sah auf die Eisbahn von Broadgate Circle hinunter. Genau an dieser Stelle hatte er vor einem Jahr mit Jen gesessen. Sie waren nicht zusammen aufs Eis gegangen. Calder musste grinsen, als er an Jens Worte dachte. Sie hatte Recht gehabt; er hätte sich von ihr geschlagen geben müssen.

Er hatte für sie getan, was er konnte. Hatte seine Stelle bei Bloomfield Weiss aufgegeben und Martel zur Strecke gebracht, den Mann, der sie umbringen ließ. Änderte das etwas für Jen? Niemand wusste die Antwort. Aber Calder war klar, dass er es ebenso sehr für sich selbst wie für sie getan hatte. Er wollte nicht zu den Menschen gehören, die wegsehen, wenn auf der Straße jemand verprügelt wird. Auf gewisse Weise hatte auch Jen Schläge einstecken müssen. Und schließlich war sie ermordet worden. Aber er hatte etwas getan. Er wusste nicht genau, warum, aber in den letzten Monaten fühlte er sich lebendiger und stärker als in all den Jahren zuvor.

Es war nun zwei Wochen her, dass Martel erschossen worden war und Bloomfield Weiss das Management des Teton Fund übernommen hatte. Calder verfolgte die Entwicklung in der Finanzpresse. Die ersten Tage waren schwierig gewesen: Weil die Börse erwartete, dass der Teton Fund gezwungen wäre, seine japanischen Aktienbeteiligungen im Wert von Billionen von Yen zu verkaufen, war der Nikkei tief gefallen. Doch war es Bloomfield Weiss mit der zähneknirschenden Unterstützung der anderen Broker, die Geschäfte mit dem Teton Fund gemacht hatten, gelungen, den Markt zu stabilisieren, indem die Firma bekannt gab, die Positionen des Fonds erst im Verlauf der nächsten zwölf Monate und nicht der nächsten zwölf Tage zu liquidieren. Auch wenn die Positionen gewaltig waren, reichten sie doch nicht aus, um den Markt ein ganzes Jahr lang zu drücken. Langsam waren die Kurse wieder gestiegen. Martel hatte Recht gehabt – es gab doch noch Käufer, die auf den richtigen Moment warteten. Es war sogar möglich, dass die Investoren des Teton Fund mit einem Gewinn abschlossen.

Michail Bodintschuk hatte man für keinen der Todesfälle belangen können. Bereitwillig hatte er sich von der britischen wie von der amerikanischen Polizei auf neutralem Boden, in der Schweiz, vernehmen lassen, aber von der geschäftlichen Beziehung abgesehen, hatte man ihm keine Verbindung zu Martel nachweisen können. Nils hatte vergeblich auf Martels Scheck über eine halbe Million Dollar gewartet. Er war von Bloomfield Weiss gefeuert worden, und Matt hatte berichtet, dass ihm die Buchmacher auf den Fersen waren, weil er gewaltige Schulden angehäuft hatte. Allem Anschein nach würde er nicht vor Gericht kommen, aber seine Aussichten auf einen neuen Arbeitsplatz waren nicht besonders gut.

Calder hatte sich mit neuer Energie in der Flugschule engagiert. Sie machte noch Verluste, aber ihre Kompetenz sprach sich herum, sodass immer neue Flugschüler und Kunden auftauchten. Es gab viel zu tun, und der Durchbruch schien jetzt durchaus im Bereich des Möglichen – er war nicht mehr der wirklichkeitsfremde Wunschtraum, der er noch vor einigen Monaten gewesen war.

Als Calder nach Hause gekommen war, lag dort, wie angekündigt, ein Brief seines Vaters. Calder schickte ihn ungeöffnet zurück. Seitdem hatten die beiden Männer nicht mehr miteinander gesprochen.

Sandy ging in ihrem neuen Job auf. Calder hatte eine Nacht mit ihr in einem Hotel in New York verbracht, aber er wusste, dass er ihr im Weg sein würde, weil sie noch so viel zu erledigen hatte. Sie musste sich auf die neue Arbeit vorbereiten, und Calder erkannte, wie wichtig dieser Job für Sandy war, auch wenn sie ständig darüber klagte. Nur ungern ließ sie Calder gehen, und auch er verließ sie mit Widerwillen; noch jetzt tat es ihm Leid. Aber sie hatten eine gemeinsame Zukunft nicht einmal in Erwägung gezogen. Eine Frau, die einen privaten Termin nie mit Sicherheit zusagen konnte, wäre nie in der Lage, eine Beziehung über Tausende von Kilometern aufrechtzuerhalten. Das musste nicht einmal ausgesprochen werden, es lag auf der Hand. Und es machte Calder traurig.

Sandy brachte ihn zum Flughafen nach Newark. Im Taxi schwiegen sie, hielten sich an der Hand. Am Gate umarmten sie sich lange. Als sie sich schließlich voneinander lösten, war Sandys Gesicht tränenüberströmt und sein Hemd ganz feucht.

Er dachte an die Sommersprossen auf ihrer Nase. Die würde er nie vergessen.

Er hatte sie nicht angerufen, sie sich nicht bei ihm gemeldet. Jeder kehrte in sein Leben zurück. Aber sie fehlte ihm. Wie sehr er sie vermisste!

»He, da ist ja der Mann, der den Mann geknackt hat, der den Euro kippte!« Calder drehte sich um. Sidney Stahl kam auf ihn zu, einen Whisky in der Hand. »Machen Sie nicht so ein Gesicht, Sie können doch stolz sein!«

»Hallo, Sidney.« Calder zwang sich zu einem Lächeln, stand auf und gab Stahl die Hand. Stahl hatte gefragt, ob er Calder für eine halbe Stunde sprechen könne, ehe er mit dem Vorstandsvorsitzenden einer großen Ölgesellschaft essen gehe.

Stahl hob sein Glas. »Ich möchte mich bedanken.« Dann wurde er ernst. »Nicht nur für Ihre Hilfe, was den Teton Fund betrifft. Auch für alles andere.«

Dass Martel Stahl erpresst und der auf dessen Drohung eingegangen war, hatte niemand erfahren. Deutlicher würde sich Stahl nicht mehr dazu äußern.

»Ich habe gesehen, der Nikkei hat schon wieder angezogen«, sagte Calder.

»Steht jetzt bei 7400, Tendenz steigend. Wir kommen durch. Irgendwie hat es sogar Spaß gemacht. So konnten wir allen zeigen, dass Bloomfield Weiss auch mit einer richtigen Krise fertig wird. Tarek macht das ganz toll da drüben in Jackson Hole.« Stahl schmunzelte. Sein Lachen wurde zu einem rasselnden Husten.

»Wie geht es Justin Carr-Jones?«, erkundigte sich Calder.

Stahl stellte sein Glas ab. »Dem geht es gut«, sagte er vorsichtig. »Er hilft uns sehr dabei, aus diesem Schlamassel herauszukommen.«

Calder dachte an Sandys Bemerkung, Carr-Jones würde bald der Vergangenheit angehören. Sie hatte sich geirrt. »Was ist mit Benton Davis und Simon Bibby?«

»Denen geht's auch gut.« Stahl hielt Calders Blick stand. Er wusste, worum es Calder ging.

»Und Perumal? Der wurde wahrscheinlich entlassen, oder?«

»Nein, ganz im Gegenteil. Wir haben ihn nach New York versetzt.«

»Und damit ist er glücklich?«

»Sehr glücklich. Er hat eine große Zukunft vor sich.«

»Das heißt, Bloomfield Weiss ist wieder eine große, glückliche Familie«, sagte Calder verbittert.

»Nein. Die Firma ist ein Rudel gerissener, krankhaft ehrgeiziger Mistkerle, die zufällig eine Menge Geld reinbringen«, erwiderte Stahl. »Das wissen Sie so gut wie ich.«

Calder sah zu, wie die letzte Schlittschuhfahrerin aus der Bahn geleitet wurde. Er war wütend und wollte, dass Stahl es merkte. »Ich habe aus einem einzigen Grund bei Bloomfield Weiss aufgehört und versucht, dem Teton Fund auf die Schliche zu kommen. Mir ging es nur darum, was Justin Carr-Jones mit Jennifer Tan gemacht hat. Das war falsch. Und jetzt lassen Sie zu, dass er weitermachen kann.«

»Er hat sie nicht umgebracht«, sagte Stahl. »Und er war nicht mal an der Manipulation der Valuierungen beteiligt.«

»Aber er wusste davon.«

»Vielleicht. Vielleicht auch nicht. Aber er wird uns eine Menge Geld reinbringen. Auch im nächsten Jahr.«

»Und das ist alles, was für Sie zählt?«

»Das ist etwas, was für mich zählt«, entgegnete Stahl. »Dadurch ist Bloomfield Weiss die erfolgreichste Bank in diesem Bereich. Es sieht doch so aus: Männer, die Geld reinbringen, richtig großes

Geld, bei denen stimmt oft etwas nicht. Die haben eine Schraube locker. Eine vermurkste Kindheit, oder sie wollen einem Elternteil oder einer Freundin was beweisen. Sie sind ehrgeizig bis zur Selbstaufgabe. Funktionsstörung nennen das die Psychologen. Wenn sie nicht an der Wall Street wären, steckte die Hälfte von denen im Knast. Es sind halt keine besonders netten Menschen. Meine Aufgabe ist es, mit diesen Außenseitern zurechtzukommen, sie einzuschätzen und aufzubauen, damit sie Geld reinbringen. Dieser Carr-Jones zum Beispiel. Klar ist das ein Arschloch. Er hat alle möglichen persönlichen Probleme, und ich hätte wirklich was dagegen, wenn er was von meiner Tochter wollte. Aber das ist mir egal.«

»Mir nicht.«

Stahl grinste. »Ich weiß. Darum geht's ja. Sie selbst haben mir in Jackson Hole gesagt, dass es bei Bloomfield Weiss Leute gibt, die anständig sind. Tarek zum Beispiel. Oder Sie. Und wenn diese Leute Geld reinbringen, dann will ich, dass sie für mich arbeiten.«

»Aha.«

»Soll heißen« – Stahl sah Calder in die Augen –, »ich möchte Sie zurückhaben.«

Calder glaubte seinen Ohren nicht zu trauen. Er streifte Stahl mit einem Blick. Der Alte schien es ernst zu meinen. »Nein«, entgegnete Calder schlicht.

Stahl lehnte sich zurück und musterte Calder. »Bei den meisten Männern würde ich versuchen herauszubekommen, wie viel ich zahlen muss. Aber bei Ihnen funktioniert das nicht, oder?«

»Nein.«

»Ich bitte Sie, Zero. Es fehlt Ihnen doch, diese Spannung, wenn die Märkte steigen oder fallen. Dieses prickelnde Gefühl, eine Milliarde Dollar zu handeln. Ich habe Sie beobachtet, Sie sind ein Spieler. Wenn Sie auf Ihrem Flugplatz bleiben, bringen Sie sich entweder irgendwann um oder sterben vor Langeweile. Habe ich Recht? Sagen Sie mir, dass ich mich irre.«

Calder sah Stahl an. Es stimmte, was der Alte sagte. Aber das konnte Calder nicht zugeben, nicht einmal vor sich selbst.

Er musste daran denken, dass Jen an der gleichen Stelle gesessen und gesagt hatte, sie sei nun zum ersten Mal glücklich mit ihrem Leben in London. Und eine Minute später war nichts mehr wie vorher gewesen.

Er musste hier raus. Sofort. Calder stand auf und ließ das halb volle Glas Bier auf dem Tisch stehen. »Tut mir Leid, Sidney, ich muss los.«

»Bleiben Sie doch noch ein wenig. Trinken Sie aus.«

»Nein, Sidney. Ich muss jetzt los.«

Stahl seufzte. »Na gut«, sagte er dann, stand auf und gab Calder die Hand. »Aber nicht vergessen, Zero!« Stahl lachte so selbstbewusst wie jemand, der immer bekommt, was er will.

»Was denn?«

»Ich weiß, wo ich Sie finde.«

Anmerkungen des Autors

Keine der Figuren in diesem Buch existiert, jegliche Ähnlichkeit mit echten Personen wäre reiner Zufall. Alle Firmen sind völlig fiktiv. Der Teton Fund ist kein Hedgefonds in Wyoming oder sonst irgendwo.

Ich muss vielen Menschen danken, die mir so großzügig ihre Zeit geschenkt haben: Eric Wilson, Tony Main, Simon Davis, Stephen Dyer, Jon Graesser, Brian Lacey, Paul McNulty, Mark Aitken, Allan Walker, Toby Wyles, Kevin Whyman, David Craggs, Shantanu Bhagwat, Michael Mabbutt, Saheed Awan von Clearstream, Emily Rixinger, Jock Paton, Agnès de Petigny, Anne Lumsden von Charles Russell, Haim Merkado und Stuart Reeves vom Flugplatz Panshanger, Monica Steidele, Judy Singleton, »Skinner«, Dale Donovan von der Corporate Communications Section der RAF und der namenlosen Crew des Tornados vom No. 1 Headquarters der RAF High Wycombe. Alle sachlichen Fehler in diesem Buch gehen auf meine Rechnung. Wie immer danke ich meiner Lektorin Beverley Cousins und meiner Agentin Carole Blake für ihre Hilfe und Unterstützung.